로마의 일인자
3

로마의 일인자

The First Man in Rome

COLLEEN
McCULLOUGH

3

콜린
매컬로
지음

강선재 · 신봉아
이은주 · 홍정인
옮김

교유서가

MASTERS OF ROME

THE FIRST MAN IN ROME 3

CONTENTS

일곱째 해 (기원전 104년)

THE SEVENTH YEAR
104 B.C.

가이우스 마리우스(II)와
가이우스 플라비우스 핌브리아의
집정기

여덟째 해 (기원전 103년)

THE EIGHTH YEAR
103 B.C.

가이우스 마리우스(III)와
루키우스 아우렐리우스 오레스테스의
집정기

THE NINTH YEAR
102 B.C.

가이우스 마리우스(IV)와
퀸투스 루타티우스 카툴루스 카이사르의
집정기

퀸투스 루타티우스 카툴루스 카이사르

마리우스의 개선행진을 준비하는 일은 술라에게 맡겨졌다. 술라는 마리우스의 지시사항에 의구심을 느꼈지만 내색 않고 명령을 철저히 따랐다.

"개선행진은 최대한 빨리 끝내고 싶네." 마리우스는 아프리카에서 배를 타고 푸테올리에 도착한 직후 술라에게 말했다. "늦어도 여섯번째 시각 전에 카피톨리누스 언덕에 도착해서 바로 집정관 취임식을 하고 원로원 의사당으로 들어가면 좋겠어. 기억에 남는 부분은 향연이었으면 하니까, 개선행진은 신속하게 끝내도록 하게. 난 개선장군인 동시에 신임 집정관이니 향연 두 번을 한번에 치르는 셈이지. 그러니 최고 수준의 진수성찬을 부탁하네, 루키우스 코르넬리우스! 완숙 계란이나 평범한 치즈 따위로는 안 된다는 말일세. 가장 훌륭하고 값비싼 음식, 최고로 실력이 뛰어난 무용수와 가수와 마술사, 금색 접시와 자주색 의자를 준비해주게."

이 말을 듣고 술라는 침울해졌다. 저 사람은 사회적 야망을 지닌 촌놈에 불과해. 서둘러 개선행진과 취임식을 마치고 뒤이어 화려한 연회를 여는 것은 천박하기 그지없어. 게다가 상스러울 정도로 번지르르한 연회라니!

하지만 술라는 마리우스의 명령을 그대로 따랐다. 밀랍을 발라 방수 처리한 점토 용기에 바이아이산 굴과 캄파니아산 가재와 크라테르산 새우를 담고 수레에 실어 로마로 옮겼다. 다른 수레에는 티베리스 강 상류에서 잡은 민물장어와 강꼬치고기와 농어가 실려 있었다. 직업적으로 리커피시를 잡는 어부들은 로마의 하수구 주변에 진을 치고 있었다. 포도주로 적신 꿀과자를 먹고 통통하게 살이 오른 수탉, 오리, 새끼돼지, 새끼염소, 꿩, 새끼사슴이 배달되었다. 요리사들은 고기를 굽고 속을 채우고 기름을 발랐다. 마리우스와 술라는 아프리카에서 바기엔니우스가 잡은 대형 달팽이를 잔뜩 가져왔다. 바기엔니우스는 로마 미식가들의 반응을 알려달라고 부탁했다.

술라는 마리우스의 개선행진을 신속하고 사무적으로 준비하면서 이렇게 다짐했다. 만일 훗날 자신에게도 기회가 온다면, 그 옛날 아이밀리우스 파울루스가 그랬던 것처럼 고대의 길을 따라 사흘 동안 계속될 정도로 웅장한 개선행진을 보여주리라고. 개선행진의 시간과 화려함을 극대화하는 것은 세상 사람들에게 인정받기를 원하는 귀족들의 특징이었다. 반면 유피테르 신전에서 있을 연회의 시간과 화려함을 극대화하는 것은 소수 특권층에게 깊은 인상을 심어주려는 촌놈들의 특징이었다.

그럼에도 불구하고 술라는 마리우스의 개선행진을 아주 인상적으로 연출하는 데 성공했다. 물루카트에서 온 달팽이부터 시리아의 위대한 여자 점술가 마르타에 이르기까지, 이번 아프리카 전쟁의 주요 내용을 장식 수레 위에 화려하게 전시했다. 이번 가장행렬에서 가장 눈길을 끈 사람은 자주색과 금색 긴 의자에 비스듬히 누운 마르타였다. 그 의자는 가우다 왕자의 왕좌가 있던 옛 카르타고의 방 모양으로 꾸민 수레 위에 놓여 있었고, 옆에는 각각 마리우스와 가우다 왕자로 분장한 두 배우가 서 있었다. 술라는 위쪽이 평평하고 화려하게 장식된 수레 위에 마리우스 개인의 훈장들을 모두 전시했다. 약탈품과 적군의 갑옷을 비롯한 전리품, 중요한 전시품을 담은 수레가 줄줄이 이어졌다. 이 모든 것은 사람들이 하나씩 구경하며 탄성을 내지를 만큼 훌륭하게 배치되어 있었다. 사자, 침팬지, 기이한 원숭이를 가둔 우리가 실린 수레도 있었다. 스무 마리쯤 되는 코끼리가 거대한 귀를 펄럭이며 행렬을 따라갔다. 아프리카에서 싸운 6개 군단 모두 행진에 참여했는데, 창과 단도와 검 대신 승리의 월계수로 장식한 나무 곤봉을 들고 있었다.

"발꿈치를 번쩍 들어올리고 행진해라, 이 쌍놈들아!" 마리우스가 빌라 푸블리카의 잔디밭에서 이제 막 행진 준비를 마친 병사들에게 소리쳤다. "난 여섯번째 시각 전에 카피톨리누스 언덕에 도착해야 하니까 너희들을 감시할 수 없다. 하지만 너희가 내 명예를 실추시킬 짓을 한다면 신들이 가만있지 않을 것이다. 알아들었냐, 이 개새끼들아?"

병사들은 마리우스가 비속어를 섞어 말하는 것을 좋아했다. 하지만 마리우스가 어떤 식으로 말하든 그들은 변함없이 그를 사랑할 거라고 술라는 생각했다.

유구르타는 생애 마지막으로 왕의 자주색 의복을 걸쳤다. 술 장식이 달린 하얀 디아데마를 머리에 두르고, 이른 아침햇살에 반짝이는 보석이 달린 금목걸이와 반지와 팔찌를 착용한 채 행진에 참여했다. 너무 춥거나 바람이 거세지 않은 완벽한 겨울날이었다. 그의 두 아들도 자주색 의복을 입고 아버지 곁을 지켰다.

유구르타는 보밀카르와 함께 로마를 떠날 당시 무슨 일이 있어도 다시는 돌아오지 않으리라 확신했었다. 그래서 마리우스가 그를 로마로 보냈을 때 도무지 현실을 믿을 수 없었다. 테라코타로 만들어진 화려한 색채의 도시 로마. 채색된 기둥, 선명한 색상의 벽. 도시 곳곳에 놓인 조각상은 너무 사실적이어서 당장에라도 연설하거나 싸움을 하거나 떰박질하거나 눈물을 흘릴 것 같았다. 로마에서는 아프리카에서 흔히 볼 수 있는 흰색을 찾아볼 수 없었다. 더이상 진흙 벽돌로 건물을 짓지 않고, 하얀 회반죽이 아닌 다른 색으로 벽을 채색하기 때문이었다. 언덕과 절벽, 공원 같은 공간들, 기다란 사이프러스 나무와 옆으로 넓게 퍼진 소나무, 날개를 단 승리의 여신들이 사두전차를 모는 장면이 박공벽에 새겨진 높은 기단 위의 신전, 화재로 불타버렸다가 서서히 신록을 되찾고 있는 비미날리스 언덕과 에스퀼리누스 언덕. 로마는 팔기 위해 내놓은 도시였다. 하지만 그에겐 이 도시를 살 돈이 없었다. 얼마나 큰 비극인가! 그에게 만약 돈이 충분히 있었다면, 지금 상황은 완전히 달랐을 것이다.

유구르타는 외부 출입이 금지된 귀빈으로서 메텔루스 누미디쿠스의 자택에 머물렀다. 그는 어둠을 틈타 이송되었고, 포룸 로마눔이나 카피톨리누스 언덕이 내려다보이는 로지아에는 출입이 금지되었기에 매일 사자처럼 주랑정원만 어슬렁거리며 몇 달을 보냈다. 자존심 강한 그는 흐트러진 모습을 보이지 않으려 했다. 그래서 매일 제자리뛰기, 스트레칭, 권투 연습을 하고 나뭇가지에 매달려 턱걸이를 했다. 그는 마리우스의 개선행진에서 평범한 로마인들이 경외심 어린 눈으로 자신을 바라보기를 원했다. 살찐 동방의 군주가 아니라 무시무시한 적으로 인식되기를 바란 것이다.

유구르타는 누미디쿠스에게 초연한 모습을 보였다. 한 로마인의 자존심을 희생시켜 다른 로마인의 비위를 맞추기는 싫은 까닭이었다. 누미디쿠스는 무척 실망했다. 마리우스가 집정관급 총독으로 역임하면서 직권을 남용했다는 증거를 잡고 싶어했던 것이다. 그가 아무런 증거도 얻지 못한 것을 유구르타는 내심 고소하게 생각했다. 유구르타가 두려워했던 로마인, 그에게 패배를 안겼다 할지라도 기꺼이 받아들일 수 있는 로마인은 따로 있었기 때문이었다. 누미디쿠스는 훌륭한 귀족임이 틀림없었고 나름의 도덕성을 지니고 있었지만 인간으로서, 또 군인으로서는 마리우스에게 비할 바가 아니었다. 물론 누미디쿠스가 보기에 마리우스는 사생아보다 나을 것이 전혀 없었다. 하지만 사생아의 심정을 누구보다 잘 아는 유구르타는 마리우스에게 다소 기이하고 서늘한 동질감을 느끼고 있었다.

마리우스가 개선장군이자 재선 집정관으로 로마에 입성하기 전날 밤, 누미디쿠스와 그의 말더듬이 아들은 유구르타 부자와 함께 저녁식사를 했다. 다른 손님으로는 유구르타의 요청으로 루푸스가 초대되었다. 스키피오 아이밀리누스의 지휘를 받으며 누만티아에서 싸웠던 멤버 중에 빠진 사람은 마리우스뿐이었다.

아주 이상한 저녁이었다. 누미디쿠스는 최선을 다해 호화로운 만찬을 준비했다. 유피테르 신전에서 집정관 취임식을 마친 뒤 마리우스가 베푸는 음식은 전혀 먹을 생각이 없기 때문이라고 그는 설명했다.

"그런데 가재나 굴이나 달팽이처럼 뭔가 특별한 것은 거의 살 수가 없었소." 저녁 먹을 준비를 하며 누미디쿠스가 말했다. "마리우스가 시장에서 물건을 다 쓸어갔기 때문이지."

"그게 잘못된 일이오?" 유구르타가 물었다. 루푸스는 당연히 그렇지 않다고 생각했다.

"모든 것이 가이우스 마리우스의 잘못이오." 누미디쿠스가 말했다.

"그렇게 말하면 안 되지. 퀸투스 카이킬리우스, 당신네 귀족 혈통에서 그와 같은 사람을 배출할 수 있었다면 물론 좋았을 테지만 그러질 못했잖소. 가이우스 마리우스를 배출한 것은 로마요. 도시나 국가로서의 로마가 아니라 불멸의 여신, 도시의 창시자, 진취적 정신으로서의 로마 말이오. 로마는 그런 사람을 필요로 하오. 이제 그 사람을 발견한 것일 뿐이고." 유구르타가 말했다.

"훌륭한 혈통과 배경을 갖춘 우리들 중에도 가이우스 마리우스가 했던 일을 능히 해낼 사람은 많소." 누미디쿠스가 고집스럽게 말했다. "사실 그 일을 했어야 할 사람은 바로 나란 말이오. 가이우스 마리우스는 내 임페리움을 가로챘고 내가 받아야 할 상까지 내일 본인이 챙길 예정이잖소." 유구르타가 납득할 수 없다는 표정을 지었다. 그러자 누미디쿠스는 기분이 상했는지 거칠게 덧붙였다. "유구르타, 당신을 잡은 사람은 가이우스 마리우스가 아니었소. 훌륭한 혈통과 조상을 지닌 루키우스 코르넬리우스 술라였단 말이오. 그러니 삼단논법에 따라 말하자면, 전쟁을 끝낸 것도 가이우스 마리우스가 아니라 루키우스 코르넬리우스란 말씀이지." 그는 숨을 고르면서, 자기 대신에 술라라는 논리적으로 더욱 그럴싸한 귀족을 부각시켰다. "그는 올바른 사고방식을 지닌 진정한 로마인인 동시에 가이우스 마리우스의 재능을 모두 가지고 있소."

"아니오!" 유구르타는 코웃음을 치며 말했다. 그는 자신을 응시하는 루푸스의 시선을 느꼈다. "그 사람은 아주 다른 무늬를 지닌 표범이오. 반면 가이우스 마리우스는 외골수란 말이오. 내 말을 이해할지 모르겠지만.”

“대체 무슨 소린지 모르겠군그래.” 누미디쿠스가 퉁명스럽게 말했다.

“난 무슨 소리인지 정확히 알겠소.” 루푸스가 즐거운 듯 미소 지으며 말했다.

유구르타는 루푸스에게 과거 누만티아에서 보여주었던 미소를 지었다. “가이우스 마리우스는 괴짜란 말이오. 과수원 담장 바깥의 방치된 나무에 열린 아주 완벽한 열매지. 그런 사람들은 멈추거나 방향을 바꾸지 않소. 그들은 열정, 담력, 두뇌, 불멸이란 특징을 갖추고 있어서 모든 장애물을 뛰어넘지요. 신들조차 그들을 사랑한단 말이오! 운명의 여신은 그들에게 모든 축복을 베풀어주고. 그렇기 때문에 가이우스 마리우스는 반듯하게만 움직이는 것이오. 그가 삐뚤삐뚤하게 가야만 할 때도 그의 길은 늘 반듯하게 놓여 있소.”

“참으로 맞는 말이오!” 루푸스가 말했다.

“루, 루, 루키우스 코, 코, 코르넬리우스가 더, 더, 더 나아요!” 새끼 돼지가 화난 목소리로 말했다.

“아니오!” 유구르타는 머리를 단호하게 저으며 말했다. “루키우스 코르넬리우스에게는 두뇌도 있고…… 담력도 있고…… 아마 열정도 있을 거요. 하지만 불멸의 정신은 있을 것 같지 않소. 그에게는 구부러진 길이 더 자연스러워 보이니 말이오. 오히려 그런 길을 더 반듯한 길로 보는 것 같더군. 노새에 걸터앉기를 좋아하는 사람에게 전투용 코끼리는 어울리지 않는 법이지. 오, 그는 마치 황소처럼 용감하더군! 전쟁에서 공격을 지휘하거나 구조대를 편성하거나 틈새를 파고들거나 도망가는 백인대의 방향을 트는 데 그보다 빠른 사람은 없을 것이오. 하지만 그는 전쟁의 신 마르스의 목소리를 듣지 못한다오. 반면 가이우스 마리우스는 그 목소리를 절대 놓치지 않고. 내가 알기로는 '마리우스'가 '마르스'의 라틴어식 표현이라고 하던데? 마르스의 아들이라고 했던가. 혹시 모르시오? 퀸투스 카이킬리우스 당신은 알고 싶지도 않겠지만! 참으로 유감이오. 라틴어는 아주 억양이 강한 언어 같소. 딱딱 끊어지는 것 같으면서도 혀를 굴려야 하니 말이오."

"루키우스 코르넬리우스에 대해서 얘기를 더 해보시오." 루푸스는 신선한 흰 빵조각과 달걀을 집어들며 말했다.

유구르타는 포로로 잡힌 이후로 맛보지 못했던 달팽이를 게걸스럽게 먹었다. "말할 거리나 있겠소? 그는 계급의 산물이오. 무슨 일을 하든 능숙하게 해내지. 옆에서 지켜보는 사람 열 명 중에 아홉 명은 그가 타고난 재주꾼인지, 아니면 머리가 좋고 후천적인 교육을 잘 받아서 일을 능숙하게 해내는 것인지 전혀 모를 거요. 그런데 나는 그와 시간을 보내면서 선천적인 성향을 보여주는 뭔가를 전혀 발견할 수 없었소. 이를테면 그의 본분 말이오. 오, 그자는 분명 앞으로 전쟁을 승리로 이끌고 정치에도 참여하게 될 거요. 그건 분명하지. 하지만 그 일을 하는 데 있어 결코 영혼을 담지는 않을 거요." 귀빈인 유구르타의 턱수염은 온통 마늘과 오일 소스로 범벅이었다. 하인이 수염에 묻은 음식물을 닦아주는 동안 그는 잠시 말을 멈추고 있다가 시원하게 트림을 하고 이어나갔다. "그라면 언제나 편한 길을 선택할 것이오. 그에게는 불멸의 정신을 지닌 인간만이 가지는 인내심이 없으니까. 루키우스 코르넬리우스에게 두 선택지가 주어진다면 그는 항상 최소한의 경비로 목적을 달성할 수 있는 방법을 택할 거요. 그는 가이우스 마리우스만큼 면밀하지 않을뿐더러 목표가 분명한 것 같지도 않더군."

"어, 어, 어떻게 루, 루, 루, 루키우스 코르넬리우스에 대해 그, 그, 그렇게 잘 안다는 겁니까?" 새끼 똥돼지가 물었다.

"그와 함께 말을 타고 간 적이 있으니까." 유구르타는 과거를 회상하며 이를 쑤셨다. "그후에는 아프리카 연안을 따라 이코시움에서 우티카로 가는 배를 함께 탔지. 그때 서로의 다양한 면모를 보게 되었소." 사람들은 대체 이 말에 얼마나 많은 의미가 내포되어 있는지 궁금했다. 하지만 아무도 물어보지는 않았다.

샐러드가 나왔고, 이윽고 구운 고기가 나왔다. 누미디쿠스와 손님들은 음식을 맛있게 먹었지만 얍프사스 왕자와 옥신타스 왕자는 입에도 대지 못하고 있었다.

"저애들은 나와 함께 죽고 싶어하오." 유구르타는 루푸스에게 낮은 목소리로 말했다.

"허락이 떨어지지 않을 거요."

"나도 그렇게 말했소."

"저들이 어디로 가는지 알고 있소?"

"옥신타스는 베누시아인가 하는 어딘지도 모를 곳으로 가고, 얍프사스는 아스쿨룸 피켄툼인가 뭔가 하는 곳으로 간다더군."

"베누시아는 캄파니아의 남쪽이고 브룬디시움으로 가는 길에 있소. 아스쿨룸 피켄툼은 로마의 북동쪽이자 아펜니누스 산맥 반대편에 있고. 둘 다 좋은 도시지요."

"얼마나 오랫동안 억류될 것 같소?" 유구르타가 물었다.

루푸스는 잠시 생각하더니 어깨를 으쓱했다. "확실히 모르겠소. 분명 몇 년 이상이겠지. 두 왕자가 사상교육을 마치고 완벽하게 로마 사회에 동화되어, 고향으로 돌려보내도 위협이 되지 않을 것이라고 현지 정무관이 원로원에 서신을 보낸 이후에나 풀려날 거요."

"그렇다면 안타깝게도 평생 억류되겠군. 나와 함께 죽는 게 더 나을 거요, 푸블리우스 루틸리우스!"

"그렇지 않아요, 유구르타. 그렇게 장담해선 안 되오. 이 아이들이 미래에 어떻게 될지 누가 알겠소?"

"맞는 말이오."

구운 고기와 샐러드가 더 나왔고 마지막으로 사탕과자, 패스트리, 꿀과자, 치즈, 몇 가지 제철 과일과 말린 과일이 나왔다. 얍프사스와 옥신타스만이 음식을 남겼다.

"말해보시오, 퀸투스 카이킬리우스." 남은 음식이 식탁에서 치워지고 물을 섞지 않은 최고급 빈티지 포도주가 나오자 유구르타가 이렇게 물었다. "훗날 가이우스 마리우스 같은 사람이 또 나타난다면 어떻게 하시겠소? 그만큼의 재능과 용기와 비전, 불멸의 정신까지 갖추었고 심지어 로마의 파트리키라면 말이오."

누미디쿠스는 눈을 깜빡거렸다. "유구르타, 지금 무슨 말을 하자는 건지 모르겠소. 가이우스 마리우스는 그저 가이우스 마리우스일 뿐이오."

"그와 같은 사람이 또 나오지 말란 법도 없잖소. 파트리키 가문에서 가이우스 마리우스 같은 사람이 나온다면 어떻게 하겠소?"

"그럴 일은 없을 거요."

"가당찮은 소리! 당연히 그럴 수도 있지." 유구르타가 키오스 섬에서 난 최고급 포도주를 혀끝으로 음미하며 말했다.

"유구르타, 지금 퀸투스 카이킬리우스가 하려는 말은 가이우스 마리우스가 자기 계급의 산물이라는 거요." 루푸스가 부드럽게 말했다.

"가이우스 마리우스 같은 사람은 어느 계급에서든 나올 수 있소." 유구르타가 강하게 주장했다.

그 자리의 모든 로마인들이 일제히 고개를 가로저었다. "그렇지 않소." 루푸스가 대표로 입을 열었다. "누미디아에서는 그럴지도 모릅니다. 아니, 세상의 다른 모든 지역에서는 그럴지도요. 하지만 로마에서는 불가능한 일이오! 파트리키 출신 로마인은 절대 가이우스 마리우스처럼 말하지도 행동하지도 않을 거요."

그걸로 끝이었다. 포도주를 몇 잔 더 마신 뒤 만찬은 끝이 났다. 루푸스는 집으로 돌아갔고, 누미디쿠스 저택에 머무는 사람들도 각자 침소로 흩어졌다. 훌륭한 음식을 먹고 포도주를 마시고 사람들과 좋은 시간을 보낸 유구르타는 평화롭고 깊은 잠에 빠져들었다.

동트기 두 시간 전, 전담 노예가 유구르타를 깨웠을 때 그는 상쾌하고 활기찬 기분으로 자리에서 일어났다. 뜨거운 물에 목욕하고 세심하게 예복을 차려입었다. 하인들은 불에 달군 고데기로 그의 머리카락을 고불고불하게 말았다. 수염을 말아 금색과 은색 실로 꼬았고 뺨과 턱은 깨끗하게 면도했다. 유구르타는 값비싼 향료를 바르고 디아데마를 두르고 모든 보석을 몸에 걸친 채(이 보석들은 국고 담당 서기가 작성한 목록에 포함되어 있었으며, 개선행진 바로 다음날 마르스 평원에서의 전리품 분배 현장으로 보내질 예정이었다) 머리부터 발끝까지 완벽하게 동방의 군주다운 장엄한 모습으로 방을 나섰다.

"오늘 생전 처음으로 로마 시내를 구경하겠구나." 가마를 타고 마르스 평원으로 가는 동안 그는 두 아들에게 말했다.

술라는 직접 유구르타 부자를 맞았다. 횃불빛 속에서 현장은 혼란스러워 보였다. 하지만 에스퀼리누스 언덕 너머로 동이 터오자 유구르타는 그렇지 않다는 걸 깨달았다. 빌라 푸블리카에 모인 사람이 너무 많아서 혼란스러워 보일 뿐 그 속에는 정확한 체계가 있었다.

유구르타의 몸에 두른 쇠사슬은 형식에 불과했다. 페니키아의 전사이자 국왕인 그가 이탈리아의 어디로 도망갈 수 있단 말인가?

"어젯밤에 당신에 대해서 이야기를 나누었소." 유구르타가 술라에게 가볍게 말했다.

"그래요?" 술라는 번쩍이는 은제 판갑과 프테루게스, 은제 정강이받이, 진홍색 깃털로 장식된 아티케식 투구, 진홍색 군용 외투를 입고 있었다. 챙 넓은 밀짚모자를 쓴 모습만 봤던 유구르타의 눈에는 완전히 다른 사람 같았다. 술라 뒤에서 하인이 그의 용맹함을 보여주는 훈장들을 매단 틀을 들고 있었다. 아주 인상적인 훈장들이었다.

"그렇소." 유구르타가 여전히 가벼운 어조로 말했다. "나와의 전쟁을 승리로 이끈 사람이 가이우스 마리우스인지 당신인지에 관한 토론이었소."

술라는 고개를 들었다. 옅은 빛깔 눈이 유구르타의 얼굴에 고정되었다. "흥미로운 토론이었겠군요. 당신은 어느 편을 들었습니까?"

"옳은 편을 들었지요. 난 가이우스 마리우스가 전쟁을 승리로 이끌었다고 했소. 그가 작전 명령을 내렸고, 그 명령을 당신을 비롯한 부하들이 수행한 것이니까. 당신을 내 장인인 보쿠스 왕에게 보낸 것도 그였고." 유구르타는 잠시 말을 멈추더니 미소 지었다. "하지만 나와 의견이 같은 사람은 오랜 친구 푸블리우스 루틸리우스밖에 없더군. 퀸투스 카이킬리우스와 그의 아들은 나를 생포한 당신이 승리의 주역이라고 했소."

"당신은 옳은 편을 택했군요." 술라가 말했다.

"옳은 편이라는 것은 상대적인 개념이오."

"이 경우에는 그렇지 않죠." 술라의 투구에 달린 깃털이, 무리지어 움직이는 마리우스의 병사들을 향해 흔들렸다. "제게는 마리우스처럼 저들을 능숙하게 다루는 재주가 없습니다. 아시겠지만 제게는 저들에 대한 동료의식도 없죠."

"속내를 잘 숨기는군그래."

"오, 저들도 알고 있습니다. 정말입니다. 저들과 함께 전쟁을 승리로 이끈 것은 마리우스죠. 제 역할은 보좌관 직급의 인물이라면 누구라도 대신할 수 있었을 겁니다." 술라는 숨을 깊이 들이쉬었다. "어제 저녁식사는 즐거웠던 모양이지요?"

"최고로 즐거웠소!" 유구르타는 몸에 둘린 쇠사슬을 흔들어보고, 그것이 아주 가벼워서 움직임에 불편을 주지 않는다는 걸 깨달았다. "퀸투스 카이킬리우스와 말더듬이 아들이 제왕에게 어울리는 식사를 준비했소. 누미디아인에게 죽기 전날 무슨 음식을 먹겠냐고 묻는다면 모두들 달팽이라고 할 텐데, 어젯밤에 먹은 게 바로 달팽이였소."

"그렇다면 지금 배가 아주 부르시겠습니다, 유구르타 왕."

유구르타는 미소를 지었다. "정말 그렇소! 교수대로 향하기에 딱 좋은 상태지."

"아니죠, 그건 제가 결정할 사안입니다." 술라는 이를 드러내고 웃었다. 그 웃음은 새하얀 얼굴과 달리 기이하게 어두워 보였다.

유구르타의 얼굴에서 웃음이 사라졌다. "무슨 뜻이오?"

"이번 개선행진의 실행 담당자는 바로 저입니다. 다시 말해 당신의 처형 방법을 결정하는 것도 저라는 뜻이죠. 평소대로라면 당신은 교수형에 처해질 것입니다. 하지만 그것이 꼭 정해진 규정은 아닙니다. 다른 대안도 있죠. 이를테면 툴리아눔 감옥에 처넣고 거기서 썩도록 내버려두는 방법이라든지." 술라는 이를 더욱 드러내며 웃었다. "왕에게 어울리는 식사를 하셨고 게다가 저와 제 상관 사이에 불화의 씨앗을 심으려고까지 했으니, 뱃속에 든 달팽이가 소화되기 전에 죽으면 아쉬울 것 같아서 말이죠. 그러니 당신에게는 교수형 집행인의 올가미가 허락되지 않을 것입니다, 유구르타! 당신은 서서히 죽어갈 겁니다."

다행히 그의 아들들은 멀찍이 떨어져 있어 이 말을 듣지 못했다. 유구르타는 술라가 작별의 눈인사를 건네고 아들들에게 가서 쇠사슬을 점검하는 모습을 지켜보았다. 그는 혼란스러운 주변 광경을 둘러보았다. 수많은 하인들이 승리의 월계수 잎으로 장식된 화관과 화환을 바쁘게 나눠주고 있었다. 악사들은 아헤노바르부스가 장발의 갈리아에서 가져온 뿔피리와 이상한 말머리 모양의 나팔을 조율했다. 무희들은 마지막으로 회전을 연습해보고 있었다. 말들은 조급하게 발굽을 구르며 거칠게 숨을 몰아쉬었다. 수십 마리씩 수레에 묶인 황소들은 금색으로 칠한 뿔에 목에는 화환이 걸려 있었다. 물 운반용 당나귀는 월계수 잎으로 화려하게 장식된 밀짚모자를 썼는데, 모자에 난 구멍으로 두 귀가 삐죽 튀어나와 있었다. 이가 다 빠진 노파가 머리부터 발끝까지 자주색과 금색 의상을 차려입고 축 늘어진 가슴을 흔들며 최고급 매춘부라도 되는 것처럼 가장행렬 수레 위의 자주색 깔개에 비스듬히 누워 있었다. 그녀는 저승의 사냥개처럼 유구르타의 두 눈을 똑바로, 뚫어져라 바라보았다. 진짜로 머리가 세 개라면 더 잘 어울릴 것 같았다.

일단 행진이 시작되자 뒷일은 순조로웠다. 보통 집정관을 제외한 모든 원로원 의원과 정무관들이 선두에 서고 다음으로 악사, 무희, 유명인을 흉내내는 광대, 전리품과 전시품을 실을 수레들이 차례로 따라왔다. 그러고는 제물로 바칠 짐승과 의식을 진행할 제관과 함께 또다른 악사와 무희와 광대가 지나갔고, 중요한 포로들이 나타났다. 그다음으로 개선장군이 고풍스러운 전차를 타고 나타났다. 마지막을 장식하는 것은 장군의 군단들이었다. 하지만 마리우스는 순서를 조금 바꿔서 자신이 전리품과 가장행렬과 전시품 수레보다 앞서가기로 했다. 카피톨리누스 언덕에 일찍 도착해서 제물을 바치는 의식과 집정관 취임식을 마치고, 원로원에서 취임식 기념 회의를 진행한 뒤 유피테르 신전에서 연회를 즐기기 위해서였다.

유구르타는 생애 최초이자 마지막으로 로마 시가를 걸어다니며 구경했고, 즐거운 시간을 보냈다. 어떻게 죽는지가 뭐 그리 중요하단 말인가? 사람은 누구나 죽기 마련이다. 그의 삶은 패배로 끝났을지언정 만족스러웠다. 그는 로마인들을 끈질기게 괴롭혀주지 않았던가. 죽은 동생 보밀카르도……. 생각해보면 그도 지하 감옥에서 최후를 맞았다. 그 이유가 얼마나 정당하든 간에, 형제를 살해했다는 사실 때문에 신들이 노한 것일지도 모른다. 유구르타가 직접 처리하지는 않았다 해도, 그의 사주로 죽은 혈족들의 숫자는 오로지 신들만 알고 있을 터였다. 직접 죽이지 않았다고 해서 죄의 무게가 가벼워질 수 있을까?

오, 저 건물들은 얼마나 높은가! 행렬은 인술라가 많은 벨라브룸의 투스쿠스 구에 들어섰다. 벽돌로 지은 인술라들이 좁은 골목을 가운데 두고 마주서서, 서로 끌어안으려는 듯 골목 쪽으로 기울어져 있었다. 창문마다 비치는 얼굴들이 환호를 보냈다. 유구르타는 그들이 곧 죽음을 맞게 될 자신에게도 격려와 축복의 말을 건네는 것에 놀랐다.

행렬은 육류 시장인 포룸 보아리움의 가장자리를 따라 이동했다. 벌거벗은 헤르쿨레스 조각상은 특별한 날을 맞아 개선장군의 의상과 훈장으로 치장되어 있었다. 조각상은 자주색과 금색의 토가 픽타, 종려나무 잎이 그려진 자주색 투니카 팔마타를 입었다. 한 손에는 월계수 가지, 다른 손에는 끝 부분이 독수리로 장식된 상아 지휘봉을 들었으며 얼굴은 미님으로 새빨갛게 칠해져 있었다. 거대한 시장의 경계에 위치한 장엄한 신전들 주변에 노점과 상품 진열대가 없는 것을 보면 시장은 그날 휴업하는 게 분명했다. 그리고 바로 그곳에, 로마에서 가장 아름답다고 알려진 케레스 신전이 보였다. 빨간색, 파란색, 녹색, 흰색으로 칠해진 신전은 현란한 아름다움을 뽐내며 로마의 여느 신전들처럼 높은 기단 위에 서 있었다. 바로 그곳이 평민계급의 본부이며, 평민회 기록 보관실과 평민 조영관 사무실이 있는 곳임을 유구르타는 알고 있었다.

행렬은 대경기장 안으로 향했다. 유구르타는 그렇게 큰 건축물을 생전 처음 보았다. 경기장은 팔라티누스 언덕까지 뻗어 있었고 15만 명을 수용할 수 있었다. 목제 계단은 개선행렬을 환호하는 인파로 가득했다. 마리우스와 비교적 가까운 곳에서 걷고 있던 유구르타는, 사람들의 함성이 개선장군을 부르짖는 비명에 가까운 환호로 바뀌는 것을 느꼈다. 행렬이 빠르게 이동하는 데 불만을 제기하는 사람은 없었다. 마리우스가 피호민과 하수인을 통해 미리 말을 퍼뜨려놓았기 때문이었다. 그가 서두르는 것은 로마를 위해서이며, 더 빨리 알프스 너머 갈리아로 가서 게르만족을 물리치기 위해서라고.

팔라티누스 언덕의 녹지와 장엄한 저택들에도 구경꾼이 많았다. 지대가 높아 군중의 공격이나 강도행위로부터 안전한 그곳에 모인 사람은 주로 부유한 집안의 여자, 유모, 아이 들이었다. 행렬은 대경기장을 빠져나와 트리움팔리스 가도로 향했다. 이 도로는 팔라티누스 언덕 끝자락을 지났다. 도로 왼쪽에는 바위와 녹지가 있었고 오른쪽에는 카일리우스 언덕 밑으로 높은 인술라들이 다닥다닥 붙어 있었다. 그런 다음 카리나이와 파구탈 지구 아래의 케롤리아이 늪지를 지나고 마지막으로 벨리아 고지를 통과해서, 이제는 자갈이 닳아빠진 고대의 신성한 길 사크라 가도를 따라 포룸 로마눔까지 내려갔다.

과거에 아크로폴리스가 세상의 중심이었듯 오늘날 세상의 중심이 된 그곳, 포룸 로마눔을 유구르타는 마침내 보게 되었다. 하지만 눈을 돌렸을 때 그는 크게 실망했다. 온통 작고 낡은 건물뿐이었고, 포룸 로마눔 자체는 북서쪽과 남동쪽으로 길게 뻗은 데 반해 건물들은 상식과 어긋나게 북쪽으로 기울어져 전체적으로 황폐한 분위기를 풍겼다. 그나마 포룸 로마눔에 부합하는 각도로 세워진 새 건물들조차도 잘 관리된 것 같지 않았다. 차라리 이곳으로 오면서 봤던 건물들이 더 훌륭했고, 여기 오면서 봤던 신전들이 더 크고 풍요롭고 장엄해 보였다. 물론 신관의 집들은 최근에 새로 칠한 듯했고 작고 둥근 베스타 신전도 썩 아름다웠다. 하지만 제대로 눈길을 끌 만한 건물이라고는, 우뚝 솟은 카스토르·폴룩스 신전과 거대하고 도리스 양식의 엄격함을 갖춘 사투르누스 신전뿐이었다. 포룸 로마눔은 기이한 골짜기 속에 움푹 가라앉은 칙칙하고 습하고 매력 없는 장소였다.

사투르누스 신전의 기단에서는 국고 담당 고위 관리들이 행렬을 지켜보고 있었다. 신전 맞은편에서 유구르타와 그의 아들들, 아내들과 포로가 된 신하들은 행렬로부터 분리되었다. 그들은 개선장군의 릭토르, 무희와 악사와 향로 운반인, 고수와 나팔수, 보좌관, 마침내 온갖 휘장을 걸치고 얼굴에 빨갛게 미님을 바른 개선장군이 전차를 타고 멀리 지나가는 것을 지켜보았다. 유구르타 일행은 언덕으로 올라갔다. 그곳의 거대한 유피테르 신전은 남북으로 지나치게 비스듬히 기울어져서,

신전 측면에 해당하는 기둥들이 포룸 로마눔을 향하고 있었다. 신전 정면은 남쪽을 향하고 있었다. 누미디아가 있는 바로 그 남쪽을.

유구르타는 아들들을 바라보며 말했다. "오래 살거라. 그리고 잘살아야 한다." 아들들은 이제 로마의 외진 마을에서 구금 생활을 하게 되겠지만, 신하들과 아내들은 누미디아로 돌려보내질 예정이었다.

유구르타를 둘러싸고 있던 릭토르들이 쇠사슬을 슬쩍 잡아당기며 그를 이끌었다. 그들은 포룸 로마눔의 깃발이 모여 있는 곳을 가로질렀다. 쿠르티우스 연못과 피리를 부는 반인반수 사티로스인 마르시아스의 입상을 지나갔다. 그런 다음 트리부스회와 평민회가 열리는 거대한 계단 가장자리를 돌아 아르겐타리우스 언덕길로 올라갔다. 그 위쪽에는 카피톨리누스 언덕의 아륵스와 화폐 주조처인 유노 모네타 신전이 있었다. 민회장 반대편에는 오래되고 허름한 원로원 의사당이 있었고, 그 너머에는 감찰관 카토가 지은 작고 허름한 포르키우스 회당이 있었다.

하지만 유구르타의 로마 구경은 이것으로 끝이었다. 툴리아눔 감옥은 아륵스에서도 게모니아 계단을 조금 지난 곳에 위치하고 있었다. 키클롭스(그리스 신화에 나오는 외눈박이 거인족—옮긴이)라고 불리는 거대한 돌덩어리로 만들어진 아주 작은 회색 건물이었다. 1층 높이였고 직사각형 입구 하나만 뚫려 있을 뿐 문도 없었다. 유구르타는 천장이 낮을 것이라 생각해서 고개를 숙이며 들어갔지만, 막상 들어가 보니 생각보다 훨씬 높아서 편하게 서 있을 수 있었다.

릭토르들은 그의 의복을 벗기고 보석과 디아데마를 풀어 옆에 있던 국고 담당 서기에게 건네주었다. 이 물건들이 공식적으로 국가 소유가 되었다는 의미로 꼬리표까지 붙였다. 이제 유구르타가 걸친 것이라고는 이 절차를 알고 있던 누미디쿠스가 입으라고 권한 샅가리개뿐이었다. 육체의 근원이 되는 부위를 적절히 가릴 수 있을 때 인간은 비로소 품위 있는 죽음을 맞을 수 있는 법이다.

빛이라고는 뒤쪽 틈새에서 들어오는 광선 한줄기뿐이었지만, 유구르타가 둥근 바닥 한가운데에 있는 구멍을 확인하기에는 충분했다. 그는 그곳으로 던져질 것이 분명했다. 만약 그에게 올가미를 씌울 예정이었다면 사형 집행인과 그를 포박할 사람들과 함께 낮은 지역으로 보내졌을 것이며, 사형당한 후 시체는 하수구 입구로 던져졌을 것이다. 만약 그러고 나서도 살아남는 사람이 있다면 사다리를 타고 올라와 로마로, 그들의 세계로 돌아갈 수 있었다.

하지만 사형 집행인이 없는 것을 보면 술라가 일반적인 절차를 철회한 모양이었다. 누군가 사다리를 가져왔지만 유구르타는 그것을 물리쳤다. 그는 구멍의 가장자리로 올라서더니 아무 소리도 내지 않고 안으로 뛰어들었다. 이런 상황에 무슨 소리를 낸단 말인가? 구멍 아래쪽은 깊지 않았기 때문에 곧바로 쿵 소리가 났다. 호송을 담당하던 사람들은 그 소리를 듣고 말없이 자리를 떠났다. 뚜껑을 덮거나 출입구를 막는 사람은 없었다. 툴리아눔 감옥의 끔찍한 구덩이에서 살아나온 사람은 이제껏 없었기 때문이다.

거세한 흰색 황소 두 마리와 거세하지 않은 흰색 황소 한 마리가 그날 마리우스가 바친 제물이었다. 그중 거세한 황소 두 마리만이 개선 제물로 바쳐졌다. 그는 말 네 필이 끄는 전차를 유피테르 신전 앞에 세워두고 혼자 계단을 올라갔다. 신전으로 들어가서 월계수 가지와 월계관을 유피테르 옵티무스 막시무스의 조각상 앞에 내려놓았다. 릭토르들이 차례로 뒤따라 들어와서 마찬가지로 유피테르 신에게 월계관을 바쳤다.

정오 무렵이었다. 개선행진이 이렇게 빨리 끝난 것은 전례가 없는 일이었다. 하지만 마리우스를 제외한 나머지 행렬은 조금 더 천천히 움직였기 때문에 관중은 충분히 오랫동안 가장행렬, 장식 수레, 전시품, 전리품, 병사들을 구경할 수 있었다. 이제부터가 마리우스를 위한 이날 하루에서도 가장 중요한 부분이었다. 원로원 의원들이 모인 계단 아래에서 마리우스가 나타났다. 얼굴을 빨갛게 칠하고 자주색과 금색 토가에 종려나무 잎 모양으로 수를 놓은 튜닉을 입고 오른손에 상아 지휘봉을 든 채였다. 그는 어떻게든 취임식을 빨리 끝내고 싶은 생각에 불편한 의상도 신경쓰지 않고 성큼성큼 걸었다.

"자, 어서 시작합시다!" 그가 재촉하듯이 말했다.

하지만 이 지시에는 무거운 침묵만이 이어졌다. 다들 미동도 없이 이상한 표정을 짓고 있었다. 동료 집정관인 핌브리아와 전임 집정관인 루푸스도(말리우스는 병환중이라는 전갈을 보내왔다) 그저 자리를 지키며 멀뚱히 서 있었다.

"대체 왜들 이러십니까?" 마리우스가 짜증 섞인 목소리로 말했다.

그때 술라가 앞으로 나섰다. 행진 때 입었던 은제 갑옷이 아니라 한껏 격식을 차린 토가를 입고 있었다. 그는 어느 모로 보나 세심하고 사려 깊은 재무관의 모습으로 환한 미소를 지으며 한 손을 내밀었다.

"가이우스 마리우스, 깜빡하셨군요!" 술라는 큰 소리로 말하며, 예상보다 훨씬 강한 힘으로 마리우스를 잡아끌었다. "먼저 집에 가서 옷을 갈아입으셔야죠!" 그는 마리우스에게 귓속말을 했다.

마리우스는 반박하려다가, 문득 누미디쿠스의 얼굴에서 고소해하는 표정을 읽었다. 그는 절묘한 순발력으로 자기 얼굴에 손을 댔다가 떼고서 빨갛게 변한 손바닥을 쳐다보았다. "아, 그렇지!" 그는 우스꽝스러운 표정을 지으며 말했다. "제가 결례를 범했습니다, 원로원 의원 여러분." 그는 의원들 쪽으로 다가갔다. "아무리 게르만족을 물리치는 일이 시급하다지만, 이건 말도 안 될 일이죠! 용서해주시길 바랍니다. 최대한 빨리 돌아오겠습니다. 아무리 개선장군의 복장이라도 전투복을 입고 신성경계선 안에 있는 원로원 의사당에 들어갈 수는 없으니 말입니다." 그는 아실룸을 지나 아륵스로 향하면서 어깨 너머로 말했다. "고맙네, 루키우스 코르넬리우스!"

술라는 조용히 지켜보는 의원들 사이에서 빠져나와 마리우스를 쫓아갔다. 토가를 입고 뛰기란 쉽지 않은 일이었지만 술라는 아무런 무리 없이, 심지어 아주 자연스럽게 달렸다.

"정말 고맙네." 술라가 가까이 따라오자 마리우스가 재차 말했다. "하지만 이게 뭐 그리 중요하단 말인가? 이제 저들은 내가 목욕을 하고 토가 프라이텍스타로 갈아입는 동안 한 시간은 칼바람을 맞으며 기다려야 할 텐데!"

"저들에게는 중요합니다. 저에게도 마찬가지로 중요하고요." 마리우스보다 다리가 짧은 술라는 잰걸음으로 걷고 있었다. "가이우스 마리우스, 당신에게는 원로원 의원들의 도움이 필요합니다. 그러니 오늘 저들을 적으로 돌려서는 안 됩니다! 무엇보다 저들은 자기들의 취임식과 당신의 개선행진을 같은 날 치르는 데 대해 불만이 많습니다. 그러니 신경을 건드리는 일은 자제해야 합니다!"

"알겠네, 알겠어!" 마리우스는 두 손 다 들었다는 듯이 말했다. 그는 아륵스에서 자기 집 뒷문으로 이어지는 계단을 한 번에 세 칸씩 뛰어내려갔다. 너무 거칠게 문을 열고 들어가는 바람에 관리인은 앞으로 고꾸라지며 꽥 소리를 질렀다. "그 입 좀 닫게나. 난 갈리아인이 아니고 지금은 300년 전이 아니란 말일세!" 마리우스는 한바탕 호통을 치고는 몸종과 아내와 목욕 하인을 큰 소리로 불렀다.

"모두 준비해두었어요." 여왕과 같은 율리아가 평화로운 미소를 지으며 말했다. "당신이 평소처럼 서두르며 나타날 거라고 예상했어요. 목욕물을 데워두었고 다들 준비하고 있으니 어서 가요, 가이우스 마리우스." 그녀는 사랑스러운 미소를 지으며 술라를 돌아보았다. "어서 오세요, 날씨가 많이 춥죠? 따뜻한 포도주를 가져다드릴 테니 제 거실의 화로 옆에서 몸을 녹이세요."

"바깥 날씨가 너무 춥네요." 술라는 율리아가 가져온 잔을 받아들며 말했다. "아프리카 날씨에 익숙해져 있어서 그래요. 그동안 위대한 가이우스 마리우스를 따라다니면서 저 스스로도 화끈한 사람처럼 느껴졌죠. 하지만 이제 조금 지쳤어요."

율리아는 맞은편에 앉아 의아한 듯 고개를 갸우뚱하며 물었다. "대체 무슨 일인가요?"

"오, 당신은 저분의 아내군요." 술라는 씁쓸함을 감추지 못하고 말했다.

"그런 얘기는 나중에 해요, 루키우스 코르넬리우스. 먼저 무슨 일이 있었는지 말해주세요."

그는 쓴웃음을 짓고 고개를 내저으며 말했다. "아시겠지만 저는 세상 누구보다 더 저분을 좋아합니다. 하지만 가끔은 적들에게 그러는 것처럼, 저분을 툴리아눔 감옥의 교수형 집행인에게 던져버리고 싶을 때가 있어요!"

율리아는 웃음을 터뜨렸다. "저도 그래요." 그녀는 부드럽게 말했다. "지극히 정상적인 일이에요. 저이는 위대한 사람이고, 그런 사람의 곁을 지키는 것은 쉽지 않으니까요. 그런데 저이가 대체 어쨌기에 그러죠?"

"개선장군 복장으로 취임식에 참여하려고 했어요."

"오, 세상에! 전부 시간 낭비니 어쩌니 하면서 다른 사람들의 심기를 건드린 건가요?" 위대한 마리우스의 충실하고 총명한 아내가 물었다.

"얼굴에 온통 붉은색 염료를 바른 채였지만, 다행히 저분의 생각을 제가 먼저 알아차렸어요." 술라는 활짝 웃었다. "눈썹 덕분이에요. 저분과 3년 정도 함께 지내면 바보가 아닌 이상 눈썹을 보고 생각을 읽을 수 있죠. 마치 암호처럼 위아래로 꿈틀대잖아요. 당신은 명석한 분이니 잘 알겠죠!"

"네, 잘 알지요." 율리아도 활짝 웃으며 말했다.

"어쨌든 저는 마리우스에게 다가가서 뭔가 잊었다는 걸 알려드리려고 몇 마디 건넸죠. 휴! 저에게 당장 티베리스 강물로 뛰어들라고 하실 듯한 기색이라, 잠깐 동안은 숨도 쉬기 힘들었어요. 그러다 옆에서 대기하고 있던 퀸투스 카이킬리우스를 보고 마음이 바뀐 거죠. 얼마나 연기를 잘하시던지! 감쪽같은 솜씨였어요. 푸블리우스 루틸리우스 말고는 모두 그가 단지 자기 옷차림을 까먹었다고 생각했을 겁니다."

"오, 고마워요, 루키우스 코르넬리우스!"

"저야말로 영광이죠." 이 말은 진심이었다.

"따뜻한 포도주를 더 드릴까요?"

"네, 고맙습니다."

율리아는 포도주와 함께 김이 모락모락 나는 빵 한 접시를 가져왔다. "이제 막 찜통에서 꺼낸 빵이에요. 효모를 넣어 만들었고 소시지도 들어 있어요. 정말 맛있답니다! 요리사가 우리 아들 마리우스를 위해서 늘 만들어주는 음식이죠. 그애는 요즘 몸에 좋은 음식은 다 거부하는 끔찍한 시기를 거치고 있거든요."

"우리 아이 둘은 뭐든 주는 대로 잘 먹어요." 이 말을 하면서 술라의 얼굴이 밝아졌다. "오, 그애들은 너무 사랑스러워요! 살아 있는 인간이 이렇게나 완벽할 수 있다는 걸 처음 알았어요."

"그애들은 제 눈에도 아주 예뻐요." 아이들의 이모인 율리아가 말했다.

"율릴라 눈에도 그랬으면 좋겠군요." 술라의 얼굴이 어두워졌다.

"무슨 말인지 알아요." 율릴라의 언니가 부드럽게 말했다.

"율릴라는 대체 왜 그러는 걸까요? 혹시 알고 있나요?"

"우리 가족이 율릴라를 망쳐놓은 것 같아요. 아버지와 어머니는 넷째를 원하지 않으셨어요. 이미 아들이 둘이나 있었고, 제가 태어났을 때는 딸이 하나쯤 있어도 좋겠다고 생각하셨죠. 그런데 또다시 율릴라가 생긴 것은 충격이었어요. 게다가 우리 가족은 너무 가난했죠. 그래서 율릴라가 조금 컸을 때 식구들 모두 그애에게 미안한 마음을 품었던 것 같아요. 특히 어머니 아버지는 더욱 그랬죠. 그앨 원하지 않았던 것 때문에. 그래서 그애가 무슨 말을 해도 이해하려고 했어요. 돈이 조금이라도 생기면 율릴라가 써버렸는데 야단치는 사람도 없었어요. 율릴라의 단점은 예전부터 존재했지만 우리는 그것을 고치도록 도와주지 않았어요. 인내와 관대함을 가르쳐야 했는데 그러질 못했죠. 결국 율릴라는 자신이 세상에서 가장 중요하다고 여기게 되었고, 이기적이고 자기중심적이고 스스로에게만 관대한 사람으로 자랐어요. 그 책임은 대부분 우리에게 있어요. 하지만 그로 인해 가장 고통받는 사람은 불쌍한 율릴라겠죠."

"술을 너무 많이 마셔요."

"네, 알아요."

"게다가 아이들에게 거의 관심을 주지 않아요."

율리아의 눈에 눈물이 고였다. "네, 알고 있어요."

"제가 어떻게 해야 할까요?"

"원하신다면 이혼을 할 수도 있겠죠." 율리아의 뺨에 눈물이 흘러내렸다.

술라는 소시지빵으로 지저분해진 손을 앞으로 내밀었다. "게르만족과 싸우는 동안 로마를 떠나 있어야 하는데 제가 어떻게 그럴 수 있겠습니까? 게다가 율릴라는 제 아이들의 엄마예요. 저는 세상 누구보다 더 율릴라를 사랑했습니다."

"계속 그렇게 말씀하시네요, 루키우스 코르넬리우스. 사랑한다면 그냥 사랑하는 거죠! 왜 세상 누구보다 더 사랑하고 덜 사랑하는지를 따지죠?"

너무도 정곡을 찌르는 말이었다. 술라는 잠시 침묵을 지켰다. "전 어릴 때 사랑을 전혀 받지 못해서 사랑하는 법도 못 배웠어요." 그는 평소 하던 변명을 다시 꺼냈다. "이제는 율릴라를 사랑하지 않아요. 아니, 솔직히 말하면 밉습니다. 하지만 율릴라는 제 딸과 아들의 엄마고, 적어도 제가 게르만족을 물리칠 때까지는 우리 아이들에겐 엄마밖에 없어요. 이혼하겠다고 하면 율릴라는 미쳐버리거나 자살 소동을 일으키거나 포도주를 지금보다 세 배는 더 마실지 몰라요. 그만큼 생각 없는 또 다른 짓을 저지를 수도 있고요."

“네, 맞는 말이에요. 이혼은 해답이 아니에요. 이혼하면 아이들에게 지금보다 더 나쁜 영향을 줄 수도 있어요.” 율리아가 한숨을 내쉬고 눈물을 훔치며 말했다. “사실 지금 우리 집안에는 문제가 있는 여자가 둘이랍니다. 제가 다른 해결책을 제안해도 될까요?”

“네, 뭐든지 말해보세요.” 술라가 큰 소리로 말했다.

“두번째는 바로 저희 어머니예요. 어머니는 큰오빠 가족과 함께 사는 것을 못마땅하게 생각하세요. 제 어머니와 클라우디우스 가문 출신인 올케는 사이가 나빠요. 가장 큰 이유는 어머니께서 아직도 집안의 안주인으로 남으려고 하시기 때문이죠. 두 사람은 매일같이 싸워요. 클라우디우스 가문 여자들은 전통적인 여성의 가치를 지양하도록 교육받는 반면, 제 어머니는 그런 가치의 표본이니까요.” 율리아는 고개를 저으며 슬픈 목소리로 설명했다.

술라는 여자들 특유의 논리를 잘 이해하는 척하며 아무 말도 하지 않고 가만히 있었다.

율리아는 힘겹게 말을 이었다. “아버지가 돌아가신 뒤 어머니는 많이 변하셨어요. 두 분의 유대가 그렇게 강한 줄은 아무도 몰랐어요. 어머니가 아버지의 지혜와 보호에 그만큼 의지하는 줄도 몰랐고요. 어머니는 이제 짜증을 잘 내고 늘 초조해하고 남의 잘못을 지적하려고만 하세요. 오, 어떨 때는 참을 수 없을 정도로 잔소리만 늘어놓으시죠! 집안 사정이 얼마나 엉망인지 알고서 마리우스는 불쌍한 섹스투스가 평화롭게 지낼 수 있도록 어머니께 해변에 있는 빌라를 사드리겠다고 했어요. 하지만 어머니는 사나운 고양이처럼 날뛰며 자기를 귀찮아하는 거 다 안다고 말씀하셨죠. 그리고 당신이 그 집을 떠난다면 천벌을 받게 될 것이라고 하셨어요. 오, 세상에!”

"그러니까 우리에게 장모님을 모시고 살라는 얘기군요. 하지만 해변의 빌라도 마다하셨는데 장모님이 우리집에 오려고 하실까요?"

"제 남편의 제안은 단순히 어머니를 떼어놓으려고 했기 때문에 실패한 거예요. 불쌍한 올케에게 지금의 어머니는 너무 감당하기 힘든 사람이에요." 율리아는 솔직하게 말했다. "하지만 술라와 율릴라가 어머니를 모시고 사는 것은 완전히 다른 얘기죠. 우선 어머니는 아버지와 살던 집 바로 옆에 계실 수 있어요. 게다가 요긴하고 도움을 주는 존재가 될 수 있죠. 어머니는 율릴라를 잘 지켜봐주실 거예요."

"장모님이 그러길 원하실까요?" 술라가 머리를 긁적이며 물었다. "율릴라의 말을 들어보면 옆집에 사시면서도 절대 우리집에 오시지 않는다고 하더군요."

"어머니와 율릴라도 싸워요." 율리아의 얼굴에 근심이 사라지고 미소가 피어났다. "그것도 심하게 싸우죠! 율릴라는 어머니가 대문으로 들어오시는 것을 보면 바로 집으로 가시라고 할 거예요. 하지만 당신이 직접 어머니께 함께 살자고 한다면 율릴라도 어쩔 수 없겠죠."

이제 술라도 미소를 지으며 말했다. "우리집을 아주 생지옥으로 만들 작정이군요."

율리아의 한쪽 눈썹이 올라갔다. "그게 걱정되시나요, 루키우스 코르넬리우스? 어차피 당신은 곧 집을 떠날 텐데요."

술라는 하인이 가져온 물그릇에 손을 씻으며 한쪽 눈썹을 치켜떴다. "고맙습니다, 율리아." 그는 자리에서 일어나더니 허리를 숙여 율리아의 뺨에 키스했다. "내일 장모님을 만나서 함께 지내자고 말해야겠어요. 아주 단호하고 분명하게 장모님이 필요한 이유를 얘기드릴 겁니다. 내 아이들이 사랑받는다는 확신이 있어야 안심하고 떠날 수 있으니까요."

"노예들이 아이들을 잘 돌보지 않나요?" 율리아가 자리에서 일어나며 물었다.

"오, 그들은 아이들을 너무 오냐오냐하며 키워요. 율릴라는 분명 아주 훌륭한 유모들을 구해놓긴 했죠. 하지만 그건 아이들을 노예처럼 만드는 지름길입니다. 아이들은 유모의 국적에 따라 그리스인이나 트라키아인이나 켈트인처럼 자라겠지요. 기괴한 미신과 관습을 따르고, 라틴어가 아닌 언어로 사고하며, 부모나 친척은 그저 권위적이고 먼 존재로 인식하게 되겠죠. 저는 아이들이 제대로 양육되기를 원합니다. 로마 여성에 의해 로마인으로 자라기를 바라죠. 이상적인 경우 그 여성은 아이들의 어머니여야 합니다. 하지만 지금은 그게 힘들 것 같으니, 씩씩한 할머니가 최선의 대안이겠죠."

"잘됐네요." 율리아가 말했다.

두 사람은 문 쪽으로 걸어갔다.

"혹시 율릴라가 부정한 짓을 저질렀나요?" 술라가 갑자기 물었다.

율리아는 경악하지도 화를 내지도 않았다. "아마 그런 일은 없을 겁니다, 루키우스 코르넬리우스. 율릴라의 문제는 술이지 남자가 아니에요. 당신은 남자라서 여자의 음주보다 외도가 더 큰 죄악이라 생각하겠죠. 하지만 제 생각은 달라요. 전 술이 불륜보다 더 아이들에게 피해를 줄 수 있다고 생각해요. 부정한 여인은 적어도 아이들에게서 눈을 떼거나 집을 다 태우지는 않아요. 술에 취한 여자는 충분히 그럴 수 있죠. 어쨌든 요점은, 어머니를 투입하자는 거예요!"

마리우스는 자주색 단을 두른 토가를 입고 거실에 들어왔다. 어느 모로 보나 집정관 같은 자태였다. "서두르게, 루키우스 코르넬리우스!

해가 지고 달이 뜨기 전에 어서 가서 취임식을 끝내자고!"

율리아와 술라는 어쩔 수 없다는 듯 미소를 주고받았다. 두 남자는 집정관 취임식장으로 떠났다.

마리우스는 이탈리아 동맹들을 달래는 작업에 나섰다. "그들은 로마인이 아닙니다." 그는 1월의 노나이에 처음 열린 원로원 공식 회의에서 이와 같이 말했다. "하지만 그들은 우리의 모든 사업에 있어 가까운 우방이며 우리와 함께 이탈리아 반도를 나누는 이웃입니다. 그들은 이제껏 이탈리아 방어를 위해 군사를 제공하는 의무를 다하면서도 정당한 대우를 받지 못했습니다. 물론 로마도 정당한 대접을 받지 못하고 있습니다. 원로원 의원 여러분, 아시겠지만 지금 이 순간 평민회에서는 안타까운 일이 벌어지고 있습니다. 전임 집정관 마르쿠스 유니우스 실라누스는 호민관 나이우스 도미티우스가 제기한 혐의에 맞서 스스로를 변호하고 있습니다. '반역죄'라는 말이 직접 언급되지는 않았지만 그 문제로 기소되었음이 분명합니다. 마르쿠스 유니우스는 최근 몇 년 사이 이탈리아 동맹군을 포함해서 군대 전체를 잃은 집정관 출신의 전쟁 지휘관 중 한 사람입니다."

그는 고개를 돌려 실라누스를 똑바로 쳐다봤다. 휴일인 노나이에는 평민회가 소집되지 않았기 때문에 실라누스는 원로원 회의에 출석해 있었다. "오늘 저는 마르쿠스 유니우스를 비난하고자 하는 것이 아닙니다. 단순히 사실을 언급할 뿐입니다. 마르쿠스 유니우스의 소송 문제는 다른 회의에서 다른 사람들이 해결하도록 둡시다. 저는 단순히 사실을 언급할 뿐입니다. 저 때문에 마르쿠스 유니우스가 오늘 이곳에서 자신의 입장을 변호할 필요는 없습니다. 저는 단순히 사실을 언급할 뿐입니다."

마리우스는 의도적으로 헛기침을 했다. 실라누스가 무슨 말이든 하고 싶은 말을 할 수 있는 기회를 준 것이다. 하지만 실라누스는 돌처럼 굳은 채 그의 말을 못 들은 척했다. "원로원 의원 여러분, 저는 단순히 사실을 언급할 뿐입니다. 그 이상도 그 이하도 아닙니다. 사실은 사실이니까요."

"아, 빨리 진행하시오!" 누미디쿠스가 피곤이 섞인 목소리로 말했다.

마리우스는 환히 미소 지으며 과장된 몸짓으로 고개를 숙였다. "물론이죠. 고맙습니다, 퀸투스 카이킬리우스! 당신처럼 존엄하고 저명하신 전임 집정관이 재촉하시는데 제가 어떻게 서두르지 않을 수 있겠습니까?"

"'존엄한'과 '저명한'은 결국 같은 뜻입니다, 가이우스 마리우스." 달마티쿠스 최고신관은 동생과 마찬가지로 피곤 섞인 목소리로 말했다. "라틴어 동의어의 반복 사용을 자제한다면 원로원 회의 시간을 상당히 절약할 수 있을 텐데요."

"존엄하고 저명하신 전임 집정관 루키우스 카이킬리우스께 용서를 빕니다." 마리우스는 다시 한번 과장된 몸짓으로 고개를 숙였다. "하지만 민주주의가 고도로 발달한 로마 사회에서는 저처럼 존엄이나 저명과는 거리가 먼 사람에게도 원로원이 열려 있습니다." 마리우스는 잠시 생각에 빠진 척했다. 그의 눈썹이 가운데로 모였다. "제가 어디까지 말했죠? 아, 그렇군요! 그동안 이탈리아 동맹들은 로마인과 마찬가지로 군대 제공의 의무를 다해왔다는 데까지 말했군요. 그런데 최근 삼니움, 아풀리아, 마르시를 비롯한 지역의 정무관들에게서 더는 군사를 제공할 수 없다는 서신이 빗발치고 있습니다." 그는 사무원이 가져온 두루

마리 다발을 집어들어 원로원 의원들에게 보여주었다. “그들은 이탈리아나 이탈리아 갈리아 국경 밖에서 벌어지는 전쟁에 동맹들이 군사를 제공하는 것이 적법한지 의문을 제기하고 있습니다. 존엄하고 저명하신 원로원 의원 여러분, 이탈리아 동맹들은 그들이 이제까지 수천 명에 이르는 자국 병사들을 잃게 된 원인이 순전히 로마만을 위한 전쟁, 편지를 그대로 인용하자면 ‘외국의 전쟁’ 탓이라고 합니다!”

의원들 사이에서 웅성대는 소리가 들렸다.

“전혀 근거가 없는 주장이오!” 스카우루스가 소리쳤다. “로마의 적은 곧 이탈리아의 적입니다!”

“저는 편지 내용을 인용했을 뿐입니다, 마르쿠스 아이밀리우스 최고참 의원님.” 마리우스가 달래듯이 말했다. “이 편지에서 불만을 드러낸 이탈리아 동맹들은 곧 로마로 사절단을 보낼 예정입니다. 그러니 우리는 이 편지 내용을 정확히 알고 있어야만 합니다.”

갑자기 그의 목소리가 변하면서 농담조가 사라졌다. “이런 사소한 다툼은 그만 집어치웁시다! 우리는 로마인이 아니고 절대 로마인이 될 수도 없는 이탈리아인들과 이 반도를 나누어 쓰고 있습니다. 그들이 지금 위치까지 이를 수 있었던 것은 순전히 로마와 로마인의 놀라운 업적 덕분이죠. 그들이 로마의 영토나 속주에 거주할 수 있는 것도 순전히 로마와 로마인의 위대한 업적 덕분입니다. 그들의 식탁에 오르는 빵, 방을 데우는 화롯불, 그들이 키우는 건강한 아이들, 이 모든 것은 로마와 로마인이 있었기 때문에 가능한 일입니다. 로마가 있기 전에 이탈리아 반도는 혼란 그 자체였습니다. 지독히 분열되어 있었죠. 로마가 있기 전에 이탈리아 반도의 북쪽에는 잔인한 에트루리아 왕들이 있었고 남쪽에는 탐욕스러운 그리스인들이 있었습니다. 갈리아의 켈트족은 말할 것도 없죠."

원로원의 분위기는 진정되었다. 마리우스가 심각한 어조로 말하자 모든 사람들이, 심지어 그에게 지독히 반대하는 정적들까지도 귀를 기울였다. 군인인 마리우스는 다소 투박하고 직설적이긴 했지만 모국어인 라틴어를 제대로 구사하는 훌륭한 웅변가였다. 감정 조절만 잘하면 그의 억양은 스카우루스와 별반 다를 바가 없었다.

"원로원 의원 여러분과 로마 인민은 저에게 로마 땅에서, 그리고 이탈리아 땅에서 게르만족을 물리치라는 명을 내렸습니다. 저는 전직 법무관 마니우스 아퀼리우스와 용맹한 원로원 의원 루키우스 코르넬리우스 술라를 보좌관으로 임명하여 하루빨리 알프스 너머 갈리아로 가고자 합니다. 우리가 죽는 한이 있더라도 여러분을 위해 게르만족을 물리치고 로마를, 그리고 이탈리아를 영원히 안전하게 만들 것입니다. 저와 보좌관들과 제가 거느린 모든 병사들의 이름을 걸고 맹세합니다. 우리의 의무는 신성한 것입니다. 모든 일을 완벽하게 수행할 것입니다. 우리는 로마 군단의 은 독수리를 앞세우고 기필코 승리할 것입니다!"

원로원 뒷자리에서 이름 모를 의원 몇 명이 환호하며 발을 굴렀다. 잠시 후 앞좌석의 의원들도, 심지어 스카우루스도 박수를 치기 시작했다. 하지만 누미디쿠스만은 예외였다.

마리우스는 회의장이 조용해질 때까지 기다렸다. "하지만 떠나기에 앞서, 이탈리아 동맹들의 불안을 덜어주기 위해 여러분께 부탁할 일이 있습니다. 이탈리아 군대가 동맹들과 전혀 상관없는 전쟁에 이용되고 있다는 그들의 주장은 절대로 인정할 수 없습니다. 또한 동맹들이 제공하겠다고 공식적으로 약속한 병사들의 징집을 중단할 수도 없습니다. 게르만족은 이탈리아 갈리아는 물론 이탈리아 반도까지 위협하고 있습니다. 하지만 군에 복무할 수 있는 남자의 숫자가 절대적으로 부족한 지금 상황은 로마만큼이나 이탈리아 동맹들에게도 큰 영향을 미치고 있습니다. 원로원 의원 여러분, 우물은 말라버렸고 다시 물이 차오르기까지는 시간이 걸릴 것입니다. 저는 동맹들에게 약속할 수 있습니다. 존엄하지도 저명하지도 않은 이 몸에 숨이 붙어 있는 한 이탈리아 혹은 로마의 병사가 전장에서 헛된 죽음을 맞는 일이 없도록 하겠습니다. 조국을 수호하기 위해 함께하는 모든 병사들을 제 목숨보다 더 소중하게 여길 것입니다! 그것만은 분명히 맹세할 수 있습니다."

다시 환호성과 발 구르는 소리가 들려왔다. 앞줄에서도 아까보다 더 빨리 박수가 터져나왔다. 하지만 누미디쿠스는 예외였다. 카툴루스 카이사르도 마찬가지로 조용했다.

마리우스는 박수 소리가 잠잠해질 때까지 또 기다렸다. "최근 찬으로 부끄러운 일에 대해 알게 되었습니다. 우리 원로원 의원들과 로마 인민은 이탈리아 동맹 시민 수천 명을 채무로 속박하여 지중해 연안 로마 영토의 노예로 만들고 있습니다. 그들은 대부분 농사꾼이었기 때문에 현재 시칠리아, 사르디니아, 코르시카, 아프리카의 곡창지대에서 노예로 일하며 빚을 갚고 있습니다. 여러분, 이것은 부당한 처사입니다! 로마인 채무자에게 노역을 강제하지 않듯이, 이탈리아 동맹 시민에게도 그래서는 안 됩니다. 물론 그들은 로마인이 아닙니다. 절대 로마인이 될 수도 없습니다. 하지만 그들은 이탈리아 반도에서 우리와 함께 사는 형제입니다. 로마인이라면 자기 형제를 채무 노예로 만들지는 않을 것입니다."

마리우스는 거대한 농지를 소유한 일부 원로원 의원들이 반박할 틈을 주지 않고 말을 이어나갔다. "제가 대농지 소유주들에게 게르만족을 노예로 제공하게 될 때까지, 이탈리아 출신의 채무 노예를 대체할 노동력을 찾아야만 합니다. 원로원 의원 여러분, 우리는 오늘 이탈리아 동맹시 출신의 모든 노예를 해방하라는 결의를 내려야 합니다. 그리고 평민회에서는 그 결의를 법으로 통과시켜야 합니다. 로마인들에게 하지 않는 짓을 가장 오래되고 충직한 우방의 시민들에게 할 수는 없습니다. 그들은 반드시 해방되어야 합니다! 그들은 이탈리아로 돌아가서 로마에 대한 본연의 의무를 다해야 합니다. 다시 말해 로마의 보조군에서 복무해야 합니다.

이제 이탈리아에는 최하층민이 바닥났다는 소문이 들립니다. 전부 노예로 전락했기 때문이죠. 원로원 의원 여러분, 이탈리아의 최하층민에게는 농지에서 노예로 일하는 것보다 더 나은 임무가 있습니다. 이제 우리는 전통적인 형태의 군대를 조직할 수 없습니다. 군에 복무할 만큼 재산을 가진 남자들은 너무 늙었거나 너무 어리고, 적당한 나이의 남자들은 다 죽었기 때문입니다! 이제 군에 복무할 수 있는 것은 최하층민뿐입니다. 로마 최하층민만으로 구성된 저의 용맹한 아프리카 군대를 통해 최하층민도 출중한 병사로 거듭날 수 있음이 증명되었습니다. 또한 역사적으로 유산층 이탈리아인이 유산층 로마인보다 병사로서 부족하지 않음이 증명되었던 것처럼, 앞으로 몇 년 안에 이탈리아의 최하층민이 로마의 최하층민보다 조금도 부족하지 않음을 증명해 보일 것입니다!"

그는 단상에서 내려와 마루 중앙으로 걸어갔다. "원로원 의원 여러분, 이것이 제가 원하는 결의입니다. 이 결의를 내려주실 수 있겠습니까?"

모든 일은 순조롭게 진행되었다. 마리우스의 웅변에 자극받은 원로원 의원들은 곧바로 표결에 들어갔다. 누미디쿠스, 달마티쿠스 최고신관, 스카우루스, 카툴루스 카이사르를 비롯한 몇몇 의원이 반발했지만 그 목소리는 묻혀버렸다.

"그런데 말이네." 루푸스는 원로원 회의가 끝난 뒤 마리우스의 집 쪽으로 걸어가면서 말했다. "어떻게 대농장 소유주들이 이 결의를 따르도록 만들 셈인가? 자네도 알겠지만 이 법은 자네의 가장 큰 지지기반인 기사와 사업가 계급의 이권을 침해할 수 있어. 아프리카에서 자네가 제공했던 특혜의 약발이 다 떨어져버릴 거야. 농장에서 일하는 노예 중에 이탈리아인이 얼마나 많은지 알고 있나? 시칠리아는 그들에 의해 돌아가고 있다네!"

마리우스는 어깨를 으쓱했다. "내 정보원들이 이미 물밑 작업에 들어갔다네. 나는 무사할 거야. 내가 지난달 내내 쿠마이에 박혀 있긴 했지만 가만히 앉아서 쉬지는 않았어. 나름 조사를 했고 그 결과 아주 흥미로운 정보를 많이 얻었네. 이탈리아 동맹시 사람들 수천 명이 대농장에서 노예로 일하고 있는 것은 사실이야. 하지만 시칠리아에서는 농장 노예 대부분이 그리스인이라네. 아프리카의 경우, 가우다 왕에게 이제 곧 해방될 이탈리아인을 대체할 노동력을 제공해달라고 부탁했어. 가우다 왕은 나의 피호민이기도 하니 부탁을 들어줄 수밖에 없을 거야. 가장 힘든 지역은 아무래도 사르디니아지. 그곳에서는 거의 모든 농장 노예가 이탈리아인이라네. 하지만 신임 총독이자 우리의 존경스러운 전직 법무관 티투스 알부키우스에게 나를 위해 최선을 다해달라고 설득할 작정이네, 기필코."

"그에게는 피케눔 출신의 아주 거만한 재무관이 있더군." 루푸스는 미심쩍다는 듯 말했다.

"재무관이란 각다귀 같은 존재지." 마리우스는 경멸하듯 말했다. "경험이 부족해서 귀에 대고 박수를 쳐주어도 알아듣지 못하고 엉뚱한 곳으로 가버리거든."

"이거 루키우스 코르넬리우스에 대한 험담 아닌가!"

"그는 달라."

루푸스는 한숨을 내쉬었다. "나는 잘 모르겠네, 가이우스 마리우스! 부디 자네가 생각하는 대로 일이 풀리기를 바랄 뿐이지."

"늙은 냉소주의자 같으니라고." 마리우스가 애정을 담아 말했다.

"늙은 회의주의자라고 해주게!"

게르만족이 알프스 너머 갈리아 지역의 로마 속주로 남하할 움직임을 보이지 않는다는 보고가 들어왔다. 오직 킴브리족만이 남하하는 중이었지만 로다누스 강 서쪽으로 건너간 상태였기 때문에 로마 영토를 침범하지는 않았다. 마리우스의 정보원이 작성한 보고서에 따르면 테우토네스족은 북서부를 떠돌고 있었다. 그리고 티구리니족, 마르코만니족, 케루스키족 연합체는 이주 계획이 없는 듯 아이두이족과 암바리족 사이에 정착한 터였다. 물론 이러한 상황은 언제든 뒤바뀔 수 있었다. 하지만 80만 명이나 되는 사람들이 각자 소지품, 가축, 수레를 챙겨서 이주를 시작하려면 시간이 꽤 걸릴 것이 분명했다. 마리우스는 게르만족이 남하한다고 해도 5월이나 6월 이후가 되리라 예상했다. 아예 내려오지 않을 가능성도 있었다.

마리우스는 보고서 내용이 마음에 들지 않았다. 병사들은 잔뜩 흥분한 채 멋진 전투를 기다리고 있었다. 보좌관들은 의욕으로 충만했으며, 군관들과 백인대장들은 완벽한 군대 체계를 갖추기 위해 지금껏 고생해왔다. 마리우스는 지난해 12월 이탈리아에 도착했을 때, 게르만족들이 서로 반목하고 있으며 로마 속주를 통과해서 남하하지는 않을 것 같다는 통역사의 이야기를 들은 바 있었다. 게르만족은 로마 대군을 전멸시켰으니 그 여세를 몰아 무력으로 얻어낸 땅으로 옮겨와 정착하는 것이 이치에 맞고 합당한 일이었다. 그렇게 하지 않을 거라면 애당초 왜 싸운단 말인가? 이주는 왜 한단 말인가? 대체 왜?

"수수께끼 같은 족속들이야!" 마리우스는 보고서 내용을 읽고 짜증과 실망이 섞인 목소리로 술라와 아퀼리우스에게 말했다.

"야만인들이니까요." 아퀼리우스가 말했다. 그는 마리우스를 집정관으로 선출하자고 제안한 공을 인정받아 보좌관 자리를 얻었으며, 자신의 가치를 입증할 기회를 애타게 기다리고 있었다.

하지만 술라는 평소보다 훨씬 진중한 태도였다. "우리는 그들에 대해 충분히 알지 못합니다."

"금방 내가 한 말이 그 말이잖나!" 마리우스가 쏘듯이 말했다.

"아니, 저는 다른 방향으로 생각을 해봤습니다. 그런데." 술라는 무릎을 탁 쳤다. "가이우스 마리우스, 이 얘기는 조금 더 생각해본 다음에 꺼내야 할 것 같습니다. 어쨌든 분명한 것은 알프스 산맥을 넘었을 때 어떤 상황이 펼쳐질지 아무도 모른다는 겁니다."

"우리가 결정해야 할 문제가 바로 그거야." 마리우스가 말했다.

"결정할 문제라뇨?" 아퀼리우스가 물었다.

"알프스 산맥을 넘는 문제 말이지. 게르만족이 로마 영토를 침범하는 시기는 빨라도 5월이나 6월일 테니, 우리가 굳이 알프스 산맥을 넘을 이유가 없어. 적어도 일반적인 경로를 이용할 필요는 없겠지. 우리는 거대한 짐수레를 이끌고 1월 말에 출정하게 될 텐데, 그러면 이동

속도가 느려지겠지. 달마티쿠스 최고신관이 달력 연구를 열심히 하는지 요즘 계절과 달이 잘 맞아떨어지더군. 자네는 올겨울이 춥다고 생각했나?" 그가 술라에게 물었다.

"네, 정말 추웠습니다, 가이우스 마리우스."

"나도 마찬가지야. 우리의 피가 묽어진 거라네, 루키우스 코르넬리우스. 서리가 내려도 금방 녹고 고산에만 눈이 내리는 아프리카에 오래 있었던 탓이지. 우리 병사들이라고 뭐가 다르겠나? 이번 겨울에 몬스게나바 고개를 넘는 것은 절대 무리야."

"캄파니아에서 휴가를 즐겼으니 이제 고된 훈련이 필요한 시기입니다."

"오, 물론이지! 하지만 동상에 걸려 발가락이 떨어져나가고 손가락 감각을 잃어서는 안 돼. 겨울 의복을 지급하기는 했지만, 계집애처럼 불평 많은 그놈들이 과연 그걸 입으려고 할까?"

"어쩔 수 없는 상황에서는 입을 겁니다."

"까다롭게 굴려고 작정한 사람 같군." 마리우스가 말했다. "그렇다면 알겠네. 논리적으로 설명하는 건 그만두고 바로 명령을 내리겠네. 우리 군대는 일반적인 경로를 따라 알프스 너머 갈리아로 가지 않을 것이네. 대신 해안선을 따라 돌아서 가겠어."

"세상에, 시간이 무한정 걸릴 텐데요!" 아퀼리우스가 말했다.

"로마군이 마지막으로 해안선을 따라 히스파니아나 갈리아에 간 것이 언제지?" 마리우스가 아퀼리우스에게 물었다.

"그런 경우가 있었는지조차 모르겠습니다!"

"바로 그거야!" 마리우스가 의기양양하게 말했다. "그래서 해안선을 따라가자는 거야. 그 길이 얼마나 험한지, 시간은 얼마나 걸리는지, 도로 상태와 지형은 어떤지 모든 것을 알고 싶네. 내가 경무장한 네 개 군단을 이끌고 갈 테니, 마니우스 아퀼리우스 자네는 나머지 두 개 군단과 추가로 모집한 보병대대를 이끌고 짐수레를 호위하도록. 게르만족이 남쪽으로 방향을 돌려 히스파니아가 아니라 이탈리아 쪽을 향한다면 몬스 게나바 고개를 지나 이탈리아 갈리아로 들어올지, 아니면 해안선을 따라 곧장 로마를 침입할지 누가 알겠는가? 그들은 우리 마음을 읽으려는 노력은 전혀 안 하는 모양이던데, 그렇다면 로마로 통하는 가장 빠른 길이 해안선을 따라가는 길이 아니라 알프스 산맥과 이탈리아 갈리아를 지나는 길이라는 것을 어떻게 알겠나?"

보좌관들은 가만히 마리우스를 응시했다.

"무슨 뜻인지 알겠습니다만." 술라가 말했다. "그렇다면 왜 전군을 이끌고 가시려는 겁니까? 사령관님과 저, 소규모 기병대 하나면 능히 해낼 수 있는 일 같은데요."

마리우스는 머리를 거세게 저었다. "아니야! 나는 넘기 힘든 산을 가운데에 두고 내 군대와 수백 킬로미터씩 떨어져 있기 싫다네. 반드시 전군을 이끌고 가겠어."

1월 말에 마리우스는 전군을 이끌고 아우렐리우스 가도를 따라 북쪽으로 이동했다. 그는 다양한 사항을 기록했고, 원로원에 다소 퉁명스러운 서신을 보내 당장 어떤 도로를 보수해달라거나 교량이나 육교를 건설하거나 보강해달라고 요구했다.

서신에는 이런 내용도 있었다. '이곳은 이탈리아입니다. 이탈리아 반도의 북쪽과 이탈리아 갈리아, 리구리아로 통하는 모든 도로는 완벽한 상태를 유지해야만 합니다. 그렇지 않으면 반드시 후회할 날이 올 것입니다.'

마리우스 일행은 아르누스 강이 바다로 흘러드는 피사이에서 이탈리아 본토를 지나 이탈리아 갈리아로 넘어갔다. 그곳은 정식 속주로 지정되지도 않았고 이탈리아 본토처럼 로마의 통치를 받지도 않았다. 이도저도 아닌 일종의 중간지대였다. 피사이에서 바다 사바티아로 통하는 길은 완공되지 않은 상태였다. 이 길은 아이밀리우스 스카우루스 가도로, 스카우루스가 집정관이었을 때 공사를 시작했다. 그래서 마리우스는 스카우루스 최고참 의원에게 다음과 같은 편지를 보냈다.

최고참 의원님의 선견지명은 칭송받아 마땅합니다. 저는 아이밀리우스 스카우루스 가도야말로 몬스 게나바 고개가 만들어진 이래 로마와 이탈리아 방어에 가장 많이 기여했다고 생각합니다. 몬스 게나바 고개는 한니발 때부터 이용되었으니 아주 오래전에 만들어진 곳이죠. 특히 데르토나까지 이어지는 아이밀리우스 스카우루스 가도의 지선 도로는 전략적으로 너무나도 중요합니다. 파두스 강에서 리구리아의 아펜니누스 산맥을 넘어 티레니아 해안, 즉 로마의 해안으로 이어지는 유일한 도로이기 때문입니다.

그런데 문제가 심각합니다. 저는 최고의 실력을 갖춘 최고참 의원님의 공병들과 이야기를 나누었습니다. 이곳의 도로 공사 인력을 확충할 자금이 시급하다는 그들의 말을 전하게 되어 영광으로 생각합니다. 이 도로에는 가장 길고 가장 높은 육교가 필요한데, 도로 공사라기보다는 수도교 공사에 가깝습니다. 다행히 현지에는 석재를 공급하는 채석장이 있지만 안타까울 정도로 인력이 부족해 제가 바라는 것보다 작업 속도가 너무 느립니다. 따라서 최고참 의원님이 원로원과 국고위원회에 막강한 영향력을 발휘해 이 건설 사업에 박차를 가하는 데 필요한 자금을 마련해주셨으면 합니다. 올여름까지 이 도로가 완성된다면, 로마군이 수백 킬로미터를 돌아가는 대신 80킬로미터의 도로를 이용할 수 있으니 로마는 비로소 안심할 수 있을 것입니다.

"이것 보게. 스카우루스 그 늙은이는 아주 기뻐하며 바쁘게 움직일 거야." 마리우스가 술라에게 말했다.

"그럴 겁니다." 술라가 웃으면서 말했다.

아이밀리우스 스카우루스 가도는 바다 사바티아에서 끝났다. 거기서부터는 로마인의 관점에서 도로라 부를 만한 것은 없었다. 매우 높은 산이 바다로 뛰어들 듯이 솟은 지역을 따라 자연스럽게 생겨난, 마차가 다니는 길만 존재했다.

"이 길을 선택한 것을 후회하게 될 겁니다." 술라가 말했다.

"오히려 난 기쁘다네. 매복 작전이 가능한 여러 장소를 확인할 수 있으니 말일세. 왜 제정신인 사람들은 이 길을 통해 알프스 너머 갈리아로 가지 않는지, 이 지역 출신인 바기엔니우스는 달팽이를 찾을 때 어째서 그리 쉽게 암벽을 오를 수 있었는지도 알았고. 무엇보다 게르만족이 이 경로를 택하더라도 두려워할 필요가 없다는 점을 알아서 기쁘다네. 해안을 따라 움직이기로 결심하더라도, 며칠이 지나면 앞서가던 기병대들은 동족들이 뒤로 슬금슬금 물러나는 모습을 보게 될 거야. 우리에게 어렵다면, 그들에겐 불가능한 일이지. 잘됐어!"

마리우스는 퀸투스 세르토리우스에게 고개를 돌렸다. 세르토리우스는 직위가 낮았지만 실력만으로 특권을 얻어냈으며 그것을 한껏 누리고 있었다.

"퀸투스 세르토리우스, 물자 수송대가 어디쯤 오고 있을 것 같나?" 마리우스가 물었다.

"아우렐리우스 가도의 상태가 열악한 것을 감안하면 포풀로니아와 피사이 중간 어디쯤에 있을 것 같습니다."

"자네 다리는 어떤가?"

"그 정도 거리를 말을 타고 달릴 상태는 아닙니다." 세르토리우스는 마리우스의 생각을 항상 먼저 읽었다.

"그렇다면 쓸 만한 사람 셋을 찾아서 이걸 전달해주게나." 마리우스는 밀랍 서판을 세르토리우스에게 건넸다.

"물자 수송대를 플로렌티아까지는 카시우스 가도로, 보노니아까지는 안니우스 가도로 이동시킨 다음 몬스 게나바 고개를 넘게 할 생각이시군요." 술라가 안도의 한숨을 내쉬며 말했다.

"하지만 기둥, 볼트, 기중기, 도르래 장치가 필요할 거야." 마리우스는 인장을 새긴 반지로 밀랍을 세게 누른 다음 돌쩌귀가 달린 서판을 닫았다. "여기 있네." 그는 세르토리우스에게 말했다. "반드시 묶어서 다시 밀봉하도록 하게. 호기심 많은 사람이 괜히 들여다보면 안 되니까. 마니우스 아퀼리우스에게 직접 전달해야 하네, 알겠나?"

세르토리우스는 고개를 끄덕이고 사령부 막사를 나섰다.

"그리고 우리 병사들은 이제 일을 좀 시켜야겠어."

마리우스가 술라에게 말했다. "우선 측량사를 파견하도록. 완벽하진 않더라도 쓸 만한 길을 만들어야겠어."

산세가 험하고 농경지가 부족한 여느 지역과 마찬가지로 리구리아 주민들은 목가적인 삶을 꾸려나가거나 강도질과 해적질을 일삼았다. 혹은 바기엔니우스처럼 로마 보조군이나 기병대에 합류했다. 마을 정박지에 모여 있는 배들이 고기잡이보다는 해적질에 적합해 보이는 경우, 마리우스는 그 마을과 배들을 다 태워버리고 여자, 노인, 아이 들만 남긴 채 성인 남자들은 도로 건설 현장에 데려가 일을 시켰다. 한편 아라우시오, 발렌티아, 비엔, 심지어 루그드눔에서 전달된 보고에 따르면 올해에 게르만족과 접전을 벌일 일은 없어 보였다.

출정한 지 4개월이 지난 6월 초, 마리우스는 네 개 군단을 이끌고 알프스 너머 갈리아의 드넓은 해안 평야로 향했다. 드루엔티아 강 남쪽 글라눔 마을 부근에 위치한 아렐라테와 아콰이 섹스티아이 사이의 촌락에서 발길을 멈췄다. 놀랍게도 물자 수송대가 먼저 도착해 있었다. 그곳에 도착하는 데 3개월하고도 보름밖에 걸리지 않은 것이었다.

마리우스는 세심한 주의를 기울여 경작지가 아닌 곳을 주둔지로 선택했다. 삼면이 가파른 암벽으로 이루어진 언덕이었으며 꼭대기에 훌륭한 샘이 여럿 있었다. 나머지 한 면은 너무 가파르거나 좁지 않아서 언덕 꼭대기에 있는 주둔지까지 병사들이 쉽게 드나들 수 있었다.

"우리는 앞으로 이곳에서 여러 밤을 보낼 것이다." 마리우스는 만족스러운 듯 고개를 끄덕이며 말했다. "이제 이곳을 카르카소로 만들 거야."

술라와 아퀼리우스는 감히 아무 말도 하지 못했다. 하지만 세르토리우스는 그들보다 자제력이 부족했다.

"그럴 필요가 있을까요? 앞으로 여러 밤을 보내야 한다면 아렐라테나 글라눔에 주둔하는 것이 낫지 않나요? 왜 이곳에 머무는 것입니까? 어째서 게르만족이 이리 오기 전에 먼저 찾아내서 물리치지 않죠?"

"이보게, 애송이 세르토리우스." 마리우스가 말했다. "지금 게르만족은 넓은 지역에 흩어져 있네. 로다누스 강 서쪽을 따라 남하하던 킴브리족도 마음을 바꿔 히스파니아를 향하고 있어. 아마도 케벤나 산을 멀리 돌고 아르베르니족의 땅을 통과해서 이동하고 있겠지. 테우토네스족과 티구리니족은 벨가이족 틈에 정착할 작정으로 아이두이족의 땅을 떠났네. 적어도 내 소식통들에 따르면 말일세. 실제로 어떤지는 아무도 모르지."

"확실히 알아볼 수는 없을까요?" 세르토리우스가 물었다.

"어떻게 말인가?" 마리우스가 반문했다. "갈리아인들은 우리에게 호감을 가질 이유가 전혀 없어. 그런데 현재 우리는 전적으로 갈리아인에게 정보를 얻고 있네. 그들이 지금껏 정보를 제공한 이유는 단순히 게르만족이 그들 사이에 섞여 있는 것이 싫어서야. 하지만 한 가지는 확신할 수 있지. 게르만족은 피레네 산맥에 도착하면 어쩔 수 없이 발길을 돌려야 할 거야. 벨가이족은 피레네 산맥의 켈트이베리아족만큼이나 게르만족을 원하지 않을 것이 분명해. 그렇다면 게르만족의 입장에서 향할 수 있는 곳은 이탈리아뿐이라네. 그래서 우리는 게르만족이 올 때까지 이곳에서 기다릴 거야, 퀸투스 세르토리우스. 몇 년이 걸리더라도 말이지."

"가이우스 마리우스, 진짜로 몇 년이 걸린다면 병사들은 물러질 것이고 당신은 총사령관 지위를 잃게 될 것입니다." 아퀼리우스가 지적했다.

"내가 일을 시킬 테니까 병사들은 물러지지 않을 걸세. 우리에게는 거의 4만 명에 달하는 최하층민 병사가 있네. 국가가 저들에게 임금을 주고, 국가가 저들의 무기와 갑옷을 소유하며, 국가가 저들을 먹여살리지. 훗날 저들이 퇴역하면 나는 국가가 저들의 노년까지 책임지도록 할 작정이네. 하지만 군대에 머무는 동안 저들은 어디까지나 국가의 피고용인일 뿐이야. 나는 집정관으로서 국가를 대표하네. 그러므로 저들은 나의 피고용인이기도 해. 그리고 현재 엄청난 돈이 저들에게 들어가고 있지. 그 돈에 대한 대가로 저들이 하는 일이 엉덩이를 바닥에 붙이고 전투를 기다리는 것뿐이라면, 전투가 시작되기 전까지 얼마나 많은 돈이 허비될 것인지 생각해보게." 그의 눈썹은 위아래로 사납게 움직였다. "저들은 엉덩이를 바닥에 붙이고 앉아 전쟁을 기다리려고 입대한 게 아냐. 국가가 시키는 것은 무엇이든 해내기 위해 입대했네. 국가에서 보수를 주고 있으니 당연히 일을 해야지. 그래서 그 일을 시킬 작정이네. 일 말이야! 올해 저들은 네마우수스와 오켈룸 사이의 도미티우스 가도를 재정비하게 될 걸세. 내년에는 해안에서 아렐라테의 로다누스 강까지 선박이 다닐 수 있도록 운하를 팔 것이고."

모두들 매료된 것처럼 마리우스를 바라보았다. 잠시 동안은 아무도 입을 열지 못했다.

그러다가 마침내 술라가 날카로운 목소리로 말했다. "군인은 싸우는 대가로 돈을 받는 것입니다!"

"자기 돈으로 장비를 구입해 출전하고 국가로부터 식량 외에 다른 것은 제공받지 않는 사람이라면 그렇게 말할 수도 있겠지. 하지만 내 병사들은 상황이 다르지 않나. 전투에 참여하지 않을 때 저들은 꼭 필요한 공공사업에 투입될 걸세. 피고용인이 고용인을 위해 일하는 것처럼 저들도 국가를 위해 봉사해야만 하네. 게다가 그런 노동은 병사들의 체력을 유지하는 데도 도움이 될 걸세!"

"그렇다면 우리는요?" 술라가 물었다. "우리를 공병으로 만드실 생각입니까?"

"안 될 이유라도 있나?"

"우선 저는 국가의 피고용인이 아닙니다." 술라가 부드러운 말투로 말했다. "저는 다른 모든 보좌관들과 참모군관들처럼 아무런 보수도 받지 않고 제 시간을 바치고 있습니다."

마리우스는 예리한 눈으로 술라를 살폈다. "진심으로 말하겠네, 루키우스 코르넬리우스. 그 점에 대해서는 고맙게 생각하고 있어." 그는 이 말만 남기고 이야기를 마무리했다.

회의가 끝난 뒤에도 술라는 불만이 가시지 않았다. 국가의 피고용인이라니! 그것은 최하층민에게는 적용될 수 있는 말일지도 몰랐다. 하지만 그가 지적한 대로 참모군관과 보좌관에게는 적용될 수 없었다. 마리우스도 그 점을 인정하고 한발 물러나지 않았던가. 하지만 술라가 차마 입 밖에 꺼내지 못한 엄연한 사실이 하나 더 있었다. 참모군관과 보좌관에게 지급되는 금전적인 보상은 나중에 분배받게 될 전리품뿐이다. 그런데 게르만족과의 전쟁에서 전리품을 얼마나 얻게 될지 아는 사람은 아무도 없었다. 포로를 노예로 팔아넘기는 것은 총사령관의 특권이었다. 그리고 총사령관은 보좌관, 참모군관, 백인대장, 병사들과 그 특권을 나누어 가지지 않았다. 몇 년이 걸릴지 모르는 이 전쟁이 끝나도 남는 것은 노예밖에 없으리라고 술라는 생각했다.

술라에게 로다누스 강까지의 길고 지루한 여정은 전혀 즐겁지 않았다. 세르토리우스는 줄에 묶어놓은 사냥개마냥 주야장천 꼬리를 흔들고 냄새를 맡으며 다녔고, 자신이 할 만한 일을 발견하면 온몸을 부르르 떨며 기뻐했다. 그는 측량기구인 그로마 사용법을 익혔고 홍수가 난 강이나 무너진 교량, 산사태가 난 지역을 공병대가 어떻게 정리하는지 유심히 관찰했다. 백인대 한둘을 이끌고 후미진 곳에 위치한 해적 소굴을 소탕하는가 하면, 도로 보수공사에 나선 무리들을 도와주거나 멀리까지 나가 주변 지형을 살피기도 했다. 심지어 날개가 부러진 독수리 새끼를 치료해 길들였는데, 그 독수리는 지금도 가끔씩 그를 찾아왔다.

그렇다, 세르토리우스의 방앗간은 세상 모든 것을 곡식 삼아 빵을 수 있는 듯했다. 다른 것은 차치하고라도 그 점만 봤을 때 그는 마리우스와 같은 부류가 분명했다.

하지만 술라에게는 반드시 극적인 뭔가가 필요했다. 원로원 의원이 된 그에게 이와 같은 성향은 분명 결점으로 작용할 터였다. 그러나 타고난 본성을 완전히 포기할 순 없다는 것을 서른여섯 살에 이미 인식할 정도로 그는 통찰력을 갖고 있었다. 아이밀리우스 스카우루스 가도와 마리티마이 알프스를 통과하는 끝도 없이 지겨운 여정에 나서기 전까지 그는 군인생활을 한껏 즐기고 있었다. 군인생활은 모험과 도전으로 가득했고 전장에서의 싸움이나 새로운 아프리카를 구축하는 작업은 모두 만족스러웠다. 그런데 이제 와서 도로나 만들고 운하나 파라고? 그런 일이나 하려고 알프스 너머 갈리아까지 온 것은 아니었다! 절대 그렇게는 하지 않을 작정이었다!

늦가을에는 집정관 선거가 예정되어 있었다. 마리우스에게 적대적인 사람이 그 자리를 꿰찰 것이 분명했다. 그렇게 되면 말도 많고 탈도 많았던 두번째 집정관 임기 동안 마리우스가 해낸 일이라고는 남의 이름이 붙여진 도로를 완벽하게 정비한 것밖에 없게 된다. 그런데도 마리우스는 어떻게 저리도 평온하고 태평하단 말인가? 그는 심지어 총사령관 직에서 쫓겨나게 될 거라는 아퀼리우스의 지적에도 아무 대꾸를 하지 않았다. 저 아르피눔의 여우는 대체 무슨 꿍꿍이속이란 말인가? 어떻게 저리도 천하태평일 수 있을까?

그러다 갑자기 이 복잡한 질문들이 한순간에 술라의 머릿속에서 사라졌다. 눈앞에서 펼쳐지는 흥미진진한 장면 때문이었다. 그의 눈동자는 재미난 광경을 지켜보느라 이리저리 움직였다.

상급 참모군관들의 막사 밖에서 두 사람이 대화를 나누고 있었다. 적어도 보통 사람들에게는 그렇게만 보였을 것이다. 하지만 술라에게 그것은 대단한 익살극의 서막처럼 보였다. 둘 중에서 키가 큰 사람은 가이우스 율리우스 카이사르였고, 작은 사람은 위대한 마리우스의 사돈 조카 가이우스 루시우스였다(마리우스는 혈연관계가 아니라 인척이라고 거듭 강조했다).

같은 부류가 아니어도 과연 이쪽 사람을 알아볼까? 술라는 두 사람에게 다가가면서 자문해보았다. 카이사르는 눈앞에 있는 사람의 정체를 모르는 것이 분명했지만, 술라가 보기에는 본능적으로 경고신호를 감지하는 듯했다.

"오, 루키우스 코르넬리우스!" 루시우스가 찡찡거렸다. "지금 막 가이우스 율리우스에게 아렐라테의 밤문화는 어떤지, 만약 밤문화가 존재한다면 나와 함께 시험해보지 않겠냐고 묻고 있었어요."

카이사르의 길고 잘생긴 얼굴은 예의라는 무표정한 탈을 쓰고 있었으나, 루시우스에게서 어떻게든 멀어지려고 애쓰는 모습이 역력했다. 그의 눈은 루시우스의 얼굴을 마주보려 하면서도 자꾸 시선을 피했다. 군화 속에서는 발가락이 꼼지락거렸으며 손가락도 계속 움찔댔다.

"루키우스 코르넬리우스가 나보다 더 많이 아실 거야." 카이사르는 이렇게 말하면서, 한쪽 다리에 체중을 싣고 다른쪽 다리를 살짝 옆으로 뻗어 달아날 준비를 하고 있었다.

"아, 안 돼, 가이우스 율리우스. 가지 마!" 루시우스가 소리쳤다. "사람이 많을수록 더 즐겁단 말이야." 그는 키득거리기까지 했다.

"가이우스 루시우스, 미안하지만 난 당직을 서야 해." 카이사르는 이 말만 남기고 가버렸다.

루시우스와 키가 엇비슷한 술라는 한 손으로 그의 팔꿈치를 잡고 막사에서 멀리 떨어진 곳으로 끌고 갔다. 그러고는 즉시 손을 뗐다.

루시우스는 아주 잘생긴 청년이었다. 속눈썹은 길고 눈동자는 녹색이었다. 짙은 붉은빛 머리카락은 곱슬곱슬하고 짙은 색 눈썹은 섬세한 아치를 그리고 있었으며, 콧대가 높고 곧게 뻗은 코는 그리스인을 닮아 있었다. 작은 아폴로 신 같군. 술라는 이런 생각을 하면서도 별 감흥이 없었다.

그는 마리우스가 이 청년을 한번 보기라도 했는지 의심스러웠다. 물론 그랬다면 마리우스답지 않은 행동이었으리라. 가족의 성화 때문에 어쩔 수 없이 루시우스를 받아주고 적당한 나이이기 때문에 군무관 자리를 맡겼을 테지만, 마리우스라면 이 청년의 존재를 잊고 지내는 쪽을 택했을 것이다. 이 청년이 용맹한 행동이나 비상한 능력으로 자신의 가치를 증명하는 날까지.

"가이우스 루시우스, 한 가지 조언을 하겠네." 술라가 딱딱하게 말했다.

루시우스는 눈꺼풀을 내리떴다. 긴 속눈썹이 파르르 떨렸다. "그 어떤 조언이라도 환영입니다, 루키우스 코르넬리우스."

"자네는 겨우 어제서야 로마에서 이리로 합류했네."

술라가 입을 떼기가 무섭게 루시우스가 끼어들었다. "로마에서 온 것이 아닙니다, 루키우스 코르넬리우스. 페렌티눔에서 왔습니다. 어머니가 편찮으셔서, 사돈 되시는 가이우스 마리우스에게 특별 휴가를 얻어 페렌티눔에 잠시 머물렀습니다."

아하! 술라는 비로소 납득이 되었다. 마리우스가 사돈 조카인 이 사람에 대해서 왜 그리 퉁명스럽게 말했는지. 자신의 인척이 마리우스 스스로에게도 용납하지 않을 이유로 늦게 합류한다는 걸 도저히 밝힐 수 없었던 것이다!

"그런데 사돈어른께서는 아직 저에게 보자는 말도 안 하시더군요." 루시우스는 불평하기 바빴다. "언제쯤 뵐 수 있을까요?"

"그분이 청할 때까지 기다려야 하겠지. 하지만 아마 자네를 부르지 않을 거야. 스스로 가치를 증명하기 전까지 자네는 그분에게 수치스러운 존재야. 무엇보다, 전쟁이 시작되기도 전에 특혜를 베풀어달라고 부탁하고서는 늦게 입대하지 않았나."

"어머니가 아프셨다니까요!" 루시우스는 분개하며 말했다.

"우리 모두에겐 어머니가 있어, 가이우스 루시우스. 혹은 지금은 없지만 한때는 어머니가 있었던 사람들이지. 많은 사람들이 고향을 떠나 전쟁을 치르던 중에 어머니의 별세 소식을 접했어. 또 아직 살아 계신 어머니를 마음 깊이 그리워하는 사람도 많네. 하지만 어머니의 병환은 병영에 늦게 합류한 데 대한 변명거리가 될 수 없어. 자네 동료들에게 늦게 온 이유를 벌써 말했나?"

"네." 루시우스는 점점 더 갈피를 잡을 수 없었다.

"안타까운 일이군. 차라리 아무 말도 않고 마음대로 상상하게 내버려두는 게 나을 뻔했어. 그들은 자네를 좋게 보지 않을 거야. 가이우스 마리우스도 자신이 그런 특혜를 베푼 점을 병사들이 좋게 보지 않으리란 걸 잘 아시지. 하지만 가족은 가족인지라 가끔 불공평한 일이 벌어지기도 하지." 술라가 이맛살을 찌푸렸다. "어쨌든 내가 하려던 충고는 다른 이야기라네. 이곳은 스키피오 아프리카누스의 군대가 아니라 가이우스 마리우스의 군대야. 내 말이 무슨 뜻인지 알겠나?"

"아니오." 루시우스는 전혀 이해할 수가 없었다.

"감찰관 카토는 아프리카누스와 그의 군관들이 이끄는 군대의 문란한 성도덕을 비판했다네. 그런데 가이우스 마리우스의 사상은 스키피오 아프리카누스보다는 카토 쪽에 훨씬 가깝다고 할 수 있지. 이제 알아듣겠나?"

"아니오." 루시우스의 얼굴에서는 핏기가 사라지고 있었다.

"이 정도면 충분히 알아들을 줄 알았는데." 술라는 이를 드러내며 불쾌한 미소를 지었다. "자네는 예쁜 여자보다 잘생긴 청년에게 더 끌리는 모양이더군. 자네의 여성스러운 면을 탓할 수는 없겠지. 하지만 계속 속눈썹을 파르르 떨어가며 가이우스 율리우스 같은 사람에게 접근하면 곧 끓는 물에 목까지 잠기게 될 거야. 가이우스 율리우스는 가이우스 마리우스의 처남이고 내 처남이기도 하네. 동성애는 로마에서 미덕으로 간주되지 않아. 오히려, 특히나 이 군대 내에서는 바람직하지 않은 악덕으로 취급받지. 그렇지 않았다면 주둔지 근처의 여자들이 그렇게 돈을 많이 벌지도 않을 테고, 우리가 정복하는 적국의 여자들이 강간을 통해 로마군의 첫맛을 보지도 않을 테지. 자네는 적어도 이것만은 명심해야 할 거야!"

루시우스는 설명할 수 없는 비굴함과 참을 수 없는 부당함 사이에서 괴로워했다. "시대가 변하고 있습니다. 옛날만큼 심각한 사회적 결례가 아니란 말입니다!"

"자네가 뭔가 착각하는 것 같군, 가이우스 루시우스. 그건 시대가 바뀌기를 바라는 자네의 마음 탓이거나, 그간 같은 생각을 가진 사람들하고만 어울린 탓이야. 아마 비슷한 무리끼리 자네들 입장을 뒷받침하는 의견만 교환하다보니 그런 거겠지. 내가 장담하네만." 술라는 매우 심각하게 말했다. "자네가 속한 그 세상으로 깊이 들어갈수록 스스로를 기만하는 꼴이 되고 만다네. 가이우스 마리우스의 군대만큼 동성애에

엄격한 군대는 없어. 자네의 비밀이 밝혀질 경우, 그분만큼 엄중한 벌을 내릴 사람도 없을 테고."

루시우스는 울음을 터뜨리기 직전이었다. 그는 괴로움에 양손을 쥐어짜며 소리쳤다. "미쳐버릴 것 같아요!"

"아니, 그럴 일은 없네. 자네는 스스로 절제하는 법을 배우고 다른 사람에게 접근할 때 조금 더 주의해야 해. 그렇게 되면 자네와 같은 성향의 남자들이 이용하는 신호를 알게 될 거야. 그 신호가 어떤 것인지 알려줄 수는 없네. 내 자신은 그런 죄악을 일삼지 않으니까. 자네에게 공적인 무대에서 성공하고자 하는 야심이 있다면, 죄악에 빠지지 말라고 충고해주고 싶어. 하지만 젊은 나이이기도 하니 본인의 입맛을 차마 저버릴 수 없겠지. 정 그렇다면 상대를 잘 골라야 할 거야." 술라는 조금 더 친절한 미소를 보내고는 뒤돌아 걸어갔다.

술라는 한참 동안 뒷짐을 지고 정처 없이 거닐었다. 주변에서 질서정연하게 움직이는 병사들은 전혀 눈에 들어오지 않았다. 속주 내에는 적군이 없었지만 병사들에게는 임시 진지를 마련하라는 명령이 떨어졌다. 어쨌든 로마군이 무방비 상태로 잠들 수는 없기 때문이었다. 이미 측량사와 공병들이 언덕 꼭대기에 영구적인 진지를 건설하는 작업에 나섰다. 임시 진지 건설에 투입되지 않은 인원은 언덕을 요새화하는 작업의 첫 단계에 동원되었다. 이 작업에는 기둥, 말뚝, 건축자재로 쓸 목재를 구하는 것도 포함되었다. 로다누스 강 하류 부근에는 숲이 부족했다. 그리스가 마실리아를 건설한 후 초반에는 그리스의 영향력이, 나중에는 로마의 영향력이 내륙까지 퍼지면서 수세기에 걸쳐 이곳 인구가 급증했고 주변의 숲은 대부분 사라진 것이다.

마리우스의 군대는 로다누스 강의 삼각주이자 동서로 뻗은 거대한 염습지의 북쪽에 자리하고 있었다. 마리우스는 임시 진지든 영구 진지든 경작지에 짓는 법이 없었다.

"잠재적인 협력자들을 적으로 돌릴 필요는 없으니까. 게다가 이곳에서 먹여살려야 할 입이 5만 개나 늘어났으니 이곳 주민들이 가진 경작지란 경작지는 다 필요하단 말이지."

마리우스의 식량 조달관들은 농부들과 곡물 거래 계약을 맺으러 다녔다. 일부 병사들은 이번 추수부터 다음 추수가 시작되기 전까지 12개월 동안 5만 명이 먹을 양식을 쌓아둘 곡물 저장소를 언덕 꼭대기에 지었다. 무거운 짐수레에는 마리우스의 소식통들이 알프스 너머 갈리아에서 구할 수 없거나 구하기 힘들다고 말했던 물건들, 이를테면 역청, 거대한 각재, 도르래 장치, 각종 도구, 기중기, 발로 밟아 돌리는 기구, 석회, 귀한 철제 볼트와 못이 잔뜩 실려 있었다. 항구도시인 포풀로니아와 피사이로는 일바 섬에서 생산되는 괴철이 반입되었는데, 공병대장은 공병들이 직접 강철을 생산해야 할 경우를 대비해 괴철을 모조리 사들였다. 무거운 짐수레에는 모루, 도가니, 망치, 내화 벽돌 등 강철 생산에 필요한 도구도 실려 있었다. 이미 병사 한 무리가 숯을 대량으로 생산할 목재를 구하러 간 터였다. 숯이 없으면 용광로를 뜨겁게 달굴 수 없어서 철을 단단하게 만들기는커녕 녹이는 것조차 불가능했기 때문이었다.

술라는 이제 때가 왔다고 생각하며 사령부 막사로 발길을 돌렸다. 그동안 그는 지루함에 대한 해결책, 극적인 요소를 충분히 지닌 해결책을 철저하게 마련해두었다. 그 아이디어는 술라가 로마에 있을 때 싹트기 시작했고, 해안을 따라 이동하는 동안 무럭무럭 성장했으며, 이제 마침내 꽃을 피울 차례였다. 그렇다, 가이우스 마리우스를 만나야 할 시간이었다.

마리우스는 혼자 무언가를 열심히 쓰고 있었다.

"가이우스 마리우스, 잠시 시간을 내주실 수 있을까요? 함께 산책을 했으면 합니다." 술라는 막사와 당직 군관이 앉아 있는 가죽 차양 사이의 커튼을 열어젖히며 말했다. 호기심 많은 햇살이 술라의 등뒤로 비치자 그는 금빛 물결 속에 서 있는 듯 보였다. 머리와 어깨를 덮은 구불구불한 머리카락은 불꽃처럼 활활 빛났다.

마리우스는 고개를 들고 그 모습을 탐탁지 않게 쳐다봤다. "머리를 잘라야겠군." 그가 퉁명스럽게 말했다. "몇 센티미터만 더 길면 무희처럼 보이겠어!"

"정말 대단하군요!" 술라는 꿈쩍도 하지 않고 말했다.

"단정치 못하다고 지적하는 걸세."

"그게 아닙니다. 제가 대단하다고 말한 이유는, 몇 달 동안 제 머리를 알아채지 못하시다가 제가 말을 꺼내기로 결심하자 바로 알아차리셨기 때문입니다. 사령관님은 독심술까지는 아니라도 부하의 마음에 조응하는 능력을 지니신 모양입니다."

"말투까지 무희를 닮아가는군. 왜 갑자기 산책을 하자는 건가?"

"벽이나 창문에 귀가 달리지 않은 곳에서 단둘이 해야 할 얘기가 있습니다, 가이우스 마리우스. 함께 산책을 나가면 그런 공간을 찾을 수 있겠죠."

마리우스는 펜을 내려놓고 두루마리를 돌돌 말더니 자리에서 일어났다. "앉아서 글을 쓰는 것보다는 산책이 좋지. 루키우스 코르넬리우스, 그럼 함께 나가지."

두 사람은 대화도 없이 빠른 걸음으로 주둔지를 지나갔다. 그들은 병사, 백인대장, 수습군관의 호기심 어린 눈초리를 의식하지 않았다. 가이우스 마리우스, 루키우스 코르넬리우스 술라와 3년간 함께하면서 병사들은 상관의 행동을 통해 중요한 일이 다가오는 것을 짐작할 수 있게 되었다. 오늘이 딱 그런 상황이었다. 모든 병사들이 그것을 감지했다.

언덕을 오르기에는 너무 늦은 시각이었으므로, 마리우스와 술라는 바람이 두 사람의 대화를 실어가버릴 만한 지점에서 멈췄다.

"이제 말해보게, 무슨 일인가?" 마리우스가 물었다.

"전 로마에 있을 때부터 머리를 길러왔습니다."

"지금까지 전혀 몰랐군. 하려는 이야기가 머리와 관련이 있는 모양이지?"

"저는 갈리아인으로 변신중입니다."

마리우스는 놀란 표정이었다. "오호! 계속 말해보게, 루키우스 코르넬리우스."

"게르만족과의 전쟁에서 가장 안타까운 건 그들에 대해 믿을 만한 정보가 없다는 점입니다. 도움을 요청하는 타우리스키족의 편지로 게르만족의 소식을 처음 접했던 때부터, 지금까지 우리의 약점은 그들을 전혀 모른다는 것이었죠. 그들이 누구인지, 어디서 왔는지, 어떤 신을 숭배하는지, 왜 이주를 시작했는지, 사회 조직은 어떻게 구성되는지, 어떤 방식으로 통치되는지 전혀 아는 바가 없습니다. 무엇보다도 그들이 우리에게 계속 이겼음에도 불구하고 이탈리아로 넘어오지 않는 이유가 궁금합니다. 수많은 전투용 코끼리를 앞세운 한니발이나 피루스는 절대 물러서지 않았는데 말이죠."

술라의 눈은 마리우스를 마주보지 않고 옆쪽을 향했다. 하루의 마지막 햇살이 그의 눈에 비쳤다. 순간 마리우스는 불안 섞인 경이로움을 느꼈다. 그는 평소에 숨겨져 있던 술라의 일면, 그가 술라의 '비인간성'이라고 정의한 그 일면을 마주할 때마다 흠칫 놀라곤 했다. 마리우스는 그 단어를 굳이 좀더 듣기 좋은 말로 바꾸려 하지 않았다. 술라는 베일을 벗으면 갑자기 인간이 아닌, 그렇다고 신도 아닌 존재로 변신할 수 있었다. 신이 만들어내기는 했으나 인간은 아닌 완전히 다른 존재였다. 그리고 지금 이 순간 술라의 그러한 일면은 눈 속에 비친 햇살로 인해 더욱 강하게 드러났다.

"계속해보게." 마리우스가 말했다.

"로마를 떠나기 전 저는 노예 두 명을 샀습니다. 그들은 저와 함께 이곳으로 왔고 줄곧 함께 있죠. 한 명은 카르누테스 출신 갈리아인인데, 그 종족의 종교가 지금은 켈트족의 종교가 되었습니다. 그런데 그들의 신앙은 좀 이상합니다. 나무를 정령이나 영혼이 깃든, 살아 있는 존재로 여깁니다. 우리 입장에서는 공감하기 힘들죠. 다른 한 명은 킴브리 출신의 게르만족인데, 카르보가 패전했을 당시 노리쿰에서 포로로 잡혔습니다. 저는 두 사람이 만나지 못하도록 했습니다. 양쪽 다 서로의 존재를 모르고 있죠."

"게르만족 출신 노예로부터 뭔가 알아냈나?"

"아무것도 알아내지 못했습니다. 그 노예는 게르만족이 어떤 존재이며 어디에서 왔는지 전혀 모르는 것처럼 행동합니다. 제가 심문을 해봤는데, 우리에게 생포된 게르만족 노예들은 하나같이 무지한 것 같습니다. 물론 다른 로마인들이 게르만족 노예로부터 정보를 캐내려고 적극적으로 노력하진 않았을 테지만요. 어쨌든 상관없는 일입니다. 제가 게르만족 노예를 사들인 것은 정보를 얻기 위해서였는데, 이자는 고집이 대단했습니다. 거대한 황소처럼 버티고 있는 사람에게는 고문도 소용이 없죠. 그래서 묘안을 떠올렸습니다. 가이우스 마리우스, 정보란 대부분 간접적으로 전해집니다. 그런데 우리 경우에 간접적인 정보로는 절대 충분하지 않죠."

"맞는 말이네." 마리우스가 말했다. 이제 술라가 무슨 말을 하려는지 알 것 같았지만 그를 재촉하고 싶지는 않았다.

"게르만족과의 전쟁이 임박하지 않았다면 그들에 대해 직접적인 정보를 캐는 것이 좋겠다고 생각했습니다. 그 두 노예는 로마인과 오랫동안 지냈기 때문에 라틴어를 조금 배웠습니다. 물론 게르만족 노예의 경우 아주 초보적인 수준이긴 하죠. 그리고 카르누테스족 노예를 통해 알게 된 흥미로운 사실이 있습니다. 지중해를 지나 장발의 갈리아 내부로 들어가면 갈리아인들 사이의 제2언어는 그리스어가 아니라 라틴어라고 하더군요! 오, 그렇다고 갈리아인들이 라틴어로 농담까지 주고받는 수준이라는 건 아닙니다. 아이두이족 같은 정착 부족은 로마인 병사나 장사꾼과 꾸준히 접촉하기 때문에, 갈리아인 중에서도 라틴어를 더듬더듬 구사하거나 읽고 쓰는 사람이 있다고 합니다. 그들에게는 문자가 없어서 글을 쓸 때는 라틴어를 이용한다고 하더군요. 그리스어가 아니라 말이죠. 놀랍지 않나요? 우리는 그리스어가 세계 공통어라고 생각했는데, 이 세상의 어떤 지방에서는 라틴어를 더 선호한다니 정말 대단한 일이죠!"

"난 학자나 철학자가 아니라서 솔직히 그런 내용에 별 흥미를 못 느끼겠네, 루키우스 코르넬리우스." 마리우스가 희미한 미소를 지으며 말했다. "게르만족에 대해 뭔가 알아내는 일이라면 아주 흥미를 느끼겠지만!"

술라는 졌다는 듯이 양손을 들어올렸다. "무슨 뜻인지 알겠습니다, 가이우스 마리우스! 그렇다면 좋아요. 저는 거의 5개월 동안 장발의 갈리아 중앙에 사는 카르누테스족의 언어와 킴브리계 게르만족의 언어를 배웠습니다. 카르누테스족 선생이 게르만족 선생보다 훨씬 더 열심히 수업을 했는데, 그가 더 똑똑한 사람이라 그렇겠죠." 술라는 잠시 자기 말을 곱씹어보더니 뭔가 만족스럽지 않다고 생각했다. "게르만족 노예가 더 멍청하다는 생각도 어쩌면 편견일지 몰라요. 동족과 생이별한 충격으로 현실을 받아들이지 못하고 겉도는 것일 수도 있죠. 아니면 동족들이 다 이겨놓은 전쟁에서 포로로 잡힌 것을 봤을 때 애당초 멍청한 사람일 수도 있어요. 게르만족 중에서도 아주 멍청한 사람 말이죠."

"루키우스 코르넬리우스, 내 인내심에도 한계가 있어." 마리우스는 짜증스럽다기보다는 이제 포기했다는 말투였다. "지금 자네는 이리저리 떠도는 소요학파적인 조짐을 전부 보여주고 있군!"

"죄송합니다." 술라는 웃으며 말하더니 고개를 돌려 마리우스를 똑바로 쳐다봤다. 눈에서 조금 전의 빛이 사라진 까닭에 그는 다시 인간처럼 보였다.

"머리카락과 피부, 눈동자 색깔 덕분에 저는 쉽게 갈리아인 행세를 할 수 있습니다." 술라가 활기차게 말했다. "저는 갈리아인으로 변신해 로마인이 감히 갈 수 없는 지역으로 떠날 겁니다. 정확히 말하면 히스파니아로 향하는 게르만족을 따라갈 생각입니다. 그 게르만족 무리에는 분명 킴브리족이 포함되어 있을 테고, 다른 부족들은 있을 수도 있고 없을 수도 있겠죠. 이제 저는 킴브리계 게르만족의 말을 알아듣는 수준이 되었으니 앞으로 킴브리족을 집중 공략할 생각입니다." 술라는 갑자기 웃었다. "제 머리칼은 무희보다 훨씬 길어야 하지만 지금으로서는 어쩔 수 없습니다. 왜 이렇게 머리가 짧으냐고 누가 물으면 두피에 질환이 생겨서 머리를 밀었다고 할 작정입니다. 다행히 제 머리는 빨리 자라죠."

술라는 조용해졌다. 잠시 동안 마리우스는 아무 말도 하지 않았다. 그는 통나무에 한쪽 발을 올리고 무릎에 팔꿈치를 세운 채 주먹에 턱을 괴었다. 솔직히 무슨 말을 해야 할지 알 수 없었다. 그는 이번 전쟁이 너무 지루하기 때문에 루키우스 코르넬리우스의 마음이 로마의 환락가로 달아나지 않을지 수개월 동안 걱정해왔다. 그런데 루키우스 코르넬리우스는 그동안 지루함을 날려버릴 계획을 철저히 준비하고 있었던 것이다. 이 얼마나 대단한 계획인가! 이 얼마나 대단한 사람인가! 역사상 최초의 스파이로 알려진 울릭세스는 트로이아 사람으로 변장하고 일리움 성으로 숨어들어가 모든 정보를 캐냈다. 수사학 교사가 학생들에게 내놓는 흥미로운 토론 주제 중에는 칼카스(트로이아 전쟁 때 그리스 군대를 도와준 예언자—옮긴이)가 그리스로 망명한 이유에 관한 내용이 있었다. 그가 정말 트로이아인들에게 질려버린 것인지, 프리아모스 왕을 위해 스파이 노릇을 하려 했던 것인지, 아니면 그리스 왕들 사이에 불화의 씨앗을 심고 싶었던 것인지 열띤 토론이 벌어지곤 했었다.

울릭세스도 붉은 머리였고 명문가 출신이었다. 하지만 마리우스는 술라를 울릭세스의 환생이라 볼 수는 없다고 생각했다. 그는 온전하고 완벽한 술라 그 자체였다. 마치 그의 계획이 그러한 것처럼. 그에게는 두려움조차 없는 것이 분명했다. 그는 이 굉장한 계획에 아주 사무적으로, 찔러도 피 한 방울 나오지 않을 것 같은 태도로 접근하고 있었다. 다시 말하자면 로마 귀족다운 자세를 견지하고 있었다. 자신의 성공에 대해서 일말의 의심도 품지 않았다. 자신이 남들보다 낫다는 것을 알기 때문에.

마리우스는 턱에서 주먹을, 무릎에서 팔꿈치를, 통나무에서 발을 떼었다. 그는 숨을 깊이 들이쉬고서 물었다. "진짜 이 일을 해낼 수 있다고 생각하는가, 루키우스 코르넬리우스? 자네는 진정한 로마인이군! 감탄밖에 나오지 않네. 정말 너무나 대단한 계획이야. 하지만 우선 로마인의 흔적을 모두 지워야 할 텐데, 과연 로마인이 그렇게 할 수 있을지 모르겠어. 우리 문화는 너무도 강력해서 모두에게 지울 수 없는 흔적을 남기기 때문이지. 자네는 앞으로 거짓된 삶을 살아야 할 걸세."

술라의 적황색 눈썹 한쪽이 치켜올라갔다. 아름다운 입술 끝이 아래로 비뚤어졌다. "가이우스 마리우스, 저는 평생토록 온갖 거짓으로 물든 삶을 살아왔는걸요."

"지금까지도?"

"지금까지도 그렇습니다."

두 사람은 온 길을 되짚어 걸어갔다.

"혹시 혼자 떠날 생각인가, 루키우스 코르넬리우스? 누군가를 데려가는 게 좋지 않겠나? 나에게 급히 전갈을 보낼 일이 생겼는데 자네가 움직이지 못하는 상황이 발생하면 어쩌지? 서로의 분신 역할을 할 수 있는 동료가 있다면 혹시 도움이 되지 않겠나?"

"그것도 미리 생각해두었습니다. 퀸투스 세르토리우스를 데려가고 싶습니다."

순간 마리우스의 표정이 밝아졌다. 하지만 이내 이마에 주름이 잡혔다. "그는 피부가 너무 거무스름해. 게르만족은커녕 갈리아인이라고 해도 안 믿을 거야."

"그렇습니다. 하지만 켈트이베리아의 피가 섞인 그리스인이라고 하면 먹힐 겁니다." 술라는 헛기침을 했다. "사실 로마를 떠날 때 그에게 노예 한 명을 주었습니다. 일레르게테스족 출신의 켈트이베리아 사람이죠. 그에게는 무슨 일인지 알려주지 않고 그저 켈트이베리아어를 배워두라고만 일러두었습니다."

마리우스는 그를 가만히 쳐다봤다. "철저히 준비했군. 허락하겠네."

"그렇다면 퀸투스 세르토리우스를 데려가도 되는 건가요?"

"오, 물론이네. 다만 그의 피부가 너무 거무스레해서 오히려 자네 계획에 해가 되지 않을까 걱정이야."

"아뇨, 괜찮을 겁니다. 그는 저에게 너무도 가치 있는 인물입니다. 그리고 그의 검은 피부는 분명 장점으로 작용할 겁니다. 아시다시피 그는 마술처럼 동물을 부리는 능력이 있는데, 야만인들은 그런 능력을 경외하죠. 검은 피부는 주술사로서의 능력을 돋보이게 해줄 겁니다."

"마술처럼 동물을 부린다고? 그게 정확히 무슨 말인가?"

"그에게는 야생동물을 불러모으는 재주가 있습니다. 아프리카에서 처음 확인했지요. 휘파람을 불어 표범을 불러내고 쓰다듬기까지 하더군요. 이번 작전과 관련하여 그의 역할을 결정하게 된 것은, 그가 치료해준 새끼 독수리가 자유로운 야생의 습성을 유지하면서도 그의 곁에 머무는 걸 봤기 때문이죠. 그 독수리는 여느 독수리처럼 살면서도 그를 자주 찾아오고 팔에 내려앉아 그에게 입맞춥니다. 그래서 병사들은 그를 숭배하죠. 그건 엄청난 길조니까요."

"나도 알고 있네. 독수리는 로마 군단의 상징이고, 퀸투스 세르토리우스 덕분에 그 상징성이 더욱 강해졌지."

그들은 각종 관과 팔레라이, 토르퀘스로 장식된 은색 깃대에 은 독수리 여섯 마리가 올라앉은 곳을 바라보았다. 그 앞에는 삼발이 향로가 놓여 있었고, 보초들이 지키는 가운데 토가를 머리까지 덮어쓴 제관들이 일몰 기도를 하면서 향로의 석탄 위에 향을 던지고 있었다.

"마술처럼 동물을 부리는 게 왜 중요하다는 건가?"

"갈리아인은 야생동물이나 식물에 정령이 깃들어 있다는 미신을 믿습니다. 제 생각에는 킴브리계 게르만족도 마찬가지일 것 같습니다. 저는 퀸투스 세르토리우스를 어느 히스파니아 부족의 주술사로 변신시킬 겁니다. 피레네 산맥의 부족들도 모를 만큼 멀리 떨어진 곳에 사는 부족 말이죠."

"언제 출발할 생각인가?"

"조만간 떠날 겁니다. 그런데 사령관님이 직접 퀸투스 세르토리우스에게 이 임무를 전해주셨으면 합니다. 물론 제가 말해도 따라가려고 하겠지만, 사령관님에 대한 그의 충성심은 각별합니다. 그러니 직접 말하시는 게 낫겠죠." 술라는 가쁜 숨을 몰아쉬었다. "이 사실을 그 누구도 알아서는 안 됩니다. 그 누구도!"

"그 점은 나도 동감이네. 하지만 자네들에게 말을 가르쳐주었던 노예 세 명은 이미 이 일에 대해 어느 정도 눈치챘을 텐데. 그들을 해외로 팔아버릴 작정인가?"

"귀찮게 뭘 그렇게까지 하죠?" 술라는 놀란 표정으로 말했다. "그냥 죽일 생각입니다."

"좋은 생각이야. 하지만 그러면 자네는 금전적인 손해를 보게 될 텐데."

"그리 큰돈도 아닙니다. 게르만족과의 전쟁에서 승리하기 위해 기부한 셈 치면 됩니다." 술라가 별일 아니라는 듯 말했다.

"자네가 떠나는 즉시 그들을 죽이겠네."

하지만 술라는 고개를 가로저었다. "아니오, 더러운 일은 제 손으로 처리하겠습니다. 지금 당장 말이죠. 그들은 알고 있는 것을 저와 퀸투스 세르토리우스에게 충분히 가르쳐주었습니다. 내일 그 세 사람을 마실리아로 심부름 보낼 겁니다." 술라는 관능적으로 기지개를 켜며 하품했다. "전 활과 화살을 잘 다룹니다, 가이우스 마리우스. 게다가 염습지에는 사람도 거의 없어요. 다들 세 노예가 달아났다고 생각할 겁니다. 퀸투스 세르토리우스조차도 말이죠."

나는 너무도 대지와 가까운 사람이구나, 라고 마리우스는 생각했다. 나라고 해서 멀쩡한 사람을 죽이는 일을 특별히 꺼리는 건 아니다. 그것은 이미 우리가 알고 있는 삶의 일부이며, 신을 노하게 할 만한 일도 아니니까. 하지만 술라는 오랜 역사를 자랑하는 파트리키 가문 출신답달까. 그는 대지로부터 너무 멀리 떨어진 높은 곳에 있다. 그야말로 반인반신이다. 마리우스는 갑자기 자기 집에서 호의호식하고 있는 시리아 점술가 마르타의 말이 떠올랐다. 가이우스라는 이름을 가지고 있지만 씨족명은 마리우스가 아닌 율리우스라고 했던, 마리우스 자신보다 더 위대한 로마인……. 그러한 존재가 탄생하기 위해 필요한 것이 바로 이것인가? 신적인 피가 한 방울 섞인 파트리키의 혈통?

9월 말, 루푸스는 마리우스에게 편지를 보냈다.

푸블리우스 리키니우스 네르바가 마침내 시칠리아의 상황을 솔직하게 원로원에 알렸네. 수석 집정관인 자네는 공문서를 전달받겠지만 아마 내 이야기를 먼저 듣게 될 걸세. 자네라면 지루한 공문서보다는 내 편지를 먼저 읽을 테니까. 공문서 전달 담당에게 특별히 부탁해서 그의 가방에 내 편지가 들어갈 자리를 마련했다네.

하지만 시칠리아 상황을 이야기하기 전에 올해 초로 돌아갈 필요가 있네. 자네도 알겠지만, 당시 원로원 결의를 통해 우리의 우방인 이탈리아 동맹시 노예를 모두 해방하는 법을 트리부스회에서 통과시켰지. 하지만 그로 인해 예상치 못한 파장이 일었네. 바로 다른 국적을 가진 노예들, 특히 로마의 우호동맹국 출신 노예들 때문이라네. 그중에는 자신에게도 이 법이 적용된다고 생각하는 사람이 있는가 하면, 그렇지 않다는 사실을 알고 크게 실망한 사람도 있었지. 특히 그리스 출신 노예들이 문제였네. 시칠리아의 농장 노예 대다수는 그리스 출신이고, 캄파니아에서는 거의 모든 노예가 그리스 출신이지.

2월에 캄파니아 출신 기사의 아들이자 로마 시민인 스무 살 청년 티투스 베티우스가 미쳐버리는 일이 있었네. 빚 때문이었어. 그는 다른 것도 아니라 하필이면 스키타이인 노예 소녀를 사들이고서 은화 7탈렌툼을 지불하기로 약속했다네. 하지만 그의 아버지는 둘째가라면 서러울 구두쇠였고 게다가 나이가 아주 많았지. 그래서 자신이 상속받을 재산을 담보로 잡고 엄청난 이율로 돈을 빌렸어. 물론 그는 고리대금업자들 앞에서 깃털이 다 쥐어뜯긴 닭만큼이나 무력했네. 고리대금업자들은 그에게 30일 안에 돈을 갚으라고 윽박질렀지. 당연히 그는 기한 내에 돈을 못 갚았는데, 가까스로 기한을 30일 더 미뤘어. 하지만 돈을 갚을 기미가 안 보이자 고리대금업자들은 그의 아버지에게 가서 엄청난 이자와 원금을 갚으라고 독촉했네. 아버지는 이를 거절했고 아들과도 의절했지. 결국 아들은 미쳐버렸다네.

그런 일이 발생한 다음, 젊은 베티우스는 왕관을 쓰고 자주색 예복을 걸치고 자신이 캄파니아의 왕이라고 떠들며 그 지역 노예들을 선동해 반란을 일으켰어. 덧붙여두지만 그의 아버지는 전통적인 방식으로 농장을 운영하는 선량한 사람이네. 노예들에게 정당한 대접을 해주는 건 물론이고, 그의 노예 중에는 이탈리아인이 아예 없단 말이지. 하지만 그 근처에는 신흥 대농장주가 살았네. 그는 헐값에 노예를 사들여서 쇠사슬로 묶어놓고 일을 시키며 어디 출신인지는 묻지도 않고 감옥에 가둬놓고 잠을 재우곤 했어. 이 비열한 인간의 이름은 마르쿠스 마크리누스 막타토르라네. 지극히 올곧고 정직하신 우리의 차석 집정관 가이우스 플라비우스 핌브리아와 절친한 친구라더군.

발광한 날 당일에 젊은 베티우스는 검투사 양성소에서 경매로 내놓은 오래된 공연용 무기 500세트를 사들였네. 그는 노예들을 무장시켰고, 다 함께 많은 노예들이 핍박받고 있는 막타토르의 농장으로 갔네. 그들은 막타토르와 그 가족을 고문하고 살해한 다음 수많은 노예를 해방시켜주었지. 그중에는 이탈리아 국적자도 여럿 있었어. 불법으로 구금되어 있던 셈이지.

그 결과 자칭 캄파니아의 왕 티투스 베티우스에게는 순식간에 4천 명이 넘는 노예 군대가 생겼어. 그는 언덕 위에 튼튼한 요새를 구축했네. 그랬더니 군인이 되겠다는 노예들이 물밀듯이 나타났지! 카푸아에서는 성문을 닫고 검투사 양성소 관계자들을 소집했으며 로마 원로원에 도움을 청했어.

핌브리아는 이 사건에 대해 목소리를 높이며 자기 친구, 그러니까 도살자 막타토르의 죽음을 애도했지. 결국 그에게 질려버린 원로원에서는 외인 담당 법무관인 루키우스 리키니우스 루쿨루스에게 군대를 조직해서 노예 폭동을 진압하는 임무를 맡겼네. 하지만 루쿨루스가 얼마나 지독한 귀족나리신지 자네도 알잖나! 그는 바퀴벌레 같은 핌브리아에게 캄파니아 폭동을 소탕하라고 명령받은 것을 매우 언짢아했네.

잠깐 딴 얘기를 하겠네. 루쿨루스가 똥돼지 메텔루스의 누이인 메텔라 칼바와 혼인한 사이라는 건 자네도 알겠지. 둘 사이에는 각각 열네 살과 열두 살 난 두 아들이 있는데 장래가 촉망받는 아이들이야. 똥돼지의 아들 새끼 똥돼지는 말더듬이 너무 심해 두 단어도 제대로 내뱉지 못하는 마당이니, 가문에서는 루쿨루스의 어린 아들들에게 거는 희망이 클 수밖에. 그만하게, 가이우스 마리우스! 지루하다고 푸념하는 소리가 로마까지 다 들릴 지경이야! 자네가 인정하지 않아서 그렇지 이건 다 중요한 일이야. 이런 가족 이야기와 가십에 전혀 신경쓰지 않고서 어떻게 미로처럼 복잡하게 얽힌 로마의 공적 생활에서 무사할 수 있겠나? 똥돼지의 누이이자 루쿨루스의 아내인 메텔라 칼바는 부도덕한 여성으로 악명이 높다네. 무엇보다도 그녀는 공개적인 장소에서 과감하게 불륜을 저지르곤 하는데, 유명한 보석 가게 앞에서 우스꽝스러운 일을 저지른 적도 있고 옷을 다 벗어 던지고 티베리스 강에 뛰어들어 자살 소동을 벌이기도 했지. 하지만 우리의 고매하신 똥돼지 어른을 진짜 가슴 아프게 하는 건 누이의 불륜 상대가 귀족이 아니라는 점이라네. 오만방자한 루쿨루스도 그 점을 가장 분하게 생각하지. 그녀는 잘생긴 노예나 부두에서 일하는 덩치 큰 막일꾼을 선호한다고 하더군. 그래서 똥돼지와 루쿨루스에게는 끔찍한 짐짝이나 다름없지. 두 아들에게는 아주 훌륭한 어머니인 모양이지만.

딴소리는 여기까지네. 이번 사건과 관련해서 양념을 조금 보태고 싶어서 한 얘기였네. 좀더 가난하고 거친 남자였다면 메텔라 칼바가 유혹했을지도 모를 핌브리아 같은 인간에게 명령을 받아야 했던 루쿨루스의 심정을 이젠 이해하겠지! 그건 그렇고, 핌브리아에게서 뭔가 구린 냄새가 난다네. 갑자기 가이우스 멤미우스와 죽고 못 사는 사이가 되었어. 게다가 이유는 모르겠지만 둘 사이에 꽤 많은 돈이 오간 모양이야.

어쨌든 루쿨루스는 곧 캄파니아를 평정했네. 젊은 베티우스는 처형당했고 노예 군관과 병사들도 죽임을 당했지. 루쿨루스는 그 일로 칭송받았고 곧 레아테 등지의 순회 재판소로 돌아갔네.

하지만 작년에 내가 캄파니아에서의 자잘한 노예 폭동 이야기를 꺼내면서 낌새가 이상하다고 말하지 않았나? 내 코가 정확했어. 시작은 티투스 베티우스였지만, 이제 시칠리아에서 대대적인 노예 전쟁이 벌어지고 있다네.

나는 늘 푸블리우스 리키니우스 네르바의 언행이 소심한 생쥐를 닮았다고 생각했어. 그런데 그런 사람을 시칠리아 총독으로 보낸 결정이 이렇게 위험한 결과를 초래하리라고 누가 상상이나 했겠나? 그는 매사에 빈틈없는 사람이라 그 직책이 제격일 거라고 생각했네. 생쥐처럼 이리저리 분주히 다니면서 겨울에 먹을 식량을 쌓아두고, 수염을 씰룩거리며 꼬리에 잉크를 찍어 지독하게 자세한 보고서를 작성하고 말일세.

물론 이탈리아 동맹시 출신의 노예를 해방해야 한다는 그 끔찍한 법만 아니었다면 아무 문제도 없었을 거야. 우리의 속주 총독 네르바는 시칠리아로 가서 그곳 농장 노예의 4분의 1에 해당하는 이탈리아인 노예들을 풀어주기 시작했다네. 그는 시라쿠사이에서 시작했고, 그의 재무관은 섬 반대편에 있는 릴리바이움에서 시작했지. 네르바는 자기 성격대로 아주 천천히 정확하게 일을 처리했어. 그는 이탈리아인이라고 거짓 주장을 하는 노예들을 걸러낼 아주 훌륭한 방법을 고안해냈지. 오스키어로 이탈리아 반도의 지리에 대해 질문하는 거였어. 하지만 그는 잠재적인 사기꾼들을 걸러내기 좋을 것이라 생각해서 공문을 전부 라틴어로만 발표했네. 그래서 그리스어만 아는 사람들은 다른 사람에게 번역을 부탁해야 했고, 혼란이 점점 커지고 또 커지더니…….

5월 말까지 2주 동안 네르바는 시라쿠사이에서 이탈리아 노예 800여 명을 해방시켰지. 당시 릴리바이움에 있던 그의 재무관은 상관의 명령을 기다리고 있었어. 그러다 잔뜩 화가 난 농장주 대표단이 시라쿠사이로 찾아와서 계속 노예를 해방하면 거세를 하겠다느니 소송을 건다느니 하며 네르바를 위협했네. 네르바는 성난 고양이를 만난 생쥐처럼 허둥지둥하더니 바로 심사장을 폐쇄해버렸어. 노예를 더이상 해방할 수가 없었지. 안타깝게도 그의 재무관은 이 소식을 조금 늦게 접하는 바람에 이미 시장에 심사장을 설치해버렸지. 그래서 작업을 시작하는 흉내만 내다가 심사장을 닫게 되었어. 시장에 줄을 서 있던 노예들은 화가 나서 정신이 반쯤 나가버렸고 집으로 돌아가 마구 살인을 저질렀네.

그 결과 시칠리아 섬 서쪽 끝에서 대대적인 폭동이 발생했어. 처음에는 할리키아이 부근에서 대농장을 운영하던 부유한 형제가 살해되었고, 거기에서부터 점점 더 퍼져나갔네. 시칠리아 노예들이 수백 수천씩 농장을 떠났는데 어떤 이들은 감독관이나 심지어 주인까지 죽이고 도망쳤네. 그들은 아이트나 산에서 남서쪽으로 65킬로미터쯤 되는 팔리치 숲으로 모여들었어. 네르바는 민병대를 소집해서 난민이 된 노예로 가득한 오래된 요새를 함락시켰네. 그러고는 폭동이 다 진압된 줄 알고 민병대를 해산했지.

하지만 그것은 겨우 시작에 불과했어. 다음에는 헤라클레이아 미노아 근처에서 폭동이 일어났지. 그런데 네르바가 다시 민병대를 소집하자 이번에는 응하는 사람이 없었다네. 결국 헤라클레이아 미노아에서 상당히 떨어진 엔나에 주둔하던 보조군의 보병대대에 의지하는 수밖에 없었지. 그나마 제일 가까이 있던 군대였으니까. 하지만 이번에는 네르바가 승리하지 못했어. 보병대대는 전멸당했고 노예들에게 무기까지 빼앗겼지.

이런 사건이 발생하는 동안 노예들은 지도자를 뽑았어. 아마도 네르바가 심사장을 폐쇄하는 바람에 해방되지 못한 이탈리아인 노예 같더군. 이름은 살비우스이고 마르시족 출신이라네. 자유인이었을 때는 피리로 뱀을 불러내는 일을 했는데, 몇 해 전 원로원에서 무척 걱정했던 디오니소스 의식에 참석한 여자들에게 피리를 불어주다 발각되어 노예로 전락했지. 살비우스는 이제 스스로를 왕이라 칭하지만 이탈리아인인 그가 생각하는 왕은 그리스식이 아닌 로마식에 가깝네. 그는 왕관이 아니라 토가를 착용하고 도끼까지 달린 파스케스를 든 릭토르를 앞세운다더군.

시칠리아 섬의 서쪽 끝인 릴리바이움 근처에서는 두번째 노예 왕이 등장했어. 아테니온이라는 그리스인이었는데 역시 군사를 일으켰네. 살비우스와 아테니온은 결국 팔리치 숲에서 회담을 가졌어. 그 결과 살비우스가 전체 무리의 통치자가 되었고, 이제 자칭 트리폰 왕이라네. 또한 아그리겐툼과 릴리바이움 사이의 어딘가, 아프리카와 마주한 연안의 산지에 위치한 트리오칼라라는 난공불락의 요새를 거점으로 정했다더군.

지금 이 순간 시칠리아에서는 불행의 서사시가 펼쳐지고 있어. 노예들은 자기네 배를 채울 농작물만 수확하고 나머지는 모두 짓밟아 놨지. 따라서 올해 시칠리아에서 로마로 곡식이 들어오는 일은 없을 거야. 시칠리아 섬의 도시들은 안전한 곳을 찾아 피난 온 사람들로 미어터질 지경이고 거리에는 굶주림과 질병의 위험이 도사리고 있네. 무장을 갖춘 노예 병사 6만 명과 노예 기병 5천 명은 폭도처럼 섬 곳곳을 휘젓고 다니다가, 좀 위험하다 싶으면 난공불락의 트리오칼라 요새로 숨어버린다네. 그들은 무르간티아를 공격하여 점령했다는군. 릴리바이움도 거의 점령당할 뻔했는데, 다행히 아프리카에 있던 참전용사들이 소식을 듣고 건너와 화를 면했어.

가장 난감한 부분은 로마가 끔찍한 식량 부족 사태를 앞두고 있을 뿐 아니라, 누군가가 식량 부족 사태를 연출하려고 시칠리아의 상황을 조작한 것처럼 보인다는 사실이네! 노예 폭동은 하나의 가능성으로만 여겨졌던 식량 부족을 기정사실로 만들었어. 존경하는 스카우루스 최고참 의원 어른께서는 원인을 규명하기 위해 열심히 냄새를 맡고 다니는 중이라네. 그는 저열한 차석 집정관 핌브리아와 가이우스 멤미우스를 의심하는 것 같아. 멤미우스처럼 품위 있고 올곧은 사람이 왜 핌브리아 같은 족속과 어울리느냐고? 그 질문에 대한 답은 내가 이미 알고 있네. 멤미우스는 이미 몇 년 전에 법무관이 되었어야 할 인물인데 이제야 그 자리에 올랐어. 하지만 그에게는 집정관 후보로 출마하기 위해 필요한 돈이 없지. 돈 때문에 자신에게 마땅히 주어져야 할 자리에 앉지 못한다면 누구든지 경솔한 짓을 저지를 수 있는 법이네.

마리우스는 한숨을 쉬며 편지를 내려놓았다. 원로원에서 보낸 공문서를 펼쳐 읽었다. 혼자 있었기 때문에, 원한다면 절망적일 만큼 복잡한 단어로 얽혀 있는 그 문서를 크게 소리내어 읽을 수도 있었다. 다들 큰 소리로 글을 읽으니 그것은 부끄러운 일이 아니었다. 다만 그는 자기만 빼고 다른 사람들 모두 그리스어를 잘 안다고 생각했던 것이다.

언제나 그랬듯 루푸스의 말은 옳았다. 공문서에는 네르바가 보내온 편지 전문과 수많은 통계가 포함되어 있었지만, 루푸스의 편지에 훨씬 더 많은 정보가 담겨 있었다. 공문서는 그의 편지처럼 설득력이 강하지도 재밌지도 않았다. 또한 그만큼 사건의 전말을 소상하게 알려주지도 못했다.

마리우스는 로마인들이 느낄 실망을 쉽게 짐작할 수 있었다. 극심한 식량 부족 사태가 발생하면 정치인의 미래가 불안해지고, 국고 담당관과 조영관이 서로 으르렁대며 대체 식량을 확보하기 위해 분주히 나서야 했다. 시칠리아는 가장 중요한 곡창지대였다. 시칠리아에 흉년이 들면 로마는 기아를 면할 수 없었다. 아프리카나 사르디니아는 시칠리아가 공급하는 곡식의 절반도 로마에 제공하지 못했다. 둘을 다 합쳐도 시칠리아의 절반이 되지 않았다! 평민회에서는 식량 부족 사태의 책임이 부적합한 인물을 속주 총독으로 임명한 원로원에 있다고 비난할 것이며, 최하층민은 그들이 배를 주리는 데 대하여 평민회와 원로원을 똑같이 비난할 것이다.

최하층민은 정치 세력이 아니었다. 그들은 남에게 통치받는 데 관심이 없는 것만큼 남을 통치하는 데도 관심이 없었다. 최하층민이 참여하는 공적 활동이라고 해봐야 경기장에서 좌석을 차지하거나 축제 기간에 공짜 음식을 얻어먹는 것밖에 없었다. 하지만 그것은 어디까지나 배가 부를 때의 이야기다. 배고픈 최하층민은 절대 무시할 수 없는 존재였다.

최하층민이 곡식을 공짜로 얻는 것은 아니었다. 하지만 원로원에서는 조영관과 재무관을 통해 최하층민에게 적당히 싸게 곡식을 팔았다. 식량이 부족할 때는 비싼 값으로 곡식을 사들여 평소만큼 싼 가격에 되팔았기 때문에, 국고위원회에서는 불만이 많았다. 모든 로마 거주민은 미누키우스 주랑건물의 조영관 책상 앞에 오랫동안 줄을 서서 기다렸다가 전표를 받아오면 원로원에서 제공하는 가격 동결 곡물을 구입할 수 있었다. 그 전표를 로마 항 위쪽의 아벤티누스 언덕 벼랑에 늘어선 국영 곡물 저장소에 제출하기만 하면 값싼 곡식을 1인당 5모디우스(곡물 용량 단위, 약 4kg—옮긴이)씩 살 수 있었다. 하지만 돈 많은 사람들에게는 이런 절차가 너무 번거로웠다. 벨라브룸 곡물 시장의 상인들을 시켜, 팔라티누스 언덕 벼랑 아래 투스쿠스 구에 늘어선 사설 곡물 저장소에서 물건을 구해오도록 하는 것이 훨씬 편했다.

마리우스는 자신이 정치적으로 위태로운 처지임을 깨닫고, 멋진 두 눈썹이 미간에서 닿을 정도로 이맛살을 찌푸렸다. 원로원에서 최하층민을 위해 국고위원회에 오랫동안 닫아둔 국고를 열고 값이 잔뜩 오른 식량을 매입하라고 말하는 순간, 싸움은 시작될 것이다. 국고 담당관들은 최하층민 6개 군단을 고용해 알프스 너머 갈리아에서 도로 정비사업을 하고 있는 마당에 추가로 큰돈을 들여 곡물까지 매입할 수는 없다며 반대하고 나설 것이다! 그렇다면 비난의 화살은 다시 원로원으로 향할 것이고, 원로원에서는 곡물을 매입하기 위해 국고위원회와 끔찍한 싸움을 치러야 할 것이다. 그렇게 되면 원로원에서는 언제나 그랬듯 최하층민은 너무 돈이 많이 들고 귀찮은 존재라며 평민회에 불만을 제기할 것이다.

정말 기막힌 상황이다. 마리우스는 최하층민 군대의 지휘관이고 현재 로마는 굶주린 최하층민의 손에 달려 있는데, 어떻게 그가 부재중 집정관 후보로 출마하여 다시 선출될 수 있겠는가? 푸블리우스 리키니우스 네르바, 이 썩을 놈! 곡물 가격을 조작하는 놈들도 네르바 그놈과 함께 다 망해버려라!

스카우루스 최고참 의원은 일이 터지기 전부터 낌새를 알아챘다. 추수가 임박한 늦여름에는 일반적으로 로마의 곡물 가격이 조금 떨어지곤 했다. 하지만 올해에는 지속적인 상승세를 보였다. 언뜻 보기에는 이탈리아인 농장 노예의 해방으로 곡물 추수량이 줄어들 것이라는 예상대로인 듯했다. 하지만 결국 노예 해방은 중단되었고 추수는 정상적으로 진행될 예정이었으니, 그 시점에 곡가는 대폭 하락했어야 했다. 하지만 떨어지기는커녕 계속 오르기만 했다.

스카우루스는 원로원 내부 인물이 곡가를 조작했다는 결론을 내렸고, 차석 집정관 핌브리아와 수도 담당 법무관 멤미우스를 유력한 용의자로 지목했다. 두 사람은 봄여름 동안 열심히 돈을 모으고 다녔기 때문이었다. 그렇기 때문에 두 사람이 헐값에 곡물을 매입했다가 엄청난 이윤을 남겨 되팔 계획이라는 추론에 도달했다.

바로 그 무렵 시칠리아에서 노예 폭동 소식이 전해졌다. 핌브리아와 멤미우스는 팔라티누스 언덕의 저택과 원로원 의석을 유지하는 데 필요한 땅을 제외하고 모든 재산을 정신없이 팔기 시작했다. 스카우루스는 그 모습을 보고, 두 사람이 대체 무슨 사업을 하는지 몰라도 곡물 공급과는 상관없을 것이라는 결론을 내렸다.

그의 추리는 완벽하지는 않았지만 제법 근거가 탄탄했다. 집정관과 수도 담당 법무관이 정말로 곡가 상승에 관여했다면 이제 편하게 앉아 이나 쑤시고 있어야지, 급히 돈을 갚기 위해 허둥지둥할 이유가 없었다. 아냐, 핌브리아와 멤미우스는 아냐! 스카우루스는 다른 곳으로 눈을 돌려야 했다.

네르바가 편지를 통해 시칠리아의 심각한 상황을 로마에 알린 후, 스카우루스는 곡물상인들 사이에서 꽤 알려진 원로원 의원 한 명을 알게 되었다. 그의 예민한 코는 가짜 냄새가 나는 핌브리아와 멤미우스보다 더 싱싱하고 진한 냄새를 풍기는 먹잇감을 쫓기 시작했다. 루키우스 아풀레이우스 사투르니누스는 오스티아 항의 재무관이었다. 이제 막 원로원 의원이 된 젊은 사람이지만, 곡가를 조작해 주머니를 채울 마음만 있다면 얼마든지 그럴 수 있는 자리를 차지하고 있었다. 오스티아 항의 재무관은 곡물 저장과 운송을 감독했고, 곡물 공급자들과 접촉하며 모든 정보를 다른 원로원 의원보다 한발 앞서 접했다.

추가 조사까지 마친 스카우루스는 범인을 잡았다고 확신했고, 10월 초 원로원 회의에서 범인에 대한 공격을 시작했다. 쥐죽은듯 조용한 원로원 의사당에서 그는 국고 담당관이 적당한 가격에 곡물을 매입해서 국영 곡물 저장소를 채우지 못하도록 곡가 상승을 유도한 사람은 사투르니누스가 틀림없다고 발표했다. 마침내 원로원은 희생양을 얻었다. 분개한 의원들은 사투르니누스를 재무관 직위에서 해임시켰다. 그는 원로원 의석을 잃었고 부당취득 혐의로 소송에 휘말릴 위기에 처했다.

오스티아에서 로마 원로원으로 소환된 사투르니누스에게는 스카우루스의 비난을 부인하는 것 외에 달리 할 수 있는 일이 없었다. 유죄를 입증하는 쪽이든 반증하는 쪽이든 실질적인 증거가 전무했기 때문에, 청문회는 두 사람 중에 누가 더 믿을 만한지를 가리는 자리로 변질되고 말았다.

"내가 범죄에 연루되었다는 증거를 대시오!" 사투르니누스가 말했다.

"당신이 연루되지 않았다는 증거를 대시오!" 스카우루스가 비웃으며 말했다.

원로원 의원들은 당연히 최고참 의원을 더 신뢰했다. 스카우루스가 부정행위를 추적하는 능력이 출중하다는 것은 모두 아는 사실이었다. 결국 사투르니누스는 모든 것을 잃었다.

하지만 사투르니누스는 투사였다. 그는 서른 살이라는 가장 적당한 나이에 재무관이 되어 원로원 의석을 확보했다. 달리 말하면 그는 누구에게도 제대로 알려지지 않은 인물이었다. 젊은 나이에 대단한 법정 연설을 하지도 않았고, 군대에서 혁혁한 공을 세우지도 않았으며, 로마가 아닌 피케눔에 기반을 둔 원로원 집안 출신이었기 때문이었다. 그는 속수무책으로 재무관 직위에서 쫓겨나고 원로원 의석을 잃었다. 그가 사랑했던 오스티아의 재무관 직을 원로원에서 올해 남은 기간 동안 스카우루스 최고참 의원에게 맡겼을 때도 항의조차 할 수 없었다! 하지만 그는 투사였다.

로마에서는 아무도 그의 결백을 믿지 않았다. 어디를 가든 사람들은 그에게 침을 뱉고 그를 밀치고 심지어 돌을 던졌다. 그의 저택 외벽은 비방글로 가득했다. 돼지, 남색가, 궤양, 무법자, 괴물, 색마 등 온갖 욕설이 회반죽 바른 벽을 어지럽게 뒤덮고 있었다. 그의 아내와 어린 딸은 따돌림당했고 하루하루를 눈물로 보냈다. 심지어 하인들조차 그에게 의심스러운 눈초리를 보냈으며, 그가 무언가를 요구하거나 참다못해 큰 소리로 명령해도 느릿느릿 반응하기 일쑤였다.

사투르니누스와 가장 친한 친구는 특별히 대단할 것 없는 가이우스 세르빌리우스 글라우키아라는 인물이었다. 그는 사투르니누스보다 몇 살 많았고 변호인이자 탁월한 법률 서류 작성자로 적당히 명성을 누리고 있었다. 하지만 파트리키 세르빌리우스, 혹은 유명한 평민 세르빌리우스만큼의 명성은 아니었다. 변호인으로서의 인지도만 제외한다면, 돈만 많이 벌어뒀다가 아헤노바르부스의 토가 자락에 매달려 원로원으로 굴러들어온 또다른 가이우스 세르빌리우스와 크게 다를 바가 없는 처지였다. 하지만 원로원의 세르빌리우스에게는 아직 코그노멘조차 없었고, 반면 '글라우키아'는 썩 훌륭한 별칭이었다. 그것은 이 집안에서 전해지는 아름다운 회녹색 눈동자를 의미했다.

사투르니누스와 글라우키아는 잘생긴 청년들이었다. 한 명은 살결이 아주 검은 편이었고 한 명은 아주 흰 편이었지만 각자 고유의 매력을 지니고 있었다. 두 사람이 친해진 계기는 예리한 정신과 깊이 있는 지성, 집정관이 되어 가문을 빛내겠다는 굳은 결심을 공유하면서부터였다. 둘은 모두 정치와 입법에 큰 매력을 느꼈는데, 가문으로부터 위임받은 일이 그들에게 매우 적합하다는 의미였다.

"난 아직 패배하지 않았어." 사투르니누스는 입술을 깨물며 글라우키아에게 말했다. "원로원에 들어갈 수 있는 다른 방법이 있으니 그걸 이용해야겠어."

"감찰관은 힘들 텐데."

"당연히 감찰관은 아니지! 호민관 선거에 출마할 작정이야."

"절대 후보가 될 수 없을 거야." 이것은 지나치게 부정적이라기보다는 현실적인 반응이었다.

"강력한 동맹이 있다면 불가능하지 않아."

"가이우스 마리우스 말이군."

"달리 누가 있겠나? 그는 스카우루스와 누미디쿠스를 비롯해 정치인 대부분을 못마땅하게 여기고 있어. 내일 아침에 배를 타고 마실리아로 가서 그에게 내 처지를 털어놓을 거야. 내 말을 들어줄 가능성이 있는 유일한 사람이니까. 그리고 그를 위해 일하겠다고 할 거야."

글라우키아는 고개를 끄덕였다. "그래, 좋은 전략이야, 루키우스 아풀레이우스. 어차피 자네에겐 잃을 것도 없잖나." 그는 갑자기 무슨 생각이 났는지 미소를 지었다. "자네가 호민관이 되어 스카우루스 늙은이의 삶을 악몽으로 만든다면 얼마나 웃길지 생각해보게!"

"내가 혼내주고 싶은 사람은 스카우루스가 아냐." 사투르니누스가 비웃는 투로 대답했다. "그 사람은 자신이 옳다고 생각하는 대로 행동했을 뿐이야. 그걸 탓할 수는 없는 노릇이지. 내가 잡고 싶은 건 의도적으로 나를 미끼로 만든 인간이야. 호민관이 된다면 바로 그 사람의 인생을 악몽으로 만들어버릴 작정이네. 물론 그게 누구인지 먼저 밝혀내야 하겠지만."

"마실리아로 가서 꼭 가이우스 마리우스를 만나게." 글라우키아가 말했다. "그러는 동안 나는 곡물 가격을 조작한 진범을 찾아볼 테니."

가을에는 서쪽으로 항해가 가능했으므로 사투르니누스는 무사히 마실리아에 도착할 수 있었다. 거기서부터는 말을 타고 글라눔 외곽의 로마군 진영으로 이동했고 마침내 마리우스와의 면담을 요청했다.

마리우스가 보좌관들에게 제2의 카르카소를 건설하겠다고 선언한 것이 터무니없는 과장은 아닌 모양이었다. 다만 로마군의 진지는 돌이 아니라 나무와 흙으로 만들어진 카르카소였다. 로마군 진지가 건설된 언덕 위는 수많은 요새들로 가득했다. 포위전에 익숙하지 않은 게르만족이라면 제아무리 많은 수가 한 번에 덤벼도 절대 이 싸움에서 승리할 수 없을 것이라고 사투르니누스는 생각했다.

"하지만 말일세." 마리우스는 예상치 못한 손님에게 진지를 구경시켜주며 말했다. "이 요새의 목적은 아군을 보호하는 게 아니라네. 게르만족이 그렇게 착각하도록 유도하기 위해서지."

사투르니누스는 마리우스가 교활한 인간이 아니며 매우 똑똑하다는 것을 깨달았다. 또한 자신을 도와줄 이가 있다면 바로 이 사람이라고 생각하게 되었다.

가차 없는 성격과 결단력, 그리고 인습을 타파하고자 하는 비로마적인 성향이라는 공통분모를 지녔기에 두 사람은 곧바로 서로에게 호감을 느꼈다. 사투르니누스는 자신에 대한 불명예스러운 소식이 글라눔까지 닿기 전에 먼저 도착해서 무척 기뻤다. 하지만 마리우스는 대군의 총사령관이었고 늘 주변에 사람이 많았다. 단둘이 이야기를 나눌 기회를 잡을 때까지 얼마나 더 기다려야 할지 모를 일이었다.

하지만 식당이 붐빌 거라는 예상과 달리, 마리우스의 식사 자리에 동참한 사람은 놀랍게도 그와 아퀼리우스뿐이었다.

"루키우스 코르넬리우스는 로마에 있나요?" 사투르니누스가 물었다.

마리우스는 별로 동요하지 않았고, 속을 채운 달걀을 먹으며 간단히 답했다. "아니, 그는 특별 임무를 수행중이네."

사투르니누스는 자신의 딱한 처지를 아퀼리우스에게 굳이 감출 필요가 없다고 판단했다. 그는 이미 작년에 마리우스의 사람으로 드러난 바 있으며, 곧 로마에서 편지가 도착하면 모든 내용을 알게 될 인물이었다. 그래서 사투르니누스는 식사가 끝나자마자 자신의 사연을 털어놓았다. 두 사람은 이야기가 끝날 때까지 질문 하나 없이 조용히 듣기만 했다. 이로 미루어볼 때 사투르니누스는 자신이 사건의 윤곽을 명확하고 논리적으로 전달했다고 확신했다.

마리우스는 한숨을 내쉬며 말했다. "자네가 직접 나를 찾아와줘서 정말 기쁘네, 루키우스 아풀레이우스. 자네의 결백에 힘을 실어주는 결정이었어. 진짜 범인이라면 오히려 갖가지 술수를 이용했지, 날 찾아오지는 못했을 거야. 난 속임수에 쉽게 넘어가는 사람이 아니니까. 하지만 이 끔찍한 상황을 깊이 조사한 사람이라면 누구나 자네가 범인이라는 착각에 빠질 수밖에 없었겠어. 오스티아의 재무관인 자네는 완벽한 미끼였어."

"가이우스 마리우스, 결백을 주장하는 입장에서 말하자면, 저에게는 곡물을 대량으로 매입할 만큼 큰돈이 없습니다."

"맞는 말일세. 하지만 그렇다고 해서 결백이 입증되지는 않아. 엄청난 액수의 뇌물을 받거나 빚을 내서 곡물을 매입했을 수도 있으니."

"제가 그랬다고 생각하십니까?"

"아니, 난 자네가 범인이 아니라 피해자라고 생각하네."

"저도 마찬가집니다. 너무도 명확한 일입니다." 아퀼리우스가 말했다.

"그렇다면 제가 호민관 선거에서 당선될 수 있도록 도와주실 수 있으신지요?" 사투르니누스가 말했다.

"오, 물론이지." 마리우스는 망설임 없이 말했다.

"제가 어떻게든 보답을 하겠습니다."

"그거 잘됐군!"

이후 모든 일이 일사천리로 진행되었다. 호민관 선거는 11월 초로 예정되어 있었다. 사투르니누스는 그전에 로마로 돌아가서 후보 등록을 마치고 마리우스가 제공하기로 약속한 지원을 확보해야 했으므로 지체할 시간이 없었다. 그는 마리우스가 로마의 각계각층 사람들에게 작성한 편지 꾸러미를 챙긴 다음 노새 네 마리가 끄는 빠른 수레를 몰고 알프스 산맥으로 향했다. 여행중에 지친 노새들을 바꿀 돈도 충분히 지급받았다.

그가 막 떠나려는데, 신기하게 생긴 세 사람이 주둔지 정문으로 걸어들어오고 있었다. 갈리아인 세 명이었다. 야만스러운 갈리아인! 살면서 야만인을 한 번도 보지 못했던 사투르니누스는 생각지 못한 광경에 입이 떡 벌어졌다. 한 사람은 족쇄를 차고 있는 것으로 보아 나머지 두 사람에게 잡힌 포로인 듯했다. 하지만 이상하게도, 옷차림이나 외모를 봤을 때 그 포로가 나머지 두 사람보다 차라리 덜 야만적이었다! 포로는 평균 몸집에 피부가 흰 편이었지만 대단히 희지는 않았고 그리스인처럼 머리를 잘랐으며 깔끔하게 면도한 상태였다. 그는 갈리아식 바지와 복잡한 격자무늬가 희미하게 보이는 양모 소재의 갈리아식 코트를 걸치고 있었다. 두번째 사람은 피부가 상당히 거무스레했지만 검은색 깃털과 금색 철사로 장식된 거대한 머리 장식으로 봐서 켈트이베리아인이 분명했다. 옷을 거의 걸치지 않아서 단단한 근육으로 뭉친 몸이 드러나 있었다. 세번째 남자는 그야말로 갈리아 야만인이었으며 셋 중에 지도자가 분명했다. 가슴의 맨살은 우유처럼 희었으나 비바람을 맞아 단단해 보였고, 바지는 게르만족이나 벨가이족의 바지처럼 가죽끈으로 묶여 있었다. 적황색 머리카락을 등까지 길렀으며 긴 적황색 콧수염은 양쪽으로 갈라져 있었다. 목에는 순금으로 보이는 거대한 용머리로 장식된 토르퀘스를 걸고 있었다.

사투르니누스가 탄 수레가 움직이기 시작했다. 그는 세 사람 곁을 지나가면서 그중 지도자의 옅고 차가운 눈빛을 확인하고는 몸을 부르르 떨었다. 그 사람은 정말 완벽한 야만인이었다!

갈리아인 세 명은 주둔지 정문을 지나 누구의 방해도 받지 않고 오르막길을 올라갔다. 그리고 마침내 나무로 지은 총사령관 숙소의 차양 아래 앉아 있던 당직 군관 앞에 도착했다.

"가이우스 마리우스 님을 만나러 왔다." 지도자가 흠잡을 데 없는 라틴어로 말했다.

당직 군관은 눈도 깜빡이지 못했다. "들어가서 여쭈어보겠습니다."

그는 자리에서 일어나며 말했다. 잠시 후 그가 다시 밖으로 나와 활짝 미소 지으며 말했다. "들어오라고 하십니다, 루키우스 코르넬리우스."

"똑똑하군." 흔들리는 머리 장식을 착용한 세르토리우스는 당직 군관 옆을 지나가면서 나직한 목소리로 말했다. "이 일에 대해서는 입다물게, 알겠나?"

사투르니누스가 그랬던 것처럼, 마리우스는 눈앞에 나타난 부하 두 명을 유심히 살펴보았다. 하지만 사투르니누스만큼 놀란 기색은 없었다.

"올 때가 되었다고 생각했네." 마리우스는 술라와 따뜻한 악수를 나누었고, 세르토리우스에게도 손을 내밀었다.

"오래 머물 수는 없습니다." 술라는 포로를 앞으로 잡아당기며 말했다. "오늘 이곳에 온 것은 개선행진 때 이용할 선물을 드리기 위해서입니다. 볼카이 텍토사게스족의 왕 코필루스를 만나보시죠. 부르디갈라에서 롱기누스의 군대가 전멸하도록 묵인해준 자입니다."

"그래?" 마리우스는 포로를 자세히 살펴봤다. "아주 갈리아인 같지는 않군. 오히려 자네와 세르토리우스가 훨씬 더 야만인 같아."

세르토리우스는 미소를 지었다. 술라는 말을 이어나갔다.

"수도인 톨로사에서 지내며 오랫동안 문명에 노출되어서 그렇습니다. 코필루스 왕은 그리스어를 잘하고 사고방식에 있어서도 겨우 절반 정도만 갈리아인일 겁니다. 우리는 부르디갈라 외곽에서 그를 잡았습니다."

"여기까지 데려올 가치가 있는 사람인가?" 마리우스가 물었다.

"제 말을 들으시면 그렇다는 걸 알게 될 겁니다." 술라는 호랑이 같은 웃음을 지으며 말했다. "코필루스 왕은 흥미로운 이야기를 알고 있으며, 로마인이 이해할 수 있는 언어로 그 이야기를 들려줄 수 있습니다."

술라의 자신만만한 태도를 감지한 마리우스는 코필루스 왕을 더 자세히 뜯어봤다. "무슨 이야기인가?"

"한때 황금으로 가득했던 연못에 관한 이야기입니다. 그 황금은 퀸투스 세르빌리우스 카이피오라는 자가 집정관급 총독으로 역임하던 시절, 로마의 수레에 실려 톨로사에서 나르보까지 운반되었습니다. 그 황금은 카르카소에서 멀지 않은 곳에서 사라졌습니다. 로마 보병대대 하나가 길에서 목숨을 잃었고, 그들의 무기와 갑옷은 사라진 상태였습니다. 코필루스 왕은 황금이 사라질 당시 카르카소 근처에 있었죠. 그의 주장에 따르면 황금은 당연히 그의 것이었다고 합니다. 하지만 코필루스 왕에게는 부하 몇 명뿐이었던 데 반해 황금을 남쪽 히스파니아로 옮기던 사람들은 머릿수도 많고 철저히 무장한 상태라 공격할 수가 없었다고 합니다. 흥미로운 점은 당시 로마인 생존자가 있었다고 하는데, 바로 공병대장 푸리우스입니다. 그리고 그리스인 해방노예인 퀸투스 세르빌리우스 비아스도 목숨을 건졌습니다. 하지만 몇 달 뒤 황금으로 가득한 수레가 카이피오의 피호민이 소유한 생선 공장으로 들어갈 당시, 코필루스 왕은 말라카 근처에 없었습니다. 그 황금이 '말라카의 가룸(고대 로마의 생선 액젓—옮긴이), 퀸투스 세르빌리우스 카이피오의 탁송물'이라는 딱지를 달고 배에 실려 스미르나로 옮겨질 당시에도 코필루스 왕은 말라카 근처에 없었습니다. 하지만 코필루스 왕의 친구의 친구의 친구 중에 브리간티우스라는 투르데타니아족 산적을 잘 아는 사람이 있는데, 이 브리간티우스라는 자는 황금을 훔쳐 말라카로 옮긴 사람이 바로 자신이었다고 합니다. 카이피오의 하수인인 푸리우스와 비아스의 사주를 받아서 말이죠. 그들은 브리간티우스에게 수레와 노새는 물론, 그가 직접 죽인 로마군이 입고 있던 훌륭한 무기와 갑옷 600세트를 대가로 지불했습니다. 황금이 동쪽으로 옮겨질 때 푸리우스와 비아스도 함께 떠났다고 합니다."

술라는 마리우스가 이렇게 망연자실한 표정을 짓는 것은 처음 봤다. 그가 부재중에 집정관으로 당선되었다는 소식을 접했을 때도 잠깐 말문이 막히는 정도로 끝났다. 하지만 이번 소식은, 진실인지 거짓인지에 대한 판단이 필요했다.

"세상에!" 마리우스가 중얼거렸다. "감히 그런 짓을 하다니!"

"그자는 감히 그런 짓을 저질렀습니다." 술라의 목소리에는 경멸이 담겨 있었다. "그 대가가 훌륭한 로마 병사 600명의 목숨이라는 게 그자에게 중요했을까요? 금 1만 5천 탈렌툼을 얻을 기회인데 말이죠! 볼카이 텍토사게스족은 자기들이 그 황금의 소유자가 아니라 수호자라고 여긴답니다. 그것은 브렌누스 2세가 델포이, 올림피아, 도도나의 큰 신전은 물론 작은 신전 십여 군데를 털어서 모은, 모든 갈리아 부족의 공유 재산이었습니다. 그래서 현재 볼카이 텍토사게스족은 욕을 먹고 있으며 코필루스 왕은 두 배로 욕을 먹는 실정이죠. 갈리아의 공유 재산이 사라졌으니까요."

충격에서 벗어난 마리우스는 이제 코필루스 왕이 아니라 술라를 뚫어져라 쳐다봤다. 술라의 이야기는 아주 호소력이 강했으며 강한 울림이 있었다. 그것은 로마의 원로원 의원이 아니라 갈리아의 시인이 전해주는 이야기였다.

"자네는 훌륭한 배우군, 루키우스 코르넬리우스."

술라는 묘하게 유쾌한 표정을 지으며 말했다. "감사합니다, 가이우스 마리우스."

"그런데 곧 떠나겠다고? 그럼 겨울엔 어떻게 하나? 여기서 지내는 게 훨씬 편안할 텐데." 마리우스는 미소를 지었다. "특히 퀸투스 세르토리우스에게 깃털 달린 왕관 말고 다른 옷이 옷장에 전혀 없다면 말일세."

"아닙니다. 우리는 내일 떠날 작정입니다. 킴브리족은 피레네 산맥 언저리를 기웃거리고 있습니다. 현지 부족들이 절벽이나 바위산 위에서 손에 잡히는 물건은 다 집어던지며 방어하는 중이죠. 게르만족은 알프스 산맥에 매료된 것처럼 보입니다! 하지만 퀸투스 세르토리우스와 저는 킴브리족과 가까워지는 데 지난 몇 달을 전부 허비했습니다. 그들은 이제야 우리가 갈리아인과 히스파니아인의 혼혈이라고 믿는 것 같습니다."

마리우스는 포도주 두 잔을 따랐다가, 코필루스 왕을 힐끗 보고는 한 잔을 더 따라서 그에게 건넸다. 세르토리우스에게 포도주잔을 넘겨주면서 마리우스는 진지한 표정으로 부하의 위아래를 훑어보았다. "자네는 꼭 디스의 수탉 같군."

세르토리우스는 포도주를 한 모금 마시고 행복에 겨운 듯 숨을 내쉬며 말했다. "투스쿨룸 포도주군요!" 그는 이내 우쭐대는 표정을 지었다. "디스의 수탉 같다고요? 그래도 프로세르피나(저승의 신 디스에게 납치되어 그의 아내가 된 농업의 여신—옮긴이)의 까마귀보다는 낫네요."

"게르만족에 대해서 뭘 알아냈나?" 마리우스가 물었다.

"저녁식사를 하면서 자세히 설명해드리겠지만 알아낸 것이 거의 없습니다. 그들이 어디에서 왔는지, 어떤 목적으로 움직이는지 말씀드리기에는 아직 이른 것 같습니다. 다음번에 알려드리죠. 그들이 이탈리아 쪽으로 움직이기 전에 이리로 돌아올 테니 너무 걱정 마십시오. 일단 지금 그들이 어디 있는지는 정확히 말씀드릴 수 있습니다. 테우토네스족, 티구리니족, 마르코만니족, 케루스키족은 로다누스 강을 건너 게르마니아로 넘어가려 하고, 킴브리족은 피레네 산맥을 가로질러 히스파니아로 가려고 합니다. 하지만 어느 쪽도 성공하지는 못할 것이라 생각합니다." 술라는 잔을 내려놓으며 말했다. "오, 포도주가 정말 맛있네요!"

마리우스는 당직 군관을 불렀다. "믿을 만한 사람 세 명을 이리 보내게. 그리고 코필루스 왕이 지낼 편안한 거처를 찾아보도록. 유감이지만 로마로 보낼 때까지는 감금해둬야 하거든."

"저라면 로마로 보내지 않을 겁니다." 당직 군관이 떠난 뒤에 술라가 진지하게 말을 꺼냈다. "아예 감금 장소까지 비밀로 하는 게 낫겠죠."

"카이피오 때문인가? 그가 함부로 어쩌진 못할 텐데!"

"황금을 탈취한 인간입니다."

"알겠네. 그렇다면 코필루스 왕을 네르사이에 감금해야겠군." 마리우스가 기운차게 말했다. "퀸투스 세르토리우스, 자네 어머니의 친구 중에 한두 해 정도 코필루스 왕을 감시해줄 사람이 없을까? 보수는 넉넉히 챙겨드리겠네."

"어머니께서 적당한 사람을 찾아주실 겁니다." 세르토리우스는 자신 있게 말했다.

"대단한 행운이군!" 마리우스가 큰 소리로 말했다. "카이피오를 추방할 증거를 확보할 줄은 몰랐는데, 코필루스 왕이 바로 그 증거잖나. 게르만족을 물리치고 로마로 돌아가서 부당취득과 반역 혐의로 카이피오를 기소하기 전까지 이 일은 반드시 비밀에 부쳐야 하네!"

"반역 혐의요?" 술라가 눈을 깜빡이며 물었다. "백인조회에는 그의 지지자들이 많아서 절대 불가능할 텐데요."

"하긴 그렇지." 마리우스는 담담하게 말했다. "하지만 기사로만 구성된 특별 재판에 회부된다면 백인조회의 지지자들도 어쩔 수 없을 거야."

"무슨 계획이라도 있는 겁니까, 가이우스 마리우스?" 술라가 물었다.

"내년에 호민관이 될 두 사람을 내 편으로 만들어두었네!" 마리우스가 의기양양하게 말했다.

"당선되지 않을지도 모르는데요." 세르토리우스가 무심하게 말했다.

"당선될 거야!" 마리우스와 술라가 동시에 말했다.

세 사람은 웃음을 터뜨렸다. 포로인 코필루스 왕은 줄곧 위엄 있는 자세로 그들의 라틴어를 이해하는 척하며 가만히 서 있었다. 그는 자신에게 내려질 조치를 기다렸다.

마리우스는 코필루스 왕의 존재를 새삼 깨닫고, 그가 대화에 끼어들 수 있도록 라틴어 대신 그리스어를 쓰기 시작했다. 그리고 그에게 곧 족쇄를 풀어주겠다고 말했다.

"그거 아시오, 퀸투스 카이킬리우스?" 스카우루스 원로원 최고참 의원은 메텔루스 누미디쿠스에게 말했다. "난 오스티아의 재무관 역할을 진심으로 즐기고 있다오. 쉰다섯 살에 머리는 다 벗겨져 달걀처럼 반들반들하고 이발사가 면도를 깨끗하게 하지 못할 만큼 주름이 깊지만, 마음만은 다시 소년이 된 것 같소! 오, 게다가 모든 문제가 얼마나 쉽게 느껴지는지! 서른 살에는 모든 것이 절대 넘어설 수 없는 알프스 산맥 같았는데, 쉰다섯 살이 되니 하찮은 조약돌 같지 뭐겠소!"

스카우루스는 원로원 특별회의에 참석하려고 잠시 로마로 돌아왔다. 수도 담당 법무관 멤미우스가 사르디니아 문제를 논의하기 위해 소집한 회의였다. 차석 집정관 핌브리아는 기분이 언짢은 듯했다. 요즘 들어 부쩍 그런 모습을 자주 보였다.

"소문 들었소?" 누미디쿠스가 계단을 지나 원로원 의사당으로 들어가면서 말했다. 포고관이 아직 개회를 선포하지 않았지만, 일찍 도착한 의원들은 굳이 바깥에서 기다리지 않았다. 그 대신 곧장 회의장으로 들어가 의회 소집 관리가 제물을 바치고 기도를 올릴 때까지 담소를 나누었다.

"무슨 소문 말이오?" 스카우루스가 다소 무관심한 어조로 물었다. 요즘 그의 신경은 온통 곡물 공급에 쏠려 있었다.

"루키우스 카시우스와 루키우스 마르키우스가 손을 잡고 평민회에 어떤 안건을 상정하려고 한다더군요. 가이우스 마리우스가 또다시 집정관 후보로 출마하는 것을 허용하는 안건이랍니다. 그것도 부재중에 말이오!"

스카우루스는 그의 개인 수행원이 의자를 놓아둔 곳으로부터 몇 발자국 앞에 멈췄다. 그의 의자는 관례에 따라 맨 앞줄에 놓여 있었고 양쪽으로 누미디쿠스와 달마티쿠스 최고신관의 의자가 있었다. 스카우루스는 충격받은 표정으로 누미디쿠스를 쳐다보았다.

"감히 그런 짓을!"

"감히 그런 짓을 준비하고 있답니다! 상상이 되시오? 세 번이나 집정관을 역임하는 것은 유례가 없는 일입니다. 그 인간을 장기 독재자로 만드는 꼴이란 말이오! 로마에서 독재관이 꼭 필요할 때조차 그 임기를 6개월로 제한하는 이유가 뭐라고 생각하시오? 권력을 잡은 사람이 허황된 꿈을 품고 자기가 가장 잘났다고 믿는 것을 막기 위함이 아니겠소? 그런데 지금 우리 꼴을 보면 이, 이 촌놈 하나가 자기 마음대로 규칙을 죄다 뜯어고치고 있단 말입니다!" 누미디쿠스는 분노에 차서 으르렁댔다.

스카우루스는 갑자기 노인이 된 것처럼 의자에 털썩 주저앉았다. "이건 우리의 불찰입니다." 그는 천천히 말했다. "우리는 선조들처럼 용감하지 못했고 이 독버섯을 진작 잘라내지도 못했소! 티베리우스 그라쿠스와 마르쿠스 풀비우스와 가이우스 그라쿠스는 제거되었는데, 가이우스 마리우스는 살아남은 이유가 뭘까요? 벌써 몇 년 전에 싹수를 잘라내었어야 했소!"

누미디쿠스는 어깨를 으쓱했다. "그는 촌놈입니다. 반면 그라쿠스 형제와 풀비우스 플라쿠스는 귀족이었소. 독버섯은 그자에게 딱 어울리는 별명이오. 밤새 어디선가 불쑥 자라 있고, 뿌리를 뽑으려고 다시 가보면 감쪽같이 사라져 있으니까요."

"이런 일은 중단되어야만 하오!" 스카우루스가 큰 소리로 말했다. "재출마는 둘째치고라도 부재중 후보는 절대 안 됩니다! 그 인간은 로마 공화정 역사상 그 누구보다도 통치의 전통을 마구 훼손하고 있소. 이제 그가 원하는 건 로마의 일인자 정도가 아니라 로마의 왕이라는 생각마저 드는구려."

"동감입니다." 누미디쿠스가 자리에 앉으며 말했다. "하지만 어떻게 그자를 제거할 수 있겠소? 로마에 오래 머물지 않아서 암살하는 것도 불가능한데!"

"루키우스 카시우스와 루키우스 마르키우스." 스카우루스는 놀라움이 섞인 목소리로 말했다. "이해가 안 되는군! 그들은 평민 출신 귀족 중에도 가장 훌륭하고 유서 깊은 집안사람이잖소! 그들에게 합당함과 품위에 대해 알려줄 사람이 이리도 없단 말인가?"

"마르키우스의 사연은 잘 알려져 있습니다. 마리우스가 그자의 빚을 다 갚아주었소. 그자는 자신의 역겨운 인생을 통틀어 최초로 지불 능력을 갖추게 된 겁니다. 하지만 카시우스의 경우는 다릅니다. 고인이 된 부친처럼, 그는 무능력한 장군에 대한 평민들의 의견에 병적으로 민감한 반응을 보이고 있어요. 평민들 사이에서의 마리우스의 명성에도 병적으로 민감한 태도를 보이고요. 그는 마리우스가 게르만족을 물리치도록 도우면 가문의 명예를 되찾을 수 있다고 생각하는 모양입니다."

"허!" 누미디쿠스가 내놓은 이론에 대해 스카우루스가 보인 반응은 이것이 전부였다.

더이상 대화는 불가능했다. 원로원 회의가 시작되었고, 최근 들어 무척 수척해져서 그 어느 때보다 수려해 보이는 멤미우스가 자리에서 일어나 발언을 시작했다.

"원로원 의원 여러분," 그는 작은 문서 하나를 들고 있었다. "저는 사르디니아에 있는 나이우스 폼페이우스 스트라보에게서 편지를 한 통 받았습니다. 이 편지가 존경하는 우리의 집정관 플라비우스가 아니라 저에게로 온 이유는, 로마의 법정을 관리하고 감독하는 것이 제 역할이기 때문입니다."

그는 잠시 말을 멈추고 뒷줄에 앉은 의원들을 노려보았다. 그 표정이 얼마나 사나웠던지 얼굴이 추해 보일 정도였다. 뒷줄에 앉은 의원들은 분위기를 파악하고 경청하는 자세를 취했다.

"이 원로원의 권위 따위는 아랑곳없는 뒷줄 의원님들을 위해 알려드리자면, 나이우스 폼페이우스는 사르디니아 총독의 재무관입니다. 또 혹시 모를 것 같아 알려드리자면 올해 사르디니아 속주 총독은 티투스 안니우스 알부키우스입니다. 이제 이 복잡한 관계를 잘 이해하셨겠죠, 의원님들?" 빈정대는 기미가 역력한 목소리였다.

곳곳에서 웅성대는 소리가 들렸다. 멤미우스는 그것을 동의의 뜻으로 받아들였다.

"좋습니다! 그러면 나이우스 폼페이우스가 제게 보낸 편지를 읽어보겠습니다. 다들 잘 듣고 계십니까?"

또다시 웅성대는 소리가 들렸다.

"좋습니다!" 멤미우스는 손에 든 종이를 펼쳐들고 모든 사람이 알아들을 수 있도록 명확하고 또렷한 발음으로 읽었다.

가이우스 멤미우스, 제가 편지를 쓰는 이유는 사르디니아의 속주 총독인 티투스 안니우스 알부키우스가 올해 말 로마로 돌아가는 즉시 그를 기소할 수 있도록 해달라고 요청하기 위해서입니다. 원로원에서도 이미 알고 있겠지만, 한 달 전 티투스 안니우스는 사르디니아의 해적을 근절하는 데 성공했다고 보고하면서 약식 개선식을 요청했습니다. 하지만 그 요청은 거절되었죠. 아주 적절한 조치였습니다. 악당들의 소굴을 일부 소탕하기는 했지만 사르디니아에서 약탈 행위가 완전히 사라진 것은 아니기 때문이죠. 하지만 제가 사르디니아 총독을 기소하고자 하는 이유는, 약식 개선식에 대한 요청이 거절된 후 그의 로마인답지 않은 행동 때문입니다. 그는 원로원 의원들을 고마워할 줄 모르는 상놈들이라 욕했고, 막대한 비용을 들여 카랄레스 거리에서 개선행진까지 했습니다! 저는 이것이 로마 원로원과 인민을 위협하는 행동이며, 그의 개선행진은 반역죄에 해당한다고 생각합니다. 또한 다른 사람이 아니라 반드시 제가 그를 기소해야 된다고 생각합니다. 조속한 답변 부탁드립니다.

멤미우스는 무거운 침묵 속에서 편지를 내려놓았다. "박식하신 마르쿠스 아이밀리우스 최고참 의원의 고견을 듣겠습니다." 그는 이 말만 남기고 자리에 앉았다.

스카우루스는 주름진 얼굴에 침통한 빛을 띤 채 중앙으로 걸어갔다.

"참 신기한 일입니다." 그가 입을 뗐다. "저는 오늘 회의가 시작되기 직전에 이와 크게 다르지 않은 문제에 대해 이야기를 나누고 있었습니다. 먼 옛날부터 전해진 우리의 통치체계와, 그 속에서 발견되는 개인의 타락과 관련된 문제 말이죠. 최근 몇 년 동안, 로마에서 가장 위대한 인물들로 구성된 이곳 원로원은 통치 자문기구로서의 권력과 권위를 상실했습니다. 로마에서 가장 위대한 우리는, 이제 로마가 나아갈 방향을 설정하는 역할을 하지 못하고 있습니다. 로마에서 가장 위대한 우리는, 변덕스럽고 교육이 부족하고 탐욕스럽고 생각이 짧으며 시시껄렁한 아마추어 정치인에 불과한 평민들이 우리의 얼굴을 진흙탕에 처박는 데 익숙해져버렸습니다. 로마에서 가장 위대한 우리는 위대함을 인정받지 못하고 있습니다. 우리의 지혜, 경험, 로마 공화정 설립 이후 수 세대에 걸쳐 전해진 우리 가문의 명성은 이제 하찮은 것이 되고 말았습니다. 오직 평민들만이 중요성을 인정받고 있습니다. 이 자리에서 원로원 의원 여러분께 말씀드리고자 하는 것은, 평민들에게는 로마를 통치할 자격이 없다는 겁니다!"

그는 열려 있는 문을 향해 돌아서서 민회장 쪽으로 목소리를 높였다. "대체 어떤 사람들이 평민회를 운영합니까? 그들은 2계급, 3계급, 심지어 4계급의 사람들입니다. 로마를 마치 사업체처럼 운영하려고 작정한 시시한 기사, 소매상, 소규모 농장주, 공장(工匠)들입니다! 그들은 자칭 변호인이라면서 촌뜨기와 무식쟁이를 고객으로 끌어들이려 하고, 자칭 대행인이라면서 자신이 하는 일조차 제대로 설명하지 못합니다! 그들은 일상생활이 지겨워서 민회장을 들락거리며, 배타적인 원로원보다 자기네가 로마를 더 잘 운영할 수 있다고 떠들어댑니다! 그들은 정치적인 은어를 역겨운 토사물 덩어리처럼 혀에서 뚝뚝 떨어뜨리고, 이 호민관 저 호민관에 대해 씨부렁거리며 시간을 때우며, 원로원의 특권이 기사들의 손에 넘어가면 박수갈채를 보냅니다! 여러분, 그들은 중간계급입니다! 백인조회의 1계급에 포함될 만큼 귀하지도 않고, 그렇다고 해서 먹고살기에 급급한 5계급이나 최하층민처럼 천하지도 않습니다! 원로원 의원 여러분, 다시 말씀드리지만 그들에게는 로마를 통치할 자격이 없습니다! 그들에게는 너무 큰 권력이 주어졌습니다. 이제 호민관들은 온갖 잡다한 원로원 의원들의 사주와 도움을 받고 오만방자해져서 감히 우리의 조언, 지시, 인격마저 무시하고 있습니다!"

이 연설은 지금까지 스카우루스가 한 연설 중에서도 오랫동안 기억될 만한 것이었다. 모두들 그 사실을 알아차렸다. 그의 비서와 몇몇 서기들은 그의 한 마디 한 마디를 그대로 기록하느라 바빴다. 스카우루스도 자신의 말이 제대로 기록되도록 일부러 천천히 연설하고 있었다.

"이제 때가 왔습니다." 그는 낭랑한 목소리로 말을 이어나갔다. "우리 원로원에서는 이러한 절차를 뒤집어엎어야 합니다. 로마를 통치하는 데 있어 평민은 원로원 의원의 아랫사람에 불과하다는 것을 보여줄 때가 왔습니다!" 그는 숨을 들이쉬고 한결 편안한 어조로 말했다. "원로원의 권력이 줄어든 이유를 지목하는 건 어렵지 않습니다. 위엄 있는 원로원에서 너무 많은 벼락부자, 독버섯, 신진 세력을 고위 정무관 직에 앉혔기 때문입니다. 정계에 진출하기 전에는 얼굴에 묻은 돼지 오줌이나 닦아내던 사람에게 로마 원로원이 무슨 의미가 있겠습니까? 삼니움과의 국경지대에서 혼혈로 태어난 인물에게, 돈을 주고 산 파트리키 여성과의 결혼을 통해 집정관 자리에 오른 인물에게 로마 원로원이 무슨 의미가 있겠습니까? 켈트족이 우글대는 피케눔 북부 출신 사팔뜨기 잡놈에게, 로마 원로원이 대체 무슨 의미가 있겠습니까?"

스카우루스는 당연히 마리우스를 공격할 생각이었다. 충분히 예측 가능한 일이었다. 하지만 그 접근방식은 아주 신선할 정도로 간접적이었기 때문에, 원로원 의원들은 마리우스가 아닌 자신이 힐난받는 기분마저 들었다. 그래서 의원들은 의무감은 물론 큰 관심을 가지고 스카우루스의 말을 경청했다.

"원로원 의원 여러분." 스카우루스는 슬프게 말했다. "우리 아들들은 로마 원로원이 질식해가고 평민회가 생명의 숨결로 나날이 충만해가는 정치 환경에서 자라난 불쌍한 존재들입니다. 평민들이 그들을 위협하는 마당에, 나중에 때가 왔을 때 우리 아들들이 로마를 이끌 수 있다고 생각하십니까? 여러분은 오늘부터 아들들에게 이렇게 가르쳐야 합니다! 원로원을 위해서라도 강해져야 한다고, 평민들에게는 무자비해야 한다고! 원로원 고유의 우월함을 잘 이해해야 한다고! 그 고유의 우월함을 지키기 위해 언제든 싸울 준비가 되어 있어야 한다고 말입니다!"

그는 고개를 돌려 호민관석을 보며 말했다. 호민관석은 꽉 차 있었다. "어째서 위엄 있는 원로원의 구성원이 원로원을 해하려 하는지 아시는 분 있습니까? 아무도 없습니까? 그런 일이 항상 벌어지기 때문이죠! 이 존엄한 원로원의 구성원 여러분, 그자들은 스스로를 원로원 의원인 동시에 호민관이라고 부릅니다! 두 주인을 섬기는 셈이죠! 하지만 그런 사람들에게 나는 어디까지나 원로원 의원이 우선이고 호민관은 그다음이라는 것을 알려주고 싶습니다. 호민관의 진정한 의무는 평민들에게 그들의 종속적인 역할에 대해서 가르치는 것입니다. 하지만 그들이 그런 일을 합니까? 하지 않습니다! 안 합니다! 물론 일부 호민관은 정당한 계급에 충성하고 있음을 인정하는 바이며, 그들의 노고를 칭송하고 싶습니다. 하지만 일부는 이도저도 아닌 노선을 택해 원로원에도 평민회에도 도움이 되지 못합니다. 그들은 호민관석 한쪽 끝에 앉아 있으면 반대편에 앉은 사람들이 동시에 일어나서 자신이 바닥에 처박히는 꼴을 당하고 웃음거리가 될까봐 두려워합니다. 하지만 원로원 의원 여러분, 또 어떤 호민관들은 존엄한 로마 원로원을 고의적으로 해하려 합니다. 어째서일까요? 대체 무엇 때문에 자신이 속한 계급을 파괴하려는 걸까요?"

호민관석에 앉은 열 명은 다양한 반응을 보였다. 그 반응은 명백히 그들의 정치 성향을 반영하고 있었다. 원로원에 충성을 다하는 호민관들은 의기양양하고 상기된 표정으로 허리를 곧게 세우고 앉아 있었다. 가운데 자리를 차지한 호민관들은 꼼지락거리며 땅만 쳐다보고 있었다. 평민을 옹호하는 호민관들은 전혀 뉘우치는 기색 없이 반항적이고 딱딱한 표정을 짓고 있었다.

"제가 이유를 알려드리겠습니다, 원로원 의원 여러분." 스카우루스는 혐오가 뚝뚝 묻어나는 목소리로 말했다. "그들 중에는 노점에서 판매하는 값싸고 겉만 번지르르한 가짜 물건처럼 자신을 팔아넘기는 사람이 있습니다. 그런 자들의 속셈은 우리도 이미 잘 알고 있습니다! 하지만 조금 더 교묘한 동기를 가진 사람들도 있는데, 그들을 대표하는 인물이 티베리우스 셈프로니우스 그라쿠스입니다. 평민회를 개인적 야욕을 채우기 위한 도구로 보고 동료의 승인도 없이 로마의 일인자가 되려는 파렴치한 호민관들 말이죠. 스키피오 아이밀리아누스, 스키피오 아프리카누스, 아이밀리우스 파울루스, 감히 한 명 더 추가하자면 바로 저 스카우루스 원로원 최고참 의원은 동료의 인정을 받아 일인자가 되었습니다! 그라쿠스 형제와 같은 호민관에게 어울리는 그리스어 표현이 하나 있습니다. 데마고고스, 즉 선동 정치가입니다. 하지만 우리는 이 단어를 그리스인과 같은 의미로 사용하지 않습니다. 우리의 선동 정치가는 피를 요구하는 시민을 광장으로 이끌지 않고, 의사당 계단에서 의원들을 구타하지도 않으며, 대규모 폭력을 통해 목적을 달성하지도 않습니다. 우리의 선동 정치가는 민회장에 자주 드나드는 사람들을 자극하고 입법을 통해 뜻을 달성합니다. 물론 때때로 폭력이 발생합니다만, 그것은 대부분 우리 원로원 의원들이 현재 상태를 유지하기 위해 최후의 수단으로 동원하는 폭력입니다. 우리의 선동 정치가는 단순히 폭력적인 선동가보다 훨씬 더 교묘하고 비열하고 위험한 입법가이기 때문이죠! 그들은 야욕을 채우려고 뇌물로 평민을 매수합니다. 원로원 의원 여러분, 이것은 경멸할 가치조차 없는 일입니다. 하지만 매일 이러한 일이 벌어지고 있으며, 나날이 그 빈도가 높아지고 있습니다. 권력으로 가는 지름길이며 출세로 향하는 편한 길이기 때문이지요."

그는 잠시 말을 멈추고 연단 쪽으로 돌아섰다. 자주색 단을 두른 토가가 왼쪽 어깨로 흘러내리자 왼손으로 단단히 부여잡고, 맨살이 드러난 오른팔을 자유롭게 움직이며 열변을 토할 준비를 했다.

"그것은 권력으로 가는 지름길이며 출세로 향하는 편한 길입니다." 그는 낭랑한 목소리로 앞서 했던 말을 반복했다. "우리 모두 이런 사람들을 잘 알지 않습니까? 제일 먼저 떠오르는 사람은 존경하는 우리의 수석 집정관 가이우스 마리우스입니다. 듣자 하니 그는 또 집정관으로 출마할 예정이며 그것도 또다시 부재중 출마라고 합니다! 그것이 우리의 뜻입니까? 아닙니다! 당연히 평민이라는 매개체를 이용해서 그렇게 하겠다는 거죠! 평민이라는 매개체가 없었다면 가이우스 마리우스가 오늘날 그 자리를 차지할 수 있었을까요? 우리 중 몇몇 사람은 이제껏 그와 싸워왔습니다. 필사적으로 싸웠고, 지칠 때까지 싸웠고, 로마에 존재하는 법적 무기를 총동원해서 싸웠습니다! 그래도 소용이 없었죠. 가이우스 마리우스는 평민의 지지를 등에 업고 있으며 일부 호민관의 주머니에 돈을 쏟아붓고 있습니다. 요즘 같은 세상에는 그것만으로 충분합니다. 그는 크로이소스(큰 부자로 유명했던 리디아의 마지막 왕—옮긴이)만큼이나 돈이 많아서 원하는 건 뭐든 손에 넣을 수 있습니다. 가이우스 마리우스는 충분히 그럴 수 있는 자입니다. 하지만 오늘 제가 논의하고자 하는 것은 가이우스 마리우스 문제가 아닙니다. 원로원 의원 여러분, 제가 감정이 격해져서 이 연설의 핵심에서 너무 멀어진 것에 대해 사과드립니다."

그는 원래 자리로 돌아가서 고위 정무관들이 앉은 곳을 바라보았다. 그러고서 멤미우스의 안건에 관한 이야기를 시작했다.

"저는 또다른 벼락출세자, 정확히 말하자면 가이우스 마리우스보다 덜 알려진 벼락출세자에 대해 지적하고자 합니다. 그는 이전에 원로원 의원을 배출한 가문 출신입니다. 그리스어를 잘하고 교육을 잘 받았으며 평생 자기 눈으로 돼지똥을 보지 않아도 될 만큼 큰 권력을 지니고 있습니다. 그 눈으로 뭐가 제대로 보일까 싶지만 말이죠! 하는 짓을 봐서는 절대 로마인 중의 로마인은 아닙니다. 제가 말하고자 하는 사람은, 이 위엄 있는 원로원에서 사르디니아 총독 티투스 안니우스 알부키우스를 보좌하라고 뽑아놓은 재무관 나이우스 폼페이우스 스트라보입니다.

나이우스 폼페이우스는 대체 어떤 사람일까요? 지난 몇 세대 동안 원로원 의원으로 일했던 폼페이우스 집안사람들과 혈연관계라고는 하는데, 대체 얼마나 가까운 사이인지 의문입니다. 크로이소스만큼 부유하고 북이탈리아의 절반은 온통 그의 피호민들로 가득하며 자기 영토 안에서는 왕이나 다름없는 사람, 그자가 바로 나이우스 폼페이우스입니다."

스카우루스의 목소리는 고함에 가까울 정도로 커졌다. "원로원 의원 여러분, 재무관으로 일하는 신출내기 의원이 상관을 기소할 만큼 무모하고 어리석다니, 어쩌다 위엄 있는 원로원이 이 꼴이 됐습니까? 로마에 얼마나 젊은 인재가 부족했으면 겨우 300석 되는 자리를 로마인의 엉덩이로 채우지 못하는 겁니까? 정말이지, 분개할, 노릇입니다! 이 사팔뜨기가(스트라보는 '사팔뜨기'를 의미한다—옮긴이) 원로원 의원에게 요구되는 몸가짐을 얼마나 못 배웠으면 감히 상관을 기소한단 말입니까? 사팔뜨기 녀석이 그 상스러운 궁둥짝을 원로원 의자에 올려놓도록 내버려두다니 우리는 제정신입니까? 어떻게 그자는 감히 그런 생각을 할 수 있었던 걸까요? 정답은 교양이 부족하고 무지해서입니다! 원로원 의원 여러분, 사람이 절대 해서는 안 되는 일이 있습니다! 상관이나 인척을 비롯한 친척을 기소하는 것 말입니다. 그건 절대 안 됩니다! 정말 무신경하고 미련하고 버릇없고 상스럽고 건방지고 멍청하기 그지없는 짓입니다. 그 사팔뜨기, 나이우스 폼페이우스 같은 독버섯의 문제점을 다 설명하기에는 라틴어 단어가 부족할 지경입니다!"

호민관석에서 누군가의 목소리가 들려왔다. "마르쿠스 아이밀리우스, 그렇다면 티투스 안니우스의 행동은 칭찬받아 마땅하다는 겁니까?" 질문을 던진 사람은 루키우스 카시우스 롱기누스였다.

최고참 의원은 코브라처럼 몸을 세우며 독이 바짝 오른 표정을 지었다. "오, 루키우스 카시우스, 철 좀 드시오! 지금 문제의 핵심은 티투스 안니우스가 아니잖소. 당연히 그에게는 적당한 조치를 취할 것이고 이 경우는 기소가 되겠지요. 또한 재판에서 유죄판결을 받으면 법에 따라 응당 대가를 치를 것이오. 하지만 지금 내가 지적한 문제는 절차, 품위, 에티켓, 더 간단하게 말하자면 예의범절이란 말이오! 저 독버섯 사팔뜨기는 예의범절을 저버리는 극악무도한 죄를 저질렀소!"

그는 원로원 의원들을 향해 돌아섰다. "의원 여러분, 우리는 티투스 안니우스에게 반역죄 혐의에 대한 답변을 요청해야 합니다. 하지만 동시에 수도 담당 법무관은 재무관 스트라보에게 엄중한 편지를 보내서 첫째, 어떠한 상황에서도 상관을 기소하는 행위는 용납될 수 없으며 둘째, 그가 한 짓은 예의 없고 천박한 행동이었다는 내용을 전달할 것을 요청합니다."

원로원 의원들은 박수갈채를 통해 찬성의 뜻을 표시했다. 따라서 굳이 표결에 들어갈 필요가 없었다.

"제 생각에는 말입니다, 가이우스 멤미우스." 루키우스 마르키우스 필리푸스는 귀족적인 태도로 콧소리를 섞어가며 느릿느릿 말했다. 그는 자신이 마리우스에게 매수당했다는 스카우루스의 말에 기분이 심히 언짢았다. "이참에 원로원에서 티투스 안니우스의 소송을 진행할 기소인을 임명하는 게 좋겠습니다."

"반대 의견 있습니까?" 멤미우스는 주변을 둘러보며 말했다.

아무도 반대하지 않았다.

"좋습니다. 그렇다면 로마를 대신해서 티투스 안니우스의 사건을 담당할 기소인을 뽑도록 하겠습니다. 추천하는 사람이라도 있습니까?"

"오, 수도 담당 법무관 가이우스 멤미우스, 이 사건의 적임자는 딱 한 사람뿐입니다!" 필리푸스는 계속 질질 끌며 말했다.

"그 이름을 말하시오, 루키우스 마르키우스."

"바로 박식하고 젊은 법조인 카이사르 스트라보입니다. 티투스 안니우스가 과거의 잘못으로 현재 대가를 치르고 있다는 점을 잊으면 곤란하니까요! 그러니 그의 기소인은 반드시 사팔뜨기여야 한다고 생각합니다!"

원로원 의원들은 모두 웃음을 터뜨렸다. 스카우루스가 가장 크게 웃었다. 웃음소리가 잦아들 때쯤 투표가 진행되었고, 카툴루스 카이사르와 루키우스 카이사르의 막냇동생이자 사팔뜨기인 가이우스 율리우스 카이사르 스트라보가 만장일치로 이번 사건의 기소인이 되었다. 이로써 원로원은 나이우스 폼페이우스 스트라보에게 따끔한 복수를 한 셈이었다. 그는 원로원의 엄중한 경고가 담긴 편지와, 설상가상으로 멤미우스가 동봉한 스카우루스의 연설 내용을 받아보고 사태를 정확히 파악했다. 그는 언젠가 그 고귀하신 귀족 양반들을 불시에 덮쳐서, 그에게 그들이 필요한 것보다 그들이 그를 더 필요로 하도록 만들겠다고 다짐했다.

스카우루스와 누미디쿠스는 최선을 다했다. 하지만 평민회가 마리우스를 부재중 집정관 직 후보로 등록하는 것을 막기에 충분한 표를 확보하지 못했다. 게다가 백인조회에서도 뜻을 이루지 못했다. 2계급 유권자들은 스카우루스가 예의 명연설을 통해 2계급은 중간상에 불과하며 3계급, 4계급과 다를 바가 없다고 말한 데 앙심을 품었기 때문이었다. 백인조회에서는 게르만족과의 전쟁 권한을 마리우스에게 넘겼고, 다른 사람이 그의 자리를 대신하는 것은 동의하지 않겠다고 밝혔다. 2년 연속 수석 집정관으로 당선된 마리우스는 영광의 주인공이었으며, 이제 로마의 일인자가 되었다고 아무런 거리낌 없이 말할 수 있었다.

“하지만 동료들 사이에서의 일인자라 할 수는 없지.” 누미디쿠스는 젊은 드루수스에게 말했다. 드루수스는 전년에 단기간 복무를 마치고 본래 무대인 법정으로 돌아왔다. 두 사람은 수도 담당 법무관의 법정에서 잠시 마주쳤다. 드루수스의 곁에는 친구이자 처남이자 매제인 카이피오 2세가 있었다.

“퀸투스 카이킬리우스, 미안한 말씀입니다만.” 드루수스의 목소리에는 미안한 기색이 전혀 없었다. “이번만은 동료들의 의견에 반대하는 입장입니다. 저는 가이우스 마리우스에게 투표했습니다. 네, 놀라실 줄 알았습니다. 가이우스 마리우스를 위해 표를 던졌을 뿐 아니라 제 친구와 피호민에게 그를 지지해달라고 설득까지 했습니다.”

“그건 자네 계급에 대한 반역 행위야!” 누미디쿠스가 흥분하며 말했다.

“그렇지 않습니다, 퀸투스 카이킬리우스. 아시다시피 저는 아라우시오 전투를 겪었습니다.” 드루수스는 조용히 말했다. “그곳에서 원로원의 배타성이 훌륭한 로마인의 상식을 압도할 때 무슨 일이 발생하는지 직접 목격했습니다. 저는 가이우스 마리우스가 카이사르 스트라보처럼 사팔뜨기라도, 폼페이우스 스트라보처럼 무신경해도, 로마 항의 막일꾼처럼 출신 성분이 천해도, 기사 섹스투스 페르퀴티에누스처럼 천박해도 그에게 표를 던졌을 겁니다! 마리우스만큼 출중한 실력을 갖춘 무관은 없다고 생각합니다. 그러니 카이피오가 말리우스를 대했던 것처럼 마리우스를 대할 사람을 수석 집정관 자리에 앉히지는 않을 겁니다!”

드루수스는 무척 위엄 있는 태도로 그 자리를 떠났다. 누미디쿠스는 입을 떡 벌린 채 드루수스의 뒷모습만 바라보고 있었다.

“저 친구는 변했어요.” 카이피오 2세가 말했다. 그는 여전히 드루수스의 꽁무니를 쫓아다니고 있었다. 하지만 알프스 너머 갈리아에서 돌아온 이후로는 예전처럼 열성적으로 따라다니진 않았다. “드루수스의 경우, 주의하지 않으면 가장 끔찍한 부류의 선동 정치가가 될 수도 있다고 저희 아버지가 말씀하셨습니다.”

“그럴 순 없어!” 누미디쿠스가 소리쳤다. “아니, 감찰관이었던 드루수스의 부친은 가이우스 그라쿠스의 가장 강력한 적이었네. 그는 가장 보수적인 환경에서 자랐단 말일세!”

“아라우시오 전투가 사람을 바꿔놨습니다. 그것 때문에 머리에 충격을 받은 모양이죠. 그게 저희 아버지의 생각이세요. 전쟁에서 돌아온 이후 드루수스는 그곳에서 친해진 실로라는 마르시족 인간이랑 죽고 못 사는 사이가 됐어요.” 카이피오 2세는 콧방귀를 뀌었다. “실로는 알바 푸켄티아 출신인데, 드루수스의 집을 제집처럼 휘젓고 다니곤 합니다. 게다가 두 사람은 몇 시간씩 자기들끼리 떠들면서 저한테 말 한마디 걸지 않더군요.”

“아라우시오 전투는 참 안타까운 일이지.” 누미디쿠스는 다소 껄끄럽게 이 말을 내뱉었다. 그 전투의 패배에 가장 큰 책임이 있는 사람의 아들을 대하고 있었기 때문이다.

카이피오 2세는 최대한 빨리 그 자리를 벗어나 집으로 돌아왔다. 그는 자신을 감싸고 있는 희미한 불만을 느꼈다. 정확히 기억나지는 않지만, 그 불만이 시작된 시점은 드루수스가 그의 여동생과 결혼하고 그가 드루수스의 여동생과 결혼했던 때쯤이었다. 그는 이렇다 할 이유도 없이 그런 기분에 휩싸이곤 했다. 게다가 아라우시오 전투 이후로 달라진 것이 너무 많았다! 아버지는 예전과 다른 사람이 되었다. 어떤 때는 카이피오 2세가 이해하지도 못하는 농담에 혼자 낄낄대며 웃다가, 곧바로 아라우시오 패전에 대한 시민의 분노가 파도처럼 밀려드는 것을 보며 절망의 늪에 빠졌다가, 또 곧바로 이 모든 일이 부당하다면서 분노를 토해냈다. 아버지가 말하는 '이 모든 일'이 대체 무엇인지, 카이피오 2세는 알지 못했다.

게다가 카이피오 2세는 아라우시오 전투를 떠올릴 때마다 죄책감에서 벗어날 수 없었다. 드루수스와 세르토리우스와 섹스투스 카이사르, 심지어 실로 그 인간도 부상을 입고 들판에 버려져 있었다. 반면 그는 누군가 발로 걷어찬 똥개마냥, 목숨을 건져보겠답시고 그가 지휘하던 군단의 최하층민 신병보다도 빨리 강에 뛰어들었다. 물론 이 이야기는 아무에게도 하지 않았다. 심지어 아버지에게도 말하지 않았다. 이것은 카이피오 2세의 무시무시한 비밀이었다. 하지만 그는 드루수스를 볼 때마다 친구가 이 모든 사실을 아는 것은 아닐까 전전긍긍했다.

카이피오 2세의 아내 리비아 드루사는 어린 딸을 무릎에 올려놓고 거실에 앉아 있었다. 이제 막 아기에게 젖을 다 먹인 것이다. 언제나 그랬듯 카이피오 2세가 도착하자 리비아는 미소를 지었다. 그런 미소를 보면 마음이 따뜻해지는 게 정상일 텐데, 그는 한 번도 그런 적이 없었다. 리비아의 눈은 얼굴의 나머지 부위와 따로 놀고 있었다. 그녀의 미소는 절대 눈빛까지 이르지 않았다. 그녀의 눈에서는 진정한 관심과 애정이 흘러나오지 않았다. 그녀가 그에게 말할 때나 그가 그녀에게 말을 건넬 때, 카이피오 2세는 리비아가 절대 눈을 마주치지 않는다는 것을 잘 알고 있었다. 하지만 생각해보면 리비아는 더없이 다정하고 순종적인 아내였다. 성관계를 요구할 때 피곤하다거나 몸이 안 좋다고 말하는 경우가 없었고, 잠자리에서 하는 요구는 뭐든 다 들어줬다. 물론 그런 상황에서 그는 아내의 눈을 쳐다볼 수 없었다. 그러니 그 눈에 쾌락의 빛이 전혀 담겨 있지 않다는 것을 어찌 알겠는가?

직관 있고 지성적인 사람이었다면 이 문제를 아내에게 조심스럽게 추궁했을 것이다. 하지만 카이피오 2세는 전부 상상일 뿐이라 치부하며 덮어두기만 했다. 그는 스스로 상상력이 부족하다는 걸 받아들일 만큼 상상력을 지니지 못했던 것이다. 카이피오 2세는 뭔가 잘못되었다는 걸 깨달을 만큼은 깨어 있었으나, 그 원인에 대해 정확한 추측을 내놓을 만큼 깨어 있지는 않았다. 그의 머릿속에는 아내가 자신을 사랑하지 않을지도 모른다는 가능성은 전혀 떠오르지 않았다. 물론 결혼 전에는 리비아가 자신을 매우 싫어한다고 확신했었다. 하지만 그것은 그의 상상일 뿐이었다. 진짜 그를 싫어한다면 지금처럼 모범적인 로마인 아내가 되지는 않았을 테니까. 그러므로 리비아는 그를 사랑하는 것이 분명했다.

딸 세르빌리아는 카이피오 2세에게 인간이라기보다 사물에 가까웠다. 그는 첫아이가 아들이 아니라 딸이라 실망했다. 리비아가 아기 등을 부드럽게 토닥거리는 동안 그는 가만히 앉아 있었다. 그녀는 아기를 마케도니아 출신의 보모에게 넘겨주었다.

"당신 오빠가 집정관 선거에서 가이우스 마리우스를 찍었다는 거 알고 있소?" 그가 물었다.

리비아는 눈을 동그랗게 떴다. "아뇨. 그게 정말인가요?"

"오늘 메텔루스 누미디쿠스에게 그렇게 말하더군. 내가 옆에 있는데도 아라우시오 전투에 대해 지껄이고 말이야. 오, 우리 아버지의 적들이 이 일을 그만 묻어두고 잊으면 좋으련만!"

"시간이 지나면 나아지겠죠, 퀸투스 세르빌리우스."

"점점 심해질 거요." 카이피오 2세는 실의에 빠져 말했다.

"저녁은 집에서 드시나요?"

"아니, 이제 밖에 나갈 참이었소. 리키니우스 오라토르에게 식사 초대를 받았거든. 당신 오빠도 거기 올 거요."

"네." 리비아가 건조하게 말했다.

"미안해요. 아침에 말하려고 했는데 까먹었지 뭐요." 그는 자리에서 일어나며 말했다. "밖에서 먹고 와도 괜찮겠지?"

"그럼요. 괜찮아요." 리비아는 맥빠진 표정으로 말했다.

솔직히 괜찮지 않았다. 남편과 함께 식사를 하고 싶어서가 아니라, 미리 일정을 알려주었더라면 괜한 고생을 덜고 음식 재료도 아낄 수 있었기 때문이었다. 리비아는 시아버지와 함께 살고 있었는데, 시아버지는 허구한 날 생활비가 너무 많이 든다며 그녀의 살림 솜씨를 탓했다. 하지만 남편만큼이나 시아버지가 쉽게 까먹는 사실이 하나 있었다. 두 사람이 일정을 미리 알려주지 않는 한 리비아는 항상 훌륭한 저녁을 준비해둬야만 하고, 그러다 둘 다 식사시간에 나타나지 않으면 그 음식은 고스란히 노예들의 뱃속으로 들어간다는 것이었다.

"마님, 아기를 육아실로 데려갈까요?" 마케도니아인 보모가 물었다.

생각에 빠져 있던 리비아는 정신을 차리고 고개를 끄덕였다. "그래." 그녀는 보모가 아기를 받아갈 때 아기에게 눈길조차 주지 않았다. 모유를 먹이는 이유는 딸아이의 건강을 위해서가 아니었다. 모유 수유 기간에는 임신이 안 된다고 들었기 때문이었다.

리비아는 딸아이 세르빌리아를 그다지 아끼지 않았다. 아이를 볼 때마다 몸집만 작았다 뿐이지 제 아버지를 빼닮았다고 생각했다. 다리가 짧고 피부색은 섬뜩할 정도로 검었으며, 거친 머리털은 동물의 털가죽처럼 이마 윗부분부터 목 아래까지 새까맣게 뒤덮고 있었다. 리비아의 눈에는 딸의 장점이 하나도 보이지 않았다. 세르빌리아는 큼직하고 까만 눈과 장미꽃봉오리같이 작은 입술을 가지고 있어 훗날 미인이 될 조짐을 보였지만, 리비아는 모든 사람이 좋아할 수밖에 없는 그런 장점을 인정하려들지 않았다.

결혼한 지 18개월이 지났지만 리비아는 아직도 자기 운명을 완전히 받아들이지 못했다. 그래도 오빠의 명령을 어긴 적은 단 한 번도 없었다. 그녀의 공손한 태도와 행실은 완벽 그 자체였다. 남편과의 빈번한 잠자리에서도 리비아는 흠잡을 데 없는 몸가짐을 보였다. 다행히 명문가 규수인지라 침대에서 격정적인 반응을 보여서는 안 되는 입장이었다. 그녀가 정부처럼 침대에서 몸을 비틀며 희열을 느꼈다면 남편은 오히려 충격을 받았을 것이다. 리비아는 오로지 요구되는 일만 했고 정숙한 아내로서 마땅히 해야 할 일만 했다. 다시 말하면 등을 바닥에 대고 가만히 누워 있었다. 엉덩이를 요란하게 흔들어대지도 않고 적절한 수준의 따뜻함만 내보였으며 절대 흐트러지는 법이 없었다. 오, 하지만 그것조차도 너무 힘들었다! 그녀 인생의 어떤 부분보다도 더 힘들었다. 그녀는 남편의 손길이 스칠 때마다 강간이라고, 폭력이라고 고함을 지르며 남편 얼굴에 구토하고 싶었다.

리비아에게는 카이피오 2세를 동정할 마음의 여유가 없었다. 사실 남편이 그녀에게 이토록 혐오의 대상이 될 만한 짓을 한 적은 없었다. 이제까지 카이피오 2세와 오빠인 드루수스는 분리될 수 없는 하나의 거대하고 위협적인 세력이었고, 리비아는 언제든 그 세력으로 인해 지금보다 더 비참해질 수 있는 처지였다. 두 사람을 너무도 두려워하는 그녀는 앞으로도 평생 제대로 된 삶을 살지 못하리라 예감하며, 하루하루 그저 죽음을 향해 나아가고 있었다.

가장 견디기 힘든 것은 지리적인 고립이었다. 카이피오 저택은 대경기장과 가까운 팔라티누스 언덕에 자리하고 있었다. 건너편으로는 아벤티누스 언덕이 보였으며, 아래로는 집 한 채 없이 온통 바위로 이루어진 가파른 절벽뿐이었다. 친정집의 로지아에서처럼 아랫집 발코니를 내려다보며 그녀의 빨강머리 오디세우스를 훔쳐볼 기회는 이제 영영 사라진 것이다.

시아버지는 몹시 고약한 늙은이였고 나날이 더 고약해졌다. 시아버지 곁에는 리비아의 짐을 덜어줄 아내도 없었다. 하지만 리비아는 시아버지와 남편이 모두 소원하게 느껴져서, 시어머니가 살아 계신지 혹은 돌아가셨는지 물어볼 엄두조차 나지 않았다. 카이피오는 아라우시오 전투의 여파로 나날이 성질이 고약해질 수밖에 없었다. 그는 임페리움을 박탈당했고, 호민관 루키우스 카시우스 롱기누스가 통과시킨 법으로 원로원 의석을 잃었다. 게다가 대중의 비위나 맞추려는 인간들은 날이면 날마다 반역 혐의로 그를 기소하겠다고 나섰다. 그래서 그는 거의 온종일 집안에 머물며 며느리를 감시하고 걸핏하면 트집을 잡았다.

이 마당에 리비아가 아주 우스꽝스러운 일을 저질러서 상황은 더 악화되었다. 그녀는 자신을 병적으로 감시하는 시아버지에게 화가 난 나머지 그 누구도 말소리를 들을 수 없는 주랑정원 한가운데로 가서 크게 혼잣말을 해댔다. 노예들이 주랑으로 모여 여주인이 왜 저러는지 쑥덕거리고 있을 때, 카이피오가 굳은 표정으로 서재에서 나왔다.

그는 며느리에게 다가가 사나운 눈빛으로 추궁했다. "지금 무슨 짓을 하고 있는 거냐?"

그녀는 큼직하고 검은 눈을 더 크게 뜨며 순진한 표정을 지었다. "오디세우스 왕의 시를 암송하고 있었어요."

"당장 그만둬!" 시아버지가 화를 내며 말했다. "넌 지금 하인들의 구경거리가 됐어! 하인들이 네가 미쳤다고 말하고 있단 말이다! 호메로스의 작품을 암송하고 싶으면 그게 호메로스라는 걸 알 수 있는 사람들 앞에서 해야지! 대체 왜 이런 짓을 하는지 모르겠구나."

"시간을 때우기 좋거든요."

"시간을 때우기에 더 좋은 방법이 많을 텐데. 베틀에 앉아 일을 하든지, 아기에게 노래를 불러주든지, 다른 여자들이 하는 일을 해야지. 어서 저리 가!"

"다른 여자들은 뭘 하는지 모르겠어요, 아버님." 그녀는 자리에서 일어서며 말했다. "다른 여자들이 하는 일이란 게 뭐죠?"

"남자들을 돌아버리게 하지!" 그는 이 말을 남기고 서재로 가서는 문을 쾅 닫고 들어가버렸다.

리비아는 시아버지의 조언을 받아들여 베틀 앞에 앉았다. 거기에 한 술 더 떠서 상복을 만들 옷감을 짜기 시작했고, 일을 하면서 상상 속의 오디세우스 왕과 큰 소리로 대화했다. 마치 오디세우스 왕이 몇 년 동안 그녀를 떠나 있었고, 그녀는 새 남편을 택해야 하는 날을 미루기 위해 상복 옷감을 짜고 있는 것처럼 연기까지 했다. 이따금씩 독백을 멈추고 옆 사람 말을 듣는 것처럼 머리를 한쪽으로 살짝 기울이기도 했다.

카이피오는 아들을 보내 대체 무슨 일인지 알아보라고 시켰다.

"지금 내 상복 옷감을 짜고 있었어요." 리비아는 침착하게 말했다. "오디세우스 왕에게 언제 저를 구하러 올 건지 물어보면서 말이죠. 그는 나를 구해줄 거예요. 언젠가는."

카이피오 2세의 입이 떡 벌어졌다. "당신을 구해줘? 대체 무슨 소리요, 리비아?"

"난 절대 집 밖으로 못 나가잖아요." 그녀가 말했다.

카이피오 2세는 화가 난 나머지 양손을 위로 쳐들며 말했다. "대체 어째서 밖에 못 나간단 말이오?"

그녀는 너무 당황해서 이 말밖에 생각나지 않았다. "돈이 없으니까요."

"돈이 필요해? 그렇다면 내가 주겠소, 리비아! 우리 아버지 걱정은 그만하라고!" 아버지와 아내 탓에 머리가 터질 지경인 카이피오 2세는 큰 소리로 외쳤다. "언제든 나가고 싶을 때 나가요! 사고 싶은 건 다 사고!"

리비아는 환한 미소를 지으며 남편에게 다가와 볼에 입을 맞췄다. "고마워요." 진심에서 우러나온 말이었다. 심지어 남편을 끌어안기까지 했다.

이렇게 쉬운 일이었다니! 강요에 의해 고립 속에 살던 세월은 이제 끝났다. 리비아는 오빠의 권위에서 남편의 권위 아래로 옮겨오면서 적용되는 규칙이 조금 달라질 수 있다는 생각을 그때까지 단 한 번도 하지 못했던 것이다.

루키우스 아풀레이우스 사투르니누스는 호민관으로 당선되었다. 그는 가이우스 마리우스에게 한없이 감사했다. 이제 자신의 결백을 증명할 수 있게 된 것이다! 게다가 그에게는 동지들이 있었다. 이번에 호민관으로 당선된 가이우스 노르바누스는 에드루리아 출신으로 마리우스의 피호민이었다. 그는 상당한 재산가였지만 정치적 배경이 부족해서 원로원에서 힘을 쓰지 못하고 있었다. 다른 한 명은 마르쿠스 바이비우스라는 자였다. 뇌물을 밝히기로 유명하고 호민관을 지속적으로 배출한 바이비우스 가문의 일원이었다. 그는 필요에 따라 얼마든지 매수될 수 있을 것 같았다.

안타깝게도 호민관석의 저쪽 끝에는 아주 강력한 보수세력들이 버티고 있었다. 제일 끝자리를 차지한 것은 루키우스 아우렐리우스 코타였다. 고인이 된 전직 집정관 코타의 아들이자 전직 법무관 마르쿠스 아우렐리우스 코타의 조카이며, 젊은 가이우스 율리우스 카이사르의 아내 아우렐리아의 이복오빠였다. 그 옆자리에는 루키우스 안티스티우스 레기누스가 앉아 있었다. 그는 괜찮긴 하지만 대단치는 못한 배경을 가지고 있었으며, 카이피오의 피호민이라는 소문이 있어 카이피오를 증오하는 사람들로부터 욕을 먹기도 했다. 마지막 한 사람은 티투스 디디우스였다. 일을 효율적으로 처리하는 조용한 사람으로, 캄파니아 출신의 가문에서 태어났고 군인으로서 상당한 명성을 누리고 있었다.

호민관석 가운데에는 그리 대단할 것 없는 사람들이 앉아 있었다. 그들은 내년 한 해 동안 호민관석 양쪽 끝에 앉은 사람들이 서로 목을 물어뜯지 않도록 말리는 것이 자기들의 주된 역할이라고 여겼다. 한쪽은 스카우루스가 선동 정치가로 못 박았던 사람들, 다른 쪽은 호민관이기 이전에 원로원 의원임을 늘 기억한다며 극찬했던 사람들이었으니 서로에게 무슨 짓을 해도 손해볼 것 없는 사이였다.

그렇다고 해서 사투르니누스가 자신의 앞날을 걱정하는 것은 아니었다. 그는 이번에 선출된 호민관 중 최고 득표자였고, 2등은 노르바누스였다. 이로 인해 보수층은 마리우스에 대한 대중의 사랑이 식지 않았다는 것, 그리고 마리우스가 엄청난 돈을 들여 표를 매수할 만큼 사투르니누스와 노르바누스를 가치 있는 인물로 여긴다는 것을 알게 되었다. 사투르니누스와 노르바누스는 재빨리 적들을 공격해야 했다. 호민관 취임 후 3개월이 지나면 평민회에 대한 대중의 관심이 급격히 줄어들기 때문이었다. 평민들이 쉽게 싫증을 내는 탓도 있지만, 3개월 지나서까지 열정적으로 일하는 호민관이 없는 탓도 있었다. 호민관들은 이솝 우화의 토끼처럼 처음부터 달리다가 일찍 지치는 반면, 원로원의 늙은 거북이들은 느리지만 늘 한결같은 속도로 움직였다.

"그들은 내가 쌩하니 사라지고 나서 먼지만 보게 될 거야." 사투르니누스는 글라우키아에게 말했다. 신임 호민관 취임식이 예정된 12월의 열번째 날이 다가오고 있었다.

"처음엔 무슨 일을 할 건데?" 그보다 연장자이지만 아직 호민관이 될 기회를 얻지 못해 약간 샘이 난 글라우키아가 넌지시 물어보았다.

사투르니누스는 교활한 미소를 지었다. "사소한 토지법 하나를 통과시킬 거야. 내 친구이자 후원자인 가이우스 마리우스를 돕기 위해서지."

철저한 계획과 훌륭한 연설을 통해, 그는 1년 전 필리푸스가 공유지로 묶어두었던 아프리카의 섬들을 마리우스의 병사들에게 분배하는 법안을 상정했다. 법안의 골자는 복무를 마친 최하층민 병사들에게 1인당 100유게룸씩 토지를 나누어주는 것이었다. 오, 얼마나 짜릿하던지! 찬성하는 대중의 환호성, 반대하는 원로원 의원들의 분노에 찬 아우성, 루키우스 코타가 들어올린 주먹, 노르바누스가 준비한 아주 강력하고 허심탄회한 지지 발언까지.

"호민관 직이 이렇게 흥미진진한 줄은 미처 몰랐어." 사투르니누스는 집회를 마친 뒤 글라우키아의 집에서 단둘이 식사를 하며 말을 꺼냈다.

"확실히 자네가 원로원 의원들을 수세로 몰아넣었지." 글라우키아는 그 장면을 떠올리며 웃음을 지었다. "난 당장이라도 메텔루스 누미디쿠스의 혈관이 터지는 줄 알았네!"

"안 터진 게 유감이지." 사투르니누스는 만족스럽게 한숨을 내쉬며 의자에 등을 기댔다. 그는 등잔과 화로에서 나온 그을음이 천장에 그려놓은 무늬를 눈으로 좇았다. 너무 지저분해서 새로 칠을 해야 할 것 같았다. "사람들의 생각이라는 게 참 이상하지 않나? '토지법'이라는 말만 나와도 당장 안 된다고 소리치고, 그라쿠스 형제를 들먹이고, 누군가에게 공짜로 무언가를 나누어준다는 생각에 치를 떨고 말이야. 최하층민조차도 무언가를 공짜로 나누어주는 것에 대해서는 찬성하지 않는다네!"

"건전한 사고방식을 가진 로마인에게는 아주 생소한 개념이니까." 글라우키아가 말했다.

"그 고비를 넘기고 나니 1인당 할당량이 너무 많다고 아우성이더군. 원로원 의원들은 100유게룸이 캄파니아 소농장주가 가진 땅의 열 배에 해당한다고 불평했지. 하지만 아프리카의 섬들은 캄파니아에서 가장 척박한 땅과 비교해도 생산율이 10분의 1밖에 안 된단 말이야. 강우량도 10분의 1밖에 되지 않고."

"그렇지. 하지만 진정한 쟁점은 곧 가이우스 마리우스의 피호민이 될 수천 명의 사람들이라는 생각은 안 해봤나? 자네도 알겠지만 문제는 그 부분이야. 최하층민 군대에서 복무를 마친 병사들은 잠재적으로 그들 장군의 피호민이라네. 게다가 그 장군이 노후를 위해 힘들게 땅까지 마련해줬으니 병사들은 더욱 신세를 졌다고 생각하겠지! 국가가 마련해준 땅이니 진정한 후원자는 국가라는 생각을 전혀 하지 않을 거야. 대신 그들의 장군에게 감사하겠지. 바로 가이우스 마리우스에게 말이네. 원로원 의원들이 격분하며 반대하는 진짜 이유는 그거야."

"나도 동의해. 하지만 토지법을 반대하는 것이 해결책이 될 수는 없어, 가이우스 세르빌리우스. 해결책은 모든 최하층민 군대, 모든 시대를 아우르는 더욱 포괄적인 법을 통과시키는 거야. 군에서 복무한 모든 최하층민 병사에게 비옥한 토지 10유게룸을 나누어준다면 좋겠지. 15년, 아니면 한 20년쯤? 얼마나 많은 장군 밑에서 일했는지, 얼마나 많은 전투에 참여했는지와 무관하게 말일세."

글라우키아는 진심으로 즐거워하며 깔깔거렸다. "그건 너무 듣기 좋은 소리 같은 걸, 루키우스 아풀레이우스! 그런 법을 내놓으면 비우호적으로 나올 기사들을 생각해보게. 임대할 땅이 줄어들 테니까. 시골에 땅을 가진 우리의 존경하는 의원님들도 있고 말일세!"

"이탈리아 땅이라면 반대하는 것도 이해해. 하지만 고작 아프리카 연안의 섬을 가지고? 내가 묻겠네, 가이우스 세르빌리우스! 오래되고 냄새 고약한 뼈다귀를 물고 놓지 않으려 하는 그 개자식들에게 그 땅이 대체 무슨 소용인가? 가이우스 마리우스가 로마의 이름으로 그들에게 무상 분배한 우부스 강과 켈리프 강과 트리토니스 호수 주변의 토지 수백만 유게룸과 비교해봤을 때, 이건 얼마 되지도 않아! 게다가 지금 반대하는 사람들은 죄다 그때 땅을 받아먹은 인간들이라네!"

글라우키아는 속눈썹이 긴 회녹색 눈을 이리저리 굴렸다. 그러다가 의자에 등을 기대고 뒤집힌 거북이처럼 양손을 버둥거리며 다시 웃기 시작했다. "어쨌든 난 스카우루스의 연설이 가장 마음에 들었어. 그 사람은 아주 똑똑해. 나머지 인간들은 그저 권력을 지났다 뿐이지 별거 없어." 그는 고개를 들어 사투르니누스를 바라보며 물었다. "내일 원로원에 나갈 준비가 되었나?"

"물론이지." 사투르니누스는 만족스러운 표정으로 말했다. "루키우스 아풀레이우스가 원로원에 복귀하는 거야! 게다가 이번에는 임기가 끝날 때까지 날 내칠 수도 없겠지! 그렇게 하려면 서른다섯 개 트리부스의 동의가 필요한데, 물론 동의하는 트리부스는 없을꺼야. 원로원 의원들의 의사와는 상관없이 나는 그 신성한 의사당으로 복귀하게 되었네. 말벌처럼 사납고 또 고약하게 변신해서 말이지."

사투르니누스는 제집에 들어가듯 당당히 원로원 의사당에 들어섰다. 스카우루스 최고참 의원에게 고개를 꾸벅하고, 양쪽에 앉은 의원들에게 과장된 몸짓으로 오른손을 흔들었다. 원로원은 거의 만석이었다.

그것은 다가오는 전쟁의 예고가 분명했다. 하지만 사투르니누스는 이곳에서의 결과에 크게 신경쓰지 않기로 했다. 진짜 전쟁이 벌어질 무대는 의사당 문밖에 있는 민회장이었기 때문이다. 오늘은 그저 뻔뻔스럽게 밀고 나가기만 하면 되는 날이었다. 불미스러운 일로 파면당한 곡물 담당 재무관이 호민관으로 변신해 다시 나타났으니, 원로원 의원들은 놀라워하면서도 씁쓸해했다.

사투르니누스는 원로원 의원들을 공략할 새로운 전략을 준비했다. 그 전략은 나중에 평민회에서 전면적으로 이용할 작정이었고, 오늘은 맛만 보여줄 생각이었다.

"로마의 영향력이 미치는 영역은 오랜 세월 동안 이탈리아 외부로 확장되어왔습니다." 사투르니누스가 말을 꺼냈다. "우리는 유구르타가 로마에 안겨준 고통을 잘 알고 있습니다. 그리고 존경하는 수석 집정관 가이우스 마리우스가 아프리카에서의 전쟁을 아주 화려하게, 또 완벽하게 마무리한 것에 영원히 감사해야 할 것입니다. 하지만 로마 속주에서 앞으로도 평화가 유지될 것이라고, 그곳에서 난 열매가 앞으로도 우리 로마인의 몫이 되리라고 후손들에게 보장할 수 있을까요? 우리에게는 로마 속주에 살고 있으나 로마인이 아닌 사람에게 적용하는 특별한 전통이 있습니다. 바로 그들이 고유의 종교, 교역, 정치 관행을 유지하도록 허락하는 것입니다. 물론 그 전통이 로마를 어지럽히거나 위협하지 않는 한도 내에서 말입니다. 하지만 이러한 불간섭의 전통으로 인해 무지라는 부작용이 발생했습니다. 이탈리아 갈리아와 시칠리아 너머의 속주들은 로마와 로마인에 대한 이해가 부족해서 협조하지 않고 저항하는 경우가 많습니다. 누미디아 사람들이 우리에 대해 잘 알았더라면 유구르타는 절대 그들을 자기편으로 끌어들이지 못했을 것입니다.

마우레타니아 사람들이 우리에 대해 잘 알았더라면 유구르타는 보쿠스 왕을 자기편으로 끌어들이지 못했을 것입니다."

사투르니누스는 헛기침을 했다. 원로원 의원들은 지금까지 무리 없이 따라왔지만 아직 결론이 나온 것은 아니었다. 결론은 이제부터였다.

"그렇기 때문에 아프리카 도서지역의 토지 문제를 논의하고 싶습니다. 이 섬들은 전략적으로 중요하지 않습니다. 면적도 그리 넓지 않죠. 이곳에 계신 분들에게는 그다지 아쉬울 것이 없는 땅입니다. 그 섬에는 금이나 은, 철광석이나 이국적인 향신료 따위가 전혀 없습니다. 몇몇 원로원 의원님들과 상당수의 1계급 기사들이 소유하고 있는 바그라다스 강 유역의 비옥한 농지와 비교했을 때, 그 땅은 생산성이 높지도 않습니다. 그 땅을 가이우스 마리우스의 최하층민 병사들이 퇴역한 후 그들에게 나누어주면 어떨까요? 여러분은 거의 4만 명에 달하는 최하층민 퇴역병사들이 로마의 술집과 거리를 휘젓고 다니길 바라십니까? 군대에서 받은 얼마 안 되는 돈을 다 써버린 뒤 직업도 목표도 재산도 없는 상태로 그리 살기를 바라십니까? 그들을 아프리카 도서지역에 정착시키는 것이 그들에게나 우리 로마인에게나 더 나은 대안이 아닐까요? 원로원 의원 여러분, 그들이 퇴직 후에 할 수 있는 일은 단 한 가지입니다. 바로 아프리카 속주에 로마 문화를 전파하는 것입니다! 우리의 언어, 관습, 신, 생활방식을 말이죠. 용감하고 활기 넘치는 국외 거주 로마인 병사들을 통해 아프리카 속주 주민들은 로마를 더욱 잘 이해하게 될 것입니다. 왜냐하면 이 용감하고 활기 넘치는 병사들은 함께 생활하게 될 아프리카 원주민들보다 부유하지도, 똑똑하지도 않고 더 큰 특권을 누리지도 않으니까요. 그중에는 현지 여성과 결혼하는 사람도 있을 겁니다. 모두 친구가 되겠죠. 그렇게만 된다면 전쟁은 줄어들 것이고 평화는 커질 것입니다."

사투르니누스는 이성에 호소하는 설득력 있는 연설을 했다. 미사여구를 남발하거나 아시아풍의 과장된 몸짓을 섞지도 않았다. 열띤 연설을 마무리하면서, 그는 마침내 이 권위주의 집단의 인간들에게 마리우스나 자신과 같은 사람들의 비전이 로마를 어떤 방향으로 이끄는지 보여주었다고 확신했다.

사투르니누스는 호민관석으로 돌아왔다. 고요한 침묵 속에서 그는 자신의 확신을 부정하는 그 무엇도 발견할 수 없었다. 문득 그는 의원들이 무언가 기다리고 있음을 알게 되었다. 그들 중 누가 나서서 자기들을 이끌어주길 바라는 것이었다. 이런 양떼 같은 인간들. 두뇌는 땅콩만 하고 진절머리나도록 우유부단한 양떼들.

"한마디 해도 되겠소?" 달마티쿠스 최고신관이 회의를 진행하는 차석 집정관 핌브리아에게 말했다.

"발언하시오, 루키우스 카이킬리우스."

달마티쿠스는 단상으로 올라갔다. 갑자기 불꽃이 번쩍이듯, 그는 숨기고 있던 분노를 한꺼번에 터뜨렸다. "로마는 유일무이한 존재입니다!" 어찌나 큰 소리였는지 화들짝 놀라는 의원도 있었다. "원로원에서 일한다는 로마인이, 어떻게 감히 외부 세계를 변화시켜 가짜 로마인을 양산하자고 제안할 수 있습니까?"

그가 평소 보여주던 우월감에 젖은 초연한 모습은 온데간데없었다. 그는 얼굴이 시뻘겋게 달아오르다못해 자줏빛으로 변했다. 평소 통통한 분홍빛 뺨 밑으로 비치는 어두운 혈관의 색깔과 얼굴색이 구별되지 않을 정도였다. 어찌나 단단히 화가 났는지 나방의 날개처럼 그의 온몸이 파르르 떨려댔다. 원로원 의원들은 그 모습에 경외심을 느꼈고 또한 매료되었다. 그들은 몸을 앞으로 내밀고 최고신관의 예상치 못한 발언에 귀기울였다.

"원로원 의원 여러분, 이 로마인을 우리가 모릅니까?" 그는 큰 소리로 말했다. "루키우스 아풀레이우스는 도적입니다. 식량 부족을 기회로 이용한 인간입니다. 남자답지 못한 저속한 행위를 일삼는 자입니다. 자신의 누이와 어린 딸에게 더러운 욕망을 품고 소년을 더럽히는 인간입니다. 지금 알프스 너머 갈리아에 있는, 아르피눔 출신의 인형술사가 조종하는 꼭두각시입니다. 로마의 가장 지저분한 매음굴에서 나온 바퀴벌레, 포주, 동성애자, 호색한, 성기에 붙은 기생충입니다! 이자가 로마에 대해서 뭘 안답니까? 이자를 조종하는 아르피눔 출신의 촌뜨기 인형술사가 로마에 대해서 뭘 안단 말입니까? 로마는 유일무이한 존재입니다! 시궁창에 오줌을 갈기듯이, 도랑에 침을 뱉듯이 로마를 다른 세상에 넘겨줄 수는 없습니다! 50여 개국의 시시껄렁한 여인들과 우리 종족의 피가 섞이는 것을 견딜 수 있습니까? 훗날 로마에서 멀리 떨어진 곳에 갔다가 사생아가 내뱉는 라틴어 은어를 듣고 우리의 귀가 오염되기를 원하십니까? 그들이 그리스어를 쓰게 내버려둡시다! 음낭의 신 세라피스와 똥구멍의 신 아스타르테를 숭배하도록 내버려둡시다! 그러든지 말든지 무슨 상관입니까? 어째서 그런 사람들에게 우리의 퀴리누스 신을 허락하자는 겁니까? 대체 누가 퀴리테스, 즉 퀴리누스 신의 자녀들입니까? 바로 우리입니다! 퀴리누스 신이 누구입니까? 그건 로마인만이 알 수 있습니다! 퀴리누스 신은 로마 시민의 정수이자 로마 의회의 신입니다. 로마가 단 한 번도 정복당하지 않은 것처럼, 단 한 번도 정복당하지 않은 신입니다. 또한 앞으로도 영원히 정복당하지 않을 것입니다, 퀴리테스 여러분!"

원로원 의원들은 거의 비명에 가까운 환호를 내질렀다. 최고신관이 비틀거리며 자리로 돌아가 털썩 주저앉는 동안, 의원들은 흐느끼고 발을 구르고 손바닥이 얼얼해질 때까지 박수를 쳤다. 눈물을 줄줄 흘리고 서로 부둥켜안았다.

하지만 그렇게 격한 감정은, 파도가 현무암에 부딪혀 일어난 바다 거품처럼 시간이 지나자 곧 사그라졌다. 눈물이 마르고 전율이 멈추자 원로원 의원들은 더이상 할 일이 없음을 깨달았고, 무거운 발길을 이끌고 각자 집으로 돌아갔다. 그리고 어느 마법 같은 순간에 얼굴 없는 퀴리누스 신이 갑자기 나타나, 아버지가 한결같이 성실하고 충직한 아들에게 그러듯 신령스러운 토가를 그들에게 덮어주는 꿈을 꾸기도 했다.

원로원에 이제 남은 사람은 크라수스 오라토르, 무키우스 스카이볼라, 메텔루스 누미디쿠스, 카툴루스 카이사르, 스카우루스 최고참 의원뿐이었다. 그들은 행복감에 도취되어 충분히 대화를 나누었고, 이제 다른 의원들처럼 집에 돌아갈 채비를 하고 있었다. 달마티쿠스 최고신관은 여전히 허리를 곧게 펴고 양갓집 규수처럼 무릎에 양손을 다소곳이 모은 채 의자에 앉아 있었다. 하지만 그의 머리는 앞으로 기울어졌고 턱은 가슴에 닿아 있었다. 열린 문틈으로 들어온 미풍에 그의 성긴 회색 머리칼이 부드럽게 나부꼈다.

"오늘 형님이 하신 연설은 역대 최고였습니다!" 누미디쿠스는 큰 소리로 말하며 달마티쿠스의 어깨에 손을 얹었다.

달마티쿠스는 미동도 없이 조용히 앉아 있었다. 그제야 사람들은 그가 죽었음을 알게 되었다.

"아주 적절한 때에 돌아가셨군요." 크라수스 오라토르가 말했다. "죽음 직전에 일생일대의 명연설을 남겼으니 행복하셨을 겁니다."

달마티쿠스 최고신관의 명연설도, 그의 죽음도, 원로원 의원들의 권위와 분노조차도 사투르니누스의 토지법이 평민회에서 통과되는 것을 막지는 못했다. 이로써 사투르니누스의 호민관 직은 오명과 극찬이 뒤섞여 요란하게 시작되었다.

"난 지금이 참 좋아." 그의 이름을 딴 아풀레이우스법이 통과된 날의 늦은 오후, 사투르니누스는 글라우키아와 저녁을 먹으며 말했다. 두 사람은 종종 함께 식사했는데 주로 글라우키아의 자택에서였다. 사투르니누스의 아내는 오스티아 항의 재무관으로 일하던 남편이 스카우루스에게 맹공격을 받아 해임된 그 끔찍한 사건의 충격에서 아직 헤어나지 못하고 있었다. "정말이지 너무 좋아! 가이우스 세르빌리우스, 그 오지랖 넓은 스카우루스 영감이 아니었더라면 난 지금쯤 전혀 다른 일을 하고 있었을지도 모르지."

"자네에겐 확실히 로스트라 연단이 잘 어울려." 글라우키아는 온실에서 재배한 포도를 먹으며 말했다. "우리 인생을 결정짓는 무언가가 있긴 한가봐."

사투르니누스는 코웃음을 쳤다. "오, 퀴리누스 신 말이군!"

"비웃고 싶으면 비웃어도 좋아. 하지만 난 인생이 아주 기묘한 것이라고 생각해. 인생에는 코타부스 게임보다 다양한 패턴이 있는 반면 우연적인 사건은 적거든."

"그건 스토아학파나 에피쿠로스학파에서 나온 말이 아닌 것 같은데? 조심하는 게 좋겠어. 그러지 않으면 로마인은 그리스 사상을 빌려오지 않고서는 철학을 창조하지 못한다고 시끄럽게 떠들어대는 그리스 늙은이를 당황하게 만들 수도 있으니까." 사투르니누스는 웃으며 말했다.

"그리스인은 존재하고 로마인은 행동하지. 그러니 자네 마음대로 선택하게! 난 이제까지 양쪽의 성질을 고루 갖춘 인물을 본 적이 없어. 그리스인과 로마인은 각각 소화관 양쪽의 구멍이라 할 수 있네. 로마인은 입이라서 그저 처넣기만 하지. 반면 그리스인은 똥구멍이라서 싸기만 해. 그리스인을 모욕하려는 말이 아니라 비유하자면 그렇다는 거야." 글라우키아는 소화관에서 로마인에 해당하는 구멍으로 포도를 집어넣으면서 말했다.

"어느 쪽이든 반대쪽 구멍이 없으면 무용지물이니 서로 꼭 붙어다니는 게 좋겠어." 사투르니누스가 말했다.

글라우키아는 미소를 지으며 말했다. "여기 로마인이 말씀하시는군!"

"메텔루스 달마티쿠스는 내가 로마인이 아니라고 했지. 하지만 난 뼛속까지 철저히 로마인이라네. 그 영감탱이가 그렇게 완벽한 타이밍에 죽다니 정말 신기한 일 아닌가? 조금 더 진취적인 의원이 있다면 그 영감을 불후의 표본으로 만들었을지도 몰라. 새로운 퀴리누스 신, 메텔루스 달마티쿠스!" 사투르니누스는 포도주잔을 가볍게 돌리다가 안에 남아있던 찌꺼기를 능숙하게 빈 접시에 던졌다. 가운데에 뭉친 덩어리에서 바깥쪽으로 튀어나온 빗살의 숫자를 세기 시작했다. "셋이로군." 그는 몸을 떨며 말했다. "죽음의 숫자야."

"아니, 우리의 회의주의자는 대체 어디로 가셨나?" 글라우키아가 놀려댔다.

"겨우 세 개라니 아주 드문 일이야."

글라우키아가 능숙하게 포도씨를 뱉어 접시에 나타난 모양을 없애버렸다. 그런데 하필 떨어진 씨앗도 세 개였다. "이것 보게! 3을 없앴는데 또 3이야!"

“우리 둘 다 3년 후에 죽게 될 거야.” 사투르니누스가 말했다.

“루키우스 아풀레이우스, 자네는 완전히 모순 덩어리야! 지금 루키우스 코르넬리우스 술라만큼이나 얼굴이 하얗게 질렸군. 원래 하얗지도 않은 사람이 말이야. 이건 그저 코타부스 게임이잖나!” 글라우키아는 대화의 주제를 바꿨다. “나 역시 정책 입안자들의 총아로서 사는 것보다는 로스트라 연단에서의 삶이 훨씬 흥미롭다고 생각하네. 평민을 정치적으로 조종하는 것은 대단한 도전이니까. 장군에게 군대가 있다면, 선동 정치가에게는 세 치의 혀 이상 날카로운 무기도 없지.” 그는 낄낄대며 웃었다. “오늘 아침 마르쿠스 바이비우스가 거부권을 행사하려다가 군중에게 쫓겨나는 장면은 정말 웃기지 않았나?”

“눈병이 싹 낫는 것 같았네!” 사투르니누스는 미소를 지었다. 그 장면을 떠올렸더니 3이나 33 같은 숫자를 잠시 잊을 수 있었다.

“그런데 말이야.” 글라우키아는 갑자기 화제를 전환했다. “최근 포룸 로마눔에서 들려오는 소문에 대해 알고 있나?”

“카이피오가 톨로사의 황금을 훔쳤다는 소문?”

글라우키아는 실망한 표정이었다. “내가 먼저 들었다고 생각했는데!”

“마니우스 아퀼리우스의 편지로 들었다네. 가이우스 마리우스가 너무 바쁠 때는 아퀼리우스가 대신 편지를 보내지. 아퀼리우스가 훨씬 편지를 잘 써서 솔직히 불만은 없네.”

“알프스 너머 갈리아에서? 어떻게 그 소식을 아는 거지?”

“거기가 바로 소문의 근원지라네. 가이우스 마리우스는 포로를 한 명 붙잡았는데 바로 톨로사의 왕이었지. 그 왕은 카이피오가 황금을 훔쳤다고 주장하고 있어. 1만 5천 탈렌툼의 금을 전부 말이지.”

글라우키아는 휘파람을 불었다. “1만 5천 탈렌툼! 정신이 혼미해질 정도의 금액 아닌가? 속주 총독이 적당히 부수입을 챙긴다는 것은 누구나 아는 사실이지만, 국고보다 더 많은 황금을 꿀꺽한다? 그건 좀 너무했는데!"

"맞는 말일세. 어쨌든 노르바누스가 카이피오를 기소할 때 이 소문이 유리하게 작용하지 않겠나? 황금에 관한 소문은, 메텔라 칼바가 욕정을 품은 인부에게 치마를 걷어올리는 것보다 더 빨리 도시 전역으로 퍼질 테니까."

"비유가 참 마음에 드는군!" 글라우키아가 말하더니, 갑자기 생기 있는 표정을 지었다. "이제 시시한 농담은 그만하는 게 좋겠어! 자네랑 나는 반역죄 법안을 비롯해서 이것저것 준비할 것이 많으니까. 모든 일을 빠짐없이 처리해야 해."

사투르니누스와 글라우키아가 준비한 반역죄 및 기타 범죄에 관한 법안은 대규모 군사전략처럼 정교하고 조직적이었다. 그들은 번거롭고 불합리한 절차 탓에 사실상 유죄판결을 내리지 못하는 백인조회로부터 반역죄 재판에 대한 권한을 빼앗아올 작정이었다. 그런 다음 원로원 의원으로 구성된 기존의 배심원단을 순전히 기사로만 구성된 배심원단으로 교체함으로써 원로원으로부터 부당취득죄와 뇌물수수죄 재판에 대한 통제권을 빼앗아올 작정이었다.

"우선 노르바누스가 평민회에서 인정받을 수 있는 혐의를 제기해 카이피오가 유죄판결을 받도록 해야 돼. '반역'이라는 말을 직접 언급하지만 않는다면, 도난당한 황금 때문에 격해진 민심을 이용해서 바로 유죄판결을 받을 수 있을 걸세." 사투르니누스가 말했다.

"평민회에서는 그런 일이 성공한 적 없어." 글라우키아는 미심쩍은 얼굴이었다. "우리의 성질 급한 친구 아헤노바르부스가 실라누스를 기소한 적이 있었네. 불법으로 게르만족과 전쟁을 벌였다는 혐의였지. 그때도 반역이라는 말은 전혀 나오지 않았어! 그럼에도 불구하고 평민회에서는 그 소송을 기각했지. 문제는 모두가 반역 재판을 꺼린다는 거야."

"그러니 우리가 계속 노력해야지." 사투르니누스가 말했다. "백인조회에서 유죄판결을 받으려면, 국가에 해악을 끼치는 일을 눈감아주었다고 피고가 직접 자백해야 해. 문제는 그렇게 증언할 만큼 멍청한 사람은 없다는 거지. 가이우스 마리우스가 옳았어. 우리는 원로원 의원들이 도덕적 책임이나 법보다 상위에 있지 않다는 걸 보여주어 그들의 날개를 꺾어야만 해. 그런 일은 원로원 의원이 아닌 사람들로 구성된 조직에서만 할 수 있지."

"왜 새로운 반역죄 법안을 단번에 통과시키고 카이피오를 특별 법정에 세우지 않는 건가? 물론 원로원 의원들이 덫에 빠진 돼지처럼 꽥꽥대겠지. 하지만 그들이 언제 안 그랬던 적이 있나?"

사투르니누스는 얼굴을 찡그렸다. "우리는 살고 싶어. 그렇지 않나? 남은 시간이 3년뿐이라 해도 당장 내일 죽는 것보다는 낫지!"

"또 3년 남았다는 이야기군."

"이것 보게." 사투르니누스는 굴하지 않고 말했다. "평민회를 통해 카이피오에게 유죄판결을 내리면 원로원에서도 우리가 전하려는 메시지를 알게 될 거야. 서로의 잘못을 덮고 처벌을 막아주기에 급급한 원로원 의원들에게 평민들은 질려버렸다는 것을 말일세. 또 원로원 의원과 그 밖의 사람들에게 적용되는 법이 다르지 않다는 것도 깨닫게 되겠지. 지금이야말로 평민들이 깨어날 때라네! 그리고 그들이 깨어나도록 자극하는 것이 내 역할이지. 로마 공화정이 시작된 이래로 원로원 의원들은 평민들을 구슬려, 자기들이 더욱 훌륭한 혈통의 로마인이며 제멋대로 말하고 행동할 자격이 있다고 믿도록 만들었지. 루키우스 티들리푸스의 집안은 로마의 첫 집정관을 배출했으니 그를 뽑아라! 티들리푸스가 자기 잇속만 밝고 돈에 환장한, 아주 무능력한 인간이란 게 문제가 될까? 아니! 중요한 건 티들리푸스가 로마 정계에서 이름난 가문 출신이라는 사실뿐이지. 그라쿠스 형제의 말이 맞았어. 티들리푸스 같은 인간들에게서 사법권을 빼앗아 기사계급에게 넘겨줘야 하네!"

글라우키아는 깊은 생각에 빠져 있었다. "방금 이상한 생각이 떠올랐네, 루키우스 아풀레이우스. 평민들은 적어도 책임감이 있고 교육도 받은 계급이야. 로마 전통의 기둥이라 할 수 있지. 하지만 지금 자네가 평민을 옹호하는 것처럼 훗날 누군가 최하층민을 옹호한다면 어떻게 하겠나?"

사투르니누스는 웃음을 터뜨렸다. "자고로 최하층민이란 배만 부르고 조영관이 재미있는 구경거리만 제공해주면 그저 행복해하는 사람들이네. 최하층민에게 정치의식을 심어주려면 포룸 로마눔을 대경기장으로 바꿔놓아야 할걸세!"

"하지만 올해 겨울에는 그들의 배가 그리 부르지 않을 텐데."

"존경하는 원로원의 지도자 스카우루스 덕분에 충분히 배를 채울 수 있을 거야. 누미디쿠스나 카툴루스 카이사르를 우리 편으로 끌어들이지 못하는 것은 전혀 아쉽지 않지만, 스카우루스를 우리 편으로 만들지 못한다고 생각하면 참 안타까워."

글라우키아는 사투르니누스를 빤히 바라보며 이상하다는 듯 말했다. "자네를 원로원에서 몰아낸 스카우루스에게 전혀 악감정이 없는 모양이야?"

"물론이지. 그는 자신이 옳다고 생각하는 일을 했을 뿐이니까. 가이우스 세르빌리우스, 하지만 난 언젠가 진범들을 찾아내고 말 거야. 그때가 되면 그들은 오이디푸스의 삶이 차라리 편안했을 거라고 부러워하게 되겠지!" 사투르니누스는 몹시 사납게 말했다.

1월 초, 호민관 노르바누스는 카이피오를 '병력 상실' 혐의로 평민회에서 기소했다.

초반부터 팽팽한 긴장감이 돌았다. 평민이라고 해서 전부 원로원의 배타성에 반대하는 것은 아니었고, 원로원 역시 카이피오를 구하기 위해 평민회에 많은 사람들을 포섭해둔 까닭이었다. 각 트리부스가 투표에 참여하기 한참 전부터 폭력사태가 발생했고 유혈이 낭자했다. 호민관 디디우스와 루키우스 코타는 이 모든 과정에 거부권을 행사했지만, 결국 성난 군중에 의해 로스트라 연단에서 끌려나왔다. 무섭게 날아드는 돌멩이에 맞고 몽둥이찜질을 당하기도 했다. 디디우스와 루키우스 코타는 민회장에서 끌려나오고 군중에 떠밀려 아르길레툼에 감금되었다. 두 사람은 온몸에 멍이 들고 잔뜩 충격을 받은 상태에서도 성난 군중을 향해 거부권을 외쳐댔지만, 그럴 때마다 조용히 하라는 고함만 돌아왔다.

톨로사의 황금에 관한 소문 탓에 카이피오와 원로원은 불리한 입장이었다. 적어도 그것만은 분명했다. 최하층민부터 1계급에 이르기까지 모든 로마인들은 카이피오가 도적이고 반역자이며 지독한 이기주의자라고 욕해댔다. 여성을 비롯해 정치에 전혀 관심이 없었던 사람들도 상상을 초월하는 범죄를 저지른 카이피오를 구경하러 나왔다. 금괴가 얼마나 높이 쌓여 있었을지, 얼마나 무거웠을지, 전부 몇 개였을지 하는 논의가 이어졌다. 그들의 분노는 손에 잡힐 듯 생생했다. 만인의 재산이라 여겨지는 돈을 단 한 명이 훔쳐서 달아나는 꼴을 보고만 있을 사람은 아무도 없었다. 특히 그렇게 큰돈이라면 더더욱 그러했다.

노르바누스는 재판을 강행하기로 했다. 카이피오를 괴롭히려고 모여든 군중을 회의 참관자들이 저지하면서 빚어진 혼란, 주변의 소란이나 싸움은 모두 무시했다. 카이피오는 로스트라 연단 위에 서 있었고 릭토르들이 그 주변을 둘러쌌다. 그를 포박하기 위해서가 아니라 보호하기 위해서였다. 파트리키 출신이라 평민회에 참여할 수 없는 원로원 의원들은 의사당 계단에 옹기종기 모여 노르바누스에게 욕을 퍼부었다. 그러자 군중이 그들에게 돌을 던지기 시작했다. 스카우루스는 머리에 돌을 맞아 쓰러졌고 피를 흘리며 가만히 누워 있었다. 그럼에도 불구하고 노르바누스는 멈추지 않았다. 원로원 최고참 의원이 죽었는지 아니면 단순히 의식을 잃은 것인지 물어보지도 않고 재판을 강행했다.

투표는 매우 신속하게 진행되었다. 서른다섯 트리부스 중 먼저 투표에 참여한 열여덟 트리부스는 모두 카이피오에게 유죄를 선고했다. 과반수를 넘었기 때문에 나머지 열일곱 트리부스는 굳이 투표에 나설 필요도 없었다. 노르바누스는 카이피오를 향한 뜨거운 분노에 용기를 얻어 이번에는 투표로 구체적인 형벌을 정하자고 평민회에 건의했다. 그 형벌의 내용이 너무도 가혹해서 현장에 있던 모든 원로원 의원들이 항의하고 나섰지만, 성난 군중을 막을 도리가 없었다. 추첨을 통해 투표 순서가 정해졌고, 이번에도 먼저 나선 열여덟 트리부스가 카이피오에게 그 끔찍한 형벌을 내리는 데 찬성했다. 이로써 카이피오는 로마 시민권을 박탈당했고 로마에서 1천300킬로미터 내에서는 물과 불을 이용할 수 없었으며 1만 5천 탈렌툼의 황금을 벌금으로 지불해야 했다. 또한 추방지로 떠나기 전까지 라우투미아이 감옥에 갇혀 감시를 받아야 하고 그 기간 동안은 가족을 비롯한 그 누구와도 대화를 나눌 수 없었다.

군중은 카이피오가 이제 중개인이나 은행가를 만나 미리 재산을 빼돌릴 수도 없을 것이라고 환호하며 주먹을 흔들었다. 시민권을 박탈당한 카이피오는 릭토르의 호위를 받으며 금방이라도 무너질 것 같은 라우투미아이 감옥으로 이동했다.

하루 동안의 흥미진진하고 특별한 사건에 완전히 도취된 군중은 집으로 발걸음을 옮겼다. 포룸 로마눔에는 몇 명만 남았다. 모두 원로원 의원들이었다.

호민관들은 각각의 무리끼리 모여 있었다. 루키우스 코타, 티투스 디디우스, 마르쿠스 바이비우스, 루키우스 안티스티우스 레기누스는 침통한 표정으로 한쪽에 서 있었다. 중도파에 해당하는 호민관 네 명은 무력하게 왼쪽과 오른쪽을 번갈아 살폈고, 노르바누스와 사투르니누스는 의기양양한 표정이었다. 두 사람은 축하 인사를 건네려고 다가온 글라우키아와 유쾌한 대화를 나누고 있었다. 호민관 열 명 중 토가를 제대로 걸친 사람은 아무도 없었다. 아수라장 속에서 옷이 다 찢어졌기 때문이었다.

스카우루스는 스키피오 아프리카누스의 입상 대좌에 기대앉아 있었고, 메텔루스 누미디쿠스와 노예 두 명이 그의 관자놀이에서 줄줄 흐르는 피를 지혈하려 했다. 크라수스 오라토르와 그의 친척인 무키우스 스카이볼라는 뒤숭숭한 표정으로 스카우루스 주변을 서성거렸다. 젊은 드루수스와 카이피오 2세도 충격에 휩싸여 의사당 계단에 서 있었다. 그들 곁을 드루수스의 고모부인 루틸리우스 루푸스와 마르쿠스 코타가 지키고 있었다. 차석 집정관이자 평소에도 몸이 허약했던 루키우스 아우렐리우스 오레스테스는 현관에 대자로 누워 근심스러운 표정의 법무관에게 보살핌을 받고 있었다.

드루수스는 하얗게 질린 채 멍한 표정을 지으며 카이피오 2세의 어깨에 한 손을 두르고 있었다. 그때 카이피오 2세가 갑자기 드루수스 쪽으로 힘없이 축 늘어졌다. 루푸스와 코타가 그를 부축하려고 재빨리 다가왔다.

"우리가 어떻게 도와주면 좋겠니?" 코타가 물었다.

드루수스는 차마 말을 잇지 못하고 고개만 저었다. 카이피오 2세는 아무 소리도 들리지 않는 듯했다.

"혹시 퀸투스 세르빌리우스의 저택을 군중으로부터 보호하기 위해 릭토르를 보냈나?" 루푸스가 물었다.

"제가 보냈습니다." 드루수스가 힘겹게 말했다.

"저 친구의 부인은?" 코타는 카이피오 2세를 고갯짓으로 가리키며 물었다.

"리비아와 아기는 저희 집으로 옮겼습니다." 드루수스가 말했다. 그는 마치 자신이 실제로 존재하는지 확인하는 것처럼 손을 올려 한쪽 뺨을 만졌다.

카이피오 2세가 몸을 움직이더니, 경악한 눈으로 자기 주위의 세 사람을 쳐다봤다. "전부 황금 때문이에요. 사람들이 신경쓰는 건 결국 황금이었어요! 아라우시오에 대해서는 생각도 하지 않았어요. 아버지가 유죄판결을 받은 이유는 아라우시오 전투가 아니었어요. 그들 머릿속에는 황금밖에 없었죠!"

"그게 인간의 본성이라네." 루푸스가 부드러운 목소리로 말했다. "누구나 사람 목숨보다는 황금을 더 아끼는 법이지."

드루수스는 고모부를 날카롭게 쏘아보았다. 하지만 카이피오 2세는 루푸스의 말에 담긴 가시를 알아차리지 못했다.

"이건 전부 가이우스 마리우스 탓입니다." 카이피오 2세가 말했다.

루푸스는 손을 뻗어 카이피오 2세의 팔꿈치를 당겼다. "이리 오게, 퀸투스 세르빌리우스. 마르쿠스 아우렐리우스와 내가 자네를 마르쿠스 리비우스의 집에 데려다주겠네."

그들이 원로원 의사당 계단을 내려올 때쯤 레기누스가 루키우스 코타, 디디우스, 바이비우스 무리로부터 혼자 떨어져 나왔다. 그가 성큼성큼 걸어와 노르바누스 앞에 서자, 노르바누스는 흠칫 물러서며 적극적인 방어 자세를 취했다.

"오, 걱정할 거 없어! 똥개를 패봐야 손만 더러워지니까." 레기누스는 몸을 곧추세웠다. 기골이 장대한 것으로 봐서 켈트족 피가 섞여 있음이 분명했다. "난 라우투미아이로 가서 퀸투스 세르빌리우스를 석방시킬 거야. 로마 공화정 역사상 추방지로 떠나기 전까지 사람을 감방에 가둔 경우는 없었어. 퀸투스 세르빌리우스가 최초의 사례가 되도록 하지는 않겠어! 막고 싶으면 막아봐. 하지만 난 이미 하인에게 집에 가서 칼을 가져오라고 시켰어. 가이우스 노르바누스, 날 막으려고 한다면 자넬 죽일 거야!"

노르바누스는 크게 웃으며 말했다. "오, 원한다면 석방시켜! 퀸투스 세르빌리우스를 집으로 모셔가서 눈물도 닦아주고 똥구멍도 닦아주라고! 하지만 내가 자네라면 그 집 근처에는 얼씬도 하지 않겠어!"

"그 인간한테 돈이나 많이 뜯어내도록 해!" 사투르니누스가 멀어져가는 레기누스의 뒤통수에 대고 말했다. "자네도 알다시피 그는 황금으로 대가를 지불할 수 있으니까!"

레기누스는 뒤돌아서더니 오른손 손가락을 세웠다. 누구나 알아볼 수 있는 손짓이었다.

"오, 난 그런 짓 안 한다네!" 글라우키아가 웃으며 소리쳤다. "자네가 남색을 좋아한다고 해서 다른 사람도 그렇다고 생각하면 곤란해!"

노르바누스는 곧 흥미를 잃어버렸다. 그는 글라우키아와 사투르니누스에게 말했다. "이제 집에 가서 저녁이나 먹자고."

스카우루스는 속이 메슥거렸지만, 다른 사람들 앞에서 토하고 추한 꼴을 보이느니 차라리 죽는 게 낫다고 생각했다. 그래서 승리에 도취되어 시끄럽게 떠들며 걸어가는 세 사람에게 시선을 고정한 채 속을 가라앉히려 했다.

"저들은 늑대 같은 놈들이오." 스카우루스는 메텔루스 누미디쿠스에게 말했다. 그의 토가는 스카우루스의 피로 얼룩져 있었다. "저들을 보시오! 가이우스 마리우스의 도구에 불과한 저자들을!"

"일어설 수 있겠소, 마르쿠스 아이밀리우스?" 누미디쿠스가 물었다.

"속이 조금 가라앉을 때까지는 힘들 것 같소."

"푸블리우스 루틸리우스와 마르쿠스 아우렐리우스가 퀸투스 세르빌리우스의 아들과 사위를 집으로 데려갔소."

"잘됐군. 그들은 돌봐줄 사람이 필요하니까 말이오. 가이우스 그라쿠스가 한창 날뛰던 시절에도, 이렇게까지 귀족의 피를 보려고 안달난 군중은 본 적이 없소." 스카우루스가 숨을 깊이 들이쉬며 말했다. "당분간은 죽은듯이 지내는 게 좋겠소, 퀸투스 카이킬리우스. 우리가 여기서 밀어붙이면 저 늑대인간들이 더 강하게 반격할 것이오."

"그 망할 퀸투스 세르빌리우스와 황금 탓이오!" 누미디쿠스가 날카롭게 말했다.

속이 한결 나아진 스카우루스는 부축을 받으며 자리에서 일어났다. "그자가 황금을 취했다고 생각하는 모양이군요?"

누미디쿠스가 경멸이 담긴 표정을 지으며 말했다. "오, 지금 누굴 속이려는 게요, 마르쿠스 아이밀리우스! 당신도 그가 어떤 인간인지 잘 알지 않소. 당연히 황금을 훔쳤겠지! 그 일에 대해서는 그를 평생 용서할 마음이 없어요. 그 황금은 국가의 소유란 말이오."

스카우루스는 걸음을 뗄 때마다 울룩불룩한 구름 위를 걷는 기분이었다. "문제는 당신이나 나 같은 사람들이 우리를 배신하는 귀족들을 처벌할 내부적인 장치가 없다는 사실이오."

누미디쿠스는 어깨를 으쓱했다. "그런 장치가 존재해서는 안 된다는 걸 알고 있을 텐데요. 그것의 존재 자체가 우리 귀족도 기준 미달인 경우가 있다는 걸 인정하는 꼴이 될 거요. 우리의 약점이 세상 사람들에게 드러나면 우리는 끝장이란 말이오."

"그렇게 끝장나느니 차라리 죽는 게 낫지."

"동감이오." 누미디쿠스가 한숨을 쉬며 말했다. "다만 우리의 아들들도 우리만큼이나 강한 모습을 보였으면 좋겠소."

스카우루스는 씁쓸하다는 듯이 말했다. "그것참 견디기 힘든 말이군요."

"마르쿠스 아이밀리우스, 당신 아들은 아직 어려서 그런 거요. 내가 보기에는 아무 문제가 없단 말입니다."

"그럼 우리 아들들을 서로 바꿀까요?"

"싫소. 당신 아들에게 상처를 주기 위한 목적이라면 말입니다. 그 아이가 괴로워하는 건 아버지로부터 인정받지 못한다는 사실을 스스로 잘 알기 때문이오."

"그 녀석은 약해빠졌소." 늘 강직한 스카우루스가 말했다.

"훌륭한 아내를 얻으면 나아질지도 모르죠."

스카우루스는 걸음을 멈추더니 누미디쿠스에게 고개를 돌렸다. "좋은 의견이오! 그런데 생각해둔 사람이 없군요. 그 녀석은 심각할 정도로 철이 덜 들어서 말입니다. 혹시 괜찮은 처녀를 알고 있소?"

"내 질녀이자 달마티쿠스 형님의 딸인 메텔라 달마티카는 어떻소? 2년이 지나면 열여덟 살이 됩니다. 형님이 돌아가셔서 지금은 내가 그애의 후견인이지요. 어떻게 생각하시오, 마르쿠스 아이밀리우스?"

"그럼 둘을 결혼시킵시다, 퀸투스 카이킬리우스! 이 결혼은 성사된 거요!"

카이피오가 유죄판결을 받으리라는 걸 깨닫자마자, 드루수스는 집사인 크라티포스와 건장한 노예들 모두를 장인의 집으로 보냈다.

남편과 시아버지에게서 재판 이야기를 엿듣고 심란해진 리비아는 기분 전환을 위해 베틀 앞에 앉았다. 무슨 책을 읽어도 즐겁지 않았고 자극적인 멜레아그로스의 사랑노래도 눈에 들어오지 않았다. 그녀는 오빠의 하인들이 갑자기 들이닥칠 줄은 꿈에도 모르고 있다가, 공포를 억누르고 있는 크라티포스의 표정을 보고서 크게 놀랐다.

"서두르십시오, 아씨. 어서 필요한 물건을 챙기십시오!" 크라티포스는 리비아의 거실을 둘러보며 말했다. "하녀에게 아씨의 옷을 싸라고 했고 보모에게 아기용품을 챙기라고 했습니다. 그러니 아씨께서는 필요한 물건을 알려주십시오. 책이나 문서나 옷감 같은 것 말이죠."

리비아는 눈을 동그랗게 뜨고 집사를 쳐다보았다. "무슨 일인가? 대체 무슨 일이야?"

"아씨의 시아버님 때문입니다. 마르쿠스 리비우스의 말씀에 따르면 그분은 곧 법원에서 유죄판결을 받을 것이라 합니다."

"그런데 내가 왜 짐을 싸야 하지?" 리비아가 물었다. 이제야 자유를 얻었는데 다시 감옥 같은 친정집으로 돌아가야 한다니 생각만 해도 끔찍했다.

"도시 전체가 그분의 피를 보려고 안달입니다, 아씨."

리비아의 얼굴에 그나마 남아 있던 혈색조차 사라져버렸다. "시아버지의 피를? 시아버지를 죽이기라도 할 거란 말이야?"

"아닙니다. 그렇게 끔찍한 일은 없을 겁니다." 크라티포스가 달래는 투로 말했다. "대신 그분의 재산을 몰수할 것입니다. 하지만 마르쿠스 리비우스께서는 군중이 지금 극도로 흥분한 상태라 재판이 끝난 후에 과격한 자들이 이 저택을 약탈하러 올지도 모른다고 생각하십니다."

한 시간이 지나지 않아 카이피오 저택의 모든 하인과 가족이 빠져나왔다. 바깥문에는 빗장이 걸렸다. 크라티포스가 리비아를 이끌고 팔라티누스 언덕길을 내려가는 동안 수많은 릭토르들이 그 길을 올라왔다. 그들은 튜닉만 걸쳤고 파스케스 대신에 곤봉을 들고 있었다. 원로원에서 릭토르를 보내 저택을 성난 군중으로부터 보호하도록 조치한 것이었다. 카이피오의 재산을 목록으로 작성해 경매에 내놓을 때까지 아무도 손댈 수 없게 하기 위해서였다.

세르빌리아는 드루수스 저택의 문 앞에서 올케이자 시누이인 리비아를 맞았다. 그녀의 얼굴은 리비아만큼이나 창백했다.

"이리 와서 보세요." 그녀는 주랑정원을 지나 포룸 로마눔이 내려다보이는 로지아로 리비아를 이끌고 갔다.

카이피오의 재판은 막바지로 치닫고 있었다. 각 트리부스의 구성원들은 추방형과 거액의 손해배상 선고에 대한 찬반 투표에 참여하려고 줄을 섰다. 민회장 안에는 비교적 질서정연하게 여러 개의 줄이 형성되었지만 구경꾼들이 밀려들 때면 혼란이 일어났다. 매듭처럼 보이는 부분은 몸싸움이 발생한 곳이었고, 소용돌이처럼 보이는 부분은 싸움이 소규모 폭동 수준으로 발전한 곳이었다. 원로원 의사당 계단에도 많은 사람들이 모여 있었다. 민회장 가장자리의 로스트라 연단에는 호민관 열 명과 릭토르에게 둘러싸인 한 남자가 보였다. 리비아는 그 사람이 바로 시아버지이자 이 재판의 피고일 것이라고 생각했다.

"크라티포스 말로는 군중이 아버님 댁을 약탈할 수도 있대요." 리비아가 말했다. "난 전혀 몰랐어요! 아무도 나에게 알려주지 않았다고요!"

세르빌리아는 손수건을 꺼내 눈물을 훔치며 말했다. "마르쿠스 리비우스는 줄곧 이런 상황을 우려했어요. 톨로사의 황금에 관한 지긋지긋한 소문 탓이죠! 그 소문만 아니었더라면 상황은 달랐을 거예요. 저 사람들은 재판을 시작하기도 전에 우리 아버지께 유죄판결을 내리려고 작정하고 온 것 같아요. 이건 사라진 황금에 대한 재판도 아닌데 말이죠!"

리비아는 몸을 돌렸다. "크라티포스에게 아기를 어디에 뒀는지 물어봐야겠어요."

세르빌리아는 그 말을 듣고 다시 눈물을 뚝뚝 흘렸다. 그녀는 간절하게 아기를 원했지만 그때까지 임신을 하지 못하고 있었다. "왜 나에게는 아이가 안 생길까요? 올케는 정말 운도 좋아요! 마르쿠스 리비우스는 올케가 곧 둘째를 낳을 거라던데요. 그런데 나는 아직 첫아이도 낳지 못했으니!"

"시간은 얼마든지 있어요." 리비아가 위로했다. "나도 결혼 초에는 몇 달간 아이가 들어서지 않았어요. 게다가 우리 오빠는 퀸투스 세르빌리우스보다 훨씬 바쁘잖아요. 남편이 바쁠수록 아내에게 아이가 들어서기 힘들어요."

"아니에요. 내가 불임이라서 그래요." 세르빌리아가 작은 목소리로 말했다. "내가 불임이라는 걸 알아요. 뼛속까지 느껴져요! 그런데도 마르쿠스 리비우스는 너무 친절하고 너그럽기만 해요!" 그녀는 또 눈물을 쏟았다.

"너무 조바심내지 마요." 리비아는 세르빌리아를 아트리움으로 데려갔다. 주변을 둘러보며 도움을 청할 사람을 찾았다. "이렇게 속상해하면 아기가 더 안 생겨요. 엄마 자궁이 편안해야 아기가 잘 들어선대요."

때마침 크라티포스가 나타났다.

"오, 마침 잘됐네!" 리비아가 외쳤다. "크라티포스, 올케를 수발하는 하녀들을 불러줘. 그리고 내가 지낼 방과 우리 세르빌리아가 어디 있는지도 알려주겠나?"

그렇게 넓은 집에서 중요한 손님 몇 명이 묵을 방을 마련하는 것은 문제도 아니었다. 크라티포스는 카이피오 2세와 그의 아내에게 주랑정원과 연결된 객실을 내주었고, 아버지 카이피오에게는 다른 객실을 마련해놓았다. 아기 세르빌리아는 주랑 끝에 있는 육아실로 옮겨놓았다.

"저녁을 어떻게 할까요?" 집사가 하인들에게 짐 정리를 시키는 리비아에게 물었다.

"그건 올케가 결정할 문제라네, 크라티포스! 나는 올케의 권한을 침해하는 짓은 하지 않을 거야."

"마님은 마음이 심란해서 누워 계십니다, 아씨."

“오, 알겠네. 그렇다면 한 시간 안에 저녁식사를 준비하는 게 좋겠군. 남자들이 배가 고플지도 모르니까. 하지만 식사가 미뤄질 수도 있으니 그런 경우도 대비해주게.”

갑자기 정원에서 소란스러운 소리가 들렸다. 리비아가 밖으로 나갔더니 드루수스가 카이피오 2세를 부축하며 들어오고 있었다.

“무슨 일이죠? 뭘 도와주면 되죠?” 리비아는 드루수스를 쳐다보았다. “대체 무슨 일이냐고요?” 그녀는 되풀이해 물었다.

“내 장인이자 네 시아버지인 퀸투스 세르빌리우스께서 유죄판결을 받았다. 로마에서 1천300킬로미터 이상 떨어진 곳으로 추방당하게 되었고, 벌금으로 황금 1만 5천 탈렌툼을 내놓으라는 판결이 떨어졌어. 등잔 심지부터 낡은 금박에 이르기까지 그분의 가족이 가진 모든 재산을 압수당할 거야. 게다가 추방지로 떠나기 전까지 라우투미아이 감옥에 구금될 거야.” 드루수스가 말했다.

“시아버지께서 가진 재산을 다 모아도 100탈렌툼조차 안 될 거예요!” 리비아는 기겁하며 말했다.

“물론 그렇겠지. 그러니 장인어른은 절대 집으로 돌아오실 수 없을 거야.”

세르빌리아가 달려왔다. 머리를 산발하고 눈을 크게 뜬 채, 입을 벌리고 눈물을 흘리며 다가오는 그녀는 리비아에게 그리스의 정복군으로부터 도망치는 카산드라처럼 보였다.

“무슨 일이에요? 대체 뭐죠?” 세르빌리아가 울먹이며 물었다.

드루수스는 단호하고도 다정하게 아내를 진정시켰다. 그녀의 눈물을 닦아주고 오빠인 카이피오 2세의 가슴으로 뛰어들지 못하게 막았다. 이와 같은 조치에 그녀는 놀라울 정도로 빠르게 침착함을 되찾았다.

"다들 따라오세요. 마르쿠스 리비우스, 당신 서재로 가요." 세르빌리아는 이렇게 말하며 앞장섰다.

리비아는 겁을 먹고 망설였다.

"왜 그러는 거예요?" 세르빌리아가 물었다.

"우리는 남자들과 같이 서재에 앉아 있을 수 없어요!"

"괜찮아요!" 세르빌리아가 초조한 목소리로 말했다. "지금은 여자라고 가족 문제를 외면할 때가 아니에요. 마르쿠스 리비우스도 그쯤은 알아요. 힘을 모으지 않으면 우린 무너지고 말아요. 강한 남자 주변에는 강한 여자가 필요한 법이죠."

머리가 어질어질해진 리비아는 지금의 상황을 어떻게든 이해해보려 했다. 그녀는 곧 자신이 평생 동안 생쥐처럼 소심하게 살아왔음을 깨달았다. 드루수스는 아내가 매우 불안해하는 모습일 거라 예상했다. 하지만 곧 침착함을 되찾고 지극히 현실적인 태도로 그를 지지해줄 것이라 믿었다. 그리고 역시나 세르빌리아는 그가 예상했던 그대로 행동했다.

리비아는 세르빌리아와 남자들을 따라 서재로 들어갔다. 세르빌리아가 물을 섞지 않은 포도주를 모두에게 한 잔씩 건네는 것을 보며 또 다시 충격을 받았지만, 그런 속내를 들키지 않으려고 애썼다. 리비아는 난생처음 진한 포도주를 맛보며 머릿속에 떠오르는 복잡한 생각들을 숨겼다. 자신의 분노까지도.

열번째 시각이 지날 무렵, 레기누스는 카이피오를 드루수스 저택으로 모셔왔다. 카이피오는 완전히 지쳐 있었으며, 우울하다기보다도 짜증스러운 모습이었다.

"라우투미아이 감옥에서 모셔왔네." 레기누스가 말했다. "내가 호민관으로 지내는 한, 집정관까지 지낸 분이 감옥에 갇히는 일은 절대 용납할 수 없어! 로물루스와 퀴리누스에 대한 모욕이며 유피테르 옵티무스 막시무스에 대한 모욕이야. 어떻게 감히!"

"평민들이 부추겼기 때문에 감히 그런 짓을 할 수 있었던 게지. 목을 쭉 빼고 구경하던 군중도 한몫했고 말이야." 카이피오가 포도주를 단숨에 들이켜며 말했다. "한 잔 더 다오." 그가 아들에게 말했다. 아들은 아버지가 무사히 돌아왔다는 데 안도하며 벌떡 일어나 지시를 따랐다. "나는 이제 로마에선 끝장이다." 카이피오는 이렇게 말하더니 드루수스에게 날카로운 눈빛을 보냈고, 다음으로 자신의 아들을 보았다. "이제부터는 젊은 너희들의 몫이다. 우리 가문의 권리를 옹호하고 오래전부터 전해져온 특권과 타고난 우월함을 이어나가야 한다. 필요하다면 목숨까지 바칠 수 있어야 해. 마리우스나 사투르니누스나 노르바누스 같은 족속들은 반드시 뿌리를 뽑아야만 한다. 칼을 써야만 한다면 그렇게 해서라도. 알겠니?"

카이피오 2세는 순순히 고개를 끄덕였지만, 드루수스는 포도주잔을 들고 굳은 표정으로 앉아 있었다.

"맹세하겠습니다, 아버지. 제가 가장으로 있는 한, 우리 가문이 또다시 존엄을 잃는 일은 없도록 하겠습니다." 카이피오 2세가 비장하게 말했다. 그는 이제야 평정을 되찾은 듯 보였다.

리비아는 가증스러운 시아버지만큼이나 그런 남편의 모습이 어느 때보다 더 혐오스러웠다! 나는 왜 이렇게 저 사람을 증오하는 걸까? 오빠는 왜 저런 사람과 나를 결혼시켰을까?

문득 리비아의 비통함이 한순간에 날아갔다. 오빠의 얼굴에서 그녀의 시선을 끄는 당혹스러운 무언가를 발견했기 때문이었다. 드루수스는 카이피오의 말에 반대하는 태도를 보이지는 않았다. 다만 장인의 말을 걸러서 듣고, 완전히 수긍할 수 없는 다른 여러 가지 것들과 함께 마음 한편에 묻어두려는 듯했다. 리비아는 오빠가 카이피오를 끔찍이 싫어하고 있음을 깨닫게 되었다. 아, 오빠가 변했구나! 반면 카이피오 2세는 절대 변할 수 없는 인물이었다. 그가 이미 가지고 있던 성향은 더욱 짙어지기만 했다.

"어떻게 하실 겁니까, 장인어른?" 드루수스가 물었다.

카이피오의 얼굴에 묘한 미소가 피어올랐다. 눈에서 짜증이 사라졌고 대신에 승리, 교활함, 고통, 증오가 복잡하게 뒤섞인 표정이 떠올랐다. "평민회의 명령을 따라 추방지로 가야겠지."

"어디로 가실 건가요?" 카이피오 2세가 물었다.

"스미르나."

"돈은 어떻게 하죠? 마르쿠스 리비우스가 도와줄 테니 저는 그렇다 쳐도 아버지는요? 추방지에서 편안하게 지내실 수 있겠어요?"

"스미르나에 내가 쓰고도 남을 돈을 예금해두었다. 아들아, 너도 걱정할 것이 없단다. 네 어머니가 남긴 많은 유산을 네 이름으로 예금해두었어. 네가 지내는 데 부족함이 없을 거야."

"그 돈도 압수당하면요?"

"두 가지 이유 때문에 그럴 수 없단다. 첫째, 그 돈은 이미 내 명의가 아니라 네 명의로 되어 있어. 둘째, 그 돈은 로마에 예치되어 있지 않단다. 내 돈과 함께 스미르나에 묻어두었으니까." 그의 얼굴에 점점 더 미소가 번졌다. "앞으로 몇 년은 마르쿠스 리비우스의 집에서 함께 살아야 할 거야. 하지만 그 이후에 네 재산을 조금씩 보내주마. 혹시라도 내게 무슨 일이 생기면 내 은행가들이 알아서 일을 처리해줄 거야. 그리고 사위, 자네는 우리 아들을 위해 사용한 돈을 잘 기록해두게. 나중에 아들이 1세스테르티우스도 빼놓지 않고 다 갚을 테니까."

이어지는 침묵 속에는 너무 많은 에너지와 감정이 담겨 있어서, 그것이 모두의 눈에 보이는 듯한 착각마저 들었다. 그 자리에 있던 사람들은 카이피오가 차마 입 밖으로 내지 않은 말을 다 알아들었다. 그가 톨로사의 황금을 훔쳤고, 그것은 현재 스미르나에 있으며, 이제 완전하고 무사하게 카이피오의 재산이 된 것이다. 카이피오는 거의 로마만큼이나 부유해진 것이다.

카이피오는 다른 사람들처럼 침묵을 지키고 있는 레기누스에게 고개를 돌렸다. "내가 여기 오는 길에 했던 제안에 대해서는 생각해봤나?"

레기누스는 크게 헛기침을 했다. "네, 퀸투스 세르빌리우스. 제안을 받아들이겠습니다."

"좋아!" 카이피오는 아들과 사위를 쳐다보았다. "친애하는 루키우스 안티스티우스가 나를 스미르나까지 배웅하면서 동행의 기쁨과 호민관의 보호를 베풀어주기로 했단다. 일단 스미르나에 도착하면 그에게 내 곁에 남아달라고 간곡히 부탁할 작정이야."

"그 문제는 아직 결정하지 못했습니다." 레기누스가 말했다.

"서두를 거 없네. 서두를 거 전혀 없어." 카이피오가 부드럽게 말했다. 그는 손을 데우려는 것처럼 양손을 비볐다. "아기도 잡아먹을 수 있을 만큼 배가 고프군그래! 저녁은 준비되어 있나?"

"물론이에요, 아버지." 세르빌리아가 말했다. "남자분들은 먼저 식당에 가 있으세요. 리비아와 제가 주방에서 음식을 준비할게요."

물론 그것은 엄밀히 따지자면 틀린 말이었다. 음식을 준비하는 것은 어디까지나 크라티포스의 일이었다. 하지만 어쨌든 두 여자는 크라티포스를 찾아나섰다. 그는 로지아에서 눈을 가늘게 뜨고 황혼이 짙어지는 포룸 로마눔을 내려다보고 있었다.

“저기를 보세요! 저렇게 엄청난 군중을 본 적이 있습니까?” 집사는 분개하며 바깥쪽을 손가락질했다. “온통 쓰레기예요! 신발, 누더기, 막대기, 먹다버린 음식, 포도주병. 정말 망신스러운 일이죠!”

그곳에 바로 그 사람, 리비아의 빨강머리 오디세우스가 있었다. 그는 아래로 내려다보이는 저택의 발코니에 나이우스 도미티우스 아헤노바르부스와 함께 서 있었다. 두 사람도 함부로 버려진 쓰레기를 보며 분개하는 듯했다.

리비아는 몸을 떨며 입술을 핥았다. 고뇌에 휩싸인 채, 너무 가깝고도 먼 곳에 있는 그 청년을 굶주린 시선으로 바라보았다. 집사는 서둘러 주방 계단을 향했다. 마침내 그녀에게 기회가 찾아왔다. 이상하지 않게 질문을 던질 수 있는 기회였다.

“올케, 저기 베란다에 나이우스 도미티우스와 함께 있는 빨강머리 남자는 누구죠? 벌써 몇 년째 저 집을 드나드는 손님 같은데 누군지 모르겠어요. 전혀 기억이 안 나네요. 혹시 아세요? 알면 좀 가르쳐주세요.”

세르빌리아는 콧방귀를 뀌었다. “오, 저 사람! 마르쿠스 포르키우스 카토예요.” 그녀는 혐오스럽다는 어조로 말했다.

“카토요? 감찰관 카토 말인가요?”

“네, 그래요. 벼락출세한 집안이죠! 저 사람은 감찰관 카토의 손자예요.”

“그의 할머니는 리키니아고 어머니는 아이밀리아 파울라 아닌가요? 그렇다면 꽤 괜찮은 사람이겠네요!” 리비아는 눈을 반짝이며 반박했다.

세르빌리아는 또다시 콧방귀를 뀌었다. "그쪽 가지가 아니에요, 올케. 저 사람은 아이밀리아 파울라의 아들이 아니랍니다. 그녀의 아들이라면 나이가 훨씬 많겠죠. 잘못 짚었어요! 저 사람은 카토와 리키니아 사이에서 태어난 후손이 아니에요! 카토와 살로니아 사이에서 난 후손이죠. 그러니까 노예의 증손자예요."

리비아의 상상 세계에 서서히 균열이 생기기 시작했다. "무슨 말인지 모르겠네요." 그녀는 혼란스러워하며 말했다.

"세상에, 이 이야기를 모른단 말이에요? 저 사람은 감찰관 카토가 두 번째 결혼을 통해 낳은 아들의 아들이에요."

"감찰관 카토가 노예의 딸과 결혼했어요?" 리비아는 화들짝 놀라며 물었다.

"더 정확히 말하면 그가 부리던 노예의 딸이죠. 그 여자 이름은 살로니아였어요. 비천한 살로니아의 후손들이 감찰관 카토의 정실에게서 난 후손들과 똑같은 대접을 받으려 하다니 정말 망측한 일이에요. 살로니아의 후손들은 심지어 원로원에도 진출했어요. 하지만 리키니아의 후손들은 저들과 말도 섞지 않는답니다. 우리도 마찬가지고요."

"그렇다면 나이우스 도미티우스는 왜 저런 사람과 어울리는 거죠?"

세르빌리아는 웃음을 터뜨렸다. 이럴 때면 그녀는 불쾌하기 짝이 없는 그녀의 아버지를 많이 닮아 있었다. "아헤노바르부스('붉은빛 수염'을 의미하는 코그노멘—옮긴이)도 그리 대단한 집안은 아니지 않나요? 카스토르와 폴룩스 신이 그들 조상의 수염을 어루만져 붉은빛으로 물들였다는 전설이 있긴 하지만, 훌륭한 조상보다는 돈이 더 많은 집안이죠! 사실 저 집안에서 마르쿠스 포르키우스 카토를 받아주는 이유를 정확히는 모르겠어요. 하지만 짐작은 할 수 있죠. 아버지께서 추측을 내놓으셨거든요."

"어떤 추측이죠?" 리비아는 안절부절못하며 물었다.

"감찰관 카토가 두번째 부인으로부터 얻은 아이들은 모두 빨강머리예요. 물론 그 자신도 빨강머리였고 말이죠. 하지만 리키니아와 아이밀리아 파울라는 피부와 머리카락 색이 어두운 편이라, 그 자녀들은 모두 갈색 머리와 갈색 눈을 지녔어요. 반면 감찰관 카토의 노예 살로니우스는 가까운 히스파니아에 있는 살로 출신의 켈트이베리아족이라서 금발이었어요. 그의 딸 살로니아는 아주 밝은 금발이었고요. 덕분에 카토와 살로니아의 자녀들은 아버지의 빨강머리와 회색 눈을 물려받을 수 있었죠." 세르빌리아는 어깨를 으쓱했다. "도미티우스 아헤노바르부스 집안사람들은 카스토르와 폴룩스 신의 손이 닿아서 조상이 빨간 수염을 갖게 되었다는 전설을 영속하시키려 한답니다. 그런데 빨강머리 여자는 아주 드물죠. 그래서 주변에 훌륭한 가문의 빨강머리 아가씨가 없으면 살로니아의 후손하고라도 결혼하려는 거예요. 저 사람들은 자기네 혈통이 워낙 대단해서 저런 쓰레기 같은 피를 받아들여도 멀쩡할 거라고 자만하고 있어요."

"그렇다면 나이우스 도미티우스의 친구분에게는 누이가 있는 모양이군요?"

"네, 누이가 있죠." 세르빌리아는 고개를 절레절레 흔들었다. "이제 안으로 들어가야겠어요. 오, 정말 다사다난한 하루였네요! 저녁이 준비되었을 테니 함께 들어가요."

"먼저 들어가세요." 리비아가 말했다. "식사 전에 아기에게 젖을 먹여야 하거든요."

아기 이야기가 나오자, 임신을 하지 못해서 한이 맺힌 불쌍한 세르빌리아는 황급히 자리를 떴다. 리비아는 난간으로 돌아와서 아래를 내려다보았다. 나이우스 도미티우스와 그의 손님이 아직도 거기 있었다. 증조부가 노예였다는 그 남자. 리비아의 마음속에 우울한 감정이 피어올랐다. 어쩌면 날이 저물면서 아래 보이는 남자의 머리색이 어두워지고 키가 줄어들고 어깨가 좁아져 보여서인지도 몰랐다. 이제 보니 그의 목은 조금 이상했다. 진정한 로마인이라고 말하기엔 너무 가늘고 길었다. 눈물 네 방울이 노란색으로 칠한 난간 위에 떨어졌지만, 그것으로 끝이었다.

늘 그랬던 것처럼 이번에도 내가 바보였구나, 라고 리비아는 생각했다. 4년 동안 한 남자만을 애타게 그리워하고 사모했는데, 그 사람이 노예의 후손이라니. 그것도 신화 속의 노예가 아니라 현실의 노예라니. 나는 그를 오디세우스처럼 고귀하고 용감한 왕이라 여겼지. 그리고 나 자신은 그를 기다리는 인내심 많은 페넬로페라고 여겼는데. 이제야 그가 귀족 혈통이 아니라는 걸 알게 됐구나. 심지어 그토록 천한 혈통을 가진 사람이라니! 따지고 보면 감찰관 카토도 파트리키인 발레리우스 플라쿠스의 도움으로 출세한 투스쿨룸 출신 촌놈 아닌가? 가이우스 마리우스 같은 인물의 전조라 할 수 있겠지. 저기 베란다에 있는 남자는 히스파니아 출신 노예와 투스쿨룸 출신 촌놈의 후손이야. 난 어쩜 이리도 바보 같은지! 어리석고 어리석은 천치 같으니!

리비아가 육아실에 도착하니 아기 세르빌리아는 혼자 잘 놀고 있었다. 하지만 배도 고픈 모양이었다. 리비아는 15분간 자리에 앉아 아기에게 젖을 먹였다. 말도 많고 탈도 많은 하루였기 때문에 아기의 일과는 엉망이 되었다.

"유모를 구해보도록 해." 리비아는 육아실을 떠나면서 마케도니아 출신 보모에게 말했다. "배가 불러오기 전에 몇 달간 쉬고 싶어. 둘째가 태어나면 처음부터 유모에게 수유를 맡길 거야. 직접 모유를 먹인다고 임신이 안 되는 건 아닌 모양이야. 그랬다면 내가 또 임신하진 않았겠지."

리비아가 식당에 들어가니 주요리가 차려지고 있었다. 그녀는 사람들이 눈치채지 못하게 조용히 카이피오 2세의 맞은편, 등받이가 높은 의자에 앉았다. 다들 식사를 즐기고 있는 듯 보였다. 리비아도 그제서야 배가 고프다는 생각이 들었다.

"리비아, 당신 괜찮소?" 카이피오 2세가 걱정하며 물었다. "안색이 안 좋은데."

리비아는 깜짝 놀라며 남편을 빤히 쳐다봤다. 오랜 세월을 알고 지냈지만 그의 얼굴을 보고도 역겹지 않은 것은 이번이 처음이었다. 그래, 그의 머리카락은 빨간색이 아니고 그의 눈은 회색이 아니야. 키가 크지도 우아하지도 어깨가 넓지도 않아. 그는 절대 오디세우스 왕이 될 수 없어. 그럼에도 불구하고 카이피오 2세는 리비아의 남편이었다. 그녀를 헌신적으로 사랑했으며 그녀 자식의 아버지이기도 했다. 게다가 그의 부모는 양쪽 모두 로마의 파트리키 출신이었다.

리비아는 남편에게 미소 지었다. 이번에는 미소가 그녀의 눈까지 번졌다. "오늘은 아주 특별한 날 같아요. 퀸투스 세르빌리우스." 그녀의 목소리는 다정했다. "최근 몇 년 만에 가장 기분이 좋은 날이에요."

카이피오의 재판 결과에 용기백배한 사투르니누스는 오만하고 독단적인 행동으로 원로원을 뿌리째 뒤흔들어놓았다. 카이피오의 재판이 끝난 직후, 사투르니누스는 '병력 상실' 혐의로 나이우스 말리우스 막시무스를 평민회에 기소했고 비슷한 판결을 이끌어냈다. 아라우시오 전투에서 이미 두 아들을 잃은 말리우스는 로마 시민권과 모든 재산을 압수당했고, 황금에 눈이 먼 카이피오보다 훨씬 더 비참한 처지가 되어 추방지로 쫓겨났다.

2월 말 아풀레이우스 반역법이 통과되었다. 이에 따라 향후 반역 재판은 절차가 까다로운 백인조회가 아니라, 배심원단이 전원 기사로 구성된 특별 법정에서 이루어지게 되었다. 그럼에도 불구하고 원로원 의원들은 의무적인 토론 기간 동안 이 법안에 대해 경멸이나 비판의 말을 하지 않았다. 그리고 법안 통과를 반대하지도 않았다.

이것은 기념비적인 변화였으며, 로마 정치의 미래에 상상을 초월하는 영향을 끼칠 것이 분명했다. 하지만 원로원이나 평민회에서는 이 반역법보다 대신관과 최고신관 선거에 더 큰 관심을 보였다. 달마티쿠스 최고신관이 죽음으로써 대신관단에는 한 자리가 아닌 두 자리의 공석이 발생했다. 물론 애초에 한 사람이 두 가지 직책을 겸임하고 있었으니 두 차례의 선거는 무의미하다는 주장도 있었다. 하지만 스카우루스 최고참 의원은 위험하게 떨리는 목소리로 입가에 경련까지 일으켜가며, 그것은 어디까지나 대신관으로 뽑힌 사람이 최고신관 선거의 후보이기도 한 경우에만 적용되는 일이라 지적했다. 그리고 마침내 최고신관 선거를 먼저 실시하기로 했다.

"이제 어떻게 될지 한번 두고봅시다." 스카우루스는 심호흡을 하더니 이내 웃음을 터뜨렸다.

스카우루스와 메텔루스 누미디쿠스, 카툴루스 카이사르가 최고신관 후보로 출마했다. 나이우스 도미티우스 아헤노바르부스도 입후보했다.

"나나 퀸투스 루타티우스가 최고신관으로 당선된다면 대신관을 선출하는 두번째 선거를 실시해야 합니다. 우리 두 사람은 이미 대신관단 소속이니까요." 스카우루스는 장엄한 어조로 말했다.

대신관 선거의 후보 명단에는 세르빌리우스 바티아, 아일리우스 투베로, 누미디쿠스가 올라 있었다. 또한 아헤노바르부스도 입후보했다.

최고신관 선거는 새로운 법에 따라, 서른다섯 트리부스 중에서 추첨으로 정한 열일곱 트리부스만이 투표하는 방식으로 진행되었다. 추첨이 실시되고 투표에 참여할 트리부스들이 결정되었다. 이 모든 과정은 훌륭한 유머와 대단한 관용 속에 진행되었다. 이날 포룸 로마눔에는 폭력이 전혀 없었다. 스카우루스 최고참 의원뿐 아니라 많은 사람들이 깔깔대며 기분좋게 웃었다. 감찰관 명단에 있는 존경받는 사람들이 서로 지지고 볶고 싸우는 모습처럼 로마인의 유머감각을 자극하는 일은 없었다. 특히 로마인들은 괴롭힘당하던 사람이 전세를 역전시켜 가해자를 궁지로 몰아넣을 때 더욱더 열광했다.

그렇다보니 이날의 영웅은 당연히 아헤노바르부스였다. 아헤노바르부스가 최고신관에 당선되고 그로 인해 두번째 선거가 불필요해졌을 때 아무도 놀라지 않았다. 환호성과 화환에 둘러싸인 아헤노바르부스는, 돌아가신 자기 아버지의 대신관 직을 젊은 드루수스에게 넘겨준 사람들에게 완벽하게 복수하고야 말았다.

선거 결과가 발표되는 순간 스카우루스는 발작에 가까운 웃음을 터뜨렸다. 대체 무엇이 그리 우스운지 이해가 안 되던 누미디쿠스는 불편한 심기를 드러냈다.

"이보시오, 마르쿠스 아이밀리우스. 정도껏 하시오! 이건 분개할 일이란 말이오!" 그는 푸념하듯 말했다. "성질 고약한 저 작은 고추가 최고신관이라고? 그것도 우리 달마티쿠스 형님의 뒤를 이어서? 당신과 나를 제치고?" 누미디쿠스는 로스트라 연단의 어원이 된 볼스키족 뱃머리의 충각을 주먹으로 내리쳤다. "로마인들에게 넌더리가 나는 순간이 있다면 이번처럼 그들의 왜곡된 유머감각이 정상적인 사고를 압도하여 마비시킬 때란 말이오! 이걸 용납하느니 사투르니누스 법안의 통과를 용납하는 게 더 쉽겠소! 적어도 사투르니누스의 법에는 사람들의 깊은 생각이 담겨 있으니까. 그런데 이건 그냥 광대극 아닙니까? 정말 무책임한 노릇입니다! 너무 창피해서 형님을 따라 저승길로 가고 싶을 지경이에요."

하지만 누미디쿠스의 분노가 커질수록 스카우루스는 미친듯이 웃어댔다. 마침내 그는 옆구리를 움켜쥐고 너무 웃어 눈물이 맺힌 눈으로 누미디쿠스를 쳐다보며 힘겹게 말했다. "오, 베스타 신전의 늙은 신녀가 털복숭이 불알 두 쪽과 빳빳한 남근을 처음 본 것처럼 굴지 마시오! 이건 정말 웃긴 일이오! 우리는 그에게 이런 대접을 받아 마땅해요!" 그는 다시 발작적인 웃음을 터뜨렸다. 누미디쿠스는 괴롭힘당하는 아기고양이 같은 소리를 내더니 자리를 박차고 일어났다.

그해 9월, 마리우스는 아주 오랜만에 루푸스에게 편지를 보냈다.

> 오랜 친구인 자네에게 더 자주 편지를 써야 하는데, 문제는 내가 마음 편히 편지를 쓰고 있을 입장이 아니라는 걸세. 나에게 있어 자네의 편지는 물에 빠진 사람에게 던져진 통나무와 같다네. 자네의 진면목을 고스란히 담고 있으며, 그 어떤 장식이나 불필요한 미사여구나 형식적인 언사도 없는 편지니 말일세. 이것 좀 보게! 이번에는 나도 문어체 느낌을 내려고 신경을 조금 써봤어. 이게 얼마나 노력

한 건지 자네는 모를 거야.

알프스 너머 이 먼 땅에서 2년 동안 전쟁도 안 하고 있는 최하층민 군대에 계속 비용을 대주려고, 지금쯤 자네는 꿀꿀대는 똥돼지를 상대로 원로원에서 힘겨운 싸움을 벌이고 있겠지? 그런데 말이지, 내가 어떻게 하면 내년에도 집정관으로 선출되어 총 4년을, 그것도 3년 연속으로 이 자리를 지킬 수 있겠나? 나는 꼭 집정관으로 당선되어야만 해. 그러지 않으면 내가 얻으려 했던 모든 것을 잃을지도 모르네. 이유를 가르쳐주지, 푸블리우스 루틸리우스. 내년은 게르만족의 해가 될 거야. 직감으로 알 수 있어. 그래, 이 직감에 실질적인 근거가 없다는 건 인정해야겠지. 하지만 루키우스 코르넬리우스와 퀸투스 세르토리우스가 곧 게르만족의 침략 소식을 가지고 돌아올 거라고 확신하네. 작년에 코필루스 왕을 데려온 이후로 지금까지 두 사람에게서 전혀 소식이 없었네. 그나저나 나의 호민관 두 명이 퀸투스 세르빌리우스 카이피오에게 유죄판결을 내리는 데 성공했다니 정말 기쁘군. 다만 코필루스 왕을 증인으로 앞세워 내가 직접 그 일을 마무리하지 못한 것이 한스러워. 어쨌든 그건 됐어. 퀸투스 세르빌리우스는 정당한 대가를 치르게 되었으니까. 하지만 로마는 톨로사의 황금을 영원히 잃게 되었으니 참 안타깝군. 그것만 있으면 수많은 최하층민 군대의 유지비를 충당하고도 남았을 텐데.

이곳의 삶은 큰 변화 없이 흘러가고 있네. 네마우수스와 오켈룸 구간의 도미티우스 가도를 깔끔하게 정비해두었으니 앞으로 로마 군단의 행군이 한결 수월해질 거야. 지금까지는 방치되어 훼손되고만 있었지. 우리의 새로운 최고신관의 부친이 거의 20년 전에 이곳을 정비한 이후 아무도 손대지 않은 구간도 있었거든. 홍수와 서리와 집중호우로 인한 빗물 때문에 막대한 피해를 입었네. 물론 새 도로를 건설하는 것만큼 힘들지는 않았어. 일단 바닥에 돌을 깔아놓으면 그 토대는 영원히 사라지지 않으니까. 하지만 자갈이 여기저기 튀어나와 울퉁불퉁한 길에서 병사들이 안전하게 행군하고 수레와 말이 맘껏 달릴 수 있을 거라고 생각하진 않겠지? 그래서 모래, 자갈, 돌가루를 이용해 도로 표면을 계란처럼 매끈하게 만들었고, 물을 뿌려 콘크리트처럼 단단히 굳도록 했어. 정말이지, 도미티우스 가도가 지금처럼 바뀐 것은 모두 내 부하들 덕분이네.

또한 우리는 네마우수스부터 아렐라테까지 로다누스 습지를 가로지르는 둑길을 쌓기도 했어. 게다가 늪지와 개펄과 모래톱이 많은 자연 수로를 우회해서 바다와 아렐라테를 연결하는 선박용 운하 공사도 이제 막바지 단계라네. 마실리아에 사는 그리스 거물들은 죄다 우리 엉덩이에 코를 박으며 고맙다고 난리지. 하지만 그 위선자 같은 인간들! 입으로만 고맙다고 떠들지 우리 군대에 판매하는 물건 가격은 한푼도 깎아주지 않는다네!

자네가 나중에 다른 사람에게 왜곡된 소식을 접할지도 모르니 미리 이야기를 하나 해주겠네. 나와 관련된 소문은 항상 이상하게 왜곡되더군. 가이우스 루시우스에 관한 이야기라네. 자네도 내 매부 여동생의 아들을 기억하겠지? 내가 군무관으로 받아주었는데, 알고 보니 그애는 진정한 군인이 될 생각이 없었어. 2주 전에 헌병대장이 나를 찾아와 개인적으로 아주 슬픈 소식이 될 것 같다며 말을 꺼내더군. 루시우스가 군관 숙소에서 사체로 발견되었다는 소식이었지. 모든 사령관이 군관에게 요구하는 깔끔한 칼솜씨로 목부터 위장까지 갈라놓았더군. 범인은 자수를 했는데 아주 모범적인 병사였어. 백인대장에 따르면 가장 출중한 병사라더군. 조사해봤더니 루시우스는 동성애자였고 그 병사에게 연정을 품은 모양이었어. 루시우스는 포기하지 않고 계속 그에게 성가시게 굴었지. 그러다 백인대 내에서 소문이 돌았고, 사람들은 그 병사를 볼 때마다 손을 퍼덕거리고 속눈썹을 나풀거리고 종종걸음을 치며 놀려댔다네. 결국 불쌍한 젊은 병사는 분을 이기지 못하고 살인을 저질렀어. 어쨌든 나는 그를 군법회의에 회부했지. 그리고 그에게 칭찬의 말과 1계급 특진과 포상금을 한가득 안겨줄 수 있어 더할 나위 없이 기뻤다는 말을 자네에게 반드시 전하고 싶었네. 여기 이 부분도 특별히 신경을 썼어. 문어체 느낌을 주려고 말이지.

그 일은 나에게도 도움이 되었어. 첫째로 루시우스가 나와 피를 나눈 친척이 아니라는 것을 증명할 수 있었지. 둘째로 내가 정의를 추구하는 사람이며 가족이라고 해서 특혜를 베풀지 않는다는 점을 사병들에게 널리 알릴 수 있는 기회였네. 물론 동성애자들에게도 어울리는 일이 있겠지만, 한 가지 분명한 것은 군대는 그들을 위한 장소가 아니라는 점이야. 안 그런가, 푸블리우스 루틸리우스? 누만티아 시절에 루시우스 같은 사람이 있었다면 우리가 어떻게 했겠나? 그는 이렇게 단칼에 죽음을 맞지는 않았을 거야. 한참 비명 지르며 괴로워하다 죽임당했겠지. 하지만 사람은 결국 철이 들기 마련이야. 나는 스키피오 아이밀리아누스의 장례식에서 사람들이 하는 말을 듣고 받은 충격을 아직도 잊을 수가 없어! 물론 그는 나에게 단 한 번도 험한 말을 하지 않았으니 진실을 알 길은 없겠지. 기이한 양반이긴 했지만, 아무래도 남자가 후손을 두지 않으면 소문이 무성해지는 것 같더군.

이게 전부라네. 오, 하나 덧붙이자면 올해 투창을 약간 개량했네. 새로운 디자인의 투창이 표준 지급품이 될 예정이야. 남는 돈이 있다면 새로운 투창을 제조하겠다는 공장의 지분을 조금 사두도록 하게. 아니면 직접 공장을 하나 차리는 것도 좋겠지. 자네가 공장 건물의 소유주라면 감찰관도 원로원 의원답지 않은 짓을 했다고 자네를 비난하지 못할 걸세. 안 그런가?

새로운 투창은 기존 투창에서 창날과 나무 자루가 이어지는 부분의 디자인을 조금 바꾼 형태라네. 필룸창은 옛날에 썼던 하스타창과 비교했을 때 분명 효율성이 뛰어나지만 제작비용이 훨씬 많이 들지. 창머리는 큰 나뭇잎 모양이 아니라 미늘이 달려 있어야 하고, 창날은 더 길쭉해야 하고, 자루는 하스타창 같은 빗자루 모양이 아니라 던지기에 적합한 형태여야 하니까. 그런데 말이야, 지난 몇 년간 경험을 통해 적들도 이 필룸창을 아주 좋아한다는 걸 알게 되었어. 그들은 보호막 뒤에 꼭꼭 숨은 채로 경험이 부족한 병사들을 자극해서 필룸창을 던지도록 유도하네. 그렇게 얻어낸 필룸창을 훗날 전투에 이용하거나 곧바로 우리를 공격하는 데 쓴단 말이지.

그래서 나는 창날과 나무 자루가 연결되는 부분을 일부러 더 약하게 만들 생각이네. 필룸창이 어딘가에 부딪히면 이 연결 부위가 바로 분리될 수 있도록 말이지. 그러면 적들은 그걸 우리에게 다시 던지지 못할 테고, 챙겨두었다가 나중에 사용할 수도 없을 거야. 게다가 전투를 마치고 현장을 정리할 때 우리 병기공들이 이 부품을 회수하면 다시 고쳐서 이용할 수도 있겠지. 필룸창을 적에게 빼앗기지 않으니 돈도 절약할 수 있고, 적이 우리에게 창을 되던질 수 없으니 아군의 목숨도 지킬 수 있는 묘안이지.

내가 전할 소식은 이것이 전부라네. 곧 다시 편지 쓰겠네.

루푸스는 미소를 지으며 편지를 내려놓았다. 문법이 엉망이고 우아하지도 않고 격식도 부족한 편지였다. 하지만 그것이 마리우스였다. 편지는 그를 빼닮아 있었다. 그렇지만 집정관 직에 대한 마리우스의 집착은 우려스러웠다. 한편으로 생각하면, 마리우스가 게르만족을 물리칠 때까지 집정관 직을 유지하려 하는 이유를 충분히 이해할 수 있었다. 게르만족을 물리칠 사람이 그 자신뿐이라는 것을 잘 알고 있기 때문이었다. 하지만 다른 한편으로 생각해봤을 때, 루푸스는 게르만족과의 전쟁을 고려한다 해도 마리우스의 뜻을 따르기에는 너무 로마 귀족다운 인물이었다. 마리우스의 정치 개혁이 로마를 너무 많이 바꾸어놓아서 로물루스의 로마는 이제 가치를 잃어버린 것이 아닐까? 루푸스는 이 질문에 대한 답을 알고 싶었다. 마리우스를 진심으로 사랑하는 동시에, 마리우스가 파괴해놓은 전통의 흔적을 안고 살아간다는 것은 그에게 너무 버거운 일이었다. 필룸창이라니, 맙소사! 어째서 그는 무엇이든 있는 그대로 내버려두는 법이 없이 다 바꾸려고 드는 것일까?

그럼에도 불구하고 루푸스는 자리에 앉아 바로 답장을 썼다. 마리우스를 진심으로 사랑하기 때문이었다.

친애하는 가이우스 마리우스, 올여름은 여느 때와 달리 유난히 침체되어서인지 전할 소식이 그리 많지 않네. 물론 자잘한 소식들은 있어. 존경하는 차석 집정관 루키우스 아우렐리우스 오레스테스는 요즘 건강이 좋지 않네. 따지고 보면 그는 집정관으로 당선되기 전부터 체력이 약했어. 그가 집정관으로 일할 만한 인물이라는 건 인정하지만, 왜 억지로 자리를 지키고 있는지 이해가 안 된다네. 앞으로 계속 그 자리를 지킬 수 있을지는 두고볼 일이지. 솔직히 좀 힘들지 싶어.

내가 전할 소식은 흥미진진한 스캔들 두어 개뿐이지만 나만큼이나 자네도 이 소식을 재미있어할 것 같군. 공교롭게도 두 가지 스캔들 모두 자네를 위해 일하는 호민관 사투르니누스와 관련 있다네. 자네도 알겠지만 정말 비상한 친구야. 모순 덩어리지. 스카우루스가 그런 사람을 원로원에서 추방한 것에 대해 늘 안타깝게 생각하고 있었네. 사투르니누스는 원로원에 입성하면서 집정관 의자를 차지하는 아풀레이우스 가문 최초의 인물이 되리라고 굳은 다짐을 했을 걸세. 그런데 지금 그는 원로원을 가리가리 찢어발겨서 집정관조차 한낱 이마고에 불과할 만큼 무력한 존재로 만들고 있어. 그래, 그래, 자네는 또 내가 지나치게 비관적으로 나온다고, 너무 과장해서 말하는 거라고, 내 시각은 전통에 대한 나의 애정으로 인해 왜곡되어 있다고 말하겠지. 허나 그것을 다 감안하더라도 내 말은 틀리지 않다네! 이제부터 모든 사람을 코그노멘으로만 지칭할 테니 양해해주길 바라네. 긴 편지가 될 텐데 이렇게 해서라도 글자 수를 줄여야 하지 않겠나.

우선 사투르니누스의 무죄가 입증되었어. 어떻게 생각하나? 정말 놀라운 일인데, 전부 존경하는 스카우루스 최고참 의원의 공이라고 할 수 있지. 자네도 스카우루스가 똥돼지보다 훨씬 나은 인물이라는 걸 인정해야만 해. 어떻게 생각하면 그것이 아이밀리우스와 카이킬리우스의 차이점이라 할 수 있겠지.

내가 전에 알려주었으니 자네도 이미 알겠지만, 스카우루스는 계속 오스티아와 로마를 오가며 곡물 담당관으로 일했어. 그는 곡물 공급자들이 부당이득을 챙길 수 없도록 철저히 감독해서 그들의 인생을 악몽으로 만들었지. 지난 2년 동안 공급이 부족했음에도 불구하고 곡가가 안정될 수 있었던 것은 모두 한 사람 덕분이라네. 스카우루스 말일세!

그래, 알겠어. 칭찬은 그만하고 이제 진짜 이야기를 시작하지. 2달 전 스카우루스가 오스티아에 있을 때, 그는 주로 시칠리아에서 활동하는 곡물상을 만났어. 자네는 정기적으로 원로원 공문서를 받아보고 있을 테니 그곳의 노예 폭동 소식을 따로 알려줄 필요는 없겠지. 다만 나는 올해 시칠리아 총독으로 적임자를 임명했다고 생각하네. 루키우스 리키니우스 루쿨루스는 늘 고양이 똥구멍 모양으로 입을 오므리고 다니는 귀족이지만 더할 나위 없이 꼼꼼한 사람이야. 그가 원로원으로 보내는 보고서나 전장을 정리하는 모습을 보면 잘 알 수 있지.

그런데도 이런 일이 다 있다니 믿을 수 있겠나? 과거가 의심스러운 평민 세르빌리우스 가문 출신으로, 보호 귀족인 아헤노바르부스의 금전적인 지원 사격 덕분에 조점관 선거에서 당선되어, 이제 스스로를 가이우스 세르빌리우스 아우구르('조점관'이라는 뜻의 코그노멘—옮긴이)라 부르는 한 멍청한 법무관이 며칠 전 파렴치한 짓을 저질렀네. 그는 원로원 회의에서 루쿨루스가 총독 임기를 내년까지 연장하기 위해 의도적으로 전쟁을 지연시켰다고 주장했어.

대체 무슨 근거로 그런 주장을 하느냐고, 자네라면 당연히 이렇게 물어보겠지. 루쿨루스가 노예군을 과감하게 물리친 다음 곧바로 트리오칼라를 급습하지 않았기 때문이라는군. 전장에는 죽은 노예군 3

만 5천 명이 있었고, 헤라클레이아 미노아 지역의 소규모 반란군이 언제 다시 세력을 확장해서 로마를 괴롭힐지도 모르는데 말이지! 루쿨루스는 뒤처리를 완벽하게 했네. 전투에서 노예군을 격퇴한 후, 일주일 동안 시신을 수습하고 곳곳에 남아 있던 소규모 저항군의 뿌리를 뽑은 후 트리오칼라로 향했지. 1차 전투에서 살아남은 노예들은 추격을 피해 트리오칼라 요새로 숨어버렸거든. 그런데 조점관 세르빌리우스는 루쿨루스가 1차 전투를 마친 다음 하늘의 새처럼 트리오칼라로 날아갔어야 한다고 주장했지. 그의 말에 따르면, 트리오칼라 요새에 숨어 있던 노예들은 당시 너무 겁을 집어먹은 상태라 루쿨루스가 곧장 갔으면 바로 항복했을 거라는군! 하지만 루쿨루스는 그렇게 하지 않았지. 그래서 그가 트리오칼라에 도착할 무렵, 노예들은 두려움을 극복하고 다시 싸우기로 마음을 먹었다더군. 자네라면 조점관 세르빌리우가 대체 어디에서 이런 정보를 얻은 거냐고 묻겠지? 당연히 그의 점괘로부터 얻었지 뭐겠어! 난공불락의 요새에 숨어 있는 노예 반란군의 심리를 달리 알 방법이 있겠나? 자네 눈에는 루쿨루스가 큰 전투를 치르고 꾀를 부려서 총독 임기를 연장하려는 인물로 보이나? 이 무슨 쓰레기 같은 소리란 말인가! 루쿨루스는 자기 본성대로 행동했을 뿐이야. 그는 A지점을 깔끔하게 정리한 다음에야 B지점으로 이동할 수 있는 사람이란 말일세.

나는 조점관 세르빌리우스의 발언에 역겨움을 느꼈어. 그리고 아헤노바르부스 최고신관이 세르빌리우스의 근거도 없고 가당치도 않은 주장을 큰 소리로 지지하고 나섰을 때는 더 지독한 역겨움을 느꼈네! 전장 근처에 가본 적도 없는 뒷자리의 탁상공론가들은 이 사태가 모두 루쿨루스의 책임이라고 했어! 어떻게 될지 더 지켜봐야겠지만 첫째로 원로원에서 루쿨루스의 총독 임기를 연장해주지 않고, 둘째로 내년 시칠리아 총독직을 다른 사람도 아닌 조점관 세르빌리우스에게 맡기는 일이 발생하더라도 너무 놀라지는 말게. 그는 애초에 시칠리아 총독이 될 욕심으로 이 반역 행위 조작극을 꾸민 거야! 시칠리아 총독직은 그처럼 경험도 부족하고 골 빈 사람에게는 안성맞춤이지. 루쿨루스가 이미 모든 일을 다 처리해뒀으니까. 헤라클레이아 미노아 전투에서 그나마 살아남은 노예군은 모두 요새 안으로 숨었고, 지금은 루쿨루스에게 포위당해 꼼짝도 하지 못하는 처지라네. 게다가 루쿨루스가 농사꾼들을 충분히 돌려보냈으니 올해에는 수확량도 넉넉할 예정이고, 시칠리아 시골 지역은 이제 노예군의 약탈로부터 안전해졌어. 이렇게 평정을 되찾은 무대에 세르빌리우스가 신임 총독으로 떡하니 등장하면 사람들은 그를 칭송하고, 그는 좌우로 굽신거리겠지. 가이우스 마리우스, 정말이지 이 세상에는 재능이 결여된 야망처럼 위험한 게 또 없다네.

이런, 이야기가 또 이상한 방향으로 흘러갔군! 루쿨루스의 몰락에 너무 분노한 나머지 잠시 정신을 잃었네. 그를 생각하면 안타까운 마음뿐이야. 하지만 이제 스카우루스가 오스티아에 갔다가 우연히 시칠리아 곡물상을 만난 이야기를 계속하겠네. 작년 추수 전에는 시칠리아의 농장 노예 중 4분의 1이 해방될 예정이었기 때문에, 곡물상들은 추수를 앞둔 밀 중에서 4분의 1은 일손 부족으로 들판에 버려질 것이라 생각했어. 그래서 아무도 그 4분의 1을 구매하지 않았지. 그런데 생쥐 같은 네르바가 이탈리아인 노예 800명을 해방해주었던 그 2주 동안 변화가 있었네. 스카우루스가 만난 그 남자를 비롯한 여러 곡물상들은 2주 동안 시칠리아 전역을 바쁘게 돌아다니며 남아 있던 4분의 1의 밀을 터무니없이 싼 가격에 매입했다더군. 그러다 농부들이 네르바를 위협해서 노예 해방 심사장은 문을 닫게 되었고, 갑자기 시칠리아는 밀밭의 곡식을 다 추수하고도 남을 만큼의 노동력을 얻게 되었지. 그리고 거의 공짜나 다름없는 값에 팔린, 마지막 4분의 1에 해당하는 밀은 정체불명의 인물에게 넘어갔어. 푸테올리와 로마 사이의 텅 빈 곡물 저장소들을 모두 임대한 것도 그 인물이 분명해 보였지. 그렇게 거둬들인 밀을 곡물 저장소에 넣어두었다가 이듬해 로마가 이탈리아인 노예를 추가로 해방해서 시칠리아의 추수량이 평년 이하로 떨어질 때까지 기다릴 작정이었을 거야. 그러면 곡가가 널뛰기를 할 테니까.

하지만 이처럼 진취적인 마인드를 가진 정체불명의 인물은 노예 폭동을 계산에 넣지 못했어. 그 때문에 마지막에 판매된 4분의 1뿐만 아니라 아예 추수가 이루어지지 않았으니 말일세. 그 4분의 1의 밀로 막대한 수익을 올리고자 했던 대단한 계획은 결국 수포로 돌아갔고, 임대한 곡물 저장소는 지금까지도 텅 비어 있다네.

어쨌든 네르바는 이탈리아인 노예를 해방하느라, 또 일단의 곡물상들은 마지막 4분의 1에 해당하는 밀을 구매하러 다니느라 바빴던 그 2주에 관한 이야기로 돌아가겠네. 곡물 구매가 끝나고 노예 해방 심사장이 문을 닫은 뒤, 이 곡물상들은 잠복해 있던 노상강도를 만났지. 전원이 목숨을 잃었다는군. 적어도 노상강도들은 그렇게 생각했을 거야. 하지만 단 한 사람, 스카우루스가 오스티아에서 만난 그 친구는 죽은 척 누워 있다가 목숨을 건졌다는군.

스카우루스는 거대한 쥐새끼 냄새를 맡았지. 하여튼 그의 예민한 후각은 알아줘야 해. 그리고 머리 회전도 어찌나 빠른지! 스카우루스는 그 이야기만 듣고서 곡물상도 놓쳤던 사건의 전모를 꿰뚫어보았어. 그는 지독한 보수주의자지만 그래도 난 정말로 그를 좋아한다네. 스카우루스는 사냥개처럼 이 사건을 파고든 끝에, 그 정체불명의 인물이 작년 집정관인 핌브리아와 올해 마케도니아 총독인 멤미우스라는 것을 밝혀냈어! 그들은 우리의 사냥개 스카우루스가 오스티아의 재무관을 의심하도록 거짓 냄새를 풍긴 장본인이기도 했어. 그 오스티아의 재무관은 바로 지금 사납게 날뛰고 있는 우리의 호민관 사투르니누스지.

스카우루스는 모든 증거를 입수한 다음 사투르니누스에게 두 번이나 공식 사과를 했네. 한 번은 원로원에서, 한 번은 평민회에서 말이지. 굴욕을 느낄 법도 했을 테지만 결코 존엄을 잃지 않았어. 사람들은 진심을 담아 우아하게 사과하는 자를 아끼는 법이라네. 게다가 사투르니누스는 호민관이 되어 원로원으로 복귀한 이래 단 한 차례도 스카우루스를 공격한 적이 없었어. 그는 한 번은 원로원에서, 또 한 번은 평민회에서, 자리에서 일어나 자신은 스카우루스를 단 한 순간도 원망한 적이 없다고 말했어. 진짜 악당들이 얼마나 교묘한 수를 썼는지 알고 있기 때문이지. 그리고 실추된 명예를 회복하게 되어 진심으로 기쁘다고 말했다네. 그러니 사투르니누스도 존엄을 잃지 않았지. 사람들은 진심이 담긴 사과를 우아하게 받아들일 줄 아는 자를 아끼는 법이니까.

또한 스카우루스는 사투르니누스에게 새로 개설된 반역 법정에서 핌브리아와 멤미우스의 탄핵 재판을 맡아달라고 부탁했네. 사투르니누스는 당연히 그 부탁을 받아들였어. 그래서 이제 핌브리아와 멤미우스의 재판이 시작되면 시야를 가리는 연기가 다 걷힌 상태에서 불꽃 튀는 공방전이 펼쳐질 것이라 기대된다네. 그들은 기사로 구성된 법정에서 유죄판결을 받게 될 거야. 배심원으로 재판에 참여하는 기사 상당수가 곡물 공급 불안으로 돈을 잃었고, 이제 시칠리아 사태의 모든 책임은 핌브리아와 멤미우스에게 있다는 분위기로 가고 있거든. 간단히 정리를 하자면, 진짜 악당이 합당한 죗값을 치르는 경우도 종종 있다 이거지.

사투르니누스와 관련된 다른 이야기 하나는 훨씬 더 웃기고 흥미진진하다네. 솔직히 나로서는, 이제 무죄가 입증된 우리의 호민관 양반이 대체 무슨 꿍꿍이인지 모르겠어.

2주 전에 한 사내가 포룸 로마눔에 나타나 로스트라 연단에 올라갔네. 평민회 회의가 없는 날이었고, 아마추어 연설가들은 하루 쉬기로 했는지 마침 연단이 비어 있었어. 그 사내는 거기 있던 모든 사람들에게 자신의 이름은 에퀴티우스이며, 피르뭄 피케눔 출신으로 노예 신분에서 해방된 로마 시민이라고 말했어. 가이우스 마리우스, 바로 그다음 말은 상상을 초월한다네! 그는 자신이 티베리우스 그라쿠스의 친아들이라고 했어!

지금까지 봤을 때 그의 이야기는 일관성이 있고 그럴듯하게 들린다네. 간단히 설명하자면 이런 거야. 그의 모친은 훌륭한 로마 여성이지만 미천한 가문 출신이었어. 그녀는 그라쿠스와 사랑에 빠졌고, 그도 그녀를 사랑하게 되었지. 하지만 미천한 태생 때문에 그녀는 그의 아내가 되지 못하고 정부로 남았어. 둘은 그라쿠스의 영지 안에 있는 작지만 아늑한 집에서 동거했지. 시간이 흘러 에퀴티우스가 태어났다네. 그의 어머니 이름이 에퀴티아였다는군.

그러다 그라쿠스가 살해되었고, 얼마 지나지 않아 에퀴티아마저

숨지면서 두 사람의 아이는 그라쿠스 형제의 어머니 코르넬리아의 손에 맡겨졌지. 하지만 코르넬리아는 아들이 남긴 사생아의 후견인이 된 것이 못내 불만스러웠어. 그래서 그녀의 미세눔 영지 내에 사는 노예 부부에게 아이의 양육을 맡겼다네. 그러다가 아이를 피르뭄 피케눔에 사는 사람에게 노예로 팔아버렸지.

에퀴티우스는 자신의 정체를 몰랐다고 말했어. 하지만 그가 했다고 주장하는 일들이 전부 사실이라면, 그는 아버지가 죽을 당시 아무것도 모를 나이는 아니었을 거야. 그렇다면 그의 말은 전부 거짓말이 되겠지. 어쨌든 노예로 팔려간 뒤 그는 아주 성실하게 일해서 주인의 총애를 한몸에 받았고, 그 집의 가장이 죽었을 때 노예 신분에서 해방된 것은 물론 가문의 상속자가 되었다는군. 그 집에는 대를 이을 혈육이 없었다는 거야. 훌륭한 교육을 받은 그는 상속받은 재산으로 사업을 시작했어. 이후 수년 동안 로마 군단에서 복무하여 큰돈을 벌었다고 하더군. 그가 말하는 내용을 들어보면 한 쉰 살쯤 될 것 같은데, 얼굴을 보면 서른 살 정도로밖에 보이지 않는다네.

그러다 에퀴티우스는 그의 외모가 티베리우스 그라쿠스를 빼닮았다고 호들갑을 떠는 남자를 만났어. 그는 항상 자신이 외국인이 아니라 이탈리아인이라고 생각했고, 자신의 부모가 누구일까 궁금했다고 했어. 자신이 그라쿠스를 닮았다는 사실에 용기를 얻어, 코르넬리아가 자신을 맡겼던 노예 부부를 수소문 끝에 찾아냈고 출생의 비밀을 듣게 되었어. 정말 기막히지 않나? 이 이야기가 대체 그리스 비극에 가까운지 로마 희극에 가까운지 아직도 헷갈려.

포룸 로마눔을 자주 찾는 귀가 얇고 감상적인 사람들은 당연히 이 이야기에 열광했지. 하루이틀 만에 에퀴티우스는 티베리우스 그라쿠스의 아들로 이곳저곳에서 환대받게 되었네. 그의 아들들이 모두 죽었다는 것이 참 안타깝지 않나? 그나저나 에퀴티우스는 그라쿠스의 판박이라고 해도 과언이 아닐 정도야. 무시무시할 지경이지. 그라쿠스처럼 말하고, 그라쿠스처럼 걷고, 그라쿠스처럼 얼굴을 찡그리고, 심지어 코 파는 모습까지 완전히 똑같네. 내가 그를 의심하는 가장 큰 이유는 너무 완벽하게 닮아서야. 아들이 아니라 쌍둥이에 가깝지. 내가 살면서 깨달은 점이 있다면, 아들은 그렇게 사소한 것까지 아버지를 빼닮지는 않는다는 거야. 그 사실에 진심으로 감사하는 여성들이 많다는 것도 알고 있어. 그런 여자는 출산 후에 아이 아빠에게 아기가 자신의 종조부 루키우스 티들리푸스와 판박이라고 설명하기 바쁘단 말이지. 그것참!

그다음에는 고루한 사고방식을 가진 우리 원로원 의원들로서는 이해할 수 없는 일이 벌어졌어. 사투르니누스가 에퀴티우스를 로스트라 연단으로 데려가서 추종자들을 모을 수 있도록 도왔다네. 일주일도 지나지 않아 에퀴티우스는 소득 수준이 기사계급보다는 낮고 최하층민보다는 높은 모든 로마인 사이에서 영웅으로 급부상했어. 이 로마인들은 소매상인, 상점주인, 장인, 소농으로 3계급, 4계급, 5계급의 꽃이라 할 수 있지. 자네도 그들이 어떤 사람들인지 잘 알겠지. 그라쿠스 형제가 밟았던 땅조차도 신성하게 여기는 사람들이고, 자주는 아니지만 가끔씩 트리부스 투표 참석을 통해 본인들이 해방노예나 최하층민보다는 훨씬 나은 처지임을 확인하는 근면하고 정직한 노동자들이라네. 자선을 받아들이기에는 자긍심이 강하고, 그렇다고 해서 천문학적인 곡물 가격을 감당할 만큼 부유하지는 않은 사람들이지.

원로원 의원들, 그중에도 자주색 단을 두른 토가를 입는 자들은 이처럼 열광적인 대중의 반응에 불만을 느꼈어. 게다가 참으로 수수께끼 같은 존재인 사투르니누스가 나서는 모습을 보며 불안한 마음마저 들었지. 하지만 당장 뭘 어쩌겠나? 그러다 마침내 신임 최고신관 아헤노바르부스(그의 새로운 별명은 '작은 고추'라네)가 그라쿠스 형제의 누나를 포룸 로마눔으로 모셔와 이 사기꾼 용의자와 로스트라 연단에서 대면하게 해야 한다고 말했지. 그라쿠스 형제의 누나는 죽은 스키피오 아이밀리아누스의 아내였는데, 그 부부가 평소 싸우던 모습을 잊은 사람은 없겠지!

그리고 3일 전에 두 사람이 직접 대면했네. 사투르니누스는 한쪽에서 바보처럼 실실거리고 있었어. 그런데 그는 절대 바보가 아니기 때문에, 또 무슨 꿍꿍이일까 궁금해졌지. 에퀴티우스는 늙은 사과처럼 쪼글쪼글한 이 노파를 멍하니 쳐다보고만 있었네. 아헤노바르부스 피핀나('작은 고추'를 의미하는 라틴어 — 옮긴이)는 그야말로 최고신관다운 태도를 취하며 셈프로니아의 어깨를 양손으로 잡았는데, 그녀는 그 손이 불쾌했는지 다리에 털이 많은 거미라도 되는 듯 떼어내고 말았지. 그는 쩌렁쩌렁한 목소리로 물었네. "티베리우스 셈프로니우스 그라쿠스 1세와 코르넬리아 아프리카나의 딸이여, 이 사람을 알아보겠습니까?"

물론 그녀는 그자를 생전 처음 본다고 딱 잘라 말했네. 사랑하는 동생 티베리우스는 절대, 무슨 일이 있어도 신성한 혼인관계가 아닌 여성 앞에서 자신의 포도주병 마개를 열 사람이 아니라고 했어. 그러니 그자의 주장은 전부 헛소리라는 거지. 그러고서 그녀는 상아와 흑단으로 만든 지팡이로 에퀴티우스를 때리기 시작했다네. 세상에서 가장 우스꽝스러운 장면이었지. 술라가 현장에 있었다면 얼마나 좋았을까. 그라면 환장할 정도로 좋아했을 게 분명해!

결국 피핀나는 그녀를 로스트라 연단에서 끌어내렸지. 이 별명 정말 마음에 쏙 드는군! 이 별명을 만든 사람은 다름아닌 누미디쿠스라네. 관객들은 웃음보를 터뜨렸고, 스카우루스는 포복절도하다가 눈물까지 줄줄 흘렸어. 피핀나와 똥돼지와 새끼 똥돼지가 그에게 원로원 의원으로서 체통을 지키라고 꾸짖으니 더 심하게 웃어댔네.

에퀴티우스가 로스트라 연단에 홀로 남자, 사투르니누스가 올라가서 그에게 저 무서운 노파가 누군지 아느냐고 물었어. 에퀴티우스는 모른다고 대답했네. 아헤노바르부스가 큰 소리로 그녀를 소개할 때 안 듣고 있었거나 거짓말이거나 둘 중 하나겠지. 사투르니누스는 그녀가 그의 고모이자 그라쿠스 형제의 누나인 셈프로니아라고 일러주었어. 에퀴티우스는 놀란 표정을 짓더니, 그의 믿기 힘들 정도로 충만했던 인생을 통틀어 고모님을 한 번도 뵌 적이 없었다고 말했지. 그러고서 아버지가 자기 농장의 아늑한 둥지에 숨겨둔 정부와 아이에 대해 고모님에게 털어놓았더라면 그게 더 놀라운 일이 아니겠냐고 덧붙였네.

군중은 이 대답에 일리가 있다고 생각했고, 암묵적으로 에퀴티우스가 티베리우스 그라쿠스의 친아들이라고 믿으며 유쾌하게 발길을 돌렸지. 아헤노바르부스를 비롯한 모든 원로원 의원들은 화를 내며 반발했네. 예외가 세 명 있긴 했지. 히죽거리는 사투르니누스, 그저 웃고만 있던 스카우루스, 그리고 나였다네. 나는 어떻게 하고 있었을지 한번 맞혀보게나!

루푸스는 한숨을 쉬며 쥐가 난 손을 한번 쭉 폈다. 차라리 마리우스처럼 편지 쓰는 것이 불편했다면 더 좋았을 텐데. 그랬다면 다섯 문단짜리 편지를 쉰다섯 문단짜리 편지로 둔갑시키는 감칠맛 나는 세부묘사에 이렇게 온 힘을 쏟지 않아도 될 텐데.

친애하는 가이우스 마리우스, 준비한 소식은 여기까지라네. 내가 자리에 더 앉아 있으면 또 재미있는 이야기가 떠올라서 결국 잉크통에 코를 박고 잠들지도 몰라. 집정관 선거에 재출마하는 것 말고 더 나은 방식으로, 다시 말해 로마 전통을 따르는 방식으로 자네가 사령관 직을 유지할 수 있다면 좋겠네. 물론 나도 그게 어떻게 가능할진 모르겠어. 하지만 아마 자네라면 방법을 찾아낼지도 모르지. 건강 유의하게. 자네는 이제 햇병아리가 아니라 중늙은이라는 것을 늘 명심하고, 어디 넘어져서 뼈라도 부러지지 않도록 조심하게. 재미있는 일이 생기면 또 편지하겠네.

마리우스는 11월 초에 이 편지를 전달받았다. 술라가 나타났을 때, 그는 편안하고 즐겁게 편지를 읽어줄 수 있도록 미리 내용을 파악해둔 터였다. 길게 자란 수염을 깔끔하게 면도하고 머리까지 자른 것을 보면 술라는 아주 돌아온 것이 분명했다. 술라가 더없이 황홀한 기분으로 욕조에 몸을 담그고 있는 동안 마리우스는 그에게 편지를 읽어주었다. 마리우스는 이런 유쾌함을 술라와 다시 나누게 되어 더할 나위 없이 기뻤다.

두 사람은 총사령관의 개인 서재에 자리를 잡았다. 마리우스는 마니우스 아퀼리우스를 포함해서 모든 사람의 출입을 금하는 명령까지 내렸다.

"그 고약한 토르퀘스 좀 벗게!" 마리우스가 술라에게 말했다. 이제 로마인답게 튜닉을 차려입은 술라가 몸을 앞으로 기울이자, 그의 황금 목걸이가 마리우스의 눈에 들어온 것이다.

하지만 술라는 고개를 가로저으며 미소를 지었다. 그러고는 거의 원형에 가까운 토르퀘스의 양쪽 끝에 달린 용머리를 어루만졌다. "안 됩니다. 전 절대 이걸 벗지 않을 겁니다, 가이우스 마리우스. 좀 야만적으로 보이긴 하죠?"

"로마인에게는 어울리지 않아." 마리우스가 불만스럽게 말했다.

"문제는 저에겐 이것이 행운의 부적이라는 거죠. 혹시 행운이 달아날까 무서워서 벗지 못하겠습니다." 술라는 관능적으로 한숨을 내쉬며 긴 의자에 편안하게 자리를 잡았다. "오, 이제야 다시 문명인처럼 의자에 비스듬히 눕게 됐군요! 너무 오랫동안 딱딱한 나무 의자에 엉덩이를 붙이고 탁자 앞에 허리를 꼿꼿이 편 채로 앉아 지냈더니, 비스듬히 누워서 식사하는 종족을 봤던 것이 꿈속에서였나 싶을 정도였어요. 다시 절제하는 삶으로 돌아온 것도 정말 기뻐요! 갈리아인과 게르만족은 모든 일을 극단적으로 하는 경향이 있어요. 구토할 때까지 먹고 마시는가 하면, 사냥이나 전쟁 때는 점심도 안 챙겨가서 아사 직전까지 쫄쫄 굶고 다니죠. 아, 하지만 그들은 사납습니다, 가이우스 마리우스! 게다가 용감해요! 그들이 로마군의 조직력과 자제력을 10분의 1만이라도 지니고 있었더라면 우리는 그들의 상대가 될 수 없을 겁니다."

"하지만 다행히도 그 두 가지에서 우리의 100분의 1에도 미치지 못하니 우리가 이길 수 있다. 자네가 하려는 말은 바로 이거겠지. 자, 이걸 좀 마시게. 팔레르눔 포도주야."

술라는 잔을 받아 천천히 끝까지 들이켰다. "포도주, 포도주, 포도주! 신의 음료이자 상처 난 가슴을 치유하는 연고이자 갈기갈기 찢어진 영혼을 붙여주는 접착제! 포도주도 없이 어떻게 견딜 수 있었을까요?" 그는 소리내어 웃었다. "앞으로 평생 뿔잔에 담긴 맥주나 손잡이 달린 잔에 담긴 벌꿀주 따위는 못 마셔도 좋아요! 포도주는 문명화된 음료입니다. 트림이나 방귀도 없고 속이 더부룩해지지도 않죠. 하지만 맥주를 많이 마시면 걸어다니는 물탱크처럼 변해버려요."

"퀸투스 세르토리우스는 어디에 있나? 그에게 무슨 일이 있는 건 아니겠지?"

"이리로 오는 중입니다. 우리는 따로 움직였어요. 게다가 저는 사령관님과 단둘이 있을 때 보고를 하고 싶었죠."

"자네 마음대로 하게, 루키우스 코르넬리우스. 보고 내용을 들을 수만 있다면 아무래도 상관없네." 마리우스는 애정이 담긴 눈으로 술라를 바라보며 말했다.

"어디서부터 시작해야 할지 모르겠군요."

"그렇다면 제일 처음부터 시작하지. 그들은 누구인가? 어디에서 온 사람들이지? 얼마나 오랫동안 이주하고 있는 중인가?"

술라는 포도주를 음미하며 눈을 감았다. "그들은 스스로 게르만족이라 칭하지 않으며 단일민족이라고 생각하지도 않습니다. 킴브리족, 테우토네스족, 마르코만니족, 케루스키족, 티구리니족으로 구성되어 있습니다. 킴브리족과 테우토네스족의 고향은 게르마니아의 북쪽으로 뻗어 있는 길고 넓은 반도입니다. 그리스 지리학자들이 막연하게 케르소네소스 킴브리아라고 부르는 곳이죠. 그 반도에서 북쪽 끝 부분 절반은 킴브리족의 고향이고, 게르마니아와 연결되어 있는 나머지 절반은 테우토네스족의 고향인 것 같습니다. 킴브리족과 테우토네스족은 서로를 완전히 다른 종족으로 여기지만, 그중 한 종족에게만 두드러지는 신체 특징 같은 건 없습니다. 언어가 약간 다르기는 해도 서로 이해할 수 있는 수준이죠.

그들은 유목민이 아니지만 그렇다고 로마인처럼 작물을 재배하거나 농사를 짓지도 않았습니다. 그들의 땅에서는 겨울철에 눈보다 비가 많이 내려서 1년 내내 풀이 자랐던 것으로 보입니다. 그래서 그들은 가축을 키웠고 약간의 귀리와 호밀로 배를 채우곤 했죠. 주식은 고기와 우유, 몇 가지 채소와 딱딱한 검은색 빵, 죽입니다.

가이우스 그라쿠스가 죽을 무렵, 그러니까 거의 20년 전에 그들은 한 해 동안 홍수에 시달렸다고 합니다. 산에는 폭설이 내려 너무 많은 물이 강으로 흘러들었고 폭우가 쏟아졌으며 거센 바람이 몰아치고 바닷물이 마구 밀려들었답니다. 대서양의 바닷물이 반도 전체를 뒤덮었다더군요. 바닷물이 빠진 이후에는 소금기 때문에 땅에 풀이 자라지 않았고 우물물도 마실 수 없었답니다. 그래서 그들은 수레를 잔뜩 만들고 홍수에서 살아남은 가축과 말을 모은 뒤 새로운 땅을 찾아 이주를 시작했다고 합니다."

마리우스는 포도주를 마시는 것도 잊어버렸다. 홍미와 열정에 넘쳐 정자세로 이야기를 경청하던 그가 물었다. "모두가 떠나온 건가? 당시 몇 명이나 되었나?"

"전부는 아닙니다. 노약자는 돌로 머리를 쳐서 죽이고 거대한 무덤에 매장했다고 합니다. 전사와 젊은 여성, 아이들만 이주에 나섰어요. 제 예측에 따르면 거의 60만 명이 알비스라고 불리는 거대한 강 유역을 따라 남동쪽으로 이동하기 시작했을 겁니다."

"하지만 그 지역에는 거주민이 많지 않을 텐데." 마리우스가 이맛살을 찌푸리며 말했다. "왜 알비스 강 유역에 정착하지 않았지?"

술라는 어깨를 으쓱했다. "왜 그랬는지 누군들 알겠어요? 그들은 그저 신의 손에 운명을 맡긴 사람들 같더군요. 신령스러운 존재가 나타나 그들이 정착할 땅은 이곳이라고 말해주기를 기다리는 듯했죠. 물론 알비스 강 유역을 지나는 동안 그들을 막는 사람은 거의 없었습니다. 그러다 마침내 그 강의 발원지에 도착했고, 게르만족은 그들 역사에서 최초로 높은 산을 목격하게 되었지요. 케르소네소스 킴브리아는 지대가 낮고 평평했으니까요."

"바닷물에 잠겼을 정도라면 당연히 그렇겠지." 마리우스는 이 말을 내뱉고 황급히 한손을 내저었다. "비꼬는 얘기가 아니라네, 루키우스 코르넬리우스! 내가 워낙 말재주가 없어서 그래. 재치도 부족하고." 마리우스는 자리에서 일어나 술라의 잔에 포도주를 더 부어주었다. "그렇다면 그 산을 보고 큰 충격을 받았겠군."

"그렇습니다. 그들은 하늘의 신을 믿습니다. 그런데 구름 아래를 간질이고 있는 그 거대한 산봉우리들을 보고는, 그곳에 그들의 신이 산다고 확신하여 산을 오르기 시작했죠. 그 이후로는 산지에서 멀리 벗어나지 않고 있습니다. 4년째 되던 해에 그들은 분수령을 지나 알비스 강의 발원지에서 우리에게 조금 더 친숙한 다누비우스 강의 발원지로 넘어갔습니다. 동쪽으로 방향을 틀었고, 다누비우스 강을 따라 게타이와 사르마티아 평원 쪽으로 이동했죠."

"그들이 가려던 곳이 혹시 그곳인가? 흑해?"

"그랬던 것 같습니다. 하지만 보이족이 저지하는 바람에 다키아 북부로 들어가지는 못했죠. 그 대신 다누비우스 강을 따라 남쪽으로 방향을 꺾어 판노니아로 향했습니다."

"보이족은 물론 켈트족이지." 마리우스가 잠시 곰곰이 생각하더니 말했다. "켈트족과 게르만족은 서로 어울리지 않는 걸로 아네."

"네, 서로 어울리지 않죠. 하지만 흥미롭게도 게르만족은 어디에서도 정착할 땅을 얻으려고 싸움을 벌이지 않았습니다. 현지인의 반발이 가장 약한 곳으로만 발걸음을 옮겼어요. 그렇기 때문에 보이족의 땅으로는 들어가지 않았죠. 다누비우스 강이 티시아 강, 사부스 강과 합류하는 지점 근처에서 그들은 또다시 켈트족의 장벽을 만났습니다. 이번에는 스코르디스키족이었죠."

"우리의 적이기도 한 스코르디스키족 말이군!" 마리우스는 미소 지으며 소리쳤다. "우리와 스코르디스키족에게 공동의 적이 있다니 정말 위안이 되는 소식 아닌가?"

술라의 적황색 눈썹 한쪽이 치켜올라갔다. "벌써 15년 전 일이고, 그동안 우리는 그런 일을 전혀 몰랐으니 딱히 위안이 된다고 할 순 없죠." 술라가 냉담하게 말했다.

"지금 그렇다는 말은 아니네. 미안하네, 루키우스 코르넬리우스. 자네는 직접 경험해서 익숙하겠지만, 나는 이제야 이 모든 소식을 듣게 되니 너무 흥분해서 잠시 헛소리를 한 걸세."

"괜찮습니다, 가이우스 마리우스. 저도 이해합니다." 술라가 웃으며 말했다.

"계속 말해보게!"

"아마 그들의 가장 큰 문제는 제대로 된 지도자가 없다는 사실이었을 겁니다. 게다가 뭐랄까, 마땅한 표현이 떠오르지 않지만, 그들에게는 이렇다 할 계획도 없었죠. 그저 언젠가 위대한 왕이 나타나, 왕이 가진 빈 땅에 정착하라고 말해주기를 기다렸던 것 같습니다."

"위대한 왕이라면 그런 짓을 하지 않을 텐데."

"물론이죠. 어쨌든 게르만족은 다시 발길을 돌려 서쪽으로 이동했습니다. 그제야 다누비우스 강을 떠난 셈이죠. 먼저 사부스 강을 따라가다가 약간 북쪽으로 방향을 틀어 드라부스 강을 마주치자 그 강의 발원지를 향했습니다. 그때까지 어느 곳에도 이틀이나 사흘 이상 머물지 않고 6년을 걸었다고 합니다."

"수레를 타고 다니지 않나?"

"그런 경우는 드뭅니다. 수레를 끄는 것은 가축이기 때문에, 사람이 타기보다는 짐을 옮기는 데 이용합니다. 누군가 병을 앓거나 출산이 가까워지면 수레에 태우기도 하지만 어디까지나 예외적인 경우죠." 술라는 한숨을 내쉬었다. "그다음에 벌어진 일은 우리가 다 아는 내용입니다. 그들은 노리쿰으로 갔고 타우리스키족의 땅을 침범했죠."

"타우리스키족이 로마에 도움을 요청했고, 로마에선 침략자를 물리치려고 카르보를 파견했지만 그는 병사를 다 잃고 말았지."

"네, 그리고 늘 그랬듯이 게르만족은 마찰을 피해 길을 떠났습니다. 이탈리아 갈리아를 침입하는 대신 고산지대로 향했고, 다누비우스 강이 아이누스 강과 합류하는 지점에서 동쪽으로 약간 떨어진 곳에 이르렀죠. 보이족이 동쪽을 막고 있었기 때문에 그들은 다누비우스 강을 따라 서쪽으로 이동했고 마르코만니족의 땅을 통과했어요. 정확한 이유는 알 수 없지만, 킴브리족과 테우토네스족이 이주를 시작한 지 7년이 되던 이 무렵 마르코만니족 일부가 이들 무리에 합류했습니다."

"그 천둥 얘기는 대체 뭔가? 하늘에서 천둥이 내리치자 게르만족과 카르보 군대의 전투가 중단되었고, 그 덕분에 카르보의 병사 몇몇은 목숨을 건졌다던데. 게르만족이 그 폭풍우를 신의 분노라고 여겨서 우리 땅을 침입하지 않았다는 말이 있어."

"그건 좀 의심스럽군요." 술라가 평온하게 말했다. "당시 카르보의 군대와 싸운 것은 가장 근처에 있었던 킴브리족입니다. 물론 천둥이 쳤을 때 킴브리족은 겁을 먹고 달아났을 겁니다. 하지만 단지 그것 때문에 이탈리아 갈리아 침입을 포기했다고 생각하진 않습니다. 그들은 그저 영토를 얻기 위한 전쟁을 원하지 않았던 것 같습니다."

"정말 놀랍군! 우리는 게르만족이 이탈리아 땅을 노리며 군침이나 질질 흘리는 족속이라 생각하는데 말이지." 마리우스는 술라를 날카롭게 쳐다보았다. "그다음엔 어떻게 됐나?"

"게르만족은 다누비우스 강의 발원지를 향해 이동했습니다. 8년째 되던 해에 비수르기스 강 유역에 거주하던 진정한 게르만 부족인 케루스키족이 합류했습니다. 9년째 되던 해에는 티구리니족이라 불리는 헬베티아 사람들이 합류했죠. 그들은 레만누스 호수의 동쪽에 살던 종족으로 보이며 분명 켈트족입니다. 물론 마르코만니족도 켈트족이죠. 하지만 마르코만니족과 티구리니족은 게르만족의 피가 아주 많이 섞인 켈트족입니다."

"그들이 게르만족을 싫어하지 않는다는 뜻인가?"

"게르만족보다 동족인 켈트족을 훨씬 더 싫어한다는 뜻이죠!" 술라가 웃으며 말했다. "마르코만니족은 보이족과, 티구리니족은 헬베티족과 수 세기 동안 전쟁을 치렀습니다. 그러던 차에 게르만족의 수레가 지나가는 것을 보고 미지의 세계로 떠나면 신나는 모험이 펼쳐지지 않을까 막연히 생각하여 이주에 동참한 것 같습니다. 그래서 유라 산맥을 건너 갈리아 코마타로 들어갈 무렵 이주 집단의 숫자는 80만 명을 훌쩍 넘어섰습니다."

"그들은 불쌍한 아이두이족과 암바리족의 땅에 도착했고 그곳에 아예 정착해버렸지."

"네, 3년 넘게 말이죠." 술라는 고개를 끄덕였다. "아이두이족과 암바리족은 아시다시피 유순합니다. 로마화되었다고 할 수 있죠! 나이우스 도미티우스가 알프스 너머 갈리아 지역의 로마 속주를 더 안전하게 만들기 위해 그들의 발톱을 다 뽑아놓았으니까요. 이제 게르만족은 우리의 말랑말랑하고 하얀 빵에 맛을 들였습니다. 버터를 발라 먹기도 하죠! 소고기 육즙을 듬뿍 찍어 먹기도 하고, 그 끔찍한 블러드 푸딩(돼지고기와 돼지피를 섞어 만든 소시지—옮긴이)에 곁들여 먹기도 합니다."

"그것참 정감 있게 묘사하는군, 루키우스 코르넬리우스."

"그렇죠!" 술라는 미소를 거두고 생각에 잠긴 듯 포도주잔 속을 물끄러미 내려다봤다. 그러다가 고개를 들어 마리우스를 바라보았다. 옅은 색깔의 눈동자가 빛나고 있었다. "게르만족은 전 부족을 다스리는 왕을 선출했습니다." 그가 난데없이 말을 꺼냈다.

"그렇군!" 마리우스가 부드럽게 말했다.

"이름은 보이오릭스, 킴브리족 출신입니다. 이주 집단에는 킴브리족이 제일 많죠."

"하지만 그건 켈트족의 이름 같군. 보이오릭스와 보이족이라……. 보이족은 아주 막강한 종족이지. 여기저기에 보이족의 식민지가 널려 있는 것만 봐도 그래. 다키아, 트라키아, 장발의 갈리아, 이탈리아 갈리아, 헬베티아를 포함해서 말이야. 그러니 오래전에 보이족이 킴브리족의 영토에 식민지를 건설했을지도 모를 일이지. 물론 보이오릭스라는 자가 스스로 킴브리족이라고 주장한다면 당연히 그렇겠지만. 게르만족

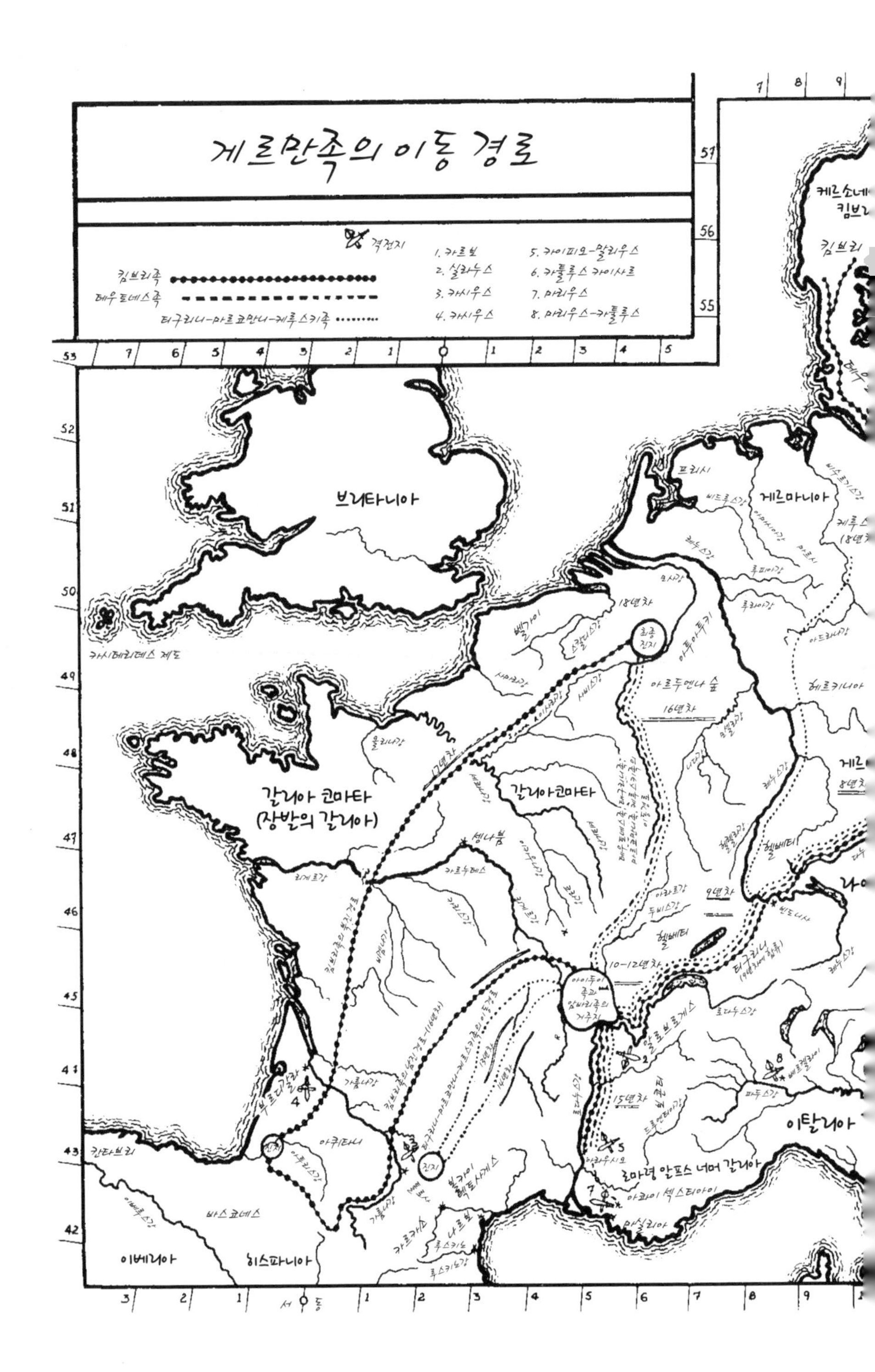

게르만족의 이동 경로
격전지
킴브리족
테우토네스족
티구리니-마르코만니-케루스키족
1. 카르보
2. 실라누스
3. 카시우스
4. 카시우스
5. 카이피오-말리우스
6. 카툴루스 카이사르
7. 마리우스
8. 마리우스-카툴루스
브리타니아
카시테리데스 제도
벨가이
18년차
최종 진지
아르두엔나 숲
16년차
17년차
갈리아 코마타
갈리아 코마타 (장발의 갈리아)
세나붐
리게르강
아이두이족과 알로브로게스족의 거주지
10-12년차
9년차
헬베티
티구리니
15년차
아키타니
진지
가룸나강
벨가이 텍토사게스
톨로사
나르보
마실리아
아콰이 섹스티아이
로마령 알프스 너머 갈리아
이탈리아
칸타브리
바스코네스
이베리아
히스파니아
프리시
게르마니아
헤르키니아
헬베티
케르소네소스
킴브리

스칸디아
크로누스강
0 100 200 300
마일
0 100 200 300
킬로미터
1년차
게르마니아
비스툴라강
부르군디오네스
사르마티아
비아두아강
2년차
알비스강
보이오하이뭄
보이오하이뭄
비스툴라강
마르코만니
(7년차에 합류)
바스타르나이
보이
7년차
보이
3년차
보이
4년차
피레투스강
티시아강
아이누스강
게타이
보이
보이
다누비우스강
판노니아
이아지게스
다키아
노리쿰
6년차
타우리스키
노레이아
마리우스강
알루투스강
티시아강
사부스강
트라부스강
티비스쿠스강
코르코라스강
콜라피스강
5년차
다키아
사부스강
우나강
일리리쿰
스코르디스키
모이시아
트라키아
일리리쿰
본토

이 아무리 원시적이라고 해도 족보쯤은 있을 텐데."

"사실 그들이 가진 족보라는 게 변변치 않습니다." 술라는 팔꿈치를 세우고 몸을 기대며 말했다. "하지만 그들이 원시적이라서가 아니라 그들의 사회구조가 우리와 완전히 딴판이기 때문이죠. 지중해 주변에 거주하는 어떤 민족과도 다른 사회구조를 지니고 있어요. 게르만족은 농사꾼이 아닙니다. 수세대에 걸쳐 땅을 소유하고 농사를 짓지 않아서 그들에게는 장소에 대한 개념이 희미합니다. 같은 이치로 가족에 대한 개념도 불분명하죠. 부족생활, 혹은 단체생활이 더 중요한 겁니다. 게르만족은 모두 함께 모여 식사를 하는데, 그들에게는 그 방식이 더 어울립니다. 집이라고 해봐야 부엌도 없이 겨우 잠만 잘 수 있는 오두막이거나 아니면 역시나 부엌이 없는 수레에서 생활하다보니, 단체로 잡은 사냥감에 꼬챙이를 꽂아 통째로 익힌 다음 부족 구성원들이 한자리에서 먹는 것이 더 편한 겁니다.

게르만족의 족보는 부족과 관련이 있습니다. 혹은 부족 구성원들을 하나의 덩어리로 보고 각 부족들의 관계를 나타낸 표라고 할 수 있죠. 그들에게도 찬양하는 영웅이 있지만 실제 행적에 비해서 터무니없을 정도로 과장되어 있어요. 불과 두 세대 전의 족장이 페르세우스나 헤르쿨레스 같은 인물로 묘사되고 신적인 존재로 등극하기도 합니다. 장소 개념도 애매모호하죠. 또한 족장이든 부족 연합의 전사든 제관이든 주술사든 직위 자체가 그 직위를 맡는 개인보다 우선시됩니다. 개인은 직위 그 자체로 바뀌는 것이죠! 어떤 직위를 맡게 된 사람은 가족들과 떨어져 지내야 하고, 그 사람으로 인해 가족 전체의 지위가 올라가지도 않습니다. 직위를 맡은 사람이 죽으면 우리처럼 가족 승계가 이루어지지 않고 부족 내에서 새로운 사람을 선출합니다. 게르만족의 가족 개념은 우리와 완전히 다르다는 뜻입니다, 가이우스 마리우스." 술라는 팔꿈치를 의자에서 떼고 몸을 일으켜 포도주를 더 따랐다.

"자네는 정말 완벽하게 그들과 동화되어 생활했군!" 마리우스가 숨을 몰아쉬며 말했다.

"오, 그럴 수밖에 없었어요!" 술라는 포도주를 한 모금 마시더니 물을 섞었다. "아직까지 포도주에 적응을 못 하겠네요." 그는 스스로도 놀랍다는 듯이 말했다. "하지만 걱정 마십시오. 곧 본래 모습으로 돌아올 테니까." 술라는 이맛살을 찌푸렸다. "저는 킴브리족이 피레네 산맥을 넘으려 애쓰고 있을 무렵 그들 사이로 침투했습니다. 제가 지난번 이곳에 왔을 무렵이니까 아마 작년 11월쯤일 겁니다."

"어떻게 그게 가능했나?" 마리우스는 강한 호기심을 드러내며 말했다.

"게르만족은 장기전을 치르는 민족이 흔히 겪는 고통에 시달리고 있었어요. 우리들도 특히 아라우시오 전투 이후 겪고 있는 것처럼 말이죠. 노약자를 제외한 모든 사람들이 단체로 움직이기 때문에, 전사 한 명이 죽을 때마다 아이 딸린 과부가 남게 됩니다. 이런 여자들은 조만간 전사로 성장할 아들이라도 없으면 부족사회에서 짐이 되죠. 그래서 과부들은 어떻게든 나이가 너무 많지 않으면서 다른 여자가 차지하지 않은 남자를 자기 남편으로 만들려고 합니다. 과부가 새로운 전사를 남편으로 얻으면 그 여자와 딸린 자식들은 예전과 같은 생활을 유지할 수 있죠. 과부가 소유한 수레는 결혼 지참금이 됩니다. 물론 모든 과부에게 수레가 있는 것도 아니고 모든 과부가 새 남편을 구하는 것도 아니에요. 하지만 수레가 있으면 확실히 도움이 되죠. 이런 과부들에게는 새 남편을 구할 수 있는 기간이 주어집니다. 3개월, 즉 한 계절이죠. 그때까지 남편을 구하지 못한 과부와 그 아이들은 살해당하고, 남은 수레는 제비뽑기를 통해 다른 사람에게 넘어갑니다. 게르만족은 부족사회에 짐이 되는 늙은이를 죽이고, 여아가 남아보다 너무 많으면 그 여자아이들도 죽입니다."

마리우스는 표정을 찡그렸다. "난 로마인이 제일 잔인한 줄 알았는데!"

하지만 술라는 고개를 흔들었다. "뭐가 잔인하다는 겁니까, 가이우스 마리우스? 게르만족과 갈리아인은 여느 종족과 다를 바가 없어요. 그들도 종족의 생존을 염두에 두고 사회를 구성하는 겁니다. 사회에 짐이 되는 사람 중에 사회가 먹여 살릴 수 없는 사람은 어떻게든 제거해야 합니다. 보호해줄 남자도 없이 홀로 떠돌아다니게 하는 것과 머리를 쳐서 죽이는 것 중에 어느 쪽이 나을까요? 배고픔과 추위로 서서히 죽는 것과 고통 없이 빨리 죽는 것 중에 어느 쪽이 낫죠? 이것이 그들의 생각입니다. 또 그렇게밖에 생각할 수 없는 입장이고요."

"그렇군." 마리우스가 주저하며 말했다. "개인적으로 나는 노인들을 좋아한다네. 그들이 들려주는 이야기만 생각해봐도 충분히 음식과 보금자리를 제공할 가치가 있다고 생각해."

"하지만 그것은 우리가 노인들을 지켜줄 여유가 있기에 가능한 일이죠, 가이우스 마리우스! 로마는 아주 부유합니다. 그래서 사회에서 생산 활동을 하지 않는 사람도 먹여 살릴 수 있죠. 하지만 우리도 원하지 않는 아이를 버리는 것에 대해서는 비난하지 않잖아요?"

"물론 그렇지!"

"그렇다면 뭐가 다르죠? 게르만족이 정착지를 찾아낸다면 갈리아인과 비슷하게 변할 겁니다. 그리스나 로마 문화에 노출된 갈리아인이 그리스인이나 로마인처럼 변하는 것과 같은 이치죠. 게르만족도 정착할 땅을 찾으면 규율을 완화할 겁니다. 곧 노인과 아이 딸린 과부를 먹여 살릴 수 있을 만큼 부유해지겠죠. 게르만족은 도시 거주자가 아니라 시골 사람들이에요. 아실지 모르겠지만, 도시에는 또 도시만의 규칙이 있지 않습니까? 도시는 질병을 통해 늙은이와 병자를 제거해버리고, 농부가 가진 장소와 가족에 대한 개념을 약화시키죠. 로마가 더 커질수록 로마는 게르만족을 닮아가는 겁니다."

마리우스는 머리를 긁적였다. "대체 무슨 소리인지 모르겠네, 루키우스 코르넬리우스. 제발 본론으로 돌아가게! 자네에게는 무슨 일이 있었지? 전사가 되어 과부라도 한 명 구하고 부족 활동을 시작한 건가?"

술라는 고개를 끄덕였다. "바로 그겁니다. 세르토리우스도 다른 부족 내에서 저와 비슷한 수순을 밟았습니다. 그래서 우리는 자주 보지 못했고, 아주 가끔 만나 의견만 교환했습니다. 우리는 수레가 있으면서 남편을 구하지 못한 여자를 하나씩 얻었습니다. 물론 그전에 각자 부족 내에서 전사로서 입지를 다졌죠. 작년 이곳으로 오기 전에 그 작업을 마쳤고, 그곳으로 돌아간 직후에 아내를 구한 겁니다."

"거부당하지는 않았나? 그들은 자네들이 게르만족이 아니라 갈리아인이라고 생각했을 텐데."

"그렇긴 하죠. 하지만 퀸투스 세르토리우스와 저는 싸움을 잘합니다. 훌륭한 전사를 마다하는 족장은 없는 법이죠." 술라가 웃으면서 말했다.

"적어도 로마인을 죽이라는 명령을 받지는 않았을 테니까! 물론 그런 상황이 닥친다면 자네는 분명 로마인이라도 죽이겠지."

"물론입니다. 사령관님은 안 그러실 겁니까?"

"나라도 그럴 거야. 사랑은 다수를 위한 것이고 감상은 소수를 위한 것이지. 사람은 모름지기 소수가 아닌 다수를 위해 싸워야 하네." 마리우스의 표정이 밝아졌다. "물론 양쪽을 모두 구할 수 없는 상황에만 해당되는 말이겠지만."

"저는 킴브리족 전사로 봉사하는 카르누테스족 갈리아인 행세를 했습니다." 술라가 말했다. 그는 조금 전 마리우스가 자신의 철학적인 의견을 잘 이해하지 못했듯이, 자신도 마리우스의 견해를 쉽게 이해할 수 없음을 깨달았다. "이른 봄에 각 부족의 족장들이 전원 참석하는 대족장회가 열렸습니다. 당시 킴브리족은 피레네 산맥의 가장 낮은 지대를 통과해 히스파니아로 들어갈 수 있는지 알아보려고 최대한 서쪽으로 움직이고 있었죠. 이 대규모 회의는 아퀴타니족이 아투리스라 부르는 강 근처에서 진행되었습니다. 칸타브리족, 아스투레스족, 베토네스족, 서부 루시타니족, 그리고 바스코네스족 등 모든 부족들이 게르만족의 통과를 막으려고 피레네 산맥의 히스파니아 쪽 기슭에 집결했다는 확실한 보고가 있었죠. 그런데 그 회의에서 갑자기, 전혀 예상치도 못했던 보이오릭스가 급부상하게 된 겁니다!"

"아라우시오 전투 이후 코타의 보고서에서 본 적이 있네. 사이가 틀어졌던 두 게르만족 지도자 중 한 사람이지. 나머지 한 명은 테우토보드라는 사람이고."

"보이오릭스는 아주 젊습니다. 대략 서른 살 정도죠. 괴물처럼 키가 크고 헤르쿨레스 같은 몸매에 발은 리커피시처럼 거대합니다. 하지만 흥미롭게도 그의 사고방식은 우리와 매우 비슷하죠. 갈리아인과 게르만족은 지중해에 사는 어느 민족과도 다른 사고방식을 가지고 있어요. 그래서 우리 눈에 그들은 야만적이죠! 하지만 지난 9개월간 살펴본 결과 보이오릭스는 아주 특별한 야만인입니다. 우선 읽고 쓸 줄 압니다.

그것도 그리스어가 아닌 라틴어로 말입니다. 갈리아인은 글을 쓸 때 그리스어가 아닌 라틴어를 이용한다고 전에 말씀드린 적이 있죠."

"제발 보이오릭스 이야기에 집중해주게, 루키우스 코르넬리우스! 보이오릭스 말이야!"

술라는 미소를 지으며 말을 이어나갔다. "보이오릭스 이야기로 돌아가죠. 그는 4년 전부터 족장회에서 영향력을 키워왔습니다. 그러다가 올봄에는 모든 경쟁자를 물리치고 최고의 족장으로 등극했죠. 사실 우리는 그를 왕이라고 불렀습니다. 모든 상황에서 최종 결정권을 지니고 있으며 족장회와의 충돌도 겁내지 않으니 그렇게 불릴 만하죠."

"어떻게 그자가 그 자리에 올랐지?" 마리우스가 물었다.

"오래된 방식을 통해서죠. 가끔 회의에서 투표를 하기도 하지만, 게르만족과 갈리아인에게는 선거의 개념이 없습니다. 술을 마시고 제일 오래 버티거나 목소리가 가장 큰 사람이 최종 결정권을 얻는 경우가 많죠. 보이오릭스는 결투를 통해 왕이 되었습니다. 도전자들의 숨통을 다 끊어놓았어요. 한 번에 몰아서 싸우는 것이 아니라 도전자가 더는 나타나지 않을 때까지 하루 한 명씩 상대했죠. 총 열한 명의 전사가 결투를 신청했는데, 호메로스의 표현을 빌리자면 모두 입에 흙을 물고 죽었어요."

"경쟁자를 모두 죽임으로써 왕이 되었군." 마리우스는 곰곰이 생각하며 말했다. "그런 방식이 뭐가 좋다는 거지? 정말 야만적이군! 회의장이나 법정에서 경쟁자를 죽인다 한들 다른 경쟁자가 나타나기 마련 아닌가. 게다가, 누구나 경쟁자가 필요하다네. 경쟁자가 살아 있으면 그를 뛰어넘음으로써 내가 더 돋보일 수 있지만, 경쟁자가 죽으면 나를 돋보이게 할 상대가 사라지는 거야."

"저도 동의합니다. 하지만 야만인의 세계나 동방에서는 경쟁자를 죽이는 것이 더 안전하다고 믿는 모양입니다."

"왕이 된 다음에 보이오릭스는 어떻게 했지?"

"그는 킴브리족에게 히스파니아로 가지 말라고 했습니다. 훨씬 더 쉬운 길이 있다고요. 이를테면 이탈리아 말이죠. 우선 킴브리족이 테우토네스족, 티구리니족, 마르코만니족, 케루스키족과 합류해야 한다고 했습니다. 그런 다음 자신은 킴브리족뿐 아니라 게르만족 전체의 왕이 되겠노라고 선언했죠."

술라는 포도주를 잔에 따른 후 물을 넉넉히 부었다. "우리는 봄여름 동안 장발의 갈리아를 통과해 북쪽으로 이동했습니다. 가룸나 강, 리게르 강, 세콰나 강을 건너서 벨가이족의 땅으로 들어갔죠."

"벨가이족!" 마리우스가 숨을 크게 내쉬며 말했다. "그들을 직접 봤나?"

"물론이죠." 술라는 태평스럽게 말했다.

"목숨을 걸고 싸웠겠군."

"그렇지 않습니다. 보이오릭스 왕은 우리가 흔히들 협상이라 일컫는 기술을 선보였습니다. 장발의 갈리아를 통과했던 그 여름 전까지 게르만족은 협상에 전혀 관심을 보이지 않았죠. 그들은 길을 막고 있는 로마군을 만날 때마다 사절단을 보내 로마 영토를 지나갈 통행권을 요구했습니다. 우리의 대답은 항상 '안 된다'였죠. 그럴 때면 그들은 발길을 돌렸고, 다시 부탁하는 경우가 없었습니다. 흥정을 하지도, 앉아서 협상해보자고 하지도 않았고 우리에게 대가를 제공하면서 새로운 제안을 하지도 않았습니다. 하지만 보이오릭스는 사뭇 다른 태도를 보였습니다. 그는 킴브리족이 장발의 갈리아를 통과할 수 있도록 협상을 시도

했죠."

"그래? 무엇을 가지고 협상했나?"

"갈리아인과 벨가이족에게 고기, 우유, 버터는 물론 노동력을 제공함으로써 환심을 샀습니다. 자기 가축을 상대 부족이 가진 맥주나 밀과 교환했고, 자기 전사들에게 빈 땅을 경작하게 함으로써 모두를 먹일 만큼의 식량을 생산했어요."

마리우스의 눈썹이 사납게 요동쳤다. "똑똑한 야만인이군!"

"정말 똑똑합니다, 가이우스 마리우스. 그래서 우리는 아주 평화롭고 우호적인 분위기 속에서 세콰나 강 북쪽의 이사라 강을 따라 이동했고, 마침내 벨가이족의 분파인 아투아투키족의 땅으로 들어섰습니다. 아투아투키족은 원래 게르만족으로, 사비스 강의 하류에 위치한 모사 강 유역에 흩어져 삽니다. 또한 아르두엔나라는 거대한 숲의 가장자리에도 거주하고 있죠. 아르두엔나 숲은 모사 강에서 모셀라 강까지 이어지는데, 게르만족이 아니면 이 숲을 통과할 수 없습니다. 게르마니아 본토의 게르만족은 삼림지역 내에 거주하면서 우리가 요새를 이용하듯 숲을 이용하죠."

마리우스는 깊은 생각에 빠진 것이 분명했다. 그의 눈썹은 독자적인 의지를 가진 것처럼 요동치고 있었다. "계속하게, 루키우스 코르넬리우스. 우리의 적인 게르만족이 점점 더 흥미롭게 다가오는군."

술라는 고개를 끄덕였다. "그렇게 생각하실 줄 알았습니다. 케루스키족은 아투아투키족의 땅에서 멀리 떨어지지 않은 게르마니아의 한 지방에서 왔으며 아투아투키족을 동족으로 여기죠. 그래서 그들은 킴브리족이 피레네 산맥을 살펴보려고 남쪽으로 떠난 사이 테우토네스족, 티구리니족, 마르코만니족을 설득해 아투아투키족의 땅으로 함께 떠나자고 했습니다. 하지만 우리 킴브리족이 8월에 거기 도착했을 때 분위기는 살벌했습니다. 테우토네스족은 아투아투키족, 케루스키족과 사이가 나빠져서 이미 수차례 소규모 접전을 벌였고 꽤 많은 사망자가 발생했죠. 우리가 보기에도 그들 사이의 적대감은 나날이 더 커지고 있었습니다."

"하지만 보이오릭스 왕이 모든 문제를 바로잡았군."

"보이오릭스 왕이 그 모든 문제를 바로잡았죠!" 술라가 미소 지었다. "그는 아투아투키족을 진정시킨 다음 킴브리족, 테우토네스족, 티구리니족, 케루스키족, 마르코만니족 등 이주중인 모든 게르만 부족을 상대로 대족장회를 소집했습니다. 거기서 보이오릭스는 이제 킴브리족의 왕이 아닌 게르만족 전체의 왕이 되겠다고 발표했죠. 그는 여러 차례 결투 신청을 받았지만, 가장 강력한 라이벌인 테우토네스족의 테우토보드와 티구리니족의 게토릭스는 나서지 않았습니다. 두 사람의 사고는 로마인과 비슷한 것 같습니다. 다시 말해 죽지 않고 살아남아 보이오릭스 왕에게 귀찮은 존재가 되는 편이 낫다고 판단한 것이죠."

"자네는 이 모든 것을 어떻게 알아냈지? 혹시 대단한 전사라도 된 건가? 그래서 족장회에 직접 참석했나?"

평소 겸손과는 거리가 먼 술라였지만, 최대한 겸손해 보이려고 노력하며 말했다. "사실 저는 부족 연합의 전사가 되었습니다. 아주 대단한 전사는 아니지만 족장회에 초대받을 정도는 됐죠. 제 아내 헤르마나는 원래 킴브리족이 아닌 케루스키족의 일원입니다. 헤르마나는 우리가 모사 강에 도착할 무렵 쌍둥이 아들을 출산했고 그것은 길조로 받아들여졌습니다. 그래서 저는 소부족의 족장에서 부족 연합의 전사로 승격되었고, 그 덕분에 게르만족 족장회에 초대받을 수 있었죠."

마리우스는 크게 웃음을 터뜨렸다. "그렇다면 훗날 어떤 불쌍한 로마 병사는 자네를 닮은 작은 게르만족 아이 두 명과 싸우게 될 수도 있단 말인가?"

"그럴 수도 있겠죠." 술라는 미소를 지었다.

"퀸투스 세르토리우스를 닮은 아이도 몇 명 있겠지?"

"최소한 한 명은 있겠죠."

마리우스는 냉정을 되찾았다. "계속 말해보게, 루키우스 코르넬리우스."

"보이오릭스라는 자는 아주 영리합니다. 야만인이라고 과소평가해서는 안 됩니다. 그는 대단한 전략을 하나 내놓았는데, 사령관님께서 직접 내놓았다 해도 스스로 뿌듯하게 느낄 만한 전략입니다. 제 말은 과장이 아니에요."

마리우스는 바싹 긴장했다. "자네 말을 믿네! 그 전략이 뭔가?"

"내년 3월쯤, 날씨가 풀리자마자 게르만족은 세 가지 경로로 이탈리아를 침략하려고 합니다. 그때가 되면 80만 명에 달하는 게르만족 전체가 아투아투키족의 땅을 떠날 겁니다. 보이오릭스는 모두에게 6개월 안에 모사 강부터 이탈리아 갈리아까지의 여정을 마치라고 명령했습니다."

마리우스와 술라는 둘 다 몸을 앞으로 기울였다.

"보이오릭스는 게르만족을 세 집단으로 나눴습니다. 우선 테우토네스족은 서쪽에서 이탈리아 갈리아를 침공할 것입니다. 총 25만 명에 달하죠. 테우토네스족의 왕인 테우토보드가 인솔자로 나설 것이며, 지금 계획대로라면 로다누스 강을 따라 내려오다가 리구리아 해안을 지나 게누아와 피사이로 이동할 겁니다. 하지만 보이오릭스가 작전의 총

책임자인 것을 감안하면, 아마도 출발 직전에 도미티우스 가도와 몬스 게나바 고개 쪽으로 경로를 바꿀 것 같습니다. 그곳을 지나면 타우라시아의 파두스 강이 나오니까요."

"보이오릭스는 라틴어뿐만 아니라 지리 공부도 하는 모양이지?" 마리우스는 침울한 목소리로 물었다.

"그가 글을 읽을 줄 안다고 말씀드렸잖습니까. 또한 보이오릭스는 로마인을 포로로 잡아 고문합니다. 아라우시오 전투에서 전사한 줄 알았던 병사들이 다 죽은 건 아니더군요. 로마인이 킴브리족 손에 잡히면 보이오릭스는 원하는 정보를 얻을 때까지 그들을 살려둡니다. 그런 상황에서 우리 병사가 협조한다고 해서 비난할 순 없겠죠." 술라는 얼굴을 찡그렸다. "게르만족은 고문을 일상적으로 자행하니까요."

"테우토네스족은 아라우시오 전투 전에 게르만족 전체가 이용했던 경로를 따라 움직인다는 말이군. 다른 부족들은 어떻게 이탈리아 갈리아로 들어올 계획인가?"

"게르만족 집단 셋 중에서 킴브리족의 머릿수가 가장 많습니다. 40만 명은 될 것 같더군요. 테우토네스족은 모사 강, 아라르 강, 로다누스 강을 따라 쭉 내려오는 반면, 킴브리족은 레누스 강을 따라 브리간티누스 호수까지 갔다가 다누비우스 강의 발원지로 향하기로 했습니다. 그들은 다누비우스 강을 따라 동쪽으로 이동하고 아이누스 강을 만나면 아래로 내려오다가 브렌누스 고개를 통해 이탈리아 갈리아로 들어올 계획입니다. 그러면 베로나 근처에 있는 아테시스 강에 도착하죠."

"이 집단은 아마도 보이오릭스 왕이 직접 통솔하겠지." 마리우스는 어깨 사이로 고개를 움츠리며 말했다. "점점 더 걱정되는군."

"세번째 집단은 가장 규모가 작고 결속력도 약합니다. 티구리니족,

마르코만니족, 케루스키족으로 이루어진 집단이죠. 티구리니족 출신의 게토릭스가 인솔할 겁니다. 보이오릭스는 처음에 이들에게 헤르키니아, 가브레타 등 거대한 삼림지역을 곧장 통과한 다음 판노니아를 지나 노리쿰으로 들어가라고 명령했습니다. 하지만 이 집단이 그 지시를 따르지 않을 것이라 판단하여, 다누비우스 강과 아이누스 강이 만나는 지점까지 직접 인솔하기로 했죠. 그 이후부터 이 집단은 킴브리족과 갈라져 다누비우스 강을 따라 계속 동진하다가 노리쿰에 도착하면 남쪽으로 방향을 틀 겁니다. 그런 다음 카르니아 알프스를 넘어 이탈리아 갈리아로 들어올 예정이고, 아퀼레이아에서 그리 멀지 않은 테르게스테에 도착하게 되죠."

"각 집단은 서로 다른 경로로 6개월 내에 여정을 마칠 예정이라고 했지? 테우토네스족은 가능할 것 같지만 킴브리족의 경로는 훨씬 긴 것 같고, 나머지 잡다한 부족으로 이루어진 집단의 경로는 가장 길어서 성공하기 힘들 것 같군."

"뭔가 잘못 알고 계시군요, 가이우스 마리우스. 세 집단이 갈라지는 모사 강부터 목적지까지의 거리는 거의 비슷합니다. 모든 집단이 알프스 산맥을 넘어야 하는데, 테우토네스족만이 전에 다닌 적이 없는 길을 이용해야 하는 입장이죠. 게르만족은 지난 18년 동안 알프스 산맥 곳곳을 떠돌아다녔답니다! 다누비우스 강을 따라 발원지부터 다키아까지 갔고, 레누스 강을 따라 발원지부터 헬렐라 강까지 갔으며, 로다누스 강을 따라 발원지부터 아라우시오까지 갔어요. 산악 전문가나 다름없다는 말이죠."

마리우스의 이 사이로 거친 숨소리가 새어나왔다. "유피테르 신이여, 루키우스 코르넬리우스, 정말 대단하군! 하지만 그들이 정말 성공할 수 있을까? 보이오릭스 입장에서는 세 집단이 모두 제때 이탈리아 갈리아에 도착해야만 하지 않나? 그게 10월쯤인가?"

"테우토네스족과 킴브리족은 문제없을 겁니다. 그들에게는 유능한 지도자와 강한 의지가 있으니까요. 하지만 여러 부족으로 이루어진 나머지 집단은 확신할 수 없습니다. 보이오릭스의 생각도 같을 겁니다."

술라는 의자에서 미끄러져 내려와 이리저리 서성거렸다. "하나 더 있습니다, 가이우스 마리우스. 아주 심각한 문제죠. 18년 동안 집도 없이 떠돌던 게르만족은 이제 지쳤습니다. 정착하고 싶은 마음이 아주 간절해졌죠. 수많은 아이들이 고향이 무엇인지도 모른 채 장성하여 전사가 되었습니다. 케르소네소스 킴브리아로 되돌아간다는 소문도 있어요. 바닷물이 빠진 지 오래되었으니 땅에 남은 소금기도 사라졌을 거라더군요."

"제발 그리로 돌아가면 좋겠군!"

"하지만 너무 늦었습니다." 술라는 불안하게 왔다갔다하면서 말했다. "그들은 바삭바삭한 흰 빵에 길들었어요. 버터를 발라 먹고 소고기 육즙에 찍어 먹고 그 끔찍한 블러드 푸딩에 곁들여 먹기도 하죠. 게르만족은 따뜻한 남녘의 태양을 좋아하고 거대한 설산 근처에서 살기를 원합니다. 처음에는 판노니아와 노리쿰을, 그다음에는 갈리아를 노리는 것이지요. 우리의 세계는 훨씬 더 풍요롭습니다. 이제 그들에게는 보이오릭스라는 지도자가 생겼으니 우리 세계를 빼앗고자 결심한 것이죠."

"내가 책임자로 있는 한 절대 그럴 순 없을 걸세." 마리우스는 의자에 몸을 깊숙이 파묻으며 물었다. "그게 전부인가?"

"전부라고 할 수도 있고, 아직 시작도 안 했다고 할 수도 있죠." 술라는 조금 슬픈 목소리로 말했다. "며칠 동안이라도 계속 이야기할 수 있습니다. 하지만 일단은 이 정도만 알고 계셔도 될 것 같네요."

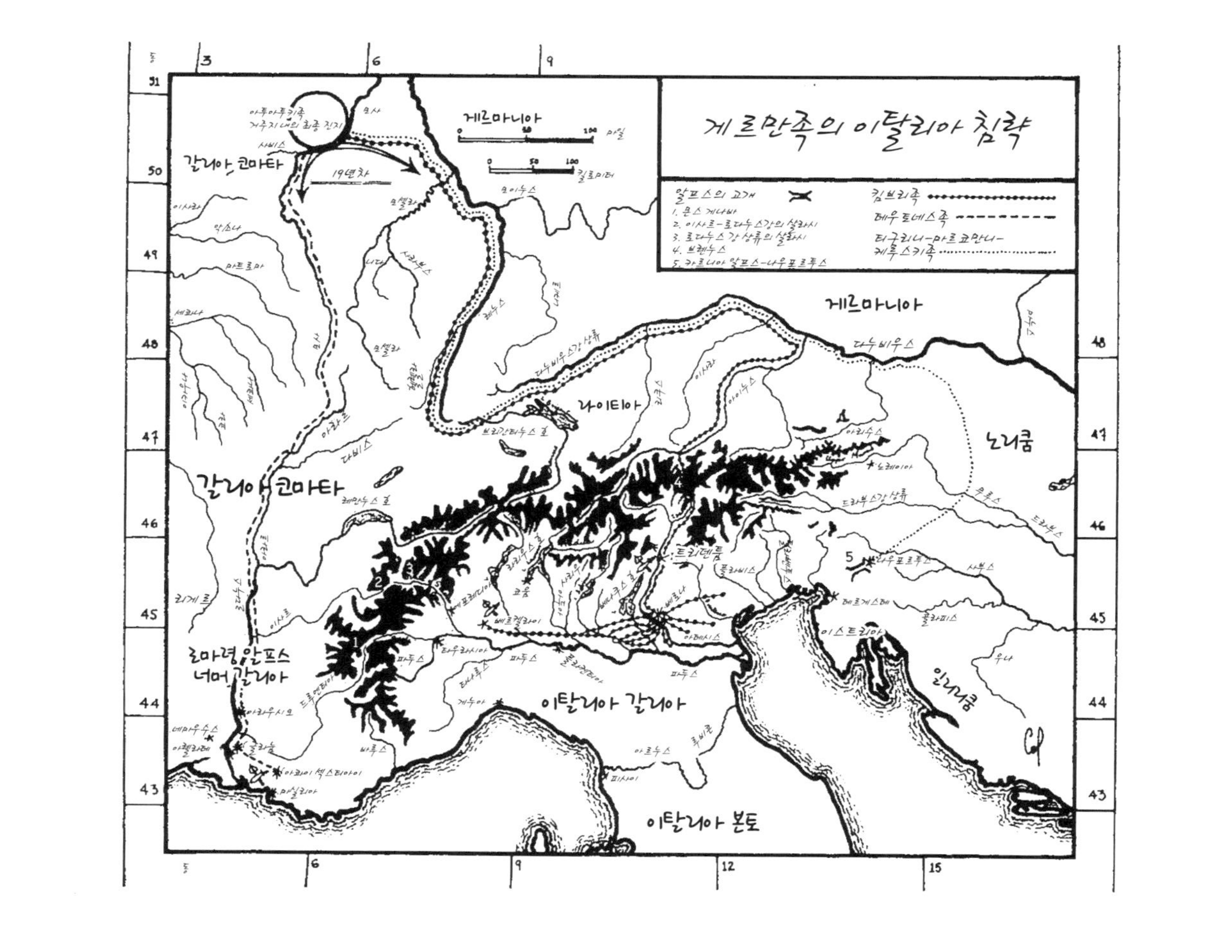

게르만족의 이탈리아 침략
알프스의 고개
1. 몬스 게나바
2. 이사르-로다누스강의 살라시
3. 로다누스강 상류의 살라시
4. 브렌누스
5. 카르니아 알프스-나우포르투스
킴브리족
테우토네스족
티구리니-마르코만니-
케루스키족
게르마니아
갈리아 코마타
라이티아
노리쿰
일리리쿰
이탈리아 갈리아
이탈리아 본토
로마령 알프스
너머 갈리아
다누비우스
다누비우스강 상류
레만누스 호
브리간티누스 호
트리덴툼
베로나
아퀼레이아
이스트리아
19년차

"자네 아내와 아들들은 어떻게 됐지? 부양할 전사가 사라져서 머리에 돌을 맞아 죽도록 그냥 내버려두고 왔나?"

"참 우습지 않습니까?" 술라는 스스로도 놀랍다는 듯이 말했다. "저는 그럴 수가 없었어요! 떠날 때가 되어서야 차마 그렇게 둘 수 없다는 걸 알게 되었죠. 그래서 헤르마나와 아이들을 게르마니아에 사는 케루스키족에게 맡겼습니다. 그들은 비수르기스 강을 따라 카티족 거주지의 북쪽에 거주하고 있습니다. 헤르마나의 부족은 케루스키족의 한 분파인데 마르시족이라고 불립니다. 참 이상하지 않나요? 우리에게도 마르시족이 있는데, 게르만족에게도 마르시족이 있어요. 발음도 완전히 똑같답니다. 그런 것을 보면 의문이 생기죠. 우리는 어쩌다가 지금 여기에 살게 되었을까? 새로운 땅을 찾아 방황하는 것은 인간의 본성일까? 우리 로마인도 언젠가 이탈리아 반도에 싫증이 나서 다른 곳으로 이주하게 될까? 게르만족과 생활하면서 세상에 대해 참 많은 생각을 하게 되었습니다, 가이우스 마리우스."

이유는 알 수 없었지만, 마리우스는 술라의 마지막 이야기에 너무 감동을 받아 눈물이 날 지경이었다. 그래서 평소보다 더 다정한 목소리로 말했다. "자네가 아내를 죽게 두지 않아서 정말 기쁘네."

"저도 그렇습니다. 시간이 아주 빠듯하긴 했어요. 집정관 선거 전에 도착하지 못할까 걱정됐습니다. 제가 전한 소식은 선거에 큰 도움이 될 테니까요." 술라는 헛기침을 했다. "실은 가이우스 마리우스의 이름으로 게르마니아의 마르시족과 친선 평화 조약을 맺었어요. 그렇게 하면 게르만족의 피를 가진 제 아이들이 그 짧고 곧게 뻗은 코로 희미하게나마 로마의 냄새를 맡게 될 것 같았죠. 헤르마나는 아이들이 로마를 우호적으로 생각하게끔 양육하겠다고 약속했답니다."

"아내를 다시는 볼 생각은 없나?"

"물론이죠!" 술라가 시원시원하게 말했다. "쌍둥이를 다시 볼 마음도 없습니다. 가이우스 마리우스, 전 앞으로 머리나 수염을 기르지도, 지중해에서 멀리 떨어진 곳으로 떠나지도 않을 겁니다. 맥주와 우유, 버터와 귀리죽은 로마인인 저의 위장에 맞지 않죠. 게다가 목욕을 못 하는 생활도 싫고 맥주를 좋아하지도 않아요. 저는 떠나기 전에 헤르마나와 아이들이 죽임을 당하지 않도록 조치를 취해놓았습니다. 그리고 헤르마나에게는 다른 남자를 찾아보라고 일러두었죠. 그것이 합리적이고 합당한 처사니까요. 모든 일이 잘 풀린다면 그들은 살아남을 겁니다. 제 아이들은 훌륭한 게르만족으로 성장하겠죠. 전 그 아이들이 용맹스러운 전사가 되기를 바랍니다! 저보다 훨씬 더 몸집이 커지기를 바라고요! 하지만 운명의 여신이 그들의 앞길을 보살펴주지 않는다면……. 뭐, 거기까지는 어차피 제가 알 수도 없겠죠?"

"물론 그렇겠지, 루키우스 코르넬리우스." 마리우스는 술잔을 쥔 자신의 손을 내려다보았다. 자신의 손가락마디가 하얗게 질려 있는 걸 보고 그는 새삼 놀라는 표정을 지었다.

"이럴 때만은 사령관님의 출생이 천하다는 똥돼지 메텔루스의 주장에 동의하게 됩니다." 술라는 재미있다는 듯이 말했다. "이런 사건으로 인해 잠재되어 있던 사령관님의 촌스러운 감상이 밖으로 표출되는 순간 말이죠."

마리우스는 버럭 화를 내며 말했다. "술라, 자네의 가장 나쁜 점은 대체 자네가 어떤 인간인지 알 수 없다는 거야! 왜 다리를 올리거나 내리는지, 왜 팔을 흔드는지, 왜 늑대 같은 미소를 짓는지 도무지 하나도 알 수가 없어. 무슨 생각을 하는지도 전혀 모르겠단 말이네."

"위로가 되실지는 모르겠지만, 그걸 아는 사람은 아무도 없답니다. 저조차도 모르니까요."

그해 11월, 마리우스가 이듬해에도 집정관이 될 가능성은 전무해 보였다. 사투르니누스가 보내온 편지는, 평민회의 결의를 통해 마리우스의 세번째 부재중 출마가 허가될 희망을 완전히 몰아냈던 것이다.

원로원도 지난번처럼 가만히 보고만 있지는 않을 겁니다. 이제 로마인 대부분이 게르만족이 아예 오지 않을 거라고 확신하기 때문이죠. 다시는 말입니다. 사실상 게르만족은 일종의 허깨비가 되어버렸습니다. 모두의 마음속에 너무나 오랫동안, 너무도 자주 공포를 주다보니 어느새 더이상 두려울 것 없는 괴물이 되었어요.

자연히 반대파들은 집정관님이 2년째 알프스 너머 갈리아에서 도로를 보수하고 선박용 운하를 파고 있다는 사실을 십분 활용하고 있습니다. 특히 밀 가격이 지금과 같은 상황에서 그곳에 대군을 데리고 주둔함으로써 감당하기 힘든 재정 부담을 국가에 지우고 있다는 것을요.

이번에 집정관님이 세번째로 부재중 출마하여 당선될 수 있을지

가늠해보려고 유권자들의 의중을 떠보았습니다. 발가락만 살짝 담갔는데도 바로 얼어붙을 정도로 분위기가 냉랭하더군요. 직접 로마로 와서 입후보하신다면 얼마간 확률이 높아질 겁니다. 하지만 그렇게 되면, 반대파들은 알프스 너머 갈리아의 비상사태라는 건 실존하지 않는다고 주장하고 나서겠지요.

그렇지만 저는 집정관님을 위해 할 수 있는 일을 했습니다. 최소한 집정관 권한대행의 자격으로 지휘권을 연장할 수 있게 원로원 내에 지지기반을 마련하는 일이 주가 되었지요. 이 말인즉슨, 내년 집정관들이 집정관님보다 상급자가 된다는 뜻입니다. 끝으로 기운 내시라는 뜻에서 한 가지 소식을 알려드리자면, 내년 집정관 당선이 유력한 후보는 퀸투스 루타티우스 카툴루스입니다. 그가 한 해도 빠지지 않고 계속 출마하는 통에 진저리가 난 유권자들이 그를 선출시켜서 치워버려야겠다고 마음먹은 것이지요. 건강히 잘 지내시리라 믿습니다.

사투르니누스의 짧은 편지를 다 읽고 마리우스는 얼굴을 찌푸린 채 한참 그대로 앉아 있었다. 안에 담긴 소식은 전혀 유쾌하지 않은 것이었음에도, 편지는 희미하게나마 쾌활한 분위기를 풍겼다. 마치 사투르니누스 본인도 마리우스가 한물간 사람이라고 판단하고 우선순위를 재조정하느라 바쁜 듯했다. 마리우스에게는 표를 끌 요소가 없다. 더이상 기사계급에 대한 영향력도 없다. 시칠리아 노예전쟁이나 곡물 공급에 비하면 게르만족의 위협은 보잘것없기 때문이다. 괴물은 죽어버렸다.

아니다, 괴물은 죽지 않았다. 루키우스 코르넬리우스 술라가 그것을 증명할 살아 있는 증거다. 다만 나, 마리우스가 술라와 함께 로마로 갈 핑계가 없는 마당에 그를 로마로 보내 그 사실을 증언하도록 해봤자 무슨 소용이 있겠는가? 지지와 권력이 없는 상태에서 술라는 저들을 이기지 못할 것이다. 술라는 자신의 지휘관과 소원한 관계에 있는 여러 사람들에게 자초지종을 말해야 할 터이며, 그들은 로마 귀족이 근 2년간 갈리아인으로 살았다는 사실에 경악하고 불쾌해할 것이다. 그리하여 결국 로마 전체가 술라의 이야기를 불확실하고 허황되며 용납할 수 없다고 일축해버리게 만들 것이다. 안 될 일이다. 우리 둘 다 로마로 가든가, 둘 다 가지 말아야 한다.

마리우스는 빈 종이와 펜, 잉크를 꺼내 사투르니누스에게 답장을 썼다.

루키우스 아풀레이우스, 자네의 결백이 밝혀졌다고는 하나 자네가 혐의를 벗을 때까지 살아남을 수 있게 해준 사람이 바로 나라는 사실을 잊지 말게. 자네는 여전히 내게 빚이 있으니 피호민과 같은 충성심을 보여주기를 바라네.

내가 로마에 갈 수 없으리라고 속단하지 말게. 언제든 기회가 생길 수도 있으니까. 아니, 최소한 내가 실제로 로마에 나타날 것처럼 행동하게. 그러니까 내가 원하는 것은 다음과 같네. 무엇보다 시급히 해야 할 일은 집정관 선거를 미루는 것이네. 자네와 가이우스 노르바누스가 호민관으로서 충분히 할 수 있는 일이지. 성심성의껏 그렇게 하게. 그 일에 전력을 쏟아붓게. 그런 뒤에는 자네의 타고난 머리를 써서 원로원과 인민이 나를 로마로 부르도록 압력을 가할 첫번째 기회를 포착하게.

나는 로마에 갈 것이네. 이 점에 대해 추호도 의심치 말게. 그러니 호민관보다 훨씬 높은 자리에 오르고 싶다면 자네는 마땅히 가이우스 마리우스의 사람으로 남아야 할 걸세.

11월 말에 이르러 동쪽 바람이 마리우스에게 운명의 여신 포르투나의 입맞춤을 보내왔다. 그것은 사투르니누스가 보낸 두번째 편지로, 원로원이 파견한 전령과 긴급 공문보다 이틀 앞서 배편으로 글라눔에 당도했다. 사투르니누스의 글은 상당히 겸허했다.

집정관님이 로마에 오시리라는 것을 믿어 의심치 않습니다. 집정관님의 꾸짖음이 담긴 편지를 받은 지 채 하루도 지나지 않아 루키우스 아우렐리우스 오레스테스 차석 집정관이 급사했습니다. 지난번 통렬한 질책의 말씀을 잊지 않고 있던 저는 이 기회를 잡아 집정관님을 불러들이도록 원로원을 압박했습니다. 물론 그것은 원로원의 정책입안자들이 세워둔 계획과는 달랐지요. 그들은 원로원 최고참 의원의 입을 통해, 공석이 된 오레스테스의 상아 대좌를 채울 보결 집정관을 선출해야 한다고 의원들에게 권고했으니 말입니다. 그런데 놀랍도록 운이 따랐지 뭡니까! 오레스테스가 죽기 바로 전날에, 스카우루스는 집정관님이 알프스 너머 갈리아에 있는 것을 두고 모든 선량한 의원들의 순진한 믿음을 모욕한 행위이며 사실상 독재관으로 선출되기 위해 게르만족이라는 공포를 조장했다는 취지의 긴 연설을 했습니다. 당연히 오레스테스가 죽자마자 스카우루스의 주장은 180도 바뀌었습니다. 게르만족의 존재가 이탈리아를 위협하는 상황에서 원로원은 감히 집정관님을 로마로 불러들여 선거를 주관하게 할 수 없다면서, 선거를 진행시킬 보결 집정관을 임명해야 한다고 말입니다.

그때까지는 저의 호민관 직을 이용해 선거를 연기시킬 겨를이 없었지만, 이제 그렇게 할 필요가 없어졌습니다. 대신 저는 원로원에서 일어나 우리의 존경하는 최고참 의원께서 양쪽을 다 가질 수는 없다는 취지의 썩 괜찮은 연설을 했습니다. 게르만족의 위협이 있거나, 그렇지 않거나 둘 중 하나라고 말입니다. 그리고 바로 전날에 게르만의 위협이 없다고 하신 스카우루스의 의견을 솔직한 견해로 받아들이므로, 사망한 차석 집정관 자리를 보결 집정관으로 채울 필요가 없다고 말했지요. 가이우스 마리우스를 불러들여야 하며, 이제 드디어 그가 애초 선출된 목적대로 집정관 직무를 수행해야 한다고 말했습니다. 스카우루스가 두번째 연설에서 바뀐 상황에 맞춰 견해를 바꿨다고 비난할 필요도 없었습니다. 모두가 제 말뜻을 알아챘으니까요.

부디 이 편지가 원로원 전령보다 빨리 당도하기를 바랍니다. 연중 이맘때는 육로보다 해로가 빠르더군요. 물론 집정관님은 원로원의 전갈을 받는 즉시 일이 어떤 순서로 일어난 건지 완벽하게 파악하실 테지만, 그저 제 편지가 전령보다 빨리 도착한다면 로마에서 벌일 선거운동 계획을 세울 시간을 조금 더 벌 수 있을 테니 드리는 말씀입니다. 당연히 저는 유권자들을 상대로 일을 진행할 생각입니다. 로마에 도착하실 때쯤이면, 주요 인물들로 구성된 훌륭한 인민 대표단이 집정관 직에 입후보하시라고 간청할 것입니다.

"집으로 가세!" 마리우스는 술라에게 사투르니누스의 편지를 던지며 기쁨에 찬 소리로 말했다. "짐을 꾸리게. 지체할 시간이 없어. 원로원에서 내년 가을에 게르만족이 세 개 전선으로 나뉘어 이탈리아를 침공할 거라고 말하게. 나는 유권자들에게 그들을 막을 사람은 나밖에 없다고 설득하겠네."

"어디까지 말해야 할까요?" 술라가 깜짝 놀라서 물었다.

"필요한 만큼만 하게. 내가 화제를 꺼내고 결론을 말할 걸세. 자네는 내 말이 사실임을 증언하되, 몸소 야만인이 되었다는 사실을 원로원이 눈치채게 해서는 안 되네." 마리우스는 씁쓸한 표정을 지으며 말을 이었다. "말하지 않고 덮어두는 편이 최선인 일도 있다네, 루키우스 코르넬리우스. 저들은 아직 자네를 잘 모르니 자네가 어떤 사람인지 이해할 수 없어. 나중에 저들이 자네에게 불리한 쪽으로 이용할 수 있는 정보를 주지 말게. 자네는 파트리키 로마인이네. 그러니 자네의 대담한 행동이 파트리키 로마인의 모습을 한 채로 이루어졌다고 저들이 믿도록 하게나."

술라는 고개를 내저었다. "파트리키 로마인의 모습으로 게르만족 소굴을 어슬렁거리는 건 절대로 불가능하단 말입니다!"

"저들은 그걸 모르네." 마리우스가 씩 웃으며 말했다. "푸블리우스 루틸리우스가 편지에 썼던 말을 기억하나? 뒷자리의 탁상공론가, 그는 이렇게 불렀지. 헌데 저들은 뒷자리, 앞자리를 불문하고 첩보에 있어서도 탁상공론가라네. 저들은 첩보원이 지켜야 할 규칙을 궁둥이 밑까지 갖다대준다 해도 절대 모를 거야!" 그는 소리내어 웃기 시작했다. "사실 자네의 콧수염과 긴 머리를 당분간 그대로 두라고 하지 않은 게 상당히 아쉽네. 자네가 게르만족 복장을 하고 포룸 로마눔 주변을 활보하게 해보는 건데 말이야. 그랬을 때 어떤 일이 벌어질지는 짐작하겠지?"

술라가 한숨을 쉬며 대답했다. "네. 아무도 저를 못 알아보겠죠."

"맞네. 그러니 우리는 저들의 로마인스러운 머리가 감당할 수 없는 압력은 가하지 않을 걸세. 내가 먼저 말을 시작할 테니 자네는 그로부터 감을 잡고 발언하게."

로마는 마리우스에게 제공한 정치적 힘과 고국의 온기 중 어느 것도 술라에게 주지 않았다. 마리우스의 수하에서 재무관 직을 훌륭하게 수행하고 첩보원으로서 훌륭한 경력을 쌓았음에도 불구하고, 그는 그저 로마의 일인자의 그림자 안에서 움직이는 원로원의 젊은 유망주 가운데 하나일 뿐이었다. 특히나 원로원에 늦게 들어간 점을 감안하면 정치 경력에 있어 그다지 빠르게 출세하고 있는 것도 아니었다. 파트리키였으므로 호민관이 될 수 있는 자격이 없었고, 고등 조영관으로 출마할 돈도 없었으며, 원로원 의원이 된 지 얼마 안 되어서 법무관으로 출마할 수도 없었다. 이것이 술라의 정치적 상황이었다. 한편 집에서는 지나치게 술을 마시고 아이들을 방치하는 아내와, 자신의 처지를 원망하는 만큼 사위도 싫어하는 장모의 불쾌한 분위기가 견딜 수 없게 기운을 빼놓았다. 이것이 그의 가정 상황이었다.

어쨌든 정치적 상황은 차차 나아질 것이고, 술라가 그것조차 모를 정도로 의기소침해 있지는 않았다. 그러나 집안 분위기는 더 나빠질 가능성밖에 없었다. 이번에 로마로 돌아가는 것이 더 힘든 이유는 게르만족 아내를 떠나 로마인 아내에게로 돌아간다는 사실에 있었다. 지난 일년간 술라는 예전에 살았던 수부라의 매음굴과 비교하더라도 자신의 귀족세계와 더욱 동떨어진 세상 한가운데에서 헤르마나와 함께 살았다. 헤르마나는 그의 위안이고 요새였으며, 저 기이한 야만인 사회에서 그가 가진 단 하나의 정상적인 기준점이었다.

킴브리족이라는 혜성의 꼬리에 달라붙는 일은 어렵지 않았다. 술라는 단순히 용맹하고 강인한 전사가 아니라 머리를 쓰는 전사였기 때문이다. 용기와 체력에 있어서는 술라를 훨씬 앞서는 게르만 전사들이 얼마든지 많았다. 그러나 그들이 가공되지 않은 금속이라면 술라는 담금질을 거친 완성품이었다. 그는 용맹하면서도 노련했고 강인하면서도 교활했다. 술라는 거인을 마주한 소인에 다름없었으므로, 무장 전투에서 이기려면 머리를 쓰는 것 말고 달리 방법이 없었다. 이런 자질 덕분에 그는 피레네 산맥의 히스파니아 부족들과 맞붙은 전장에서 단번에 주목을 받아 게르만족 전사 집단에 들어갈 수 있었다.

잠입 당시 술라와 세르토리우스는, 이 낯선 세계에 충분히 섞여들어 게르만족의 정책을 공유할 만큼 높은 자리까지 올라가려면 쓸모 있는 전사가 되는 것으로는 부족하다는 데 의견을 같이했다. 부족생활에서 그들에게 꼭 맞는 역할을 만들어야만 했다. 그래서 두 사람은 서로 떨어져서 각기 다른 부족을 택했으며, 최근에 과부가 된 여자들 중에서 아내를 얻었다.

헤르마나가 술라의 눈에 들어온 것은 그녀 자신도 이방인이었고 아이가 없었기 때문이었다. 헤르마나의 남편은 킴브리 부족장이었다. 그렇지 않았다면, 킴브리족 여자로 채워졌어야 마땅했던 자리를 헤르마나가 빼앗은 것이나 다름없었는데도 부족 여자들이 그녀의 이질적인 존재를 참고 있는 일은 결코 없었을 것이다. 사실 전사들 사이에 혜성처럼 나타난 술라가 헤르마나의 수레에 올라타 그녀를 자신의 여자로 삼았을 때는, 화난 여자들이 이미 그녀를 때려죽일 작정을 하고 있었다. 술라와 헤르마나는 이방인들의 결합이었다. 케루스키족인 헤르마나를 선택한 데는 그 어떤 감정이나 끌림도 없었다. 그저 헤르마나가 부족 집단에서 킴브리족 여자에 비해 술라를 더 필요로 했고 부족에 진 빚이 훨씬 적었을 뿐이었다. 그러므로 혹시라도 술라가 로마인이라는 사실을 알아낼 경우 킴브리족 여자에 비해 그를 고발할 가능성이 훨씬 낮았다.

게르만 여자로서 그녀의 외모는 그저 그랬다. 게르만족 여자들은 대개 큰 키에 억세면서도 우아한 체격이었고, 다리가 길고 가슴이 풍만하며 담황색 머리카락과 짙푸른 눈동자를 가지고 있었다. 보기 싫게 커다란 입과 쪽 뻗은 조그만 코만 빼면 매력적인 얼굴이었다. 하지만 헤르마나는 술라보다 훨씬 작았으며(술라는 175센티미터로 로마인치고는 제법 컸고 마리우스는 185센티미터로 아주 큰 키였다) 다른 여자들에 비해 살집이 있는 편이었다. 머리카락은 숱이 많고 길었지만 일반적으로 쥐색이라고 말하는 애매한 색조를 띠었으며 눈동자 역시 머리카락에 어울리는 어두운 회갈색이었다. 그 외의 부분은 게르만족의 특징이 역력했다. 두개골은 윤곽이 뚜렷했고, 코는 짧고 곧은 칼날같이 가늘고 얇았다. 헤르마나는 서른 살이었는데 그때까지 아이가 없었다. 남편이 족장이 아니었다면, 그리고 그녀를 버리기를 거부할 정도로 고집 세지 않았다면 헤르마나는 벌써 죽은 목숨이었을 것이다.

그녀가 자질이 출중한 두 남자에게 연달아 선택받을 수 있었던 이유는, 겉으로 봐서는 명확히 드러나지 않았다. 첫번째 남편은 그녀가 색다르고 흥미로운 사람이라고 했지만 더이상 자세한 말은 하지 않았다. 술라는 그녀가 타고난 귀족이며 몹시 까다롭고 냉담한 숙녀이면서도 강한 성적 매력을 풍긴다고 생각했다.

두 사람은 여러모로 아주 잘 맞았다. 헤르마나는 머리가 총명해서 지나친 요구를 하지 않았고, 분별력이 있어 술라를 구속하지 않았다. 잠자리에서는 정열적이어서 즐거움을 주었고, 논리정연해서 흥미로운 대화상대가 되었으며, 늘 부지런해서 술라에게 부담되는 잔일을 맡기지 않았다. 그녀는 가축을 몰고, 낙인을 찍고, 젖을 짜고, 짝짓기를 하고, 치료하는 일도 언제나 적절히 잘해냈다. 그녀의 수레는 항상 최상의 상태를 유지했다. 수레 덮개는 늘 팽팽하게 당겨놓았으며 낡은 부분은 천을 덧대거나 꿰매었다. 나무 칸막이는 기름을 치고 틈새를 메워놓았으며, 큰 바퀴는 버터와 쇠기름을 섞어 차축 연결부위와 바퀴 멈추개를 따라 칠해두었고 바퀴살이나 테두리 곳곳도 놓치지 않았다. 그녀의 냄비와 항아리와 그릇은 늘 깨끗하게 정돈되어 있었고 식량은 습기와 짐승의 습격을 피해 조심스레 보관되었다. 의복과 양탄자는 바람에 잘 말려 꿰매었고, 도살용 칼은 최고로 날카롭게 갈아두었으며, 잡다한 세간도 어디에 뒀는지 기억 못할 곳에 처박아두는 법이 없었다. 사실상 그녀는 모든 면에서 율릴라와 정반대였다. 술라와 같은 확실한 로마인 혈통이 아니라는 점만 제외하고는.

헤르마나는 단번에 임신했고, 그 사실을 알았을 때 두 사람은 매우 기뻤다. 특히 헤르마나로서는 기뻐할 이유가 더 있었다. 이로써 그녀는 자신을 소외시켰던 부족민들 사이에서 명예를 회복했으며, 이제껏 아이를 낳지 못한 책임은 고스란히 죽은 족장 남편에게로 옮겨갔다. 부족 여자들은 그녀를 줄곧 싫어했으므로 이 사실을 조금도 반기지 않았다. 그렇다고 그들이 뭘 어찌할 수 있었던 것은 아니다. 킴브리족이 아투아투키족이 사는 북쪽 땅으로 이동을 시작한 봄 무렵에는 술라가 새로운 족장이 되어 있었기 때문이다. 헤르마나가 자기 몫 이상의 행운을 누렸다고 해도 결코 틀린 말은 아니었다.

힘들기는 해도 별 탈 없이 임신기간을 보낸 후 8월에 헤르마나는 크고 건강한 빨강머리 쌍둥이 아들을 출산했다. 술라는 쌍둥이에게 각각 헤르만과 코르넬이라는 이름을 지어주었다. 그는 어떤 식으로든 자신의 씨족명 코르넬리우스를 영속시키면서 게르만어로도 너무 이상하게 들리지 않을 이름을 생각해내느라 머리를 쥐어짰다. '코르넬'은 그 고민 끝에 얻은 해답이었다.

아기들은 딱 쌍둥이 사내애들다웠다. 너무나 꼭 닮아서 부모조차 분간하기 어려웠고, 함께 있는 것을 좋아했으며, 좀처럼 울지 않고 무럭무럭 잘 자랐다. 쌍둥이는 흔치 않았으므로 이 기이한 이방인 부부에게서 쌍둥이가 태어났다는 사실은 대단한 길조로 여겨졌다. 그 덕분에 술라는 여러 소부족으로 이루어진 부족 연합의 전사 자리를 얻을 수 있었다. 그리고 세 개의 부족 연합을 모두 합한 전 게르만족의 대족장회에 참석하기에 이르렀다. 킴브리족의 왕 보이오릭스가 아투아투키족과 테우토네스족의 분쟁을 유혈사태 없이 평정한 뒤 소집한 회의였다.

물론 술라는 한참 전부터 이제 곧 떠나야 할 때임을 알고 있었다. 하지만 떠날 날을 대족장회 이후로 미루면서, 자신이 매우 사소하게 생각했어야 할 문제에 대해 걱정하고 있음을 의식하였다. 내가 떠나면 헤르마나와 내 아들들은 어떻게 될 것인가? 부족의 남자들은 신뢰할 수도 있었지만 여자들은 믿을 수 없었다. 그런데 부족의 내부 문제에서는 으레 여자들이 득세할 것이다. 내가 없어지는 순간, 아이들은 목숨을 부지한다 하더라도 헤르마나는 몽둥이에 맞아죽게 될 것이다.

때는 9월이었다. 시간이 절대적으로 중요했다. 그런데도 술라는 자신의 이익에도 로마의 이익에도 어긋나는 결정을 내렸다. 그에게는 시간적 여유가 없었는데도, 마리우스에게 돌아가기 전에 헤르마나를 게르마니아에 있는 그녀의 종족에게 데려다주기로 한 것이다. 그것은 곧 자신이 누구이고 무슨 일을 하는지 헤르마나에게 털어놓아야 한다는 뜻이었다. 헤르마나는 그의 이야기에 놀라기보다 매료되었다. 술라는 아들들을 향한 그녀의 경이에 찬 눈빛을 보았다. 마치 이 아이들이, 이 반신반인의 아들들이 얼마나 중요한 존재인지 이제야 진정으로 깨달았다는 듯한 눈빛이었다. 술라가 영영 떠나야 한다고 말했을 때도 헤르마나의 얼굴에는 비애가 서리지 않았다. 다만 술라가 동족들 사이에서라면 생명의 위협 없이 보호받고 살 수 있을 거라며 떠나기 전에 그녀를 마르시족이 사는 게르마니아로 데려다주겠다고 말했을 때는 얼굴에 고마운 표정이 떠올랐다.

10월 초에 술라와 헤르마나는 캄캄한 새벽시간을 틈타 게르만족의 거대한 야영지를 떠났다. 수레와 가축은 사람들의 눈에 덜 띄는 장소를 골라 옮겨두었다. 날이 샐 무렵이 되어서도 그들은 여전히 게르만족 수레들 사이를 지나고 있었지만, 그들을 주의깊게 보는 사람은 아무도 없었다. 이틀이 지난 후 그들은 마침내 야영지를 벗어났다.

아투아투키족의 거주지에서 마르시족 거주지까지는 150킬로미터 정도밖에 되지 않았고 전원지대는 비교적 평지였다. 하지만 벨가이족이 사는 장발의 갈리아 지역과 게르마니아 사이에는 서에우로파에서 가장 큰 레누스 강이 흐르고 있었다. 술라는 어떻게든 아내의 수레를 끌고 강을 건너야 했다. 그리고 어떻게든 약탈자들로부터 가족을 보호해야 했다. 그는 이 임무를 술라다운 방식으로 매우 직접적이고 단순하게 해치웠다. 그는 포르투나 여신과 이어진 끈을 믿었고 여신은 그를 저버리지 않았다.

일행이 레누스 강에 당도했을 때 강둑은 사람들로 붐볐다. 하지만 그들은 단 한 대의 수레와 단 한 명의 게르만인을 건드리려 들진 않았다. 빨강머리 쌍둥이 아기들이 엄마의 양팔에 하나씩 안겨 있었기에 더욱 그러했다. 수레를 실어나를 정도로 큰 바지선이 레누스 강을 정기적으로 오가고 있었고, 뱃삯은 가장 귀한 밀 한 단지였다. 그해 여름에는 비교적 비가 많이 오지 않았기 때문에 강물은 더없이 잔잔했다. 술라는 밀 세 단지를 주고 헤르마나의 수레와 가축들 모두를 강 건너로 실어 보낼 수 있었다.

게르마니아에 들어서자 이동이 빨라졌다. 레누스 강에서 한참 하류 쪽에 있는 그 땅에는 광대한 숲은 없고, 사람이 먹을 식량보다는 겨울의 가축 사료용으로 몇 가지 간단한 작물을 기르고 있을 뿐이었기 때문이다. 10월의 셋째 주에 술라는 헤르마나의 동족인 마르시족을 찾아내어 그녀를 그들에게 맡겼다. 그리고 게르만 마르시족과 로마의 원로원 및 인민 간에 평화우호조약을 맺었다.

마침내 작별의 순간이 왔을 때 술라와 헤르마나는 격렬한 슬픔에 빠져 울었다. 이별은 두 사람이 상상했던 것보다 훨씬 힘들었다. 그녀는 쌍둥이를 품에 안고 걸어서 술라를 따라오다가 결국 말이 달리는 속도를 따라갈 수 없게 되어 멈춰 섰다. 술라가 시야에서 영영 사라진 후에도 그녀는 그대로 서서 한참이나 목놓아 울었다. 술라는 남서쪽으로 말을 몰았다. 눈물이 하염없이 앞을 가려, 말의 본능에만 몸을 맡긴 채 수 킬로미터를 달려야 했다.

헤르마나의 동족이 좋은 말을 내준 덕분에 술라는 날이 저물 무렵에 다른 좋은 말로 갈아탈 수 있었다. 그 이후로도 마르시족 거주지가 있는 아미시아 강 수원에서 글라눔 외곽에 위치한 마리우스의 병영까지 가면서 열이틀 동안 쭉 좋은 말을 탔다. 그는 여정 내내 레누스 강에서 모셀라 강, 모셀라 강에서 아라르 강, 아라르 강에서 로다누스 강으로 이어지는 큰 강들을 따라감으로써 높은 산과 울창한 숲을 피해 들판을 가로질러갔다.

술라는 마음이 너무나 무겁게 가라앉아 있었다. 그가 통과하는 지역들과 종족들에 주의를 기울이는 것조차 힘겨울 정도였다. 그러나 한번은 자신이 드루이드들의 갈리아어를 구사하는 소리에 스스로 놀라서 잠시 이런 생각에 빠지기도 했다. 나는 몇 가지 게르만어 방언도, 카르누테스족의 갈리아어도 유창하게 할 수 있다. 바로 나, 로마의 원로원 의원 루키우스 코르넬리우스 술라가!

그러나 술라도, 퀸투스 세르토리우스도 게르만족이 아투아투키족에 관련하여 준비해둔 계획은 미처 알아내지 못했다. 그 사실이 세상에 밝혀진 것은 두 사람 모두 게르만족 부인과 헤어지고 게르마니아 생활을 청산한 지 한참이 지난 이듬해 봄이었다. 수천수만 대의 수레 행렬이 이동을 시작하고 세 대군으로 분산되어 이탈리아를 침공하러 나설 때 킴브리족과 테우토네스족, 티구리니족, 케루스키족, 마르코만니족은 아투아투키족에게 무언가를 맡기고 그들이 돌아올 때까지 지키게 했던 것이다. 우선 그들은 다른 부족들이 아투아투키족을 급습하지 못하도록 정예 전사 6천 명을 남겨두었다. 그리고 그들이 소유한 부족의 보물을 모조리 남겨두었다. 황금 조각상, 황금 전차, 황금 마구, 금으로 된 봉헌물, 금화, 금괴, 몇 톤에 달하는 최상품 호박 등 다양한 보물은, 수 세대 동안 내려온 재물에 더해 이동하면서 손에 넣음으로써 증식시킨 것들이었다. 게르만족이 떠날 때 가지고 간 금은 몸에 걸친 금붙이뿐이었다. 나머지는 톨로사의 볼카이 텍토사게스족이 갈리아인들의 금을 지켰던 것과 마찬가지로 모조리 아투아투키족에게 숨겨져 있었다.

율릴라와 재회한 술라는 그녀를 헤르마나와 비교해보았다. 율릴라는 단정치 못하고 부주의하고 지성이 없고 무질서하고 난잡했으며, 마음속에는 증오가 가득했다. 그나마 지난번 재회했을 때의 경험을 통해, 하인들이 보는 앞에서 교양 없이 온몸을 던지며 매달려서는 안 된다는 정도는 배운 듯했다. 그러나 집에 돌아온 첫날 저녁을 들던 술라는 그것 또한 착각이었음을 깨닫고 더욱 지치는 기분이었다. 술라가 그런 난처한 상황을 모면할 수 있었던 것은, 율릴라가 그를 기쁘게 해주려고 자발적으로 조심했다기보다 마르키아가 집에 와 있기 때문이었던 것이다. 마르키아의 존재는 그만큼 대단했다. 그녀는 딱딱하고 직설적이었으며 웃음기도, 애정도, 관용도 없었다. 그녀는 기품 있게 늙지 못했고, 가이우스 율리우스 카이사르의 아내로 긴 세월을 행복하게 살다가 과부가 된 상황은 그녀에게 커다란 짐이었다. 거기다 율릴라처럼 마땅찮은 딸을 둔 엄마라는 사실도 끔찍이 싫을 거라고 술라는 생각했다.

그러는 것도 당연했다. 그 자신도 율릴라같이 마땅찮은 아내와 결혼한 사실이 끔찍이 싫었으니까. 하지만 율릴라를 버리는 것은 타당한 처사가 아니었다. 그녀는 천한 놈들과 닥치는 대로 몸을 섞는 메텔라 칼바가 아니었고, 그렇다고 귀족 사내들과 놀아나는 것도 아니었기 때문이다. 정절은 아마도 그녀의 유일한 덕목이었다. 불행히도, 율릴라가 술고래라는 걸 로마에서 모르는 사람이 없을 정도로까지 음주 문제가 커지지도 않았다. 그 사실을 감추기 위해 마르키아가 끈질기게 애를 썼기 때문이다. 그러므로 디파레아티오 이혼은(술라는 심지어 이혼의 불쾌한 과정도 기꺼이 겪을 마음이 있었지만) 아예 불가능했다.

그렇지만 율릴라는 도저히 같이 살 수 없는 여자였다. 침실에서 율릴라의 육체적 욕망은 어찌나 굶주린 듯 우악스러웠던지, 술라는 지독하고 주체할 수 없는 당혹 외에는 그 어떤 감정도 느낄 수 없었다. 율릴라에게 눈길이 닿기만 해도, 몸 안의 발기 조직이란 조직은 마치 바기엔니우스의 달팽이처럼 모조리 안으로 움츠러들어버렸다. 술라는 율릴라를 만지고 싶지도 않았고, 율릴라가 자신을 만지는 것도 싫었다.

여자는 성욕도 성적 쾌감도 꾸며내기가 쉽다. 하지만 남자는 성적 쾌감은 물론이고 성욕도 꾸며내는 것이 불가능하다. 술라는 생각했다. 남자가 여자보다 천성적으로 더 진실하다면, 그건 분명 남자가 성적 접촉을 할 때마다 두 다리 사이에 진실을 폭로하는 고자질쟁이를 데려가기 때문일 것이라고. 그리고 바로 이것이 남자의 삶에 있어 모든 측면에 영향을 끼친다고. 남자가 남자에게 끌리는 데 이유가 있다면, 남자 간의 애정행위는 신뢰와 정절에 바탕을 둔 행위까지 끌어들일 필요가 없다는 사실에 있었다.

이 같은 술라의 생각 중 그 어느 것도 율릴라에게는 좋은 징조가 아니었다. 율릴라는 술라가 무슨 생각을 하는지 감도 잡지 못한 채 그가 냉담하다는 너무나 명백한 사실에 절망하고 있었다. 율릴라는 이틀 밤 연속으로 남편에게 거부당했다. 술라는 술라대로 인내심이 줄어들어 갈수록 엉성하고 납득되지 않는 핑계만 댔다. 셋째 날 아침 율릴라는 포도주를 실컷 마시려고 술라보다도 일찍 일어났지만, 어머니에게 현장을 들키고 말았다.

그리하여 두 여자 간에는 언쟁이 벌어졌다. 어찌나 격렬하고 험악하게 폭언이 오갔던지 아이들은 울고 노예들은 도망갔으며, 술라는 서재에 틀어박혀 모든 여자들에게 욕을 퍼부었다. 간간이 들려오는 내용으로 보아 언쟁의 주제도 새로운 것이 아니고 이런 일이 처음도 아닌 듯했다. 마르키아는 마그나 마테르 신전에서도 들릴 만큼 큰 소리로, 딸이 자식들을 완전히 방치한다고 호통쳤다. 율릴라는 대경기장에서도 들릴 만한 괴성으로, 엄마가 아이들의 애정을 빼앗아가놓고 뭘 기대하냐고 되받아쳤다.

모녀의 다툼은 그토록 강도 높은 폭언이 오가는 언쟁치고 무척 오랫동안 맹렬히 이어졌다. 전에도 똑같은 주제로 이런 언쟁이 수없이 있었던 게 분명했다. 그들은 기계적으로 외우다시피한 말을 계속 내뱉고 있었다. 술라의 서재 문과 바로 접해 있는 아트리움에서 언쟁이 마무리되었다. 마르키아는 아이들과 유모를 데리고 한참 동안 산책 갔다오겠다고 통보했다. 언제 돌아올지 모르지만, 그때엔 율릴라도 취해 있지 않는 게 좋을 거라고.

술라는 양손으로 귀를 막고 있었다. 아이들이 애처롭게 흐느끼며 엄마와 할머니에게 화해하라고 간청하는 소리를 듣지 않기 위해서였다. 그는 아이들이 얼마나 예쁜지에 집중하려고 애썼다. 아주 오랜만에 다시 아이들을 만난 기쁨이 아직까지 그의 마음을 채우고 있었다. 코르넬리아는 이제 다섯 살이 넘었고, 루키우스는 네 살이었다. 그들은 이제 혼자 힘으로 살 수 있는 어엿한 인격체가 되어 있었다. 그리고 술라가 가슴 깊이 묻었으나 절대 잊지는 못하는 어린 시절의 기억을 통해 너무도 잘 알고 있듯이, 이 아이들도 이제 고통을 아는 나이가 된 것이다. 비록 술라가 게르만족 쌍둥이 아들들을 버리고 왔지만, 그나마 다행스러운 점이 있다면 그가 떠날 때 쌍둥이들은 아직 갓난아기였다는 사실이었다. 쌍둥이들은 아직 고개를 아래위로 까딱거리고, 입으로는 침방울을 불고, 머리부터 발끝까지 온몸의 마디마다 옴폭옴폭 보조개가 패여 있었다. 그러나 이 로마인 아이들은 사람다운 모습을 갖출 만큼 컸으므로 이들과의 이별은 훨씬 어려울 것이다. 술라는 이 아이들에게 깊은 연민을 느꼈다. 또한 아이들을 지극히 사랑했다. 아이들을 향한 감정은 그가 남녀를 막론하고 그 어떤 사람에게 느껴본 감정과도 완전히 달랐다. 사심 없고 순수했으며, 때묻지 않고 완전무결한 감정이었다.

서재 문이 벌컥 열렸다. 율릴라가 방으로 돌진하듯 들어왔다. 치맛자락이 소용돌이치고, 주먹은 굳게 쥔 채였다. 얼굴은 분노와 포도주로 인해 검붉은 장밋빛으로 물들어 있었다.

"당신도 들었지요?" 율릴라가 따져물었다.

술라는 펜을 내려놓고 피곤한 목소리로 말했다. "어떻게 안 들을 수 있겠소? 팔라티누스 지구 사람들은 다 들었을 거요."

"멍청한 노인네! 쭈그렁이 늙은 말썽꾼 같으니! 어떻게 감히 내가 아이들을 방치했다고 야단치는 거죠?"

나는 어찌해야 하는가, 술라는 마음속으로 자문했다. 나는 왜 이 여자를 참고 있는 것인가? 피사이 주물공장에서 얻은 저 흰 가루가 작은 상자에 들어 있는데. 그 가루를 꺼내어 포도주에 타서 먹이면 율릴라는 이가 다 빠지고 혀가 연기 나는 끈처럼 오그라들고 젖통이 먼지버섯처럼 부풀어올라 터져버릴 것이 아닌가? 아니면 습기에 젖은 그럴싸한 떡갈나무를 찾아내어 완벽하게 생긴 버섯을 서너 개 따다가 먹이면 온몸의 모든 구멍에서 피를 쏟아낼 것이 아닌가? 아니면 그녀가 그렇게도 갈망하는 키스를 해준 뒤에 클리툼나에게 했듯이 저 기분 나쁜 깡마른 목을 부러뜨리면 되지 않는가? 나는 얼마나 많은 사람을 검과 단도, 화살, 독, 돌멩이, 도끼, 몽둥이, 가죽끈, 맨손으로 죽였던가? 그자들에게 없는 무엇을 율릴라가 가지고 있단 말인가? 물론 술라는 그 답을 단번에 깨달았다. 율릴라는 그에게 꿈을 주고 행운을 주었던 것이다.

그리고 그녀는 그와 같은 혈통을 가진 파트리키 로마인이었다. 율릴라보다는 차라리 헤르마나를 죽이기가 더 쉬울 것이다.

그렇기는 하나, 말로는 이 억세고 질긴 여자를 죽일 수 없다. 그러니 말이야 못할 것이 없다.

"당신이 아이들을 방치하는 것은 맞소. 애초에 당신 어머니를 여기서 지내게 모셔온 것도 그 때문이지."

율릴라는 목이 멘 듯 양손으로 목을 감쌌다. 그녀는 과장되게 헉 하고 숨을 내쉬었다. "오! 오! 어떻게 감히 그런 말을 해요? 나는 아이들을 방치한 적이 없어요, 절대로!"

"헛소리 마요. 당신은 아이들을 조금도 돌본 적이 없소." 술라는 이 끔찍하고 황폐한 집에 들어선 순간부터 줄곧 써온, 피곤하지만 화를 꾹 참는 목소리로 말했다. "율릴라 당신은 포도주병에만 정신이 팔려 있잖소."

"그렇다고 누가 나를 비난할 수 있겠어요?" 율릴라가 손을 내저으며 물었다. "도대체 누가 나를 비난할 수 있겠냐구요? 내가 결혼한 남자는 나를 원하지 않는데. 같은 침대에 누워 있어도 발기조차 못해서 내가 그걸 입에 넣고 턱이 부서져라 빨고 핥는데!"

"적나라한 얘기를 하려거든 문이라도 좀 닫지 않겠소?"

"왜요? 소중한 하인들이 못 듣게 하려고요? 당신은 정말 더러운 위선자예요, 술라! 수치스러운 행동을 한 건 누구죠? 당신이에요, 나예요? 왜 당신 잘못은 전혀 없다는 듯이 굴어요? 비참하게도 나는 당신을 발기불능으로 분류할 수도 없어요. 당신은 이 동네에서 더할 나위 없는 애인으로 평판이 자자하니까요! 당신이 원치 않는 건 나뿐이에요. 당신의 아내인 나 말이에요! 나는 다른 남자에겐 눈길조차 주지 않았는데, 그에 대한 보답이 기껏 이건가요? 2년 가까이 떠나 있다가 돌아왔으면서, 내가 남창처럼 거기를 빨아대도 발기조차 못하다니!" 움푹 꺼진 노란 눈에서 눈물이 흘러나왔다. "내가 뭘 잘못했나요? 왜 나를 사랑하지 않죠? 왜 나를 원하지 않는 거예요? 오, 술라, 사랑이 담긴 눈으로 나를 바라봐줘요. 다정한 손길로 나를 만져줘요. 그러면 평생 다시는 포도주 한 모금도 필요 없을 거예요! 당신에게서 작디작은 불꽃조차 일으키지 못하는데 어떻게 내가 지금과 같은 사랑을 당신에게 계속 줄 수 있겠어요?"

"아마도 그것부터가 문제일 거요." 술라가 냉담하고 무심하게 대꾸했다. "난 지나치게 사랑받는 것이 싫소. 그건 옳지 않아. 사실 그건 건강하지 못한 일이오."

"그렇다면 당신을 사랑하지 않을 방법을 말해줘요!" 율릴라는 흐느꼈다. "나는 그럴 방법을 모르니까. 내 마음을 바꿀 수 있다면 내가 계속 이랬겠어요? 잘 마른 부싯돌에 불이 붙을 시간만큼도 지체없이 바꿨을 거예요! 제발 그럴 수 있었으면 좋겠어요, 그러길 간절히 바란다고요! 하지만 그렇게 되질 않아요. 내 목숨보다 더 당신을 사랑해요."

술라는 한숨을 쉬었다. "방법은 당신이 좀더 어른스러워지는 것뿐이오. 당신은 외모도 행동도 사춘기 아이 같소. 몸도 정신도 여전히 열여섯 같아. 하지만 이제 아니지 않소, 율릴라. 당신은 스물넷이오. 아이 하나는 다섯 살이고, 다른 하나도 네 살이 다 되었소."

"열여섯 살이 내가 마지막으로 행복했던 시절이었을 거예요." 율릴라가 눈물이 흐르는 볼을 손바닥으로 문지르며 말했다.

"당신이 열여섯 이후로 행복하지 않았다 해도 그 책임을 내게 돌릴 수는 없소."

"당신은 아무런 잘못도 없다 이건가요?"

“당연히 그렇소.” 술라가 거만한 표정으로 대꾸했다.

“그렇다면 다른 여자들은 어떤가요?”

“다른 여자들이라니?”

“당신이 돌아온 후로 내게 전혀 관심을 보이지 않는 건 갈리아에 숨겨둔 여자가 있기 때문은 아닌가요?”

“여자가 아니라 아내요. 그리고 갈리아가 아니고 게르마니아지.” 술라가 부드러운 말투로 정정해주었다.

율릴라는 입이 떡 벌어진 채 그를 쳐다보았다. “아내라구요?”

“어쨌든 게르만족의 풍습으로는 그렇소. 생후 4개월쯤 된 쌍둥이 아들도 있지.” 술라는 눈을 감았다. 그의 눈 속에 떠오른 고통은 그만의 은밀한 것이었기에 율릴라에게 보이고 싶지 않았다. “그 여자가 너무나 그리워. 참으로 이상하지 않소?”

율릴라는 간신히 입을 다물고 마른침을 삼켰다. “그 여자가 그렇게 예쁜가요?” 율릴라가 속삭이듯 물었다.

술라는 놀라서 옅은 색 눈을 크게 떴다. “예쁘냐고? 헤르마나가? 아니, 천만에! 그 여자는 땅딸막하고 나이도 삼십대요. 당신 발끝에도 미치지 못하지. 당신처럼 금발도 아니고. 왕은 고사하고 부족장의 딸도 아니라오. 야만인에 불과하지.”

“그런데 왜죠?”

술라는 고개를 저으며 대답했다. “나도 모르오. 그저 그 여자가 많이 좋았어.”

“그 여자가 나보다 나은 게 뭐예요?”

“가슴이 풍만하지.” 술라가 어깨를 으쓱하며 말했다. “하지만 나는 가슴에 사족을 못 쓰는 사람이 아니니 그건 이유가 될 수 없겠군. 헤르마나는 부지런하고 불평하는 법이 없었소. 내게 무엇이든 바란 적이 없었고. 아니, 그게 아니지. 더 정확하게 말하자면, 헤르마나는 내가 나 자신이 아닌 다른 사람이 되기를 바라지 않았소." 술라는 고개를 끄덕이며 애정 어린 미소를 지었다. "그래, 그게 정답이겠군. 헤르마나는 독립적이어서 내게 짐이 되지 않았소. 당신이 내 목에 사슬로 묶인 납덩이라면, 헤르마나는 내 발에 묶인 한 쌍의 날개였소."

율릴라는 더이상 한마디도 하지 않고 뒤돌아서 서재에서 나갔다. 술라는 자리에서 일어났다. 문까지 아내를 따라가서, 그녀가 나가자 문을 닫았다.

그러나 술라가 마음을 가라앉힌 다음 그날 아침에 제대로 쓰지 못한 글을 다시 시작하려고 자세를 잡기도 전에, 또다시 서재 문이 열렸다.

문 앞에는 집사가 생기 없는 나무토막 같은 자세로 서 있었다.

"무슨 일인가?"

"손님이 오셨습니다. 계시다고 할까요?"

"누구라던가?"

"제가 알았다면 말씀드렸을 겁니다, 주인어른." 집사가 딱딱한 말투로 대답했다. "다만 그 손님이 주인어른께 '스킬락스가 안부 인사를 전합니다.'라고 전해드리라고 했습니다."

순간 잘 닦인 거울 표면에서 입김이 걷히듯 술라의 얼굴이 환해졌다. 기쁨의 미소가 피어올랐다. 옛친구 중 하나군! 예전에 알고 지내던 광대, 익살꾼, 배우 중 하나겠지! 오, 잘됐어! 율릴라가 사들인 이 멍청한 집사는 모르겠지, 당연히 알 턱이 없지. 율릴라는 클리툼나의 노예들로 만족하지 못했으니. "어서 안으로 모셔오게!"

언제 어디서든 술라는 그를 알아봤을 것이다. 하지만, 그는 너무나 변해 있었다! 소년이 아닌 남자가 되어 있었다.

"메트로비오스." 술라가 일어서며 말했다. 동시에 문이 닫혀 있는지 확인하기 위해 반사적으로 문간에 눈길을 주었다. 문은 닫혀 있었다. 창문은 닫혀 있지 않았지만 상관없었다. 술라의 집에는 엄격한 규칙이 있었기 때문이다. 그 누구도 주랑 창을 통해 술라의 서재가 보이는 자리에 서 있으면 안 된다는 규칙이었다.

이제 스물두 살이겠군, 술라는 생각했다. 그리스인치고는 꽤 키가 컸다. 검고 긴 고수머리는 단정하게 손질되어 남성용 모자로 덮여 있었고, 예전에는 우윳빛으로 매끈하던 볼과 턱의 피부에 이제 숱 많은 수염을 바싹 깎은 푸르스름한 자국이 보였다. 여전히 옆모습은 프락시텔레스가 만든 아폴로상 같았으며, 니키아스가 채색한 대리석 조각과도 같은 중성적인 차분함이 있었다. 살아 있는 듯 생생해서 금방이라도 대좌에서 내려와 걷기 시작할 것 같으면서도, 여전히 고정된 자세를 유지하며 그 신비와 원천의 비밀을 지키는 조각상처럼.

완벽하게 유지되던 아름다운 대리석 조각의 균형은 곧 깨졌다. 메트로비오스는 완벽한 사랑을 담아 술라를 바라보았고, 미소 지으며 양팔을 내밀었다.

술라의 눈에 왈칵 눈물이 고이고 입술이 떨렸다. 책상에서 돌아나올 때 책상 모서리에 엉덩이가 부딪쳤지만 의식조차 하지 못했다. 그저 메트로비오스의 품으로 걸어들어가 그 품에 안기고, 그의 어깨에 턱을 기대어 양팔로 그의 몸을 감쌌다. 이제야 정말 집으로 돌아온 것 같은 기분이었다. 마침내 나눈 키스는 뜨겁고 달콤했다. 마음이 활짝 열렸고, 서로의 감정을 확인하는 행위는 미처 의식하기도 전에 그 어떤 고통도 없이 이루어졌다.

"나의 소년, 내 아름다운 소년이여!" 술라는 변하지 않은 것도 있다는 사실이 그저 고마워서 눈물을 흘렸다.

술라의 열린 서재 창 밖에 율릴라가 서 있었다. 그녀는 남편이 매력적인 청년의 품안으로 걸어가는 걸 보았다. 그들이 키스하는 걸 보았고, 둘 사이에 오간 사랑의 대화를 들었고, 그들이 함께 긴 의자로 가서 그 위에 쓰러져 서로를 탐닉하는 모습을 지켜보았다. 두 사람 다 사랑의 행위에 너무나 편안하고 만족스러워하는 것으로 보아 지극히 익숙한 행위임이 분명했다. 굳이 누가 말해주지 않아도 율릴라는 알 수 있었다. 남편이 왜 자신에게 무관심했는지, 자신이 왜 술을 마셨는지를. 자신이 왜 아이들을, 남편의 아이들을 방치함으로써 남편에게 복수하려 했는지, 그 진짜 이유가 여기에 있었음을.

두 남자가 서로의 옷을 벗기기 전에 율릴라는 뒤돌아섰다. 머리를 꼿꼿이 든 채 눈물도 흘리지 않고 남편과 함께 쓰는 침실로 걸어갔다. 침실 저쪽에는 옷가지를 보관해두는 작은 방이 있었다. 술라가 돌아온 지금 이 방은 전보다 더 어수선했다. 술라의 열병식용 갑옷은 T자형 옷걸이에 걸려 있고 투구는 별도의 진열대 위에 놓여 있었다. 독수리 머리 모양의 상아 자루가 달린 검은 칼집과 수대까지 완비된 상태로 벽에 걸려 있었다.

검을 내리는 건 쉬웠고, 칼집과 수대를 분리해내는 건 좀더 어려웠다. 그래도 율릴라는 마침내 칼을 빼냈고, 그 순간 칼날에 한 손이 뼈가 보일 정도로 베여 급히 숨을 들이마셨다. 정말이지 날카롭게 갈린 칼이었다. 율릴라는 이 와중에 육체적인 고통이 느껴진다는 사실에 찌릿한 놀라움을 느꼈지만, 이내 놀라움과 통증 모두 상관없는 것으로 묵살해버렸다. 율릴라는 주저 없이 상아 독수리 자루를 쥐고 검을 들어올렸다. 그리고 자신을 찌른 다음 벽 쪽으로 걸어갔다.

일은 깔끔하게 처리되지 못했다. 율릴라는 배에 검이 꽂힌 채 번지는 피와 엉망으로 뒤얽힌 옷자락 속에 쓰러졌다. 심장이 뛰고, 뛰고, 또 뛰었다. 자신의 거친 숨소리가 귓가에 크게 울려댔다. 마치 생명이나 순결을 빼앗기 위해 누군가 뒤에서 살그머니 다가오는 것 같았다. 순결도 생명도 이제 더는 내 것이 아닌데 무슨 상관인가? 이런 생각을 하는 순간 끔찍한 고통이 밀려왔고, 자신의 몸에서 빠져나와 피부에 흐르는 피의 온기가 느껴졌다. 하지만 나는 율리우스 카이사르 집안의 사람이다. 살려달라고 소리치지도 않을 테고, 내게 남은 얼마 안 되는 시간 동안 이 결정을 후회하지도 않을 테다. 어린 자식들에 대한 생각은 조금도 떠오르지 않았다. 생각나는 거라곤, 그 긴 세월 동안 남자를 사랑하는 남자를 사랑한 자신의 어리석음뿐이었다.

그것은 죽을 이유로 충분했다. 살아남아서 여자를 사랑하는 남자와 결혼한 운좋은 여자들에게 비웃음과 조롱과 놀림을 당하지는 않을 것이다. 생명과 함께 피가 빠져나가는 동안 율릴라의 불타는 마음도 점차 식어가고 둔해지고 딱딱하게 굳어갔다. 오, 드디어 그를 향한 사랑을 멈출 수 있다니, 이 얼마나 멋진가! 이제는 고통도, 괴로움도, 굴욕도, 포도주도 필요 없다. 나는 그에게 어떻게 하면 그에 대한 사랑을 멈출 수 있는지 알려달라고 간청했고, 그는 그렇게 해주었다. 마침내 나에게 진정한 친절을 베풀어준, 내 사랑하는 술라. 마지막으로 또렷한 의식 속에 떠오른 것은 아이들에 대한 생각이었다. 적어도 아이들에게는 나의 일부를 남기고 가겠구나. 율릴라는 아이들의 장수와 행복을 빌면서, 달콤한 죽음의 얕은 바닷속으로 서서히 잠겨들었다.

술라는 책상으로 돌아가서 앉았다. "저기 포도주 좀 따라줘." 그는 메트로비오스에게 말했다.

메트로비오스의 얼굴에 생기가 도는 순간, 그 모습이 어찌나 소년 같은지! 그러자 어렵지 않게 옛 기억이 떠올랐다. 한때 소년은 모든 호사를 포기하고 사랑하는 술라와 궁핍하게 살 기회를 택하겠다고 말했었다.

메트로비오스는 부드러운 미소를 띠고 포도주를 가져와 피호민용 의자에 앉았다. "당신이 무슨 말을 할지 알아요, 루키우스 코르넬리우스. 이런 만남을 자주 가져선 안 된다는 거겠죠."

"그래. 그게 가장 중요하지." 술라는 포도주를 조금 마신 뒤에 근엄한 표정으로 메트로비오스를 쳐다보며 말했다. "그건 불가능해, 사랑하는 친구. 그저 가끔, 욕구든 고통이든 무엇이 됐든 도저히 견딜 수 없을 때만 만나야 해. 나는 내가 원하는 모든 것을 목전에 두고 있고, 그건 너까지 가질 수는 없다는 뜻이야. 여기가 그리스라면 가능했겠지. 하지만 이곳은 로마야. 내가 로마의 일인자라면 가능했겠지. 하지만 일인자는 내가 아니라 가이우스 마리우스야."

메트로비오스는 얼굴을 찌푸렸다. "이해해요."

"아직도 연극을 하나?"

"당연하죠. 내가 아는 건 연기뿐인걸요. 게다가 스킬락스는 좋은 스승이었어요, 그건 인정해야 해요. 덕분에 나는 배역도 많이 맡고 쉬는 때가 별로 없어요." 메트로비오스는 헛기침하고는 조금 수줍은 듯한 표정을 지었다. "단 하나 바뀐 건 지금은 진지한 역을 맡는다는 거예요."

"진지한 역이라고?"

"맞아요. 알고 보니 내게는 희극적인 감각이 없었어요. 아역 스타일

때는 괜찮았지만, 나이가 들면서 큐피드의 날개와 명랑한 악동 역에서 벗어난 순간 나의 진짜 재능은 희극이 아니라 비극에 있다는 걸 알았죠. 그래서 지금은 아리스토파네스나 플라우투스가 아니라 아이스킬로스와 아키우스의 작품을 연기해요. 아주 만족하고 있죠."

술라는 어깨를 으쓱했다. "그렇다면 최소한 내 정체를 들킬 걱정 없이 극장에 갈 수 있겠군. 네가 거기서 불행한 처녀 역을 하고 있을 테니까. 시민권은 갖고 있나?"

"아뇨, 유감스럽게도."

"방법이 있나 내가 알아보지." 술라는 한숨을 쉬면서 술잔을 내려놓고 마치 은행가처럼 손깍지를 꼈다. "무슨 수를 써서라도 만나자. 하지만 너무 자주는 안 돼. 그리고 이 집에서도 안 돼. 아내가 제정신이 아니라서 믿을 수가 없으니까."

"가끔이라도 만날 수 있으면 정말 좋을 거예요."

"너 혼자 사용하는 거처가 있어? 아니면 아직도 스킬락스와 같이 살고 있나?"

메트로비오스가 놀란 표정을 지었다. "알고 계시는 줄 알았어요! 하긴 모르시는 게 당연하죠, 수년간 로마에 안 계셨으니. 스킬락스는 6개월 전에 죽었어요. 그리고 아파트까지 포함해 전 재산을 내게 남겨줬죠."

"그러면 거기서 만나기로 하지." 이렇게 말하면서 술라는 자리에서 일어났다. "가지, 내가 직접 배웅해줄게. 그리고 너를 내 피호민 명단에 올릴 거야. 그래야 혹시라도 네가 여기 와야 할 경우에 적당한 이유를 댈 수 있으니까. 내가 들를 때는 먼저 네 집으로 전갈을 보내도록 하지."

바깥문 앞에서 헤어질 때 메트로비오스는 아름다운 검은 눈으로 키스의 눈짓을 보냈다. 하지만 근방에서 서성거리던 집사나 문지기에게 이 놀랍도록 잘생긴 청년이 단지 예전부터 알고 지내던 새로운 피호민일 뿐이라는 걸 의심하게 할 말이나 행동은 전혀 없었다.

"모두에게 안부 전해줘, 메트로비오스."

"연극 공연 때는 로마에 안 계시겠지요?"

"그럴 거야." 술라가 태연하게 웃으며 말했다. "게르만족 때문에."

두 사람이 헤어지는 순간에 마침 마르키아가 아이들과 유모를 이끌고 길 저편에서 오고 있었다. 술라는 장모가 도착할 때까지 기다렸다가 직접 문지기 노릇을 했다.

"마르키아, 제 서재로 좀 와주십시오."

마르키아는 경계하는 눈빛으로 술라보다 앞장서서 서재로 들어가 긴 의자 쪽으로 걸어갔다. 술라는 거기 젖은 자국이 남아 신호 등불처럼 그를 향해 번쩍이는 것을 보고 모골이 오싹해졌다.

"괜찮으시면 이쪽 의자에 앉아주십시오."

마르키아는 턱을 빳빳이 들고 입은 굳게 다문 채, 성난 표정으로 술라를 노려보며 자리에 앉았다.

"장모님이 저를 좋아하시지 않는 걸 잘 알고 있고, 잘 보이려는 생각도 없습니다." 술라가 침착하고 차분한 인상을 주려고 신경쓰면서 입을 열었다. "저도 장모님이 좋아서 이 집에 와서 지내달라고 부탁드린 게 아닙니다. 아이들이 염려돼서 그랬던 것뿐이고, 지금도 그렇습니다. 그 부분에 있어서는 장모님의 도움에 대해 진심으로 감사하고 있습니다. 아이들을 훌륭히 돌봐주셨습니다. 이제 아이들이 다시 어린 로마인이 되었어요."

마르키아는 조금 누그러진 기색을 보였다. "그렇게 생각해준다니 고맙네."

"그래서 아이들은 더이상 크게 걱정하지 않습니다. 율릴라가 문제지요. 오늘 아침에 율릴라와 언쟁하시는 소리를 들었습니다."

"온 세상이 들었겠지!" 마르키아가 쏘듯이 말했다.

"예, 그랬을 겁니다……." 술라는 길게 한숨지었다. "장모님이 아이들을 데리고 나가신 뒤에 율릴라는 저와도 언쟁을 벌였습니다. 그 소리 역시 온 세상이 들었을 겁니다. 적어도 그녀가 소리친 내용은요. 우리가 어떻게 해야 할지 혹시 좋은 생각이 없으신가 해서 말씀드리는 겁니다."

"안됐지만 술 문제로 그애와 이혼하기에는 그 사실을 알고 있는 사람이 얼마 없네. 그런데 자네가 가진 이혼 사유는 그것 하나뿐이지." 마르키아는 자신이 그 문제를 감춰왔음을 뻔히 알면서도 이렇게 말했다. "자네가 참고 기다리는 수밖에 없네. 그애의 주량이 갈수록 늘고 있으니 내가 감추는 것도 얼마 안 가 한계가 올 걸세. 이 문제를 온 세상 사람들이 알게 되면 자네가 그애와 이혼해도 전혀 비난받지 않을 거야."

"제가 나가 있는 동안 그 단계에 이르면 어떻게 합니까?"

"나는 그애 어미야. 그러니 내가 어디로 보내버릴 수 있네. 자네가 없는 동안 그런 일이 생기면 율릴라를 키르케이에 있는 자네 빌라로 보낼 거야. 그러다 자네가 돌아오면 그애와 이혼하고 어디 다른 곳에 가둘 수 있겠지. 그러면 오래 안 가 그애는 과음으로 죽을 거야." 이렇게 말한 후 마르키아는 자리에서 일어났다. 어서 이 방에서 나가 자신이 얼마나 고통스러운지를 술라에게 감추고 싶었던 것이다. "난 자네를 좋아하지 않아, 루키우스 코르넬리우스. 하지만 율릴라가 저렇게 된 걸 자네 탓이라 생각하지는 않네."

"사위나 며느리 중 좋아하는 사람이 있기는 하십니까?" 술라가 물었다.

마르키아는 코웃음을 치며 답했다. "아우렐리아밖에 없어."

술라는 마르키아와 함께 아트리움으로 걸어갔다. "율릴라가 어디 있는지 모르겠습니다." 메트로비오스가 온 후로 율릴라가 보이지 않고 소리도 들리지 않았다는 생각이 불현듯 떠올랐던 것이다. 순간 불안한 전율이 등골을 스쳐지나갔다.

"어디 숨어서 우리 중 하나를 기다리고 있겠지." 마르키아가 대꾸했다. "율릴라는 일단 언쟁으로 하루를 시작했다하면 취해서 정신을 잃을 때까지 계속 싸우는 게 보통이니까."

술라는 혐오로 입술이 일그러졌다. "제 서재에서 뛰쳐나간 이후로 못 봤습니다. 바로 직후에 옛친구 하나가 찾아와서, 장모님이 아이들을 데리고 돌아오셨을 때 막 배웅하는 참이었습니다."

"그렇게 얌전히 있을 애가 아닌데." 마르키아는 집사를 보고 물었다. "마님을 못 봤는가?"

"마지막으로 뵈었을 때 침실로 들어가고 계셨습니다. 마님의 하녀에게 물어볼까요?"

"아니, 됐네." 이어서 마르키아는 곁눈질로 술라를 쳐다보며 말했다. "지금 당장 같이 율릴라를 만나보는 게 좋겠네, 루키우스 코르넬리우스. 저 돼지우리 같은 생활에서 빠져나오지 않으면 앞으로 어떻게 될지, 우리 둘이서 단단히 타이르면 정신을 차릴지도 모르니 말이야."

그리하여 두 사람은, 뒤틀린 모습으로 움직이지 않는 율릴라를 발견했다. 입고 있던 고급 모직 옷이 흡수지 역할을 하여 피를 대부분 빨아들인 상태였다. 녹슨 듯한 선홍색으로 축축히 젖은 옷 속의 율릴라는 마치 화산에서 나온 바다의 요정 네레이스 같았다.

마르키아는 휘청거리며 술라의 팔을 꽉 움켜쥐었다. 술라는 그 팔로 마르키아를 안아 일으켰다.

그러나 퀸투스 마르키우스 렉스의 딸은 안간힘을 써서 무쇠처럼 자신을 가누었다. "이건 생각지 못했던 해결책이군." 마르키아가 차분한 목소리로 말했다.

"저도 그렇습니다." 살육에 익숙한 술라가 말했다.

"저애에게 뭐라고 말한 건가?"

술라는 고개를 저었다. "제가 기억하는 한 이런 행동을 유발할 말은 전혀 하지 않았습니다. 하인들의 말을 들어보면 알 수 있을 겁니다. 적어도 율릴라가 한 말의 반은 들었을 테니까요."

"아니, 하인들에게 묻는 건 현명한 방법이 아닌 것 같네." 마르키아는 술라의 품안에서 갑자기 몸을 돌려 그에게 기대어섰다. "여러모로 이것이 최선의 해법이야, 루키우스 코르넬리우스. 아이들이 술주정하는 어미에게 서서히 환멸을 느끼는 것보다 차라리 어미의 죽음이라는 충격을 겪는 게 나을 것 같네. 지금은 어려서 잊을 수 있겠지. 하지만 조금이라도 더 늦으면 다 기억하게 될 거야." 마르키아는 술라의 가슴에 뺨을 기댔다. "그래, 이거야말로 최선의 길이야." 그녀의 감은 눈꺼풀 아래로 눈물이 천천히 흘러나왔다.

"가시죠, 방으로 모셔다 드리겠습니다." 술라가 피로 흥건한 방에서 마르키아를 데리고 나가면서 말했다. "제 검을 생각조차 못하다니, 제가 멍청했습니다!"

"자네가 왜 그런 생각을 해?"

"일이 이렇게 되고 보니 드는 생각입니다." 술라가 대답했다. 그는 율릴라가 왜 자신의 검을 찾아내어 사용했는지 정확히 알았다. 율릴라는 그가 메트로비오스와 재회하는 모습을 서재 창문 너머로 보았던 것이다. 마르키아의 말이 옳다. 이것은 단연 최선의 해결책이었다. 게다가 술라 자신이 일을 저지를 필요도 없었다.

마법은 실패하지 않았다. 새로운 호민관들이 취임한 12월 10일 직후에 열린 집정관 선거에서 마리우스는 수석 집정관으로 선출되었다. 술라의 증언도, 게르만족을 무찌를 수 있는 사람은 여전히 한 사람뿐이라는 사투르니누스의 주장도 도저히 믿지 않을 수 없었기 때문이다. 게르만족의 위협에 몰두하던 예전의 열기가 티베리스 강물이 범람하듯 다시 로마로 쏟아져 들어왔다. 절대 줄어들 기미가 보이지 않는 위기 목록의 선두 자리에서 시칠리아는 또다시 슬슬 밀려났다.

"우리가 하나를 없애기가 무섭게 새로운 위험이 불쑥 나타나기 때문이지." 스카우루스가 메텔루스 누미디쿠스에게 말했다.

"시칠리아도 포함되오." 루쿨루스의 처남인 누미디쿠스가 독기 어린 목소리로 말했다. "가이우스 마리우스는 대체 어떻게 작은 고추 아헤노바르부스의 주장을 옹호하고 나설 수 있는 거요? 시칠리아 총독을 루키우스 루쿨루스 대신 다른 이로 교체해야 한다니, 그것도 조점관 세르빌리우스로! 그자는 전통 귀족입네 가장하는 신진 세력에 불과한데 말이오!"

"그는 당신 꼬리를 비튼 거요, 퀸투스 카이킬리우스." 스카우루스가 말했다. "게르만족이 쳐들어오는 게 확실한 지금, 가이우스 마리우스는 누가 시칠리아 총독을 하든 전혀 관심이 없소. 루키우스 루쿨루스가 시칠리아에 남게 하고 싶었으면 조용히 있는 편이 나았을 거요. 그랬으면 가이우스 마리우스는 당신과 루키우스 루쿨루스가 긴밀한 관계라는 사실을 떠올리지도 못했을 테니 말이오."

"원로원에는 저들을 엄중히 감시할 인물이 필요해요. 내가 감찰관에 출마해야겠소!"

"좋은 생각이오! 누구와 함께 나갈 작정인지?"

"내 사촌 카프라리우스와 같이 나가겠소."

"베누스 여신께 맹세코, 그건 더 좋은 생각이오! 카프라리우스라면 당신이 시키는 대로 일할 거요."

"이제 기사계급은 물론이고 원로원에서도 잡초를 뽑아버려야 할 때가 왔소. 나는 엄격하고 강한 감찰관이 될 거요, 마르쿠스 아이밀리우스! 사투르니누스도 글라우키아도 이제 끝난 거요. 그들은 위험인물이니까."

"오, 그러지 마시오!" 스카우루스가 움찔하면서 외쳤다. "내가 루키우스 아풀레이우스에게 곡물 횡령 혐의를 잘못 제기하는 일만 없었다면 그가 지금과는 다른 정치인이 되었을지도 모르오. 나는 그에 대한 죄책감을 도저히 떨칠 수가 없소."

누미디쿠스는 눈썹을 치켜올렸다. "친애하는 마르쿠스 아이밀리우스, 당신에겐 강장제가 시급한 것 같소! 저 늑대 같은 사투르니누스가 무슨 계기로 지금처럼 행동하게 됐는가는 중요하지 않소. 이 시점에 중요한 건 그자가 지금 어떤 사람이냐는 거요. 그러니 그를 몰아내야 하오." 누미디쿠스는 성이 나서 콧김을 내뿜었다. "아직 로마에서 우리의 영향력이 끝나진 않았소. 그리고 올해만큼은 가이우스 마리우스도 핌브리아나 오레스테스 같은 허수아비가 아니라 제대로 된 인물을 동료 집정관으로 맞이하는 부담을 지게 됐소. 우리는 반드시 퀸투스 루타티우스가 군대를 이끌고 전장에 나가도록 만들어야 하고, 그가 군대를 이끌고 거둔 보잘것없는 승리까지도 모조리 큰 승리처럼 로마 전역에 열렬히 알려야 하오."

유권자들은 퀸투스 루타티우스 카툴루스 카이사르도 집정관으로 선출했던 것이다. 물론 마리우스의 차석이기는 했지만. 그에 대해 마리우스는 이렇게 말했다. "나로서는 가시 같은 존재야."

"집정관님의 동생도 법무관으로 선출되지 않았습니까." 술라가 말했다.

"그래서 먼 히스파니아로 가게 됐지. 보기 좋게 치워버린 거네."

두 사람은 원로원 계단 아래에서 누미디쿠스와 헤어지고 혼자 가던 스카우루스를 따라잡았다.

"곡물 공급 문제를 적극적으로 성심성의껏 해결해주신 데 개인적으로 감사드리고 싶소." 마리우스가 정중하게 말했다.

"전 세계 어디든 사들일 밀이 있기만 하면 그리 어려운 일도 아니오, 가이우스 마리우스." 스카우루스 역시 정중하게 답했다. "어디서도 밀을 구할 수 없는 날이 오는 것이 걱정이지요."

"현재로서는 그럴 일은 없소, 절대로! 다음 수확기에는 시칠리아도 다시 정상화되어 있을 거요."

스카우루스는 곧장 신랄하게 되받아쳤다. "저 수다스럽고 멍청한 조점관 세르빌리우스가 총독으로 취임하고서도 우리가 얻은 것을 모두 잃지 않는다면 말이겠지요!"

"시칠리아 전쟁은 끝났소."

"그렇게 믿고 싶겠죠, 집정관님. 하지만 난 그리 확신이 서지 않는군요."

"지난 2년간 밀은 어디서 입수하셨습니까?" 술라가 재빨리 물었다. 노골적인 언쟁을 피하기 위해서였다.

"아시아 속주요." 스카우루스가 기꺼이 다른 화제로 빠져주며 대답했다. 그는 곡물 공급을 관리하는 담당관 자리에 있는 것을 진심으로 즐기고 있었다.

"하지만 아시아에도 잉여생산량이 별로 많지 않겠지요?" 술라는 슬쩍 장단을 맞추었다.

"사실이오. 1모디우스도 채 안 되지." 스카우루스가 우쭐하며 대답했다. "아니, 폰토스의 미트리다테스 왕 덕분이라고 할 수 있소. 매우 젊은 나이에도 진취력이 대단하지요. 흑해 북쪽을 모조리 정복하고 타나이스 강, 보리스테네스 강, 히파니스 강, 다나스트리스 강 유역의 곡창지대를 장악하였지. 게다가 킴메리족이 생산한 잉여 작물을 아시아 속주로 실어와 우리에게 팔아서 폰토스 왕국에 상당한 부가 수입을 창출하고 있으니 말이오. 내 직감에 따라 내년에도 아시아 속주에서 곡물을 사들일 생각이오. 마르쿠스 리비우스 드루수스가 아시아 속주에 재무관으로 부임할 예정이라서, 이 문제에 관해 나 대신 일을 처리하도록 위임해 두었소."

이 말에 마리우스가 불만스러운 듯 내뱉었다. "그는 거기 있는 동안 틀림없이 스미르나에 있는 장인 퀸투스 세르빌리우스 카이피오를 방문하겠죠?"

"아마 그렇겠지요." 스카우루스는 덤덤하게 대답했다.

"그렇다면 마르쿠스 리비우스를 시켜 곡물 구입비 청구서를 퀸투스 세르빌리우스에게 보내시지요. 그에게는 국고보다도 더 많은 돈이 있으니까!"

"그것은 근거 없는 주장이오."

"코필루스 왕의 말은 그렇지 않았소만."

일순간 폭발 직전의 불안한 침묵이 감돌다가, 술라가 입을 열었다. "아시아의 곡물 중에서 이곳까지 무사히 도착하는 양은 얼마나 됩니까, 마르쿠스 아이밀리우스? 해적의 약탈이 매년 심해진다고 들었는데요."

"절반 정도에 불과하오." 스카우루스가 심각한 어투로 답했다. "팜필리아와 킬리키아 해안의 만과 항구 곳곳에 해적들이 숨어 있소. 물론 그들의 직업은 노예 상인이오만, 그들이 곡물을 훔쳐서 역시나 훔쳐온 노예들에게 먹일 수 있다면 당연히 큰 이득이 되지 않겠소? 게다가 그러고 남은 곡물은 우리가 애초에 치른 가격의 두 배로 우리에게 되팔지요. 단지 그 곡물을 또다시 약탈하지 않고 우리에게 보낸다고 보장한다는 구실로 말이오."

"놀랍군, 해적들 중에도 중간상인이 있다니. 딱 중간상인 노릇이 아니오! 훔친 곡물을 우리에게 되팔아 순이익을 챙기는 거군. 무슨 대책을 세워야 하지 않겠소, 최고참 의원?"

"물론이오." 스카우루스가 강력하게 동의했다.

"어떻게 하면 좋겠소?"

"그럴만한 인물이 있을지 모르겠지만, 법무관 한 명에게 특별 권한을 부여해서 여러 지역을 이동하면서 비상주 총독 역할을 수행하게 하면 어떨까 싶소. 배와 해병을 내주고 팜필리아와 킬리키아 해안 일대의 해적 소굴을 소탕하는 책임을 맡기는 거요."

"직함은 킬리키아 총독이라고 하면 되겠군요." 마리우스가 말했다.

"그거 좋은 생각이오!"

"좋습니다, 최고참 의원. 최대한 빨리 원로원 의원들을 소집해서 일을 진행하도록 합시다."

"그럽시다." 스카우루스의 말투에는 관대함이 흘러넘쳤다. "잘 알겠지만 가이우스 마리우스, 나는 당신이 옹호하는 것들을 질색하기는 하오만 일을 떠들썩하게 벌이지 않고 곧바로 행동하는 당신의 능력은 정말로 좋아하오."

"국고위원회가 매음굴로 식사 초대를 받은 베스타 신녀처럼 비명을 질러대겠군." 마리우스가 씩 웃으며 말했다.

"그러라지요! 해적을 근절하지 않으면 동서 교역이 아예 사라지고 말텐데요. 배와 해병은 얼마나 필요할 것 같소?" 스카우루스가 신중하게 물었다.

"8개 내지 10개 함대에 훈련된 해병 1만 명 정도면 되겠소. 우리에게 그만한 군사가 있을지는 모르겠지만." 마리우스가 대답했다.

"구할 수 있소." 스카우루스가 자신 있게 말했다. "더 필요하면 로도스, 할리카르나소스, 크니도스, 아테네, 에페소스에서 얼마간 고용할 수 있으니 걱정하지 마시오. 병력은 마련될 테니까."

"책임자로는 마르쿠스 안토니우스가 좋겠소."

"아니, 당신 동생이 아니고요?" 스카우루스가 짐짓 놀라며 물었다.

그러나 마리우스는 침착하게 싱긋 웃었다. "나와 마찬가지로 내 동생 마르쿠스 마리우스도 뱃사람으로서는 풋내기요. 반면에 안토니우스 가문 사람들은 모두 바다로 나가는 것을 좋아하지요."

그 말에 스카우루스가 웃으며 대답했다. "이미 바다에 나가 있지 않다면 말이지요!"

"맞는 말씀이오. 어쨌든 마르쿠스 안토니우스는 믿을 만한 인물이오. 이 일을 잘해낼 거요."

"나도 그러리라 생각합니다."

술라가 미소를 지으며 끼어들었다. "그사이 국고위원회는 최고참 의원님의 곡물 구입과 해적 소탕에 드는 비용에 대해 징징거리고 불평하느라 최하층민 군대에 얼마나 많은 돈이 지불되는지도 눈치채지 못할 테지요. 퀸투스 루타티우스는 최하층민 군대도 징집해야 할 테니 말입니다."

"오, 루키우스 코르넬리우스, 가이우스 마리우스 밑에서 너무 오래 있었군!" 스카우루스가 말했다.

"나도 같은 생각을 하고 있었소." 뜻밖에 마리우스가 이렇게 말했다. 그러나 그 이상은 말하지 않았다.

율릴라의 장례식과 각종 뒷일을 처리한 후 2월 말경에 술라와 마리우스는 알프스 너머 갈리아로 떠났다. 마르키아는 당분간 술라의 집에 계속 머물면서 아이들을 돌봐주기로 했다.

"하지만 내가 영원히 여기 있을 거라고 기대하진 말게, 루키우스 코르넬리우스." 마르키아가 협박하는 어조로 말했다. "나도 이제 오십 줄에 들어서고 있으니 캄파니아 해변으로 가서 살고 싶어. 그러니 자네가 재혼을 해서 아이들에게 제대로 된 엄마와 같이 놀 이복남매를 만들어 주는 게 좋겠네."

"게르만족 문제가 처리될 때까지는 곤란합니다." 술라는 공손한 말투를 유지하려 애썼다.

"알았네. 그럼 게르만족을 처리한 후로 알겠네."

"지금부터 2년 후가 될 겁니다."

"2년이라고? 1년이면 되겠지!"

"그럴 수도 있겠지만, 저는 어려우리라 봅니다. 2년으로 생각하십시오, 장모님."

"거기서 더는 안 되네, 루키우스 코르넬리우스."

술라는 한쪽 눈썹을 치켜올린 짓궂은 표정으로 마르키아를 쳐다보았다. "장모님이 제게 어울리는 아내감을 찾아보시는 게 좋겠습니다."

"농담하는 건가?"

"아니오, 농담이 아닙니다!" 술라가 소리쳤다. 최근 들어 그는 인내심을 다소 잃은 상태였다. "어떻게 전장에 나가 게르만족과 싸우면서 로마에서 새 아내까지 찾아볼 수 있겠습니까? 제가 돌아오자마자 이사를 나가고 싶으시다면, 제 아내가 될 만하고 또 되고 싶어하는 여자를 골라놓으시는 게 좋을 겁니다."

"어떤 아내를 원하는가?"

"누구든 상관없습니다! 아이들에게 잘해줄 여자이기만 하면 됩니다."

이런저런 이유로 술라는 로마를 떠나게 된 것이 무척 기뻤다. 로마에 오래 머무를수록 메트로비오스를 보고 싶은 갈망도 더 커졌고, 그를 만나면 만날수록 자신이 메트로비오스를 만나고 싶어할 것이라는 생각도 더욱 강해졌다. 게다가 성인이 된 메트로비오스에게는 예전에 그가 소년이었을 때처럼 영향력과 지배력을 행사할 수도 없었다. 이제 메트로비오스는 두 사람의 관계에 대해 자신도 할말이 있다고 여길 나이에 이른 것이다. 그래, 로마에서 멀리 떠나 있는 것이 상책이다! 다만 아이들은 보고 싶겠지, 얼마나 사랑스러운지. 아이들은 매혹적인 존재다. 그야말로 무조건 사랑을 준다. 내가 오랫동안 떠나 있어도 다시 나타나는 순간 두 팔을 벌리고 키스를 퍼부으며 나를 반겨준다. 어른들의 사랑은 왜 이렇지 못할까? 답은 간단했다. 어른의 사랑은 너무 자기중심적이고 계산이 얽혀 있기 때문이었다.

술라와 마리우스가 떠날 무렵, 차석 집정관 카툴루스 카이사르는 새로운 군대를 모집하느라 한창 고생중이었다. 게다가 그 군대가 최하층민으로 구성되어야 한다는 것 때문에 그는 대놓고 불만을 표했다.

"당연히 최하층민이어야 하오!" 마리우스는 퉁명스럽게 내뱉었다. "그 문제에 대해 내게 와서 불평하고 우는소리 하지 마시오. 아라우시오에서 병사 8만을 잃은 건 내가 아니고, 전장에서 죽어나간 다른 이띤 병사도 내 탓이 아니니까!"

당연히 이 말에 카툴루스 카이사르는 입을 다물었다. 그러나 그는 입을 굳게 닫고 귀족적인 거만한 태도로 대응했다.

"저자의 면전에 대고 잘못을 책망하지 마시지요." 술라가 말했다.

"그럼 저자부터 내 앞에서 최하층민 문제를 들이밀지 말라고 하게!" 마리우스가 으르렁거리며 대꾸했다.

술라는 포기하고 물러섰다.

다행히 갈리아의 상황은 거의 별다른 문제 없이 양호했다. 마니우스 아퀼리우스는 다리와 송수로를 추가로 건설하고 군사훈련도 충분히 실시하여 군대를 최상의 상태로 유지해두었다. 퀸투스 세르토리우스는 부대에 복귀했다가, 자신은 게르만족 근거지에서 더 할 일이 많을 것 같다면서 되돌아갔다. 그는 킴브리족과 같이 이동하면서 기회가 날 때마다 그곳 상황을 마리우스에게 보고하기로 했다. 마리우스의 병사들은 금년에는 실전에 참가할 생각으로 잔뜩 기대에 부풀어 흥분해 있었다.

그해 달력에는 원래 2월 윤달이 들어가야 했지만, 전임 최고신관 달마티쿠스와 현재 최고신관 아헤노바르부스의 의견 차이가 지금에 와서 드러났다. 아헤노바르부스는 달력을 계절과 맞춰서 좋을 게 없다고 보았다. 그래서 달력상 3월이 돌아왔는데도 계절은 여전히 겨울이었다. 이제 실제 계절보다 달력이 앞서가고 있었기 때문이다. 1년이 355일밖에 되지 않았으므로 2년마다 20일로 이루어진 한 달을 추가로 끼워넣어야 했는데, 전통적으로 2월 다음에 윤달을 넣었다. 그러나 이 결정은 대신관단에서 내리는 것이었으므로, 성실한 최고신관이 대신관단을 제대로 운영하지 못할 경우에는 이번처럼 달력이 엉망이 되어버리는 것이었다.

술라와 마리우스가 알프스 너머 갈리아에서 일상적인 병영생활에 다시 익숙해질 무렵 루푸스로부터 때맞춰 편지가 도착했다.

올해는 굵직한 사건으로 가득한 해가 될 것 같네. 그래서 어디서부터 이야기를 시작해야 할지 고민이 되는군. 물론 다들 자네가 떠나기만을 기다리고 있었지. 아마 자네가 오켈룸에 도착하기도 전에 벌써 온갖 쥐새끼들이 포룸 로마눔 낮은 구역을 휘젓기 시작했네. 쥐새끼들이 얼마나 신나게 뛰어놀고 있는지 몰라, 그대 고양이여!

그럼, 우리의 소중한 감찰관 한 쌍인 똥돼지와 그의 말 잘 듣는 사촌 숫염소 얘기부터 해보기로 하지. 똥돼지가 한동안 열심히 떠들고 다닌 말이 있어. 실은 감찰관에 선출되고부터 시작됐네만, 단지 자네가 가까이 있을 때는 입을 조심했을 뿐이라네. 본인이 '원로원을 깨끗이 청소'하겠다더군. 이게 그가 쓴 표현이었던 것 같아.

이 둘에 대해 한 가지 변론을 해주자면, 그들이 한 쌍의 부패 감찰관이 되지는 않을 거라는 거야. 국가의 모든 계약은 적절히 체결되고 가치와 가격에 따라 수주될 것이네. 그렇지만 이들은 벌써부터 국고위원회의 반감을 샀다네. 대제관의 거처 세 곳과 제사장 및 최고신관의 거처를 새로 칠하고 대리석 변기를 설치하는 건 물론, 자체 지불 능력이 없는 일부 신전을 보수하고 새로 꾸미겠다고 거액을 국가에 청구했기 때문이지. 개인적으로 나는 우리집 목제 변기가 좋은데 말이야. 대리석은 너무 차갑고 딱딱하잖은가! 똥돼지가 최고신관의 관저 얘기를 꺼냈을 때, 국고위원회는 우리의 신임 최고신관이 도료와 대리석 변기를 기증할 수 있을 만큼 부유하다는 의견으로 맞섰지. 따라서 양측은 꽤나 열띤 신경전을 벌였네.

이 일 후에도 두 감찰관은 계속해서 일반적인 계약들을 체결했는데 일처리가 매우 훌륭했네. 풍부한 입찰건에 응찰도 활발했고, 부정행위가 그리 많을 것 같지도 않네.

이때까지 그들은 전례를 찾아보기 힘들 정도로 신속하게 일을 처리했어. 그들이 진정으로 원했던 일은, 말할 필요도 없이 원로원 의원과 기사 명단을 평가하는 것이었기 때문이지. 장담하건대 저들은 한 달이 다 가기도 전에 1년 반 치 일을 처리했다네! 계약을 모두 마무리한 지 이틀도 지나기 전에, 똥돼지는 트리부스회 집회를 소집해서 원로원 의원들의 도덕성과 부도덕성에 관한 감찰관들의 조사결과를 발표했네. 그런데 누군가가 사투르니누스와 글라우키아에게 그들의 이름이 빠질 거라고 귀띔을 해주었던 것 같아. 트리부스회가 열린 날, 평소에는 민회에서 볼 수 없던 청부 검투사와 폭력배들이 잔뜩 있었거든.

그러다 똥돼지와 숫염소가 사투르니누스와 글라우키아를 원로원 의원 명단에서 제명하겠다고 발표하기가 무섭게 민회장이 뒤집어졌다네. 검투사들이 로스트라 연단으로 달려들어 불쌍한 똥돼지를 끌어내리고는 이리저리 돌리면서 크고 딱딱한 손으로 얼굴을 사정없이 후려친 거야. 그건 또 참신한 기술이더군. 몽둥이나 나무막대기가 아니라 그냥 손바닥을 쓴 것 말일세. 이론적으로 생각하면 단단하게 쥔 주먹을 쓰지 않는 한 맨손으로 사람이 죽지는 않을 거야. 이런 걸 최소한의 폭력이라고 부르는 것 같더군. 어찌나 한심한 노릇인지. 그 모든 일이 어찌나 순식간에, 조직적으로 벌어졌는지 몰라. 똥돼지가 아르겐타리우스 언덕길 초입까지 내내 끌려다닌 뒤에야 스카우루스, 아헤노바르부스를 비롯한 보수파 몇 명이 겨우 그를 구해내서 유피테르 옵티무스 막시무스 신전 안의 아실룸으로 급히 피신시켰다네. 거기 데려다놓고 살펴보니 그의 얼굴은 평소 크기의 두 배가 되어 있었네. 양쪽 눈은 부어서 뜨지도 못하고 입술은 수십 군데 갈라진데다 코에서는 분수처럼 피가 쏟아져 나오고 두 귀는 짓이겨지고 이마는 찢겨 있었어. 흡사 옛날 올림픽 경기에서 뛴 그리스인 권투선수 같은 몰골이었다네.

그나저나 자네는 극보수파 의원들이 자기네 파벌에 '보니(선량한 사람들)'라는 명칭을 붙인 것을 어떻게 생각하나? 스카우루스는 사투르니누스가 극보수주의자들을 '정책입안자'라고 부르기 시작한 후에 직접 이 말을 고안해냈노라 주장하고 다닌다네. 하지만 우리처럼 나이가 좀 있는 사람들이라면, 가이우스 그라쿠스와 루키우스 오피미우스 둘 다 자기네 계파를 보니라고 칭했다는 사실을 잘 알고 있지. 스카우루스는 이 점을 기억해두는 게 좋을 거야. 이제 하던 얘기로 돌아가보겠네.

누미디쿠스가 무사하다는 걸 확인한 후에 사촌 카프라리우스는 간신히 민회장의 질서를 회복했다네. 그는 포고관을 시켜 다시 나팔을 불게 한 뒤에, 자신은 수석 감찰관의 조사결과에 동의하지 않으므로 사투르니누스와 글라우키아는 원로원 명부에 그대로 남게 될 거라고 외쳤네. 이 일로 똥돼지가 싸움에서 졌다고 하는 게 맞겠지만, 나는 사투르니누스 그 친구의 싸우는 방식이 마음에 들지 않네. 사투르니누스는 그 폭력사태와 자신은 하등 상관없지만 트리부스회가 그토록 열정적으로 자신의 편을 들어준 데 감사한다고만 말하고 있어.

이게 끝이었다고 생각하더라도 무리가 아니겠지. 하지만 그렇지 않았어! 두 감찰관은 이어서 기사들에 대한 재정 평가를 시작했네. 앞서 이들은 쿠르티우스 연못 근처에 멋들어진 심사장을 새로 지어놓았는데, 목조 건물이긴 하지만 자기네 목적에 맞춰놓은 구조물이라네. 양쪽에 계단을 붙여서 심사받는 사람들이 질서를 유지할 수 있게 해놓은 거지. 한쪽 계단으로 올라가면 감찰관의 책상 정면을 마주보게 되고 심사가 끝나면 반대쪽 계단으로 내려오는 식이야. 머리를 잘 썼지. 순서는 자네도 잘 알고 있겠지만, 기사나 기사 지망자들은 자신의 트리부스와 출생지, 시민권, 병역, 재산, 수입을 증명할 문서를 제출해야 하네.

이 지원자들이 실제로 연간 40만 세스테르티우스 이상의 수입을 올리는지 확인하려면 몇 주가 걸리는데도, 항상 처음 며칠간은 심사장에 구경꾼들이 몰리고는 하지. 이날 똥돼지와 숫염소가 기사 명부를 검토하기 시작했을 때도 역시 그랬다네. 불쌍한 똥돼지의 몰골은 참으로 가관이었어! 멍든 부위는 검다기보다는 누런 담즙 색깔이었고 찢긴 상처는 거무스름하게 충혈된 선이 모여 그물망 같은 모양이 되어 있었어. 그래도 눈은 앞을 볼 수 있을 만큼은 뜨고 있더군. 하지만 새로 지은 심사장에서의 첫날 오후에 보게 된 장면을 생각하면, 그는 차라리 눈이 안 떠졌기를 바랐을 거네!

다름아닌 루키우스 에퀴티우스, 자칭 티베리우스 그라쿠스의 사생아라는 사람이 거기에 나타난 거야! 그자는 자기 차례가 되자 천천히 계단을 올라가서 카프라리우스가 아니라 누미디쿠스 앞에 섰다네. 똥돼지는 장부와 서류를 잔뜩 든 필경사와 서기들을 대동하고 있는 에퀴티우스의 모습을 보고 그대로 얼어붙어버렸지. 잠시 뒤 똥돼지는 비서에게 그날의 심사 업무를 그만 접겠다고 말했네. 그렇게 해서 자기 앞에 선 그놈을 치워버리려는 심산이었던 거지.

"나를 봐줄 시간은 있을 텐데요." 에퀴티우스가 말했네.

"그럼 좋소, 원하는 게 무엇이오?" 누미디쿠스가 험악한 말투로 물었네.

"기사로 등록하고 싶습니다."

"이번 감찰관 임기중에는 어림없는 일이오, 절대로!" 우리의 '보니' 똥돼지가 으르렁거리듯 말했어.

에퀴티우스는 참을성을 보였네. 그는 눈을 굴렸고, 그제야 검투사와 폭력배들이 돌아와 있는 것을 알 수 있었지. 그는 심사장 아래쪽에 서 있는 군중을 가리키면서 이렇게 말했네. "내 신청을 거부할 수는 없습니다, 퀸투스 카이킬리우스. 나는 모든 기준에 부합하니까요."

"그렇지 않소! 당신은 가장 기본 자격부터 미달이오. 로마 시민이 아니니까."

"하지만 나는 로마 시민이 맞습니다, 존경하는 감찰관님." 에퀴티우스가 모두 들을 수 있게 큰 소리로 말했네. "내 주인이 돌아가셨을 때 나는 로마 시민이 되었습니다. 주인어른께서 전 재산과 이름과 함께 로마 시민권을 남겨주셨지요. 내가 어머니의 이름을 다시 사용하고 있다는 건 전혀 중요하지 않습니다. 나는 노예에서 해방되고 입양되었다는 증거 기록을 가지고 있습니다. 뿐만 아니라 나는 10년간 군대에 복무했습니다. 그것도 보조군이 아니라 로마 시민군으로 말입니다."

"나는 당신을 기사로 등록시키지 않겠소. 로마 시민을 대상으로 인구조사를 실시할 때도 당신을 명단에 올리지 않을 거요."

누미디쿠스의 말에 에퀴티우스가 힘주어 말했네. "하지만 나는 자격이 있습니다. 나는 로마 시민이고 수부라 트리부스 소속입니다. 로마군에서 10년을 복무했으며 도덕적이고 착실한 사람입니다. 인술라 네 채와 선술집 열 개를 소유하고 있고, 내 명의로 라누비움에 토지 100유게룸, 피르뭄 피케눔에는 토지 1천 유게룸과 시장 점포도 있습니다. 연수입도 400만 세스테르티우스가 넘습니다. 따라서 나는 원로원 의원이 될 자격까지 있단 말입니다." 이어서 그는 자신의 서기장을 향해 손가락을 튕겨 신호를 보냈네. 그러자 서기장은 다시 수하들에게 손가락을 튕겼고, 그들은 모두 앞으로 나와 거대한 서류 뭉치를 내밀었어. "이렇게 증거가 있습니다, 퀸투스 카이킬리우스."

그러자 똥돼지가 흥분해서 소리쳤네. "네놈이 제아무리 많은 서류를 만들어낸다 해도 관심 없어, 천박하고 비천한 졸부 같으니. 네놈이 누구를 데려와 증인을 세우든 알 바 아니란 말이다, 이 욕심 많은 풋내기야! 네놈은 기사계급의 일원은 고사하고 로마 시민으로도 등록해줄 수 없다! 오줌을 갈겨줄까보다, 뚜쟁이 같은 놈아! 그만 꺼져버려!"

에퀴티우스는 군중에게 돌아서서 양팔을 크게 벌렸네. 토가 차림의 그는 이렇게 말했지. "저 소리 들으셨습니까? 나, 티베리우스 그라쿠스의 아들 루키우스 에퀴티우스가 기사 지위는 물론 시민권까지 거부당했습니다!"

똥돼지가 순식간에 자리에서 일어나 움직였네. 어찌나 빨랐던지 에퀴티우스는 그가 다가오는 것조차 보지 못했어. 다음 순간, 우리의 용맹한 감찰관께서 에퀴티우스의 턱에 오른 주먹을 날렸네. 에퀴티우스는 그대로 엉덩방아를 찧으며 나자빠졌지. 그는 머리통 안에서 골이 우르르 울리는 상태로 멍하니 주저앉아 있었어. 그런데 똥돼지가 거기서 그치지 않고 발길질을 하는 바람에 에퀴티우스는 심사장 건물 가장자리에서 미끄러져 군중 속으로 떨어져버렸어.

"니들 모두 오줌이나 먹어라!" 똥돼지는 구경꾼과 검투사들 쪽으로 주먹을 휘두르면서 고함을 질렀네. "모두 저리 꺼져. 로마인도 아닌 저 더러운 놈을 데리고 같이 꺼져버려!"

그 바람에 모든 일이 처음부터 다시 시작되었네. 다만 이번에는 검투사들이 똥돼지의 얼굴은 건드리지 않았지. 그들은 똥돼지를 심사장 건물에서 끌어내려 주먹이며 손톱이며 이빨이며 장홧발을 동원하여 그의 몸을 공격했네. 결국 앞으로 나서서 공격하는 무리로부터 누미디쿠스를 끌어낸 건 사투르니누스와 글라우키아였네. 깜박하고 말을 안 했는데 이 둘은 뒤쪽에 숨어 있었다네. 누미디쿠스를 죽게 두는 건 그들의 계획에 없었겠지. 그런 뒤 사투르니누스는 심사장으로 올라가서 모두를 진정시켰고, 그제야 카프라리우스가 말을 할 수 있었어.

"나는 내 동료 감찰관과 의견이 다르오. 내가 책임지고 루키우스 에퀴티우스를 기사로 등록시키겠소!" 카프라리우스는 얼굴이 하얗게 질려 이렇게 외쳤지. 불쌍한 친구 같으니. 아마 그는 참전한 어느 전투에서도 이만한 폭력사태를 경험해보지 못했을 거야.

"루키우스 에퀴티우스의 이름을 명단에 기입하시오!" 사투르니누스가 고함쳤네.

그러자 카프라리우스는 그의 이름을 명부에 기입했지.

"모두 집으로 돌아가시오!"

사투르니누스의 말에 사람들은 지체 없이 에퀴티우스를 어깨에 메고 집으로 돌아갔네.

똥돼지는 꼴이 말이 아니었어. 죽지 않은 것만도 운이 좋았다고 봐. 오, 그가 얼마나 성이 났는지 아는가! 또다시 굴복하고 만 사촌을 향해 성질 더러운 마누라처럼 달려들었다네. 불쌍한 숫염소 영감은 눈물을 글썽이면서 아무런 변명도 하지 못했지.

"구더기들! 저것들 모두 구더기들이야!" 똥돼지는 이 말만 계속 외쳐댔네. 그동안 우리는 모두 갈비뼈가 몇 대 나간 그의 가슴을 싸매고 토가 밑에 다른 상처는 더 없는지 살피느라 애를 썼다네. 그 모든 행동이 그야말로 어리석었던 건 맞지만, 가이우스, 정말이지 똥돼지의 용기만큼은 인정할 수밖에 없네!

마리우스는 얼굴을 찌푸리며 편지에서 눈을 떼고 술라를 쳐다보았다. "사투르니누스는 도대체 무슨 짓을 하려는 걸까?"

하지만 술라는 훨씬 사소한 문제에 정신이 팔려 있었다. "플라우투스!" 그가 갑자기 외쳤다.

"뭐라고?"

"보니, 선량한 사람들 말입니다! 가이우스 그라쿠스, 루키우스 오피미우스나 우리의 스카우루스 모두 자기네 계파를 지칭하는 말로 자신이 보니를 지어냈다고 주장하지요. 하지만 실은 플라우투스가 100년 전에 금권 정치가와 후원 귀족들을 가리켜 보니라는 말을 사용했습니다! 플라우투스의 〈포로들〉 공연에서 들었던 게 생각났어요. 스카우루스가 고등 조영관을 지내던 당시에 테스피스가 무대에 올렸지요! 저는 막 극장에 다니기 시작하던 무렵이었고요."

마리우스는 술라를 빤히 쳐다보다가 입을 열었다. "루키우스 코르넬리우스, 의미도 없는 말을 누가 먼저 지어냈는지는 그만 관심 끄고 진짜 중요한 문제에 집중하게! 자네는 연극 얘기만 나오면 다른 건 죄다 잊어버리는군."

"아이쿠, 죄송합니다!" 술라가 그리 뉘우치는 기색 없이 말했다.

마리우스는 다시 편지를 읽기 시작했다.

이제 포룸 로마눔에서 시칠리아로 화제를 돌려보기로 하지. 시칠리아에서는 온갖 일들이 일어났지만 그중 좋은 일은 하나도 없다네. 몇몇은 섬뜩한 익살극 같고 몇몇은 그야말로 믿기 힘들 정도야.

이미 잘 알고 있겠지만 그래도 자네의 기억을 되살려보겠네. 나는 불완전한 이야기를 몹시 싫어하니까 말일세. 작년 말 전투가 한창이던 때 루키우스 리키니우스 루쿨루스는 반란군의 보급을 차단해서 항복시킬 요량으로 노예들의 본거지인 트리오칼라를 포위했었지. 반란군은 10년은 너끈히 버틸 식량이 있다는 전갈을 로마군 진영에 보내왔고, 로마군에서는 그렇다면 11년째 해에 점령하겠다는 회신을 보냈네. 루쿨루스는 포고관을 시켜 이 이야기를 다시 들려줌으로써 반란군들을 공포에 떨게 했지.

사실 루쿨루스는 대단한 일을 해냈네. 포위용 경사로, 공성탑, 참호, 공성 망치, 투석기, 방책을 세워 트리오칼라를 빈틈없이 에워쌌고, 자연적인 방어선 역할을 하던 요새벽 앞쪽 땅에 난 깊은 틈도 모두 메웠지. 그다음에는 로마 병사들을 위해 반란군 요새 못지않게 거대한 진지를 구축했다네. 워낙 튼튼하게 지어놓은지라 설령 노예들이 트리오칼라 밖으로 나올 수 있다 해도 루쿨루스의 진지로 쳐들어올 수 없을 정도였지. 그렇게 그는 그곳에 자리를 잡고 겨울이 끝날 때까지 기다리기로 했고, 그의 병사들도 매우 편안하게 지냈다네. 루쿨루스는 자신의 지휘권이 연장되리라 확신했지.

그런데 1월에 조점관 세르빌리우스가 새로운 총독이 되었다는 긴급 공문이 날아든 거야. 게다가 원로원 공문과 함께 도착한 우리의 친애하는 똥돼지의 편지에는, 아헤노바르부스와 그가 뒤를 봐준 세르빌리우스가 얼마나 가증스러운 짓을 했는지 추잡한 내용이 자세히 적혀 있었지.

자네는 루쿨루스를 그리 잘 알지 못하겠지만 나는 아네. 그 부류의 사람들이 대개 그렇듯이 그야말로 냉철하고 침착하고 무심하며 참고 보기 힘들 정도로 오만한 얼굴을 하고 다니지. "나는 루키우스 리키니우스 루쿨루스, 가장 유서 깊고 명망 높은 로마 귀족 가문 출신이오. 그러니 당신이 아주 운이 좋은 사람이라면 어쩌다가 내가 알아봐줄지도 모르지." 이렇게 말하는 듯한 태도 말이네. 하지만 이런 겉모습 아래에는 완전히 다른 사람이 있네. 예민하고 모욕에 대해 광적으로 의식하고 열정으로 가득하며, 화가 나면 분노가 어마어마한 사람 말이야. 총독이 바뀐다는 소식을 접한 루쿨루스는, 얼핏 보기엔 우리가 예상할 딱 그 수준의 침착하고 차분한 태도로 상황을 받아들이는 것 같았네. 그러나 바로 돌변해서 포, 포위용 경사로, 공성탑, 귀갑형 방패, 참호, 돌조각으로 채운 좁은 길, 산 위에 층층이 둘러쳐놓은 장벽 등 모든 것을 남김없이 파괴해버린 거야. 태울 수 있는 건 모조리 태워버리고, 태울 수 없는 돌조각과 흙 등은 닥치는 대로 양동이에 담아 트리오칼라에서 아주 먼 곳까지 사방으로 실어가서 버렸네. 그러고는 자신이 머물던 진지를 철거하고 그 안에 있는 물건들까지 몽땅 부숴버렸네.

이 정도면 분풀이로 충분하다 싶은가? 아니, 루쿨루스에게는 그렇지 않았네. 이건 시작에 불과했어! 그는 시라쿠사이와 릴리바이움에서의 자신의 행정 기록을 모조리 파기하고, 수하 병사 1만 7천 명을 이끌고 아그리겐툼 항으로 진군했네.

루쿨루스의 재무관은 대단히 충성스러워서 그가 원하는 모든 일을 묵인했네. 그의 수중에는 우선 로마에서 보내온 그의 군대에 지급할 급료가 있었고, 시라쿠사이에는 헤라클레이아 미노아 전투에서 얻은 노획물에서 나온 돈도 있었지. 게다가 루쿨루스는 전임 총독 네르바에게 지나친 부담을 주었다는 이유로 로마인을 제외한 시칠리아의 모든 시민에게 벌금을 부과하여 그 돈까지 추가했네. 그런 다음에는 세르빌리우스가 그의 병사들을 수송할 선대를 빌리라고 로마에서 새로 보내온 자금 중 일부를 유용했다네.

아그리겐툼 해안에 도착한 직후 루쿨루스는 수하 병사들을 해산하고 그때껏 긁어모은 돈을 한푼도 남기지 않고 몽땅 나눠주었네. 그의 부대에는 온갖 다양한 병사들이 섞여 있었는데, 요새 다른 계급은 말할 것도 없고 이탈리아의 최하층민 중에서도 병사로 모집할 사내들의 씨가 말랐다는 확실한 증거지. 루쿨루스는 캄파니아에서 모은 이탈리아인과 로마인 퇴역병사들 외에도 비티니아, 그리스, 마케도니아 테살리아에서 얻은 1개 군단과 몇 개 대대를 추가로 확보하고 있었네. 모병 과정에서 루쿨루스가 비티니아의 니코메데스 왕에게 병사를 내달라고 요구했을 때, 왕은 로마의 징세청부업자들이 자기 백성들을 죄다 노예로 만들어버려서 내줄 병사가 없다고 맞섰네. 우리가 이탈리아 동맹시 노예들을 해방시킨 것을 빗댄 다소 뻔뻔스러운 말이었지. 니코메데스는 로마와의 우호동맹조약이 비티니아인 노예들의 해방까지 확대되어야 한다고 생각한 거야! 당연히 루쿨루스는 그의 말을 묵살하고 비티니아 병사들을 얻었지.

루쿨루스는 비티니아 병사들을 집으로 돌려보냈고 로마와 이탈리아 병사들도 제대 서류를 주어 각각 집으로 돌려보냈네. 그리고 시칠리아 총독으로 부임한 동안의 기록을 단 한 자도 남기지 않고 모조리 없앤 뒤 본인 역시 배를 타고 떠났네.

루쿨루스가 떠나자마자 트리폰 왕과 그의 책사 아테니온은 트리오칼라 밖으로 나와 또다시 시칠리아 외곽지역을 약탈하기 시작했네. 이제 그들은 자기들이 전쟁에서 승리할 것을 절대적으로 확신하면서 "노예가 되지 말고 노예를 소유하자!"라는 선전 구호를 내걸었지. 지금 시칠리아 땅에서는 농사를 전혀 짓지 못해서 도시에 시골 난민들이 넘쳐나고 있네. 시칠리아는 다시 한번 불행의 서사시가 된 거야.

이처럼 즐거운 상황에서 세르빌리우스가 당도한 것이네. 당연히 그는 그 상황을 믿을 수 없었지. 자신의 보호자인 아헤노바르부스 피핀나에게 연거푸 편지를 보내 우는소리를 늘어놓기 시작했고 말일세.

그사이 루쿨루스는 로마로 돌아와서 당연히 자신에게 닥칠 상황에 대해 준비 작업을 시작했네. 아헤노바르부스가 로마의 자산, 그중에서도 특히 공성 보루와 진지를 고의로 파괴한 행동을 두고 원로원에서 그를 몰아붙이자, 루쿨루스는 거만하게 눈을 내리깐 채 신임 총독이 자기 방식대로 새로 시작하고 싶어할 거라고 생각해서 그랬노라고 대답했네. 자신이 시칠리아에 처음 부임할 당시의 모습대로 남겨두고 싶었으며, 그래서 임기를 마치면서 본래대로 되돌리는 작업을 했을 뿐이라고 말했지. 세르빌리우스의 가장 큰 불만은 군대가 없다는 것이었네. 그는 루쿨루스가 군단을 그대로 남겨둘 것이라고 단순하게 생각하고는 굳이 군대에 대해 공식 요청을 보내지 않았던 거야. 그러니 루쿨루스는, 세르빌리우스로부터 어떤 요청도 없었으므로 자신의 군대는 자기 뜻대로 할 수 있는 것이라고 주장했다네. 병사들에게 병역 면제를 해줄 때가 되었다고 생각했다면서 말이야.

원로원에서 그는 이렇게 발언했다네. "나는 내가 만든 모든 흔적을 깨끗이 지우고 가이우스 세르빌리우스에게 새로운 서판을 남겨주었습니다. 그는 신진 세력이지요. 신진 세력들은 모든 일에 대해 자기만의 처리 방식이 있으니 나는 그렇게 하는 것이 그에게 호의를 베푸는 길이라 여겼습니다."

군대 없이 세르빌리우스가 시칠리아에서 할 수 있는 일이란 당연히 거의 없지. 게다가 카툴루스 카이사르가 이탈리아에서 건질 수 있을 몇 안 되는 신병을 골라내고 있는 상황에서, 금년중에 시칠리아로 새로운 부대를 파병해줄 가능성도 전혀 없어. 제대한 루쿨루스의 병사들은 대부분 지갑이 두둑해진 채 먼 곳으로 뿔뿔이 흩어진데다 다시 동원되고 싶어하지도 않을 테고 말이야.

루쿨루스는 스스로 기소될 여지를 크게 만들어놓았다는 사실을 잘 알고 있네. 하지만 그다지 신경쓰는 것 같지는 않아. 그는 세르빌리우스가 자신의 공적을 가로챌 수 있었을 가능성을 철저히 뭉개버린 것만으로 무한한 만족을 느꼈지. 이것이야말로 기소를 피하는 일보다 그에게는 더 중요한 거야. 그래서 요즘 그는 아들들을 보호하기 위해 가능한 모든 조치를 취하느라 정신이 없다네. 아헤노바르부스와 세르빌리우스가 기사들로 구성된 사투르니누스의 새로운 반역 법정을 이용해 자신을 기소하고 유죄판결을 받아내려 할 게 뻔하다고 생각한 거지. 그는 최대한 많은 재산을 장남 루키우스에게 넘겨주었고, 이제 열세 살이 된 차남은 테렌티우스 바로 집안에 양자로 주었네. 이 집안은 이번 대에 마르쿠스 테렌티우스 바로라는 이름을 단 후손이 없는데다 대단히 부유한 집안이지.

똥돼지는 이 모든 일에 크게 당황했네. 그도 그럴 것이 루쿨루스가 기소되면 행실이 나쁜 누이 메텔라 칼바를 다시 받아들여야 하기 때문이었네. 어쨌건 스카우루스에게 듣자니, 루쿨루스의 두 아들은 성년이 되자마자 세르빌리우스에게 복수하리라 맹세했다고 똥돼지가 말했다더군. 장남인 루키우스 2세가 특히나 분해하는 눈치네. 놀랄 일도 아니지. 외모가 제 아버지와 꼭 닮았으니 그 속의 성격이라고 왜 아니겠는가? 역겨운 신진 세력에 불과한 조점관의 건방진 야심 때문에 치욕을 당하게 된 것이 그애에게는 끔찍한 저주같이 느껴지겠지.

최근 소식은 여기까지가 다라네. 또 소식 전함세. 나도 거기서 자네를 도와 게르만족을 무찌르고 싶은 심정이네. 자네에게 내 도움이 필요해서가 아니라, 나만 빠져 있으니 소외감이 느껴져서 말이야.

게르만족이 짐을 꾸려 아투아투키족의 땅에서 떠나기 시작했다는 소식이 마리우스와 술라의 귀에 들어왔다. 이미 달력상 4월로 접어든 후였다. 그로부터 또 한 달이 지난 후에는 세르토리우스가 직접 찾아왔다. 그는 보이오릭스가 자기 계획을 실행하기 위해 게르만족을 충분히 끌어모은 상태라고 보고했다. 티구리니족이 이끄는 혼합 부족 집단과 킴브리족은 레누스 강을 따라 이동하기 시작했고, 테우토네스족은 모사 강 남동쪽으로 이동했다.

"가을쯤이면 게르만족이 세 무리로 나뉘어 이탈리아 갈리아의 국경 지역에 침투한다고 봐야 할 걸세." 마리우스가 숨을 몰아쉬며 말했다. "보이오릭스가 아테시스 강에 이르렀을 때 내가 직접 대적하고 싶지만 그건 분별없는 짓이겠지. 먼저 테우토네스족과 맞붙어서 그들을 무력화시켜야 하니까. 최소한 드루엔티아 강까지는 세 무리 중 테우토네스족이 가장 먼저 이동했으면 좋겠군. 거기까지는 고산지대를 넘지 않아도 되니 말이야. 그곳에서 테우토네스족을 제대로 제압할 수만 있다면, 보이오릭스와 킴브리족이 이탈리아 갈리아 땅을 밟기 전에 우리가 몬스 게나바 고개를 넘어 저들을 미리 저지할 시간을 벌 수 있어."

"카툴루스 카이사르 혼자서 보이오릭스를 상대할 수는 없다고 생각하십니까?" 마니우스 아퀼리우스가 물었다.

"그렇네." 마리우스가 딱 잘라 말했다.

마리우스는 나중에 술라와 단둘이 있는 자리에서, 차석 집정관이 보이오릭스를 상대로 싸워 이길 가능성에 대한 자신의 생각을 좀더 상세히 털어놓았다. 카툴루스 카이사르는 병사들의 훈련과 채비가 끝나는 즉시 아테시스 강을 향해 북쪽으로 진군할 예정이었던 것이다.

"카툴루스 카이사르는 대략 여섯 개 군단을 얻게 될 것이고 봄과 여름 내내 군을 정비할 시간도 있네. 하지만 그는 진정한 사령관감이 아니야. 테우토보드가 가장 먼저 오기만 바랄 뿐이네. 그래야 테우토보드를 무찌르고 난 뒤 알프스 산맥을 최대한 빨리 넘어가서, 보이오릭스가 베나쿠스 호수에 당도하기 전에 카툴루스 카이사르와 합류할 수 있으니까."

마리우스의 말을 듣던 술라가 한쪽 눈썹을 치켜올렸다. "그렇게는 안 될 겁니다." 그의 목소리는 확신에 차 있었다.

마리우스는 한숨을 내쉬었다. "그렇게 말할 줄 알았네!"

"제가 그렇게 말할 줄 아실 거라 짐작했지요." 술라가 씩 웃으며 말했다. "보이오릭스가 이끌지 않는 다른 두 전사단이 킴브리족보다 빨리 이동할 가능성은 낮습니다. 문제는 사령관님이 각 장소에 제때 도착할 시간이 없으리라는 겁니다."

"그러면 나는 여기 남아 테우토보드를 기다리겠네." 마리우스가 마음을 정한 듯 말했다. "내 군대의 병사들은 마실리아와 아라우시오 지역 사이에 있는 풀잎 하나, 나뭇가지 하나까지 샅샅이 꿰고 있네. 게다가 2년간 전투가 없었으니 병사들에게는 승리가 절실하지. 여기서는 승리할 가능성이 매우 높으니 나는 여기에 남아야 할 것 같군."

"'나'라고 말씀하시는 걸 보니, 제가 할 일을 따로 생각하시는 겁니까?" 술라가 조용히 물었다.

"그래. 루키우스 코르넬리우스, 테우토네스족을 격파할 기회를 빼앗게 되어 미안하네만 자네를 카툴루스 카이사르의 선임 보좌관으로 보내야 할 것 같네. 그도 자네를 받아들일 수밖에 없을 거야. 자넨 파트리키 귀족이니까."

몹시 실망한 술라는 자신의 손만 내려다보았다. "엉뚱한 군대에 가서 제가 무슨 도움이 될 수 있겠습니까?"

"내가 차석 집정관으로 있을 때 실라누스와 카시우스, 카이피오, 말리우스가 보였던 온갖 불길한 징후를 보지 않았다면 이렇게 걱정하지는 않을 거야. 하지만 지금 나는 정말 염려스럽네, 루키우스 코르넬리우스! 카툴루스 카이사르는 전략도 전술도 전혀 이해하지 못하는 인물이야. 그자는 신들이 자신의 고귀한 태생을 정해주었을 때 그런 능력도 머릿속에 같이 넣어주었다고 생각하지. 필요한 순간이 오면 그것들이 머리에서 저절로 나올 거라고 말일세. 하지만 자네도 잘 알다시피 이건 그런 문제가 아니지 않나!"

"네, 압니다."

"내가 이탈리아 갈리아를 건너가기 전에 보이오릭스와 카툴루스 카이사르가 맞붙는다면 그는 분명 지독한 실수를 저질러 병사들을 잃게 될 걸세. 그렇게 되도록 내버려두면 우리에게 승산은 없네. 세 게르만 일파 중에서도 킴브리족은 가장 뛰어난 우두머리를 가졌고 병사의 수도 가장 많네. 게다가 나는 파두스 강 저편의 이탈리아 갈리아 지형은 전혀 몰라. 내가 4만 명도 안 되는 병사로 테우토네스족을 격파할 수 있다면 그것은 이 지역을 잘 알고 있기 때문일 걸세."

술라는 상관의 얼굴을 노려보아 무안을 주려고 해보았지만, 마리우스의 눈썹에 기가 꺾이고 말았다. “그렇지만 제가 무엇을 하기를 기대하십니까? 사령관의 망토를 입은 사람은 저 술라가 아니라 카툴루스 카이사르인데요! 대체 제가 어쩌길 기대하시는 겁니까?”

마리우스는 손을 뻗어 술라의 팔목을 꼭 잡았다. “내가 그걸 안다면 여기서 직접 카툴루스 카이사르를 지휘할 수 있을 걸세. 루키우스 코르넬리우스, 자네가 적진에서 야만인으로 위장한 채 1년 넘게 살아낸 사실은 분명하네. 자네는 검술 못지않게 기지도 뛰어나고, 양쪽 모두 능수능란하게 사용할 줄 알지. 카툴루스 카이사르를 그 자신의 우매한 판단으로부터 구해내기 위해, 나는 자네가 필요한 그 어떤 일이든 마다하지 않을 거라고 확신하네.”

술라는 숨을 들이마셨다. “그러니까 무슨 수를 써서라도 카이사르의 군대를 구하라고 명하시는 거군요.”

“그래. 무슨 수를 써서라도.”

“카툴루스 카이사르를 희생시키는 한이 있더라도요?”

“카툴루스 카이사르를 희생시키는 한이 있더라도.”

흐드러진 꽃과 함께 봄이 끝나고, 여름이 개선장군처럼 득의양양하게 다가와 무덥고 건조한 기운을 널리 퍼뜨렸다. 테우토보드가 이끄는 테우토네스족은 꾸준히 남하하여 아이두이족의 땅을 통과해 알로브로게스족의 영토로 들어갔다. 알로브로게스족은 로다누스 강 상류부터 남쪽으로 수 킬로미터에 이르는 이사라 강 사이의 전 지역을 차지하고 있었다. 이들은 호전적인 부족으로 로마와 로마인을 꾸준히 증오해왔다. 그러나 3년 전에도 게르만족 무리가 이 땅을 통과한 적이 있었고, 알로브로게스족은 게르만족이 자기네 위에 군림하는 것을 원치 않았다. 그리하여 두 부족 간에 치열한 싸움이 벌어지는 바람에 테우토네스 족의 진군이 늦춰졌다. 초조해진 마리우스는 사령부 막사 바닥을 서성이면서 술라의 상황은 어떨지 궁금해했다. 술라는 이미 이탈리아 갈리아 지역의 파두스 강변에 주둔한 카툴루스 카이사르의 군대에 합류해 있었다.

6월 하순경 카툴루스 카이사르는 새로 모집했으나 정원에 못 미치는 여섯 개 군단을 이끌고 플라미니우스 가도를 행진했다. 병력 부족이 워낙 심각했기에 더이상은 신병을 모집할 수 없었기 때문이다. 아이밀리우스 가도를 따라 보노니아에 당도한 그는 안니우스 가도를 택해 제조업으로 크게 번창한 파타비움 마을로 갔다. 안니우스 가도는 베나쿠스 호수에서 동쪽으로 한참 떨어져 있었지만, 이탈리아 갈리아 지역에는 대개 좁은 샛길과 오솔길뿐이었으므로 군대가 행군하기에는 이 길이 더 편했다. 파타비움부터는 상태가 좋지 못한 샛길을 따라 베로나까지 이동했고 그곳에 주둔지를 세웠다.

여기까지 오는 동안 카툴루스 카이사르가 한 행동에는 술라가 흠잡을 만한 것이 전혀 없었다. 그렇지만 이제 술라는 마리우스가 자신을 이탈리아 갈리아로 보낸 이유를 좀더 분명히 알 수 있었고, 자신이 이곳에서의 임무에 대해 과소평가하고 있었다는 것을 깨달았다. 사령관으로서 카툴루스 카이사르의 능력은 어떨지 몰라도 그의 됨됨이에 대한 마리우스의 판단은 틀리지 않았다. 대단히 귀족적이고, 거만하고, 지나치게 자신만만한 그를 보면서 술라는 메텔루스 누미디쿠스를 생생히 떠올렸다. 그러나 문제는, 카툴루스 카이사르가 마주하게 될 전쟁터와 적은 누미디쿠스가 겪었던 것보다 훨씬 더 위험하다는 점이었다. 더욱이 누미디쿠스는 누만티아의 돼지우리에서 겪은 유익한 경험을 기억하고 있었던데다 마리우스와 루푸스를 보좌관으로 거느리고 있었다. 그에 반해 카툴루스 카이사르는 군에서 지금의 자리까지 오르면서 마리우스 같은 사람을 한 번도 만난 적이 없었다. 처음에는 수습군관으로, 그다음에는 군무관으로 주어진 기간 동안 복무하면서, 전투능력이 뒤떨어지는 병사들과 함께 마케도니아와 히스파니아에서의 소규모 전투에 참여했을 뿐이었다. 대규모 전쟁은 늘 그를 피해간 것이다.

애초에 카툴루스 카이사르가 술라를 흔쾌히 받아들이리라 기대하기는 어려웠다. 그는 로마를 떠나기 전에 이미 보좌관들을 정해놓았는데, 보노니아에 도착해보니 술라가 자신을 선임 보좌관 겸 부사령관으로 임명한다는 총사령관 마리우스의 명령을 들고 와서 기다리고 있었던 것이다. 독단적이고 고압적인 조치였지만, 마리우스로서는 달리 선택의 여지가 없기도 했다. 명령을 받아든 카툴루스 카이사르는 술라에게 싸늘하게 대하면서 비협조적으로 나왔다. 그나마 파트리키 귀족인 술라의 태생은 도움이 되었지만, 그마저도 하층민 생활을 했던 과거로 인해 효과가 줄어들었다. 카툴루스 카이사르의 마음에는 적게나마 질투의 감정도 있었다. 그가 본 술라는 주요 전장에서 대규모 전투를 경험했을 뿐 아니라 게르만족에 대한 첩보활동에서도 뛰어난 성과를 올린 사람이었기 때문이다. 하지만 그 첩보활동에서 술라가 실제로 어떤 역할을 했는지 알았다면 그는 한층 더 술라를 불신하고 수상쩍게 여겼을 것이다.

사실 마니우스 아퀼리우스가 아니라 술라를 이곳에 보낸 마리우스의 결정은 여느 때와 같이 비범한 기지를 드러냈다. 물론 아퀼리우스도 감시인 겸 보호자로서 충분히 역할을 해냈겠지만, 술라는 카툴루스 카이사르의 신경을 거스르는 데가 있었던 것이다. 그에게 술라는 뭔가 휜

표범 같은 존재가 늘 주변을 어슬렁거리는데 막상 뒤돌아서 대면하려고 하면 휙 사라지고 없는 듯한 느낌을 주었다. 술라만큼 크게 도움이 되는 선임 보좌관도 없었고, 군대의 일상 행정과 관리 업무의 부담을 바쁜 사령관의 어깨에서 기꺼이 덜어주려는 선임 보좌관도 없었다. 그렇지만, 그럼에도 불구하고, 카툴루스 카이사르는 무언가 잘못됐다고 확신했다. 뭔가 음흉한 꿍꿍이가 있지 않고서야 마리우스가 애초에 왜 나에게 이자를 보냈겠는가?

한편 술라는 카툴루스 카이사르를 안심시키고 그의 두려움과 의혹을 잠재워줄 의도가 조금도 없었다. 오히려 그를 계속 두려움과 의혹 속에 몰아넣음으로써 정신적으로 우위를 차지하고 필요한 경우에 그것을 활용할 작정이었다. 한편으로는 부대 내의 모든 참모군관과 백인대장은 물론 사병들도 최대한 많이 사귀어두는 데 힘썼다. 베로나 근처에 주둔지를 세운 직후부터 카툴루스 카이사르는 정례 훈련과 모의 전투연습에 있어 술라가 뜻대로 하도록 내버려두었으므로, 이제 술라는 보좌관 이하의 모든 병사가 잘 알고 존경하며 신뢰하는 선임 보좌관이 되어 있었다. 카툴루스 카이사르를 부득이 제거해야만 하는 상황에 처했을 때에 대비해 이러한 여건을 만들어놓는 것은 매우 중요했다.

그렇다고 그를 죽이거나 불구로 만들 생각은 전혀 없었다. 술라도 파트리키 귀족이니만큼 같은 귀족을 보호하고 싶은 마음이 컸다. 카툴루스 카이사르에 대한 애정은 없었지만 자신이 속한 계급에 대한 애정은 있었던 것이다.

킴브리족은 보이오릭스의 지휘하에 원활히 이동했다. 그는 자신의 전사들과 게토릭스의 전사들을 함께 이끌고 다누비우스 강과 아이누스 강의 합류 지점까지 이동한 뒤 그곳에서 게토릭스와 헤어졌다. 게토릭스의 무리는 목적지까지 비교적 짧은 여정만을 앞둔 상태였다. 한편 킴브리족은 남쪽으로 방향을 돌려 아이누스 강을 따라 내려갔다. 얼마 안 가 그들은 고산지대에 이르렀다. 그곳에는 브렌누스 왕에게서 이름을 따온 켈트족 일파인 브렌니족이 살고 있었다. 브렌니족은 이탈리아 갈리아로 들어가는 통행로 중 가장 낮은 브렌누스 고개를 장악하고 있었지만, 보이오릭스와 킴브리족이 통과하는 것을 막을 형편이 못 되었다.

달력상으로 7월 말이 되었을 때 킴브리족은 브렌누스 고개에서부터 이사르쿠스 강을 따라내려와 아테시스 강과 만나는 지점에 도달했다. 그들은 이곳의 푸르른 고산 초원에서 조금 넓게 흩어져 구름 한 점 없이 새파란 하늘로 높이 솟은 산들을 올려다보았다. 술라가 보낸 정찰병들이 그들을 발견한 것은 바로 여기서였다.

술라는 스스로 모든 돌발 사태에 완벽히 대비해두었다고 생각했다. 지금 처한 것 같은 상황이 올 줄은 꿈에도 생각지 못했다. 킴브리족이 아테시스 계곡 어귀까지 왔으며 이제 곧 이탈리아 갈리아로 쳐들어올 것이라는 소식에 카툴루스 카이사르가 어떻게 반응할지 예측할 만큼 그를 충분히 파악하지는 못했던 것이다.

"내가 살아 있는 한 게르만족은 이탈리아 땅을 밟을 수 없소!" 이 문제를 두고 열린 작전회의에서 카툴루스 카이사르는 단호한 어조로 말했다. "게르만족은 이탈리아 땅을 밟을 수 없소!" 그는 다시 한번 강조한 후 당당하게 자리에서 일어나 선임 군관들을 한 사람씩 차례로 쳐다보았다. "진군할 것이오."

술라가 그를 빤히 쳐다보며 되물었다. "진군이라고요? 어디로 진군한단 말씀입니까?"

"당연히 아테시스 강 상류 쪽이지." 카툴루스 카이사르는 술라를 멍청이로 여기는 듯한 표정을 지으며 대답했다. "눈이 오기 시작하면 힘들어질 테니 그전에 게르만족을 알프스 너머로 쫓아버릴 작정이오."

"아테시스 강 상류 어디까지 진군하실 겁니까?"

"게르만족을 만날 때까지."

"아테시스 계곡처럼 좁은 골짜기에서 말입니까?"

"분명 우리가 게르만족보다 훨씬 유리한 상황일 거요. 우리는 잘 훈련된 군대지만 저들은 조직되지 않은 방대한 규모의 오합지졸일 뿐이오. 우리에게는 절호의 기회요."

"절호의 기회가 되려면 우리 군대를 배치할 공간이 있어야 합니다."

"아테시스 강 유역이면 우리가 필요한 배치를 하고도 공간이 남을 거요." 카툴루스 카이사르는 더이상 어떤 의견도 들으려 하지 않았다.

술라는 심란한 마음으로 회의장을 나섰다. 킴브리족을 상대로 그가 세웠던 계획이 아무 짝에도 쓸모가 없어졌기 때문이다. 그때까지 술라는 자신이 구상한 여러 대안 중 카툴루스 카이사르에게 가장 주효할 계획을 그에게 부지런히 주입할 생각이었고, 그가 그것이 자기 스스로 생각한 계획이라 믿게 할 방법을 이리저리 궁리하고 있었다. 그런데 이제 술라에게는 아무 계획도 없고 그 어떤 계획도 세울 수 없었다. 일단은 어떻게 해서든 카툴루스 카이사르가 생각을 바꾸도록 설득하는 수밖에 없었다.

그러나 카툴루스 카이사르는 생각을 바꾸려 하지 않았다. 그는 군대를 모조리 이끌고 아테시스 강 상류로 진군했다. 강은 거기서부터 몇 킬로미터를 흘러 이탈리아 알프스 산맥 기슭의 여러 골짜기를 채운 아름다운 고산 호수들 중에서도 가장 큰 베나쿠스 호수 동쪽으로 이어졌다. 북쪽으로 진군할수록 아테시스 계곡은 점점 더 좁아져 병사 2만 2천 명과 기병 2천 명, 비전투원 8천여 명으로 구성된 군대의 이동을 갈수록 어렵게 했다.

드디어 카툴루스 카이사르는 트리덴툼 교역소에 당도했다. 이곳에는 거대한 산봉우리 세 개가 우뚝 솟아 있었는데 거칠게 들쭉날쭉한 송곳니처럼 생긴 모양 때문에 '세 개의 이빨'이라는 별명으로 불렸다. 이 부근에서 아테시스 강은 매우 깊고도 빠르고 세차게 흘렀다. 여름에도 눈이 완전히 녹지 않는 산속에 강의 발원지가 있어 연중 내내 그 눈이 강으로 흘러들기 때문이었다. 트리덴툼 너머로는 계곡이 한층 더 좁아졌다. 계곡을 따라 구불구불 마을로 이어지던 길이 끊긴 곳에서는 석조 교각 위에 놓인 긴 나무다리 아래로 강물이 범람할 듯 무서운 기세로 흘렀다.

선임 군관들과 함께 선두에서 말을 몰던 카툴루스 카이사르는 말 등에 앉은 채 주위를 둘러보더니 만족스러운 듯 고개를 끄덕였다.

"테르모필라이가 생각나는군. 게르만족을 저지해서 더이상의 진군을 포기하고 북쪽으로 되돌아가게 만들기에 더없이 이상적인 곳이겠어."

"테르모필라이를 지키던 스파르타인들은 모두 전사했지요." 술라가 말했다.

카툴루스 카이사르는 거만하게 눈썹을 치켜올리며 대꾸했다. "그래서 어쨌단 거요. 게르만족만 물러가면 되는 것 아니겠소?"

"하지만 저들은 돌아가지 않을 겁니다, 퀸투스 루타티우스! 북쪽으로는 눈 말고는 아무것도 없는 이런 계절에, 식량도 얼마 없고 남쪽으로 조금만 더 가면 이탈리아 갈리아의 초원과 곡식이 가득한데 저들이 돌아가겠습니까?" 술라는 격하게 고개를 가로저었다. "여기서는 저들을 막을 수 없을 겁니다."

다른 군관들은 안절부절못하며 조금씩 술렁였다. 그들 모두 아테시스 강 상류로의 진군이 시작될 때부터 술라가 초조해하는 것을 눈치챘으며, 카툴루스 카이사르가 상식적으로 어리석은 짓을 하고 있음을 온몸으로 느끼고 있었다. 술라도 굳이 그들에게 초조함을 감추지 않았다. 카툴루스 카이사르가 군대를 잃는 사태를 막아야 할 때가 오면 선임 군관들의 지지가 필요하리라고 판단해서였다.

"우리는 여기서 싸운다." 카툴루스 카이사르는 이렇게 말하고는 조금도 양보하려 들지 않았다. 그의 머릿속은 불멸의 레오니다스 왕과 그가 이끈 스파르타인 정예부대의 환영으로 가득했다. 불후의 명성을 보상으로 얻었는데, 육체가 때 이른 죽음을 맞았다고 무슨 대수인가?

킴브리족은 아주 가까이에 있었다. 설령 카툴루스 카이사르가 원했다고 하더라도, 로마군이 트리덴툼에서 더 북쪽으로 진군하기란 불가능했을 것이다. 그러나 이런 상황에서도 카툴루스 카이사르는 전 병력이 다리를 건너서 적합하지도 않은 강 건너편에 진지를 세워야 한다고 고집했다. 그 장소는 너무나 협소해서 진지가 남북으로 수킬로미터 뻗은 형태가 되었다. 각 군단의 천막은 일렬로 꼬리를 물듯 길게 이어졌고 마지막 군단은 다리 근처에서 야영해야 했다.

"나는 그간 버릇이 너무 잘못 들어버렸소." 술라는 다리에서 가장 가까이 있는 군단의 최고참 백인대장에게 말했다. 아티나 출신의 건장하고 믿음직한 삼니움족인 나이우스 페트레이우스였다. 그의 군단도 삼니움족 최하층민으로 구성된 보조군이었다.

"버릇이 잘못 들다니요?" 페트레이우스가 다리 측면에 서서 흘러가는 급류를 가만히 쳐다보며 물었다. 난간도 없이 통나무로 가장자리를 나지막하게 둘러쳐놓은 다리였다.

"가이우스 마리우스 밑에서만 군생활을 했거든."

"운이 좋았군요. 나도 그런 기회를 얻고 싶습니다." 투덜거리듯 내뱉는 그의 말투에 조소가 어려 있었다. "하지만 우리 중 누구도 그럴 일은 없을 것 같군요, 루키우스 코르넬리우스."

마침 그들 옆에는 한 사람이 더 있었다. 군무관으로 선출되어 군단 지휘관을 맡고 있던 그는 다름아닌 원로원 최고참 의원의 아들 스카우루스 2세였다. 용맹한 아버지에게는 참으로 기대에 어긋나는 실망스러운 아들이었다. 혼자 강물을 응시하고 있던 스카우루스 2세가 몸을 돌려 최고참 백인대장을 쳐다보았다.

"우리 중 누구도 그럴 일이 없다니, 무슨 뜻이오?"

스카우루스의 질문에 페트레이우스가 또다시 투덜거리며 대답했다. "우리 모두 여기서 죽을 거란 말입니다, 군무관님."

"죽는다고? 우리 모두? 대체 왜?"

"나이우스 페트레이우스의 말은, 또 한 명의 무능한 최상류층 귀족 덕분에 우리가 군사적으로 대단히 난감한 상황에 끌려들어왔다는 뜻이네." 술라가 엄숙하게 말했다.

"아니오, 당신들이 잘못 안 거요!" 스카우루스 2세가 열정적으로 외쳤다. "내가 보기에는 사령관님이 전략을 설명할 때 루키우스 코르넬리우스 당신이 이해를 잘 못하는 것 같았습니다."

술라는 백인대장에게 눈짓을 하며 말했다. "그렇다면 당신이 설명해 보시오, 군무관! 몹시 듣고 싶군요."

"음, 게르만족은 40만 명인 데 비해 우리 군은 2만 4천 명에 불과합니다. 따라서 탁 트인 전장에서 저들과 대적해서는 안 됩니다." 두 무관의 진지한 눈빛에 대담해진 스카우루스 2세가 설명하기 시작했다. "우리가 게르만족을 격퇴할 수 있는 유일한 방법은, 우리 군대만 포진할 수 있는 좁은 전선에 그들을 몰아넣은 다음 우리의 우월한 기량을 총동원하여 공격을 퍼붓는 겁니다. 우리가 전혀 물러날 기세가 아니라는 것을 깨닫게 되면 게르만족은 여느 때처럼 후퇴할 겁니다."

"그렇게 생각하시는군요." 페트레이우스가 말했다.

"그게 엄연한 사실이오!" 스카우루스 2세가 조바심하며 외쳤다.

"엄연한 사실이라!" 술라는 그를 따라 말하더니 웃기 시작했다.

"엄연한 사실이군요." 페트레이우스도 같이 웃었다.

스카우루스 2세는 어리둥절해서 두 사람을 쳐다보았다. 재미있어 하는 둘의 모습을 보니 그의 마음에 두려움이 차올랐다. "진정하시오, 뭐가 그렇게 우스운 겁니까?"

술라는 웃느라 나온 눈물을 닦았다. "스카우루스, 그건 자네가 구제불능일 정도로 순진해서네." 그는 한 손을 들어 마치 화가가 붓질을 하듯 산의 양쪽 측면을 쓸어보였다. "저 위를 보게! 무엇이 보이나?"

"산이오." 더욱 어리둥절해진 스카우루스가 대답했다.

"오솔길과 승마길, 소몰이길, 우리에겐 이런 게 보이네! 미노스인들의 치마에 층층이 달린 주름장식 같은 저 계단식 지형은 못 보았나? 킴브리족은 저 길을 따라 고지를 오르기만 하면 사흘 안에 우리 측면을 칠 수 있네. 그렇게 되면 우리는 망치와 모루 사이에 끼인 신세가 되는 걸세. 발에 밟힌 딱정벌레보다도 납작하게 뭉개지는 거지."

스카우루스의 안색이 하얗게 질렸다. 술라와 페트레이우스는 자칫 그가 물속으로 고꾸라질까봐 반사적으로 움직여 그를 붙잡았다. 저 급류에 떨어지면 누구라도 살아남지 못할 것을 알았기 때문이다.

"우리 사령관은 계획을 잘못 세웠네." 술라가 가차없이 내뱉었다. "우리는 베로나와 베나쿠스 호수 사이에서 킴브리족을 기다렸어야 했어. 그곳에서라면 저들을 제대로 된 함정에 몰아넣을 방법이 수천 가지는 있었을 걸세. 준비한 덫을 작동시킬 공간도 충분했을 테고."

"그렇다면 왜 누군가 나서서 사령관님께 말해보지 않는 겁니까?" 스카우루스가 속삭이듯이 물었다.

"그 역시 뻣뻣하고 고집스러운 집정관이기 때문이지. 카툴루스 카이사르는 자기 머릿속에 들어 있는 헛소리 외에는 아무것도 들으려 하지 않네. 가이우스 마리우스였다면 귀담아들었겠지. 하지만 이건 불합리한 추론이군. 그에게는 애초에 그런 얘기를 할 필요조차 없었을 테니까! 실상은 말일세, 마르쿠스 아이밀리우스, 우리 사령관인 퀸투스 루타티우스는 테르모필라이 전투처럼 싸우는 것이 최선이라고 생각한다네. 하지만 역사책을 떠올려보면 자네도 알 거야. 결국 레오니다스 왕을 파멸시킨 건 작은 산길 하나였다는 것을."

스카우루스는 구역질이 났다. "실례합니다!" 그는 간신히 말하고는 막사 쪽으로 급히 뛰어갔다.

술라와 페트레이우스는 스카우루스가 억지로 구토를 참으며 비틀비틀 가는 모습을 지켜보았다.

"이건 군대가 아니에요. 난장판이지." 페트레이우스가 말했다.

"아니, 군대는 훌륭하네." 술라가 그의 말에 반박했다. "지휘관들이 난장판이지."

"당신은 예외지요, 루키우스 코르넬리우스."

"나는 예외지."

"뭔가 생각해둔 게 있으시군요."

"실은 그렇소." 이렇게 답한 술라는 긴 치아를 드러내며 웃어 보였다.

"뭔지 물어봐도 되겠습니까?"

"그래요, 나이우스 페트레이우스. 하지만 좀 나중이 좋겠는데, 해질 무렵이 어떻겠소? 당신의 삼니움족 군단 막사에서 회합을 열고 거기서 얘기하겠소. 우리 둘은 지금부터 남은 오후 동안 모든 최고참 백인대장과 선임 백인대장에게 저녁 회의장으로 오라고 연락합시다." 술라는 작은 소리로 재빨리 계산해본 뒤 말을 이었다. "70명쯤 되겠군. 하지만 이 70명이야말로 정말 중요한 사람들이오. 이제 행동을 개시합시다, 나이우스 페트레이우스! 계곡 이쪽 끝에 있는 세 개 군단을 당신이 맡으시오. 나는 믿음직한 노새를 타고 가서 반대쪽 끝의 세 군단을 맡겠소."

바로 그날 킴브리족이 카툴루스 카이사르의 여섯 개 군단이 주둔해 있는 바로 북쪽 지점에 도착했다. 그들은 로마군 주둔지의 방벽 옆에 수레들을 세워놓기 한참 전에 계곡으로 돌진해 들어갔다. 킴브리족이 계곡에서 격렬하게 움직이는 사이 이 소식은 로마군 사이에 퍼져나갔다. 정찰병들이 적군의 동태를 살피기 위해 북쪽으로 갔다. 잔가지로 덮인 흉벽 너머로 보이는 게르만족의 수는 지금까지 그 어떤 로마인도 본 적이 없을 정도로 무시무시하게 많았다. 거인같이 덩치가 큰 사내들이었다.

삼니움족 군단 막사에서 열린 회합은 시간이 얼마 걸리지 않았다. 회합이 끝난 후 참석한 이들이 술라를 따라나설 때까지도 하늘에 빛이 남아 있어 이동하기에 충분히 밝았다. 그들은 다리를 건너 트리덴툼 마을로 들어갔다. 마을의 지역 정무관 집에 카툴루스 카이사르의 사령부가 설치되어 있었던 것이다. 그 역시 킴브리족이 도착했다는 소식에 대책 회의를 소집해둔 참이었다. 부사령관이 오지 않은 것에 대해 그가 한창 불평을 늘어놓고 있을 때, 술라가 북적이는 회의장으로 들어왔다.

"시간을 지켜주면 좋겠소, 루키우스 코르넬리우스." 카툴루스 카이사르가 냉랭한 목소리로 말했다. "앉으시오. 내일 있을 공격 계획을 논의해야 하니까."

"죄송합니다만 앉아 있을 시간이 없습니다." 술라는 판갑은 입지 않고 가죽 상하의와 프테루게스 차림이었으며 검과 단도를 차고 있었다.

"이보다 더 중요한 볼일이 있다면 어디 가보시오!" 카툴루스 카이사르의 낯빛이 누르락푸르락했다.

"아, 저는 아무데도 안 갈 겁니다." 술라가 미소 지으며 말했다. "그 중요한 볼일이 바로 이 회의장에 있으니까요. 그중에서도 가장 중요한 일은 내일 전투는 없을 거라는 겁니다, 퀸투스 루타티우스."

카툴루스 카이사르는 벌떡 일어섰다. "전투가 없다고? 왜?"

"당신에 대한 반란이 일어났기 때문이지요. 내가 그 주동자입니다." 이어서 술라는 검을 뽑으며 외쳤다. "백인대장들, 들어오시오! 자리가 좀 좁지만 모두 들어올 수는 있을 거요."

처음부터 그 방에 있던 사람들은 아무도 입을 열지 않았다. 카툴루스 카이사르는 너무나 화가 나서였고, 다른 사람들은 너무나 안도했든지(선임 참모진 모두가 다음날의 전투 계획에 찬성하는 건 아니었다) 너무나 당혹스러워서였다. 백인대장 70명은 열 지어 문 안으로 들어와 술라의 뒤쪽과 양옆에 빽빽이 섰다. 그들은 1미터 정도밖에 안 되는 공간을 사이에 두고, 이미 다들 일어나서 말 그대로 벽에 등을 붙이고 선 카툴루스 카이사르의 참모들과 마주서 있었다.

"이 일로 당신은 타르페이아 바위에서 내던져질 거요!" 카툴루스 카이사르가 말했다.

"그래야 한다면 할 수 없지요." 술라는 대답한 뒤 검을 칼집에 꽂았다. "그러나 진짜 반란이 무엇입니까, 퀸투스 루타티우스? 병사가 대체 어디까지 맹목적으로 복종할 수 있다고 보십니까? 명령을 내리는 사령관이 군에 대해 아무것도 모르는 얼간이인데도 기꺼이 사지로 뛰어드는 것이 진정한 애국입니까?"

카툴루스 카이사르는 완전히 할말을 잃었다. 누가 봐도 바로 알 수 있을 정도였다. 그토록 가차없이 솔직하게 내뱉는 말에 그는 제대로 응수할 방법을 찾지 못했다. 한편으로 불분명한 훈계의 말을 흥분하여 지껄이기에는 너무나 자존심이 강했고, 아무 대꾸도 하지 않기에는 자신의 근거를 너무도 확신하고 있었다. 그래서 마침내 그는 냉정한 위엄을 실어 말했다. "이것은 지지할 수 없는 일이오, 루키우스 코르넬리우스!"

술라는 고개를 끄덕였다. "나도 동의합니다. 지지할 수 없는 일이지요. 사실 우리 군이 이곳 트리덴툼에 주둔한 것 자체가 지지할 수 없는 일입니다. 내일 킴브리족은 소와 양, 말, 늑대들이 산비탈을 따라 만들어놓은 수백 개의 길을 찾아낼 겁니다. 아노파이아 같은 산길이 하나도 아니고 수백 개란 말입니다! 당신은 스파르타인이 아니라 로마인입니다, 퀸투스 루타티우스. 그런데 당신이 기억하는 테르모필라이 전투는 로마인이 아니라 스파르타인의 것이라니 놀라지 않을 수 없군요! 당신은 감찰관 카토가 아노파이아 산길을 이용해 안티오코스 왕의 측면을 포위했던 일화를 배우지도 않았습니까? 아니면 당신을 가르친 선생이 감찰관 카토는 태생이 천해서 자만심 외의 그 어떤 것에서도 본보기가 될 수 없다고 생각한 겁니까? 테르모필라이 전투의 인물로 내가 존경하는 이는 감찰관 카토이지, 마지막 한 사람까지 죽어나간 레오니다스와 그의 근위대가 아닙니다. 그들은 단지 페르시아인들을 지체시켜 그리스 함대가 아르테미시온 곶에서 전투 준비를 할 시간을 벌어주기 위해 마지막 한 사람까지 기꺼이 죽으려 했습니다. 하지만 효과는 없었지요, 퀸투스 루타티우스. 효과가 없었단 말입니다! 그리스 함대는 전멸했고, 레오니다스는 헛되이 죽었습니다. 그렇다고 테르모필라이가 페르시아인들과의 전쟁 추이에 영향을 주었습니까? 당연히 아니었지요! 그리스의 다음 함대가 살라미스에서 승리했을 때 테르모필라이에서의 서곡 같은 건 없었습니다. 그런데도 정말 당신은 테미스토클레스의 뛰어난 전략보다 레오니다스의 용맹한 자살행위가 더 좋다고 말할 수 있습니까?"

"당신은 상황을 오해하고 있소." 카툴루스 카이사르가 완고하게 말했다. 그의 자존심은 울릭세스처럼 구는 이 빨강머리 협잡꾼 덕에 너덜너덜 누더기가 되어 있었다. 그도 그럴 것이 사실 카이사르는 로마군이나 킴브리족의 운명보다도 자신의 존엄과 권위를 온전히 지키면서 상황을 모면하는 데 더 신경을 쓰고 있었기 때문이다.

"아니오, 퀸투스 루타티우스. 상황을 오해하고 있는 건 당신입니다. 당신의 군대는 이제 반란에 의해 나의 것이 되었습니다. 가이우스 마리우스가 나를 이곳으로 파견했을 때(술라는 침묵의 웅덩이 속에 감미롭고 또렷한 물방울처럼 그 이름을 떨어뜨렸다) 내가 받은 명령은 단 하나입니다. 가이우스 마리우스가 직접 관리할 수 있을 때까지 이 군대가 온전히 살아남게 하라는 명령이었죠. 그분은 테우토네스족을 해치우기 전에는 이쪽으로 올 수 없는 형편이니까요. 가이우스 마리우스는 우리의 총사령관이고, 지금 이 순간 나는 그의 명령에 따라 행동하고 있습니다. 총사령관의 명령이 당신의 명령과 상충될 때 나는 당신이 아니라 그의 명령에 복종합니다. 만약 내가 지금과 같은 무모한 탈선을 그대로 방치한다면 이 군대의 병사들은 트리덴툼 전장에서 시체로 나뒹굴게 될 겁니다. 하지만 트리덴툼 전장 같은 건 없을 겁니다. 우리 군은 말짱한 상태로 오늘밤 후퇴할 테니까요. 그렇게 살아서 승산이 훨씬 높은 다른 때를 도모할 겁니다."

"나는 게르만족이 이탈리아 땅을 밟지 못하게 하겠다고 맹세했소. 그러니 그 맹세를 저버릴 수는 없소."

"결정은 당신 몫이 아닙니다, 퀸투스 루타티우스. 그러니 당신이 맹세를 저버리는 게 아니지요."

카툴루스 카이사르는 원로원 의원의 표지로 금반지를 끼기를 거부한 보수파 의원 중 하나였다. 그 대신 한때 모든 원로원 의원이 꼈던 구식 쇠반지를 끼고 있었다. 따라서 그가 자신에게 시선을 고정하고 있는 회의장 안의 군인들을 향해 거만한 태도로 오른손을 움직였을 때, 그 손의 집게손가락에서는 누런 빛줄기가 번쩍이는 대신 흐릿한 잿빛 형체가 허공에 그려졌다. 좀 전까지 꼼짝 않고 숨죽이고 있던 군관들은 그것을 보고서야 조금씩 몸을 움직거리며 한숨을 내쉬었다.

"우리 둘 외에 모두 나가주시오." 카툴루스 카이사르가 말했다. "밖에서 기다리시오. 루키우스 코르넬리우스와 단둘이 얘기하고 싶소."

백인대장들이 뒤돌아서 줄지어나갔다. 군무관들이 뒤따라나갔고, 카툴루스 카이사르의 개인 참모와 그가 임명한 선임 보좌관들까지 모두 나갔다. 마침내 술라와 단둘이 남자 카툴루스 카이사르는 자리로 되돌아가 힘겨운 듯 의자에 앉았다.

카툴루스 카이사르는 지금 진퇴양난에 빠졌다. 그 자신도 이를 잘 알고 있었다. 그를 아테시스 강 상류까지 이끈 것은 자존심이었다. 로마나 그의 군대에 대한 자존심이 아니었다. 게르만족은 이탈리아 땅을 밟을 수 없다고 공언하도록, 로마나 그의 군대를 희생시키는 한이 있더라도 그 선언을 철회할 수 없도록 만든 바로 그 개인의 자존심이었다. 계곡을 따라 위쪽으로 침투할수록 자신이 큰 실수를 했다는 생각이 점점 더 강해졌다. 그럼에도 그의 자존심은 스스로 실수를 인정하도록 허락하지 않았다. 아테시스 강 상류로 올라갈수록 그의 기백은 더욱 꺾였다. 트리덴툼에 도착해 그곳이 테르모필라이와 상당히 유사하다는 생각이 든 순간(물론 지형만 봤을 때는 전혀 유사하지 않았지만) 그는 참전한 모두가 가치 있게 죽는 길을 마음에 품었다. 그것이야말로 자신의 명예, 저 숙명적인 개인의 자존심을 구할 수 있는 길이었다. 테르모필라이 전투가 수세대가 지나도록 널리 칭송되듯이 트리덴툼 전투 또한 그러하리라. 압도적으로 많은 적들과 맞서 싸운 용맹한 소수의 몰락이라고. '낯선 이여, 로마인들에게 가서 전해주오. 그들의 명에 따라 우리는 여기 잠들었다고!' 이렇게 적힌 숭고한 기념비가 서고, 참배 행렬이 이어지고, 불멸의 서사시가 쓰일 것이다.

그러나 킴브리족이 계곡의 북쪽 끝에 쏟아져들어오는 광경을 보고 카툴루스 카이사르는 정신이 번쩍 들었다. 그러던 차에 술라가 가세하여 그의 이성을 완전히 깨워놓았다. 당연히 그에게도 눈이 있었기 때문이다. 게다가 그의 거창한 존엄에 너무나 쉽게 가려지는 경향이 있지만 두 눈 뒤에는 두뇌도 있었다. 그의 두 눈은 가파른 초록 산비탈에 거대한 계단을 만들어놓은 수많은 단구를 보았고, 그의 뇌는 킴브리족이 얼마나 빨리 로마군의 측면을 칠 수 있을지 파악했다. 이 계곡에는 절벽이 없었다. 이곳은 군대를 배치하기에 부적절한 좁은 고산 계곡일 뿐이었다. 목초지의 경사면이, 작전에 따라 병력의 방향을 트는 것은 고사하고 대열을 지어 이동하는 것조차 불가능한 각도로 뻗어 있었기 때문이다.

하지만 그때까지도 카툴루스 카이사르는 체면을 잃지 않고 이러한 진퇴양난에서 빠져나갈 방법을 떠올리지 못했다. 술라가 전투 전 작전회의에 난입했을 때 처음에는 그것이 완벽한 해결책인 듯 보였다. 군인들의 반란에 책임을 돌려 원로원에서 그 사실을 큰 소리로 규탄하고, 술라부터 최하급 백인대장까지 관련된 모든 군관을 반역 재판에 회부할 수 있으리라 생각한 것이다. 그러나 바로 다음 순간 그 해결책은 정답이 아니라고 여겨졌다. 반란은 군사 교범에서 가장 큰 중죄였지만, 전군의 모든 군관이 자신에게 맞선 반란은(술라가 들어왔을 때 카이사르는 자신과 함께 있던 군관들 중 누구도 반란에 동참하기를 거부하지 않을 것임을 그들의 얼굴에서 곧바로 읽었던 터였다) 어처구니없을 정도로 어리석은 짓을 이긴 분별 있는 행동이라는 느낌을 훨씬 강하게 풍겼다. 아라우시오 전투만 없었더라면, 로마 인민과 심지어 원로원의 일부 파벌이 보기에 카이피오와 말리우스가 로마 사령관의 임페리움이 지닌 의미를 영원히 더럽히는 일만 없었더라면 상황이 달라졌을지도 모른다. 그러나 지금의 현실에서, 술라가 등장한 후 카이사르는 일이 어떻게 될지 재빨리 간파했다. 반란이 일어났다는 주장을 계속하게 되면 로마 사회에서 괴로워질 사람은 바로 그였고, 결국 사투르니누스가 기획한 특별 반역 재판에 회부되는 사람도 바로 그가 될 것이었다.

별수 없이 카툴루스 카이사르는 심호흡을 한번 하고 회유에 착수했다. "루키우스 코르넬리우스, 이제부터 반란이라는 말은 삼가주시오. 당신이 느끼는 바를 그렇게 공개적으로 밝힐 필요는 없었소. 혼자서 조용히 나를 만나러 왔어야 했소. 그랬다면 우리 둘 사이에서 일이 순조롭게 해결될 수 있었을 거요."

"저는 그렇게 생각하지 않습니다, 퀸투스 루타티우스." 술라가 부드러운 어조로 말했다. "만약 저 혼자 찾아왔다면 당신은 바로 나를 쫓아냈을 겁니다. 당신에게는 구체적인 교훈을 보여줄 필요가 있었습니다."

카툴루스 카이사르는 입술을 굳게 다물고 로마인답게 생긴 자신의 긴 코를 내려다보았다. 인물 좋은 가문에서 태어나 잘생긴 얼굴에 금발과 푸른 눈을 가진 그는 거만한 태도로 중무장하고 있었다. "당신은 가이우스 마리우스 옆에 너무 오래 붙어 있었던 것 같군. 이런 행동은 당신의 파트리키 귀족 신분에 어울리지 않소."

그 순간 술라는 가죽띠로 장식된 자신의 옷을 손으로 힘껏 때렸다. 그 바람에 가장자리의 술과 금속 장식이 덜커덕 소리를 냈다. "제발이지 그따위 가문 얘기는 그만 집어치우시죠, 퀸투스 루타티우스! 난 그런 배타주의에는 구역질이 날 정도로 질려버렸으니까요! 그리고 우리 둘 모두의 상관인 가이우스 마리우스에 대해 불평하며 떠들어대기 전에 이거 하나는 분명히 짚고 넘어갑시다. 군인으로서나 지휘관으로서의 자질에 관해서라면, 하찮은 촛불 하나가 알렉산드리아의 등대 앞에서 빛을 잃듯이 마리우스와 우리는 비교조차 안 된다는 것을 말입니다! 당신이나 나나 타고난 무관이 아니라는 점에서는 마찬가지죠! 그러나 내가 당신보다 나은 점은 알렉산드리아의 등대 밑에서 기술을 익혔다는 겁니다. 그래서 내 초는 당신보다 밝게 타는 거예요!"

"그 사람은 과대평가되었소!" 카툴루스 카이사르가 이를 악물며 내뱉었다.

"천만의 말씀, 그렇지 않습니다! 당신이 아무리 푸념하고 고함을 쳐도 가이우스 마리우스는 로마의 일인자입니다! 아르피눔 출신의 그 사내는 당신들 무리에 한 손으로 맞서 모두를 납작하게 눌러버렸으니까."

"당신이 그토록 열렬한 추종자라니 놀랍군. 하지만 내 약속하지, 루키우스 코르넬리우스. 이 일을 절대 잊지 않겠소."

"당연히 그러시겠죠." 술라가 단호하게 말했다.

"루키우스 코르넬리우스, 분명히 충고하는데 앞으로 충성의 방향을 바꾸는 게 좋을 거요. 그렇지 않으면 당신은 집정관은 고사하고 법무관도 절대 못 될 테니까!"

"대놓고 협박하는 게 마음에 드는군요!" 술라가 스스럼없이 말했다. "누굴 속이려 드는 겁니까? 나는 좋은 태생도 갖췄으니 당신이 내게 잘 보여야 할 날이 올 겁니다!" 그는 카툴루스 카이사르에게 은밀한 눈빛을 보냈다. "언젠가는 내가 로마의 일인자가 될 겁니다. 가이우스 마리우스처럼 세상에서 가장 큰 나무가 되는 거지요. 무릇 너무 큰 나무는 누구도 감히 베어버리지 못하는 법입니다. 그 나무가 쓰러진다면 속이 썩어버린 경우뿐이지요."

카툴루스 카이사르가 아무 대꾸도 하지 않았으므로, 술라는 의자에 털썩 주저앉았다. 앞으로 몸을 구부려 포도주를 한 잔 따랐다.

"이제 우리의 반란 얘기로 돌아가보죠, 퀸투스 루타티우스. 혹시라도 내가 이 일을 끝까지 밀고 나갈 배짱이 없을 거라는 희망을 품었다면, 그만 버리는 게 좋을 겁니다."

"내가 당신에 대해 전혀 모르는 것은 사실이오, 루키우스 코르넬리우스. 하지만 지난 두어 달간 당신의 강철 같은 추진력을 충분히 보았으니, 당신이 자기 뜻을 관철시키려면 무슨 짓이든 마다하지 않으리라는 걸 잘 알고 있소." 카툴루스 카이사르는 마치 영감이라도 얻으려는 듯이 오래된 원로원 의원 반지를 내려다보았다. "앞서도 말했지만, 다시 한번 말하겠소. 더이상 반란에 대해서는 거론하지 맙시다." 카이사르는 소리나게 마른침을 삼켰다. "나는 군의 후퇴 결정을 따르겠소. 단, 한 가지 조건이 있소. 다시는 그 누구에게도 '반란'이라는 말을 꺼내지 말아야 하오."

"전군을 대신하여 동의합니다."

"내가 직접 후퇴 명령을 내리고 싶소. 그후에 어떻게 할지 전략은 이미 마련해 놓았겠지요?"

"명령은 반드시 당신이 직접 내려야 합니다, 퀸투스 루타티우스. 밖에서 우리가 나오기를 기다리고 있는 군관들까지 포함해서 말입니다. 전략은 물론 마련해두었지요. 아주 간단합니다. 동틀 무렵 전군은 주둔지를 철거하고 최대한 신속히 이곳을 빠져나갑니다. 내일 해거름 전에는 모두가 다리를 건너 트리덴툼 이남에 도착해야 하고요. 삼니움족 보조군은 다리에 바짝 붙어 대기할 겁니다. 그들은 다른 병사들이 모두 다리를 건널 때까지 지키고 있다가 마지막으로 다리를 건널 겁니다. 이때 곧바로 전 공병부대가 투입되어야 합니다. 삼니움족이 마지막 한 사람까지 건너오는 것과 동시에 다리를 파괴해야 하기 때문이죠. 유감스럽게도 다리를 받친 석조 교각은 해체할 여건이 안 될 테니, 게르만족들은 다시 다리를 놓을 수 있을 겁니다. 그렇긴 해도 저들에게는 기술이 없기 때문에 우리에 비해 작업 시간이 훨씬 오래 걸릴 테고, 보이오릭스가 전사들을 데리고 건너는 도중에 몇 차례 다리가 무너질 수도 있습니다. 보이오릭스가 남쪽으로 이동하고자 한다면 이곳 트리덴툼에서 강을 건너야만 합니다. 그러니 우리는 여기서 그를 지체시켜야 합니다."

카툴루스 카이사르가 일어섰다. "그러면 어서 이 광대놀음을 끝내버립시다." 그는 표정을 완벽하게 가다듬고 침착하게 밖으로 나가 섰다. 존엄과 권위도 이미 되찾고 있었다. "이곳의 위치가 우리 군에게 적합하지 않으므로 전면 후퇴를 명한다." 그의 어조는 힘차고 분명했다. "이후 절차에 대해서는 루키우스 코르넬리우스에게 상세히 지시해두었으니 여러분은 그의 지휘를 따르면 된다. 그러나 '반란'이라는 말은 단 한 번도 나온 적이 없다는 점을 분명히 해두고자 한다. 모두 잘 알겠나?"

군관들은 작은 소리로 찬성을 표했다. 그들은 '반란'이라는 말을 잊어버려도 된다는 사실에 진심으로 기뻐했다.

카툴루스 카이사르는 몸을 돌려 막사 안으로 돌아가면서 어깨 너머로 말했다. "이만 해산."

군관들이 흩어지는 와중에 페트레이우스는 술라 옆으로 왔다. 그들은 다리 쪽으로 함께 걸었다. "일이 잘 처리된 것 같군요, 루키우스 코르넬리우스. 사령관이 제 예상보다 현명하게 처신하더군요. 그 부류의 다른 사람들보다는 확실히 나았습니다."

"저렇게 위엄만 떨어대는 것 같아도 머리는 있으니까." 술라가 느긋하게 말했다. "그래도 사령관의 말이 맞소. '반란'이라는 말은 언급되어선 안 되오."

"제 입에서 그 말이 나올 일은 없을 겁니다!" 페트레이우스가 진지하게 말했다.

날은 완전히 어두워졌다. 그러나 횃불로 다리를 밝혀두어 병사들은 어렵지 않게 통나무 다리를 건널 수 있었다. 다리의 반대쪽 끝에 이르자 술라는 자신과 페트레이우스를 따라오던 백인대장들과 군무관들에게로 돌아섰다.

"모든 병사는 동이 트자마자 이동할 수 있도록 준비하시오. 공병부대와 백인대장 전원은 동트기 한 시간 전에 여기로 와서 내게 상황을 보고하시오. 군무관들은 지금 바로 나를 따라오시오."

"우리에게 저런 부사령관이 있어서 참으로 다행이야!" 페트레이우스가 그의 하급 백인대장에게 말했다.

"저도 그렇게 생각합니다. 하지만 저 사람이 있는 건 불행이지요." 술라를 비롯한 군무관들을 헐레벌떡 따라가는 스카우루스 2세를 가리키며 하급 백인대장이 말했다.

페트레이우스도 투덜거리며 대꾸했다. "그렇소, 저자는 걱정스러워. 나는 내일 저자를 잘 지켜볼 생각이오. '반란'은 없었던 얘기가 됐지만, 저 천치 같은 로마인이 우리 삼니움족 병사들을 잘못 이끌도록 내버려두지는 않을 거야. 저자의 아버지가 누가 됐든 간에."

동틀 무렵 로마 군단들이 이동하기 시작했다. 잘 훈련된 병사들은 여느 작전행동에서와 마찬가지로 어떠한 동요도 없이 놀랍도록 조용하게 후퇴를 시작했다. 다리에서 가장 멀리 떨어진 군단이 제일 먼저 건너고, 그다음으로 멀리 떨어진 군단이 뒤따랐다. 그러다보니 군대는 마치 양탄자를 마는 것 같은 모양으로 움직였다. 다행히도, 최고 선임 군관들을 위해 남겨둔 말 몇 필 외에 물자 수송대와 나머지 가축들은 이미 마을과 다리 남쪽에 옮겨둔 상태였다. 술라가 동이 트자마자 가축들을 군단보다 먼저 출발시켰던 것이다. 또한 군대의 절반은 물자 수송대를 따라잡으면 그냥 앞질러가고 나머지 절반은 베로나까지 쭉 수송대 뒤를 따라가라는 명령을 내려두었다. 로마군이 트리덴툼만 벗어나면 킴브리족은 그들의 꼬리조차 구경하지 못할 정도로 뒤처질 것이라 확신했기 때문이다.

킴브리족은 산비탈에 계단식으로 난 길을 찾는 데 급급한 나머지, 해가 뜨고 한 시간이 지나서야 로마군이 후퇴중임을 알아챘다. 곧이어 그들 사이에 심한 동요가 일었다. 보이오릭스가 도착한 뒤에야 그의 거대한 전사 집단은 겨우 어느 정도 질서를 되찾을 수 있었다. 그사이 로마군의 대열은 상당히 신속하게 움직였다. 마침내 킴브리족이 공격 태세를 갖추었을 때는 다리에서 가장 멀리 떨어져 있던 군단이 이미 다리를 건너고 있었다.

한편 로마군 공병부대는 동트기 훨씬 전부터 가교 아래의 들보와 버팀목 사이에서 열심히 작업을 벌이고 있었다.

"항상 똑같다니까요!" 작업 진행상황을 보러 온 술라에게 공병대장이 투덜거렸다. "늘 이래요. 살짝 당겨만 주면 와르르 무너지는 낡아빠진 놈을 기대하고 왔는데, 로마식으로 제대로 지어놓은 다리가 떡하니 있더란 말입니다."

"할 수 있겠소?" 술라가 물었다.

"그러길 바라야죠, 부사령관님! 이 다리에는 그냥 밧줄로 묶거나 나사못으로 죄어놓은 곳이 하나도 없어요. 홈과 은촉도 제대로고, 전부 사개맞춤으로 이어서 위쪽으로 떠받치는 게 아니라 아래쪽으로 누르게 해놓은 다리입니다. 그러니 빨리 해체하려면 지금 우리가 갖고 있는 것보다 더 큰 기중기가 필요해요. 뭐 어차피 그만큼 큰 기중기를 만들 시간이 있지도 않지만 말입니다. 어쩔 수 없이 힘든 방법으로 갈 수밖에 없습니다. 다만 그렇게 하면 마지막 병사들이 건널 때쯤에는 다리가 다소 흔들릴 겁니다."

공병대장의 말을 듣고 술라는 얼굴을 찌푸렸다. "힘든 방법이란 게 뭐요?"

"지금 중심 버팀목과 들보를 톱으로 자르고 있습니다."

"그러면 계속 힘써주시오! 아까 말한 살짝 당기는 일을 도와줄 황소 100마리를 준비해뒀는데, 그 정도면 충분하겠소?"

"그래야겠지요." 공병대장은 이렇게 답한 뒤 다른 방향에서 작업 상황을 살펴보기 위해 자리를 떴다.

킴브리족 기병대는 크게 함성을 지르며 계곡을 내려왔다. 그들은 로마군의 다섯 개 진지에 있던 병사 하나 없이 텅 빈 장애물들을 간단히 뛰어넘었다. 다른 것을 만들 시간이 충분하지 않아 기본적인 벽과 도랑만 만들어놓아서였다. 로마군 중에는 삼니움족 군단만이 다리 저쪽에 남아 있었는데, 그들은 막 진지 정문에서 빠져나오는 참이었다. 바로 그때 킴브리족이 삼니움족 군단과 다리 사이에 번쩍이듯 나타나 그들을 가로막았다. 삼니움족은 종대에서 횡대로 대열을 바꾼 후 창을 들었다. 긴장된 얼굴로, 다가올 공격에 저항할 태세를 갖췄다.

이미 다리를 건넌 술라는 강 건너편에서 속수무책으로 이 상황을 지켜보았다. 가장 먼저 돌진한 게르만족 기병대가 삼니움족 군단을 지나쳤다가 다시 말을 돌리는 동안, 그는 눈에 잔뜩 힘을 주고 삼니움족 군단의 지휘관이 어떻게 대처하는지 지켜보았다. 그 지휘관이 스카우루스 2세라는 것을 깨닫는 순간 술라는 마음을 졸이기 시작했다. 왜 진작에 대담무쌍한 아버지와 달리 겁 많은 저 아들놈을 치워버리고 그 자신이 지휘권을 맡지 않았을까 후회하면서. 그러나 이미 늦었다. 그의 곁에 병사가 충분히 없었으므로 다리를 다시 건널 수도 없는 노릇이었다. 카툴루스 카이사르가 후퇴작전을 제대로 해낼지 믿을 수 없었기에 그는 반드시 살아남아야 했다. 그렇다고 다리 쪽으로 킴브리족의 주의를 끄는 것도 안 될 일이었다. 저 야만인들의 시선이 다리 쪽으로 향한다면, 로마군의 다섯 개 군단과 물자 수송대가 남쪽으로 이동하고 있는 모습이 마치 쫓아와달라고 청하듯 눈에 훤히 뛸 게 뻔했으니까. 정 필요하다면, 쇠사슬로 연결시켜둔 황소를 이용해 아직 작업중인 다리를 당겨서 무너뜨려야겠다고 술라는 결심했다. 그러나 그렇게 되면 삼니움족 군단에게는 희망이 없을 터였다.

"공격을 지휘해, 스카우루스. 북쪽으로 공격을 개시하라고!" 술라는 자신도 모르게 중얼거리고 있었다. "적들을 뒤로 물리쳐. 병사들을 다리 쪽으로 데려가란 말이야!"

기세 좋게 돌격하느라 삼니움족 진영을 한참 지나쳤던 킴브리족 기병대의 선두 대열이 말을 돌려 되돌아오고 있었다. 후방 대열은 이들이 방향을 돌려 다시 질주할 공간을 확보해주려고 말을 뒤쪽으로 물렸다. 그후에는 전 기병대가 삼니움족의 진영으로 달려들 터였다. 말을 이끌고 진영 곳곳을 뛰어다니면서 말발굽으로 모조리 밟아뭉개고 나면, 보병 전사대가 뒷일을 마무리할 것이다. 그 시점부터는 기병대가 거대한 삽이 되어 삼니움족 병사들을 보병 전사대 쪽으로 몰아갈 것이다.

이 상황에서 삼니움족이 쓸 수 있는 패는 하나뿐이었다. 킴브리족 후방 기병대 앞쪽을 가로질러 선두 기병대를 증강 병력으로부터 차단해야 했다. 그다음 양쪽의 기병대열을 창으로 쓰러뜨리면서, 비전투원들은 다리를 향해 내달려야만 했다. 그런데 스카우루스 2세는 어디에 있는가? 왜 그렇게 하도록 지휘하지 않는가? 조금만 지체해도 늦어버릴 텐데!

옆에 있던 백인대장 세 명이 환호성을 지르는 바람에, 술라는 뒤늦게 삼니움족의 공격 모습을 보았다. 그는 말을 탄 군무관만 찾고 있었는데 정작 공격을 지휘하는 이는 보병이었기 때문이다. 다름아닌 삼니움족의 최고참 백인대장 페트레이우스였다.

삼니움족 비전투원들이 다리를 건너기 위해 줄지어 달려오자, 술라는 옆의 병사들과 함께 이리저리 발을 구르고 뛰며 고함을 질러댔다. 비전투원들은 서로 몸을 붙이고 한 덩어리로 뭉쳐서 킴브리족이 또다시 퇴로를 차단할 여지를 주지 않았다. 그사이 킴브리족의 선두 기병대는 빗발치는 삼니움족의 창 앞에 우르르 말에서 떨어졌다. 킴브리족 전사들은 쓰러진 말에서 빠져나오려고 애썼지만, 삼니움족 병사들의 창이 더 많이 날아와 신음하는 말의 옆구리와 가슴, 엉덩이, 목, 허벅지에 꽂히는 바람에 점점 더 혼란에 빠져들었다. 반대쪽의 삼니움족에게 갇힌 킴브리족 후방 기병대의 상황도 다르지 않았다. 결국 킴브리족 보병들은 같은 편의 쓰러진 기병대에 막혀 접근하지 못했다. 부하들을 먼저 보내고 나서, 페트레이우스는 뒤쫓는 게르만족 전사 없이 맨 마지막으로 다리를 건넜다.

황소들은 이 일이 벌어지기 한참 전부터 이미 힘을 쓰고 있었다. 두 마리씩 나란히 마구로 연결해놓은 100마리 황소가 한 번에 힘을 모을 수는 없었기 때문이다. 맨 앞줄에 선 황소가 먼저 당기고 그 뒤의 황소들까지 50쌍이 차례로 당기자, 쇠사슬이 팽팽해지고 다리에 압력이 가해지기 시작했다. 튼튼하게 잘 지어진 이 로마식 다리는 심지어 공병대장이 생각했던 것보다도(그는 공병들이 다 그렇듯 항상 최악의 경우를 상정했다) 훨씬 오랫동안 버텼다. 그러나 마침내 버팀목 하나가 다리 상단에서 분리되었다. 곧이어 삐걱거리는 소리, 툭 부러지고 펑하는 소리, 우르르 쾅쾅하는 굉음과 함께 아테시스 강을 가로지른 트리덴툼 다리가 무너졌다. 다리를 이루던 목재들은 급류 속으로 떨어져, 정원 분수에 이리저리 떠다니는 지푸라기처럼 빙그르르 돌며 하류로 휩쓸려 갔다.

페트레이우스는 옆구리에 부상을 입었지만 심하지는 않았다. 술라는 군단의 의무관들이 앉아 있는 페트레이우스의 갑옷 상의를 벗기는 것을 보았다. 얼굴이 진흙과 땀과 말똥으로 범벅이 되어 있었음에도 그는 놀랍도록 튼튼하고 기민해 보였다.

"깨끗이 씻어내기 전에는 상처에 손대지 마, 머저리들아!" 술라가 호통을 쳤다. "말똥부터 남김없이 씻어내! 그가 과다출혈로 죽지는 않을 테니까. 안 그렇소, 나이우스 페트레이우스?"

"이 나이우스 페트레이우스가 그걸로 죽진 않죠!" 백인대장이 활짝 웃으며 말했다. "우리가 해낸 거죠, 루키우스 코르넬리우스? 강 저쪽에서 전사한 사람은 극소수고, 나머지는 모두 무사히 강을 건넜어요!"

술라는 그의 옆에 나란히 앉았다. 다른 사람들이 엿들을 수 없을 정도로 가까이 얼굴을 붙이고 물었다. "스카우루스는 어떻게 된 거요?"

페트레이우스의 입술이 축 처졌다. "생각을 해야 할 상황에 그만 정신줄을 놔버린 거죠. 제가 뭘 해야 할지 계속 몰아붙이니까 제 위로 고꾸라지더군요. 그냥 기절해버린 겁니다. 별 이상은 없었어요, 불쌍한 젊은이. 병사들 몇 명이 그를 다리 너머로 날랐어요. 안됐지만 원래 저렇게 생겨먹은 거죠. 자기 아버지 같은 배짱이 전혀 없어요. 사서나 됐어야 하는 인물인데 말입니다."

"거기에 다른 최고참 백인대장이 아니라 당신이 있었다는 사실이 얼마나 기쁜지 모르겠소. 내가 미처 생각을 못했소! 그 사실을 깨달은 순간, 스카우루스를 군단 지휘관 직에 그대로 놔둔 나 자신에게 어찌나 화가 나던지."

"이젠 상관없습니다, 루키우스 코르넬리우스. 결국은 다 잘 해결됐으니까요. 적어도 이번 일로 그도 자신의 한계를 알았을 테고요."

의무관들이 열 사람은 씻기고도 남을 물과 해면을 들고 돌아왔다. 술라는 그들이 일할 수 있도록 자리에서 일어나면서 오른손을 내밀었다. 페트레이우스도 오른손을 들어올렸다. 두 사람은 서로가 느낀 모든 감정을 그 악수에 고스란히 담았다.

"이 일로 풀잎관을 받게 될 거요." 술라가 말했다.

"아닙니다!" 페트레이우스는 당황한 표정이었다.

"당신은 한 군단 전체를 사지에서 구해냈소, 나이우스 페트레이우스. 혼자 힘으로 군단 전체를 구한 사람은 당연히 풀잎관을 쓰는 거요. 내가 직접 성사되도록 조처하겠소."

그 옛날 율릴라가 그의 미래에서 본 것이 풀잎관이었을까? 트리덴툼의 영웅 페트레이우스가 타고 갈 수레를 준비하기 위해 산비탈을 따라 마을로 내려가면서 술라는 생각했다. 가련한 율릴라! 딱하고 딱한 율릴라……. 그녀는 생전에 무엇 하나 제대로 해보지 못했다. 포르투나 여신의 기이한 현시와 그렇게 스쳐간 것도 어쩌면 그런 행동의 연장선이었으리라. 율리우스 가문에서 유일하게 자기 남자를 만족시킬 수 없었던 여인, 그것이 바로 율릴라였다. 그러나 술라의 마음은 곧바로 더 중요한 다른 일로 옮겨갔다. 그는 율릴라의 일로 자책할 생각이 없었던 것이다. 그녀의 운명은 그와는 전혀 상관없었다. 순전히 그녀가 자초한 것이었다.

카툴루스 카이사르는 베로나 외곽의 진지에서 술라로부터 군대를 돌려받았다. 보이오릭스의 무리는 마지막 수레를 끌고 금방이라도 무너질 듯한 마지막 다리를 건너서 파두스 강의 짙푸른 평원을 향해 산비탈길을 내려오고 있었다. 처음에 카툴루스 카이사르는 베나쿠스 호수 근처에서 킴브리족과 싸워야 한다고 주장했으나, 이제 확실한 실권을 쥐게 된 술라의 반대에 부딪혔다. 대신 술라는 카툴루스 카이사르로 하여금 동쪽으로는 아퀼레이아에서 서쪽으로는 코뭄과 메디올라눔 사이에 있는 모든 도시와 마을에 포고령을 내리게 했다. 모든 로마 시민과 라티움 시민권자, 게르만족과 가깝게 지내기를 원치 않는 갈리아인은 파두스 강 너머 이탈리아 갈리아에서 피난하라는 명령이었다. 피난민들을 강의 남쪽으로 보내고, 파두스 강 너머 이탈리아 갈리아는 킴브리족을 위해 완전히 비우게 했다.

"저들은 도토리죽에 빠진 돼지 같을 겁니다." 킴브리족들 사이에서 1년간 생활한 적이 있는 술라는 자신만만하게 말했다. "킴브리족이 베나쿠스 호수와 파두스 강의 북쪽 사이에서 평화로운 초원의 단맛을 보게 되면, 보이오릭스는 이들을 다시 뭉치게 할 수 없을 겁니다. 모두가 사방팔방으로 뿔뿔이 흩어질 테니 두고보십시오."

"약탈과 파괴와 방화도 일삼겠지." 카툴루스 카이사르가 말했다.

"그러면서 이탈리아를 친다는 본래 목적도 잊어버릴 겁니다. 기운내세요, 퀸투스 루타티우스! 그나마 이곳은 이탈리아 쪽 알프스의 갈리아 지역에서도 가장 갈리아인이 많은 쪽이잖습니까. 게다가 킴브리족은 굶주린 자가 죽은 닭을 해치우듯이 여기를 깨끗이 먹어치우기 전에는 파두스 강을 건너지 않을 겁니다. 그때쯤이면 우리 백성들은 귀중품을 모두 챙겨 게르만족보다 훨씬 앞서가 있겠지요. 그들의 땅은 그대로 남아 있을 것이고, 가이우스 마리우스가 오면 그때 땅을 되찾아주면 됩니다."

카툴루스 카이사르는 순간 얼굴을 찌푸렸지만 입을 꾹 다물었다. 술라의 혀가 얼마나 신랄한지 겪어봤기 때문이다. 아니, 그보다 술라가 얼마나 무자비한 사람인지 알게 되었던 것이다. 얼마나 냉정하고 융통성 없고 완강한 사람인지를. 마리우스와 절친한 동료라니 참으로 묘한 관계가 아닌가. 아무리 동서지간이라 해도 말이다. 아니, 이제는 동서지간이었다고 해야겠지. 술라가 자기 아내 율릴라도 죽인 것일까? 카툴루스 카이사르는 문득 의문이 들었다. 한참을 술라에 대해 생각하다 보니, 무명이었던 그가 공직사회에 등장하고 율릴라와 결혼하던 무렵 율리우스 카이사르 형제들과 그 가족들 사이에서 떠돌던 소문이 생각났던 것이다. 술라가 공직에 진출할 돈을 얻으려고 어머니를 살해했다고 했던가? 아니면 계모? 정부? 조카였나? 카툴루스 카이사르는 생각했다. 로마로 돌아가게 되면 그 소문에 대해 꼭 조사해봐야겠군. 뻔하게 써먹지도, 곧바로 써먹지도 않으리라. 뒷날 저자가 법무관에 입후보하려고 할 때를 대비해 비축해둬야지. 조영관 때도 아니야. 그 자리를 즐기면서 돈주머니가 줄줄 다 새나가게 내버려둬야 해. 법무관, 그래, 법무관이 딱이리라.

군단이 베로나 외곽의 주둔지로 행군을 마쳤을 때 카툴루스 카이사르는 자신이 가장 먼저 해야 할 일을 생각했다. 그에게 급선무는 아테시스 강 유역에서 발생한 참담한 상황을 즉시 로마에 보고하는 것이었다. 여차하면 술라가 마리우스를 통해 상황을 알릴 수도 있으므로, 그 자신이 전하는 내용이 로마에서 받아보는 최초의 정보여야만 했다. 집정관 두 명이 모두 전장에 나와 있는 상황에서 원로원에 전할 긴급 공문은 최고참 의원 앞으로 발송하도록 되어 있었다. 그래서 카툴루스 카이사르는 실제로 일어난 일을 더 정확하게 설명한 개인적 서신을 보고

서에 동봉하여 원로원 최고참 의원 스카우루스에게 보냈다. 그는 단단히 봉인한 보고서와 서신을 최고참 의원의 아들 스카우루스 2세에게 맡기고 그 소포를 신속히 로마에 전달하도록 명령했다.

"우리 병사 중에서 그가 가장 말을 잘 타지." 카툴루스 카이사르가 아무렇지도 않게 술라에게 말했다.

술라는 빈정대면서 거만하게 조롱하는 눈빛으로 그를 쳐다보았다. 반란 건을 두고 둘이 가진 면담 자리에서 그랬듯이. "퀸투스 루타티우스, 당신은 내가 일찍이 본 적 없는 세련된 잔인함을 지녔군요."

"그 명령을 철회시키고 싶소?" 카툴루스 카이사르가 냉소를 띠며 물었다. "당신에게는 그럴 힘이 있잖소."

그러나 술라는 어깨를 으쓱하면서 그 말을 물리쳤다. "당신 군대입니다, 퀸투스 루타티우스. 그러니 당신 뜻대로 하십시오."

그리하여 카툴루스 카이사르는 자신의 뜻대로 했다. 스카우루스 2세가 그 자신의 치욕스러운 소식을 안고 급히 로마로 향하게 한 것이다.

"마르쿠스 아이밀리우스, 나는 자네에게 이 임무를 맡기기로 했네. 자네같이 훌륭한 가문 출신의 겁쟁이에게 내릴 수 있는 가장 큰 벌은, 자네가 군인으로서나 개인으로서나 실패했다는 소식을 아버지에게 직접 전하는 것이리라고 생각해서네." 카툴루스 카이사르는 침착하고 거만한 어조로 말했다.

스카우루스 2세는 지난 2주간 체중이 많이 줄어 핼쑥하고 처량한 몰골이었다. 그는 부동자세로 선 채 사령관을 쳐다보지 않으려 애쓰고 있었다. 그러나 카툴루스 카이사르가 그에게 부여할 임무를 말하는 순간, 자기 아버지의 초록색 눈보다 옅고 덜 아름다운 그의 눈은 마지못해 끌려가듯이 사령관의 거만한 얼굴을 향했다.

“제발, 퀸투스 루타티우스!” 그는 숨을 헐떡거리며 말했다. “제발 부탁이니 다른 사람을 보내주십시오! 제가 준비됐을 때 알아서 아버지를 뵙게 해주십시오!”

“자네의 시간은 곧 로마의 시간이네, 마르쿠스 아이밀리우스.” 카툴루스 카이사르가 싸늘하게 내뱉었다. 멸시감으로 가득찬 목소리였다. “전속력으로 말을 달려 로마에 가게. 원로원 최고참 의원에게 집정관으로서 내가 보내는 공문을 전하게. 전장에서는 겁쟁이일지라도, 자네는 우리 군에서 최고의 기수 중 하나네. 게다가 유명한 가문의 이름이 있으니 가는 동안 좋은 말을 구하기도 쉬울 걸세. 두려워할 필요 없어! 게르만족은 우리보다 훨씬 북쪽에 있으니, 남쪽으로 가는 길에는 자네를 위협할 적도 없을 것이네.”

스카우루스 2세는 안장에 얹힌 곡식자루마냥 수 킬로미터를 달리고 또 달렸다. 안니우스 가도와 카시우스 가도를 통해 로마로 가는 경로를 택했는데, 거리가 짧은 대신 길이 험했다. 머리는 말의 발걸음에 맞춰 위아래로 움직였고 이는 마치 심장박동처럼 규칙적으로 딱딱 맞부딪쳤다. 묘하게도 이런 움직임이 그에게 위안을 주었다. 이따금씩 그는 혼잣말을 하기도 했다.

“제 속에 끌어올릴 용기가 조금이라도 있었다면 제가 왜 그걸 못 찾았겠습니까?” 스카우루스 2세는 바람과 길과 하늘 속에 있는 보이지 않는 상대를 향해 물었다. “제 안에 용기라고는 없는데 제가 무엇을 할 수 있겠습니까, 아버지? 용기는 어디에서 오는 거지요? 왜 저는 제 몫의 용기를 물려받지 못했나요? 저 끔찍한 야만인들이 복수의 여신들처럼 소리를 지르면서 달려들 때 제가 느낀 공포를, 그 고통과 두려움을 어떻게 다 말씀드릴 수 있을까요? 저는 꼼짝할 수 없었습니다! 심장은 고사하고 뱃속조차 통제할 수 없었어요! 공포는 점점 더 부풀어올라 마침내 터져버리고 저는 죽은 사람처럼 쓰러졌지요. 죽어서 기뻤습니다! 그런데 깨어나보니 저는 살아 있었고 여전히 공포로 가득했어요. 창자도 여전히 제멋대로 풀려버린 상태였지요. 저를 안전한 곳으로 실어온 병사들은, 바로 제가 보는 앞에서 악취 나는 제 똥이 묻은 그들의 몸을 강물에 씻었어요. 말로 못할 그 경멸과 혐오의 표정들이란! 오, 아버지, 용기가 무엇인가요? 제 몫의 용기는 어디로 가버렸나요? 아버지, 제 말을 들어주세요. 제게 설명할 기회를 주세요! 어떻게 제가 가지지 못한 것을 두고 저를 탓하실 수 있나요? 아버지, 제 말을 들어주세요!"

그러나 원로원 최고참 의원은 아들의 말을 들어주지 않았다. 카툴루스 카이사르가 보낸 소포를 들고 아들이 도착할 무렵 그는 원로원에 있었다. 그가 집으로 돌아왔을 때 아들은 자기 방에서 빗장을 걸어잠그고 틀어박혀 있었다. 집정관이 보낸 소포를 가져왔으며 아버지가 그것을 읽고 자신을 부를 때까지 자기 방에서 기다리겠다고 집사를 통해 전달해둔 뒤였다.

스카우루스는 공문을 먼저 읽었다. 표정이 어두웠으나 어쨌든 로마군이 무사하다는 사실에 감사했고, 이어서 카툴루스 카이사르의 서신을 읽기 시작했다. 그의 입에서는 지독한 말이 연이어 튀어나왔다. 그의 몸은 점점 더 의자 속으로 움츠러들어 평소의 절반으로 줄어 보였다. 눈에서 눈물이 그렁그렁 차올라 커다랗고 흐릿한 방울로 종이에 떨어졌다. 물론 스카우루스는 카툴루스 카이사르를 간파하고 있었으므로 그 부분에 대해서는 놀라지 않았다. 강인하고 두려움 없는 술라 같은 보좌관이 카이사르의 옆에 있어서 소중한 병력을 보호할 수 있었다는 것에 그는 마음 깊이 감사했다.

그러나 아들 문제는 달랐다. 스카우루스는 절체절명의 위급한 상황이 닥치면 아들도 용기를 발견할 거라 생각했다. 모든 남자의 마음속에 자리하고 있다고, 적어도 아이밀리우스 가문의 사내라면 모두 가지고 있으리라고 믿어 의심치 않은 그 용감한 정신 말이다. 이 아이는 그가 낳은 외동아들이었고, 심지어 단 하나뿐인 자식이었다. 그런데 이제 그의 가계가 이처럼 불명예와 수치로 끝나게 된 것이다! 하나뿐인 아들의 기개가 이 모양이라면 그렇게 되어 마땅했다.

스카우루스는 한차례 심호흡을 한 뒤 결정을 내렸다. 그 어떤 가장도, 눈속임도, 변명도, 은폐도 없을 것이다. 그따위 얕은수는 카툴루스 카이사르나 쓰라지. 아들이 겁쟁이임은 만천하에 드러났다. 아들은 가장 중대한 위험이 닥쳤을 때 똥을 싸고 기절해버림으로써 단순히 도망가는 것보다도 더 비겁하고 굴욕적인 방식으로 자신의 군단을 저버렸다. 그가 휘하의 병사들을 지켜야 할 판에 거꾸로 병사들이 그를 안전한 곳으로 옮겨놓았다. 스카우루스는 아들로 인한 수치심을 자신이 언제나 지니고 있는 용기로써 감당하리라 결심했다. 그놈이 전 로마가 휘두르는 멸시의 채찍을 맞도록 내버려두리라!

눈물이 마르고 얼굴에 평정을 되찾은 스카우루스는 손뼉을 쳐서 집사를 불렀다. 집사가 와보니 주인은 의자에 꼿꼿이 앉아 책상 위에 양손을 느슨하게 깍지끼고 있었다.

"주인어른, 도련님께서 뵙기를 간절히 바라고 계십니다." 집사는 무언가 심상치 않은 분위기를 강하게 느끼면서 말했다. 도련님의 행동이 아무래도 이상했던 것이다.

"가서 마르쿠스 아이밀리우스 스카우루스 2세에게 이렇게 전하게." 스카우루스가 경직된 어조로 말했다. "나는 그놈과 인연을 끊겠지만 우리 가문의 이름을 빼앗지는 않겠다고. 내 아들은 비겁자요 겁 많은 똥개지만, 로마인 모두가 그놈을 우리 가문의 이름을 가진 겁쟁이로 알겠지. 내 평생 다시는 그놈을 만나지 않을 거라고 전하게. 문앞에 거지로 나타난다 해도 이 집안에는 발도 들여놓지 못할 거라고. 그놈에게 전하게! 내가 살아 있는 한 다시는 눈앞에 나타나지 말라고! 어서 가서 말해!"

집사는 충격으로 몸을 떨었다. 자신이 좋아하는 가엾은 도련님을 생각하며 흐느꼈다. 지난 20년간 언제라도 주인에게 그의 아들에게는 용기도, 강인함도, 내적 지략도 없다고 말할 수도 있었을 텐데, 그러지 못했다. 집사는 스카우루스 2세에게 가서 아버지의 말을 전했다.

"고맙네." 스카우루스 2세는 이렇게 말하고 방문을 닫았다. 그러나 이번에는 빗장을 걸지 않았다.

몇 시간 후, 절연한 아들이 아직도 집을 떠나지 않았는지 알아보라는 스카우루스의 명을 받고 조심스레 스카우루스 2세의 방으로 들어간 집사는 그가 바닥에 쓰러져 죽어 있는 것을 발견했다. 그의 칼이 살아 있을 가치가 없다고 여긴 유일한 사냥감은 바로 그 자신이었던 것이다. 그래서 스카우루스 2세는 마침내 자신의 피로 그 칼을 물들이고 말았다.

그러나 원로원 최고참 의원은 자기가 뱉은 말을 그대로 지켰다. 죽은 아들을 보는 것조차 마다한 것이다. 그러고는 원로원에 나가서 평소의 정력과 기백을 모두 담아 이탈리아 갈리아 지역에서 일어난 참사를 장황하게 설명하고, 자기 아들의 비겁한 행동과 자결에 대해 소름끼칠 만큼 있는 대로 솔직하게 이야기했다. 그는 몸을 사리지도 않았고 비통함도 보이지 않았다.

회의가 끝나고 원로원 계단에서 메텔루스 누미디쿠스를 기다리는 동안, 스카우루스는 신들이 가문의 인물 중에 자신에게 너무 많은 용기를 배분하는 바람에 아들 몫으로 줄 용기가 전혀 남지 않았던 것은 아닐까 생각했다. 다른 의원들은 그를 동정하고 염려하고 두려워하며, 그 앞에 멈춰 서기를 꺼리면서 서둘러 지나쳐갔다. 그런 와중에 그 자리에서 누미디쿠스를 기다리는 데는 너무나 많은 용기가 필요했던 것이다.

"오, 친애하는 마르쿠스!" 주위에 듣는 사람이 없어지자마자 누미디쿠스가 외쳤다. "친애하는 마르쿠스, 무슨 말을 해야 할지 모르겠구려."

"내 아들에 관해서라면 아무 말 마시오." 스카우루스가 말했다. 가느다란 온기 한 조각이 그의 가슴속 얼어붙은 황량한 벌판을 꿰뚫는 듯했다. 친구가 있다는 것은 얼마나 좋은가! "게르만족 말인데, 어떻게 해야 로마가 공황상태에 빠지는 것을 막을 수 있겠소?"

"오, 로마에 대해선 걱정하지 마시오." 누미디쿠스가 속 편하게 말했다. "로마는 무사히 견뎌낼 거요. 당장 오늘, 내일은 공황 상태에 빠지더라도 다음 장날쯤에는 평상시로 돌아가 있을 거요! 사는 지역에 유독 지진이 잘 일어난다거나 뒷문 밖에 화산이 분출한다고 해서 다른 곳으로 떠나는 사람을 본 적 있소?"

"맞는 말이오. 적어도 서까래가 주저앉아 할머니가 깔리거나, 마누라가 용암 구덩이에 빠지지 않는 이상은 떠나지 않겠지." 스카우루스는 평소처럼 대화를 할 수 있고 심지어 조금은 웃을 수도 있다는 사실에 심히 기뻐하며 대답했다.

"우리는 무사할 거요, 마르쿠스. 그러니 걱정 마시오." 누미디쿠스가 우물거리며 말했다. 그러고선 그 역시 타고난 용기가 없는 인물은 아니라고 증명하려는 듯 대담하게 말을 이었다. "아직 가이우스 마리우스가 자기 몫의 게르만족이 오기를 기다리고 있지 않소. 만약 그가 패배한다면 그때는 정말 걱정하는 게 맞겠지요. 그가 게르만족을 못 이긴다면 어느 누구도 못 이길 테니까 말이오."

누미디쿠스의 발언이 너무나 대담했으므로, 스카우루스는 그 말에 토를 달지 말아야겠다고 생각하면서 눈만 껌벅거렸다. 또한 누미디쿠스가 마리우스를 로마가 가진 으뜸패이자 최고의 장군으로 인정했다는 사실을 자신의 기억에서 영원히 지워야겠다는 생각도 했다.

"퀸투스, 내 아들에 대해 해야 할 얘기가 딱 한 가지 있소. 이 얘기만 하고 그 문제는 마무리하기로 하지."

"무슨 얘기요?"

"당신이 보호하고 있는 조카딸 메텔라 달마티카 말이오. 이번의 참담한 일로 당신과 당신의 질녀에게 큰 폐를 끼치게 됐소. 그러나 달마티카에게 이번 일에서 빠져나가게 된 건 다행이라고 전해주시오. 겁쟁이와 결혼했더라면 그애한테도 결코 즐거운 일은 아니었을 테니까." 스카우루스가 통명스럽게 말했다.

문득 혼자 걷고 있는 느낌이 들어 뒤를 돌아본 스카우루스는, 벼락 맞은 것 같은 표정으로 서 있는 누미디쿠스를 발견했다.

"퀸투스? 퀸투스? 무슨 문제 있소?" 스카우루스가 친구의 곁으로 되돌아가면서 물었다.

"문제?" 번쩍 정신이 든 누미디쿠스가 되물었다. "오 맙소사, 아니오, 아무 문제도 없소! 오, 친애하고 친애하는 마르쿠스! 방금 내게 굉장한 생각이 떠올랐소!"

"뭡니까?"

"당신이 내 조카딸 달마티카와 결혼하는 게 어떻겠소?"

스카우루스의 입이 딱 벌어졌다. "내가?"

"그래요, 당신이! 오랜 세월 홀아비로 지내왔고 이제 당신의 이름이나 재산을 물려줄 자식도 없지 않소. 이건 비극이오, 마르쿠스." 누미디쿠스는 온정이 넘치는 다급한 어조로 말했다. "그애는 상냥하고 참으로 예쁘잖소! 자, 마르쿠스, 과거는 묻어버리고 완전히 새롭게 출발하는 거요! 덤으로 그애는 대단한 부자이기도 하다오."

"그러면 나는 발정난 색골이었던 감찰관 카토와 다를 바 없는 인간이 될 거요." 스카우루스는 이렇게 대꾸했다. 하지만 그 목소리에는, 누미디쿠스가 정말로 진지하게 제안한 거라면 설득당할 수도 있다는 걸 암시하는 의구심이 담겨 있었다. "퀸투스, 나는 쉰다섯 살이오!"

"오십 년은 더 끄떡없을 것 같은데 뭘 그러오."

"나를 보시오! 어서, 날 보시오! 대머리에 배도 좀 나왔고, 주름은 한니발의 코끼리보다도 많소. 허리도 구부정해지고 있고, 류머티즘과 치질까지 앓고 있소. 안 돼요, 퀸투스, 안 될 일이오!"

"달마티카는 아직 어려서, 할아버지 같은 남자가 남편감으로는 딱 좋다고 생각할 거요. 오, 마르쿠스, 둘이 결혼한다면 정말이지 너무 기쁠 것이오! 자자, 어떻게 하시겠소?"

스카우루스는 머리털이 다 빠진 정수리를 꽉 움켜잡은 채 말을 잇지 못했다. 그러나 한편 마음속에 새로운 샘이 솟아나는 기분이 들기 시작했다. "정말로 그런 일이 잘될 수 있을 것 같소? 내가 또다른 가정을 꾸릴 수 있을 거라 생각하오? 자식들이 다 자라기도 전에 나는 죽고 없을 텐데!"

"당신이 왜 일찍 죽는다는 거요? 내 눈에는 앞으로도 족히 천 년은 남아 있을 만큼 잘 보존된 이집트 미라처럼 보이는데 말이오. 마르쿠스 아이밀리우스, 당신이 죽는다면 로마는 뿌리째 흔들릴 거요."

두 사람은 포룸 로마눔을 가로질러 베스타 계단 쪽으로 걷기 시작했다. 말을 강조하려고 오른손까지 흔들어가며 대화에 열중해 있었다.

"저기 둘 좀 보게나. 틀림없이 선동 정치가들을 모조리 몰락시킬 음모를 꾸미고 있을 거야." 사투르니누스가 글라우키아에게 말했다.

"스카우루스, 인정머리라고는 없는 늙은이 같으니라고. 어떻게 자기 아들을 그런 식으로 말할 수가 있지?"

글라우키아의 말에 사투르니누스는 한쪽 입 끝을 치켜올렸다. "가문을 구성하는 개인보다 가문 자체가 더 중요하기 때문이지. 그렇다고는 해도 참으로 대단한 작전이었네. 그는 자기 가문에 용기가 부족하지 않다는 것을 온 세상에 보여줬어! 그의 아들이 로마의 군단 하나를 잃을 뻔했는데도, 이 일로 누구 하나 마르쿠스 아이밀리우스를 비난하지 않을 테고 그의 가문을 나쁘게 보지도 않을 걸세."

9월 중순경 테우토네스족은 아라우시오를 통과한 뒤 로다누스 강과 드루엔티아 강의 합류점에 가까워지고 있었다. 글라눔 외곽에 자리 잡은 로마군 요새 내의 사기는 날로 상승 중이었다.

"상태가 좋군." 마리우스가 함께 부대를 순시하던 퀸투스 세르토리우스에게 말했다.

"병사들은 수년간 이 순간을 기다려왔으니까요."

"전혀 겁내지 않는 것 같지?"

"사령관께서 자기들을 잘 이끌어주시리라 믿고 있습니다, 가이우스 마리우스."

트리덴툼에서의 대실책에 관한 소식을 들고 온 사람은 당분간 킴브리족으로의 위장을 중단한 세르토리우스였다. 그는 비밀리에 술라를 만나 마리우스에게 전할 서신을 전달받았다. 서신에서 술라는 일어난 일들을 생생하게 설명한 뒤 카툴루스 카이사르의 군대가 플라켄티아 외곽의 겨울 주둔지에 머물고 있다는 말로 끝맺었다. 그 직후, 때맞춰 로마에서 루푸스의 편지가 도착하여 이 사건에 대한 로마의 여론을 전해주었다.

루키우스 코르넬리우스를 보내 우리의 거만한 친구 퀸투스 루타티우스를 감시하게 한 건 분명 자네의 결정이었겠지. 그 결정에 진심으로 박수를 보내네. 여기서는 온갖 요상한 소문이 떠돌고 있지만 무엇이 진실인지는 아무도 밝히지 못하는 것 같네. 심지어 보니들조차도 말이야. 하지만 자네는 이미 루키우스 코르넬리우스를 통해 사건의 전말을 알고 있겠지. 나중에 자네가 게르만족 문제를 모두 처리하고 돌아오면 자네와의 우정을 내세워 제대로 된 설명을 들어야겠군. 지금까지 반란과 비겁한 행동, 실책 등등 온갖 군율 위반에 대한 얘기를 들었네만 무엇보다 흥미로운 것은 원로원에 보낸 퀸투스 루타티우스의 보고서가 상당히 짧고, 굳이 말하자면 솔직했다는 점이네. 그런데 이게 진짜 솔직한 내용인가? 킴브리족과 마주하고서야 트리덴툼이 전투에 적합한 장소가 아니라는 것을 깨닫고, 로마군을 살리기 위해 먼저 다리를 파괴하여 게르만족의 진군을 지연시켜놓은 후 방향을 돌려 후퇴했다고 간단히 인정하는 그 보고서가? 분명 그 이상의 뭔가가 있었을 텐데 말이지! 이 글을 읽으면서 웃고 있을 자네 모습이 선하군그래.

집정관이 없는 로마는 활기 없이 우중충하다네. 물론 마르쿠스 아이밀리우스의 일은 참으로 안됐더군. 자네도 유감스러워하고 있겠지. 자기가 낳은 아들이 가문의 이름에 걸맞지 않다는 사실을 마침내 깨달았을 때 대체 어떻게 해야겠는가? 그러나 그 추문은 두 가지 이유로 금방 사그라졌네. 첫째는 그를 좋아하든 싫어하든, 그의 정치관에 동의하든 안 하든 상관없이 모두가 스카우루스를 대단히 존경하기 때문이지. 두번째 이유는 이보다 훨씬 충격적인 것이네. 그 교활한 늙은이 쿨리보니아(말장난으로 어떤가?)가 사람들에게 새로운 이야깃거리를 던져줬거든(항문 성교를 하는 매춘부라는 뜻의 라틴어 비어로, 강경보수파들을 지칭하는 '보니'와 연관시킨 말장난—옮긴이). 그가 다름 아닌 죽은 아들의 약혼녀였고 똥돼지 메텔루스가 보호하고 있던 카이킬리아 메텔라 달마티카와 결혼한 거야. 세상에, 나이가 열일곱 살이라네! 너무 웃기기에 망정이지 그렇지 않았다면 엉엉 울 지경일세. 직접 만나본 적은 없지만 아주 얌전하고 대단히 친절하며 사랑스러운 아가씨라고들 하더군. 그 집안에서 나온 자손치고 다소 믿기 힘든 얘기지만 나는 믿는다네, 정말로 믿어! 자네가 스카우루스를 봐야 하는데 말이야. 아마 절로 낄낄거리게 될걸! 요즘 그는 그야말로 펄쩍펄쩍 날아다니고 있네. 그래서 나도 한번 로마의 괜찮은 학교를 어슬렁거리면서 새로운 루푸스 부인이 될 만한 묘령의 처녀를 찾아볼까 심각하게 고민중이라네!

이번 겨울에 우리는 심각한 곡물 부족을 겪고 있네, 수석 집정관. 그저 자네 직위에 따른 임무를 상기시켜주려는 걸세. 게르만족 때문에 자네가 처리하기 불가능해지긴 했지만. 그러나 듣기로는 카툴루스 카이사르가 플라켄티아에서의 지휘권을 술라에게 잠시 맡기고 겨울 동안 로마로 돌아온다더군. 자네에 관한 소식은 분명 아무것도 없었어. 트리덴툼에서 있었던 일로 자네가 또 한번 부재중 후보로 집정관 직에 출마할 기반이 강화되었네. 하지만 카툴루스 카이사르는 자네가 게르만족과 맞붙기 전까지 그 어떤 선거도 실시하지 않을 걸세! 그로서는 매우 어려운 일일 거야. 로마를 생각하면 자네가 크게 승리하기를 바라야겠지만, 자신의 입장을 생각하면 시골 촌놈인 자네가 완전히 나자빠지기를 바라야 하니까. 승전하기만 한다면 자네는 확실히 내년에 집정관이 될 걸세, 가이우스. 그나저나 마니우스 아퀼리우스를 집정관에 입후보할 수 있게 해준 것은 영리한 한수였네. 그는 로마에 와서 집정관 직 출마를 선언하면서, 선거 때 로마에 있지 못해 출마 기회를 놓치게 될지라도 자네가 있는 곳으로 돌아가 게르만족과 맞서 싸우겠다고 확고하게 말함으로써 유권자들에게 대단히 강렬한 인상을 심어주었네. 그러니 자네가 게르만족을 격파하고 나서 곧바로 아퀼리우스를 로마로 돌려보낸다면, 자네와 제대로 공조하면서 변화를 꾀할 수 있는 차석 집정관을 얻게 될 걸세.

겉으로만 자네의 피호민인 척하는 사투르니누스(불쾌한 말이라는 건 나도 아네)의 단짝, 가이우스 세르빌리우스 글라우키아는 호민관에 출마하겠다고 선언했네. 그야말로 흰 비둘기들 사이에 있는 거대한 회색 고양이처럼 보이겠지! 세르빌리우스라는 이름이 나온 김에 다시 곡물난 얘기로 돌아가면, 조점관 세르빌리우스는 시칠리아에서 여전히 최악의 구렁텅이에 빠져 있네. 지난번 편지에서도 썼듯이, 정말로 그는 루쿨루스가 애써 구축해놓은 그 모든 것을 순순히 자기에게 넘겨줄 거라고 기대했던 거야. 요즘 원로원은 자두 먹은 사람이 변소를 찾는 것만큼이나 규칙적으로, 장날이 올 때마다 꼬박꼬박 세르빌리우스의 서신을 받고 있다네. 서신에서 그는 자신의 운명을 한탄하면서, 로마로 돌아오기만 하면 루쿨루스를 당장 기소하겠다는 말을 끊임없이 되풀이하고 있지. 참, 살비우스인가 자칭 트리폰인가 하는 노예 왕이 죽고 새로운 인물이 왕으로 선출되었다는군. 아시아계 그리스인인 아테니온이라는 자인데 살비우스보다 더 영리하다네. 아퀼리우스가 자네의 차석 집정관으로 당선된다면 그를 시칠리아로 보내서 그곳 문제를 깨끗이 처리해버리는 것도 괜찮을 듯하네. 지금 시칠리아의 패권은 세르빌리우스가 아니라 아테니온 왕이 장악하고 있지. 하지만 엉망진창인 시칠리아 상황에 대한 내 개인적인 불만은 순전히 스카우루스가 사용한 어휘 때문이네. 저 비열한 늙은이 쿨리보니아가 일전에 원로원에서 참으로 뻔뻔스럽게도 무슨 말을 했는지 아는가? 스카우루스, 그의 물건이 힘을 너무 써대다가 확 죽어버리기를! 그는 원로원에서 이렇게 소리쳤네. "시칠리아는 불행의 서사시가 되어버렸소!" 그러자 회의가 끝난 후 모두들 그에게 우르르 몰려가서는 어쩌면 그렇게 훌륭한 경구를 만들어냈냐며 달콤한 찬사를 마구 쏟아부었네! 헌데 앞서 내가 보낸 편지에서 보았겠지만, 이 훌륭한 경구는 사실 내 것이지! 스카우루스는 내가 그 말을 하는 걸 어디선가 들은 게 분명해. 그가 앞이고 뒤고 모조리 썩어문드러져버렸으면 좋겠네.

이제 호민관 쪽으로 가볍게 넘어가보세. 올해 호민관들은 가장 형편없고 시시한 집단이었네. 이런 말을 하려니 몸서리쳐지긴 하네만, 바로 그 때문에 글라우키아가 내년에 호민관에 출마하는 것이 반갑기도 하네. 로마는 민회에서 그럴싸한 소동이 일어나지 않으면 무척이나 지루한 곳이지. 그런데 최근 이곳에서는 호민관과 관련된 소동치고도 가장 희한한 사건이 일어나서, 요즘 그와 관련된 얘기가 쉴 새없이 돌고 있네.

대략 한 달 전에 사내 열두어 명이 아주 눈에 띄는 복장을 하고 로마에 들어왔네. 발끝까지 치렁치렁하게 내려오는 순금을 섞어 짠 화려한 색 외투를 입고, 수염과 고수머리와 귓불에 보석을 주렁주렁 달고, 머리에는 화려하게 수놓은 스카프를 써서 길게 늘어뜨리고 있었어. 무슨 야외극을 관람하는 기분이 들 정도였네! 그들은 스스로 외국의 사절이라고 밝히면서 특별 회의를 열어 원로원 의원들을 보고 싶다고 요청했네. 그러나 회춘도 하시고 남의 말도 훔쳐다 쓰는 우리 존경하는 스카우루스 최고참 의원님께서는, 그들의 신임장을 신나게 검토하더니 그들에게 공식 지위가 없다는 이유로 접견을 거부했어. 그들은 자기들이 아나톨리아 프리기아 왕국의 페시노스에 있는 대여신의 신전에서 왔다고 주장했네. 로마가 게르만족과의 싸움에서 잘해내기를 바라는 뜻으로 대여신이 직접 그들을 보냈다고! 지금 자네는 대관절 아나톨리아의 대여신이 왜 게르만족에게 신경 쓰는지 묻고 있겠지? 우리도 대체 이게 뭔가 하고 머리를 긁적이고 있네. 스카우루스가 이 현란한 복장의 이방인들과 엮이지 않으려 한 것도 이런 이유에서였을 거야.

그러나 그들의 속셈이 무엇인지는 아무도 알아내지 못했네. 동방인들은 워낙에 사기꾼들로 알려져 있으니, 제구실을 하는 로마인이라면 누구나 그들을 만나는 순간 바로 지갑 입구를 꿰매어 왼쪽 겨드랑이에 감추게 마련이지. 하지만 이들은 다르네! 이자들은 로마를 돌아다니면서 마치 지갑에 바닥이 없는 것처럼 돈을 뿌리고 있어. 이름이 바타케스라는 그들의 우두머리는 휘황찬란하게 눈길을 끄는 자라네. 그를 쳐다보고 있으면 절로 눈이 게슴츠레해지네. 그도 그럴 것이 머리부터 발끝까지 진짜 금으로 된 옷을 걸치고 머리에는 커다란 순금 관을 썼거든. 금으로 만든 옷에 대해 들어보기는 했어도, 프톨레마이오스 왕이나 파르티아의 왕을 만나러 가지 않는 이상 살아서 내 눈으로 볼 거라고는 생각도 못했네.

우리가 사는 이 어리석은 도시의 여자들은 바타케스와 그의 무리에게 열광했네. 그처럼 많은 금을 보고 현혹되어 수염이나 아니면 거시기에서(더이상 말하지 말자, 푸블리우스 루틸리우스!) 혹시라도 떨어질지 모를 진주나 석류석을 얻으려고 탐욕스러운 손을 내밀었지. 단지 아주 점잖고 완곡하게 덧붙이자면 그들은(어허, 그만해야 하는데!) 내시는 아니었네.

그건 그렇고, 그의 아내도 황금에 눈이 먼 로마 여자들 중 하나였던 건지 아니면 좀더 이타적인 동기에서였는지는 모르지만, 호민관 아울루스 폼페이우스가 로스트라 연단에 서서 바타케스와 그의 신관 무리들을 비난했네. 그 사기꾼이자 협잡꾼들을 우리의 공명정대한 도시에서 강제 추방해야 한다고 외쳤다네. 이왕이면 그들에게 송진을 바르고 깃털을 더덕더덕 붙여 나귀에 거꾸로 태워 내쫓자면서 말이지. 바타케스는 폼페이우스의 통렬한 비난에 크게 반발하면서 원로원에 출두해 불만을 터뜨렸네. 그런데 원로원 주요 인물들의 부인 몇몇이 이 사절들을 향한 열광적 분위기에 젖어들거나 직접 빠져든 게 틀림없어. 원로원에서 곧바로 폼페이우스에게 이 중요인물들을 괴롭히는 걸 중단하라고 명령을 내렸거든. 원로원 의원들 중 순수주의자들은, 민회에서 취한 행동에 대해 호민관을 징계하는 것은 원로원의 소관이 아니라는 이유로 폼페이우스 편을 들었네. 이렇게 되니, 앞서 스카우루스가 판결을 내렸음에도 불구하고 바타케스 일당이 사절이냐 아니냐를 둘러싸고 시끄러운 언쟁이 일어났네. 스카우루스가 그 자리에 없었기 때문에 그 문제는 결국 해결을 못 보았네. 짐작하건대 그는 경구를 더 얻어내려고 내 옛날 연설문을 뒤지고 있었거나 아니면 새 아내의 치맛자락을 들어올리고 있었을 거야.

폼페이우스는 계속 로스트라 연단에 서서 사자처럼 으르렁거렸네. 그는 로마 여자들의 탐욕과 단정치 못한 행실을 비난했지. 그러자 이번에는 바타케스가, 마치 생선 장수가 길고양이들을 거느리듯이 그의 화려한 신관 일행과 화려한 로마 여자들을 거느리고 성큼성큼 연단으로 걸어갔네. 운좋게 나도 그 자리에 있어서 술라가 극장에서 보고 싶어할 그 어떤 연극보다도 훨씬 나은, 아주 끝내주는 소극을 눈앞에서 직접 보았다네(어떻게 알고 갔냐고? 로마가 어떤 곳인지 자네도 잘 알지 않는가! 당연히 누가 귀띔해주는 걸 들었지. 로마 사람 중 절반은 그렇게 들었을 걸세). 폼페이우스와 바타케스가 플라우투스보다도 더 빠르게, 유감스럽게도 입으로였지만 한판 붙은 거야. 우리의 고귀한 호민관은 그의 상대가 사기꾼이라고 주장했고, 바타케스는 대여신은 자기 신관들이 모욕당하는 소리를 듣고 싶어하지 않으신다면서 폼페이우스가 목숨이 걸린 위험한 짓을 하고 있다고 말했네. 이 장면의 마지막은 바타케스가 폼페이우스에게 피가 얼어붙는 듯한 죽음의 저주를 내리는 것으로 장식되었지. 그가 그리스어로 저주를 말했기 때문에 모두가 그 내용을 알아들을 수 있었어. 나라면 대여신은 프리기아어로 찬양받고 싶어할 거라고 생각했을 텐데 말이지.

그런데 가이우스 마리우스, 진짜 굉장한 장면은 여기부터라네! 저주가 선언된 순간, 폼페이우스가 숨이 막힐 듯 기침을 하기 시작한 거야. 그는 비틀거리면서 연단에서 떨어졌고 사람들의 부축을 받아 집으로 옮겨졌다네. 그로부터 사흘간 자리에 앓아누웠는데 병세는 점점 더 악화되었지. 그러다 사흘째 날이 끝나갈 때 죽고 말았네! 발가락을 쳐들고 숨을 쉬지 않았다는 거야. 원로원 의원들에서부터 로마 여자들에 이르기까지 모두에게 이 일이 몰고 온 파장은 자네도 충분히 짐작할 수 있겠지. 그후로 바타케스는 원하는 곳 어디든 갈 수 있고 하고 싶은 건 무엇이든 할 수 있게 되었네. 사람들은 그가 마치 황금색 나병 환자라도 되는 양 그가 지나가면 서둘러 길을 비킨다네. 바타케스는 공짜로 밥을 얻어먹고, 원로원은 생각을 바꿔서 그의 사절단을 정식으로 받아들였네(여전히 스카우루스의 인정은 없지만 말이야!). 여자들은 온통 그에게 매달리고, 그는 미소 지으며 양손을 흔들면서 축복을 내려주지. 마치 제우스라도 되는 양 행동한다네.

나는 이 모든 상황이 놀랍고 혐오스럽고 역겹네. 이루 말할 수 없이 불쾌한 일이야. 무엇보다 큰 의문은, 바타케스가 어떻게 그럴 수 있었느냐는 거지. 정말로 신이 개입한 걸까, 아니면 알 수 없는 무슨 독이라도 쓴 걸까? 나는 후자 쪽이라 생각하네만, 그렇게 되면 나는 회의론자가 되는 거겠지. 그렇지 않으면 구제불능의 냉소주의자거나.

마리우스는 옆구리가 아프도록 웃어댔다. 그러고 나선 게르만족과 대적하러 나갔다.

테우토네스족 25만 명은 드루엔티아 강이 로다누스 강으로 이어져 로마군 요새 쪽으로 흘러가기 시작하는 지점의 바로 동쪽에서 드루엔티아 강을 건넜다. 들쑥날쑥한 그들의 대열은 수 킬로미터나 퍼져 있었다. 대열의 측면과 선봉은 13만 명에 달하는 전사들이 차지했고 구불구불하게 이어진 꼬리 부분은 부녀자와 어린아이 들이 끌고 온 일단의 수레와 우마 행렬이 채우고 있었다. 나이든 남자는 극소수였고 나이든 여자는 그보다도 적었다. 전사 무리의 가장 앞쪽에는 사납고 자부심 넘치며 용맹한 암브로네스족이 성큼성큼 걷고 있었다. 이들로부터 맨 뒤쪽에 자리한 수레와 가축 무리까지의 길이는 거의 40킬로미터에 이르렀다.

이미 게르만족 정찰병들이 로마군의 요새를 발견한 터였지만 테우토보드는 자신만만했다. 그들은 로마를 무시하고 마실리아로 행군할 작정이었다. 마실리아는 로마를 제외하고 그들이 들어본 가장 큰 도시였으므로 거기서 여자와 노예, 음식과 보물을 취하리라 생각한 것이다. 그곳을 실컷 약탈하고 불태운 다음에는 해안을 따라 동쪽으로 방향을 돌려 이탈리아로 이동할 계획이었다. 몬스 게나바 고개 너머로 뻗어 있는 도미티우스 가도의 상태가 훌륭해 보이기는 했지만, 테우토보드는 해안선을 따라가야 이탈리아에 더 빨리 도착할 거라고 생각했던 것이다.

들판에서 추수되지 않은 곡식들은 지나가는 게르만족 무리에 마구 짓밟혔다. 그들 중 누구도, 심지어 테우토보드조차도, 조금만 노력을 기울이면 그 곡식을 수확해서 다가올 겨울에 대비할 수 있다는 사실에는 관심도 없는 듯했다. 이들의 수레에는 도중에 마주친 모든 사람에게서 약탈한 식량이 그득했고, 들판의 곡식은 인간의 발에 짓밟힌 것이라도 소와 말이 먹을 수 있었기 때문이다. 수확되지 않은 곡식은 그들에겐 단순히 목초지의 사료와 같은 의미였다.

암브로네스족은 로마군의 요새가 자리잡은 언덕 기슭에 도착했다. 아무 일도 일어나지 않았다. 마리우스는 꿈쩍하지 않았고 게르만족도 군이 기습하지 않았다. 그러나 마리우스로 인해 확실히 심리적인 장벽이 형성되었다. 그리하여 암브로네스족이 멈춰 섰고 그 뒤로 나머지 전사들이 줄줄이 포개어 섰다. 게르만족이 언덕 전체를 개미떼처럼 뒤덮었고, 드디어 테우토보드도 도착했다. 처음에 그들은 야유와 조롱하는 소리를 내고 빠짐없이 고문당한 민간인 포로들을 줄 세워 자극함으로써 로마군을 밖으로 유인하려고 했다. 그러나 로마군은 아무도 반응하지 않았고 밖으로 나오지도 않았다. 그러자 게르만족은 일제히 공격을 감행했다. 그러나 그들의 단순한 전면 공격은 마리우스 진영의 훌륭한 방어시설 앞에서 아무런 성과 없이 시들해져버렸다. 로마 병사들은 맞히기 쉬운 목표물을 향해 창을 몇 개 던졌을 뿐 달리 아무것도 하지 않았다.

테우토보드는 어깨를 으쓱했다. 그의 수행 전사들도 어깨를 으쓱했다. 좋아, 로마인들은 저기에 가만히 있으라고 내버려두자! 그래봤자 그다지 문제될 것도 없었다. 게르만족들은 마치 커다란 바위를 둘러싼 끈적끈적한 바닷물처럼 언덕을 내려가서 남쪽으로 사라졌다. 수천 대의 수레가 전사들을 뒤따라 7일 동안 삐걱거리며 이동했다. 수레 행렬이 마실리아를 향해 느릿느릿 움직이는 동안, 게르만족 여자와 아이 들은 쥐죽은 듯 잠잠한 요새를 빤히 쳐다보았다.

그러나 마지막 수레가 미처 지평선 아래로 사라지기도 전에, 마리우스는 기운 넘치는 여섯 개 군단을 모두 거느리고 빠르게 이동하고 있었다. 조용하고 잘 훈련되어 있으며, 드디어 전투를 치를 수 있다는 생각에 신이 난 로마군 병사들은 들키지 않고 게르만족의 옆쪽을 빙 둘러서 전진했다. 게르만족들은 아렐라테에서 아콰이 섹스티아이까지 도로를 따라 서로 밀치고 떠밀리며 이동하고 있었다. 테우토보드는 그곳에서 전사들을 이끌고 바다 쪽으로 내려갈 작정이었던 것이다. 한편 아르스 강을 건넌 마리우스는 완만하게 내려오는 언덕으로 둘러싸인, 가파르게 비탈진 산등성이 꼭대기 남쪽 강둑에 완벽한 자리를 잡았다. 그리고 그곳에서 강이 내려다보이는 위치에 참호를 파고 숨었다.

여전히 선두에 선 암브로네스족 전사 3만 명은, 아르스 강 여울에 이르러 위를 올려다보았다가 깃털 장식 투구와 창으로 가득찬 로마군 진영을 발견했다. 그러나 그들의 눈에 이들은 평범한 군대였고 한입에 해치울 수 있는 고기였다. 암브로네스족은 지원 병력을 기다리지도 않고 얕은 여울을 한달음에 건너 오르막길을 향해 공격을 개시했다.

로마군 병사들은 전선 전체를 따라 쳐놓은 보호벽을 가볍게 넘어서 언덕을 내려갔다. 그러고는 소리 지르며 올라오는 훈련되지 않은 야만인 무리와 맞섰다. 맨 먼저 필룸창을 던져 적들을 크게 흔들어놓았고, 이어서 검을 꺼내고 방패를 흔들며 하나의 거대한 기계 안에서 꼭 맞물려 돌아가는 톱니바퀴처럼 앞으로 나아가 적들을 맹공격했다. 비틀거리면서라도 살아서 여울을 건너간 암브로네스족 전사는 거의 찾아볼 수 없었다. 암브로네스족 전사 3만 명의 시체가 산등성이를 뒤덮었지만, 마리우스는 거의 한 사람의 병사도 잃지 않았다.

전투는 30분 안에 끝났다. 한 시간도 채 되지 않아 암브로네스족의 벌거벗은 시체가 여울 가장자리를 따라 성벽처럼 쌓였다. 게르만족의 검과 토르퀘스, 방패, 팔찌, 가슴받이, 단도, 투구는 로마군 진지 안으로 던져졌다. 이제 뒤에 오는 게르만족들이 넘어야 할 첫번째 장애물은 같은 편 전사들의 시체로 이루어진 성벽이었다.

아르스 강 건너편 기슭에 있던 테우토네스족은 완전히 혼란에 빠졌다. 그들은 당혹과 분노 속에 암브로네스족 전사들의 거대한 시체 더미를 바라보았다. 산꼭대기의 로마군 진영에서는 승리의 기쁨에 도취된 병사 수천 명이 줄지어 서서 그들에게 야유하고, 휘파람을 불고, 노래 부르고 함성을 질렀다. 로마군이 이렇게 많은 게르만족을 죽인 것은 이번이 처음이었다.

물론 이것은 예비 전투에 불과했다. 아직은 본격적인 전투가 없었지만, 조만간 치르게 되리라는 것만은 확실했다. 마리우스는 자신이 세운 작전을 완성하기 위해 그날 저녁 정예군 3천 명을 골라내어 강을 건너려고 하류로 이동중인 마니우스 아퀼리우스에게 보냈다. 그들은 전면전이 벌어질 때까지 기다렸다가 전투가 절정에 치달을 때 후방에서 게르만족을 습격할 계획이었다.

그날 밤 로마군 병사들은 승전의 기쁨에 넘쳐 누구 하나 잠을 이루지 못했다. 그러나 다음날 게르만족 진영에서는 아무런 공격의 기미가 없었다. 병사들의 피로는 문제가 아니었다. 그보다도 마리우스는 야만인들이 전혀 움직이지 않는 게 걱정되기 시작했다. 게르만족이 공격해오지 않는다고 해서 최종 결과가 미뤄지는 것은 원치 않았기 때문이다. 그는 결정적인 승리가 필요했고 반드시 그런 승리를 쟁취할 작정이었다. 그러나 테우토네스족은 반대편 강기슭에 진지를 치고 머물러 있었다. 무수히 많은 그들 무리는 수적으로 많다는 것 외에는 아무런 방비도 해두지 않았다. 한편 테우토보드는 수행 전사들과 함께 여울 주변을 어슬렁거렸다. 갈리아산 조랑말을 탄 그는 워낙에 키가 커서 말 아래로 내려온 발이 땅을 쓸다시피 했다. 그는 온종일 오르락내리락 왔다갔다 하면서 덩치에 비해 훨씬 큰 주인을 태운 조랑말을 혹사시켰다. 굵게 땋은 금발 두 갈래가 그의 황금빛 흉갑 위로 흔들렸다. 귀를 덮은 투구 위 양쪽에 달린 황금빛 날개가 햇빛에 반짝였다. 깨끗이 면도한 그의 얼굴에는 멀리서도 알아볼 수 있을 정도로 불안과 망설임이 뚜렷이 어려 있었다.

다음날 아침도 전날처럼 구름 한 점 없이 맑았다. 암브로네스족의 시체를 부패시켜 그 일대를 순식간에 악취가 들끓는 오염지대로 만들기 충분한 더위를 예고하는 날씨였다. 적군보다 질병이 더 큰 위협이 될 때까지 그 자리에 머무르는 것은 마리우스의 계획에 없는 일이었다.

"좋아." 이윽고 마리우스는 퀸투스 세르토리우스에게 자신의 생각을 전했다. "모험을 감행하기로 하지. 저들이 공격하지 않겠다면 내가 직접 나가 공격할 듯 움직임으로써 전투를 유도하겠네. 그렇게 되면 게르만족이 언덕으로 올라오며 돌격할 경우의 이점은 잃게 되겠지. 하지만 그렇다 해도 다른 어떤 곳보다 여기서 싸웠을 때 승산이 높고, 마니우스 아퀼리우스도 좋은 위치에 있네. 나팔을 울려 병사들을 집결시키게. 그들에게 연설을 하겠네."

그것은 로마 군대의 일반적인 관행이었다. 로마군이라면 대규모 전투에 나서기 전에 총사령관의 연설을 듣지 않는 경우는 없었던 것이다. 연설은 모든 병사가 전투복장을 갖춘 총사령관의 모습을 제대로 볼 수 있게 해주고 사기를 진작시키는 효과가 있었다. 또한 총사령관으로서는 보잘것없는 일개 병사에 이르기까지 자신의 승전 전략을 알릴 수 있는 유일한 기회였다. 물론 누구나 알고 있듯이 전투는 결코 계획대로 이루어지는 법이 없었다. 그렇지만 연설을 통해 병사들은 총사령관이 그들 각자에게 원하는 역할을 이해할 수 있었고, 전투중에 평소보다 더 큰 혼란이 닥치더라도 스스로 생각할 능력을 키울 수 있었다. 이제껏 로마군이 숱한 전투에서 이길 수 있었던 것도, 병사들이 총사령관의 바람을 잘 알고 군단 지휘관이 곁에 없더라도 그 역할을 알아서 수행했기 때문이었다.

암브로네스족을 패배시킨 경험은 사기를 돋우는 정력제 역할을 했다. 로마 군단의 병사들은 승리의 의지로 불타올랐다. 한 사람도 빠짐없이 몸 상태가 완벽했으며, 무기와 갑옷은 광이 나게 손질해두었고 장비도 아무 문제 없이 완벽했다. 그들이 집회장이라고 부르는 공터에 운집한 병사들은 대열을 갖추고 서서 마리우스의 말에 귀를 기울였다. 그들은 마리우스라면 타르타로스까지도 따라갈 정도로 그를 숭배했다.

"잡놈들아, 결전의 날이 왔다!" 임시로 만든 로스트라 연단에 선 마리우스가 외쳤다. "지난번에 우리가 너무 잘 싸웠던 것이 말썽이 되었다. 저들이 더이상 싸우고 싶어하지 않는 것이다! 그래서 우리는 저들이 용의 이빨에서 태어난 군대라 해도 달려들 정도로 화가 나서 길길이 날뛰게 만들 것이다. 요새의 장벽을 넘어 산비탈 아래로 내려가서 게르만족의 시체를 마구 짓밟을 것이다! 필요하다면 저들의 시체를 걷어차라. 그 위에 침을 뱉고 오줌을 싸라! 기억해둬라, 저들은 머저리 같은 네놈들이 셀 수도 없을 정도로 여럿이서 저 여울을 건너 몰려올 것이다! 그리고 우리는 담장 위에 앉은 수탉처럼 이곳에 앉아 기다리는 호사를 누릴 수 없다. 저들과 직접 대면해서 맞붙을 것이다. 이 말은 곧 저들을 올려다보며 싸워야 한다는 뜻이다! 저들은 우리보다 크기 때문이다. 저들은 거인이다! 그렇다고 우리가 걱정해야 하나? 그런가?"

"아닙니다! 절대 아닙니다!" 병사들이 한목소리로 외쳤다.

“아니고말고!” 마리우스가 되받아 소리쳤다. “왜냐고? 우리는 로마군이기 때문이다! 우리는 목숨을 걸고 은 독수리를 따를 것이다! 로마군은 세계 최강의 병사들이다! 그리고 가이우스 마리우스의 최하층민 병사들인 너희는 로마군 중에서도 최강의 병사들이다!”

병사들은 끝도 없이 한참 동안 마리우스를 향해 환호성을 질렀다. 그들은 자부심으로 미칠 듯이 고무되어 눈물을 흘렸으며, 온몸의 세포 하나까지도 즉각 싸울 태세를 갖추어 견딜 수 없을 정도의 최고조에 이르렀다.

“자, 이제 됐다! 지금부터 우리는 장벽을 넘어 격전을 치르러 갈 것이다! 저 광기 어린 야만인들을 무찔러 굴복시키는 것 외에 이 전쟁에서 이길 방법은 없다! 싸워라, 병사들아! 저 미친 야만인들이 단 한 명도 그 거대한 발로 서 있지 못할 때까지 계속 싸워라!” 이어서 마리우스는 사자 가죽을 뒤집어쓴 사내 여섯 명 쪽으로 몸을 돌렸다. 송곳니가 달린 사자의 주둥이가 그들의 투구를 집어삼킬 듯 덮었고, 발톱을 뺀 앞발은 갑옷 상의를 입은 그들의 가슴팍에 고정되어 있었다. 이 사내들은 반짝이는 은 깃대를 움켜쥐고 있었으며 깃대 위에는 날개를 펼친 은 독수리 여섯 마리가 달려 있었다. “여기를 보아라, 너희의 은 독수리다! 이것은 용기의 상징이자 로마의 상징이며 우리 군단의 상징이다! 로마의 영광을 위해 독수리를 따르라!”

이 같은 열광의 와중에도 병사들은 질서를 잃지 않았다. 마리우스의 여섯 군단은 서두르지 않고 질서정연하게 진지에서 빠져나와 산비탈을 내려갔다. 기병대가 없었으므로 그들은 스스로 대열 측면을 보호하면서 움직였다. 낫 모양의 대열로 게르만족에게 모습을 드러낸 로마군은, 암브로네스족의 시체를 모욕하는 행동을 보임으로써 단번에 테우토보드 왕을 자극하여 공격을 결심하게 만들었다. 마침내 게르만족이 여울을 건너 로마군을 향해 진격해왔다. 그러나 로마군의 선두 대열은 조금도 흔들리지 않았다. 선두에 서서 진격해오던 게르만 전사들은 놀랍도록 정확히 조준되어 일제히 날아온 필룸창에 완전히 무너졌다. 마리우스의 병사들은 2년이 넘게 이날을 대비해 훈련해왔기 때문이다.

전투는 길고도 격렬했다. 그러나 로마군의 대열은 흐트러지지 않았고, 기수 여섯 명이 든 은 독수리 기도 빼앗기지 않았다. 게르만족의 시체는 점점 더 높이 쌓여 암브로네스족 전사들의 시체와 합쳐졌다. 또다른 게르만족이 계속 여울을 건너와 쓰러진 전사들을 대신해 싸웠다. 마침내 아퀼리우스와 3천 명의 병사가 게르만족의 후방을 급습하여 그들을 몰살시켰다.

오후 중반 무렵이 되자 테우토네스족은 더이상 남아 있지 않았다. 적절한 훈련과 장비로 무장한 3만 7천 명의 로마 병사들은, 로마의 군사적 전통과 영광을 바탕으로 뛰어난 장군의 지휘를 받아 두 전투에서 10만이 훌쩍 넘는 게르만족을 격파했다. 그들은 아콰이 섹스티아이에서 역사에 남을 승리를 기록한 것이다. 암브로네스족의 시체 3만 구에 8만 구의 시체까지 더해져 아르스 강변에 쌓였다. 테우토네스족 전사들은 긍지와 명예를 지키며 죽는 쪽을 더 원했기에 살기를 택한 자는 극소수에 불과했다. 쓰러진 시체들 사이에는 테우토보드도 있었다. 승리한 로마군에게는 수천 명의 테우토네스족 아녀자와 1만 7천 명의 생존 전사가 노획물로 주어졌다. 마실리아에서 노예 상인들이 노획물을 사들이려고 몰려왔다. 노예와 포로를 팔아서 생긴 수익금은 온전히 총사령관의 소유가 되는 것이 관행이었음에도 불구하고, 마리우스는 그 돈을 사병과 군관들에게 나누어주었다.

"나는 이 돈이 필요 없지. 그리고 병사들은 받을 자격이 있어." 마리우스는 마르쿠스 코타가 아라우시오 소식을 들고 로마에 갈 때 그를 태우고 갈 단 한 척의 뱃삯으로 마실리아 사람들이 거액을 받았던 것을 떠올리면서 싱긋 웃었다. "마실리아 정무관들이 자기네 도시를 구해준 데 대해 감사의 결의문을 보내왔네. 그러니 나는 마실리아를 구해준 대가로 청구서를 보내야겠어."

마리우스는 아퀼리우스에게 원로원에 보낼 보고서를 주고서 급히 로마로 보냈다.

"가서 소식을 전하고 집정관 직에 입후보하게. 지체하지 말게!"

아퀼리우스는 지체 없이 7일 만에 육로를 달려 로마에 도착했다. 서신은 차석 집정관 카툴루스 카이사르에게 건네져 원로원 회의에서 낭독되었다. 무뚝뚝한 아퀼리우스는 나서서 한마디 하기를 거절했다.

나, 수석 집정관 가이우스 마리우스는, 오늘 알프스 너머 갈리아 지역 로마 속주의 아콰이 섹스티아이 전장에서 내 휘하의 로마 군단이 게르만의 테우토네스족을 섬멸하였음을 로마의 원로원과 인민에게 보고하는 바입니다. 게르만족 전사자는 11만 3천 명이며, 생존 포로는 전사 1만 7천 명과 여자와 어린아이 13만 명에 이릅니다. 이밖에 수레 3만 2천 대, 말 4만 1천 마리, 소 20만 마리를 확보했습니다. 노예로 팔린 이들을 포함한 모든 노획물을 나의 병사들에게 적절히 나눠주도록 명했습니다. 로마 만세!

전 로마가 터질 듯 환희에 빠졌다. 노예부터 지체 높은 귀족에 이르기까지, 눈물을 흘리고 춤추고 환호하고 포옹하는 사람들로 거리 곳곳이 넘쳐났다. 마리우스는 부재중 선거로 이듬해 수석 집정관으로 선출되었으며 아퀼리우스가 차석 집정관이 되었다. 원로원은 사흘간 마리우스를 위한 감사 축제를 열기로 의결했고, 인민이 여기에 이틀을 더 추가했다.

"술라가 그런 말을 했었죠." 야단스러운 분위기가 가라앉은 후에 카툴루스 카이사르가 메텔루스 누미디쿠스에게 말을 꺼냈다.

"아하! 자네는 우리의 루키우스 코르넬리우스를 좋아하지 않지! '술라'를 말이야, 안 그런가? 그가 뭔 말을 했나?"

"세상에서 가장 큰 나무는 누구도 베어버릴 수 없다는 식의 말이었지요. 가이우스 마리우스, 저자는 천운을 타고났습니다. 나는 내 군대에게 싸우도록 설득할 수 없었지만, 그는 게르만 부족 하나를 전멸시키고도 자기 병사는 거의 잃지 않았어요." 카툴루스 카이사르가 침울한 목소리로 말했다.

"그는 항상 운이 좋았지." 누미디쿠스가 말했다.

"운 따위는 전혀 없었소!" 곁에서 듣고 있던 루푸스가 분연히 소리쳤다. "공을 세웠으면 합당하게 그 공을 인정하시오들!"

그랬더니 그들도 더는 대꾸할 말이 없었지. (루푸스는 편지에서 마리우스에게 이렇게 썼다) 잘 알다시피 나는 자네가 집정관 직을 연임하는 것도 그렇고 자네의 늑대 같은 몇몇 친구들도 용납할 수 없네. 하지만 자신이 지닌 명망만큼 도량을 보여야 할 인사들이 시기와 악의를 드러낼 때는 참을 수 없게 짜증이 치솟는다는 걸 고백해야겠네. 이솝이 이런 경우를 '신포도'라는 비유로 멋지게 요약해주었지. 자네의 성공과 그들의 실패를 단순히 운으로 돌리다니 그런

얼토당토않은 말이 어디 있겠나? 인간은 스스로 운명을 개척하는 거야. 그게 바로 진실이지. 저들이 자네의 놀라운 승리를 깎아내리는 소리를 들으면 침을 뱉고 싶을 지경이야.

이 얘기는 그만해야겠네. 이러다 뇌졸중이 올 것 같아서 말이야. 자네의 늑대 같은 친구들 얘기가 나와서 말인데, 호민관이 된 지 이제 겨우 8일째인 글라우키아가 벌써부터 민회에 자그마한 폭풍을 일으키고 있네. 자신이 입안한 새로운 법안을 논의하기 위해 호민관으로서 첫번째 집회를 소집한 걸세. 글라우키아의 의도는 저 톨로사의 영웅 카이피오가 지닌 공적들을 무효화하는 것이었어. 카이피오를 스미르나에 영원히 추방시켜놓겠다는 거지. 나는 글라우키아가 마음에 들지 않네. 한 번도 좋아한 적이 없어! 글라우키아는 직무상 부당취득에 대한 재판권을 온갖 다른 권한까지 덧붙여서 기사들에게 돌려주려 하고 있네. 이 법이 통과된다면, 나는 그렇게 되리라 보지만, 앞으로 국가는 재물을 갈취한 자는 물론이고 최종적으로 그 재물을 받은 자들에게서도 손해배상금이나 유용재산이나 횡령자금을 환수할 수 있지. 다시 말해 이전에는 탐욕스러운 총독이 부정하게 얻은 이득을 숙모나 장인, 심지어는 자기 아들같이 빤한 사람에게 양도할 수 있었지. 하지만 글라우키아의 새 법률하에서는 숙모와 장인, 아들까지 모조리 돈을 토해내야 하는 거네.

어느 정도 정당성이 있다고는 보네만, 이런 법률이 시행됐을 때 결국 어떤 일이 생기겠는가? 우선 국가에게 너무나 많은 돈은 물론, 과도한 권력을 쥐어주겠지! 선동 정치가와 관료주의자 들이 양산될 걸세! 부를 축적하기 위해 정치에 몸담는 행위에는 어딘가 대단히 안심되는 부분이 있네. 그건 정상적이고 인간적이지. 그래서 용서할 수 있고 이해도 되고 말이야. 이런 인간보다 우리가 정말로 조심해야 될 인간은, 세상을 바꾸기 위해 정치에 몸담는 자들일세. 능력과 이타주의를 내세우는 이런 자들이 사실은 진짜 해를 끼치는 자들이네. 자기 자신보다 남을 먼저 생각하는 것은 결코 정상이 아니야. 남은 어디까지나 남일 뿐이니까. 내가 회의론자라는 얘기를 전에 했나? 어쨌든, 나는 회의론자가 맞네. 뭐 가끔은 냉소주의자까지 되어가고 있는 게 아닌가 하는 의문도 들지만 말이야. 정말 가끔이지만!

자네가 잠깐 로마에 온다는 얘기가 들리던데, 어서 빨리 보고 싶네! 자네를 보자마자 똥돼지의 표정이 어떻게 될지 기대되는군. 자네도 어쩌면 예상한 일이겠지만 카툴루스 카이사르는 이탈리아 갈리아 지역의 집정관급 총독이 되어 플라켄티아에 있는 자신의 군대로 돌아갔다네. 그를 잘 지켜보게. 분명 다음 승리의 공로를 자네에게서 가로채려고 호시탐탐 노리고 있을 테니까. 이제 율릴라는 죽고 없는 상황이지만, 술라가 예전처럼 자네에게 충성하길 바라고 있네.

외교 문제로 넘어가서, 드디어 바타케스와 그의 신관단이 자기네 나라로 돌아가기로 결정했다네. 온갖 상류층 부인네들이 통곡하는 소리가 최소한 브룬디시움에서도 들릴 지경이네. 지금 로마에는 바타케스 일행보다 훨씬 재미없고 대단히 불길한 또다른 사절단이 와 있네. 다름아닌 폰토스의 미트리다테스 왕이 보낸 사절단이라네. 흑해 주변의 땅 대부분을 점령한, 대단히 위험한 젊은 왕 말이야. 미트리다테스는 우호동맹조약을 청해왔네. 스카우루스는 이를 달갑게 여기지 않는데 왜 그러는지는 모르겠네. 혹시 우리의 우호동맹국인 비티니아의 니코메데스 왕의 정보원들이 맹렬히 영향력을 행사하는 것과 무슨 관련이 있는 걸까? 제기랄, 제기랄, 고약한 회의주의 성향이 또 나오는군! 하지만 가이우스, 이건 냉소주의 성향은 아니네! 어쨌든 아직까지는 말이야.

마지막으로 사소한 뒷얘기와 사람들의 신상에 관한 소식 몇 가지를 전하겠네. 원로원 의원 마르쿠스 칼푸르니우스 비불루스가 대를 이을 아들을 얻었어. 도미티우스 아헤노바르부스와 세르빌리우스 카이피오 가문의 다양한 인물들이 크게 기쁨을 표했다네. 헌데 칼푸르니우스 피소 가문에서는 무관심한 태도를 보이려는 게 눈에 띄더군. 몇몇 훌륭한 늙은이들은 나이 어린 여자와 결혼할 운명인지 몰라도, 늙은이라면 죽음의 힘에 굴복하는 것이 더 흔한 운명이지. 우리 문학의 거장 가이우스 루킬리우스가 죽었네. 상당히 안타까운 마음이야, 정말로. 실제로 만난 그는 끔찍하도록 지루한 사람이었지만, 글에서만은 참으로 재치가 넘쳤지! 자네의 미래를 점쳐줬던 시리아 점술가 마르타의 죽음도 있지. 이에 대해서는 진정 깊이 유감이네. 율리아가 편지를 보냈으니 자네도 이미 알고 있겠지. 그 심술쟁이 노파가 그리울 것 같네. 똥돼지는 마르타가 그 야단스러운 자줏빛 가마를 타고 로마를 돌아다니는 걸 볼 때마다 입에 거품을 물었지. 자네의 사랑스럽고 훌륭한 율리아 역시 마르타가 그리울 거라고 하더군. 그나저나 자네가 얼마나 보물 같은 여자와 결혼했는지 제대로 알고 있길 바라네. 한 달을 있겠다고 와서 여태까지 머문 손님, 더구나 바닥에 침을 뱉고 정원 연못에 오줌을 싸는 것을 예절이라고 생각한 손님이 죽었다는 소식에 슬퍼하는 부인은 흔치 않으니 말이야.

자네가 한 말을 그대로 옮기면서 글을 맺겠네. 어쩌면 그럴 수 있나, 가이우스? "로마 만세"라니! 어찌나 거창한지!

열째 해

THE TENTH YEAR
101 B.C.

(기원전 101년)

가이우스 마리우스(V)와
마니우스 아퀼리우스의
집정기

열한째 해

THE ELEVENTH YEAR
100 B.C.

(기원전 100년)

가이우스 마리우스(VI)와
루키우스 발레리우스 플라쿠스의
집정기

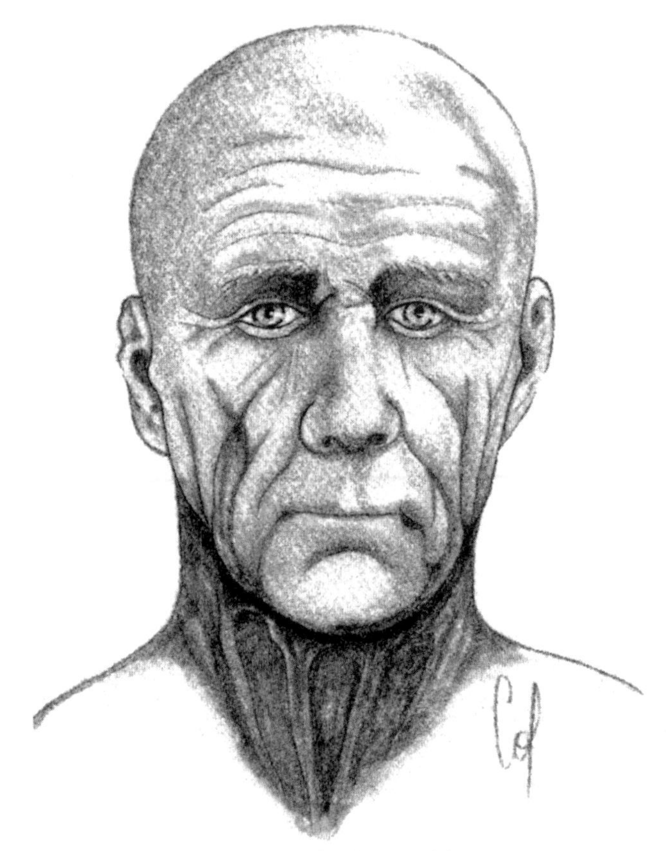

마르쿠스 아이밀리우스 스카우루스

술라가 옳았다. 킴브리족은 파두스 강을 건너는 데 관심조차 없었다. 그들은 드넓은 강가 초원에 풀어놓은 젖소들처럼 파두스 강 너머 이탈리아 갈리아의 동부 곳곳을 한가로이 누볐다. 풍부하게 넘쳐나는 농작물과 목초지에 둘러싸여 지내다보니 그들의 왕이 말하는 훈계에 귀도 기울이지 않았다. 이들 사이에서 보이오릭스만 홀로 걱정에 잠겼다. 오직 그만이 아콰이 섹스티아이에서 테우토네스족이 패했다는 소식에 크게 낙담했다. 설상가상으로 티구리니족과 마르코만니족, 케루스키족의 연합체가 이탈리아 침공을 단념하고 각자 고향으로 되돌아갔다는 소식까지 전해졌다. 보이오릭스는 절망에 빠졌다. 로마군의 우세한 무장과 게르만족의 무능이 더해져 자신이 세웠던 원대한 전략을 망쳐버린 것이다. 이제 그는 자신이 킴브리족을 통제할 능력이 있는지조차 의심스러워지기 시작했다.

그럼에도 불구하고, 보이오릭스는 세 전사단 중 수적으로 가장 우세한 킴브리족이라면 다른 부족의 지원 없이도 이탈리아를 점령할 수 있다고 생각했다. 그러나 어디까지나 집단의 단결과 개인적인 자제라는 더없이 귀중한 교훈을 자신의 종족에게 가르칠 수 있을 때에만 가능한 얘기였다.

아콰이 섹스티아이 전투 이후 찾아온 겨울 내내 보이오릭스는 혼자 생각에 잠겨 지냈다. 그는 부족민들이 이곳에 싫증이 나거나 이곳의 곡식을 다 먹어치울 때까지는 자신이 아무것도 달성할 수 없으리라는 것을 알았다. 킴브리족은 농사를 짓지 않았으므로 후자가 현실화될 가능성은 꽤 컸다. 하지만 보이오릭스는 이제껏 지나온 땅 중에서 이처럼 비옥하고 먹을 것을 끝없이 제공하는 땅은 본 적이 없었다. 파두스 강 너머 이탈리아 갈리아가 로마인들이 지배하는 영토라면 로마가 그토록 위대한 것도 당연했다. 장발의 갈리아 지역과 달리 이곳에는 광대한 삼림 같은 건 없었다. 대신 세심하게 추려놓은 떡갈나무 부지가 있어 겨울 동안 그곳에서 방목하는 돼지 수천 마리에게 풍부한 도토리를 제공해주었다. 이를 제외한 나머지 땅은 모두 경작지였다. 파두스 강과 가까운 습한 지대에는 수수가 심어져 있고, 건조한 지대에는 밀이 재배되고 있었다. 이밖에도 온갖 다양한 토질에서 병아리콩, 렌즈콩, 루핀, 강낭콩이 자라고 있었다. 심지어 인근 농부들이 이미 도망갔거나 겁이 나서 씨뿌리기를 하지 않았는데도 봄철이 되니 또 싹이 나왔다. 이미 땅속에 잠자고 있던 씨앗이 너무나 많았던 것이다.

한 가지 보이오릭스가 미처 생각지 못한 부분은 이탈리아의 지리적 구조였다. 그가 그것까지 파악했더라면 이곳 파두스 강 너머 갈리아를 킴브리족의 새로운 정착지로 삼겠다고 선언했을지도 모를 일이었다. 그리고 그렇게 했더라면 로마도 묵인했을 수도 있었다. 파두스 강 너머 이탈리아 갈리아는 로마가 그다지 중요하게 여기는 지역이 아니었고 이곳의 인구도 대부분 켈트족이었기 때문이다. 이탈리아의 지형 때문에, 파두스 강 유역의 놀랍도록 풍요로운 대지는 그 반도 자체에 별다른 쓸모가 없었다. 모든 강이 동서를 가로지르며 흘렀고, 위압적인 아펜니누스 산맥이 아드리아 해 연안에서 리구리아 해 연안까지 이어지면서 이탈리아 반도와 이탈리아 갈리아 지역을 구분지었다. 파두스 강 너머 이탈리아 갈리아는 큰 강을 사이에 두고 북쪽과 남쪽으로 나뉜, 사실상 분리된 지역이었다.

봄에서 여름으로 넘어가면서 대지의 곡식이 바닥날 조짐이 미미하나마 나타나기 시작했다. 그 무렵에야 보이오릭스는 자신의 목적을 되찾을 수 있었다. 작물들이 스스로 씨를 뿌리기는 했지만 가늘고 약해서 이삭이 패거나 꼬투리를 맺거나 다발을 이루지 못했다. 돼지들은 영리한 동물답게 대단한 꾀를 부렸다. 아예 자취를 감춰버림으로써 줄어드는 개체수를 보존한 것이다. 또한 킴브리족이 데려온 수십만 마리의 짐승은 뜯어먹고 남은 목초지를 밟아 뭉개어 곡물을 가루로 만들어버렸다.

이동해야 할 때가 온 것이다. 보이오릭스는 수행 전사들을 만나서 부추겼고, 전사들은 다시 부족민들에게 가서 그들을 부추겼다. 6월 초에 이르자 모두들 소떼를 몰아오고 말들을 모으고 짐승을 수레에 맸다. 다시 한번 하나의 거대한 집단으로 뭉친 킴브리족은 파두스 강의 북쪽 기슭을 따라 대도시 플라켄티아 주변의 좀더 로마화된 지역으로 향했다.

플라켄티아에는 5만 4천여 명의 로마 병력이 주둔해 있었다. 마리우스는 그해 초에 노예 반란군의 왕 아테니온을 처리하기 위해 시칠리아로 떠나는 마니우스 아퀼리우스에게 두 개 군단을 넘겨주었다. 테우토네스족을 한 명도 남김없이 완파한 터라 알프스 너머 갈리아에는 수비 병력을 남겨둘 필요조차 없었다.

플라켄티아의 군 사령부 상황은 아라우시오 전투 때와 유사한 점이 있었다. 이번에도 총사령관은 신진 세력이고 부 총사령관은 막강한 귀족이었던 것이다. 그러나 마리우스와 말리우스 막시무스는 엄청나게 달랐다. 같은 신진 세력이라도 마리우스는 귀족인 카툴루스 카이사르의 허튼수작을 순순히 받아줄 사람이 아니었다. 따라서 카툴루스 카이사르는 무엇을 하고 어디로 가라는 지시를 일방적으로 받았으며, 왜 그 일을 하고 그곳으로 가야 하는지 무뚝뚝한 설명을 들었다. 그에게 요구된 바는 오로지 지시를 따르는 것이었으며, 따르지 않을 경우 어떻게 될지 그도 정확히 알고 있었다. 마리우스가 굳이 시간을 들여 그에게 말했기 때문이다. 그것도 지극히 노골적으로.

"당신이 지켜야 할 일종의 선을 그어놨다고 보면 될 거요, 퀸투스 루타티우스. 어느 쪽으로든 그 선에서 발가락 하나라도 벗어날 시에는 바로 당신을 로마로 보내버리겠소. 언제 어떻게 갔는지도 모를 만큼 순식간에 말이오. 카이피오가 부린 술책 같은 건 내게 통하지 않을 거요! 어차피 나는 루키우스 코르넬리우스가 당신 자리에 앉는 것이 훨씬 좋으니까. 당신이 지켜야 할 선에서 벗어날 생각만 품더라도, 그 자리를 차지할 사람은 바로 그가 될 것이오. 알아들었소?"

"나는 당신 부관이 아니오, 가이우스 마리우스. 나를 부관처럼 취급하는 짓은 참을 수 없소." 카툴루스 카이사르는 양볼이 분노로 시뻘게졌다.

"이보시오, 퀸투스 루타티우스. 나는 당신이 어떻게 생각하든 관심 없소!" 마리우스는 대단히 참아주고 있다는 듯이 말했다. "내가 관심 있는 건 당신이 해야 할 일뿐이오. 그리고 당신이 해야 할 일은 내가 하라고 지시하는 일이오. 오직 지시한 일만 말이오."

"당신의 명령을 따르는 건 그다지 어렵지 않소, 가이우스 마리우스. 당신 명령들은 구체적이고 명확하니까." 카툴루스 카이사르가 화를 누르며 말했다. "하지만 다시 한번 말하는데, 내가 일개 하급 군관인 것처럼 말할 필요는 없잖소! 나는 엄연히 부 총사령관이오."

그러자 마리우스는 기분 나쁘게 씩 웃으며 말했다. "나도 당신을 좋아하지 않소, 퀸투스 루타티우스. 당신은 자기네들이 로마를 지배할 신성할 권리라도 가지고 있는 줄 아는 수많은 평범한 귀족 중 하나일 뿐이오. 내가 볼 때 한 개인으로서 당신은 매음굴과 사내들의 사교클럽 사이에 있는 술집 하나 운영할 그릇도 못 되오! 그러니 우리가 서로 협력할 수 있는 길은 하나밖에 없소. 내가 지시를 내리면 당신은 그 지시를 정확히 그대로 따르는 거요."

"이의가 있더라도 말이오?"

"이의가 있더라도, 어쨌든 그대로 따르시오."

그날 나중에 술라는 마리우스에게 물었다. "좀더 요령 있게 말씀하실 수는 없었습니까?" 그는 카툴루스 카이사르가 자신의 막사에서 한 시간 내내 길길이 날뛰며 마리우스에 대해 욕설을 퍼붓는 것을 참아야 했던 것이다.

"왜 그래야 하나?" 마리우스는 정말로 놀란 듯한 표정이었다.

"왜냐하면 로마에서 그는 중요한 인물이니까요. 그게 이유지요! 게다가 여기 이탈리아 갈리아에서도 중요한 인물이고요!" 술라가 쏘아붙였다. 순간적으로 화가 치솟았지만 금세 가라앉았다. 그는 뉘우치는 기색조차 없는 마리우스를 쳐다보다가 고개를 저었다. "정말이지 못 말릴 분이십니다! 게다가 갈수록 더 심해지고 있어요."

"난 늙었네, 루키우스 코르넬리우스. 올해 쉰여섯이야. 다들 늙은이라고 부르는 원로원 최고참 의원과 동갑이란 말이지."

"최고참 의원은 대머리에 주름투성이 얼굴로 원로원에만 붙박여 있으니까 그런 겁니다. 그러나 사령관님은 여전히 정력적으로 전장에서 군을 지휘하십니다. 그러니 누가 사령관님을 늙었다고 생각하겠습니까."

"글쎄, 나이가 드니 퀸투스 루타티우스 같은 멍청한 인간들을 기꺼이 참고 봐주기가 힘드네. 기껏 저런 인간들이 계속 스스로 훌륭하게 여기도록 해주려고, 똥무더기에 앉은 수탉의 거스러진 깃털을 몇 시간씩 매만져줄 여유 같은 건 없네."

"나중에 제가 경고해드린 적 없다고는 하지 마십시오!"

7월 후반 무렵 킴브리족은 알프스 산맥의 서쪽 기슭에 운집했다. 그들은 베르켈라이라는 소도시에서 얼마 멀지 않은 라우디우스 평원에 흩어져 있었다.

"왜 이곳인가?" 마리우스가 퀸투스 세르토리우스에게 물었다. 세르토리우스는 서쪽으로 이동하는 킴브리족 무리와 이따금씩 섞여 지내다 돌아오기를 반복하고 있었다.

"저도 이유를 알고 싶지만 아직 보이오릭스에게 접근해보지 못해서 잘 모르겠습니다. 킴브리 부족민들은 게르마니아로 돌아가고 있다고 생각하는 것 같았습니다. 그러나 제가 알고 지내는 수행 전사 몇 명의 말로는 보이오릭스가 아직도 더 남하할 작정이라더군요."

"서쪽으로 너무 많이 와 있어." 술라가 말했다.

"수행 전사들 생각은 이랬습니다. 보이오릭스는 부족민들에게 얼마

안 있어 알프스를 넘어 장발의 갈리아 땅으로 들어갈 것이며 내년이면 케르소네소스 킴브리아의 집으로 돌아가게 될 것이라고 믿게 만들어서 그들을 회유하려고 한답니다. 그러나 사실은 알프스의 산길들이 막힐 때까지 그들을 이탈리아 갈리아에 붙잡아두었다가 그때 가서 형편없는 대안을 제시하려는 겁니다. 이탈리아 갈리아에 남아 겨우내 굶주리든가 아니면 이탈리아를 침공하든가 둘 중 하나를 택하게 하는 거지요."

"야만인치고는 아주 교묘한 책략이군." 마리우스가 의심스러운 듯이 말했다.

"세 갈래로 나뉘어 이탈리아 갈리아를 공격해 들어오는 전략도, 사령관님이 생각하시던 야만인의 전형적인 전략은 아니었습니다." 술라가 기억을 일깨워주었다.

"그들은 독수리 같습니다." 세르토리우스가 불쑥 말했다.

"어째서?" 마리우스가 얼굴을 찌푸리며 물었다.

"그들은 남은 뼈까지도 깨끗이 먹어치웁니다. 이것이야말로 그들이 계속 이동하는 이유가 아닐까 싶습니다. 어쩌면 메뚜기떼 같다는 표현이 더 맞는 것 같네요. 그들은 눈에 보이는 것을 모조리 먹어치우고, 그러고 나면 다시 이동합니다. 아이두이족과 암바리족이 4년간 게르만족을 받아들였다가 입은 피해를 복구하려면 앞으로 20년은 걸릴 겁니다. 제가 떠나올 때 보니 아투아투키족도 분명 크게 경악하고 있었습니다."

"그렇다면 어떻게 게르만족이 고향에서 그리 오랫동안 떠나지 않고 살아온 거지?" 마리우스가 질문했다.

"우선 인구가 상대적으로 적었습니다. 킴브리족은 거대한 반도를 차지했고, 테우토네스족은 반도 남쪽의 땅 전체를 가졌죠. 또 티구리니족은 헬베티아에, 케루스키족은 게르마니아의 비수르기스 강 유역에 살았고 마르코만니족은 보이오하이뭄에 거주했습니다."

"기후도 다릅니다." 세르토리우스가 말을 끝내자 술라가 말했다. "레누스 강 북쪽은 연중 내내 비가 내립니다. 그래서 풀이 아주 빨리 자라고, 즙이 많고 달고 부드럽죠. 겨울에 추위가 심한 것 같지도 않습니다. 적어도 킴브리족과 테우토네스족, 케루스키족이 있던 곳처럼 대서양과 가까운 곳은 그랬어요. 거기는 한겨울에도 눈과 얼음보다는 비가 더 많이 오기 때문에 작물을 재배하지 않고도 생활할 수 있습니다. 저는 게르만족들이 지금처럼 생활하는 게 그들의 본성 때문이라고 보지 않습니다. 그들이 본래 살던 고향의 환경이 그렇다보니 저렇게 된 것 같습니다."

마리우스는 눈썹 아래로 두 눈을 치켜떴다. "그러니까 가령 이탈리아에 가서 한참 동안 정착해 살다보면 그들도 농사일을 배우게 될 거라는 말인가?"

"틀림없이 그럴 겁니다."

"그렇다면 어떻게든 금년 여름 내에 확실한 전투를 치러서 끝을 봐야겠군. 로마가 게르만족의 영향 아래 산 지도 거의 15년째야. 잠자리에 누워 눈을 감기 직전에 떠오르는 생각이 50만 게르만족이 레누스 강 북쪽 어딘가에 두고 온 지상낙원을 찾아 에우로파를 휩쓸고 다니는 모습이라면, 나는 도저히 편하게 잘 수가 없네. 게르만족의 이동을 반드시 막아야 해. 그리고 그들을 막았다고 확신할 유일한 길은 로마의 검으로 막는 것뿐이야."

"동감입니다." 술라가 말했다.

"저도 그렇습니다." 세르토리우스도 말했다.

"자네, 킴브리족 아이가 있지 않았나?" 마리우스가 세르토리우스에게 물었다.

"네, 있습니다."

"어디 있는지 알고 있나?"

"그렇습니다."

"잘됐군. 일이 다 끝나면 아이와 어미를 원하는 곳 어디든 보내도 좋네. 로마도 괜찮고."

"고맙습니다, 가이우스 마리우스. 가까운 히스파니아로 보내겠습니다." 세르토리우스가 미소 지으며 말했다.

마리우스는 그를 빤히 쳐다보며 물었다. "히스파니아? 왜 히스파니아인가?"

"켈트이베리아 사람들의 생활방식을 배우러 갔을 때 그곳이 마음에 들었습니다. 제가 같이 지냈던 부족이 제 게르만족 처자를 보살펴줄 겁니다."

"좋아! 그러면 이제부터 킴브리족과 어떻게 전투를 벌여야 할지 생각해보세."

마리우스는 전투를 벌였다. 달력상으로 7월의 마지막 날이었는데, 마리우스와 보이오릭스가 가진 회담에서 공식적으로 확정한 날짜였다. 수년간 질질 끌어온 전쟁에 진저리가 난 사람은 마리우스만이 아니었던 것이다. 보이오릭스도 그와 마찬가지로 끝장을 보고 싶은 생각이 간절했다.

"이탈리아는 승자의 것이오." 보이오릭스가 말했다.

"전 세계가 승자의 것이오." 마리우스가 말했다.

마리우스는 아콰이 섹스티아이 전투에서처럼 보병 중심으로 교전을 벌였다. 얼마 안 되는 기병대는 양쪽 날개를 차지한 대규모 보병대를 보호하도록 배치했다. 알프스 너머 갈리아에서부터 데리고 온 병사들로 구성된 보병대는 1만 5천 명씩 두 무리로 나누었다. 그 사이에는 카툴루스 카이사르 수하의 경험이 부족한 병사들 2만 4천 명을 배치해 중앙을 형성하게 했다. 양쪽 날개를 맡은 노련한 병사들은 이들이 동요해서 흩어지지 않도록 막아서 대열을 유지할 것이었다. 마리우스 자신은 왼쪽 날개의 지휘를 맡고 술라에게 오른쪽 날개를, 카툴루스 카이사르에게는 중앙의 지휘를 맡겼다.

1만 5천 명의 킴브리족 기병대가 전투를 개시했다. 그들은 훌륭한 갑옷과 장비를 갖추었고 갈리아산 조랑말이 아닌 북부 지방의 거대한 말을 타고 있었다. 게르만족 기병들은 신화 속에 나오는 입을 떡 벌린 괴물의 머리 모양인 높다란 투구를 쓰고 있었다. 투구 양쪽에 빳빳하고 기다란 깃털을 달아 가뜩이나 큰 키가 더욱 커 보였다. 쇠로 된 흉갑을 입고 긴 검을 찼으며 묵직한 창 두 자루와 둥그런 흰색 방패를 들고 있었다.

킴브리족 기병대는 네 줄로 6킬로미터가량 늘어서 있었고, 바로 뒤에 보병 전사들이 배치되었다. 그러나 기병대는 공격을 시작하면서 급히 우측으로 방향을 틀더니 로마군을 그쪽으로 끌어들였다. 로마군의 전선을 왼쪽으로 이동하게 만들려는 작전이었다. 그러면 킴브리족 보병대가 술라의 오른쪽 보병대를 측면에서 포위하고 후방에서 공격할 수 있었다.

로마군 병사들이 눈앞의 적과 맞붙어 싸우는 데 열중한 나머지, 게르만군의 작전은 거의 성공할 뻔했다. 그러나 마리우스가 아슬아슬하게 병사들의 진격을 멈추게 한 후 킴브리족 기병대의 공격에 정면으로 맞섰다. 그렇게 해서 술라는 킴브리족 보병대의 첫번째 맹공격에 대응하고, 카툴루스 카이사르는 중앙에서 기병과 보병 양쪽과 싸웠다.

로마군의 체력과 훈련과 책략이 베르켈라이 전장에서 승리를 가져다주었다. 전투가 주로 오전에 치러질 것이라 확신한 마리우스가 서쪽을 향하도록 병사들을 정렬시킨 것이 주효했다. 아침 햇빛을 정면으로 받게 된 킴브리족은 전투력을 유지할 수가 없었다. 그들은 이보다 선선하고 온화한 날씨에 익숙한데다 여느 때처럼 아침식사로 고기를 잔뜩 먹은 터였다. 게다가 하지로부터 이틀째 되는 날 구름 한 점 없는 하늘 아래 숨막히게 자욱한 먼지 속에서 로마군과 싸우게 된 것이다. 로마군 병사들에게는 조금 불편한 정도의 날씨였지만 게르만족에게는 무자비할 정도로 뜨거운 용광로 속과 다름없었다. 킴브리족 전사들은 수천 명씩 연이어 쓰러져갔다. 혀는 바싹바싹 말랐고, 갑옷은 헤르쿨레스의 털옷처럼 뜨거웠다. 투구는 살을 태우는 듯한 짐덩어리였고, 검은 너무 무거워 들어올릴 수조차 없었다.

정오에 이르자 킴브리족 전사들은 아무도 남지 않았다. 8만 명의 전사가 전장에 쓰러졌으며 그중에는 보이오릭스도 있었다. 나머지는 달아나서 수레에 있는 여자와 아이들에게 상황을 알리고 가져갈 수 있는 것들을 최대한 챙겨 알프스 너머로 도망치려고 했다. 그러나 5만 대에 이르는 수레를 몰고 그곳에서 빠른 속도로 빠져나갈 수는 없었다. 마소 50만 마리를 한두 시간 안에 불러모으는 것도 불가능했다. 살라시 계곡의 산길에 가장 가까이 있던 자들만이 무사히 도망쳤고 나머지는 실패했다. 여자들 상당수가 포로가 되느니 죽음을 택했고 아이들도 같이 죽였다. 도망치는 전사들을 죽이는 여자도 있었다. 그럼에도 불구하고 킴브리족 아녀자 6만여 명과 전사 2만여 명이 살아남아 노예로 팔려갔다.

살라시 계곡을 넘고 루그두눔 고개를 지나 알프스 너머 갈리아로 빠져나간 킴브리족 중에서도, 켈트족의 호된 공격을 견뎌낸 사람은 극히 드물었다. 알로브로게스족은 격하게 기뻐하며 그들을 공격했고 세콰니족도 마찬가지였다. 결국 아투아투키족과 함께 남아 있던 킴브리족 전사 6천 명에 합류할 수 있었던 사람은 기껏해야 2천 명 남짓이었다. 모사 강이 사비스 강과 만나는 그곳에서 대이동의 마지막 생존자들은 영구히 정착했고 얼마간 시간이 지나자 스스로 아투아투키족이라 부르게 되었다. 방대하게 축적된 보물만이, 그들이 한때 75만 명이 넘는 거대한 게르만 부족이었다는 사실을 상기시켜주었다. 그러나 그 보물은 쓸 수 있는 것이 아니라 다른 로마인들의 접근으로부터 지켜야 할 대상에 불과했다.

베르켈라이 전투가 끝난 후 마리우스는 회의를 소집했다. 카툴루스 카이사르는 마리우스와 벌일 또다른 전투에 대비해 마음을 단단히 먹고 회의에 나갔다. 그런데 막상 마리우스는 온화하고 사근사근한 태도로, 너무나 기꺼이 그의 모든 요구사항을 들어주려고 했다.

"친애하는 동료여, 당연히 당신의 개선식을 열어야지요!" 마리우스가 그의 등을 두드리며 말했다.

"전리품의 3분의 2를 가지시오! 어차피 내 병사들은 아콰이 섹스티아이에서 전리품을 받았고, 내가 노예들을 팔아서 얻은 수익도 그들에게 주었소. 그러니 당신 부하들보다 이 전쟁에서 거둬들인 게 훨씬 많을 거요. 당신도 노예를 판 돈을 병사들에게 내준다면 또 몰라도. 그건 싫으시다고? 친애하는 퀸투스 루타티우스, 당연히 이해할 수 있소!" 마리우스는 음식 접시를 카툴루스 카이사르의 두 손에 밀어넣어주며 말했다.

“친애하는 동료여, 나 혼자 공을 차지할 생각은 꿈에도 없소! 당신의 병사들도 똑같은 기량과 열정으로 싸웠는데 내가 왜 그러겠소?” 마리우스는 그에게 주었던 음식 접시를 가져가고 넘쳐흐르게 부은 포도주 잔을 대신 쥐여 주었다. “앉으시오, 앉아요! 오늘은 굉장한 날입니다! 이제야 편하게 잘 수 있겠어요.”

“보이오릭스가 죽었습니다.” 술라가 만족스러운 미소를 지으며 말했다. “이제 모두 끝났습니다, 가이우스 마리우스. 확실히, 아주 완벽하게 끝이 났어요.”

“자네 여자와 아이는 어떻게 됐나, 퀸투스 세르토리우스?” 마리우스가 물었다.

“안전합니다.”

“좋아. 잘됐군!” 마리우스는 사람들로 가득찬 총사령관 막사를 둘러보았다. 눈뿐만 아니라 그의 눈썹까지 활짝 웃고 있는 것 같았다. “누가 베르켈라이의 승전 소식을 로마에 전하겠는가?” 모인 사람들을 향해 그가 물었다.

스무 명도 넘는 사람들이 자원했다. 다른 삼사십 명 정도는 뭐라 말하진 않았지만 얼굴에 간절한 표정을 띠고 있었다. 마리우스는 그들의 얼굴을 차례로 살펴보았다. 마침내 그의 눈은 전부터 마음속으로 정해두었던 사람에게 가서 멈췄다.

“가이우스 율리우스, 자네가 이 일을 맡게. 자네는 내 재무관이기도 하지만 그보다 더 확실한 이유가 있네. 바로 우리 사령부 모두와 어떤 식으로든 관계가 있다는 점이지. 우리는 모든 일의 뒷마무리가 제대로 될 때까지 이곳 이탈리아 갈리아에 머물러야 하네. 하지만 자네는 루키우스 코르넬리우스와 나의 처남이고 우리 자식들에게는 자네 집안의 피가 흐르고 있네. 그리고 여기 퀸투스 루타티우스도 원래 율리우스 카이사르 집안에서 태어났지. 그러니 그 집안사람인 자네가 승전 소식을 로마에 전하는 것이 합당해 보이는군." 이어서 마리우스는 자리에 있는 모두를 돌아보며 물었다. "내 말이 온당한가?"

"온당합니다." 모두가 입을 모아 대답했다.

"이보다 더 멋지게 원로원에 들어갈 수는 없을 거예요." 아우렐리아가 가이우스 카이사르의 얼굴에서 눈을 떼지 못한 채 말했다. 갈색으로 그은 남편의 모습이 너무나 남자다웠던 것이다. "가이우스 마리우스 휘하로 떠나기 전에 감찰관들이 당신을 원로원 의원으로 받아주지 않았던 게 오히려 잘된 일이었어요."

마리우스의 서신을 원로원 최고참 의원에게 전달하고, 이제 더이상 게르만족의 위협은 없을 거라는 소식이 원로원에 전달되는 모습을 두 눈으로 똑똑히 보고 온 지금까지도 카이사르는 여전히 의기양양한 기분으로 그 영광스러웠던 순간에 반쯤 잠겨 있었다. 박수갈채와 환호성이 터져나왔다. 춤을 추는 사람이 있는가 하면 흐느끼는 사람도 있었다. 수석 호민관 글라우키아는 토가가 온몸에 들러붙을 정도로 헐레벌떡 원로원 의사당에서 민회장으로 뛰어가서 이 소식을 소리쳐 전했다. 메텔루스 누미디쿠스와 최고신관 아헤노바르부스 같은 존엄한 인물들은 엄숙하게 서로 악수를 나누며 흥분하기보다 위엄을 유지하려 애썼다.

"이건 좋은 징조요." 가이우스 카이사르는 아내에게 말하면서, 넋을 잃고 감탄에 겨운 눈길로 그녀의 얼굴을 응시했다. 아우렐리아는 너무나 아름다웠고, 수부라 지구에서 4년 넘게 인술라의 안주인 노릇을 하며 살았는데도 그런 흔적을 전혀 찾아볼 수 없었다.

"당신은 언젠가 집정관이 될 거예요." 아우렐리아가 자신 있게 말했다. "사람들은 베르켈라이에서의 승리를 생각할 때마다 그 소식을 로마에 전한 사람이 당신이었던 걸 기억할 테니까요."

"아니오, 내가 아니라 가이우스 마리우스를 생각할 거요." 가이우스 카이사르가 공정하게 말했다.

"당신도 생각할 거예요." 남편에게 맹목적인 아내는 주장을 굽히지 않았다. "그들이 본 건 당신 얼굴이에요. 당신은 마리우스의 재무관이잖아요."

그는 한숨을 쉬며 식당의 긴 의자에 깊숙이 드러누웠다. 그러고는 바로 옆의 빈자리를 톡톡 두드리며 말했다. "이리 와요."

등받이가 높은 의자에 꼿꼿이 앉아 있던 아우렐리아가 식당 문 쪽을 쳐다보며 반발했다. "가이우스 율리우스!"

"우리 둘뿐이잖소, 사랑하는 아내여. 그리고 나는 집에 돌아온 첫날 밤에 식탁을 사이에 두고 당신과 떨어져 있으려 할 만큼 예의를 따지지 않소." 그는 다시 한번 의자를 두드렸다. "이리 와요, 부인! 어서!"

이 젊은 부부는 수부라 지구에 살림을 차릴 때부터 인술라 근처에 사는 모든 사람들에게 끝없는 호기심의 대상이었다. 그들의 등장은 상당히 놀라운 것이었다. 인술라의 주인이 귀족인 경우는 꽤나 흔했지만 귀족 주인이 직접 그곳에 사는 경우는 흔치 않았다. 가이우스 카이사르와 그의 부인은 아주 희귀한 존재였던 만큼 보통 이상의 관심을 불러

왔다. 수부라 지구는 그 거대한 규모에도 불구하고 새로운 이야깃거리를 더없이 좋아하는 사람들로 북적거리는 말 많은 동네였던 것이다.

사람들은 하나같이 이 젊은 부부가 절대 이곳에서 견디지 못할 거라고 예상했다. 허세와 자만을 사정없이 뭉개버리는 수부라 지구에서라면 팔라티누스 언덕에나 어울릴 그들의 본색이 금세 드러날 것이라고 여겼다. 마나님은 어떤 신경질적인 발작을 일으키실까! 나리님은 또 얼마나 거만하게 성질을 부리시려나! 수부라 지구의 불량한 주민들은 껄렁하게 웃으며 말하고는 신이 나서 그날을 기다렸다.

그러나 그런 일은 전혀 일어나지 않았다. 마나님은 태연히 직접 장을 보러 다녔으며, 수작을 걸어보려고 추파를 던지는 사내에게는 대놓고 불쾌한 표정을 지었다. 파트리키 구를 지나가는 마나님을 동네 여자들이 우르르 에워싸고서 당신은 이곳에 맞지 않으니 팔라티누스 언덕으로 돌아가라고 했을 때도, 그녀는 전혀 겁먹지 않았다. 나리님은 더 이상 어울리는 말이 없을 정도로 진정한 신사였다. 그는 침착하고 정중했으며, 아무리 하찮은 사람의 말이라도 무엇이든 관심 있게 들어주었다. 유언장이나 차용증서, 계약서를 작성할 때도 도움을 주었다.

얼마 안 가 부부는 사람들의 존경을 얻었고 결국은 사랑받게 되었다. 그들이 보여준 태도 대부분은 이곳 사람들에게 매우 색다르게 느껴졌다. 일단 자기네 일에만 신경쓸 뿐 다른 사람들의 사생활을 캐묻지 않는 성향이 그랬다. 게다가 그들은 불평하거나 남을 비난하는 일이 없었고, 스스로 주변 사람들보다 우월하다고 여기지도 않았다. 누군가가 말을 걸면 그들은 언제든 꾸밈없는 미소를 지으며 진지한 관심과 정중하고 세심한 태도를 보여주었다. 수부라 지구의 이웃들은 처음에는 이런 행동이 가식일 거라고 생각했지만, 결국 카이사르와 아우렐리아가

겉으로 보이는 그대로의 사람들임을 알게 되었다.

이처럼 지역 주민들에게 받아들여진 것은 카이사르보다 아우렐리아에게 훨씬 중요한 의미가 있었다. 수부라 지구에서 생기는 소소한 일들을 처리하는 사람도, 많은 사람이 세 들어 사는 아파트 건물의 주인도 아우렐리아였기 때문이다. 처음에는 이런 일들이 결코 쉽지 않았다. 그러다 남편이 로마를 떠난 뒤에야 아우렐리아는 그 이유를 온전히 이해할 수 있었다. 처음에 아우렐리아는 자신이 겪는 어려움에 대해 일이 낯설고 경험이 부족하기 때문이라고 생각했다. 인술라를 팔았던 대행인들은 집세를 거두는 것은 물론 세입자와 대면할 일이 생기면 대신 처리해주겠다고 했고, 남편도 그렇게 하는 것이 좋겠다고 말했다. 갓 결혼한 순종적인 아내는 그 의견에 따랐다. 이사 온 지 한 달 후 그녀는 세입자들에 대한 이야기를 들려주면서 무심결에 자기 속내를 전했지만, 그때도 남편은 이를 제대로 간파하지 못했다.

"가장 놀라운 건 이곳 사람들의 다양성이에요." 아우렐리아는 이렇게 말을 꺼냈다. 그녀의 얼굴은 상기되어 있었고 평소처럼 차분하지 않았다.

가이우스 카이사르는 아내의 기분을 맞춰주기 위해 되물었다. "다양성이라니?"

"맨 꼭대기 두 층에는 대부분 그리스 출신의 해방노예들이 살아요. 옛 주인의 꽁무니를 좇아다니며 간신히 생계를 꾸려나가는 것 같았어요. 얼굴에는 주름이 잔뜩 패었고, 아내보다 남자친구가 있는 사람이 더 많더군요. 중간층에는 온갖 부류의 사람들이 있어요. 직공 가족, 도공 가족 등인데 모두 로마인이에요. 양치기 가족도 살아요. 로마에 양치기들이 있다는 걸 알고 있었어요? 그 사람은 라나타리우스 평원에서

도살장으로 팔려갈 양떼를 돌본대요. 정말 흥미롭지 않아요? 왜 일터에 가까이 살지 않느냐고 물었더니 양치기의 말이, 자기와 아내 둘 다 수부라 지구 사람이라 다른 곳에서 산다는 건 생각조차 안 해봤대요. 일터까지 걷는 것도 상관없다는 거예요." 이야기를 하면서 아우렐리아의 얼굴에 더욱더 생기가 돌았다.

그러나 남편은 얼굴을 찌푸렸다. "아우렐리아, 난 고상 떠는 속물은 아니오. 하지만 당신이 세입자들과 이야기를 나누는 게 과연 좋은 일인지 모르겠소. 당신은 율리우스 가문의 부인이니 그에 걸맞게 행동해야 하오. 그들에게 절대 위압적이거나 무례하게 굴어선 안 되고 적당히 관심도 기울여야 하는 것은 맞소. 하지만 나는 곧 로마를 떠나야 하는데, 내 아내가 여기서 안 사람들과 친구가 되는 것은 원치 않소. 당신에게 세 들어 사는 사람들과 조금은 거리를 둬야 해요. 그렇기 때문에 대행인들이 당신 대신에 임대료를 받고 사업을 관리하는 게 다행이라는 거였소."

아우렐리아의 표정이 시무룩해졌다. 그녀는 당황하여 남편을 쳐다보다가 더듬더듬 말했다. "미, 미안해요. 내가 생각이 짧았어요. 정말로 그들과 가까워진 건 아니에요. 사람들이 무슨 일을 하며 사는지 알아보면 재미있겠다고 생각했을 뿐이에요."

"물론 재미있을 거요." 자신이 아내의 기분을 망쳐놓았다는 생각이 들자 가이우스 카이사르가 달래듯이 말했다. "이야기를 계속해봐요."

"그리스인 수사학자 가족이 있고, 로마인 교사 가족도 있어요. 그 사람은 자기 옆집의 방 두 개가 비면 그곳도 빌려서 학교를 운영하고 싶어해요." 아우렐리아는 재빨리 남편의 눈치를 살피고 한마디 덧붙였다. "대행인들이 말해주더군요." 그녀가 처음으로 남편에게 한 거짓

말이었다.

"괜찮을 것 같군. 또 어떤 사람들이 있소?"

"우리 위층에 사는 사람들은 아주 특이해요. 굉장히 거만한 아내를 둔 향신료 상인이 있고, 발명가도 있어요! 독신남인데 그의 집은 기중기, 펌프, 제분기 같은 온갖 신기한 모형들로 가득차 있어요." 또다시 그녀는 말실수를 저질렀다.

"아우렐리아, 당신이 독신남의 집에 들어갔다는 말이오?" 남편이 물었다.

아우렐리아는 불편할 정도로 심장이 고동치는 것을 느끼며 두번째로 거짓말을 했다. "아니에요, 가이우스 율리우스, 절대로! 대행인이 집들을 돌아볼 때 나도 같이 가서 세입자들이 어떻게 사는지 살펴보는 게 좋겠다고 해서 가본 거예요."

가이우스 카이사르는 안심했다. "아, 그랬군! 당연히 그랬겠지. 그 발명가는 뭘 만드는 거요?"

"주로 제동기와 도르래 같았어요. 기중기 모형에서 그것들이 어떻게 작동하는지 보여주었는데, 그 사람 말이 내겐 기술적인 두뇌가 없대요. 그래선지 아쉽지만 나로서는 원리를 전혀 이해하지 못했어요."

"발명으로 돈벌이가 잘되는 모양이오. 우리 위층에 세 들 여유가 있는 걸 보면." 남편은 이렇게 말하면서 아내가 애초의 활기를 잃은 것을 느끼고 불편해졌다. 하지만 그에게는 그것이 누구 때문인지 꿰뚫어볼 직관력은 없었다.

"큰 건물을 짓는 건설업자들에게 물건을 많이 대는 주물공장과 도르래 생산 거래를 맺었대요. 그리고 제동기는, 여기서 좀 내려가면 있는 자신의 조그만 부지에서 직접 제작한다고 해요." 아우렐리아는 살짝 떨리는 숨을 고르고, 세입자 중에 가장 유별난 사람들 얘기로 옮겨갔다. "유대인들만 사는 층도 있어요. 그들은 지켜야 할 규칙과 제약이 아주 많아서 같은 유대인들에 둘러싸여 사는 게 좋대요. 그런데 그런 규칙들은 그들 스스로 부과한 것 같아요. 아주 독실한 사람들이죠! 그들의 외국인 혐오증을 이해할 것도 같아요. 그들을 보면 우리가 도덕적으로 수치스러운 무리처럼 느껴지거든요. 유대인들은 모두 자영업을 하는데 무엇보다도 그들이 7일째 되는 날마다 일을 하지 않기 때문이에요. 정말 이상한 제도이지 않아요? 로마에선 8일째 되는 날마다 장이 서고 이런저런 축제일까지 있으니까, 그들은 유대인이 아닌 고용주들과 시간을 맞춰 일할 수가 없어요. 그래서 직장을 구하지 않고 자체적으로 일을 하는 거지요."

"정말 신기하군!"

"우리 건물의 유대인들은 모두 장인이나 학자예요." 아우렐리아는 짐짓 무관심한 말투를 유지하려고 신경쓰며 말했다. "이름이 시몬인가 하는 사람이 있는데, 최고로 훌륭한 필경사예요. 그 사람의 글씨는 아름다워요, 가이우스 율리우스, 정말이에요! 그는 그리스어로만 필사를 해요. 유대인들 중에는 라틴어를 잘하는 사람이 없거든요. 출판업자나 저자가 좀더 고가의 특별한 판본을 출간하고 싶을 때면 다들 시몬을 찾아온대요. 시몬은 아들 넷을 두었는데 그들도 모두 필경사 수업을 받고 있어요. 그의 아들들은 유대인 율법학교뿐만 아니라 로마인 교사가 있는 학교에도 다니고 있대요. 아들들은 그리스어와 아람어, 그의 말로는 아마도 히브리어도 배우지만, 시몬은 그애들이 라틴어도 그만큼 능통해지기를 바라거든요. 그렇게 되면 로마에서 끝없이 일거리가 생길 테니까요."

"이곳에 사는 유대인은 모두 필경사요?"

"오, 아니에요, 필경사는 시몬뿐이에요. 금세공을 하는 사람도 있는데 마르가리타리아 주랑건물의 점포 몇 군데와 거래하고 있대요. 그 외에도 인물 조각가, 재단사, 병기 제작자, 직물 제조인, 석공, 향유 상인이 있어요."

"그 사람들이 전부 위층에서 작업하는 건 당연히 아니겠지?" 가이우스 카이사르가 불안해하며 물었다.

"필경사와 금세공인만 여기서 일해요. 병기 제작자는 알타 세미타 위쪽에 작업장이 있고 조각가는 벨라브룸 구역에 있는 큰 상점 공간을 빌려 쓰고 있대요. 석공은 로마 항의 대리석 부두 근처에 작업장이 있고요." 아우렐리아는 자기도 모르게 자줏빛 눈을 반짝였다. "그들은 노래를 많이 불러요. 종교적인 노래인 것 같은데 노래하는 방식이 아주 희한해요. 동방적이고 선율이 없는 것 같달까요? 그래도 아기 울음소리를 듣다가 노랫소리를 들으니 신선해요."

가이우스 카이사르는 손을 뻗어 아우렐리아의 얼굴로 흘러내린 머리카락을 넘겨주었다. 아내는 이제 겨우 열여덟 살이었다. "유대인들은 이 건물에 사는 걸 좋아하는가보군?"

"사실 그들뿐 아니라 모두들 이곳에 사는 게 좋은 것 같아요."

그날 밤 남편이 잠든 후 아우렐리아는 그 옆에 누워서 베개에 눈물 몇 방울을 흘렸다. 남편이 이곳 수부라 지구의 인술라에 사는 자신에게 팔라티누스 언덕의 부인들과 똑같은 행실을 기대하리라고는 생각도 못했던 것이다. 이 비좁고 답답한 수부라에는 팔라티누스 언덕의 여자들이 즐기는 것 같은 취미나 오락거리가 없음을 모르는 걸까? 그래, 당연히 모를 것이다. 남편은 한창 싹을 틔우고 있는 공직생활에 온통 시간을 빼앗겼다. 그래서 매일같이 스카우루스 같은 중요한 의원들을 만나거나 법정, 조폐국, 국고위원회, 신참 원로원 의원이 일을 배우러 가는 다양한 아케이드와 주랑 건물을 오가느라 바빴다. 지금보다 더 다정하고 친절하고 사려 깊었던 그이는 더이상 없었다. 그래도 그는 여전히 아내를 특별하게 여기고 있었다.

사실 아우렐리아는 대행인 없이 직접 인술라를 운영해보려는 마음이 있었다. 각 층을 돌아다니며 세입자들과 이야기를 나누고 어떤 사람인지 알아본 것도 그래서였다. 그녀는 세입자들이 마음에 들었고, 자신이 직접 그들을 상대해서는 안 될 이유를 알 수 없었다. 적어도 남편에게 이야기를 꺼내기 전까지는 그랬다. 남편과 이야기하는 순간 그녀는 깨달았다. 남편이 소중히 여기는 아내는, 홀로 떨어져 율리우스 가문의 존엄이라는 대좌 위에 고귀하게 서 있는 여자라는 것을. 그의 가문명을 손상시킬지 모르는 행동은 자신에게 일체 허락되지 않으리라는 것을. 그녀도 율리우스 가문 못지않은 집안에서 자랐으므로 그의 생각을 충분히 인정하고 이해할 수 있었다. 그러나 앞으로 하루하루를 어떻게 채워야 한단 말인가? 아우렐리아는 남편에게 두 번이나 거짓말을 했다는 사실에 대해서는 생각할 엄두조차 나지 않았다. 그저 흐느끼며 잠을 청할 뿐이었다.

다행히 이러지도 저러지도 못할 아우렐리아의 상황은 임신을 한 덕에 일시적으로나마 해결되었다. 그녀는 임신부들이 으레 겪는 질환은 겪지 않았지만 기력이 다소 떨어졌다. 건강과 젊음이 한창이었고 양쪽 부모로부터 비교적 신선한 피를 물려받았기에, 구귀족의 핏줄만 이어받은 여자들의 허약함은 찾아볼 수 없었다. 게다가 그녀는 미칠 듯한 무료함을 이기기 위해 습관처럼 매일 수킬로미터씩 산책도 나갔다. 그럴 때마다 건장한 하녀 카르딕사는 길거리에서 지나치다 싶을 정도로 철저하게 그녀를 보호했다.

첫아이가 태어나기 전에, 가이우스 카이사르는 알프스 너머 갈리아에서 마리우스를 보좌하도록 명령을 받았다. 그는 만삭이 된 연약한 아내를 두고 떠나야 한다는 사실에 애를 태웠다.

"걱정 마요, 아무 문제도 없을 테니까요."

"출산일이 닥치기 전에 꼭 친정으로 가요." 카이사르가 단단히 당부했다.

"그런 건 내게 다 맡겨요, 잘 알아서 할게요." 그녀가 약속할 수 있는 건 여기까지였다.

물론 아우렐리아는 친정으로 가지 않았다. 팔라티누스 언덕의 상류층을 상대하는 잘나가는 의사도 없이, 동네 산파와 카르딕사의 시중만 받으며 자기 집에서 아기를 낳았다. 그리 길지 않은 진통 끝에 그녀는 여자아이를 순산했다. 그렇게 또 한 명의 율리아가 태어났다. 모든 율리아가 그렇듯 금발에 푸른 눈을 한 아름다운 아이였다.

"짧게 리아라고 부를 거예요." 아우렐리아가 어머니에게 말했다.

"오, 안 된다!" 루틸리아가 외쳤다. 너무 평범하고 위엄이 없는 이름이라고 생각한 것이다. "율릴라가 어떠니?"

아우렐리아는 단호하게 고개를 저었다. "안 돼요, 그건 불길한 이름이에요. 아이 이름은 리아로 하겠어요."

그러나 리아는 튼튼하게 자라지 못했다. 생후 6주일 내내 울기만 했다. 시몬의 아내 루트가 아우렐리아의 집으로 당당히 내려올 때까지는. 그녀는 아우렐리아가 의사를 만난 얘기, 부모가 걱정한다는 얘기, 배앓이니 감기니 하는 얘기를 듣고는 콧방귀를 뀌며 비웃었다.

“당신 아기는 그냥 배가 고픈 거예요.” 루트가 억양이 심한 그리스어로 말했다. “젖이 안 나오잖아요, 바보 같으니!”

“오, 그러면 유모를 어디에 묵게 하죠?” 아우렐리아는 루트의 말이 맞다는 걸 곧바로 깨닫고 마음이 놓였다. 하지만 하인들에게 또 한 명과 더 숙소를 나눠야 한다고 어떻게 말할지 난감해졌다.

“유모는 필요 없어요, 바보 같으니. 이 건물에는 아기에게 젖을 먹이고 있는 엄마들이 잔뜩 있으니까. 걱정 말아요, 다들 그 어린것한테 젖을 나눠줄 테니까.”

“그러면 사례를 하겠어요.” 아우렐리아가 머뭇거리며 말했다. 건방지게 들려서는 안 된다는 걸 잘 알았기 때문이다.

“그게 뭐라고 돈을 내요? 나한테 맡겨둬요, 바보 같으니. 다들 젖 물리기 전에 젖꼭지를 깨끗이 씻게 할 테니 걱정 말아요! 아기가 쑥쑥 커야 하는데 병이라도 걸리면 안 되니까.”

그리하여 리아는 인술라 전체에 유모를 얻었다. 어리둥절할 정도로 다양한 젖꼭지를 입에 물어도 불안해하지 않았고, 그리스인, 로마인, 유대인, 히스파니아인, 시리아인의 젖이 섞여서 들어가도 소화를 못 시키지 않았다. 리아는 무럭무럭 잘 자라났다.

아기 엄마 역시 마찬가지였다. 출산으로 쇠한 몸을 추스르고 끊임없이 울어대던 아기에 대한 걱정에서 벗어나자마자 아우렐리아는 활기를 되찾았다. 남편이 집을 떠나자 본연의 성품이 발휘되기 시작한 것이다. 그녀는 제일 먼저 남자 친지들을 찍소리 못하게 제압해버렸다. 그들은 모두 가이우스 카이사르의 부탁으로 그녀를 지켜보러 와 있던 참이었다.

“아버지, 필요하면 사람을 보내서 모셔오도록 할게요.” 아우렐리아는 코타에게 단호히 말했다.

"푸블리우스 외삼촌, 저를 좀 내버려두세요!" 루푸스에게는 이렇게 말했다.

"섹스투스 율리우스, 이제 그만 갈리아로 가세요!" 시숙에게도 이렇게 말했다.

그들을 보낸 후 아우렐리아는 카르딕사를 보며 만족스러운 듯 말했다. "드디어 내 마음대로 살 수 있게 됐어! 오, 앞으로 여러 가지가 바뀌게 될 거야!"

아우렐리아는 먼저 집안 문제에 손을 댔다. 그녀와 남편이 결혼 직후에 사들인 노예들은 주인 부부의 말을 따르기보다 오히려 그들을 휘두르고 있었다. 하지만 에우티코스라는 그리스인 집사의 감독하에 집안일을 잘하고 있었기 때문에, 아우렐리아는 남편에게 노예들을 문제삼을 구실을 좀체 찾지 못했다. 남편은 자신과 보는 관점이 다르고 특히 집안일을 비롯한 일부 문제는 아예 알아차리지 못할 정도로 무심하다는 것을 알게 되었기에 더더욱 말하기가 어려웠다. 이제 아우렐리아는 단 하루 만에 하인들을 자기 뜻에 맞춰서 움직이게 만들어놓았다. 처음에는 말로써, 그다음에는 계획표를 제시해서 그들이 따르게 한 것이다. 아우렐리아가 하인들에게 한 연설을 마리우스가 들었더라면 아마 대단히 칭찬했을 것이다. 그 연설은 짧으면서도 기막히게 솔직했으며, 아우렐리아의 어조와 태도는 마치 장군과도 같았기 때문이다.

"으아, 참하고 귀여운 여자인줄만 알았는데!" 요리사 무르구스가 집사 에우티코스에게 말했다.

집사는 속눈썹이 길고 묘한 매력이 있는 눈을 굴려댔다. "나는 어땠겠는가? 가이우스 율리우스가 집을 비우는 동안 저 여자 침실로 들어가 위로라도 해줄까 생각했었는데, 안 그러길 잘했지! 이제 보니 차라리 사자하고 자는 편이 낫겠어."

"안주인이 우리에 대해 안 좋은 소개장을 주면서 모두 팔아버릴 배짱이 있다고 생각하세요? 엄청난 돈을 손해보면서까지?" 요리사가 생각만으로도 몸서리를 치며 물었다.

"우리 모두를 십자가에 매달아 죽일 배짱도 있을 걸." 집사가 말했다.

"윽!" 요리사가 괴로워했다.

하인들과의 대결을 끝낸 아우렐리아는, 곧바로 1층의 다른 아파트에 세든 사람을 처리하러 갔다. 그녀는 일찌감치 그를 내보낼 결심을 했지만 세입자들에 관해 남편과 맨 처음 나눈 대화 때문에 실행하지 못하고 있었다. 남편이 상황을 자신과 동일한 시각으로 보지 않으리라는 것을 깨달았기에 그 세입자에 대해서 말도 꺼내지 않았던 것이다. 하지만 이제는 뜻대로 행동할 수 있게 되었고, 실제 행동으로 옮겼다.

그 아파트는 인술라 안으로도 통하게 되어 있었다. 채광정 안쪽으로 안뜰만 가로질러가면 금방이었다. 하지만 그렇게 가면 아우렐리아의 방문은 허물없이 편안한 느낌을 주게 될 텐데, 이는 그녀가 절대 원하지 않는 바였다. 그래서 그녀는 정면 현관으로 가는 길을 택했다. 그러려면 일단 자기 집 정문을 통해 파트리키 구로 나간 다음, 오른쪽으로 돌아서 그녀가 세를 준 상점들을 쭉 따라 교차로 클럽이 있는 길모퉁이까지 걸어야 했다. 거기서 다시 오른쪽으로 꺾어 수부라 미노르로 들어서서, 그녀가 세를 준 또다른 상점들을 따라 걸어가서야 비로소 1층의 다른 아파트 현관에 이르렀다.

그곳의 세입자는 에파프로디투스라는 유명한 배우였다. 장부에는 그가 이곳에 산 지 3년이 훨씬 넘었다고 적혀 있었다.

“에파프로디투스에게 집주인이 만나러 왔다고 전하게.” 아우렐리아는 문지기에게 말했다.

자기 집 응접실만큼이나 큰 응접실에서 기다리는 동안, 그녀는 그사이 전문가가 다 된 눈으로 금이 가거나 깨지거나 칠이 벗겨진 곳이 없는지 상태를 살펴보고는 한숨을 내쉬었다. 이 집의 응접실은 그녀의 것보다 더 훌륭했다. 최근에 그린 듯한 프레스코화가 벽면을 장식하고 있었다. 실감나게 그려진 자주색 커튼 사이로 보조개가 옴폭하게 팬 큐피드들이 길게 엮인 과일과 꽃을 들고 있었다.

그때 그리스어로 외치는 아름다운 목소리가 들렸다. “믿을 수가 없군요!”

아우렐리아는 몸을 획 돌려 세입자를 마주보았다. 그는 목소리나 무대에서의 명성에 비해, 그리고 안뜰 너머로 보이던 모습에 비해 훨씬 나이가 들어 보였다. 쉰 살쯤 되는 듯했다. 머리에 황금빛 가발을 쓰고 얼굴에는 정교한 화장을 했으며, 황금색 별무리가 수놓인 나풀거리는 티로스 자주색 로브를 입고 있었다. 자주색 옷을 입은 사람들은 대부분 자기 옷이 티로스 자주로 염색된 척하지만, 지금 이 남자가 입은 옷이야말로 진짜였다. 검은빛 도는 자주색 옷감으로, 빛의 변화에 따라 광택의 색조가 바뀌어 진자주색과 짙은 진홍색의 윤기가 흘러넘쳤다. 이런 색은 태피스트리에서나 볼 수 있는 것이었지만, 아우렐리아는 평생 딱 한 번 진짜 티로스 자주로 염색된 옷을 본 적이 있었다. 그라쿠스 형제의 어머니 코르넬리아의 빌라를 방문했을 때였다. 아이밀리우스 파울루스가 마케도니아의 페르세우스 왕에게서 빼앗아왔다는 로브를 그녀는 자랑스럽게 보여주었더랬다.

“뭐가 믿을 수 없다는 거죠?” 아우렐리아 역시 그리스어로 물었다.

"당신 말입니다! 우리 건물의 안주인이 미인이고 눈이 자줏빛이라는 얘기는 들었지만, 실제로 보니 안뜰 너머로 먼발치에서 짐작했던 모습과는 비교가 안 되는군요!" 에파프로디투스가 피리 같은 소리로 말했다. 여성스러운 억양에도 불구하고 그의 목소리는 우스꽝스럽기보다 음악처럼 감미로웠다. "앉으세요, 앉아요!"

"아뇨, 그냥 서 있겠어요."

아우렐리아의 대답에 그는 걸음을 멈추고 돌아보았다. 털을 뽑아서 가늘게 정리한 그의 검은 눈썹이 치켜올라갔다. "사무적인 용건이 있으시군요!"

"네, 그래요."

"제가 어떻게 도와드리면 될까요?"

"여기서 나가주세요."

에파프로디투스는 숨이 막히는 듯 비틀거렸다. 두 손은 가슴을 와락 움켜쥐었고 얼굴에는 공포의 표정이 떠올랐다. "뭐라고요?"

"8일 정도 말미를 드리겠어요."

"하지만 그럴 순 없어요! 나는 집세를 냈고 한 번도 거른 적이 없어요! 게다가 이 집을 내 집처럼 돌봐왔다고요! 타당한 이유를 말해보시죠, 마나님." 그의 목소리는 매우 험악해져 있었다. 얼굴에 어린 표정은 지극히 우악스러웠으며, 그의 화장한 얼굴이 순전히 거짓으로 꾸민 것이었음을 드러냈다.

"당신의 생활방식이 마음에 들지 않아요."

"내가 어떻게 살든 그건 내 문제요." 에파프로디투스가 응수했다.

"어린아이에게는 물론이고 내 눈에도 거슬리는 광경이 안뜰 건너로 보이는 환경에서 가족을 돌봐야 한다면 문제가 달라지죠. 남창들과 창녀들이 안뜰까지 나와서 부적절한 행동을 계속한다면 말이에요."

"그럼 커튼을 치시죠."

"나는 그렇게 하지 않을 거예요. 그리고 당신이 커튼을 친다고 해도 그걸로는 안 돼요. 내 집에는 눈뿐만 아니라 귀도 있으니까요."

"당신이 그렇게 느낀다니 매우 유감이군요. 하지만 그렇다고 달라질 건 없어요. 나는 나가지 않을 테니까." 에파프로디투스가 딱딱거리며 말했다.

"그렇다면 나는 집행관을 고용해서 당신을 쫓아내겠어요."

에파프로디투스는 인위적인 요령을 발휘하여, 아우렐리아보다 훨씬 크게 보이도록 몸을 우뚝 세워 다가왔다. 그렇다고 아우렐리아가 주눅 들지는 않았지만, 그녀에게 스키로스의 리코메데스 왕의 하렘에 숨어 있는 아킬레우스를 연상시킬 수는 있었다.

"똑똑히 들어요, 어린 마나님. 나는 이 집을 내 취향으로 꾸미느라 거금을 쏟아부었으니 여길 나갈 생각은 추호도 없소. 만약 집행관을 불러들이는 따위의 술수를 쓴다면 당신을 고소해서 당신의 전 재산을 받아낼 거요. 지금 내 집에서 당신을 내보내고 나서, 곧바로 수도 담당 법무관의 법정에 가서 당신을 고소할 거요."

아우렐리아의 자줏빛 눈동자에, 마치 그 빛깔을 흉내낸 티로스 자주를 조롱하는 듯한 표정이 떠올랐다. 그녀의 얼굴에 떠오른 표정도 마찬가지였다. "마음대로 해보세요!" 그녀는 상냥하게 말했다. "그분의 이름은 가이우스 멤미우스고 내 친척이시죠. 하지만 지금은 소송이 많아 바쁜 때라서 그분의 비서관을 먼저 만나야 할 거예요. 이번에 새로 원로원 의원이 된 사람이지만 난 그분도 잘 알아요. 가서 이름을 대고 면담 요청을 해보세요! 섹스투스 율리우스 카이사르라고 내 시숙 되시는 분이죠." 아우렐리아는 몸을 돌려 새로 단장한 벽과 다른 세입자의 아파트에선 볼 수 없었던 값비싼 모자이크 바닥을 꼼꼼히 살폈다. "그래요, 모든 게 아주 훌륭해요! 당신의 실내장식을 보는 안목이 친구를 고르는 안목보다 뛰어나서 다행이군요. 하지만 세 든 집에 무슨 장식이나 공사를 했든 모두 집주인의 소유라는 사실은 당연히 알고 있겠죠? 법률상으로 집주인은 단 한푼도 보상해줄 필요가 없다는 사실도 말이에요."

8일 후 에파프로디투스는 여자들을 저주하는 말을 퍼부으면서 떠났다. 떠나기 전에 하려고 작정했던 일, 즉 프레스코 벽화를 망가뜨리고 모자이크 바닥을 파헤치는 짓은 하지 못했다. 아우렐리아가 검투사 둘을 고용해 그의 아파트에 배치해두었던 것이다.

"좋아!" 아우렐리아가 손에서 먼지를 털어내며 말했다 "카르딕사, 이제 점잖은 세입자를 찾아볼 수 있겠어."

아파트를 세놓는 데는 몇 가지 방법이 있었다. 집주인은 자기 집 현관문에 공고를 붙이고 세를 준 상점 벽에도 추가로 공고를 붙였다. 목욕탕과 공중변소 바깥이나 친구들 집의 벽에도 공고를 붙였고, 빈 집이 있다는 소식을 입에서 입으로 퍼뜨리기도 했다. 아우렐리아의 인술라는 특별히 안전하다고 알려져 있었으므로 입주하려는 사람은 넘쳐났다. 아우렐리아는 그들을 직접 만나 면담했다. 몇몇은 호감이 갔고, 몇몇은 믿을 만해 보였다. 입주를 신청한 것이 그 사람뿐이라 해도 절대 세를 주고 싶지 않을 사람도 있었다. 하지만 마음에 쏙 드는 사람은 아무도 없었다. 그래서 아우렐리아는 계속 사람을 찾아보고 면담을 했다.

딱 맞는 세입자를 찾아내기까지 7주가 걸렸다. 기사이자 기사의 아들인 가이우스 마티우스라는 사람이었다. 그는 가이우스 카이사르와 나이가 같았고 그의 아내는 아우렐리아와 동갑이었다. 부부 양쪽 다 교양과 학식을 갖추었으며, 아우렐리아 부부와 비슷한 시기에 결혼하여 리아 또래의 딸이 있었다. 그들은 형편도 넉넉했다. 아내 이름은 프리스킬라였는데, 아버지의 씨족명이 아니라 코그노멘에서 따온 듯했다. 하지만 이후 마티우스 가족이 수년 동안 이 아파트에 살았는데도 아우렐리아는 끝내 프리스킬라의 정식 이름을 알아내지 못했다. 마티우스 집안은 중개업과 계약서 취급 일을 했다. 마티우스의 아버지는 두번째 부인과 어린 자식들과 함께 퀴리날리스 언덕의 널찍한 집에서 살고 있었다. 아우렐리아는 신중하게 이 모든 배경을 조사했고, 사실임이 확인되자 1년에 1만 데나리우스라는 꽤 괜찮은 금액을 받고 마티우스에게 1층 아파트를 세놓았다. 에파프로디투스의 값비싼 벽화와 모자이크 바닥이 계약을 성사시키는 데 큰 도움을 주었다. 앞으로 모든 임대 계약을 마티우스 부자의 회사에 의뢰하겠다는 그녀의 약속도 계약 성사에 한몫을 했다.

아우렐리아가 그렇게 약속한 것은, 이제 대행인들에게 집세 수금을 맡기지 않고 직접 인술라를 운영하기로 작정한 까닭이었다. 모든 아파트는 서면 계약을 통해 임대하고 2년마다 임대기간을 갱신할 수 있는 선택권을 넣을 생각이었다. 주인의 재산에 대한 손실이 발생할 경우 세입자에게 손해배상을 청구할 수 있는 조항과 함께, 주인의 부당 청구로부터 세입자를 보호할 수 있는 조항도 계약서에 삽입했다.

아우렐리아는 거실을 회계장부가 잔뜩 쌓인 사무실로 바꾸었다. 오랜 취미와 관련된 물품 중에는 베틀만 거실에 남았다. 준비를 마친 그녀는 건물주가 해야 할 복잡한 일들을 파악하는 데 본격적으로 착수했다. 이전 대행인들에게 인술라 관련 서류를 받아서 살펴보니 석공, 칠장이, 미장이, 각종 행상인, 수도요금, 세금, 토지 명의, 청구서와 영수증 등 온갖 항목에 관한 서류철이 있었다. 검토 결과 수입의 상당 부분이 거의 들어오자마자 빠져나가야 한다는 것을 알 수 있었다. 상하수도 요금은 물론이고 인술라에 있는 모든 창문과 거리로 난 모든 출입구, 각 층을 연결하는 계단에도 세금이 부과되어 있었던 것이다. 게다가 인술라가 튼튼하게 지어진 것은 분명했지만 보수해야 할 곳이 끊이지 않았다. 장부에 기록된 숙련공 중에는 목수도 몇 사람 있었다. 아우렐리아는 날짜 기록을 자세히 들여다보다가 가장 오랜 기간 대부분의 일을 맡은 것으로 보이는 목수 한 명을 발견했다. 그녀는 사람을 보내 그를 불러와서 채광정을 가로막은 나무 칸막이를 떼어내도록 지시했다.

이것은 그녀가 남편과 함께 처음 이 인술라에 들어오던 날부터 마음에 품고 있던 계획이었다. 아우렐리아는 자신에게 정원을 만들고픈 열망이 있음을 깨닫고, 엉망으로 방치된 중앙 안뜰을 이 건물에 사는 모두가 즐길 수 있는 휴식처로 바꿔놓길 바랐다. 그런데 당장 에파프로디투스 문제서부터 모든 일이 그녀의 뜻에 불리하게 돌아갔다. 그에게도 안뜰을 사용할 권리가 있었던 것이다. 남편은 에파프로디투스가 하는 짓들을 직접 본 적이 없었다. 그 배우는 참으로 약삭빨라서 남편이 없을 때만 난행을 일삼았기 때문이다. 게다가 알고 보니 남편은 여자란 모두 과장해서 말하는 경향이 있다고 생각하는 사람이었다.

중앙 안뜰이 내려다보이는 위층 발코니에는 기둥들 사이로 칙칙하고 두꺼운 목제 칸막이가 설치되어 있었다. 그래서 위층에 사는 누구도 안뜰 풍경을 볼 수 없었다. 물론 이 칸막이들 덕분에 안뜰이 사적인 공간이 될 수 있었고, 인술라 전체에서 끊임없이 흘러나오는 소음의 홍수를 막을 수도 있었다. 하지만 한편으로 칸막이들은 채광정을 9층 높이의 칙칙한 갈색 굴뚝으로 만들었으며, 안뜰도 마찬가지로 칙칙한 난로로 만들어버렸다. 또한 위층 어디에서도 햇빛이나 신선한 공기를 충분히 얻지 못하게 했다.

상황이 이랬으므로, 아우렐리아는 남편이 떠나자 최대한 빨리 목수를 불러들여 모든 칸막이를 뜯어내라고 한 것이었다.

요청을 받은 목수는 제정신이냐는 듯 그녀를 빤히 쳐다보았다.

"왜 그래요?" 아우렐리아가 어리둥절해서 물었다.

"마님, 그렇게 하시면 사흘도 못 돼 똥오줌이 무릎까지 찰 거예요. 죽은 개부터 죽은 할멈, 계집아기까지 사람들이 내버리고 싶어하는 오만가지 쓰레기들은 말할 것도 없고요."

아우렐리아는 얼굴이 빨갛게 달아오르다못해 귀까지 화끈거렸다. 그녀가 그처럼 당혹스러워한 이유는 목수가 한 말이 부인할 수 없는 진실이라서가 아니었다. 그녀 자신의 순진함 때문이었다. 바보, 바보, 바보! 왜 그 생각을 못했을까? 이 질문에 그녀는 스스로 답했다. 왜냐하면, 늘 커다란 단독주택에서 살았던 사람은 인술라의 출입구와 계단을 아무리 지나다녀도 그 안에서 무슨 일이 일어나는지 감조차 잡을 수 없기 때문이었다. 코타 삼촌이라 해도 저 목제 칸막이의 용도를 딱히 자기보다 더 빨리 알아채지는 못했을 것이다.

아우렐리아는 발개진 볼을 양손으로 누르면서, 당황한 웃음이 깃든 한없이 사랑스러운 표정을 목수에게 보였다. 그 덕에 목수는 거의 1년 동안이나 그녀의 꿈을 꿨으며, 정기적으로 들러서 일의 진행상황을 살피고 작업 수준을 최소한 두 배로 끌어올렸다.

"고마워요!" 아우렐리아는 그에게 진심으로 말했다.

혐오스러운 에파프로디투스가 떠나자 그녀에게는 드디어 안뜰에 정원을 만들 기회가 왔다. 그런데 새로 입주한 마티우스도 정원일에 열정을 드러냈다.

"제가 도와드리겠습니다!" 그는 간곡히 청했다.

그토록 오랜 시간이 걸려 찾아낸 이상적인 세입자인 만큼 안 된다고 거절하기는 어려운 노릇이었다. "도와주신다면 당연히 환영이에요."

이 일로 아우렐리아는 또하나를 배우게 됐다. 마티우스를 통해, 멋진 정원을 만들고 싶어하는 것과 실제로 멋진 정원을 만드는 것은 전혀 별개임을 알게 된 것이다. 그녀 자신은 정원에 대한 안목도 기술도 없었지만 마티우스는 달랐기 때문이다. 사실 그는 정원 만들기에 천재적인 재능이 있었다. 이전에는 곧장 하수구로 흘러들어갔던 그녀의 집 목욕물이 이제는 안뜰의 작은 수조로 연결되어, 마티우스가 놀랍도록 순식간에 꾸며놓은 식물들에게 영양분을 주었다. 그는 아우렐리아에게 우스갯소리처럼 말하길, 식물들 대부분은 자기 아버지의 대저택에서 가져오긴 했지만 그럴싸한 관목이나 덩굴이나 나무나 지피식물이 보이면 아무 집에서나 훔쳐왔다고 했다. 마티우스는 약한 식물을 같은 종의 튼튼한 뿌리줄기에 접목하는 법을 알았고, 어떤 식물이 석회질이 섞인 흙을 좋아하며 어떤 식물이 로마의 천연적인 산성토양을 좋아하는지도 알았다. 한 해 중 언제 파종하고 묘목을 정원에 옮겨심고 가지를 쳐야 하는지도 훤히 꿰고 있었다. 열두 달이 지나자 100평방미터쯤 되는 안뜰 전체가 나무 그늘을 이루었으며, 덩굴나무는 건물 기둥의 격자를 휘감으며 높이 뚫린 하늘로 끊임없이 조금씩 올라갔다.

그러던 어느 날 유대인 필경사 시몬이 아우렐리아를 만나러 왔다. 시몬의 길게 기른 턱수염과 챙 없는 모자 주위로 고불고불하게 말린 긴 머리는 로마인인 그녀에겐 참으로 신기해 보였다.

“아우렐리아 마님, 5층 사람들이 특별히 부탁드릴 게 있어서 왔습니다.”

“제가 할 수 있는 일이라면 기꺼이 들어드리겠어요, 시몬.” 아우렐리아는 진지하게 말했다.

“거절하신다 해도 이해합니다. 우리가 부탁드리려는 것은 마님의 사생활을 침해하는 일이기 때문입니다.” 시몬은 평소에는 작업을 위해서만 아껴두었던 세심함으로 단어를 골라가며 말했다. “그러나 우리가 절대 그 특권을 남용하여 쓰레기나 배설물을 투척하지 않겠다고 맹세한다면, 우리 층의 채광정 발코니에서 목제 칸막이를 떼어내도 되겠습니까? 그렇게 하면 맑은 공기도 쐴 수 있고 마님의 아름다운 정원도 내려다볼 수 있을 텐데요.”

아우렐리아는 환하게 웃었다. “기꺼이 받아들이겠어요. 하지만 나는 거리 쪽으로 난 창문으로 쓰레기와 배설물을 버리는 것 또한 용납할 수 없어요. 그러니 쓰레기는 모두 길 건너 공중변소에 가져가서 하수관 안에 버리겠다고 약속해주셔야 해요.”

시몬은 크게 기뻐하며 약속했다.

이렇게 해서 5층 채광정 발코니 주변의 칸막이들이 제거되었다. 마티우스는 덩굴나무가 계속 뻗어올라갈 수 있도록 기둥을 덮은 부분의 칸막이는 그대로 둬야 한다고 간청했지만 어쩔 수 없었다. 유대인 층의 변화는 유행처럼 번져나갔다. 유대인들에 이어 바로 위 2층의 발명가와 향신료 상인이 칸막이를 치워도 되겠느냐고 물어왔다. 그다음엔 4층에서, 그리고 7층, 3층, 6층까지도 부탁해왔다. 마침내 해방노예들이 사는 꼭대기 두 층만 제외하고 모든 칸막이가 제거되었다.

아콰이 섹스티아이 전투가 있기 전 봄에 가이우스 카이사르는 로마에 전할 긴급 공문을 들고 알프스 산맥을 넘어왔다. 이때의 짧은 귀향으로 아우렐리아는 두번째 임신을 했다. 그리고 이듬해 2월, 이번에도 자기 집에서 동네 산파와 카르딕사의 시중만 받으며 둘째 딸을 낳았다. 이전의 경험으로 아우렐리아는 자신에게 젖이 부족하다는 것을 알고 있었으므로, 두번째 아기 율리아(그녀는 평생 동안 아기 때의 별명 '유유'로 불리게 되었다)는 곧바로 인술라의 다양한 층에 흩어져 사는 십여 명의 젖먹이 어머니들에게 보내졌다.

"그거 잘됐군." 유유가 태어났다는 아우렐리아의 편지에 카이사르는 이렇게 답했다. "딸 둘이라는 율리우스 가문의 전통은 이로써 완전히 끝냈소. 다음번 원로원에 공문을 가져갈 때부터는 율리우스 가문의 사내아이들을 만듭시다."

이것은 아우렐리아가 딸만 낳은 것을 위로하려고 루틸리아가 했던 말과도 거의 흡사했다.

"쓸데없는 말이라는 건 당신도 알았을 것 아니오." 코타가 재미있어하며 말했다.

"네, 그건 그렇죠!" 루틸리아는 잔뜩 짜증이 나 있었다. "마르쿠스 아우렐리우스, 솔직히 내 딸이지만 저애를 도저히 이해할 수가 없어요! 나는 기운 내라고 말해준 건데, 그애는 눈썹을 치켜올리면서 뭐라는지 아세요? 글쎄, 아기가 건강하기만 하다면 자기는 아들이든 딸이든 전혀 상관이 없다는 거예요."

"하지만 그건 아주 훌륭한 태도 아니오!" 코타가 아우렐리아를 변호하고 나섰다. "사오백 년 전만 해도, 자식들을 먹여 살릴 형편이 충분히 되는 사람들이 계집아이가 태어나면 비리거나 죽였잖소. 딸이 태어나도 어머니가 반기는 게 확실히 더 낫지요."

"물론 그렇긴 하죠. 단지 태도가 문제라는 거예요!" 루틸리아가 쏘아대듯 말했다. "아니, 문제는 그애의 침착한 태도도 아니에요. 명백한 사실을 말했다고 사람을 바보 취급하는 그애의 말투 때문이라구요!"

"나는 그애가 좋은데." 두 사람과 함께 자리해 있던 루푸스가 껄껄 웃으며 끼어들었다.

"물론 그러시겠죠!"

"아기는 예쁘더냐?"

"아주 예쁘죠. 당연하잖아요? 거꾸로 서서 애를 만든다 해도 저 부부 사이에선 못생긴 애가 나올 수가 없죠." 잔뜩 약이 오른 루틸리아가 대꾸했다.

"어허, 고상한 로마의 귀족 여성이라는 사람이 그런 말을 해도 되는 거요?" 코타가 루푸스를 향해 눈을 찡긋하면서 짐짓 꾸짖듯이 말했다.

"이빨이나 빠져버려요!" 루틸리아는 두 남자에게 방석을 내던지며 말했다.

유유가 태어난 지 얼마 지나지 않아, 아우렐리아는 마침내 교차로에 있는 클럽 문제를 해결하지 않을 수 없게 되었다. 그녀가 내내 피해오던 문제였다. 교차로 클럽은 그녀의 인술라 안에 자리잡고 있었는데도, 종교단체의 회합 장소로 간주되었기 때문에 임대료를 받아낼 수 없었다. 신전이나 아이데스가 될 자격을 갖추지도 않았는데도 불구하고, 이곳은 공식적으로 인정되어 수도 담당 법무관의 명부에도 등록되어 있었다.

그러나 이 선술집은 그야말로 골칫거리였다. 선술집 주변이나 안에서 벌어지는 일들은 밤늦게까지도 잦아들 줄을 몰랐으며, 그곳을 빈번

하게 드나드는 몇몇 손님들은 선술집 앞 보도에 얼쩡거리는 사람들은 재빨리 쫓아내면서 거기 끊임없이 쌓이는 쓰레기를 치우는 데는 지극히 게을렀다.

교차로 클럽 종교단체의 어두운 면모를 가장 먼저 알게 된 사람은 카르딕사였다. 어느 날 그녀는 유유의 엉덩이에 바를 연고를 사러 아우렐리아의 인술라 정문 옆 작은 가게에 갔다가 가게 주인이 악당처럼 생긴 사내 둘과 있는 것을 목격했다. 약과 강장제, 만병통치약을 전문적으로 파는 갈라티아 출신의 주인 노파는 벽에 등을 대고 서 있었고, 두 사내는 어느 항아리와 약병을 먼저 박살낼 것인지 논하고 있었다. 하지만 카르딕사 덕에 그들은 아무것도 박살내지 못했으며 오히려 카르딕사가 그들을 박살내주었다. 사내들이 고래고래 욕설을 퍼부으면서 도망간 후 카르딕사는 겁에 질린 노파로부터 자초지종을 들었다. 보호세를 못 내서 그런 일을 당한 것이었다.

"모든 가게가 교차로 협회에 돈을 내야만 장사를 할 수 있답니다." 카르딕사가 아우렐리아에게 말했다. "그들은 강도와 폭행으로부터 가게 주인들을 보호해준다고 말하지만, 가게 주인들이 당하는 강도질과 폭행이래봤자 보호세를 내지 않았을 때 그들의 손에 당하는 것뿐이랍니다. 마님도 아시다시피 그 불쌍한 갈라티아인 노파는 얼마 전에 남편을 묻었는데 장례식을 아주 성대하게 치렀어요. 그래서 지금 당장은 돈이 한 푼도 없다는 거예요."

"됐어, 더는 못 참아!" 아우렐리아가 단단히 싸울 각오로 말했다. "가자, 카르딕사. 빨리 이 사태를 해결해야겠어."

아우렐리아는 거침없이 현관문을 나서서 파트리키 구를 따라내려갔다. 세를 준 가게들을 일일이 찾아가 주인들로부터 그 단체가 거둬가는 보호세에 대해 들었다. 그중 몇 사람의 이야기로는 그 단체의 사업이 그녀의 인술라에 세 든 가게들뿐만 아니라 훨씬 넓은 범위까지 뻗어 있다는 것이었다. 결국 아우렐리아는 주변 지역을 전부 돌아다니며 이 뻔뻔스러운 강탈에 관한 놀라운 이야기의 전말을 밝혀냈다. 심지어 수부라 미노르 맞은편에서 국가로부터 도급을 받은 회사와 계약하고 공중변소를 운영하는 두 여자도, 대변을 본 후 해면이 붙은 막대기를 사서 뒤처리를 할 만큼 부유한 고객들로부터 받은 돈을 일정 비율로 상납해야 했다. 뿐만 아니라, 두 여자가 아파트에서 변기를 수거해 비우고 세척해주는 사업도 운영한다는 사실을 밝히지 않았다는 걸 알고 그 단체에서 변기를 모조리 부숴버렸다. 여자들은 어쩔 수 없이 변기를 새로 사야 했다. 공중변소 옆에 있는 목욕탕은 로마의 모든 목욕탕이 그렇듯 개인 소유였는데, 그럼에도 꽤나 이익이 남는 장사를 하고 있었다. 이곳에서도 그 단체는 손님들이 물에 너무 깊이 잠겨서 익사 직전까지 가지 않게 해주겠다는 명목으로 돈을 징수해갔다.

조사를 전부 끝낸 아우렐리아는 너무나 화가 났다. 그들의 소굴로 찾아가기 전에 우선 집으로 돌아가 진정하는 것이 현명하겠다는 생각이 들 정도였다.

"내 집에서 그런 짓을 하다니! 내 집에서!" 아우렐리아가 카르딕사에게 말했다.

"걱정 마세요. 그들에게 받아 마땅한 벌을 주면 돼요." 카르딕사가 위로하듯 말했다.

"유유는 어디 있어?" 아우렐리아가 심호흡을 하며 물었다.

"5층에 있어요. 오늘 아침은 레베카가 젖을 먹일 차례거든요."

아우렐리아는 양손을 비틀며 자기 신세를 개탄했다. "왜 나는 젖이 나오지 않는 걸까? 쪼그랑할멈도 아닌데 말이야!"

카르딕사는 어깨를 으쓱했다. "세상에는 젖이 나오는 여자도 있고 안 나오는 여자도 있어요. 그 이유는 아무도 모르지요. 이제 그만 우울해하세요. 마님이 속상한 진짜 이유는 저 단체 때문이에요. 유유에게 젖을 주기 싫어하는 사람은 아무도 없다는 걸 잘 아시잖아요. 5층으로 하인 한 명을 보내서 레베카에게 잠시 유유를 봐달라고 부탁해놓을게요. 그러고 나서 우리는 선술집으로 가서 그 죽일 놈들을 처리하는 거예요."

아우렐리아는 자리에서 일어났다. "그래, 가자. 가서 일을 끝내버리자."

선술집 안은 매우 어두웠다. 아우렐리아는 빛을 받아 윤곽만 드러난 채로 출입구에 서 있었다. 그녀는 평생 동안 아름다웠지만 그 순간엔 아름다움이 절정에 달했다. 선술집 안의 소음이 일시에 잦아들었다. 그러나 여주인 뒤로 카르딕사의 모습이 어렴풋이 나타나자 다시 성난 함성이 시작되었다.

"저 거대한 코끼리가 오늘 아침에 우리를 두들겨팼어!" 어둠 속의 목소리가 외쳤다.

의자들이 끌리는 소리가 났다. 아우렐리아는 안에 들어가서 선 채로 주위를 둘러보았다. 카르딕사는 주인의 등뒤에서 주변을 경계했다.

"당신네들 우두머리가 누구죠?" 아우렐리아가 따져물었다.

뒤쪽 구석 테이블에서 한 사내가 일어났다. 전형적인 로마인처럼 생긴 작고 비쩍 마른 사십대 사내였다. "나요." 그가 앞으로 나오면서 말했다. "루키우스 데쿠미우스, 여기 대령했소."

"내가 누군지 아나요?" 아우렐리아가 묻자 그는 고개를 끄덕였다.

"당신은 내가 소유한 건물에 세 들어 있어요. 임대료도 내지 않고!"

"이곳은 당신 소유가 아닐 텐데요, 부인. 국가 소유지."

"아니, 그렇지 않아요." 어두침침한 환경에 눈이 어느 정도 익숙해진 아우렐리아는 주위를 찬찬히 둘러보았다. "이곳은 정말 엉망이군요. 전혀 관리하지 않는 게 분명해. 당신들을 여기서 내쫓겠어요."

모두가 놀라 숨을 들이키는 소리가 들렸다. 데쿠미우스는 눈을 가늘게 뜨고 경계하는 표정을 지었다.

"우리를 내쫓을 수는 없소."

"두고보세요!"

"수도 담당 법무관에게 고소하겠소."

"좋을 대로 해요! 그는 내 친척이니까."

"그렇다면 최고신관도 있소."

"그렇죠. 그도 내 친척이에요."

데쿠미우스는 콧방귀를 뀌었다. 경멸하는 소리 같기도 했고, 어쩌면 웃는 소리 같기도 했다. "그들이 전부 당신 친척일 리가 없지!"

"그럴 수 있어요. 실제로 그렇고." 아우렐리아는 당차게 턱을 내밀었다. "잘 들어요, 루키우스 데쿠미우스. 당신과 이 추잡한 패거리들은 여기서 나가야 할거예요."

데쿠미우스는 선 채 한 손으로 턱을 긁으며 생각에 잠긴 표정으로 아우렐리아를 가만히 바라보았다. 그의 투명한 회색 눈동자 뒤에는 미소가 숨어 있는 듯도 했다. 갑자기 데쿠미우스는 옆으로 비켜서더니 자신이 앉아 있던 테이블을 가리키며 허리를 굽혔다. "우리 이 사소한 문제에 대해 상의를 좀 해보는 게 어떨지요?" 그는 스카우루스만큼이나 사근사근하게 물었다.

"상의하고 말고 할 것도 없어요. 무조건 나가주세요."

"나 원 참! 무슨 일이든 상의할 여지는 있는 법이지요. 어서요, 부인, 일단 같이 자리에 앉아보십시다." 데쿠미우스가 살살 구슬리듯이 말했다.

그 순간 아우렐리아는 마음속에서 끔찍한 일이 일어나고 있음을 느꼈다. 데쿠미우스에게 호감을 느낀 것이다! 정말 말도 안 되는 일이었다. 그렇지만 엄연한 사실이었다.

"좋아요." 아우렐리아가 대답했다. "카르딕사, 내 의자 뒤에 서 있어."

데쿠미우스는 그녀에게 의자를 꺼내주고 나서 긴 의자에 앉았다. "포도주 한잔 어때요, 부인?"

"당연히 싫어요."

"아, 그러시군."

"그래서요?"

"그래서라니요?"

"상의하자고 한 쪽은 당신이잖아요." 아우렐리아가 지적했다.

"맞아요, 그랬지요." 데쿠미우스는 헛기침을 했다. "자, 당신이 싫다는 게 정확히 뭐였소, 부인?"

"당신이 내 지붕 아래 있다는 거예요."

"어허, 그건 너무 광범위하지 않소, 안 그래요? 내 말은, 우리가 일종의 타협점을 찾을 수도 있을 것 같은데. 뭐가 마음에 안 드는지 말해보시면, 내가 그걸 해결할 수 있을지 없을지 생각해보지요."

"이곳은 다 허물어지고 더럽고 시끄러워요. 당신들은 이 술집뿐 아니라 온 거리가 당신들 소유인 양 행동하죠. 사실은 어느 쪽도 당신들 것이 아닌데도요." 아우렐리아는 손가락으로 하나하나 세면서 불만을 나열하기 시작했다. "게다가 동네 사람들을 상대로 한 당신들의 그 사업이란 것도 싫어요! 순진한 가게 주인들을 겁줘서 감당할 수도 없는 돈을 내게 하는 것 말이에요! 그 무슨 비열한 짓이에요!"

"세상은 말입니다, 부인." 데쿠미우스는 몸을 앞으로 기울이며 아주 진지하게 말했다. "양과 늑대로 나뉘어 있어요. 그게 자연의 법칙이죠. 그렇지 않다면 이 세상에 늑대보다 양이 훨씬 많이 있을 리가 없잖아요. 우리 모두 알고 있듯이 늑대가 한 마리 있으면 양은 최소한 1천 마리가 있어요. 여기 있는 우리를 이 동네의 늑대라고 생각하세요. 우린 늑대치고는 그리 나쁘지 않아요. 자그마한 이빨로 한두 번 물 뿐이지 목을 부러뜨리진 않거든요."

"참으로 불쾌한 비유군요. 그 말로는 내 생각이 조금도 바뀌지 않아요. 당신들은 나가야 해요."

"아, 이것참!" 데쿠미우스가 몸을 뒤로 젖히며 말했다. "이를 어쩌나." 그는 아우렐리아를 힐끗 보았다. "정말로 그들이 모두 당신 친척인가요?"

"돌아가신 내 아버지는 예전에 집정관을 지낸 루키우스 아우렐리우스 코타예요. 전직 집정관인 푸블리우스 루틸리우스 루푸스, 법무관인 마르쿠스 아우렐리우스 코타가 내 삼촌들이시죠. 내 남편은 재무관 가이우스 율리우스 카이사르고요." 아우렐리아는 의자에 편히 기대앉았다. 고개를 살짝 치켜들더니 눈을 감고 의기양양하게 말했다. "게다가 가이우스 마리우스는 내 시매부가 되시죠."

"그렇다면 내 매부는 이집트의 왕이오, 하하!" 너무 많은 이름으로 과포화 상태가 된 데쿠미우스가 말했다.

"그렇다면 당신의 고향 이집트로 돌아가지 그래요." 아우렐리아는 그의 빈정거림에도 조금도 약이 오르지 않는 기색이었다. “현 집정관 가이우스 마리우스는 내 시매부가 맞아요.”

“오, 그래요. 그리고 가이우스 마리우스의 처남 부인께서는 수부라 지구의 구석에 처박힌 인술라에 사는 게 당연하시고!” 데쿠미우스가 맞받아쳤다.

“이 인술라는 내 소유예요. 내 지참금으로 구입한 거죠, 루키우스 데쿠미우스. 남편은 차남이기 때문에 당분간 내 명의의 인술라에서 사는 것뿐이에요. 나중에는 다른 곳에서 살게 될 거라고요.”

“가이우스 마리우스가 정말 시매부요?”

“그분의 눈썹 한 가닥까지도 틀림없는 사실이에요.”

데쿠미우스는 크게 한숨을 내쉬었다. “나는 여기가 좋아요. 그러니 협상을 좀 했으면 좋겠군요.”

“나는 당신이 나가주기를 원해요.”

“이보세요, 부인. 내 쪽에도 권리라는 게 있어요. 이 집회소의 회원들은 교차로 성소의 관리인들이에요. 합법적인 거죠. 잘나신 친척들이 있으니 국가도 당신 뜻대로 할 수 있다고 생각할지 모르지만, 우리가 나가봤자 곧 또다른 무리가 들어올 겁니다. 여기는 수도 담당 법무관의 명부에도 등록된 교차로 집회소니까 말이에요. 그리고 내가 한 가지 비밀을 알려드리죠.” 데쿠미우스는 다시 몸을 앞으로 기울였다. “우리 교차로 형제들은 모두 늑대라고요!” 그는 마치 거북처럼 목을 쭉 뺐다. “이제 당신과 내가 합의점을 찾을 수 있겠군요, 부인. 앞으로 이곳을 깨끗이 관리하지요. 벽에 칠도 좀 하고, 어두워진 후에는 발끝으로 조용히 다니고, 노부인들이 하수구와 도랑을 건너는 것도 도와주고, 이 동네에서 하는 사업도 그만두겠소. 그야말로 사회의 대들보로 변신하겠소! 이러면 좀 마음에 드시는지?"

억지로 누르려고 애를 썼지만, 아우렐리아의 입 가장자리로 미소가 슬몃슬몃 새어나왔다. "악당도 익숙한 악당이 낫다는 건가요, 루키우스 데쿠미우스?"

"훨씬 낫지요!" 데쿠미우스가 힘주어 말했다.

"당신네와 다를 바 없는 또다른 무리를 상대로 이 모든 과정을 또 겪고 싶진 않네요. 좋아요, 루키우스 데쿠미우스. 여섯 달간 시험 기간을 주겠어요." 이렇게 말한 뒤 아우렐리아는 일어나 문 쪽으로 갔다. 데쿠미우스도 따라왔다. "하지만 내가 당신들을 내쫓고 새로운 무리를 길들일 용기가 없을 거라고는 단 한 순간이라도 생각하지 말아요." 아우렐리아는 거리로 나서면서 말했다.

데쿠미우스는 아우렐리아와 함께 파트리키 구를 따라 걸어갔다. 그는 마술사처럼 손쉽게 인파를 물리치고 그녀에게 길을 터주었다. "장담하지요, 부인. 우리는 사회의 대들보가 될 거요."

"하지만 돈 쓰는 데 익숙해진 상황에서 수입이 없어지면 매우 힘들 텐데요."

"아, 그건 걱정하지 마시지요!" 데쿠미우스는 쾌활하게 말했다. "로마는 넓지요. 당신에게 거슬리지 않을 만큼 먼 곳으로 사업 장소를 옮기면 그만이에요. 비미날리스 언덕, 아게르, 공장 늪지대, 돈을 벌 장소는 얼마든지 많으니까요. 이 루키우스 데쿠미우스와 신성한 교차로의 형제들에 대해서는 그 예쁜 머리로 걱정할 필요가 없어요. 우리는 아무 문제없을 테니까."

"그건 해결책이라고 할 수 없어요! 우리 이웃을 위협하는 것이나 다른 데서 똑같은 짓을 하는 것이나 무슨 차이가 있어요?"

"눈에 보이지 않고 귀에 들리지 않으면 마음이 괴로울 일도 없지요."

데쿠미우스는 아우렐리아가 그걸 모른다는 데 진심으로 놀라며 말했다. "당연한 사실입니다, 부인."

두 사람은 아우렐리아의 집 현관에 다다랐다. 그녀는 걸음을 멈추고 씁쓸한 표정으로 그를 쳐다보았다. "당신이 생각한 대로 하세요, 루키우스 데쿠미우스. 하지만 당신들이 말하는 그 사업을 어디로 옮기든 절대 내 귀에 들어오는 일은 없게 해줘요."

"맹세코 그렇게 하죠, 부인!" 데쿠미우스는 아우렐리아 옆을 지나쳐 현관문을 두드렸다. 수상쩍으리만치 민첩하게 집사가 문을 열어주었다. "아, 에우티코스, 모임에서 자넬 못 본 지 며칠 된 것 같군." 데쿠미우스가 차분하게 말했다. "다음번에 부인께서 휴가를 주시면 집회소에서 보세나. 부인을 기쁘게 해드리기 위해 거길 청소하고 새로 칠도 할 참이야. 가이우스 마리우스의 처남 부인을 만족시켜 드려야지, 안 그래?"

에우티코스는 그야말로 비참한 표정으로 대답했다. "그렇소."

"아니, 우리한테 말도 안 하고 말이야. 주인이 누구신지 왜 진작 얘기를 안 했나?" 데쿠미우스는 비단결처럼 부드러운 말투로 물었다.

"루키우스 데쿠미우스, 그동안 봐서 알겠지만 나는 가족에 대해서는 절대 얘기하지 않소." 에우티코스가 호기 있게 답했다.

"치사한 그리스인들, 하나같이 이런단 말이야." 데쿠미우스는 이렇게 말하면서, 곧게 뻗은 갈색 머리칼을 아우렐리아 쪽으로 홱 돌렸다. "안녕히 계세요, 부인. 뵙게 되어 대단히 반가웠습니다. 뭐든 우리가 도울 일이 있으면 말씀하십시오."

등뒤로 문이 닫히고 나자 아우렐리아는 무표정하게 집사를 쳐다보며 물었다. "어떻게 변명할 건가?"

"마님, 어쩔 수 없이 가입한 겁니다!" 집사가 울부짖으며 말했다. "전 주인댁의 집사이기 때문에, 가입하지 않으면 저들이 가만두지 않습니다!"

"에우티코스, 이 일로 자네에게 채찍형을 내릴 수 있다는 걸 잘 알고 있겠지." 아우렐리아가 여전히 무표정하게 말했다.

"네." 그는 기어들어가는 소리로 대답했다.

"채찍형은 법으로 정해진 처벌이야, 알고 있지?"

"네." 그의 목소리는 들릴 듯 말 듯했다.

"그렇다면 내가 내 남편의 아내이고 내 아버지의 딸이라는 사실에 감사하게. 시아버님 되시는 가이우스 율리우스께서 쓰신 표현이 가장 적절할 것 같군. 돌아가시기 얼마 전에, 아들이든 노예든 채찍 태형을 가한 사람과 한집에 사는 사람들을 이해할 수 없다고 말씀하셨거든. 그러나 태형이 아니라도 불충하고 오만불손한 행위를 처벌할 방법은 얼마든지 있네. 내가 금전적인 손실을 감수하고 나쁜 소개장을 딸려서 자네를 팔아버리지 못할 거라고는 절대 생각지 말게. 내가 그렇게 하면 어떻게 될지는 자네도 알 거야. 나는 자네에게 1만 데나리우스가 아니라 1천 세스테르티우스의 가격표를 붙일 거야. 그렇게 되면 자네는 상스럽고 천한 새 주인을 만나 무자비한 매질을 당하겠지. 형편없는 노예라는 꼬리표가 붙은 채로 팔려갈 테니까."

"알겠습니다, 마님."

"좋아! 계속 교차로 단체에 가입해 있도록 하게. 자네의 곤란한 처지는 이해할 수 있으니까. 그리고 우리 가족에 대해 입조심한 건 칭찬받을 만해." 아우렐리아는 돌아서려다가 걸음을 멈췄다. "루키우스 데쿠미우스 말이야, 그 사람 직업은 있나?"

"그는 집회소를 관리하고 있습니다." 에우티코스는 어느 때보다도 불안한 표정으로 대답했다.

"내게 뭔가 숨기고 있군."

"아니오, 아닙니다!"

"어서, 빠짐없이 전부 말해!"

"그게, 마님, 소문을 들은 것뿐입니다. 사실을 아는 사람은 아무도 없습니다. 이해하시지요? 그 사람이 자기 입으로 직접 말하는 걸 들었다고들 하는데, 괜히 허풍을 떤 걸 수도 있습니다. 우리를 겁주려고 한 말일 수도 있고요."

"뭐라고 했는데?"

집사의 얼굴이 창백해졌다. "자신이 암살자라고 했답니다."

"세상에! 누구를 암살했다던가?"

"몇 년 전에 포룸 로마눔에서 칼에 찔려죽은 누미디아인을 자기가 암살했다는 것 같습니다."

"놀라운 일의 연속이군!" 아우렐리아는 이렇게 말한 후 아이들을 보러 나갔다.

"신들이 마님을 만들 때 틀을 깨버린 게 분명해." 에우티코스가 카르딕사에게 말했다.

거대한 몸집의 갈리아인 하녀는 한 손을 예쁘장한 집사의 어깨에 턱 하고 얹었다. 흡사 고양이가 쥐의 꼬리에 앞발을 올려 붙잡은 모양새였다. "분명 그랬을 거예요." 그녀는 이렇게 말하며 겉보기에만 다정하게 집사의 어깨를 흔들어주었다. "그래서 우리 모두 마님을 잘 보필해야 하는 거죠."

이 일이 있은 지 얼마 지나지 않아, 가이우스 카이사르가 베르켈라이에서 보내는 마리우스의 전갈을 들고 이탈리아 갈리아로부터 돌아왔다. 그가 문을 두드리자 집사가 맞이한 뒤 그가 데려온 잡역병을 짐과 함께 안으로 들였다. 그사이 가이우스 카이사르는 아내를 찾으러 갔다.

아우렐리아는 안뜰 정원에 있었다. 마티우스가 심은 나무에서 무르익고 있는 포도에 얇은 천으로 된 작은 주머니를 씌워주는 중이었다. 그래서 발소리를 듣고도 굳이 뒤돌아보지 않았다. "수부라 지구에 이렇게 새들이 많은지 누가 알았겠어요?" 아우렐리아는 상대가 누구인지 개의치 않고 물었다. "하지만 올해는 반드시 포도를 먹을 수 있게 할 작정이에요. 그래서 이렇게 하면 효과가 있을지 보려고요."

"포도맛을 기대하겠소." 가이우스 카이사르가 말했다.

아우렐리아는 순식간에 획 돌아섰다. 손에 쥐고 있던 천 주머니들이 팔랑이며 땅으로 떨어졌다. 그녀의 얼굴에 기쁨이 가득 번졌다. "가이우스 율리우스!"

남편이 양팔을 벌리자 아우렐리아는 그의 품으로 뛰어들었다. 그들은 그 어느 때보다도 애정이 넘치는 키스를 했고, 그 어느 때보다도 빨리 여러 번의 키스가 이어졌다. 박수 소리를 듣고서야 그들은 현실로 돌아왔다. 가이우스 카이사르는 채광정 위쪽을 쳐다보고는, 기쁨에 넘치는 얼굴로 발코니 난간에 줄지어 선 사람들에게 손을 흔들어 답례했다.

"대승리를 거두었소!" 그는 큰 소리로 외쳤다. "가이우스 마리우스가 게르만족을 전멸시켰소! 이제 로마는 그들을 두려워할 필요가 없어요!"

아직 승전 소식을 원로원이나 인민이 듣기도 전이었다. 세입자들이 그 소식을 마음껏 기뻐하고 수부라 지구에 퍼뜨리도록 놔둔 채, 카이사르는 한 팔로 아우렐리아의 어깨를 감싸안고 응접실과 부엌 사이 좁은 복도로 나란히 걸어갔다. 그는 자기 서재 쪽을 돌아보고는 깔끔하고 청결하게 정돈된 상태와 비싸지 않으면서도 고상한 장식이 참 좋다고 생각했다. 집안 곳곳에 꽃병이 놓인 것을 보고는 아우렐리아의 새로운 살림 방식인가보다 생각하면서, 한편으로 그녀가 그 많은 꽃값을 어떻게 감당할지 걱정과 궁금증이 일었다.

"바로 마르쿠스 아이밀리우스를 만나러 가야 하오. 하지만 집에도 들르지 않은 채 바로 그를 찾아가고 싶지는 않았소. 집에 오니 어찌나 좋은지!" 카이사르가 말했다.

"정말 좋아요." 아우렐리아가 떨리는 목소리로 말했다.

"오늘밤 당신과 내가 첫아들을 만들 시간이 오면 더욱 좋을 거요." 카이사르는 다시 아우렐리아에게 키스하며 말했다. "아, 당신이 너무나 그리웠소! 당신을 만나고 나선 그 어떤 여자에게도 마음이 끌리지 않소. 진심이오. 헌데 목욕을 좀 할 수 있을까?"

"조금 전에 카르딕사가 욕실로 들어가는 걸 봤으니 이미 준비하고 있을 거예요." 아우렐리아는 남편의 품으로 파고들면서 만족스러운 한숨을 내쉬었다.

"그나저나 살림을 꾸리고, 우리 딸들을 돌보고, 건물 전체를 관리하는 게 너무 버겁진 않소? 대행인들이 지나치게 많은 수수료를 받아갔다고 당신이 입버릇처럼 말하는 건 알지만, 그래도……."

"전혀 힘들지 않아요, 가이우스 율리우스. 이 인술라는 매우 질서정연한 곳이고 세입자들도 모두 훌륭해요." 아우렐리아가 단호하게 말했다. "교차로 클럽 문제로 조금 골머리를 앓았지만 그것까지 말끔히 해결했어요. 요즘은 그곳도 아주 조용하고 깨끗해졌답니다." 아우렐리아는 대수롭지 않은 일이라는 듯이 남편을 향해 웃어 보였다. "제가 가이우스 마리우스 처남의 아내라는 것을 알고부터 사람들이 얼마나 협조적이고 예의바르게 대하는지 상상도 못할 걸요!"

"이 꽃들은?"

"정말 예쁘죠? 너댓새마다 꾸준히 오는 선물이에요."

카이사르의 팔이 아내를 더욱 꽉 껴안았다. "그럼 내게 연적이 생긴 거요?"

"그를 만나보면 걱정이 안 들 걸요. 루키우스 데쿠미우스라는 사람인데 암살자예요."

"뭐라고?"

"아니에요, 여보, 그냥 농담한 거예요." 아우렐리아가 달래듯 말했다. "자기 말로는 암살자라는데, 내 생각엔 단체 동료들에 대해 지배력을 유지하려고 그러는 것 같아요. 그가 교차로 클럽을 관리하고 있거든요."

"그자가 저 꽃을 어디서 구해오는 거지?"

아우렐리아는 부드럽게 웃었다. "선물에 대해 트집잡지 마세요. 수부라에서는 사는 방식이 다르니까요."

루푸스는 마리우스에게 편지를 썼다. 가이우스 카이사르가 승전 서신을 원로원에 전한 직후 로마에서 일어난 일들을 알리기 위해서였다.

지금 이곳에는 아주 고약한 분위기가 감돌고 있네. 주된 원인은 자네가 게르만족을 무찌르겠다는 애초의 목표를 성공적으로 완수했다는 데 있지. 또한 인민이 이를 대단히 고맙게 여겨 자네가 다시 집정관 직에 입후보해도 얼마든지 뽑아줄 기세이기 때문이라네. 귀족들은 하나같이 '독재관'이라는 말을 입에 올리고 있고, 적어도 1계급은 벌써 똑바로 앉아 그 말을 따라 하고 있다네. 물론 자네가 1계급에 중요한 기사 피호민과 친구를 많이 둔 것은 알고 있네. 그러나 로마의 전통적인 정치 구조라는 게 동료들보다 출중한 인물의 권위를 짓누르게끔 되어 있다는 사실을 명심해야 할 걸세. 유일하게 허용되는 '일인자'가 있다면 대등한 사람들 가운데 일인자인 경우인데, 자네는 다섯 번이나 집정관을 지내고 그중 세 번은 부재중 출마였으니만큼 소위 자네와 대등한 자들보다 자네가 훨씬 우월하다는 사실을 숨기기가 극도로 어려워졌지. 스카우루스는 이런 상황에 넌더리를 내고 있지만, 그 사람은 자네가 마음만 먹는다면 어떻게 해볼 수 있을 거야. 진짜로 골치 아픈 똥덩어리는, 자네와 나의 벗이며 말더듬이 아들 새끼 똥돼지의 능숙한 지원을 받고 있는 똥돼지라네.

자네가 이탈리아 갈리아의 카툴루스 카이사르와 합류하기 위해 알프스 동쪽으로 떠난 순간부터, 똥돼지와 새끼 똥돼지는 킴브리족과의 전투에서 카툴루스 카이사르의 공헌을 사실과 전혀 다르게 부풀려서 열심히 떠들어댔네. 그래서 베르켈라이의 승전 소식이 전해지고 원로원 의원들이 개선식과 감사절에 있을 투표 문제 등을 논의하기 위해 벨로나 신전에 모였을 때, 똥돼지가 발언하려고 일어나자 많은 귀가 그의 말을 경청하려 했지.

간단히 말하자면 똥돼지는 개선식을 두 번만 열자고 제안했네. 하나는 아콰이 섹스티아이의 승리를 기념하는 자네의 개선식이고 또 하나는 베르켈라이의 승리를 기념하는 카툴루스 카이사르의 개선식이었네! 베르켈라이 전투를 지휘한 총사령관이 카툴루스 카이사르가 아니라 자네라는 사실을 깡그리 무시하고 말이야! 똥돼지의 주장은 순전히 형식논리만을 내세운 것이네. 참전한 군대가 둘인데 하나는 집정관인 자네가 지휘했고 다른 하나는 집정관 권한대행인 카툴루스 카이사르가 지휘했다는 거지. 그러면서 똥돼지가 한 말은, 이 전투와 관련한 노획물의 양이 실망스러우리만치 적기 때문에 개선식을 세 차례 치르는 건 터무니없이 부적절한 처사로 보인다는 거였네. 그리고 자네가 아콰이 섹스티아이 전투에 대해 가결된 개선식을 아직 치르지 않았으니, 자네는 그 개선식을 치르고 카툴루스 카이사르는 그에게 자격이 있는 베르켈라이 전투에 대한 개선식을 치르면 된다는 결세. 자네까지 베르켈라이 개선식을 거행한다면 불필요한 사치가 된다는 거지.

사투르니누스가 바로 자리에서 일어나 반대하고 나섰지만 야유만 듣고 묵살되었네. 올해 그는 아무 직위도 얻지 못했으니 원로원 의원들의 주목을 끌어낼 만한 힘이 없는 거지. 결국 원로원 투표결과 개선식을 두 차례 거행하기로 결정되었네. 자네는 아콰이 섹스티아이 승전에 대한 개선식만 갖게 되었는데 그 전투는 이미 작년 일이 되었으니 중요성이 떨어지지. 올해 있었던 전투라서 모두의 관심이 집중된 베르켈라이 전투의 개선식은 오로지 카툴루스 카이사르의 특권이 되었네. 실제로 베르켈라이 개선행진이 로마 시를 누비는 모습을 보게 되면, 사람들은 이탈리아 갈리아에서 킴브리족을 무찌른 일과 자네는 하등 상관이 없으며 카툴루스 카이사르가 그 전투의 영웅이라고 생각하겠지. 자네가 전장에서 취한 대부분의 노획물과 게르만족 군기 전부를 카이사르에게 넘겨주는 멍청한 짓을 해서 일을 더 확실히 매듭짓는 꼴이 되었네. 자네는 기분이 너그러워져서 타고난 관대함을 드러낼 때면 꼭 최악의 실수를 저지르곤 하지. 사실이 그렇다네.

이 상황에서 자네가 뭘 할 수 있을지 모르겠네. 모든 일이 이미 확정되었고 공식 투표를 거쳐 문서보관소에 기록되어버렸으니 말이야. 참으로 화가 나지만, (사투르니누스가 부르듯이) 정책입안자가 됐든 (스카우루스가 부르듯이) 보니가 됐든 저들이 이 싸움에서 완승한 것이 사실이야. 이로써 자네는 게르만족을 쳐부순 대가로 마땅히 누려야 할 영광을 제대로 받지 못하게 되었네. 그 옛날 누만티아에서 우리는, 메텔루스가 돼지 친구들 사이에서 진흙 범벅이 되었던 일을 똥돼지라는 별명으로 길이 남기며 재밌어 했지. 똥돼지는 어린 애들 사이에서 여자아이의 성기를 뜻하는 속어이기도 하지 않은가. 그런데 이제 가만히 보니 메텔루스는 똥돼지가 아니라 다 자란 쿤누스(여성의 성기를 일컫는 라틴어 비어—옮긴이)였네. 새끼 똥돼지로 말할 것 같으면 그 역시 평생 여자애로 있지는 않을 걸세. 또하나의 다 자란 쿤누스라고 해야겠지.

이제 그만해야지, 이러다간 정말 뇌졸중이 오고 말겠어! 글을 마무리하기 전에 시칠리아의 상황이 양호해 보인다는 얘기를 해줘야겠군. 마니우스 아퀼리우스가 아주 잘해내고 있어서 조점관 세르빌리우스는 더욱 초라한 꼴이 됐지. 하지만 세르빌리우스는 누차 다짐했던 대로 기어이 루쿨루스를 반역죄로 기소했다네. 루쿨루스는 자신을 직접 변호하겠다고 고집을 부렸지만, 콧방귀를 뀌며 그를 못마땅해하는 기사들이 공판에 참석한 것은 하등 도움이 못 되었네. 그는 법정에서 냉랭하게 거만한 자세로 서 있었고, 모든 배심원들이 그런 태도가 자신을 향한 것이라고 생각한 거지. 그게 사실이기도 했어! 정말이지 또하나의 고집불통 멍청이였네. 당연히 배심원단은 그에게 유죄판결을 내렸지. 아마 모든 서판에 '담노(유죄)'가 적혔을 거야. 판결내용은 또 얼마나 무자비했는지 믿기지 않을 정도라네! 추방지는 로마에서 최소 1천500킬로미터 떨어진 곳이어야 한다고 결정되었기에 루쿨루스가 갈 수 있는 곳은 안티오케이아나 알렉산드리아 두 곳밖에 없었지. 그는 안티오케이아의 그리포스 왕보다 알렉산드리아의 프톨레마이오스 왕을 택했네. 법정은 또한 집이며 토지, 투자한 자금, 로마의 부동산까지 그의 전 재산을 몰수했다네.

루쿨루스는 법정에서 그를 쫓아낼 때까지 기다리지 않았네. 사실은 자기 재산이 얼마에 팔리는지조차 보지 않았지. 방종한 아내는 처남인 똥돼지에게 맡겨버렸네. 덕분에 똥돼지도 조금 골치가 아파질 거야! 이제 열여섯 살이라 국가 기준에서 성인이 된 장남은 스스로 앞길을 모색하도록 내버려두더군. 재능 많은 그 아이를 똥돼지에게 맡기지 않다니, 재미있지 않은가? 열네 살인 차남은 입양되어 마르쿠스 테렌티우스 바로 루쿨루스가 되었네.

스카우루스에게 듣자니, 두 아이들 모두 둘째가 토가를 입을 수 있는 성년에 이르자마자 조점관 세르빌리우스를 기소하겠다고 맹세했다네. 아버지와 그렇게 헤어졌으니 당연히 가슴이 찢어지게 아팠던 거지. 스카우루스 말로는 루쿨루스가 알렉산드리아로 가서 죽음을 택할 거라고 하네. 두 아이들도 아버지가 그럴 거라고 짐작하고 있다는군. 루쿨루스 가문 사람들은 무엇보다도 이 모든 고통과 빈곤을 겪게 된 것이 세르빌리우스 같은 벼락출세한 신진 세력 때문이라는 사실에 가장 큰 상처를 받았네. 자네를 비롯한 신진 세력들은 이제 루쿨루스의 아들들과는 친해지기 그른 거지.

어쨌든 루쿨루스 형제가 합심하여 조점관 세르빌리우스를 기소할 수 있을 나이가 되면 새로운 부당취득죄 법정에서 재판이 진행될 걸세. 상대적으로 출신이 미천한 또다른 세르빌리우스 가문의 인물인 가이우스 세르빌리우스 글라우키아가 만들어놓은 법정이지. 가이우스, 폴룩스 신께 맹세컨대 그자는 정말이지 법을 만들 줄 아는 사람이야! 엄격하고 전례 없는 법인데도 굴러가게끔 되어 있다네. 다시금 기사들이 권한을 쥐게 되어서 총독들은 불안하겠지만, 참으로 솜씨 좋게 만든 법이야. 이제 횡령 재산의 회수는 횡령한 당사자뿐만 아니라 그 재물의 최종 수령자에게까지 확대 적용되고, 법정에서 유죄선고를 받은 사람은 어디에서도 대중 연설을 할 수 없네. 라티움 시민권자가 범법자를 제대로 기소하면 완전한 로마 시민권을 보상으로 부여한다고 하고, 공판절차에 휴정 시간이 들어가게 되었지. 지금까지의 재판절차는 이제 과거의 유물이 되었네. 몇 차례 재판에서도 나타났듯이 앞으로는 증인들의 증언보다 변호인의 변론이 훨씬 중요해지게 되었네. 결국 훌륭한 변호인들에게 대단한 이득이 되겠지.

마지막으로 하나 더 중요한 소식을 전하겠네. 그 희한한 사투르니누스가 또다시 말썽을 일으켰다네. 정말이지 그가 제정신인지 걱정스러워. 도무지 논리를 찾아볼 수 없는 행동을 하고 있으니. 사실 그런 점은 그의 친구 글라우키아에게서 배운 것 같네. 두 사람 다 머리가 비상하지만 너무나 불안정하고 그야말로 비정상적이야. 어쩌면 공직생활에서 자기들이 뭘 이루고 싶은지 모르는 게 아닐까 싶기도 하네. 최악의 선동 정치가라 해도 일정한 행동 유형은 있는 법이지. 법무관과 집정관 직을 향해 제기하는 일관된 논리 말일세. 그런데 이 두 사람에게서는 그런 것을 찾아볼 수가 없네. 그들은 기존 통치체제를 몹시 싫어하고 원로원이라면 질색하지만, 그것을 대체할 대안은 전혀 갖고 있지 않아. 이들이야말로 소위 그리스인들이 말하는 무정부주의자일지도 모르지. 나로서는 확실히 모르겠어.

어쨌든, 최근에 폰토스의 미트리다테스 왕이 보낸 사절단과 관련해서 비티니아의 니코메데스 왕이 불리한 처지에 놓인 사건이 있었네. 멀리 흑해 동쪽 끝에 있는 우리의 젊은 친구 미트리다테스가 사절을 보냈는데, 이들이 예리하게도 우리 로마인 모두의 비밀이자 약점을 알아낸 것이지. 다름 아닌 돈 말일세! 로마와 우호동맹조약을 맺으려는 청원이 아무 진전을 못 보자 그들은 원로원 의원들을 매수하기 시작했다네. 게다가 뿌린 액수가 상당했으니, 당연히 니코메데스 왕이 걱정할 상황이었지.

그러자 사투르니누스가 로스트라 연단에 올라가, 니코메데스와 비티니아 왕국을 버리고 미트리다테스와 폰토스 왕국을 택하려 드는 원로원 의원들을 규탄하고 나섰네. 그의 주장은 이랬지. 우리는 수년간 비티니아와 조약을 맺어왔고 폰토스는 비티니아의 오랜 적국이다. 그런데 돈이 오가더니, 원로원 의원 몇 명이 자기 돈주머니를 불리려는 바람에 로마가 50년 된 우방을 저버리려 한다.

내가 그 자리에서 직접 듣지는 못했지만, 사람들 말로는 그가 이런 말도 했다는군. "비실거리는 원로원 노친네가 학교도 채 졸업하지 않은 팔팔한 소녀와 결혼하려면 얼마나 돈이 많이 들지 다들 잘 알지 않습니까. 진주목걸이와 금팔찌는 쿠페데니스 시장 노점에서 파는 강장제보다 훨씬 비싸지요. 팔팔한 소녀가 티키누스의 강장제보다 효과가 덜하다고 그 누가 말하겠습니까?" 오, 오, 오! 사투르니누스는 똥돼지에게도 비웃음을 날리고는 군중을 향해 이렇게 물었다네. "이탈리아 갈리아에 있는 우리 소년들은 어떻습니까?"

그 결과 폰토스의 사절 몇 명이 두들겨맞고는 원로원에 가서 항의했네. 이 사태에 대해 스카우루스와 똥돼지는 로마와 공인된 외국 사절단 간에 불화를 조성했다는 죄목으로 사투르니누스를 그 자신이 만든 반역 법정에 기소했네. 재판이 있던 날, 우리의 호민관 글라우키아는 평민회를 소집하여 똥돼지를 고발했네. 그가 감찰관으로 재직하던 당시에 제거하지 못했던 사투르니누스를 또다시 제거하려고 시도하고 있다면서 말이지. 게다가 사투르니누스가 필요할 때마다 잘도 불러들이는 청부 검투사들이 이번에도 나타났어. 그들이 너무나 험상궂은 표정으로 배심원들을 둘러싸는 바람에 배심원단이 소송을 기각해버렸네. 결국 폰토스 사절단은 조약도 맺지 못하고 황급히 귀국했지. 사실 이번 일에 대해서는 나도 사투르니누스와 생각이 같네. 50년이나 된 우방을 저버리고, 그 우방의 오랜 적국이 이제 훨씬 부유하고 강해졌다는 이유만으로 그쪽과 손잡는다는 것은 참으로 치졸한 짓이야.

이젠 그만 쓰겠네, 정말로 그만! 나는 그저 원로원이 잔뜩 늑장을 부리며 자네에게 공문을 보내기 전에 개선식에 대한 소식을 알려주고 싶었다네. 자네가 무슨 조치를 취할 여지가 있었으면 좋겠네만, 과연 가능할지는 의심스럽군.

"물론 여지가 있고말고!" 마리우스는 편지를 다 읽고서 단호하게 말했다. 그는 종이 한 장을 꺼내 앞에 놓고 꽤 오랜 시간을 들여 짤막한 서신을 작성했다. 그런 다음 사람을 보내 카툴루스 카이사르를 불렀다.

카툴루스 카이사르는 잔뜩 신이 나서 들어왔다. 마리우스가 방금 받아본 루푸스의 편지를 가져온 전령은, 메텔루스 누미디쿠스와 스카우루스가 각각 카툴루스 카이사르에게 보낸 편지도 함께 가져왔던 것이다.

카툴루스 카이사르는 마리우스가 두 차례의 개선식에 대한 표결 소식을 이미 알고 있다는 데 크게 실망했다. 마리우스가 그 소식을 듣고 어떤 표정을 지을지 거듭 떠올리며 짜릿한 상상에 빠져 있었기 때문이다. 하지만 그건 중요한 문제가 아니었다. 어쨌든 개선식은 개선식이니까.

"그래서 당신만 괜찮다면 나는 10월에 로마로 귀환하고 싶소." 카툴루스 카이사르는 점잔 빼며 느릿하게 말했다. "내가 먼저 개선식을 치르겠소. 당신은 집정관으로서 여기를 그렇게 빨리 떠날 수 없을 테니."

"먼저 떠나겠다는 요청은 받아들이지 못하겠소." 마리우스는 유쾌한 듯 정중한 말투로 대답했다. "우리는 당초 계획했던 대로 11월 말에 함께 로마로 돌아갈 것이오. 사실 방금 전에 우리 둘을 대표해서 원로원에 서신을 썼소. 한번 들어보겠소? 혼자서 읽으면 지루할 테니 내가 직접 읽어주겠소."

마리우스는 어수선한 탁자에서 작은 종이를 집어들어 펼쳤다. 그러고는 카툴루스 카이사르에게 읽어주었다.

5선 집정관인 나 가이우스 마리우스는, 본인과 부 총사령관이자 집정관 권한대행인 퀸투스 루타티우스 카툴루스의 개선식과 관련하여 원로원과 트리부스회가 보여주신 관심과 배려에 감사드립니다. 로마의 사령관 한 사람당 한 차례의 개선식만을 갖도록 결정한 원로원 의원들의 뛰어난 검약함을 칭송하는 바입니다. 그러나 본인은 오랫동안 이어진 이번 전투로 소모된 엄청난 비용에 대해 원로원보다도 더욱 크게 우려하고 있습니다. 퀸투스 루타티우스도 마찬가지입니다. 따라서 나 가이우스 마리우스와 퀸투스 루타티우스 카툴루스는 동시에 한 차례의 개선식만을 갖기로 했습니다. 이로써 로마의 모든 시민은 두 사령관이 함께 개선행진을 하면서 화합과 우의를 다지는 모습을 목격하게 될 것입니다. 이에 나 가이우스 마리우스와 퀸투스 루타티우스 카툴루스는 12월 칼렌다이에 함께 개선식을 치를 것이라는 사실을 기쁜 마음으로 알려드리는 바입니다. 로마 만세.

카툴루스 카이사르의 얼굴이 하얗게 질렸다. "농담하지 마시오!"

"내가? 농담을?" 마리우스는 눈썹 아래에서 눈을 깜박이며 말했다. "그럴 리가요, 퀸투스 루타티우스!"

"나는…… 나는…… 나는 동의할 수 없소!"

"당신에게는 선택권이 없소." 마리우스가 상냥하게 말했다. "그들은 나를 이겼다고 생각했겠지요. 친애하는 똥돼지 메텔루스와 그의 친구들, 그리고 당신 친구들 말이오! 하지만 당신들은 절대 나를 이길 수 없소, 당신들 그 누구도."

"원로원이 개선식을 두 차례 열기로 결정했소. 그러니 개선식은 두 번 치러질 거요!" 카툴루스 카이사르가 부들부들 떨면서 말했다.

"오, 그렇게 고집해볼 수는 있겠지요, 퀸투스 루타티우스. 하지만 그게 과연 보기에 좋겠소? 좋을 대로 선택하시오. 당신과 내가 함께 개선식을 치르든가, 아니면 당신 혼자 엄청난 바보 꼴이 되든가. 얘긴 이걸로 끝이오."

정말로 그렇게 되었다. 마리우스의 편지가 원로원에 전달된 데 이어, 12월 1일에 단 한 차례의 개선식을 거행한다는 발표가 나왔다.

카툴루스 카이사르는 지체 없이 보복에 나섰다. 그는 원로원에 편지를 보내어, 집정관 가이우스 마리우스가 베르켈라이 전투를 치른 바로 그 자리에서 피케눔의 카메리눔 출신 보조군 병사 1천 명에게 로마 시민권을 부여함으로써 원로원과 인민의 특권을 부정하게 사용했다고 고발했다. 또한 마리우스는 이탈리아 갈리아에 있는 에포레디아라는 작은 도시에 퇴역병사들의 거류지를 마련하겠다고 선언하는 등 집정관의 권한을 넘는 월권을 저질렀다고 말했다. 편지는 다음과 같이 이어졌다.

> 가이우스 마리우스는 에포레디아의 두리아 마요르 강바닥에서 채굴되는 사금을 손에 넣기 위해 이처럼 위법적인 거류지를 구축한 것입니다. 또한 집정관 권한대행인 나 퀸투스 루타티우스 카툴루스는 베르켈라이 전투를 승리로 이끈 사람은 가이우스 마리우스가 아니라 본인임을 지적하고 싶습니다. 그에 대한 확실한 증거로, 포획한 게르만족의 군기 중 가이우스 마리우스가 가지고 있는 것은 단 두 개에 불과하지만 본인은 서른다섯 개를 보관하고 있습니다. 베르켈라이 전투의 승리자로서, 노예로 팔릴 모든 포로에 대한 소유권은 내게 있습니다. 그런데 가이우스 마리우스는 그중 3분의 1을 가져가겠다고 주장하고 있습니다.

이에 대응하여 마리우스는 카툴루스 카이사르의 편지를 자신과 카툴루스 카이사르의 병사들에게 회람시켰다. 마리우스가 직접 쓴 짤막한 추신을 덧붙인 상태였다. 그 내용인즉슨 베르켈라이 전투의 킴브리족 포로 중 자신의 몫이라고 주장한 3분의 1은 팔아서 수익금을 카툴루스 카이사르의 병사들에게 나눠줄 작정이라는 것이었다. 마리우스 자신의 병사들은 이미 아콰이 섹스티아이 전투에서 테우토네스족 포로들을 판 수익금을 나눠받았으며, 카툴루스 카이사르의 병사들이 이러한 혜택으로부터 소외되었다고 느껴선 안 되기 때문이었다. 그렇게 한 이유는, 카툴루스 카이사르가 나머지 3분의 2에 해당하는 킴브리족 포로들을 판 수익금을 (그의 타당한 권리대로) 혼자서 챙길 것으로 보이기 때문이라고도 덧붙였다.

글라우키아가 포룸 로마눔에서 두 편지를 모두 낭독하자 트리부스 회 사람들은 배가 아플 정도로 웃어댔다. 과연 어느 쪽이 진정한 승자이며 자기 자신보다 병사들을 더 생각하는지, 누가 보더라도 불을 보듯 뻔히 드러난 것이다.

"가이우스 마리우스를 비방하는 행동을 당장 중지해야 할 것이오." 원로원 최고참 의원 스카우루스가 메텔루스 누미디쿠스에게 말했다. "그러지 않으면 다음 집회 때 또다시 호된 비난을 받을 테니까. 그리고 퀸투스 루타티우스에게도 편지를 써서 똑같이 말해주는 게 좋겠소. 우리가 좋든 싫든 가이우스 마리우스는 로마의 일인자요. 게르만족과의 전쟁을 승리로 이끈 사람은 그이고, 로마 전체가 그 사실을 알고 있소. 그는 인민의 영웅이고 신격화된 존재요. 누구라도 그를 무너뜨리려고 하면 전 로마가 똘똘 뭉쳐 거꾸로 그 사람을 무너뜨리려 들 거란 말이오, 퀸투스 카이킬리우스."

"빌어먹을 인민!" 누미디쿠스가 내뱉었다. 안 그래도 여동생 메텔라 칼바와 누군지도 모를 그녀의 천한 정부를 집에 들여야 한다는 생각에 잔뜩 부담을 느끼던 차였다.

"그래도 우리가 해볼 수 있는 다른 일들이 있소." 스카우루스가 설득하듯 말했다. "우선 당신이 집정관 직에 재출마하는 거요. 믿기지 않겠지만 당신이 집정관을 지낸 지도 벌써 10년이 됐소! 가이우스 마리우스는 틀림없이 재출마할 테고. 그가 여섯번째로 집정관이 되었을 때 당신처럼 그에게 적대적인 사람이 동료 집정관으로 당선된다면 참으로 통쾌하지 않겠소?"

"아, 우리는 언제쯤에나 가이우스 마리우스라는 불치병에서 벗어날 수 있을까?" 누미디쿠스는 절망적으로 외쳤다.

"그리 오래 걸리진 않을 거요." 스카우루스는 전혀 절망하는 표정이 아니었다. "1년쯤일 것 같소. 그 이상 가지는 않을 거요."

"믿을 수 없는 추측이군."

"아니, 아니, 퀸투스 카이킬리우스, 왜 그리 쉽게 포기하는 거요! 당신은 퀸투스 루타티우스와 마찬가지로 가이우스 마리우스를 향한 증오심에 가득차서 올바르게 판단하지 못하고 있소. 생각해보시오! 연이어 다섯 차례나 집정관을 지내는 동안 가이우스 마리우스가 실제 로마에서 보낸 시간이 얼마나 되오?"

"기껏 며칠이겠지. 그게 어쨌다는 거요?"

"그거야말로 문제의 핵심이오, 퀸투스 카이킬리우스! 물론 놀랍도록 예리한 두뇌를 가졌다는 점은 인정하지만, 가이우스 마리우스는 결코 뛰어난 정치가가 못 되오. 그가 빛을 발하는 것은 군인으로서 군을 조직할 때요. 내 장담하건대, 활동무대가 민회와 원로원으로 축소되면 그는 크게 활약하지 못할 거요. 우리가 그렇게 내버려두지도 않을 테고! 우리는 미끼를 써서 황소 잡듯이 그를 잡는 거요. 꽉 물고 절대 놔주지 않는 거지. 그러면 우리는 가이우스 마리우스를 무너뜨리게 될 거요. 두고보시오." 스카우루스의 목소리는 더할 나위 없는 확신에 차 있었다.

스카우루스가 펼쳐 보인 유쾌한 앞날을 그려보고 누미디쿠스는 미소 지었다. "그래요, 이제 알겠소, 마르쿠스 아이밀리우스. 좋소, 집정관에 출마하겠소."

"좋소! 당신은 당선될 거요. 1계급과 2계급을 상대로 우리가 가진 영향력을 모조리 동원한다면, 저들이 아무리 가이우스 마리우스를 사랑한다 해도 당선이 안 될 수가 없소."

"아, 어서 빨리 그의 동료 집정관이 되고 싶군요!" 누미디쿠스는 은근히 몸을 늘여 근육을 한껏 드러냈다. "내가 쓸 수 있는 모든 수를 써서 그가 하는 일을 방해하겠소! 그의 삶은 죽을 맛이 될 거요."

"어쩌면 예상 밖의 인물에게 도움을 받게 될지도 모르겠소." 스카우루스가 고양이처럼 눈을 번득이며 말했다.

"어떤 인물 말이오?"

"사투르니누스가 호민관으로 재출마할 것 같소."

"끔찍한 소식이잖소! 그게 무슨 도움이 된단 말이오?"

"아니, 이건 굉장한 희소식이오, 퀸투스 카이킬리우스. 날 믿으시오. 당신이 동료 집정관이 되어 그를 물고 늘어지고 나와 퀸투스 루타티우스에다 수십 명이 가세하게 되면, 결국 가이우스 마리우스는 못 견디고 사투르니누스에게 도움을 요청할 거요. 나는 그를 잘 알아. 그는 견디기 힘든 시련을 겪을 테고, 앞뒤 가리지 않고 마구 날뛰겠지. 딱 미끼에 걸린 황소 짝이 나는 거요. 그러면 사투르니누스를 이용할 수밖에 없을 거란 말이지. 그런데 사투르니누스야말로 가이우스 마리우스 같은 사람이 잡을 수 있는 연장 중에 최악이라 할 수 있소. 두고보시오!" 스카우루스가 말했다. "우리의 황소 가이우스 마리우스를 무너뜨리는 것은 그의 동지가 될 테니."

스카우루스가 말한 최악의 연장은 마리우스를 만나기 위해 이탈리아 갈리아로 가고 있었다. 그는 그 시점에 간절하게 마리우스와 동맹을 원하고 있었다. 마리우스가 그와 손잡고 싶어하는 것보다 훨씬 더. 사투르니누스는 로마 정치판 한가운데 있던 반면, 마리우스는 아직도 군의 총사령관에게는 지상낙원이라 할 만한 곳에 머물고 있었기 때문이다.

두 사람은 라리우스 호숫가에 자리한 작은 휴양도시 코뭄에서 만났다. 마리우스는 부르디갈라에서 롱기누스와 함께 죽은 루키우스 칼푸르니우스 피소의 빌라를 빌려 지내고 있었다. 그보다 거의 10년 연하인 카툴루스 카이사르에게 시인하지는 않았지만, 마리우스는 더없이 지쳐 있었던 것이다. 그는 카툴루스 카이사르를 속주의 먼 변방에서 열리는 순회재판에 파견하고 술라에게 지휘권을 맡겼다. 그리고 휴식을 취하기 위해 조용히 떠나온 참이었다.

그런 상황이었으므로, 사투르니누스가 찾아왔을 때 마리우스는 자연히 그를 자기 거처에 머물도록 초대했다. 두 사람은 여유롭고 편안하게 자리 잡고 앉아, 이탈리아에서 가장 아름다운 호수를 배경으로 정담을 나누었다.

그렇다고 해서 마리우스가 돌려 말하는 성향으로 바뀌지는 않았다. 마침내 민감한 이야기로 화제가 옮겨가자 그는 숨김없이 직설적으로 비난을 퍼부었다. "나는 누미디쿠스가 내년에 동료 집정관이 되는 것을 원치 않네." 그가 퉁명스레 내뱉었다. "루키우스 발레리우스 플라쿠스를 마음에 두고 있네. 다루기 좋은 인물이거든."

"플라쿠스가 집정관님께 적합한 인물이긴 합니다만, 유감스럽게도 집정관님 뜻대로 되지는 않을 겁니다. 정책입안자들이 벌써부터 누미디쿠스에 대한 지지를 모으고 있거든요." 사투르니누스는 호기심 어린 표정으로 마리우스를 쳐다보았다. "그런데 왜 또다시 출마하시려는 겁니까? 게르만족도 소탕했으니 월계관을 쓰고 편히 쉴 수 있을 텐데요."

"나도 그럴 수 있으면 좋겠네, 루키우스 아풀레이우스. 그러나 게르만족이 소탕되었다고 해서 일이 끝난 것은 아니네. 나에게는 해산시켜야 할 최하층민 군대가 둘 있네. 엄밀히 말하자면 하나는 조직력이 넘치는 내 휘하의 여섯 개 군단이고, 다른 하나는 조직력이 크게 부족한 퀸투스 루타티우스 휘하의 여섯 개 군단이지. 하지만 나는 이 두 군대 모두에 대해 책임감을 느끼네. 퀸투스 루타티우스는 그저 병사들에게 전역 서류만 발급해주면 끝이라고 생각하고 있기 때문이지."

"아직도 그들에게 땅을 나눠줄 작정이신 거군요?"

"그렇다네. 내가 그렇게 하지 않으면 로마는 여러모로 더 열악해질 거야. 무엇보다 5만 명이 넘는 퇴역병사들이 주머니에 돈 몇 푼을 짤랑거리며 로마와 이탈리아로 몰려갈 테니 말일세. 그들은 며칠 안에 수중의 돈을 다 써버릴 것이고, 그후 어디서 살든 끊임없는 말썽의 근원이 될 거야. 전쟁이라도 터지면 재입대하겠지만, 계속 전쟁이 없다면 그야말로 커다란 골칫거리가 될 걸세."

사투르니누스는 고개를 끄덕였다. "무슨 말씀인지 알겠군요."

"내가 이런 생각을 하게 된 건 아프리카에 있을 때라네. 그래서 아프리카의 몇몇 섬을 퇴역병사들이 정착할 수 있게끔 남겨두었던 거야. 티베리우스 그라쿠스가 로마의 빈민층을 캄파니아 땅에 재정착시키고 싶어했던 것도 로마를 좀더 편안하고 안전한 곳으로 만들고 그곳 땅에 새로운 피를 수혈하기 위해서였네. 그러나 이탈리아를 선택한 것은 실수였어." 마리우스는 꿈꾸는 듯한 어조로 말했다. "미천한 신분의 로마인들을 우리 속주에 정착시킬 필요가 있네. 특히 퇴역병사들을 말이야."

앞에 보이는 경관이 참으로 아름다웠지만 사투르니누스의 눈에는 들어오지 않았다. "음, 로마 속주에 로마의 생활방식이 스며들게 하자는 연설은 우리 모두 들은 바 있지요. 그에 대한 달마티쿠스의 반박 연설도 들었고요. 하지만 가이우스 마리우스, 그것이 집정관님께서 추구하는 진짜 목표는 아니지요?"

짙은 눈썹 아래에서 마리우스의 눈이 날카롭게 번뜩였다. "정말 예리하군! 당연히 아니고말고!" 그는 앉은 자리에서 몸을 앞으로 기울였다. "속주에 군대를 보내 반란을 진압하고 치안을 유지하는 데는 엄청난 비용이 드네. 마케도니아를 보게. 현재 그곳에는 두 개 군단이 주둔해 있지. 물론 로마인 군대는 아니지만, 어쨌든 다른 곳에 훨씬 유용하게 쓸 수 있을 돈이 국고에서 빠져나가고 있네. 하지만 만약 마케도니아 주변의 거류지 서너 군데에 로마의 퇴역병사 2~3만 명이 정착해 있다면 어떻겠는가? 그리스와 마케도니아는 텅텅 비어 있네. 사람들이 모두 떠나고 100년도 넘게 그 상태이지 않은가. 도처에 유령도시가 널려 있다는 말일세! 그런데 그 속주에 거대한 토지를 소유한 로마의 부재지주들은 땅에서 생산하는 게 거의 없고 지역에 아무것도 투자하지 않는데다 지역민들을 고용하는 데도 지독히 인색하네. 그런데다 스코르디스키족이 국경을 넘어오기라도 하면 그때마다 전쟁이 일어나고 부재지주들은 원로원에 우는소리를 늘어놓지. 그러면 그곳 총독은 습격해온 켈트족과 싸우는 동시에 로마에서 보내온 항의 편지들을 처리하느라 사방팔방 뛰어다녀야 하는 실정이네. 나는 바로 이 로마 부재지주들이 소유한 땅을 더 나은 용도로 활용하고 싶은 거네. 그곳을 퇴역병사 거류지로 채우자는 거지. 그렇게 되면 인구도 훨씬 늘어날 것이고, 심각한 전쟁이 일어날 경우에도 이미 수비 병력이 준비되어 있는 셈이니까."

"그런데 이런 생각을 아프리카에서 하셨다는 거지요."

"아프리카에 갈 일이 거의 없을 로마인들에게 방대한 지대를 나누어 주다가 그런 생각에 이른 거라네. 그들은 땅을 얻음과 동시에 지역의 사정과 지역민들을 아예 무시한 채 감독관과 곡물을 재배할 노예들을 보내지. 그럼으로써 아프리카의 발전을 저해하고 결국 또다른 유구르타가 등장할 수 있는 길을 활짝 열어놓을 거라는 생각이 들더군. 나는 로마인이 속주 땅을 더이상 소유하지 않기를 원하는 것이 아니야. 다만 속주 땅 일부에 잘 훈련된 로마 퇴역병사들을 대거 정착시켜서 필요할 때마다 징집할 수 있게 되기를 바라는 거지." 마리우스는 그의 바람이 얼마나 절박한지 드러내지 않으려고 다시 몸을 뒤로 젖혔다. "외국 땅에 마련된 퇴역병사 거류지가 비상시에 얼마나 도움이 되는지 보여주는 작은 사례가 이미 있네. 메닝크스 섬에 내가 처음으로 정착시킨 퇴역병사 집단이 있어. 시칠리아에서 노예 반란이 일어났다는 소식을 듣고서 그들은 스스로 부대를 조직하고 배를 몇 척 빌려서 릴리바이움으로 갔네. 그들이 때맞춰 도착한 덕에 노예 아테니온이 일으킨 반란 세력에 도시가 함락되는 것을 막을 수 있었지."

"집정관님께서 무엇을 얻고자 하는지 잘 알겠습니다. 훌륭한 계획이군요."

"그러나 저들은 이 제안을 하는 사람이 나라는 이유만으로도 반대부터 할 거야." 마리우스가 한숨을 쉬며 말했다.

순간 미세한 전율이 사투르니누스의 등을 타고 흘렀다. 그는 재빨리 고개를 돌려 호수에 완벽하게 비친 나무와 산과 하늘과 구름을 감상하는 척했다. 마리우스는 지쳐 있다! 그의 기력이 쇠하고 있는 것이다! 그는 여섯번째 집정관 직을 전혀 고대하고 있지 않다!

"내가 카메리눔 출신의 훌륭한 병사들에게 시민권을 준 것을 두고 로마에서 온갖 항의를 하며 시끄럽게 들고 일어나는 모습을 자네도 보았겠지?" 마리우스가 물었다.

"그렇습니다. 전 이탈리아가 그 소동에 대해 들었을 겁니다. 이탈리아인들은 모두 집정관님께서 하신 일을 반겼지요. 물론 로마의 정책입안자들은 전혀 그렇지 않았지만요."

"대체 그 병사들이 로마 시민권을 가지면 안 될 이유가 뭔가?" 마리우스가 화를 내며 물었다. "그들은 전장에서 누구보다도 잘 싸웠네, 루키우스 아풀레이우스. 그건 부인할 수 없는 사실이야. 만약 내 마음대로 할 수만 있다면 이탈리아 전역의 모든 사람에게 시민권을 줄 걸세." 마리우스는 잠시 숨을 골랐다. "내가 최하층민 퇴역병사들에게 줄 땅이 필요하다고 한 것도 그와 같은 얘기라네. 로마인이든, 라티움인이든, 이탈리아인이든 퇴역병사 모두를 위한 땅을 말하는 거야."

사투르니누스는 휘파람 소리를 냈다. "그건 위험한 생각입니다! 정책입안자들이 결코 가만히 지켜보지 않을 거예요."

"나도 잘 아네. 내가 알고 싶은 건, 이러한 내 생각을 지지하고 나설 용기가 자네에게 있느냐는 것이네."

"저는 용기에 대해 진지하게 숙고해본 적이 없습니다." 사투르니누스가 조심스럽게 입을 열었다. "그래서 제게 얼마나 용기가 있는지는 잘 모르겠습니다. 그렇지만 예, 그것을 지지하고 나설 용기는 있는 것 같습니다, 가이우스 마리우스."

"나는 집정관에 선출되려고 뇌물을 쓸 필요가 없네. 절대 선거에서 패할 리가 없으니까. 그러나 사람을 몇 명 고용해서 차석 집정관 자리를 위한 뇌물을 쓰지 못할 이유는 없지. 자네가 도움이 필요하다면 자네를 위해서도 뇌물을 쓸 수 있네, 루키우스 아풀레이우스. 글라우키아를 위해서도 마찬가지이고. 내가 알기로 그가 법무관에 입후보할 것 같던데, 맞나?"

"그렇습니다. 우리 두 사람 다 선거에서 기꺼이 집정관님의 도움을 받고 싶습니다. 당선을 도와주신다면 대신 집정관님이 원하시는 땅을 얻을 수 있도록 무슨 일이든 돕겠습니다."

마리우스는 소매에서 두루마리 종이를 꺼냈다. "내가 조금 작업해놓은 게 있네. 필요하다고 생각되는 법안을 대충 작성해보았네만, 불행히도 나는 뛰어난 법률 입안가가 못 되네. 반면 자네는 이 분야에 뛰어나지. 그러나 이렇게 말한다고 화내지는 않았으면 좋겠는데, 글라우키아는 입법에 관한 한 가히 천재적이네. 자네들 둘이 형편없는 낙서 수준인 내 초안을 다듬어 훌륭한 법안으로 만들어줄 수 있겠나?"

"우리가 선출될 수 있게 도와주십시오, 가이우스 마리우스. 그러면 반드시 원하시는 법안을 만들어드린다고 약속하겠습니다."

누가 봐도 뚜렷할 만큼, 안도감이 마리우스의 탄탄한 몸을 훑고 지나갔다. 마리우스는 몸을 축 늘어뜨렸다. "이번 일만 잘 성사되도록 도와주게, 루키우스 아풀레이우스. 그렇게만 된다면, 일곱번째로 집정관 자리에 오르지 못한다 해도 정말 아무 상관 없어."

"일곱번째라고요?"

"나는 일곱 차례 집정관이 된다는 예언을 들었네."

사투르니누스가 소리내어 웃었다. "왜 안 되겠습니까? 한 사람이 여섯 번이나 집정관을 지내는 게 가능하리라고는 누구도 생각지 못했습니다. 하지만 집정관님은 그렇게 되셨지요."

새로운 호민관단 선거는 마리우스와 카툴루스 카이사르가 각자 군대를 이끌고 합동 개선식을 치르러 로마로 남하하고 있을 무렵 치러졌다. 치열한 접전이었다. 호민관 자리 열 개를 놓고 서른 명이 넘는 후보자가 경합했다. 그중 과반수는 정책입안자들이 박아넣은 이들이었다. 그래서 선거전은 더욱 치열하고 격렬했다.

현직 호민관단 열 명 중 수석 호민관인 글라우키아가 후임 호민관단 선거 진행을 위임받았다. 집정관과 법무관 선출을 위한 백인조회 선거가 이미 치러진 상태였다면 그는 이 직무를 수행할 수 없었을 것이다. 법무관 당선자 신분으로는 선거를 관장할 수 없었기 때문이다. 그러나 당시 상황에서는 그의 호민관 선거 주재를 가로막을 것이 없었다.

선거행사는 민회장에서 진행되었다. 글라우키아가 로스트라 연단에 서서 선거를 주재하는 동안, 나머지 호민관 아홉 명은 서른다섯 트리부스의 투표 순서를 처음부터 마지막까지 추첨으로 정한 뒤 순번이 올 때마다 해당 트리부스를 안내했다.

선거기간에 많은 돈이 오고갔다. 그중 일부는 사투르니누스를 위해서 쓰였지만, 그보다 훨씬 많은 돈이 정책입안자들이 내보낸 무명 후보들을 위해 뿌려졌다. 원로원 앞자리를 차지하고 있는 보수파 부자들은 저마다 금고에서 돈을 잔뜩 퍼내어, 피케눔 출신의 퀸투스 노니우스처럼 보수 성향이 확실한 정계의 무명 인사들을 위해 표를 사들였다. 노니우스가 원로원에 입성하거나 호민관에 입후보한 데 술라는 아무런 관련도 없었지만, 어쨌든 그는 술라의 매부와 형제지간이었다. 술라의 누나 코르넬리아가 피케눔의 부유한 지주 계급인 노니우스 가문으로 시집오자, 그 가문의 남자들은 그녀의 빛나는 이름에 고무되어 관직의 사다리에 도전해볼 생각을 갖게 되었다. 코르넬리아의 아들은 본격적으로 정계 입문을 위한 교육을 받고 있었지만, 소년의 삼촌은 자신이 먼저 할 수 있는 게 없을지 알아보기로 마음먹은 것이다.

선거 결과는 한마디로 충격적이었다. 가령 피케눔 출신의 노니우스는 쉽게 당선된 반면, 사투르니누스는 아예 탈락해버렸다. 호민관 열 명을 뽑는 선거에서 그의 득표수는 열한번째였다.

"믿을 수가 없어!" 사투르니누스는 씩씩거리며 글라우키아에게 말했다. "도저히 믿을 수가 없어! 어떻게 된 거지?"

글라우키아는 얼굴을 찌푸렸다. 문득 자기가 법무관이 될 가능성도 희박해 보였다. 그는 어깨를 으쓱하고, 어설픈 위로를 담아 친구의 등을 툭 치고는 연단에서 내려왔다. "걱정하지 말게. 뭔가 상황이 바뀔지도 모르잖나."

"도대체 무엇으로 선거 결과를 바꿀 수 있단 말인가?" 사투르니누스가 따지듯이 물었다. "아냐, 가이우스 세르빌리우스, 나는 끝장이네!"

"잠시 뒤에 다시 보세, 여기서. 집에 가지 말고 여기서 가만히 기다리게." 글라우키아는 이 말을 남긴 후 군중 속으로 바삐 사라졌다.

신임 호민관 중 하나로 자기 이름이 불리는 것을 들은 순간, 피케눔의 노니우스는 카리나이 지구에 새로 장만한 호화주택으로 빨리 돌아가고 싶었다. 거기선 그의 아내가 코르넬리아 술라와 그녀의 아들과 함께 초조하게 결과를 기다리고 있었다. 그들은 고루한 사람들이라 노니우스가 당선될 거라고 기대하지 않았다.

그러나 포룸 로마눔을 벗어나기란 생각보다 훨씬 힘들었다. 몇 발짝 가기가 무섭게 사람들이 다가와 열렬한 축하인사를 건넸기 때문이다. 노니우스는 으레 갖춰야 할 예의를 지키느라 인사하는 사람들을 얼렁뚱땅 지나칠 수가 없었다. 활짝 웃으며 허리 숙여 절을 하고 수없이 악수하면서 억지로 그곳에 머물러야 했다.

몰려오던 사람들이 마침내 하나둘씩 사라졌다. 노니우스는 같은 카리나이 지구에 사는 친구 셋과 함께 집으로 향하는 첫 골목에 들어섰다. 그 순간 몽둥이를 든 괴한 십여 명이 나타나 이들을 습격했다. 그중 한 명이 간신히 빠져나와 다시 포룸 로마눔 쪽으로 뛰어갔다. 그는 도와달라고 소리쳤지만 포룸은 사실상 텅 비어 있었다. 다행히 사투르니누스와 글라우키아가 로스트라 연단 근처에서 몇몇 사람들과 얘기를 나누고 있었다. 글라우키아는 얼굴이 벌겋게 상기되었고 왠지 흐트러진 모습이었다. 도움을 청하는 외침이 들리자 그들은 모두 급히 달려갔다. 그러나 때는 너무 늦었다. 노니우스와 두 친구는 이미 죽어 있었다.

"원 세상에!" 노니우스가 정말로 죽은 것을 확인한 글라우키아가 일어나며 말했다. "퀸투스 노니우스는 바로 좀 전에 호민관으로 당선됐소. 내가 선거 진행을 책임진 사람이오." 그는 얼굴을 찌푸렸다. "루키우스 아풀레이우스, 자네가 퀸투스 노니우스를 집으로 옮겨주겠나? 나는 포룸 로마눔으로 돌아가서 선거 문제를 처리해야겠네."

퀸투스 노니우스 일행을 구하러 달려왔던 사람들은, 그와 친구들이 피를 철철 흘리며 쓰러져 죽어 있는 충격적인 광경에 잠시 판단력을 상실했다. 사투르니누스도 마찬가지였다. 그래서 글라우키아의 말이 짠 것처럼 부자연스러움을 아무도 느끼지 못했다. 사투르니누스 역시 그랬다. 글라우키아는 빈 연단에 서서 텅 빈 포룸 로마눔을 향해 신임 호민관 퀸투스 노니우스의 죽음을 큰 소리로 알렸다. 그리고 열한번째로 득표한 후보 루키우스 아풀레이우스 사투르니누스가 그 대신 신임 호민관단에 합류한다고 선언했다.

"모든 게 잘 해결됐네." 나중에 사투르니누스의 집에서 글라우키아는 만족스러운 표정으로 말했다. "이제 자네는 합법적으로 선출된 호민관이야. 퀸투스 노니우스의 빈자리를 채우도록 선임되었으니까."

오스티아 항의 재무관 직을 박탈당했던 끔찍한 사건 이후로, 사투르니누스는 좀처럼 양심의 가책에 휘둘리는 일이 없었다. 그러나 지금은 너무나 충격을 받아 아연실색하며 글라우키아를 쳐다보았다.

"설마 자네가 한 짓은 아니겠지!" 사투르니누스가 외쳤다.

글라우키아는 집게손가락 끝을 콧등에 갖다대면서 눈썹 아래로 사투르니누스에게 미소를 지어보였다. 지극히 잔혹한 미소였다. "아무것도 묻지 말게, 루키우스 아풀레이우스. 그래야 내가 거짓말을 하지 않을 테니까."

"애석한 건, 그가 괜찮은 사람이었다는 점이네."

"그래, 괜찮은 사람이었지. 하지만 그게 그의 운이야, 죽을 운명이었던 거지. 카리나이 지구에 사는 사람은 그자밖에 없었어. 그래서 여러모로 그가 선택된 거야. 팔라티누스 언덕에서 무슨 일을 도모하기란 너무 어렵다네. 거리에 사람이 충분하지 않으니까 말이야."

사투르니누스는 한숨을 내쉰 후 암울한 기분을 떨쳐냈다. "자네 말이 맞네. 게다가 난 선출되었지. 도와줘서 고맙네, 가이우스 세르빌리우스."

"별말을 다 하는군."

이 사건에 대한 의혹은 쉽게 가라앉지 않았다. 그러나 살아남은 노니우스의 친구조차도 범행이 일어난 시간에 사투르니누스와 글라우키아가 포룸 로마눔 낮은 구역에 있었다고 증언한 이상, 사투르니누스가 이 살인사건에 연루되었다고 입증하기란 사실상 불가능했다. 온갖 말들이 나돌았다. 하지만 글라우키아가 비웃으며 말했듯이 늘 말이야 쉽게 오가는 법이었다. 최고신관 아헤노바르부스가 호민관 선거를 다시 치러야 한다고 주장했지만, 호응하는 사람은 아무도 없었다. 글라우키아는 전에 없던 특별한 위기상황을 처리하는 데 하나의 선례를 만든 셈이었다.

"이래저래 말하기란 쉬운 법이죠!" 글라우키아는 원로원에서도 이렇게 되풀이했다. "루키우스 아풀레이우스와 내가 퀸투스 노니우스의 죽음에 관련되었다는 주장은 사실적 근거가 없는 유언비어입니다. 죽은 호민관 대신 살아 있는 선출자를 지명한 것은 제대로 된 선거 담당관이라면 누구나 했을 일입니다. 나는 마땅한 일을 실행에 옮긴 것뿐입니다! 루키우스 아풀레이우스가 열한번째로 득표했다는 사실이나, 선거가 적법한 절차에 따라 치러졌다는 사실에 이의를 제기할 사람은 없을 겁니다. 그를 최대한 신속하고도 원활하게 퀸투스 노니우스의 후임으로 지명한 것은 매우 논리적이고도 타당한 일이었습니다. 어제 소집된 평민회 집회에서도 본인의 조치에 대한 찬성 의견이 적극적으로 표명되었고, 그 점은 여기 있는 모든 사람이 확인해줄 수 있습니다. 원로원 의원 여러분, 본 회의는 정당한 이유도 없고 아무 쓸모도 없다는 말씀을 드리는 바입니다. 이 문제는 종결되었습니다."

마리우스와 카툴루스 카이사르는 12월 1일에 합동 개선식을 가졌다. 그야말로 천재적인 발상이었다. 카툴루스 카이사르의 개선 전차는 현직 수석 집정관의 전차 뒤를 따라야 했으므로, 그가 개선식의 주역이 아니라 조연에 불과함이 너무나 명백히 드러났던 것이다. 모든 사람들의 입에 오르내린 이름은 마리우스였다. 종전과 같이 개선식 준비를 책임진 술라가 매우 영리하게 배치한 장식 수레들까지 한몫을 했다. 마리우스가 이미 갈리아에서 수없이 많은 적의 군기를 포획했기 때문에 킴브리족의 군기 서른다섯 개는 카툴루스 카이사르의 부하들에게 넘겨 주었다는 사실이 잘 드러나도록 연출했던 것이다.

개선식 후에 유피테르 옵티무스 막시무스 신전에서 열린 회의에서, 마리우스는 카메리눔 출신 병사들에게 로마 시민권을 주고 에포레디아에 병사들의 거류지를 마련하여 살라시 계곡의 침입로를 막은 자신의 조치에 대해 열변을 토했다. 그러고는 여섯번째로 집정관 직에 도전하겠다고 선언했다. 신음소리와 비웃음, 신랄한 항의의 외침, 그리고 환호성이 터져나왔다. 하지만 다른 소리보다 환호성이 훨씬 컸다. 장내의 소란이 가라앉자, 마리우스는 자신의 노획물 일체를 군사적 명예와 미덕을 기리는 새로운 신전 건립을 위해 내놓을 것이라고 발표했다. 그 개인과 군대의 전승기념물과 보관될 그 신전은 카피톨리누스 언덕에 자리하게 될 것이었다. 그는 또한 그리스의 올림피아에도 로마군의 명예와 미덕을 기리는 신전을 건립할 계획이라고 밝혔다.

이 발표를 듣고 카툴루스 카이사르의 마음은 침울하게 가라앉았다. 자신의 명성을 지키려면 자기 몫의 노획물도 개인 재산을 늘리는 데 투자하는 대신 마리우스와 유사한 공공의 종교 기념물에 기부해야 할 것임을 알았기 때문이다. 그 역시 상당한 재산가였으나 마리우스와는 비교도 되지 않았다.

백인조회가 여섯번째로 마리우스를 집정관으로, 그것도 수석 집정관으로 선출했을 때 놀라는 사람은 아무도 없었다. 이제 그는 모두가 인정하는 로마의 일인자였다. 그뿐 아니라 많은 사람이 그를 로마 제3의 건국자로 부르기 시작했다. 제1의 건국자는 다름아닌 로물루스였다. 제2의 건국자는 300년 전 이탈리아에서 갈리아인들을 몰아내는 데 앞장선 마르쿠스 푸리우스 카밀루스였다. 마리우스 역시 밀려드는 야만인 무리를 격퇴했으니, 그를 로마 제3의 건국자라 부르는 것도 적절해 보였다.

집정관 선거에서도 놀라운 결과가 없진 않았다. 똥돼지 메텔루스가 차석 집정관 당선에 실패했던 것이다. 이는 마리우스의 중요한 승부처였는데, 결국 차석 집정관에 있어서도 그가 승리했다. 그는 일찍이 루키우스 발레리우스 플라쿠스에게 확고한 지지를 표명했고 그에 힘입어 플라쿠스가 당선되었다. 그는 평생 마르스 신을 모시는 특별 신관직인 마르스 대제관으로 지내왔는데, 그러다보니 고분고분하고 말 잘 듣는 조용한 사람이 되었다. 다른 이들을 마음대로 휘두르는 마리우스에게는 더없이 이상적인 동료였다.

한편 글라우키아가 법무관에 당선된 것에는 아무도 놀라지 않았다. 그는 마리우스의 사람이었고 마리우스가 유권자들에게 아낌없이 뇌물을 먹였기 때문이다. 다만 놀라운 것은 글라우키아가 가장 높은 득표수를 기록하여 법무관 당선자 여섯 명 중에서도 가장 상급 직위인 수도 담당 법무관으로 임명되었다는 사실이었다.

선거가 끝나고 얼마 지나지 않아 카툴루스 카이사르는 자기 몫의 노획물을 두 가지 종교적 목적을 위해 기증하겠다고 공표했다. 첫째는 팔라티누스 언덕에 자리한(그리고 그의 자택 바로 옆인) 마르쿠스 풀비우스 플라쿠스의 오래된 집터를 사서 웅장한 주랑건물을 세우고, 그가 베르켈라이 전장에서 노획한 킴브리족 군기 서른다섯 개를 보관하는 것이었다. 둘째는 마르스 평원에 포르투나 여신에게 바치는 신전을 짓는 것이었다.

12월 10일에 새로운 호민관들이 취임하면서 재미있는 일이 일어나기 시작했다. 두번째로 호민관 직에 오른 사투르니누스가 호민관단을 완전히 장악하고, 노니우스의 죽음으로 촉발된 공포를 이용하여 민회에서 자신의 목적을 관철시켰던 것이다. 그는 노니우스 살인사건에 자신이 연루되었을 가능성을 줄곧 완강히 부인하면서도, 사적인 자리에서는 동료들에게 끊임없이 묘한 말들을 흘리고 다녔다. 동료 호민관들에게 그를 저지하려 했다가는 자기도 노니우스 꼴이 나지 않을까 의구심이 들게 하기에 충분한 말들이었다. 결국 그들은 뭐든 사투르니누스가 원하는 대로 할 수 있도록 내버려두었다. 단 한 명도 거부권을 행사하지 않았고, 누미디쿠스나 카툴루스 카이사르도 그들을 움직일 수 없었다.

취임한 지 8일도 되지 않아서, 사투르니누스는 게르만족과의 두 전투에 참전한 병사들에게 공유지를 나눠주자는 내용의 두 법안 중 첫번째를 상정했다. 시칠리아, 그리스, 마케도니아, 아프리카 본토 등 모두 외국에 있는 토지였다. 그 법안에는 또한 마리우스가 거류지 하나당 세 명의 이탈리아인 정착 병사들에게 로마 시민권을 부여할 수 있는 개인적 권한을 갖는다는 새로운 단서가 붙어 있었다.

원로원에서는 격렬한 반대의견이 터져나왔다.

누미디쿠스는 이렇게 말했다. "저자는 로마인 병사에게 더 혜택을 주려고 하지조차 않습니다! 로마인, 라티움인, 이탈리아인 가리지 않고 오는 사람 모두에게 똑같이 땅을 주려고 합니다. 아무런 차이도 없다는 거지요! 우리 로마인들에게 특별한 배려라고는 없습니다! 동료 의원 여러분, 여러분은 이런 사람을 어떻게 생각하시는지 묻고 싶습니다. 이 사람이 과연 로마를 중요하게 생각할까요? 당연히 그렇지 않습니다! 뭣 때문에 그러겠습니까? 그는 로마인도 아니고 이탈리아인인데 말입니다! 그래서 자신의 동족을 편애하는 겁니다. 이탈리아인 병사 1천 명이 전장에서 바로 시민권을 얻은 반면 로마인 병사들은 무시당했고 아무런 혜택도 얻지 못했습니다. 하기야 가이우스 마리우스 같은 사람에게 무엇을 기대할 수 있겠습니까?"

마리우스가 반박하려고 일어났다. 하지만 흥분한 사람들의 고함소리 때문에 그의 말소리는 아예 들리지도 않았다. 그는 원로원 의사당에서 나왔고, 그 대신 로스트라 연단에 올라가 포룸 로마눔에 자주 드나드는 사람들을 상대로 연설했다. 분개한 사람들도 몇몇 있었지만, 어쨌든 그들은 마리우스를 좋아했으므로 그의 말에 귀를 기울였다.

"땅은 충분히 많습니다!" 마리우스가 소리쳐 말했다. "누구도 내게 이탈리아인들에게만 특혜를 준다고 비난할 순 없습니다! 병사 한 사람당 100유게룸입니다! 왜 그렇게 많은 땅을 주느냐고요? 왜냐하면 로마인민 여러분, 그곳에 정착하는 병사들은 우리의 사랑하는 이탈리아보다 훨씬 척박한 지역으로 가는 것이기 때문입니다. 그들은 거친 땅과 악천후 속에 씨를 뿌리고 거둬들여야 하기에, 제대로 먹고살려면 우리의 사랑하는 이탈리아에서보다 더 많은 땅이 필요합니다."

"또 저 소리!" 카툴루스 카이사르가 원로원 계단에서 외쳤다. 귀가 찢어질 듯 날카로운 목소리였다. "또 저 소리입니다! 그가 하는 말을 잘 들어보세요! 로마가 아니라 이탈리아랍니다! 이탈리아, 이탈리아, 항상 이탈리아 얘깁니다! 그는 로마인도 아니고, 로마에 대해서는 관심도 없습니다!"

"이탈리아가 곧 로마입니다!" 마리우스가 천둥같이 소리쳤다. "그 둘은 다름아닌 같은 곳입니다! 하나가 없으면 다른 하나는 존재하지 않으며 존재할 수도 없습니다! 로마인과 이탈리아인은 똑같이 로마 군대에서 로마를 위해 목숨을 바치지 않습니까? 이 사실을 누가 부정할 수 있습니까? 그런데 왜 로마 병사와 이탈리아 병사가 다른 취급을 받아야 합니까?"

"이탈리아! 항상 이탈리아지!" 카툴루스 카이사르가 소리쳤다.

"허튼수작 마시오!" 마리우스가 고함을 질렀다. "가장 먼저 땅을 받는 사람은 로마 병사들이지 이탈리아 병사들이 아니오! 그런데도 이탈리아인을 편애한다는 거요? 그리고 퇴역병사 수천 명이 외국 정착지로 나가는데 거기에 낀 이탈리아 병사들 중에 세 명이 로마 시민권을 갖는 것도 싫단 말이오? 나는 세 명이라고 했습니다, 로마 인민이여! 3천 명이라고 하지 않았습니다! 300명이라고도 하지 않았습니다! 30명이라고 하지도 않았습니다, 로마 인민이여! 고작 세 명입니다! 드넓은 바다에서 고작 한 방울입니다! 드넓은 인간의 바다에서 한 방울도 안 된단 말입니다!"

"드넓은 인간의 바다에 떨어진 독약 한 방울이겠지!" 원로원 계단에서 카툴루스 카이사르가 악을 썼다.

"법안에 로마 병사들에게 가장 먼저 땅을 준다는 내용이 있긴 해도, 먼저 주는 땅이 가장 좋은 땅이라는 조항은 없지 않소?" 이번에는 누미디쿠스가 소리쳤다.

수년간 로마의 공유지로서 부재지주들에게 임대되어온 다양한 지역들에 대한 이 첫번째 토지법안은, 격렬한 반대에도 불구하고 평민회에서 통과되었다.

비교적 젊은 나이임에도 마르시족의 지도자가 된 퀸투스 포파이디우스 실로는 토지법안에 관한 논의를 들으러 로마에 와 있었다. 마르쿠스 리비우스 드루수스에게 초대받아 그의 집에서 지내는 중이었다.

"로마냐 이탈리아냐를 두고 시끄럽게 싸우는 것 같던데?" 실로가 드루수스에게 물었다. 그는 로마에서 이 문제로 논쟁이 벌어졌다는 얘기를 한 번도 들어본 적이 없었다.

"사실이네." 드루수스가 침울하게 말했다. "저들의 사고방식은 시간이 지나야만 바뀔 걸세. 그래도 나는 희망을 품고 있네, 퀸투스 포파이디우스."

"그러면서도 자넨 가이우스 마리우스를 싫어하잖아."

"나는 그 사람이 정말 싫어. 하지만 선거에서는 그를 뽑았네."

"우리가 아라우시오에서 싸운 게 겨우 4년 전이군." 실로는 생각에 잠긴 채 말을 이었다. "그래, 자네 말이 맞을지도 모르겠네. 시간이 가면 바뀌겠지. 아라우시오 전투 이전이었다면 가이우스 마리우스가 땅을 나눠줄 정착민에 이탈리아인 병사들을 포함시킬 수 있었을 것 같지 않거든."

"빚 때문에 노예가 된 이탈리아인들이 해방된 것도 아라우시오 전투 덕분이지."

"우리 병사들이 헛되이 죽지 않은 건 참으로 다행이야. 하지만 시칠리아를 보게. 그곳의 이탈리아인 노예들은 해방되지 못하고 죽어갔지."

"시칠리아만 생각하면 부끄러움을 견딜 수가 없네." 드루수스는 얼굴을 붉히며 말했다. "썩어빠지고 자기들밖에 모르는 로마의 고위 정무관 두 명이 그렇게 만든 거야. 형편없는 머저리들 같으니! 누미디쿠스나 스카우루스를 좋아하지는 않더라도, 그들은 곡물 사기 따위로 자신의 토가 자락을 더럽힐 위인이 아니라는 건 인정해야 할 걸세."

"그래, 그 점은 인정하지. 하지만 마르쿠스 리비우스, 아직도 그들은 로마인이 세계에서 최고의 특권층에 속해야 한다고 믿는다네. 이탈리아인은 입양을 통해 그 특권층에 속할 자격이 없다고 말이야."

"입양이라니?"

"로마 시민권이라는 게 결국 그런 것 아니겠나? 로마라는 집안에 입양되는 것 말일세."

드루수스는 한숨을 내쉬었다. "자네 말이 맞네. 결국 바뀌는 건 이름뿐이지. 로마 시민권을 받는다 해도 이탈리아인이나 그리스인이 온전한 로마인이 될 수는 없으니까. 게다가 시간이 갈수록 원로원은 인위적인 로마인을 만들어내는 데 점점 더 완강히 반대하고 있지."

"그러니 우리 자신을 인위적인 로마인으로 만드는 일은 아마도 우리 이탈리아인들에게 달린 것 같군. 원로원이 인정하든 안 하든 말이야."

첫번째에 이어 두번째 토지법안이 나왔다. 게르만족과 전쟁을 치르면서 로마가 새로이 획득한 공유지의 처리 문제를 다룬 법안으로, 첫번째 법안보다 중요도가 훨씬 컸다. 대상 지역이 사실상 대규모 농장주와 목축업자들의 손이 닿지 않은 땅인데다 가축과 곡식 외에도 광물과 보석이 풍부하게 생산될 가능성이 컸기 때문이다. 모두 나르보, 톨로사, 카르카소 근처의 알프스 너머 갈리아 서쪽과 알프스 너머 갈리아 중앙 지역에 있는 땅들이었다. 또한 킴브리족이 피레네 산맥 기슭에서 골치를 썩이고 있을 때 반란을 일으킨 가까운 히스파니아의 한 지역도 있었다.

로마의 여러 기사들과 회사들이 알프스 너머 갈리아로 토지를 확장하고 싶어했다. 그들은 게르만족의 패배를 기대하면서 기회를 엿봤고, 원로원의 온갖 보호자에게 기대어 갈리아의 새로운 공유지를 얻으려 애를 썼다. 그러던 중 갈리아 지방의 공유지 대부분이 최하층민 병사들에게 돌아간다는 소식을 듣자, 그들은 그라쿠스 형제 생전 최악의 시절을 떠올리게 할 만큼 격렬한 분노를 터뜨렸다.

더구나 원로원이 강경한 입장을 취하자, 마리우스를 가장 열렬히 지지하던 1계급 기사들도 확고한 반대로 돌아섰다. 먼 갈리아 지역의 부재지주가 될 기회를 뺏겼다는 생각에 열렬한 지지자에서 완강한 적으로 돌변한 것이다. 누미디쿠스와 카툴루스 카이사르의 하수인들은 사방팔방 돌아다니며 마리우스에 대한 험담을 끝없이 속닥거렸다.

"그는 마치 그 토지와 국가가 자기 것이라도 되는 양 국유재산을 마음대로 퍼주고 있소." 작은 속삭임으로 시작된 이 말은 곧 커다란 외침으로 변했다.

"그는 로마를 자기 것으로 만들 음모를 꾸미고 있소. 그렇지 않고서야 왜 게르만족과의 전쟁도 끝난 마당에 또 집정관이 되려 하겠소?"

"이제껏 로마는 병사들에게 땅을 나눠준 적이 없소!"

"이탈리아인들은 분에 넘치는 것을 받고 있소!"

"로마의 적으로부터 빼앗은 땅은 오로지 로마인의 것이지 라티움인이나 이탈리아인의 것이 아니오!"

"지금이야 외국에 있는 공유지부터 나눠주고 있지만, 우리도 모르는 사이에 이탈리아의 공유지까지 나눠줘버릴 거요. 그것도 이탈리아인들에게!"

"그는 스스로 로마 제3의 건국자라 칭하지만, 사실 그가 원하는 건 로마의 왕이라는 칭호요!"

이 외에도 온갖 말이 끝없이 나오고 또 나왔다. 로마 속주에 평범한 로마인들의 정착지를 만들어놓아야 하며, 퇴역병사들이 유용한 수비대를 형성할 수 있으며, 해외의 로마 공유지에는 몇 안 되는 귀족 지주보다 다수의 평민이 가 있는 편이 낫다고 마리우스가 포룸 로마눔의 연단과 원로원에서 소리 높여 외칠수록, 그에 대한 반대의 소리도 거세져만 갔다. 지나치게 많이 나왔음에도 불구하고 반대하는 목소리는 약해지기보다 차곡차곡 쌓여 나날이 강경해지고 격렬해졌다. 급기야는 미묘한 힘에 의해 서서히, 거의 자각조차 없이, 사투르니누스의 두번째 토지법안에 대한 대중의 태도가 변하기 시작했다. 트리부스회의 정책입안자들 상당수가 마리우스의 생각이 옳은지 의심하기 시작했다. 사람들이 이토록 격하게 반대하는 모습을 본 적이 없었기 때문이다. 거기다 포룸 로마눔에 습관적으로 드나드는 사람들과 가장 영향력 있는 기사들 중에도 정책입안자들이 있었다.

"아니 땐 굴뚝에 이토록 많은 연기가 날 리 없소." 그들은 자기들끼리, 그리고 그들이 정책입안자이기 때문에 귀를 기울이는 사람들에게도 이렇게 말하기 시작했다.

"이건 원로원에서 흔히 볼 수 있는 시시한 말다툼이 아니오. 그렇다고 하기엔 지나치게 반대가 심하오."

"메텔루스 누미디쿠스 같은 사람이 지지자 수를 계속 늘려가는 걸 보면, 그의 말에 정당한 부분이 있는 게 분명하오. 그는 집정관과 감찰관도 지낸 바 있고, 감찰관 재직시 그가 얼마나 용감했는지 우리 모두 기억하고 있잖소."

"내가 어제 듣기로는, 가이우스 마리우스가 절실히 필요로 하는 기사 하나가 공개적으로 그를 등졌답니다! 그가 주기로 약속했던 톨로사의 땅이 이제 최하층민 퇴역병사들에게 갈 거라더군요."

"어떤 사람한테 들었는데, 그는 가이우스 마리우스가 모든 이탈리아인들에게 로마 시민권을 주겠다고 말하는 걸 우연히 직접 엿들었답니다."

"이번이 가이우스 마리우스의 여섯번째 집정관 임기고, 그중 다섯번을 연임하였소. 그런데 요전날 열린 만찬 자리에서 그가 앞으로도 절대 집정관에서 물러나지 않을 거라고 했다는군요! 죽을 때까지 매년 입후보할 작정이라고 말이오."

"그는 정말로 로마의 왕이 되고 싶은 거군요!"

이렇게 하여, 누미디쿠스와 카툴루스 카이사르가 퍼뜨린 유언비어는 제대로 효과를 발휘하기 시작했다. 글라우키아와 사투르니누스조차도 문득 두번째 토지법안이 실패로 끝나지 않을까 우려하기에 이르렀다.

"나는 그 땅이 반드시 필요하오!" 마리우스가 아내에게 절망적으로 소리쳤다. 율리아는 마리우스가 언젠가 자신에게 이 문제를 털어놓기를 바라면서 수일 동안 참을성 있게 기다려왔다. 뭔가 묘안을 내놓거나 낙관적인 얘기를 해줄 수 있어서가 아니라, 자신만이 지금 그의 곁에 있는 진짜 친구라는 것을 잘 알았기 때문이다. 술라는 개선식이 끝난 뒤 다시 이탈리아 갈리아로 파견되었고, 세르토리우스 역시 게르만족 아내와 자식을 만나러 가까운 히스파니아로 가 있었다.

"가이우스 마리우스, 그 일이 그렇게도 중요한가요?" 율리아가 물었다. "당신의 병사들이 땅을 받지 못한다고 해서 그렇게 큰 문제가 될까요? 로마 병사들은 땅을 받은 적이 없어요. 지금까지 그런 선례가 없죠. 그러니 그들도 당신이 애쓰지 않았다는 말은 못할 거예요."

"당신은 모르오." 마리우스가 초조한 표정으로 말했다. "이제 이 일은 병사들의 문제가 아니라 나의 존엄이 달린 문제가 됐소. 공직생활에서 나의 입지가 달려 있다는 말이오. 이 법안이 통과되지 못하면 나는 더

이상 로마의 일인자가 아닐 거요."

"루키우스 아풀레이우스가 도울 수는 없나요?"

"그도 노력하고 있소. 신들께 맹세코, 그도 노력하고 있어요! 하지만 우리는 인심을 얻기는커녕 점점 불리해지는 형국이오. 강에 빠졌는데 강둑이 자꾸만 무너져내려서 범람하는 물 밖으로 빠져나오지 못하는 아킬레우스가 된 기분이오. 한 발짝 올라서는가 싶으면 다시 두 발짝 미끄러져버리는 식이오. 말도 안 되는 유언비어가 퍼지고 있소, 율리아! 그런데 공개적으로 오가는 것이 아니니 유언비어에 대적할 방법이 없소. 만약 내가 그 소문의 10분의 1만큼이라도 잘못을 저질렀다면, 이미 오래전에 타르타로스에서 산꼭대기로 바위를 굴려 올리고 있었을 거요."

"그래요, 중상모략에는 어떻게 손을 쓰기가 불가능해요." 율리아가 위로하며 말했다. "그러나 소문이란 이내 지나치게 부풀려지기 때문에, 결국 모든 사람들이 움칫 정신이 들게 마련이에요. 이번에도 그렇게 될 거예요. 저들은 소문으로 이미 당신을 죽여놨으면서 계속 당신을 찔러대겠죠. 로마 전체가 이 모든 상황에 넌덜머리가 날 때까지 말이죠. 사람들은 지독히도 순진하고 귀가 얇지만, 가장 순진하고 속기 쉬운 사람도 언젠가는 포화 상태에 이르게 마련이에요. 법안은 결국 통과될 거예요, 나는 그렇게 확신해요. 그러니 너무 조급해하지 말고 여론이 당신 편으로 돌아오길 기다려요."

"그렇소, 율리아. 아마도 당신 말처럼 통과될지도 모르지. 그러나 루키우스 아풀레이우스가 호민관 직에서 물러나자마자 원로원이 그 법안을 뒤엎어버리려 한다면, 그런데 내게 그 사람만큼 유능하고 원로원과 싸울 수 있는 호민관이 없다면, 무엇으로 저들을 막을 수 있겠소?"

마리우스가 신음하듯 말했다.

"무슨 말인지 알겠어요."

"정말이오?"

"그럼요. 나는 율리우스 카이사르 집안 출신이에요. 그건 곧 정치 토론에 둘러싸여 자랐다는 뜻이죠. 여성이기 때문에 직접 공직에 나설 수는 없었지만요." 율리아는 입술을 깨물었다. "심각한 문제로군요. 그 토지법의 내용은 하루아침에 실현되는 게 아니니까요. 이행하는 데 엄청나게 오랜 시간이 걸릴 거예요. 땅을 찾아서 측량하고 일일이 나눈 다음 거기 정착할 사람을 추첨해서 선별하고 토지위원회와 위원들, 적당한 직원들을 구성해야 하니까. 정말이지 해야 할 일이 끝도 없겠죠."

마리우스가 씩 웃었다. "처남과 이미 얘기를 나눴군!"

"그래요. 사실은 전문가가 다 되었어요." 율리아는 긴 의자의 빈자리를 톡톡 쳤다. "이리 와요, 여보. 여기 앉아요!"

"그럴 기분이 아니오, 율리아."

"법안을 지킬 방법이 전혀 없나요?"

마리우스가 서성거리던 걸음을 멈추고 돌아서서 눈썹 아래로 아내를 쳐다보았다. "실은 있긴 있소만……."

"말해봐요." 율리아가 부드럽게 재촉했다.

"가이우스 세르빌리우스가 생각해낸 방법인데, 루키우스 아풀레이우스가 더 강하게 주장하고 있소. 두 사람 다 기를 쓰며 나를 설득하고 있지만, 나는 아직 확신이 안 서요."

"그렇게 기발한 방법인가요?" 글라우키아의 평판을 떠올리며 율리아가 물었다.

"꽤나 기발하지."

"어서요, 여보, 말해줘요!"

아무 속셈 없이 나만 생각하는 사람에게 얘기를 털어놓으면 안심이 될 테지, 지친 마음으로 마리우스는 생각했다. "나는 무관이오, 율리아. 그래서 무관다운 해법을 좋아하지. 군대에서는 내가 명령을 내리면 그것이 그 상황에서 최선의 명령이라는 것을 모두 알고 있소. 그러니 모두들 두말 않고 곧바로 내 명령에 복종하오. 나를 잘 알고 나를 믿기 때문이오. 그렇게 보면 로마에 있는 사람들도 나를 잘 아니까 나를 믿어야 하지 않겠소! 그런데 그들은 나를 믿고 따르지 않소! 그들은 자기 생각을 관철시키는 데 몰두한 나머지 다른 사람의 생각은 설령 더 나은 생각일지라도 들어보려고 하지도 않소. 원로원에 갈 때마다 그 끔찍한 장소에 들어서기도 전에 이미, 사람을 지치게 하는 증오와 야유가 가득한 분위기 속에서 일해야 한다는 생각에 시작하기도 전에 치가 떨리오! 그들에게 시달리기에 나는 너무 나이들었고 내 방식에 익숙해졌소, 율리아! 하나같이 멍청한 인간들이오. 그들이 앞으로도 스키피오 아프리카누스가 소년이던 시대 이후 지금까지 변한 게 전혀 없다는 식으로 행동한다면, 로마 공화정은 그들 손에 끝장나고 말 거요! 병사들을 속주에 정착시킨다는 내 계획은 더없이 합리적인 생각이란 말이오!"

"당연히 그렇지요." 율리아는 놀라움을 애써 감추며 말했다. 최근 들어 마리우스는 몹시 지친 모습이었고, 나이보다 젊어 보이기는커녕 부쩍 늙어 보였다. 게다가 야외에서 이리저리 돌아다니지 않고 회의장에만 앉아 있기 때문인지 평생 처음으로 체중이 늘고 있었다. 머리카락까지 갑작스럽게 세어가고 숱이 줄었다. 법을 만드는 것보다 전쟁을 하는 쪽이 남자의 신체에는 더 이로운 게 분명했다. "그런 소리는 그만두고 새로운 방법이란 게 뭔지 어서 말해봐요!" 율리아가 고집스레 재촉했다.

"두번째 법안에 글라우키아가 특별히 고안해낸 추가 조항을 넣는 거요." 마리우스는 다시 초조하게 서성거리기 시작했다. 그의 말은 허겁지겁 쏟아져나왔다. "법안 통과 후 5일 내에 모든 원로원 의원이 이 법을 영구히 존속시키겠다고 맹세해야 한다는 내용이오."

율리아는 자신도 모르게 숨을 들이쉬며 양손을 볼에 갖다댔다. 그녀는 경악한 표정으로 마리우스를 쳐다보며 자신이 쓸 수 있는 가장 강한 표현을 뱉었다. "맙소사!"

"너무 충격적인가?"

"오, 여보, 그 조항을 넣는다면 그들은 당신을 용서하지 않을 거예요!"

"난들 그걸 모르겠소?" 마리우스가 짐승의 발톱처럼 양손을 천장으로 뻗으며 외쳤다. "하지만 내가 달리 뭘 할 수 있겠소? 내게는 그 땅이 필요한데!"

율리아는 입술을 축였다. "당신은 앞으로도 오랫동안 원로원에 있을 거잖아요. 계속 싸우면서 그 법이 유지되도록 할 수는 없나요?"

"계속 싸우라고? 그 싸움이 대체 언제 끝날 줄 알고?" 마리우스가 되물었다. "나는 싸우는 데 지쳤소, 율리아!"

율리아는 남편의 기분을 돌리기 위해 일부러 장난기 있게 말했다. "오, 말도 안 돼! 가이우스 마리우스가 싸우는 데 지쳤다고요? 당신은 평생을 싸워온 사람이에요!"

"그러나 지금 같은 싸움은 아니었소." 마리우스는 설명해보려 애썼다. "추잡한 싸움이오. 규칙이라곤 없소. 적이 어디 있는지는 고사하고 누군지조차도 알 수 없소. 전쟁터에서 싸우라고 하면 언제든 환영이오! 적어도 전장에서 일어나는 일은 순식간에 깨끗하게 끝나니까. 그리고 대개는 가장 뛰어난 사람이 이기게 마련이니까. 그러나 로마 원로원은 가장 저속한 인간과 가장 천박한 행동으로 가득한 매음굴 같소. 나는 매일같이 그 더러운 매음굴 속을 기어다니고 있단 말이오! 율리아, 나는 말이오, 차라리 싸움터에서 핏물을 뒤집어쓰는 편이 낫소! 정치 공작보다 전쟁이 더 많은 생명을 파멸시킨다고 생각할 만큼 순진한 사람이라면 정치로 인해 온갖 봉변을 당해도 쌀 거요!"

율리아는 일어나서 마리우스에게 다가갔다. 계속 서성대는 남편을 멈추게 한 뒤 그의 두 손을 잡았다. "여보, 이렇게 말하긴 싫지만, 정치판은 당신처럼 대쪽 같은 사람에게는 맞지 않는 싸움터예요."

"나도 예전에는 몰랐지만 이제 확실히 알겠소." 마리우스가 우울하게 말했다. "어쨌든 글라우키아의 그 끔찍한 특별 조항을 넣는 수밖에 없을 것 같소. 하지만 푸블리우스 루틸리우스가 계속 내게 묻는 것처럼, 이 새로운 법률들이 어떤 결과를 낳을지 모르겠소. 우리가 정말 악을 선으로 대체하는 걸까? 아니면 악을 더한 악으로 바꿔놓는 것뿐일까?"

"시간이 지나면 자연히 알게 될 거예요." 율리아가 차분히 말했다. "어떤 일이 있더라도 이것만은 잊지 말아요, 가이우스 마리우스. 어떤 정권이든 항상 큰 위기가 있게 마련이에요. 그리고 사람들은 항상 이런 저런 새로운 법이 공화정에 종말을 가져올 거라고, 로마가 더이상 예전의 로마가 아니라고 공포 어린 말투로 퍼뜨리고 다니지요. 스키피오 아프리카누스가 감찰관 카토에 대해 그렇게 말했다는 걸 책에서 읽어서 알고 있어요! 아마 율리우스 카이사르 가문의 선조 누군가도 브루투스가 공화정 수립 초기에 자기 아들들을 죽였을 때 그를 두고 그렇게 말했을 거예요. 하지만 공화정은 절대 무너지지 않아요. 공화정이 끝났다고 외치는 사람들도 그걸 잘 알고 있어요. 그러니 그 사실을 절대 망각하지 말아요."

율리아의 분별 있는 말이 마침내 마리우스의 마음을 달래주었다. 그의 눈에 붉게 선 핏발이 사라지고 얼룩덜룩하게 달아올랐던 얼굴이 가라앉았다. 이를 보고 율리아는 만족하여 이제 화제를 조금 바꿔야겠다고 판단했다.

"그나저나 가이우스 오빠가 내일 당신을 만나고 싶어해요. 당신만 괜찮다면 이 기회에 오빠와 아우렐리아를 만찬에 초대할까 해요."

마리우스는 낮게 탄성을 질렀다. "당연히 괜찮고말고! 그래, 까맣게 잊고 있었소! 그는 내 첫번째 퇴역병사 거류지를 준비하려고 케르키나에 가는 거였지?" 마리우스는 율리아가 잡고 있던 손을 빼내어 머리를 감싸쥐었다. "그게 맞소? 맙소사, 그 사실을 잊다니! 내가 왜 이러지, 율리아?"

"걱정 마요." 율리아가 그를 달래며 말했다. "당신은 휴식이 필요한 것뿐이에요. 가급적이면 이삼 주 로마를 떠나 있는 게 좋겠어요. 그러나 지금은 그럴 수 없으니, 같이 우리 아들 마리우스나 보러 가는 게 어때요?"

아직 아홉 살이 안 된 소년은 지극히 잘생긴데다 무척 자랑스러운 아들이었다. 키가 크고 체격이 튼튼했으며 금발에다 아버지를 기쁘게 할 만큼 로마인답게 생긴 코를 자랑했다. 소년의 성향이 지적인 면보다는 신체적인 면에 좀더 기울어 있기는 했지만 마리우스는 그것마저도 흡족해했다. 여전히 다른 아이가 없고 어린 마리우스가 외아들이라는 사실에 대해서는 아버지보다 어머니가 더 걱정이었다. 마리우스의 남동생이 죽은 뒤로 두 번 임신을 했지만 모두 유산된 터라, 앞으로 다른 아이를 무사히 낳는 게 불가능할지도 모른다는 두려움이 생겨났기 때문이다. 그러나 마리우스는 아들 하나로 만족했고, 자신에게 알을 담을 바구니가 더 있어야 한다고 생각하진 않았다.

만찬은 대성공이었다. 초대된 손님은 가이우스 카이사르와 아내 아우렐리아, 그리고 그녀의 외삼촌 루푸스뿐이었다.

가이우스 카이사르는 8일마다 열리는 장날을 기준으로 한 그주 주말에 아프리카의 케르키나로 떠나기로 되어 있었다. 그는 이 임무를 크게 반겼지만 단 한 가지 이유 때문에 온전히 기뻐하지 못하고 있었다.

"첫아들이 태어날 때 로마에 있지 못하게 됐습니다." 그가 미소 지으며 말했다.

"설마, 아우렐리아! 또 가진 거냐?" 루푸스가 끙 소리를 내며 물었다. "이번에도 딸일 게다, 두고보렴. 그러면 너희는 어디서 지참금을 구할 생각이냐?"

"외삼촌도 참!" 아우렐리아는 전혀 유감스러운 기색 없이 닭고기 한 조각을 입에 넣으며 말했다. "우선, 우리는 딸들을 위한 지참금을 마련할 필요가 없어요. 시아버님께서는 우리에게 카이사르 집안의 자존심을 세우느라 딸들에게 재벌의 때를 묻히지 않으려 고집부리지 말라고 당부하셨어요. 그래서 우리는 딸들을 부유한 시골 무명인사에게 기꺼이 시집보낼 거예요." 닭고기 조각들이 계속 아우렐리아의 입으로 들어갔다. "그리고 우리에겐 딸이 둘 있으니 이제부턴 사내아이들을 가질 거예요."

“한꺼번에 여럿을 말이냐?” 루푸스가 눈을 빛내며 물었다.

“어머나, 쌍둥이도 좋겠네요! 율리우스 가문에 쌍둥이 내림이 있나요?” 대담한 예비 엄마가 시누이에게 물었다.

“그랬던 것 같아요.” 율리아는 기억을 더듬느라 얼굴을 찌푸렸다. “섹스투스 삼촌에게 쌍둥이가 있었어요. 하나가 죽긴 했지만. 카이사르 스트라보가 쌍둥이 맞지요?”

“그래, 맞아.” 루푸스가 싱긋 웃으며 대답했다. “그 딱한 사팔뜨기 친구는 참으로 별명이 넘쳐나지. ‘보피스쿠스’도 그중 하나인데, 쌍둥이 중에 살아남은 자라는 뜻이야. 그런데 최근에 별명이 하나 더 생겼다더군.”

루푸스의 목소리에 만족스럽고 짓궂은 어조가 담겨 있었으므로 모두 귀가 솔깃해졌다. 마리우스가 그 궁금증을 입 밖에 꺼냈다. “그게 뭔가?”

“그가 아랫도리에 누공이 생겼다는군. 그래서 어느 재담꾼이 그에게 똥구멍이 하나하고도 반 개 더 있다면서 그를 ‘세스퀴쿨루스’(라틴어로 ‘하나 반’을 뜻하는 ‘세스퀴’와 ‘엉덩이’를 뜻하는 ‘쿨루스’를 붙여 만든 합성어—옮긴이)라고 부르기 시작했다는 거야.”

만찬 자리에 있던 모든 사람이 와르르 폭소를 터뜨렸다. 이 가벼운 음담패설을 같이 들을 수 있었던 여자들도 웃음에 합류했다.

“루키우스 코르넬리우스 가문에도 쌍둥이 내림이 있을지 모르겠군.” 마리우스가 눈물을 닦으며 말했다.

“왜 그렇게 생각하나?” 또다른 얘깃거리를 눈치챈 루푸스가 물었다.

“알다시피, 물론 로마 사람들은 모르지만, 술라는 1년간 킴브리족과 함께 생활했지. 그때 이름이 헤르마나라는 케루스키족 여자를 아내로 두고 쌍둥이 아들을 낳았다네."

그 순간 율리아의 웃음소리가 멈췄다. "그럼 포로로 잡혔나요? 아니면 죽었어요?"

"세상에, 아니오! 술라는 나와 합류하기 전에 그녀를 게르마니아의 동족들에게 데려다주었소."

"루키우스 코르넬리우스, 그자도 참 재미있는 친구야." 루푸스가 생각에 잠기며 말했다. "머리가 그리 정상이 아닌 것 같아."

"이번만은 자네가 틀렸네, 푸블리우스 루틸리우스. 루키우스 코르넬리우스만큼 머리가 제대로 박힌 사람도 없네. 사실 그 친구야말로 로마의 미래를 이끌 사람이라고 할 수 있지."

그때 율리아가 피식 웃음을 터뜨렸다. "그는 개선식이 끝난 뒤에 그야말로 부리나케 이탈리아 갈리아로 돌아갔지요. 시간이 갈수록 더 자주 어머니와 다투는 것 같아요."

"흠, 그건 충분히 이해가 가는군!" 마리우스가 용감하게 대꾸했다. "당신 어머니는 이 세상에서 나를 혼비백산하게 만들 수 있는 유일한 사람이거든."

"마르키아는 사랑스러운 여자지." 루푸스가 추억에 잠긴 표정으로 중얼거렸다. 그러나 모두의 시선이 자신에게 집중되자 황급히 한마디 덧붙였다. "적어도 외모는 그랬다고. 옛날에 말이야."

"어머니는 그간 루키우스 코르넬리우스의 새 아내감을 찾느라 아주 바쁘게 뛰어다니셨죠." 가이우스 카이사르가 말했다.

그 말에 루푸스는 말린 자두 씨가 목에 걸릴 뻔했다. "며칠 전 스카우루스의 만찬에 초대되어 그의 집에 다녀왔었네." 그는 짓궂고도 유쾌한 목소리로 말했다. "그런데 그 집 안주인이 이미 다른 남자의 아내만 아니었다면, 나는 루키우스 코르넬리우스가 스스로 아내감을 찾았다는 쪽에 기꺼이 내기를 걸었을 거야."

"설마!" 아우렐리아가 의자에서 몸을 앞으로 기울였다. "오, 푸블리우스 외삼촌, 누군지 어서 말해주세요!"

"바로 카이킬리아 메텔라 달마티카란다."

"원로원 최고참 의원의 부인 말이에요?" 아우렐리아가 새된 소리를 질렀다.

"그렇단다. 루키우스 코르넬리우스는 그녀를 처음 소개받는 순간 자기 머리색보다도 더 빨갛게 상기되더구나. 그러고는 식사시간 내내 멍하니 앉아서 그녀만 쳐다보고 있었지."

"상상조차 안 되는군." 마리우스가 말했다.

"그럴 걸세!" 루푸스가 맞장구쳤다. "마르쿠스 아이밀리우스조차 눈치챌 정도였다네. 하긴 그는 사랑스러운 어린 아내 달마티카에 관해서라면 병아리 한 마리를 키우는 늙은 암탉처럼 구니까. 어쨌든 그래서 달마티카는 주요리 순서가 끝날 즈음에 침실로 가야 했지. 실망한 표정이 역력하더군. 그녀는 자리를 뜨면서 루키우스 코르넬리우스에게 수줍은 흠모의 눈길을 보냈는데, 그걸 본 술라는 포도주를 엎질렀다네."

"그녀의 무릎에 엎지르지만 않으면 된 거지." 마리우스가 단호하게 말했다.

"오 제발, 더이상 추문은 안 돼요!" 율리아가 외쳤다. "루키우스 코르넬리우스는 더이상 추문에 말려들어서는 안 돼요. 가이우스 마리우스, 당신이 그에게 넌지시 말해주면 안 될까요?"

마리우스는 아내로부터 남자답지 않고 성격에 맞지 않는 일을 요구받을 때 남편이 짓게 마련인 불편한 표정이 되었다. "절대 안 돼요!"

"왜요?" 율리아가 물었다. 그녀는 자신의 요청이 합당하다고 여겼던 것이다.

"남자의 사생활은 스스로 알아서 할 일이기 때문이오. 내가 쓸데없이 참견하면 그가 퍽이나 고마워하겠소!"

율리아와 아우렐리아는 둘 다 실망한 표정이 되었다.

가이우스 카이사르는 헛기침을 한 후 여느 때처럼 중재자 역할에 나섰다. "스카우루스는 천년 동안 도끼질을 해도 거뜬히 살아 있을 것처럼 보이지요. 그러니 루키우스 코르넬리우스와 달마티카에 대해서는 그리 걱정할 필요가 없을 듯합니다. 게다가 어머니가 이미 그의 신부감을 고른 것으로 알고, 루키우스 코르넬리우스도 승낙했다고 들었습니다. 그가 이탈리아 갈리아에서 돌아오는 대로 우리 모두 청첩장을 받게 될 겁니다."

"어떤 여잔가? 나는 아무 소문도 못 들었네!" 루푸스가 궁금증을 표했다.

"퀸투스 아일리우스 투베로의 외동딸 아일리아입니다."

"나이가 좀 많지 않은가?" 마리우스가 물었다.

"삼십대 후반이랍니다. 루키우스 코르넬리우스와 동갑이지요." 가이우스 카이사르가 편안하게 말했다. "술라는 더이상 아이를 원하지 않는 것 같더군요. 그래서 어머니는 딸린 자식이 없는 과부가 적합하다고 생각하셨어요. 아일리아는 제법 아름다운 숙녀랍니다."

"유서 깊은 가문 출신이군. 돈도 많고!" 루푸스가 말했다.

"그렇다면 루키우스 코르넬리우스에게 잘된 일이군요!" 아우렐리아가 진심으로 반기며 말했다. "어쨌든 저는 그가 좋거든요!"

"우리 모두 그래요." 마리우스가 그녀에게 눈짓을 하며 말했다. "가이우스 율리우스, 부인이 이렇게 흠모를 표하는데 질투가 나지 않나?"

"아, 제게는 한낱 파트리키 귀족 보좌관보다 더 심각한 적수가 있답니다." 가이우스 카이사르가 히죽 웃으며 말했다.

율리아가 그를 쳐다보며 물었다. "정말이에요? 누군데요?"

"루키우스 데쿠미우스라고 마흔 살쯤 된 지저분하고 작달막한 사내야. 뼈만 앙상한 다리에 머리에는 기름기가 번들거리고 온몸에 마늘 냄새를 풍기지." 가이우스 카이사르는 제일 통통한 건포도를 찾아 말린 과일 접시를 뒤적이며 대답했다. "요즘 우리집에는 아름다운 꽃들이 끊일 새가 없어요. 제철이든 아니든 데쿠미우스는 너댓새마다 새로 꽃다발을 보낸답니다. 게다가 직접 방문해서 아니꼬울 정도로 아내에게 알랑거리기도 해요. 실은 앞으로 태어날 우리 아이에 대해서도 지나치게 기뻐해서, 가끔 저는 심히 불안해지곤 해요."

"그만해요, 여보!" 아우렐리아가 웃으며 말했다.

"그는 대체 뭘 하는 사람인가?" 루푸스가 물었다.

"아우렐리아가 부득이하게 무료로 임대해주고 있는 교차로 단체의 관리인이라던가, 뭐 그런 겁니다." 가이우스 카이사르가 대답했다.

"루키우스 데쿠미우스와 저는 일종의 합의를 봤어요." 아우렐리아는 남편이 입으로 가져가던 건포도를 가로채며 말했다.

"무슨 합의?" 루푸스가 물었다.

"그가 사업을 하는 장소에 관해서요. 우리 인술라 인근은 사업 구역에서 제외해야 한다는 거죠."

"어떤 사업인데?"

"살인 청부업이에요." 아우렐리아가 대답했다.

사투르니누스가 두번째 토지법안을 제출했을 때, 서약의 의무를 규정한 추가 조항은 포룸 로마눔에 천둥 같은 충격을 주었다. 유피테르 신이 한 차례 번개를 던진 정도가 아니라 오래되고 얼굴 없는 로마의 진짜 신들, 즉 누멘들이 천지를 울리며 우르르 벼락을 내리친 정도의 충격이었다. 이 조항은 모든 원로원 의원에게 서약을 요구했을 뿐 아니라, 사투르누스 신전에서의 통상적인 서약 대신 퀴리날리스 언덕 아래의 지붕 없는 세모 상쿠스 디우스 피디우스 신전에서 서약할 것을 요구하였다. 이 신전에는 신화도 없고 얼굴도 없는 신이 인간의 모습으로 묘사된 조각상, 옛 로마의 왕 타르퀴니우스 프리스쿠스의 아내 가이아 카이킬리아의 모습을 빌린 조각상 하나만이 서 있었다. 서약을 할 때 이름을 거는 신들도 카피톨리누스 언덕의 웅장한 신들이 아니라 진정한 로마의 신인 작고 얼굴 없는 누멘들이었다. 국고와 식품 저장실의 수호신인 페나테스 푸블리키, 국가의 수호신인 라레스 프라이스티테스, 화로의 수호신 베스타였다. 그 신들이 어떻게 생겼는지, 어디서 왔는지 아무도 몰랐다. 성별이 있는지, 있다면 무엇인지조차도 알 수 없었다. 그들은 그저 거기 존재할 뿐이었다. 그리고 그들은 중요했으며, 진정한 로마의 신들이었다. 가장 개인적인 신, 로마의 전통 중에도 가장 신성시되는 가문을 관장하는 신으로서 대중이 떠올리는 심상이었다. 로마인이라면 이 신들의 이름으로 한 맹세를 깨뜨리는 것은 감히 생각할 수도 없는 일이었다. 그것은 곧 자신의 가문과 가정, 재산에 파멸과 재앙과 붕괴를 가져오는 일이기 때문이었다.

그러나 법률 제정가로서 글라우키아는 이름 없는 누멘에 대한 막연한 두려움에만 의지하지는 않았다. 그 서약의 목적을 관철하기 위해, 사투르니누스의 법은 서약을 거부하는 원로원 의원에 대한 조치 방법도 포함하였던 것이다. 서약을 거부하는 의원은 이탈리아 내에서 불과 물의 사용이 금지되고, 벌금으로 은 20탈렌툼을 내야 하며, 로마 시민권도 박탈된다는 내용이었다.

"문제는 우리 목표를 제때 충분히 밀어붙이지 못했다는 거요." 메텔루스 누미디쿠스는 카툴루스 카이사르와 최고신관 아헤노바르부스, 새끼 똥돼지, 스카우루스, 루키우스 코타와 그의 삼촌 마르쿠스 코타를 보며 말했다. "인민은 가이우스 마리우스를 거부할 준비가 되어 있지 않으니 이 법안을 통과시킬 거요. 그렇게 되면 우리는 서약을 해야 할 테고." 그는 몸을 떨었다. "일단 서약을 하면 반드시 지켜야 하겠지."

"그렇다면 법안을 통과시켜서는 안 되겠군요." 아헤노바르부스가 말했다.

"그 법안에 거부권을 행사할 용기가 있는 호민관은 한 명도 없소." 마르쿠스 코타가 말했다.

"그러면 우리는 종교를 무기로 싸워야 하오." 스카우루스가 아헤노바르부스에게 의미심장한 눈길을 보내며 말했다. "저쪽이 종교를 끌어들였으니 우리라고 그러지 못할 까닭이 없잖소."

"무슨 생각인지 알겠소."

"글쎄, 나는 모르겠군요." 루키우스 코타가 말했다.

"법안의 통과 여부를 결정하는 표결일이 다가오면 그 회의가 신법에 위배되지 않는지 확인하려고 조점관들이 길흉 조짐을 점치잖소. 그때 우리 조점관들이 불길한 점괘가 나왔다고 하는 거요." 아헤노바르부스가 설명했다. "계속 그렇게 불길한 점괘를 내놓으면, 호민관 중 누군가는 종교적인 근거를 내세워 법안에 거부권을 행사할 용기를 낼 거요.

그러면 그 법안은 부결되어 사라질 것이오. 인민은 무슨 일이든 빨리 싫증을 내니까."

이 계획은 실행에 옮겨졌다. 조점관들이 점괘가 불길하다고 선언한 것이다. 그러나 불행히도 사투르니누스 역시 조점관이었다. 스카우루스가 그의 평판을 회복시켜줄 때 앞장서서 선물한 직책이었다. 그는 다른 조점관들의 점괘 해석에 동의하지 않았다.

"이건 속임수입니다!" 사투르니누스는 민회장에서 평민회 사람들을 향해 소리쳤다. "저들을 보십시오, 하나같이 원로원 정책입안자들의 하수인들입니다! 점괘에는 아무 문제가 없습니다. 인민의 힘을 꺾기 위한 수작일 뿐입니다! 원로원 최고참 의원 스카우루스와 메텔루스 누미디쿠스, 카툴루스 카이사르는 우리 병사들이 마땅히 받아야 할 보상을 빼앗기 위해서라면 무슨 짓이든 마다하지 않을 것임을 모두가 알고 있습니다. 점괘를 걸고넘어지는 이 같은 행동이야말로 그들이 이미 수단방법을 가리지 않고 있다는 증거입니다! 저들은 고의적으로 신들의 뜻을 조작했습니다!"

인민은 사투르니누스의 말을 믿었다. 게다가 그는 검투사들을 고용해 군중 속에 배치하는 안전조치까지 취해두었다. 동료 호민관 한 사람이 점괘가 불길하고 자신은 천둥소리도 들었으니 그날 통과되는 법은 무조건 신성모독이 될 거라고 반박하면서 거부권을 행사하려 했다. 하지만 사투르니누스의 검투사들이 행동에 나섰다. 사투르니누스가 호소력 있는 목소리로 거부권은 용납할 수 없다고 선언하는 동안, 그의 검투사 깡패들은 불운한 호민관을 로스트라 연단에서 끌어냈다. 그리고 아르겐타리우스 언덕길을 지나 라우투미아이 감옥까지 끌고 가서 회의가 파할 때까지 가둬놓았다. 결국 두번째 법안은 표결에 부쳐졌고,

각 트리부스 사람들은 이를 법으로 통과시켰다. 법안의 서약 조항이 워낙 새로운 것이었기에 평민회 고정 참석자들의 호기심을 불러일으킨 덕분이었다. 이 법안이 통과된다면 어떤 일이 벌어질 것인가? 누가 서약을 거부할까? 원로원은 어떤 반응을 보일까? 놓치기에는 너무나 아까운 구경거리였다! 사람들 사이에는 무슨 일이 벌어질지 기대하는 분위기가 가득했다.

법안이 통과된 다음날, 누미디쿠스는 원로원 회의석상에서 일어나 위엄 넘치는 목소리로 서약을 하지 않겠다고 선언했다.

"나의 양심과 원칙, 나의 인생 전부가 이 결정에 달려 있습니다!" 그는 부르짖었다. "나는 벌금을 물고 로도스 섬으로 추방되겠습니다. 나는 서약하지 않을 것이기 때문입니다. 아시겠습니까, 원로원 의원 여러분? 나는, 절대, 서약을, 하지 않을 겁니다! 내 마음속 깊은 곳에서 완강히 반대하는 것을 지지하겠다고 맹세할 수는 없습니다. 어떤 경우가 정말로 거짓 맹세입니까? 내가 강경히 반대하는 법을 지키겠다고 서약하는 것과 아예 서약하지 않는 것 중 어느 쪽이 더 통탄할 죄악입니까? 여러분 모두 이 질문에 스스로 답해보십시오. 내 대답은 맹세하는 것이 더 큰 죄악이라는 겁니다. 그래서 나는 루키우스 아풀레이우스와 가이우스 마리우스 당신들에게 말합니다. 나는, 서약하지, 않을, 것이오! 벌금을 물고 추방당하는 쪽을 택하겠소."

누미디쿠스의 저항은 깊은 인상을 남겼다. 그 자리에 있던 모든 사람이 진심으로 하는 말임을 알았기 때문이다. 마리우스의 양 눈썹은 점점 찡그려져 콧대 위로 거의 맞닿을 지경이었다. 사투르니누스는 입술을 앙다물었다. 장내가 웅성대기 시작했다. 의혹과 불만이 스멀스멀 올라와 점차 커져갔다.

"일이 어려워지겠군요." 마리우스와 가까운 고관 의자에 앉아 있던 글라우키아가 속삭였다.

"지금 폐회하지 않으면 저들은 모두 서약하기를 거부하겠군." 마리우스는 이렇게 중얼거리고는 자리에서 일어나 원로원을 해산시켰다. "여러분, 모두 집으로 돌아가십시오. 서약을 하지 않는다면 얼마나 심각한 결과가 야기될지 사흘간 잘 생각해보길 바랍니다. 퀸투스 카이킬리우스에게는 크게 문제될 것이 없습니다. 그는 벌금을 내고도 편안한 귀양살이가 가능할 만큼 돈이 많으니까요. 하지만 여러분 중에 그 정도 형편이 되는 사람이 얼마나 됩니까? 원로원 의원 여러분, 집으로 가서 사흘 동안 생각해보십시오. 본 원로원은 나흘째에 재소집하겠습니다. 그때까지 여러분은 마음을 정해야 합니다. 이 두번째 아풀레이우스 토지법에는 시간제한이 있다는 점을 우리 모두 잊어선 안 되니까요."

그들에게 그런 식으로 말하면 안 되는 거였어. 마리우스는 유노 모네타 신전 아래 자리한 자신의 크고 아름다운 저택 마루를 서성이며 중얼거렸다. 아내는 그런 그를 속수무책으로 지켜보았다. 평소 같으면 장난을 치고 있었을 아들은 놀이방에 들어가 나오지 않았다.

그들에게 그렇게 말해선 안 돼, 가이우스 마리우스! 그들은 너의 병사가 아니야. 심지어 네 밑의 군관도 아니야. 내가 집정관이고 그들은 대부분 상아 대좌에 앉아볼 꿈도 못 꾸고 뒷자리만 차지하는 평의원이라 할지라도 말이야. 그들은 전부 자기가 나와 동등하다고 생각하고 있어. 로마라는 이 도시, 이 나라, 이 제국의 집정관을 여섯 차례나 지낸 나 마리우스를! 그들을 제압해야 해. 패배하여 치욕을 당할 여지를 남겨둘 수 없어. 그들이 어떻게 반박할지라도 나의 존엄이 그들의 존엄보다 훨씬 크고 중요해. 그러니 나의 존엄이 훼손당하는 일은 있어서는 안 돼. 나는 로마의 일인자요 로마 제3의 건국자야. 내가 죽고 나면 그들은 인정할 수밖에 없을 거야. 그리스어도 못하는 이탈리아 촌놈이라고 불렸던 나 마리우스가 우리 공화정 역사상, 로마 원로원과 인민 역사상 가장 위대한 인물이었다는 것을.

원로원 의원들에게 주었던 유예기간 사흘 동안 마리우스의 생각은 거기서 더 나아가지 못했다. 패배할 경우 자신의 존엄을 상실할 거라는 두려움만 끝없이 머릿속을 맴돌았다. 나흘째날 동틀 무렵, 마리우스는 이기겠다고 단단히 결심한 채 원로원 의사당으로 향했다. 정책입안자들이 그를 무너뜨리려고 어떤 술책을 쓸 것인지는 생각해보지도 않았다. 그날 집을 나서기 전 마리우스는 차림새에 특별히 공을 들였다. 사흘 내내 초조하게 집안을 서성거렸던 흔적을 사람들에게 들키고 싶지 않아서였다. 그는 마치 정말로 로마의 주인인 것처럼 릭토르 열두 명을 앞세우고 은행가들이 사는 언덕을 성큼성큼 내려갔다.

소집된 원로원은 이상하리만치 조용했다. 의자 끄는 소리도 기침하는 소리도 거의 들리지 않았고, 옥신각신하거나 투덜거리는 참석자도 거의 없었다. 제물을 바치는 의식도 문제없이 치러졌고 회의에 대한 점괘도 길하다고 선언되었다.

완벽하게 마음의 준비를 끝낸 거물 마리우스는 위풍당당하게 자리에서 일어났다. 정책입안자들이 어떤 방침을 취할지는 생각해보지 않았지만, 그 자신이 취할 방침은 사소한 세부에 이르기까지 철저하게 계산해두었다. 그의 자신감은 얼굴에 고스란히 드러났다.

"원로원 의원 여러분, 저 또한 지난 사흘간 이 문제를 고심해보았습니다." 마리우스가 입을 뗐다. 그의 두 눈은 자신과 우호적인 관계든 적대적인 관계든 특정한 사람의 얼굴이 아니라, 그의 말을 듣는 여러 의원들 사이의 허공에 고정되어 있었다. 하지만 어차피 그의 시선이 어디로 향해 있는지 사람들이 알아차릴 순 없었다. 짙은 눈썹이 두 눈을 가려버렸기에 가까이서 자세히 들여다보지 않는 한 보이지 않았던 것이다. 마리우스는 왼쪽 어깨에서 발목까지 멋지게 주름이 잡힌 토가의 앞쪽 가장자리에 왼손을 넣은 다음, 고관석에서 바닥으로 걸어내려갔다. "한 가지 사실만은 명백합니다." 그는 서너 발짝 거닐다가 멈춰 섰다. "이 법이 유효하다면, 우리 모두 그것을 지지하겠다고 서약할 의무가 있습니다." 그는 몇 발짝을 더 거닐었다. "이 법이 유효하다면 우리는 모두 서약해야만 합니다." 그는 문까지 걸어갔다가 돌아서서 회의장 양쪽을 쳐다보았다. "그렇다면 과연 이 법은 유효합니까?" 마리우스가 큰 소리로 물었다.

그 질문은 깊이를 알 수 없는 침묵 속으로 떨어졌다.

"바로 이거야!" 스카우루스가 누미디쿠스에게 속삭였다. "마리우스는 끝났네! 그는 방금 자폭한 거나 다름없어!"

그러나 문 앞까지 가 있던 마리우스는 이 말을 듣지 못했고, 그래서 다시 생각해볼 겨를도 없이 하던 얘기를 계속했다. "여러분 중에는 두 번째 아풀레이우스 토지법이 통과된 상황을 문제삼는 사람들이 있습니다. 그런 상황에서 통과된 법은 절대 유효할 수 없다고 말이죠. 이 법의 유효성에 이의를 제기하는 근거는 두 가지라고 들었습니다. 하나는 점괘에 반하여 통과되었다는 것이고, 다른 하나는 합법적으로 선출된 호민관의 신성불가침한 신체에 폭력이 가해졌음에도 불구하고 통과되었다는 것입니다."

그는 다시 바닥을 걷다가 곧 멈춰 섰다. "분명 이 법의 장래는 확실하지 않습니다. 이후 평민회는 제기된 두 가지 이의사항을 중심으로 법안을 재검토해야 할 것입니다." 마리우스는 작게 한 걸음을 내딛고는 멈췄다. "그러나 원로원 의원 여러분, 오늘 이 자리에서 우리가 해결해야 할 문제는 그것이 아닙니다. 이 법의 유효성은 우리의 최우선 관심사가 아닙니다. 우리에게는 그보다 즉각적인 관심사가 있습니다." 그는 또 한 발짝 내딛었다. "문제의 법은 우리에게 지지 서약을 요구하고 있습니다. 바로 이 점을 논의하는 것이 오늘 우리가 이 자리에 모인 목적입니다. 오늘은 우리가 지지 서약을 할 수 있는 마지막날이므로 서약 문제가 가장 시급합니다. 그리고 문제의 법은 현재 유효한 법입니다. 따라서 우리는 반드시 그것을 지지하겠다고 서약해야 합니다."

마리우스는 빠르게 앞쪽으로 걸어갔다. 거의 고관석 앞까지 갔다가 뒤돌아 천천히 문 쪽으로 걸어갔다. 그러고는 문 앞에서 한번 더 양쪽 의원들을 향해 돌아섰다. "원로원 의원 여러분, 오늘 우리는 모두 서약할 것입니다. 우리는 로마 인민이 부여한 특별 지시에 따라 그렇게 해야 할 의무가 있습니다. 입법자는 그들입니다! 우리 원로원 의원들은 인민을 위해 봉사하는 이들일 뿐입니다. 그러므로 우리는 서약해야만 합니다. 서약한다고 해서 달라질 건 아무것도 없습니다! 장차 어느 시점에 평민회가 이 법을 재검토한 결과 무효하다는 판결이 나온다면 우리의 서약 또한 효력을 상실할 것이기 때문입니다." 마리우스의 목소리에 자신감이 번져갔다. "바로 이 점을 우리는 알고 있어야 합니다! 우리가 어떤 법에 대해 지지 서약을 할 경우, 그 서약은 그 법이 유지되는 동안에만 효력이 있습니다. 평민회에서 그 법을 무효화하기로 결정하면 그와 함께 우리의 서약도 무효화됩니다."

스카우루스는 알겠다는 듯 박자에 맞춰 고개를 끄덕이고 있었다. 마리우스에게는 마치 스카우루스가 자신의 모든 말에 동의하는 것으로 보였다. 그러나 스카우루스가 그렇게 고개를 끄덕인 것은 전혀 다른 이유에서였다. 그가 머리를 끄덕거리는 동안 그의 입은 누미디쿠스에게 이렇게 속삭이고 있었던 것이다. "그는 잡혔소, 퀸투스 카이킬리우스! 드디어 우리가 그를 잡았소! 가이우스 마리우스는 뒤로 물러섰소. 끝까지 밀고 나가지 못한 거지. 우리가 밀어붙인 덕에, 그는 전체 원로원 의원들 앞에서 사투르니누스 법의 유효성에 문제가 있다는 걸 인정해버리고 말았소. 우리가 아르피눔의 여우를 전략으로 이겼소!"

마리우스는 원로원을 자기편으로 만들었다는 확신에 득의양양해졌다. 그는 엄숙한 걸음걸이로 고관석까지 돌아가 단상에 올랐다. 그리고 조각 장식이 된 자신의 상아 대좌 앞에 서서 마무리 발언을 했다. "내가 가장 먼저 서약하겠습니다." 분별과 사려가 깃든 목소리였다. "지난 4년이 넘게 수석 집정관으로 재임해온 나 가이우스 마리우스가 이렇게 기꺼이 서약하겠다는데, 여러분 중 누가 이 일로 해를 입겠습니까? 이미 제물 담당 신관들과 협의도 끝냈고, 세모 상쿠스 디우스 피디우스 신전도 우리를 맞을 준비가 되어 있습니다. 걸어가도 그리 멀지 않은 거리지요! 자, 누가 나와 함께 가시겠습니까?"

사람들이 움직거리기 시작했다. 여기저기서 한숨 소리, 희미하게 웅얼거리는 소리, 신발 끄는 소리가 들렸다. 뒷자리의 평의원들은 슬슬 의자에서 일어났다.

그때 스카우루스의 목소리가 들렸다. "질문이 있습니다, 가이우스 마리우스."

장내가 다시 조용해졌다. 마리우스는 고개를 끄덕였다.

"당신의 개인적인 의견을 듣고 싶습니다, 가이우스 마리우스. 공식적인 의견 말고 온전히 당신의 개인적인 의견을요."

"마르쿠스 아이밀리우스, 당신이 나의 개인적인 의견을 중요하게 여기신다면 당연히 말씀드려야지요. 무엇에 관한 의견이 궁금하십니까?"

"개인적으로 어떻게 생각하시죠?" 스카우루스의 목소리는 원로원 의사당의 구석구석까지 또렷이 울렸다. "두번째 아풀레이우스 토지법이 통과되던 당시 정황을 볼 때 이 법이 유효하다고 보십니까?"

침묵이 흘렀다. 철저한 침묵이었다. 아무도 숨소리조차 내지 않았다. 마리우스마저도 숨을 고를 생각조차 하지 못했다. 그 자신의 과신이 데려다놓은 끔찍한 불모지를 달리느라 바빴던 것이다.

"질문을 다시 한번 말씀드릴까요, 가이우스 마리우스?" 스카우루스가 상냥하게 물었다.

마리우스의 혀가 실룩거리며 바싹 마른 입술을 축였다. 어디로 가야 하나? 어떻게 해야 하지? 결국은 발을 헛디디고 말았구나, 마리우스. 기어나올 수도 없는 구덩이에 빠지고 말았어. 이런 질문이 나올 수밖에 없다는 것을 왜 예상치 못했을까? 저들 중에 진정으로 비상한 머리를 가진 유일한 자가 이 질문을 던질 거라고 왜 미리 생각지 못했을까? 나 자신의 뛰어난 지략에 한순간 눈이 멀어버렸나? 마땅히 이 질문은 나오게 되어 있었어! 그런데 나는 단 한 번도 그 생각을 하지 못했어. 사흘이라는 긴 시간 동안 단 한 번도.

이제 내겐 선택의 여지가 없어. 스카우루스가 내 불알을 움켜쥐고 있으니 그가 잡아당기는 장단에 맞춰 춤출 수밖에 없어. 그가 나를 패배시킨 거야. 나에게는 선택의 여지가 없으니까. 이제 나는 이 자리에서서 원로원 의원들에게 개인적으로는 이 법이 유효하지 않다고 생각한다는 말을 해야만 해. 그러지 않으면 아무도 지지 서약을 하지 않을 거야. 난 저들로 하여금 이 법에 의심의 여지가 있다고 믿게 했고, 그러니 서약해도 괜찮다고 생각하게 했어. 여기서 그 말을 번복한다면 나는 저들을 다 잃는 거야. 하지만 내가 개인적으로는 이 법이 유효하지 않다고 생각한다는 말을 한다면, 나 자신을 잃고 말 거야.

마리우스는 호민관석을 바라보았다. 사투르니누스는 의자 끝에 걸터앉아 두 손을 꼭 쥐고 굳은 얼굴로 입술을 앙다물고 있었다.

이 법이 유효하지 않다고 생각한다는 발언을 하게 되면, 내게 너무도 중요한 저 사람을 잃게 될 거야. 로마 역사상 가장 뛰어난 법률 입안가인 글라우키아도……. 저 둘과 함께라면 정책입안자들이 최악의 공격을 해왔더라도 이탈리아 문제를 모조리 해결할 수 있었을지 몰라. 그런데 내가 그들이 만든 법의 유효성을 의심한다고 하면 그들을 영원히 잃고 말 거야. 그럼에도 불구하고 나는 그렇게 말해야만 한다. 그러지 않으면 저 비열한 놈들은 서약하지 않을 것이고, 결국 내 병사들은 땅을 얻지 못할 테니까. 이 난장판에서 내가 지켜낼 수 있는 건 내 병사들을 위한 땅, 그것 하나뿐이다. 나는 졌다. 그야말로 패배하고 말았다.

글라우키아의 상아 의자 다리가 대리석 타일을 긁는 소리가 났다. 원로원 의원 절반이 놀라서 움찔했다. 글라우키아는 입술을 오므린 채 무표정하게 손톱만 내려다보고 있었다. 하지만 침묵은 여전히 계속되었다.

"제가 한번 더 질문을 드리는 게 좋겠군요, 가이우스 마리우스." 스카우루스가 정적을 깼다. "당신의 개인적인 의견이 무엇입니까? 이 법은 유효합니까, 그렇지 않습니까?"

"나는," 마리우스는 얼굴을 잔뜩 찌푸리며 말을 끊었다. "개인적으로는 이 법이 유효하지 않을 수도 있다고 생각합니다."

스카우루스는 두 손으로 넓적다리를 철썩 내리쳤다. "감사합니다, 가이우스 마리우스!" 그는 자리에서 일어나 뒤돌아섰고, 그와 같은 줄에 앉은 의원들에게 활짝 웃어 보였다. 그러고서 다시 몸을 돌려 반대쪽에 앉은 의원들에게도 환한 미소를 보냈다. "원로원 의원 여러분, 다른 사람도 아닌 우리의 승전 영웅 가이우스 마리우스가 아풀레이우스법이 유효하지 않다고 생각하신다니 나로서는 기꺼운 마음으로 서약을 하겠습니다!" 이어서 그는 사투르니누스와 글라우키아에게 머리 숙여 인사했다. "자, 동료 의원 여러분, 원로원 최고참 의원으로서 말씀드리겠습니다. 우리 모두 당장 세모 상쿠스 신전으로 갑시다!"

"잠깐!"

모두가 동작을 멈췄다. 그와 동시에 누미디쿠스가 손뼉을 쳤고, 가장 위쪽 줄 뒷자리에서 그의 하인이 나타났다. 하인은 양손에 하나씩 든 자루 때문에 허리가 반으로 꺾인 채, 너비 2미터에 달하는 계단을 하나하나 자루를 끌며 내려왔다. 한 계단씩 내려올 때마다 자루에서 요란하게 쨍그랑 소리가 났다. 하인은 자루 두 개를 누미디쿠스의 발치에 내려놓고는 다시 맨 위로 올라가서 자루 두 개를 더 들고 왔다. 뒷좌석에 앉아 있던 평의원 몇 명이 벽 앞에 쌓인 자루 더미를 보고서 자기 하인들에게 도와주라고 신호를 보냈다. 그러자 일이 좀더 신속하게 진행되어 마침내 자루 40개가 누미디쿠스의 의자 주위에 쌓였다. 누미디쿠스는 의자에서 일어났다.

"나는 서약하지 않겠소. 수석 집정관이 아풀레이우스법은 유효하지 않다고 수천수만 번 장담한다고 해도 서약하지 않을 것이오! 이 결심에 따라 나는 벌금으로 은화 20탈렌툼을 지불하고, 내일 날이 밝는 대로 로도스 섬으로 유배를 떠날 것이라고 선언하는 바요."

회의장에 일대 혼란이 벌어졌다.

"정숙하십시오! 정숙! 정숙!" 스카우루스가 외쳤다. 마리우스도 외쳤다.

장내가 조용해지자 누미디쿠스는 뒤돌아보더니 뒷줄에 앉은 누군가에게 어깨 너머로 말했다. "국고 재무관, 앞으로 나오시오."

재무관이 앞으로 나왔다. 갈색 머리카락과 눈동자의 준수한 청년이었다. 입고 있는 흰색 토가는 반짝반짝 빛났고 완벽하게 주름 잡혀 있었다. 똥돼지 메텔루스 누미디쿠스의 아들인 새끼 똥돼지였다.

"국고 재무관, 두번째 아풀레이우스 토지법에 대한 지지 서약을 거부함으로써 내게 부과된 벌금 은화 20탈렌툼을 지불하려고 하니 맡아주시오. 허나, 원로원 의원들에게 내가 낸 금액이 부과된 벌금에서 단 1데나리우스도 빠지지 않음을 확인시켜줄 수 있도록 회의가 진행되고 있는 바로 이 자리에서 직접 세어볼 것을 요청하오."

"우리 모두 기꺼이 당신의 말을 믿으니 그러지 않아도 됩니다, 퀸투스 카이킬리우스." 마리우스가 미소 지으며 말했다. 하지만 유쾌한 기색은 전혀 없었다.

"그래도 나는 그러기를 원합니다! 한푼도 빠짐없이 다 셀 때까지 모두 자리를 지켜주십시오." 메텔루스는 헛기침을 한 뒤 말을 이었다. "다 합쳐서 13만 5천 데나리우스입니다."

모든 사람들이 한숨을 쉬며 자리에 앉았다. 원로원 서기 두 명이 탁자를 가져와 누미디쿠스 앞에 놓았다. 그는 왼손으로 토가를 움켜잡고 오른손은 내려뜨려 손가락 끝이 살짝 아래로 향하게 탁자에 올려둔 채 서 있었다. 서기들이 자루 하나를 열고 같이 들어올려 누미디쿠스의 손가까이 붓자 번쩍거리는 은화가 쨍그랑 소리를 내며 폭포수처럼 쏟아졌다. 새끼 똥돼지는 서기들에게 자신의 오른편에서 빈 자루를 벌려 들고 있으라고 지시한 후 은화를 세기 시작했다. 그는 탁자 모서리 바로 밑에 동그랗게 오므린 오른손을 대고 왼손으로 센 은화를 곧장 거기 밀어넣었다. 오른손이 꽉 차면 내용물을 빈 자루에 떨어뜨렸다.

"잠깐!" 누미디쿠스가 외쳤다.

새끼 똥돼지가 동작을 멈췄다.

"크게 소리내어 세시오, 국고 재무관!"

사람들 사이에서 헉 하는 소리, 한숨 소리, 한꺼번에 토해낸 신음소리가 들려왔다.

새끼 똥돼지는 오른쪽 자루에 넣은 은화를 다시 탁자에 쏟아놓고 세기 시작했다. "하, 하, 하나…… 두, 두, 둘…… 세, 세, 셋…… 네, 네, 넷……."

해가 질 무렵 마리우스가 고관 의자에서 일어났다. "원로원 의원 여러분, 오늘은 이것으로 끝내겠습니다. 우리의 용무는 끝나지 않았지만, 원로원에서는 해가 저문 후에 공식 회의를 할 수 없습니다. 그러므로 이제 세모 상쿠스 신전으로 가서 지지 서약을 하는 것이 좋겠습니다. 자정 전에는 반드시 서약을 마쳐야 합니다. 그러지 않으면 인민이 내린 명령을 위반하게 되는 겁니다." 마리우스는 여전히 서 있는 누미디쿠스와 힘겹게 은화를 세는 그의 아들을 쳐다보았다. 새끼 똥돼지는 긴장이 풀리면서 더듬거림이 눈에 띄게 줄었지만, 은화를 다 세려면 아직도 한참이었다.

"마르쿠스 아이밀리우스, 이 기나긴 작업이 끝날 때까지 이곳에 남아 감독하는 것은 의원님의 직무이지요. 그러니 그 일을 맡아주기를 바랍니다. 그에 따라 당신의 서약은 내일로 미루도록 허락하겠소. 내일까지도 돈 세는 일이 계속된다면 그 다음날로 미뤄도 좋소." 마리우스의 입가에 희미한 미소가 스쳐지나는 듯했다.

그러나 스카우루스는 미소 짓지 않았다. 그 대신 고개를 젖히고 기쁨에 넘친 웃음을 큰 소리로 연거푸 터뜨렸다.

늦봄에 술라가 이탈리아 갈리아에서 돌아왔다. 그는 목욕하고 옷만 갈아입은 후 곧바로 마리우스를 찾았다. 마리우스는 안색이 매우 나빠 보였다. 하지만 예상했던 일이라 놀랍지는 않았다. 로마에서 한참 떨어진 북쪽에 있었어도 아풀레이우스법의 통과를 둘러싼 온갖 소식은 고스란히 전해졌던 것이다. 마리우스가 그간 있었던 일을 다시 말해줄 필요도 없었다. 두 사람은 그저 말없이 서로를 바라보았다. 그들 사이에 기본적으로 나눠야 할 모든 이야기는 그렇게 아무런 말없이도 오갔다.

그러나 격한 감정이 조금 가라앉고 맛좋은 포도주를 한 잔씩 비우고 난 후 술라는 껄끄러운 이야기를 끄집어냈다.

"집정관님의 신뢰도가 크게 손상되었습니다."

"나도 아네, 루키우스 코르넬리우스."

"사투르니누스 때문이라고 들었습니다만."

마리우스는 한숨을 내쉬었다. "그렇지. 하지만 그가 나를 미워한다고 해서 나무랄 수 있겠나? 그는 로스트라 연단에서 오십 번도 더 연설했을 걸세. 정식으로 소집되지 않은 집회도 많았지. 하나같이 내가 그를 배신했다며 비난하는 연설이었다네. 사실 그는 뛰어난 웅변가라, 내가 자기를 배반했다는 이야기를 자기 방식대로 군중에게 잘도 전달했지. 군중도 많이 몰리고 있어. 정기적으로 포룸 로마눔을 드나드는 이들뿐만 아니라 3계급, 4계급, 5계급 사람들까지 몰려간다네. 쉬는 날마다 그의 연설을 들으러 포룸 로마눔에 나타날 정도로 그에게 홀딱 빠진 것 같더군."

"그렇게 자주 연설합니까?"

"하루도 거르지 않아!"

술라가 휘파람 소리를 냈다. "포룸 로마눔 역사상 없던 일이군요! 매일 연설한단 말입니까? 비가 오나 눈이 오나? 공식 회의든 비공식 회의든 가리지 않고?"

"그래, 매일이네. 수도 담당 법무관인 그의 단짝 글라우키아가 최고신관의 명에 따라 장날이나 휴일이나 민회가 없는 날에는 연설할 수 없다고 그에게 지시했어. 하지만 그는 꿈쩍도 않고 무시해버렸지. 게다가 그가 호민관이다보니 아무도 연단에서 끌어낼 엄두를 못 낸다네." 마리우스는 걱정스러운 표정으로 이마를 찌푸렸다. "결과적으로 사투르니누스의 명성은 날로 높아지고 있어. 포룸 로마눔에 자주 드나드는 사람들 중에도 완전히 새로운 부류가 형성되었네. 오로지 그의 연설을 들으려고 오는 사람들 말이야. 그에게는 뭔가가 있네. 뭐라고 불러야 할지 잘 모르겠네만…… 늘 그렇듯이, 그리스어에 적당한 말이 있었지 아마. 그리스인들이 말하는 '카리스마', 사투르니누스에게는 그것이 있네. 연설을 들으러 오는 사람들은 그의 열정을 느끼는 것 같네. 예전부터 정기적으로 포룸 로마눔에 다니던 사람들이 아니니 웅변술에 대해서는 당연히 잘 모르겠지. 그러니 그가 연설할 때 새끼손가락을 흔들거나 다양한 걸음걸이를 구사하는 것 따위엔 조금도 신경을 쓰지 않아. 그저 거기 서서 넋을 잃고 사투르니누스를 쳐다보다가, 그가 하는 말에 점점 흥분하여 마지막에는 격렬한 환호를 보낼 뿐이네."

"앞으로 그를 주시해야겠군요." 술라는 매우 심각한 표정으로 마리우스를 쳐다보았다. "왜 그렇게 하셨습니까?"

마리우스는 질문을 못 알아들은 척하지 않고 곧바로 대답했다. "내겐 선택의 여지가 없었네, 루키우스 코르넬리우스. 스카우루스 같은 사람보다 한두 발짝 앞서가려면 구석구석 모든 가능성을 살펴봐야 하는데 나는 그 정도로 교묘한 사람이 못 돼. 스카우루스는 누구라도 인정할 최고의 솜씨로 나를 함정에 빠뜨렸어. 나는 그 사실을 솔직히 인정하네."

"그래도 계획하신 것은 어떻게든 살리지 않았습니까." 술라는 마리우스를 위로하려 애썼다. "두번째 토지법안은 여전히 서판에 올라 있습니다. 그리고 평민회나 트리부스회가 그 법을 무효화할 거라고는 생각하지 않습니다. 적어도 현재 상황은 그렇다고 들었습니다."

"사실이네." 마리우스는 여전히 기운 없는 모습으로 대답했다. 그는 어깨 깊숙이 고개를 묻으며 한숨을 쉬었다. "승자는 내가 아니라 사투르니누스일세, 루키우스 코르넬리우스. 그가 느낀 분노가 평민들을 단단히 결속시키고 있네. 나는 그들을 잃은 거야." 마리우스는 괴로운 듯 몸을 비틀며 두 손을 내뻗었다. "이제 남은 한 해를 어떻게 헤쳐나가야 하지? 사투르니누스가 연설할 때마다 로스트라 연단 주변에서 일제히 터져나오는 야유를 들으면서 그곳을 통과하기란 말할 수 없는 고역이네. 하지만 원로원 의사당에 들어가는 것도 끔찍하게 싫어! 스카우루스의 비열한 얼굴에 떠오른 매끈한 미소도, 낙타같이 생긴 카툴루스의 기분 나쁘게 능글거리는 웃음도 질색일세. 나는 정치판에 맞지 않는 사람이야. 이거야말로 내가 뒤늦게 깨달은 진실이네."

"그러나 집정관님은 관직의 사다리를 끝까지 오른 분입니다. 가장 훌륭한 호민관이셨어요! 그건 정치판을 잘 아셨고 좋아하셨다는 뜻입니다. 그렇지 않았다면 절대 훌륭한 호민관이 될 수 없었을 겁니다."

마리우스는 어깨를 으쓱했다. "그때만 해도 나는 젊었네, 루키우스 코르넬리우스. 아직 머리도 좋은 편이었고. 하지만 역시 나는 정치적인 동물이 못 되네."

"그래서 사투르니누스처럼 허세나 떠는 늑대에게 무대 중앙을 내주시려는 겁니까? 제가 아는 가이우스 마리우스답지 않은 행동인데요."

"나는 이제 자네가 아는 가이우스 마리우스가 아니네." 마리우스가 희미한 미소를 지으며 말했다. "새로운 가이우스 마리우스는 너무나 지쳤네. 자네 못지않게 나도 이런 내가 낯설다네, 정말이야!"

"그럼 제발이지 여름 동안 휴가라도 떠나십시오!"

"그러려고 하네. 자네가 아일리아와 결혼하는 대로 떠날 거네."

술라는 흠칫 놀라는 듯하다가 곧 웃음을 터뜨렸다. "맙소사, 그 일을 까맣게 잊고 있었습니다!" 그는 우아하게 자리에서 일어났다. 멋진 용모의 이 사내는 인생의 절정인 장년기에 이르러 있었다. "어서 집으로 돌아가서 우리 둘의 장모님을 알현하는 것이 좋겠군요. 저를 떠나보내려고 목이 꺾여라(이 말을 하면서 그는 가볍게 몸을 떨었다) 애쓰고 계신 것 같으니."

마리우스는 술라가 몸을 떤 것에는 전혀 신경 쓰지 않고 그가 한 말에만 반응했다. "그래, 안달을 하고 계시지. 쿠마이의 우리 빌라와 멀지 않은 곳에 아담한 빌라를 하나 사드렸네."

"그럼 저는 이만 가보겠습니다. 아피우스 가도의 재포장 계약을 따내러 가는 메르쿠리우스처럼 쏜살같이 달려야겠어요!" 술라는 손을 내밀었다. "몸을 잘 돌보세요, 가이우스 마리우스. 아일리아가 아직도 그럴 의향이 있다면 바로 결혼식을 하겠습니다." 문득 그는 한 가지 생각이 떠올라 웃음을 터뜨렸다. "말씀하신 게 확실히 맞네요. 카툴루스 카이사르는 정말 낙타를 닮았어요! 엄청나게 거만한 얼굴이죠!"

서재 밖에서 기다리고 있던 율리아는 술라가 나오자 불러세웠다. "그이는 좀 어떤 것 같아요?" 그녀는 근심 가득한 목소리로 물었다.

"괜찮으실 겁니다. 저들에게 당해서 힘드신 것뿐이에요. 캄파니아로 모셔가서 한동안 바다에서 수영도 하고 장미꽃밭에 파묻혀 지내게 하세요."

"당신이 결혼만 하면 바로 그럴 거예요."

"예, 예, 결혼하겠습니다!" 술라는 졌다는 듯이 두 손을 들면서 외쳤다.

율리아는 한숨을 내쉬었다. "하지만 시골에 간다 해도 한 가지 벗어날 수 없는 게 있어요, 루키우스 코르넬리우스. 포룸 로마눔에서 보낸 반년도 안 되는 시간이 전쟁터에서 군대와 함께 보낸 10년 세월보다 훨씬 더 그이를 쇠약하게 만들었다는 사실이에요."

모두 휴식이 필요했던 게 분명했다. 마리우스가 쿠마이로 떠날 무렵이 되자 로마의 정계도 뜨거운 열기가 식고 뜨뜻미지근한 무기력 상태로 접어들었던 것이다. 저명인사들은 하나둘씩 로마 시를 빠져나갔다. 한여름 동안 온갖 종류의 장티푸스가 수부라 지구와 에스퀼리누스 언덕 전역에 급속히 번지자 도저히 배겨내지 못했기 때문이다. 그나마 팔라티누스 언덕과 아벤티누스 언덕은 사정이 나았지만, 이곳마저도 질병으로부터 안전하다고 확신할 수는 없었다.

그런 와중에도 아우렐리아는 수부라 지구에서 생활하는 데 대해 그다지 걱정하지 않았다. 녹음이 우거진 안뜰과 인술라의 두꺼운 벽이 무더위를 막아주어 동굴처럼 시원한 환경에서 지내고 있었던 것이다. 마티우스와 그의 아내 프리스킬라는 아우렐리아와 카이사르 부부와 같은 상황이었다. 프리스킬라 역시 만삭이었고 출산 예정시기도 아우렐리아와 같았다.

두 여자 모두 극진한 보살핌을 받았다. 마티우스는 늘 주변을 맴돌면서 도와줄 게 없는지 살폈고, 데쿠미우스도 매일같이 불쑥불쑥 나타나 별일 없는지 확인했다. 그는 여전히 주기적으로 꽃을 보내왔는데 아우렐리아가 임신한 뒤로는 설탕절임이나 희귀한 향신료 같은 작은 선물도 함께 보냈다. 사랑스러운 아우렐리아의 입맛을 돋울 만하다고 생각되는 것이면 무엇이든 가리지 않았다.

"마치 제가 식욕을 잃기라도 한 것처럼 말이에요!" 역시나 정기적으로 찾아오는 루푸스에게 아우렐리아는 웃으며 이렇게 말하곤 했다.

아우렐리아의 아들, 가이우스 율리우스 카이사르는 7월 13일에 태어났다. 출생일은 7월의 이두스 이틀 전으로, 신분은 파트리키이고 계급은 원로원 의원급으로 유노 루키나 신전에 등록되었다. 키가 매우 커서 보기보다 몸무게가 많이 나갔고 몸이 아주 튼튼했다. 또한 점잖고 조용했으며 잘 울지 않았다. 머리카락은 거의 투명할 정도로 옅은 색이었는데 가까이서 들여다보면 머리숱이 제법 많았다. 눈동자는 초록빛 도는 엷은 파랑색이었고 거의 검게 보일 정도로 짙은 청색 테두리가 둘러져 있었다.

"당신 아들은 범상치 않은 놈이오." 아기의 얼굴을 골똘히 들여다보던 데쿠미우스가 말했다. "이 눈 좀 보시오! 할머니도 무서워서 움찔할 거요!"

"그런 소리 하지 마, 이 끔찍한 사마귀 같은 놈아!" 처음으로 태어난 이 사내아이에게 마음을 빼앗긴 카르딕사가 으르렁거렸다.

"아랫도리도 좀 보자." 데쿠미우스는 이렇게 말하면서 지저분한 손으로 아기의 기저귀를 잡아챘다. "오호라!" 그는 환성을 내질렀다. "딱 내가 생각한 대로군! 코도 크고 발도 크고 고추도 큼지막하고 말이야!"

"루키우스 데쿠미우스!" 아우렐리아가 아연실색하며 외쳤다.

"더이상 못 참아! 그만 가버려!" 카르딕사가 고함을 지르면서 데쿠미우스의 목덜미를 움켜잡고 들어올렸다. 그러고는 조그만 여자들이 새끼고양이를 던지는 것마냥 가뿐하게 그를 현관문 밖으로 내던졌다.

아기가 태어난 지 한 달 가까이 지나서 술라가 아우렐리아를 찾아왔다. 지인들 중 로마에 남아 있는 사람이 그녀뿐이라 찾아왔다면서, 폐를 끼치는 것은 아닌지 물었다.

"무슨 말씀이세요!" 아우렐리아는 기뻐하며 술라를 반겼다. "저녁식사도 하고 가시면 좋겠어요. 혹시 오늘은 시간이 안 되신다면 내일 또 와주실 수 있나요? 말동무가 너무나 그립거든요!"

"오늘 괜찮습니다." 술라가 격의 없이 대답했다. "로마에는 그저 옛 친구를 보러 온 거예요. 친구가 열병에 걸려서요."

"누군데요? 제가 아는 분인가요?" 아우렐리아는 궁금해서라기보다는 예의상 물어보았다.

그러나 아주 짧은 순간, 술라는 달갑지 않거나 어쩌면 괴로운 질문을 받은 듯한 표정을 띠었다. 아우렐리아는 술라의 아픈 친구가 누구인지보다 그의 표정에 훨씬 더 호기심이 일었다. 우울하고 슬프고 화가나 보였기 때문이다. 그러나 이내 그 표정은 사라졌고, 어느새 그는 완벽하게 여유로운 미소를 짓고 있었다.

"아마 당신은 모를 겁니다, 메트로비오스라는 친구예요."

"배우인가요?"

"맞아요. 예전에는 연극계 사람들을 많이 알고 지냈어요. 아주 오래

전 얘기지요. 율릴라와 결혼하고 원로원에 입성하기 전이니까. 거긴 아주 다른 세계였지요." 묘하게 열은 술라의 두 눈이 응접실 여기저기를 훑었다. "이 세계와 비슷하지만 더 어두웠어요. 우스운 일이죠! 지금은 그 모든 게 꿈처럼 느껴지니."

"서운해하시는 것 같아요." 아우렐리아가 다정하게 말했다.

"아니, 그렇지는 않아요."

"메트로비오스라는 친구분은 건강을 회복할 수 있나요?"

"그럼요! 열병일 뿐인 걸요."

침묵이 흘렀다. 하지만 불편한 침묵은 아니었다. 술라는 아무 말 없이 일어나서, 안뜰이 훤히 내다보이는 탁 트인 넓은 공간으로 걸어갔다.

"저 바깥이 참으로 아름답군요."

"저도 그렇게 생각해요."

"그나저나 새로 태어난 아들은 어떤가요? 건강합니까?"

아우렐리아는 미소를 지었다. "좀 이따가 직접 보세요."

"좋아요." 술라의 시선은 여전히 안뜰을 향해 있었다.

"루키우스 코르넬리우스, 별일 없는 거죠?" 아우렐리아가 물었다.

그제야 술라는 미소를 지으며 돌아섰다. 참으로 특이하게 매력적인 사람이야, 아우렐리아는 생각했다. 환하게 밝은 동공이 어두운 테두리에 둘러싸인 그의 눈을 보면서, 사람의 마음을 당황케 하는 눈빛이라고 생각했다. 그녀의 아들과 닮은 눈이었다. 왜인지는 몰라도 이런 생각을 하자 몸이 떨렸다.

"그래요, 아우렐리아, 아무 일 없어요."

"그렇게 믿고 싶지만 솔직한 대답이 아닌 것 같아요."

술라가 대답하려고 막 입을 여는 순간, 카르딕사가 카이사르 가문의 어린 후계자를 안고 들어왔다.

"5층으로 가려고요, 마님."

"먼저 루키우스 코르넬리우스께 아기를 보여드려, 카르딕사."

그러나 술라가 진정으로 관심을 갖는 아이는 자신의 두 아이뿐이었다. 그는 의무적으로 아이의 얼굴을 유심히 들여다본 다음, 그 정도면 충분할지 아우렐리아를 흘낏 보며 눈치를 살폈다.

"이제 그만 가봐, 카르딕사." 아우렐리아는 이렇게 말하여 술라를 곤경에서 벗어나게 해주었다. "오늘 아침은 누구 차례야?"

"사라예요."

아우렐리아는 술라에게 돌아서며 가식 없이 유쾌한 미소를 지었다. "유감이지만 저는 젖이 안 나온답니다. 그래서 내 아들은 여기저기 젖을 얻어먹으러 다녀요. 인술라처럼 큰 공동체에 사는 큰 이점 중에 하나죠. 언제나 젖먹이 엄마가 대여섯 명씩은 있거든요. 그리고 모두들 내 아이들에게 젖을 나눠줄 정도로 친절해요."

"저 아이는 자라서 온 세상 사람들을 사랑하겠군요. 온갖 나라 사람들이 당신에게 세 들어 사는 것 같던데요."

"맞아요. 그래서 삶이 흥미진진하답니다."

술라는 다시 안뜰로 시선을 옮겼다.

"루키우스 코르넬리우스, 마음이 반쯤 딴 데 가 있는 것 같군요." 아우렐리아가 부드럽게 나무랐다. "분명 무슨 문제가 있는 거예요! 제게 털어놓을 수는 없나요? 남자들만 알 수 있는 문제인가요?"

술라는 아우렐리아의 맞은편 긴 의자에 앉았다. "나는 여자 운이 정말 없어요." 그가 불쑥 말을 뱉었다.

아우렐리아는 눈을 깜박였다. "어떤 면에서요?"

"내가…… 사랑하는 여자, 결혼하는 여자 모두 그래요."

흥미로운 일이었다. 술라는 사랑보다 결혼을 더 쉽게 얘기하는 듯했다. "지금은 어느 쪽이에요?" 아우렐리아가 물었다.

"양쪽 다 섞여 있어요. 사랑하는 사람 따로, 결혼하는 사람 따로죠."

"오, 루키우스 코르넬리우스!" 아우렐리아는 욕정의 기색은 전혀 없이, 순수하게 인간적으로 좋아하는 마음을 담아 그를 바라보았다. "누군지 이름은 묻지 않을게요. 그런 게 궁금한 건 아니니까요. 궁금한 걸 물어보시면 제 나름대로 대답을 해드릴게요."

술라는 어깨를 으쓱했다. "별로 할말은 없어요! 나는 장모님이 찾아주신 여자 아일리아와 결혼했지요. 율릴라를 겪은 후로 나는 완벽한 로마인 부인을 원했어요. 율리아라든지, 조금 더 나이를 먹은 당신 같은 여자 말이오. 아일리아를 소개받았을 때 나는 이상적인 아내감이라고 생각했어요. 차분하고 조용하고, 사근사근하고 매력적이며 다정한 사람이었으니까요. 정말 잘됐어, 나도 드디어 완벽한 로마인 아내를 얻게 되었구나 하고 생각했죠. 나는 아무도 사랑할 수 없으니까, 좋아할 수 있는 사람과 결혼하는 편이 제일 낫겠다 싶었어요."

"게르만인 부인은 좋아했었다고 들었는데요?" 아우렐리아가 물었다.

"그래요, 무척 좋아했죠. 지금도 묘한 방식으로 그녀를 그리워하고 있어요. 하지만 그녀는 로마인이 아니니 로마 원로원 의원에게는 도움이 안 되지요. 어쨌든 나는 아일리아도 헤르마나와 비슷할 거라고 생각했어요." 술라는 거친 소리로 크게 웃었다. "그러나 내 생각이 틀렸어요! 알고 보니 아일리아는 우둔하고 재미없고 따분한 여자였어요. 아주 착한 사람임에는 분명하지만, 잠시만 같이 있어도 하품이 날 지경이지요!"

“아이들에게는 잘해주나요?”

“아주 잘하죠. 그 부분에선 전혀 불만이 없어요!” 술라는 다시 웃었다. “그녀와 결혼할 게 아니라 유모로 고용했어야 했어요. 그야말로 이상적인 유모가 되었을 겁니다. 아일리아는 아이들을 정말로 좋아하고 아이들도 그녀를 잘 따르거든요.”

이제 술라는 마치 아우렐리아가 그 자리에 없는 것처럼 이야기하고 있었다. 어쩌면 그녀를 대화상대가 아니라, 오랫동안 속으로 생각해온 이야기를 입 밖에 꺼내어 말할 핑곗거리를 준 존재로만 인식하는 듯했다.

“이탈리아 갈리아에서 돌아온 직후에 스카우루스의 집에 만찬 초대를 받았어요.” 술라는 말을 이었다. “조금은 우쭐하고 조금은 걱정도 됐어요. 똥돼지 메텔루스와 그 패거리들이 모두 그 자리에 와서 나를 가이우스 마리우스에게서 떼어놓으려고 수작을 부릴지 궁금했지요. 그런데 거기서 그 가여운 여자, 스카우루스의 아내를 본 거예요. 모든 신의 이름으로, 도대체 왜 스카우루스가 그 여자와 결혼해야 했을까요? 그자는 그녀의 증조부뻘은 될 거란 말입니다! 달마티카, 이게 그녀의 이름이더군요. 그녀 하나만 봐도 카이킬리우스 메텔루스 가문에서 나온 수천 명의 여자를 높이 평가할 수 있을 정도였죠. 나는 한눈에 달마티카를 사랑하게 되었어요. 적어도 나는 사랑이라고 생각해요. 물론 연민의 감정도 섞여 있어요. 하지만 한순간도 그녀에 대한 생각을 멈출 수 없는 걸 보면 사랑이 아니고 뭐겠어요? 그녀는 임신중이었어요. 정말 역겹지 않습니까? 당연히 그 누구도 그녀가 무얼 원했는지 묻지 않았어요. 똥돼지 메텔루스는 어린아이에게 꿀통을 던져주듯이 스카우루스에게 그녀를 줘버렸어요. 자, 당신 아들이 죽었으니 이 상으로 위안을 삼게, 아들을 또 낳아보게, 이런 식으로 말이죠! 역겹기 짝이 없지요. 하지만 내 실체의 반만 알아도 역겨워할 쪽은 그들이겠죠. 이해할 수가 없어요, 아우렐리아. 실상은 그들이 나보다 더 부도덕한 인간들이에요! 그런데도 그들이 그 사실을 깨우치게 할 길은 전혀 없지요."

수부라 지구로 이사 온 후 아우렐리아는 많은 것을 배웠다. 루키우스 데쿠미우스부터 꼭대기 두 층에 모여 사는 해방노예들에 이르기까지, 온갖 이들이 아우렐리아에게 이야기를 들려주었던 것이다. 이 동네에서는 참으로 많은 일이 일어났다. 인술라의 주인으로서 그녀가 싫든 좋든 개입할 수밖에 없는 일들도 있었고, 남편이 알았더라면 엄청난 충격을 받았을 일들도 있었다. 낙태, 사술, 살인, 강도, 강간, 알코올 중독과 그보다도 더한 중독들, 정신이상, 절망, 우울, 자살. 이 모든 일이 인술라 곳곳에서 일어나고 있었으며, 항상 똑같은 방식으로 끝이 났다. 그중 단 한 사건도 수도 담당 법무관의 법정에 회부되지 않은 것이다! 사건들은 모두 지역 주민들에 의해 해결되었고, 가장 즉각적인 방식으로 가혹한 심판이 내려졌다. 다시 말해 눈에는 눈, 이에는 이, 목숨에는 목숨으로 죗값이 치러지고 있었다.

이런 경험이 있었기에, 아우렐리아는 술라의 이야기를 들으면서 그라는 사람을 진실과 크게 다르지 않은 모습으로 짜맞출 수 있었다. 그를 아는 로마의 귀족 중에서 오직 그녀만이 술라가 자랐던 환경을 이해했으며, 그의 본성과 성장배경 때문에 떠맡을 수밖에 없었던 지독한 어려움 또한 이해했다. 그는 타고난 귀족으로서 자신의 권리를 주장했지만, 로마의 매음굴에서 자랐다는 낙인도 영원히 지워지지 않았다.

아우렐리아에게 얘기하는 도중에도 술라는 머릿속으로 그녀에게 도저히 말할 수 없는 다른 것들을 생각하고 있었다. 그는 스카우루스의 임신한 어린 아내를 너무나 절실히 원했지만, 꼭 육체나 정신적인 것 때문만은 아니었다. 그녀는 그가 추구하는 목표에 이상적인 여자였던 것이다. 하지만 그녀는 콘파레아티오 의식을 치르고 스카우루스와 결혼했고, 그 자신은 더할 나위 없이 지루한 아일리아에게 매인 몸이었다. 이번에는 콘파레아티오 의식 따위는 치르지 않았다! 그랬다가는 이혼할 때 끔찍한 상황이 뒤따를 테니까. 달마티카는 그 점에 있어서 그가 이미 깨달은 교훈을 명확하게 보여주었을 뿐이다. 여자 문제에 있어서는 앞으로도 행운이 없으리라는 것을 그는 직감하고 있었다. 그 자신의 또다른 이면 때문일까? 저 멋지고 아름답고 눈부신 메트로비오스와의 관계 때문에? 하지만 술라는 율릴라와 살고 싶지 않았던 것처럼 메트로비오스와 함께하고 싶은 마음도 없었다. 어쩌면 그것이야말로 정답일 터이다. 그는 자신을 다른 사람과 공유하고 싶지 않은 것이다. 그것은 너무나 위험한 일이다. 오, 하지만 그는 카이킬리아 메텔라를 갈망했다. 원로원 최고참 의원 스카우루스의 아내를! 역겨운 일이다. 그렇다고 평소에 그가 나이든 남자와 어린 여자의 결혼에 거부감이 있었던 것은 아니었다. 다만 이번은 개인적인 일이었다. 그녀를 사랑하기 때문에 그녀는 예외가 되었다.

"루키우스 코르넬리우스, 달마티카도 당신을 좋아했나요?" 아우렐리아의 질문이 그의 생각을 비집고 들어왔다.

술라는 주저 없이 대답했다. "그렇고말고요! 의심의 여지가 없어요."

"그러면 앞으로 어쩔 작정이에요?"

술라는 괴로움에 몸을 비틀었다. "나는 너무 멀리까지 왔고 너무 많은 대가를 치렀어요. 이제 와서 멈출 수는 없어요, 아우렐리아! 상대가 달마티카라 해도 마찬가집니다. 혹시라도 내가 그녀와 관계를 가진다면 보니 무리들은 기를 쓰고 나를 파멸시키려고 달려들 거예요. 나는 아직 재산도 많지 않습니다. 원로원에서 근근이 버틸 수 있는 정도에 불과하지요. 게르만족과의 전투로 소득을 좀 얻기는 했지만 딱 내가 받을 만큼의 몫뿐이었어요. 남은 출셋길도 수월하게 오르지는 못할 겁니다. 이유는 다르지만 그들은 가이우스 마리우스를 볼 때와 같은 시각으로 나를 바라보고 있어요. 우리 둘 다 그들의 가증스러운 이상을 순순히 따르지 않으니까요. 그런데도 그들은 왜 우리는 되고 자기네는 안 되는지 도저히 이해하지 못하지요. 자기들이 이용당하고 모욕당했다고만 생각해요. 어쨌든 나는 가이우스 마리우스보다 운이 좋은 건 분명해요. 적어도 귀족의 피가 흐르니까요. 그러나 내 피는 수부라 지구라는 배경으로 더럽혀졌습니다. 배우들, 하층생활 같은 것들로요. 나는 보니의 진정한 일원이 아닌 거죠." 술라는 숨을 들이켰다. "그렇지만 나는 그들을 앞지르고야 말 겁니다, 아우렐리아! 나는 이 경주에서 최고의 경주마니까요."

"하지만 그렇게 해서 얻은 상이 그만한 가치가 없다면 어쩌지요?"

술라는 아우렐리아의 어리석은 질문에 경악하여 눈을 크게 떴다. "노력만큼 가치 있는 일은 원래 없어요! 그런 경우는 절대 없죠! 우리 중 누구도 상 때문에 노력하지는 않아요. 우리가 마구를 차고 경기장 일곱 바퀴를 돌려고 나설 때 경쟁 상대는 우리 자신입니다. 가이우스 마리우스 같은 사람에게 달리 어떤 도전자가 있겠습니까? 그는 경기장에서 가장 뛰어난 말인데요. 그래서 그는 자신과 싸우며 달리는 겁니다. 나 역시 마찬가집니다. 나는 할 수 있고, 해내고 말 거라는 생각으로 달리지요! 하지만 그것은 오직 나에게만 진정으로 의미가 있어요."

아우렐리아는 자신의 어리석음에 얼굴을 붉혔다. "옳은 말씀이에요."

그녀는 자리에서 일어나 한 손을 내밀었다. "갑시다, 루키우스 코르넬리우스! 덥기는 해도 날씨가 참 좋아요. 지금 수부라 지구는 텅 비어 있을 거예요. 여름휴가를 떠날 형편이 되는 사람들은 모두 로마를 떠났고, 가난한 사람과 제정신이 아닌 사람들만 남아 있어요! 그리고 나도 남았구요. 자, 산책이나 다녀오죠. 돌아와서 저녁식사를 하고요. 푸블리우스 외삼촌께도 오시라는 전갈을 보내둘게요. 그분도 아직 로마에 계실 거예요." 이 말끝에 그녀는 얼굴을 찡그렸다. "루키우스 코르넬리우스, 이해하시겠지만 저는 조심할 수밖에 없답니다. 남편은 나를 사랑하는 것 못지않게 나를 믿고 있어요. 하지만 제가 입방아에 오를 일을 일으키고 다닌다면 좋아하지 않을 거예요. 그래서 저는 조신한 구식 아내가 되려고 노력한답니다. 그이는 제가 식사에 초대한 것도 아닌데 당신이 왔다는 걸 알면 충격받을 거예요. 하지만 푸블리우스 외삼촌이 오실 수 있다면, 가이우스 율리우스는 나를 칭찬하겠죠."

술라는 애정 어린 눈빛으로 아우렐리아를 보았다. "남자들이란 자기 부인에 대해 왜 그리 터무니없는 생각을 하는 건지! 당신은 가이우스 율리우스가 군대 막사에서 식사 때마다 넋이 나간 듯 그리워하는 존재와 전혀 다르군요."

"나도 알아요. 하지만 그이는 모르죠."

파트리키 구의 뜨거운 열기가 답답한 담요처럼 그들의 머리 위로 내려앉았다. 아우렐리아는 숨을 헐떡이며 급히 실내로 피했다. "도저히 안 되겠군요! 이렇게 더울 줄은 몰랐어요! 에우티코스는 감당할 수 있을 테니, 카리나이 지구로 가서 푸블리우스 외삼촌을 모시고 오는 건 그에게 맡기고 우리는 정원에 앉아 있기로 해요." 그녀는 술라를 안내하면서도 말을 멈추지 않았다. "루키우스 코르넬리우스, 기운 내요! 결국에는 모든 게 잘될 거예요, 틀림없어요. 키르케이로 가서 착하고 재미없는 부인에게 돌아가요. 시간이 지나면 부인이 점점 더 좋아질 거예요. 장담해요. 그리고 달마티카는 아예 보지 않는 편이 당신에게 이로울 거예요. 그런데 올해 나이가 몇이지요?"

갇힌 듯 답답하던 기분이 홀가분해져갔다. 술라의 안색이 밝아지고 미소도 아까보다 자연스러워졌다. "인생의 이정표를 맞았지요. 올해로 마흔이 되었습니다."

"아직 한창때군요!"

"아니, 어떤 면에서는 늙었어요. 아직 법무관도 되지 못했고, 보통 법무관에 오르는 나이보다 이미 한 살 더 먹었으니까."

"이런, 이런, 또 표정이 어두워졌군요. 전혀 그럴 필요가 없어요. 우리의 노병 가이우스 마리우스를 봐요! 집정관이 되는 평균 나이보다 여덟 살이나 많은 쉰 살에 처음으로 집정관이 되었잖아요. 생각해봐요. 마르스 축제의 경마에 마리우스가 출전했다면 당신은 그를 최고의 말로 꼽았겠어요? 그가 '시월의 말'이 될 거라고 내기를 걸었겠어요? 하지만 마리우스의 위대한 업적은 모두 쉰 살이 지나고서야 이룩한 것들이에요."

"그건 맞는 말입니다." 술라는 대꾸하면서 자기도 모르게 기분이 밝아졌다. "오늘 나를 이리로 데려와 당신을 만나게 해준 것은 대체 어느 행운의 신일지! 당신은 좋은 친구예요, 아우렐리아. 많은 도움이 되었어요."

"언젠가 저도 당신께 도움을 청할 날이 있을 거예요."

"언제든 말만 하세요." 술라가 고개를 들자, 칸막이 없이 훤히 드러난 위층 발코니가 눈에 들어왔다. "정말 용감하군요! 칸막이를 없앤 겁니까? 위층 사람들이 이 혜택을 악용해 문제를 일으키지는 않습니까?"

"전혀 그렇지 않아요."

술라는 소리내어 웃었다. 진심으로 즐거워서 튀어나온 웃음이었다. "수부라 지구의 거친 인간들을 당신의 작은 손바닥 안에 꽉 잡고 있는 게 분명하군요!"

아우렐리아는 고개를 끄덕이며 미소 지었다. 그녀는 정원 의자에 앉아 부드럽게 몸을 앞뒤로 흔들었다. "저는 이곳 생활이 만족스러워요, 루키우스 코르넬리우스. 솔직히, 가이우스 율리우스가 팔라티누스 언덕에 집을 장만할 돈을 모으지 못한대도 전혀 상관없어요. 여기 수부라 지구에서 저는 온갖 흥미로운 사람들에 둘러싸여 바쁘고 보람 있게 지낸답니다. 저도 나름의 경주를 뛰고 있는 거지요."

"일곱 바퀴 중에 이제 겨우 한 바퀴 돌았을 뿐이지요. 아직 당신이 가야 할 길이 한참입니다."

"당신도 마찬가지예요." 아우렐리아가 응수했다.

당연히 율리아는 잘 알고 있었다. 9월 전까지는 로마로 돌아가지 않을 것처럼 말했어도 마리우스가 여름 내내 쿠마이에만 있을 리가 없다는 것을, 마음에 평정이 찾아오는 즉시 로마의 싸움판으로 돌아가고 싶어 안달하리라는 것을 말이다. 그래서 마리우스가 시골생활로 돌아오자마자 정치도 군대도 뒤로 하고 잠시나마 선조들이 그랬듯이 시골 지주로 생활하는 것에 기뻐하며, 매 순간을 감사해했다. 그들은 호화로운 빌라 아래 조그마한 해변에서 수영을 즐기고 신선한 굴과 게, 새우, 다랑어를 실컷 먹었다. 주변 일대를 향기로 가득 채우며 장미꽃이 흐드러지게 피어난 인적 드문 언덕길을 거닐기도 했다. 손님은 거의 초대하지 않았고, 사람들이 찾아오면 집에 없는 척하기도 했다. 마리우스는 어린 아들을 위해 신통찮은 배를 만들어주었고, 그 배가 곧바로 심해에 사는 물고기처럼 가라앉자 어린 마리우스만큼이나 유쾌해했다. 율리아는 쿠마이에서의 이 평온한 여름처럼 행복했던 적은 없었다고 생각하며 매 순간에 감사했다.

그러나 마리우스는 예정대로 로마로 돌아가지 못했다. 천랑성의 달 8월의 첫날 밤, 고통도 별다른 느낌도 없이 미미한 발작을 일으킨 것이다. 아침에 일어나보니 자는 사이에 침을 흘렸는지 베개가 축축하게 젖은 것을 눈치챘을 뿐이었다. 조반을 들려고 나오던 마리우스는 탁 트인 테라스에서 바다를 바라보는 율리아와 마주쳤다. 그는 생전 본 적이 없는 표정으로 자신을 쳐다보는 율리아의 모습에 어리둥절해서 부인을 마주보았다.

"무슨 일이오?" 마리우스가 웅얼거리듯이 물었다. 혀가 둔하고 어설픈 느낌이었다. 참으로 이상하게 아무 감각도 느껴지지 않았다.

"당신 얼굴이……." 율리아의 얼굴이 하얗게 질렸다.

마리우스는 양손을 올려 자기 얼굴을 만져보았다. 왼손가락도 혀처럼 둔하게 느껴졌다. "무슨 일이지?"

"당신 얼굴이…… 왼쪽 얼굴이 내려앉았어요." 대답하고 나서야 상황을 깨닫고 율리아는 문득 숨이 콱 막혔다. "오, 여보! 뇌졸중을 일으켰군요!"

그러나 마리우스는 아무 통증도 느끼지 못했고 어떤 변화가 생겼는지도 직접 의식하지 못했기 때문에 아내의 말을 믿으려 들지 않았다. 율리아가 윤이 나는 커다란 은거울을 가져다주었을 때야 직접 자신의 모습을 볼 수 있었다. 거울에 비친 오른쪽 얼굴은 다부지게 올라가 있고 나이에 비해 주름도 많지 않았다. 그러나 왼쪽 얼굴은 늘어지고 축 처져서 생기가 빠져나간 듯했다. 마치 옆에 있는 횃불의 열기로 녹아내린 밀랍 가면 같았다.

"평소와 다른 느낌이 전혀 없소!" 소스라치게 놀라 마리우스가 말했다. "병이 있다면 머리로 느껴져야 하는데, 내 머릿속엔 아무 이상이 없소. 혀는 제대로 움직이지 않지만 머릿속으로는 내가 하려는 말을 어떻게 해야 하는지 알고 있소. 당신도 내 말을 알아듣고 나도 당신 말을 알아들을 수 있으니 내 언어 능력은 그대로요! 왼손 놀림이 둔하지만 어쨌든 움직일 수는 있소. 게다가 아무 통증도 없소. 통증이 전혀 없단 말이오!"

마리우스는 분노에 떨면서 의사를 만나는 것도 반대했다. 그 말을 거스르다가 자칫 남편의 상태가 악화될까봐 율리아는 더 고집부리지 않았다. 그날 내내 그녀는 직접 남편을 돌보았다. 덕분에 해가 지자마자 잠자리에 들라고 설득할 때쯤엔, 그의 마비 상태가 더 악화되지 않았고 새벽녘과 비슷하다고 말해줄 수 있었다.

"이건 틀림없이 좋은 징후예요. 시간이 지나면 상태가 좋아질 거예요. 당신은 그저 여기 더 머물면서 충분히 쉬면 돼요."

"그럴 수 없소! 그러면 저들은 내가 자기들과 대적할 용기가 없다고 생각할 거요!"

"로마에 돌아간다 해도 그들은 언제든 분명 당신을 찾아오겠죠. 그렇게 되면 무슨 일이 일어났는지 그들 눈으로 직접 확인하게 될 거예요. 그러니 싫든 좋든 몸이 나을 때까지 이곳에 있어요." 율리아의 목소리에는 전에 없던 권위가 실려 있었다. "내 말에 토 달지 말아요! 내 말이 옳다는 걸 당신도 알잖아요! 이 상태로 로마로 돌아간다 해도 뭘 할 수 있겠어요? 또 발작을 일으키기밖에 더하겠어요?"

"아무것도 못하겠지." 마리우스는 중얼거리듯 대답한 뒤 절망하며 침대에 누웠다. "율리아, 율리아. 아프기보다도 추해진 기분이 드는 이 상태에서 어떻게 회복할 수 있단 말이오? 나는 반드시 나아야 하오! 절대 저들에게 질 수 없소. 너무나 많은 것들이 걸려 있는 지금 시점에서는 더더욱 안 돼요!"

"그들은 당신을 무너뜨리지 못해요, 가이우스 마리우스." 율리아가 힘주어 말했다. "당신을 무너뜨릴 수 있는 건 죽음뿐이죠. 그리고 이런 하찮은 발작 따위로 당신이 죽을 일은 없어요. 마비 증상은 차차 나아질 거예요. 잘 쉬고 적당히 운동하고, 음식을 가려먹고, 포도주를 삼가요. 그리고 로마 일에는 신경쓰지 말아요. 그럼 회복이 훨씬 빨라질 거예요."

시칠리아나 사르디니아에는 봄비가 전혀 내리지 않았고 아프리카에도 아주 적게만 왔다. 그러다 그나마 싹튼 밀에 이삭이 패기 시작할 무렵부터는 억수같이 비가 내렸다. 홍수와 병충해로 작물이 모조리 죽어버렸다. 아프리카에서만 얼마 안 되는 작물이 수확되어 푸테올리와 오스티아로 들어올 뿐이었다. 이로써 로마는 4년째 치솟은 곡물가와 식량 부족으로 인한 기근을 앞두게 되었다.

차석 집정관 겸 마르스 대제관인 루키우스 발레리우스 플라쿠스는, 로마 항과 가까운 아벤티누스 언덕 벼랑 아래의 곡물 저장소들이 텅 비고 투스쿠스 구의 개인 곡물 저장소에도 곡식이 거의 없다는 걸 알게 되었다. 곡물 상인들은 플라쿠스와 조영관들에게 이 얼마 안 되는 곡식이 1모디우스, 즉 고작 6킬로그램당 50세스테르티우스 이상의 가격으로 팔릴 거라고 알려왔다. 최하층민 가정은 곡식이 이 가격의 반의 반값이라 해도 살 수 없을 것이었다. 밀보다 값싼 식량도 있기는 했지만, 밀 부족 사태로 다른 식량의 소비가 늘고 생산은 한정되어 있어 모든 곡물 가격이 덩달아 올랐다. 기근이 닥치면서 멀건 오트밀 죽과 순무가 가난한 하층민의 주식이 되었으나, 맛난 빵에 길들어 있던 위장이 이런 음식에 만족할 리 없었다. 결국 튼튼하고 건강한 이들은 살아남았지만 노인과 병약자, 어린아이들은 줄줄이 죽어나갔다.

10월에 접어들자 최하층민들 사이에 점차 동요가 일었다. 로마의 일반 시민들은 오싹한 두려움을 느끼기 시작했다. 식량이 떨어진 최하층민과 바싹 붙어산다는 것은 두려움을 불러일으킬 수밖에 없는 일이었기 때문이다. 값비싼 곡식을 사기에는 형편이 빠듯한 3계급과 4계급 시민 대부분은, 저장해둔 식량을 그들보다도 더 가난한 자들의 약탈로부터 지키려고 무기를 사들이기 시작했다.

플라쿠스는 국가의 곡물 구입과 저장, 판매를 담당하는 고등 조영관들과 논의했다. 입수 가능한 모든 지역의 곡물을 밀뿐만 아니라 보리, 수수, 사료용 에머밀 등 종류를 불문하고 구입할 수 있도록 추가 자금을 달라고 원로원에 요청했다. 그러나 이 상황을 진정으로 우려하는 원로원 의원은 거의 없었다. 그들은 오랜 세월 하층민들과 단절되어 생활했기에 최근에 일어난 최하층민의 기아 폭동에 대해 전혀 모르고 있었다.

설상가상으로, 국고 재무관으로 재직중이던 두 청년은 원로원에서도 가장 특권층에 속하는 인정사정없는 사람들이었다. 그들은 풍족한 시기에도 최하층민에 대해서는 눈곱만큼도 관심이 없었다. 두 사람은 재무관으로 선출되자마자 로마 시내에서의 재직을 청하면서 "로마 국고의 부적절한 낭비를 철저히 막겠노라"고 선언했다. 최하층민 군대나 최하층민이 먹을 곡물에 돈을 쓸 의향이 전혀 없음을 인상적으로 표명한 것이었다. 둘 중에서도 상급 직위에 해당하는 수도 담당 재무관은 다름아닌 톨로사의 황금을 훔치고 아라우시오 전투를 패배로 이끈 전직 집정관 카이피오의 아들 카이피오 2세였으며, 다른 한 명은 추방당한 메텔루스 누미디쿠스의 아들인 새끼 똥돼지였다. 둘 다 오래전부터 마리우스에게 원한을 품은 인물들이었다.

통상적으로 원로원은 국고 재무관의 권고사항에 반하여 행동하지 않았다. 원로원 의사당에서 국가 재정상황에 대한 질문을 받자, 카이피오 2세와 새끼 똥돼지는 곡식을 사들일 돈이 없다고 입을 모아 딱 잘라 말했다. 수년간 최하층민 군대에 군장과 음식을 대고 급료를 지급하느라 막대한 지출을 했기에 국고가 바닥났으며 유구르타나 게르만족과의 전투에서 얻은 노획물과 공물로 얻은 수익도 국가의 적자를 해결하기에는 턱없이 모자란다고 말하면서, 그들의 주장을 입증해 보이려고 국고 담당관들을 불러들여 회계장부를 공개했다. 로마의 국고는 바닥났다, 그러니 현재의 곡물값을 감당할 수 없는 사람들은 굶을 수밖에 없다, 유감이지만 이것이 로마가 처한 현실이라는 게 그들의 결론이었다.

11월이 시작될 무렵, 원로원이 곡물 구입을 위한 자금 마련을 부결하였으므로 국가에서 적정 가격의 곡식을 제공하지 않을 거라는 소문이 로마 전역에 퍼졌다. 풍문으로 나도는 내용에는 농사가 흉작이라거나 국고 재무관이 고약한 자들이라는 말은 없었다. 그저 값싼 곡식이 나오지 않을 것이라는 말뿐이었다.

곧바로 포룸 로마눔은 전에 못 보던 새로운 군중으로 가득찼다. 평상시에 그곳을 자주 찾던 사람들은 차츰 사라지거나 새로운 무리의 뒷전으로 물러났다. 새로 몰려든 군중은 최하층민과 5계급 사람들이었다. 그들의 분위기는 험악했다. 원로원 의원들과 토가를 차려입은 귀족들은, 예로부터 자기네 본거지로 생각했던 포룸 로마눔을 지날 때마다 수천 명의 입에서 터져나오는 야유를 듣게 되었다. 처음에 그들은 좀처럼 겁을 먹지 않았다. 그러나 야유는 얼마 안 가 배설물과 거름, 악취 나는 티베리스 강의 진흙, 썩은 쓰레기 등 온갖 오물 세례로 바뀌었다. 사태가 이 지경에 이르자 원로원은 회합을 전면 중단하여 이 곤경에서 빠져나갔다. 결국 은행가, 기사계급, 상인, 변호인, 국고 재무관같이 운 나쁜 사람들만 원로원의 지원을 받지 못하고 오물을 뒤집어쓰는 곤욕을 치러야 했다.

주도적으로 일을 처리할 만큼 강력하지 못했던 차석 집정관 플라쿠스는 이 사태를 수수방관했다. 한편 카이피오 2세와 새끼 돼지는 그들의 성공을 자축했다. 그들에게는 이번 겨울 동안 최하층민 몇천 명이 죽어나간다면 먹여야 할 입이 그만큼 준다는 생각밖에 없었던 것이다.

바로 이 시점에 호민관 사투르니누스가 평민회를 소집하여 곡물법을 제안했다. 즉각 이탈리아와 이탈리아 갈리아 지역의 밀, 보리, 수수를 남김없이 사들여 1모디우스당 1세스테르티우스라는 턱없이 싼 값에 판매한다는 내용이었다. 물론 그는 어떤 화물이든 이탈리아 갈리아에서 아펜니누스 산맥 이남지역으로 수송하기란 사실상 불가능하다는 사실이나, 아펜니누스 산맥 이남의 어디에도 구입할 곡식이 거의 남지 않았다는 사실은 전혀 언급하지 않았다. 그가 원한 것은 군중이었다. 군중의 눈에 자신이 그들의 유일한 구세주로 비치길 원했던 것이다.

원로원 회합도 없는 상황에서, 사투르니누스의 제안에 반대하는 목소리는 거의 전무했다. 최상위 부자들을 제외하고 로마인 모두가 곡물 부족 사태로 영향을 받고 있었기 때문이다. 식량 공급과 관련된 모든 사람이 그의 편에 섰다. 3계급과 4계급 시민들도 마찬가지였고 심지어 2계급의 여러 백인조도 그의 편을 들었다. 11월이 중순을 지나 12월을 향해갈 무렵에는 로마 전체가 그의 편이 되었다.

"사람들이 밀을 사지 못하면 우리가 빵을 만들 수 없습니다!" 제분업자와 제빵업자 조합이 외쳤다.

"사람들이 굶주리면 제대로 일을 못합니다!" 건축업자 조합이 외쳤다.

"사람들이 자기 자식도 먹이지 못한다면 그들의 노예들은 어떻게 되겠습니까?" 해방노예 조합이 외쳤다.

"사람들이 식량 구입에 돈을 다 써야 하면 집세를 낼 수가 없습니다!" 건물주 조합이 외쳤다.

"사람들이 굶주리다못해 가게를 털고 시장 노점대를 뒤엎기 시작한다면 우리는 어떻게 되는 겁니까?" 상인 조합이 외쳤다.

"사람들이 먹을 것을 찾아 우리 농장으로 몰려든다면 팔 채소가 남아나지 않을 겁니다!" 채소 재배자 조합이 외쳤다.

이렇듯 기근으로 인한 식량 부족은 최하층민 몇천 명이 굶어죽는 것으로 끝나는 단순한 문제가 아니었다. 로마의 중하층 시민들이 식량을 사기 어려워진 순간, 수많은 상업과 사업체가 연이어 타격을 입게 된 것이다. 한마디로 기근은 로마 경제의 대재앙이었다. 그런데도 원로원 의원들은 의사당은 차치하고 군중이 몰리지 않는 신전에서조차 모이지 않았다. 그러니 해결책을 제시하는 일은 사투르니누스의 몫이 되었고, 그가 내놓은 해결책은 국가에서 사들일 수 있는 곡식이 존재한다는 잘못된 전제에 근거하고 있었다. 그는 진짜 그런 곡식이 있다고 믿었다. 위기상황은 모조리 조작된 것이며, 원로원의 정책입안자들과 상류층 곡물 부호들이 동맹을 맺으면서 비롯된 사태라고 여긴 것이다.

포룸 로마눔에 모인 군중 수천 명의 얼굴은 마치 해바라기가 해를 바라보듯이 사투르니누스를 바라보았다. 웅변의 힘으로 점점 열정에

도취된 사투르니누스는 자신이 외치는 한마디 한마디를 모두 믿기 시작했다. 자신과 눈길이 마주친 군중 속의 얼굴 하나하나를 믿기 시작했으며, 로마를 통치하는 새로운 방법을 믿기 시작했다. 집정관이 무슨 대수인가? 원로원은 뭐 그리 대수인가? 여기 있는 민중의 기세에 원로원 작자들이 꽁무니를 빼고 슬금슬금 집으로 내빼지 않았는가. 판돈이 걸리고 주사위를 던질 순간이 왔을 때 정작 중요한 것은 이들뿐이다. 이 거대한 민중의 얼굴들이다. 이들이야말로 진정한 권력을 쥐고 있다. 자신이 권력을 쥐고 있다고 생각하는 자들도, 바로 이 민중이 허락할 때에 한해 권력을 가질 뿐이다.

그러니 집정관이 뭐가 대수란 말인가? 원로원은 또 뭐 그리 대수인가? 무의미한 말과 흰소리뿐, 그들은 아무것도 아니다! 로마에는 군대도 없고 가장 가까운 군대라야 카푸아 근방의 신병 훈련소 병사들뿐이다. 집정관과 원로원은 뒤를 받쳐줄 군대나 다수 세력도 없이 권력을 쥔 것이다. 그러나 이곳 포룸 로마눔에는 진정한 권력이 있다. 이곳에는 진정한 권력을 뒷받침해줄 다수의 힘이 있다. 그런데 로마의 일인자가 되기 위해 굳이 집정관이 되어야 할 이유가 어디 있나? 그럴 필요가 없다! 가이우스 그라쿠스도 이 사실을 깨달았던 걸까? 아니면 미처 이 사실을 깨닫기 전에 자살할 수밖에 없었던 걸까?

거대한 군중 속의 얼굴들을 환상 속에서 게걸스레 탐닉하며, 사투르니누스는 이렇게 생각했다. 나는 로마의 일인자가 될 것이다. 그러나 집정관으로서가 아니라 호민관으로서 그럴 것이다. 진정한 권력은 집정관이 아닌 호민관에게 있다. 그리고 마리우스가 그야말로 끊임없이 집정관으로 선출되고 있는데, 나 사투르니누스가 끊임없이 호민관으로 선출되지 말라는 법이 어디 있는가?

이런 생각에도 불구하고, 사투르니누스는 조용한 날을 골라 자신의 곡물법을 통과시키기로 결정했다. 값싼 곡식을 제공한다는 법안 내용에 대한 원로원의 반대가 앞으로도 계속 강압적이고 배타적인 태도로 보여야 한다는 것을 알 만큼 영리했기 때문이다. 그러니 원로원이 평민회를 무질서하고 소요와 폭력이 난무하는 집단이라고 비난하며 곡물 법안을 무효화시킬 빌미를 주지 않으려면, 포룸 로마눔에 대규모 군중이 모이는 일은 없어야 했다. 사투르니누스는 아직까지도 두번째 토지 법안과 마리우스의 배신, 누미디쿠스가 추방을 택한 일로 화를 삭이지 못하고 있었다. 사실 그 토지법안이 여전히 서판에 새겨져 있는 것도 내가 한 일이지 마리우스의 공이 아니다. 그러니 최하층민 퇴역병사들에게 토지를 나눠주는 법안의 실제 입안자는 바로 나다.

11월은 민회를 열 수 있는 휴일이 적었다. 그러나 사투르니누스는 조용한 날에 회의를 개최할 기회를 잡았다. 굉장히 부유한 기사가 죽어서 그 아들들이 아버지를 기리고자 공들여 준비한 추모 검투 경기가 열리는 날이었다. 검투 경기는 보통 포룸 로마눔에서 열렸지만, 이날은 매일같이 포룸 로마눔에 모이는 군중을 피해 플라미니우스 경기장으로 장소가 정해졌다.

그러나 사투르니누스의 계획은 카이피오 2세 때문에 망쳐지고 말았다. 사투르니누스는 계획대로 평민회를 소집했고, 점괘도 좋게 나왔다. 군중이 플라미니우스 경기장으로 몰려간 덕분에 포룸 로마눔에도 평소 드나들던 사람들만 모여 있었다. 동료 호민관들은 트리부스들의 투표 순서를 정할 추첨을 진행하느라 바빴고, 사투르니누스는 로스트라 연단 앞에 서서 민회장에 모인 여러 트리부스 사람들에게 자신이 원하는 방향으로 투표하도록 간곡히 촉구했다.

그간 원로원 회의가 딱히 없었기 때문에, 사투르니누스는 원로원의 누군가가 포룸 로마눔의 정황을 주시하고 있다가 근래엔 그가 지시한 대로만 행동하는 동료 호민관 아홉 명을 방해하리라고는 전혀 생각지 못했다. 그러나 원로원 의원 중에는 사투르니누스만큼이나 원로원의 비겁한 행위에 경멸을 느끼는 이들이 있었다. 모두 젊은층으로, 현재 재무관을 지내고 있거나 나이가 더 많아봤자 재무관을 지낸 지 2년밖에 안 된 의원들이었다. 또한 그들은 아직 나이가 차지 않아 원로원이나 아버지 회사의 간부로 들어가지 못한 원로원 의원과 1계급 기사의 자제들을 자기편에 두고 있었다. 이들은 서로의 집에서 모임을 가졌는데 우두머리 역할을 맡은 것은 카이피오 2세와 새끼 돼지였다. 그리고 두 사람에게는 좀더 원숙한 친구이자 조언자가 있었다. 그자가 방향을 제시하고 목적을 부여해주지 않았다면, 이 모임은 포도주에 취해 분노의 말이나 쏟아내는 데 그쳤을지도 모를 일이었다.

이 친구이자 조언자는 그들에게 우상 같은 존재로 급부상하고 있었다. 젊은이들이 동경하는 모든 자질을 갖추고 있었기 때문이다. 대담하고 냉철하고 세련되었으며, 사치스러운 취향과 호색가 기질이 있었고, 재치와 멋이 넘치는데다 전투 경력까지 화려했다. 그의 이름은 루키우스 코르넬리우스 술라였다.

마리우스가 수개월째 쿠마이에서 칩거하는 동안, 술라는 가령 루푸스 같은 사람은 절대 상상조차 않을 방식으로 로마에서 일어나는 사건들을 유심히 지켜보는 일을 떠맡았다. 술라의 이런 행동이 순전히 마리우스에 대한 충성에서 나온 것만은 아니었다. 아우렐리아와 나눈 대화를 계기로 그는 원로원에서 펼쳐질 자신의 앞날을 냉정하게 바라보았고, 그녀가 옳다는 결론에 이르렀다. 자신도 마리우스처럼, 정원사들의 표현을 빌리면 '늦게 피는 꽃'이 될 거라는 결론이었다. 그렇다면 자신보다 나이 많은 원로원 의원들과 친분이나 우호관계를 맺는 것은 아무 의미가 없었다. 예컨대 스카우루스는 제쳐둬야 할 인물이었다. 이런 결심을 하고 나니 얼마나 편리했는지! 이로써 스카우루스의 매력적인 어린 신부, 이제는 아이밀리아 스카우라의 어머니가 된 여인에게 다가갈 빌미가 사라져버렸으니. 술라는 스카우루스가 딸을 얻었다는 소식을 듣고 그야말로 쾌재를 불렀다. 그 음탕한 색골에게 딸이라니, 참으로 고소했다.

술라는 마리우스의 정치적 입지를 유지하는 동시에 자신의 정치적 미래를 보호할 생각을 품고서 원로원 내 젊은 세대의 환심을 사는 작업에 착수했다. 대상으로 삼은 젊은이는 유순하고 귀가 얇으며 그리 총명하지 않고, 대단한 부유층에 중요한 가문 출신이며, 자만심이 넘쳐서 교묘한 아첨에 쉽게 넘어가는 자들이었다. 그런 젊은이들 중에서도 주요 목표물이 된 이는 카이피오 2세와 새끼 돼지였다. 카이피오 2세는 머리가 우둔한 파트리키 귀족이면서 마르쿠스 리비우스 드루수스(술라는 드루수스에게는 감히 접근하려고 시도조차 하지 않았다) 같은 젊은층과 유대가 있었기 때문에, 그리고 새끼 돼지는 나이 지긋한 보수파 의원들의 동태를 잘 알고 있었기 때문에 선택되었다. 성적인 목적이 없을 때조차도 술라는 그 누구보다 젊은이들의 환심을 사는 데 능숙했으므로, 얼마 지나지 않아 이 청년들 사이에 끼어 대화를 나눌 수 있었다. 그들과 있을 때면 술라는 언제나 젊은이 특유의 치기 어린 언동이 재미있다는 듯한, 하지만 어쩌면 마음을 바꿔 그들을 진지하게 받아들일 수도 있다는 암시를 풍기는 태도를 취했다. 그렇다고 그들이 마냥 어린 나이는 아니었다. 가장 나이 많은 치들은 술라보다 일고여덟 살밖에 어리지 않았고 가장 어린 치들은 술라보다 열다섯, 열여덟쯤 아래였다. 스스로 완전히 성숙했다고 여길 만큼은 나이가 들었고, 술라 같은 사람에 의해 평정을 잃을 만큼은 어렸다. 집정관이 되기로 작정한 사람에게 이들은 원로원 내 추종세력의 핵심으로서 장차 엄청난 중요성을 갖게 될 터였다.

그러나 지금 당장 술라의 가장 큰 관심사는 사투르니누스였다. 술라는 군중이 포룸 로마눔에 몰려들고 토가를 입은 귀족 고관들에 대한 괴롭힘이 시작될 때부터 줄곧 사투르니누스를 주시해왔다. 아풀레이우스 곡물법이 실제로 통과될지는 애초에 술라의 주된 걱정거리가 아니었다. 그보다도 사투르니누스에게 모든 일이 그의 뜻대로 될 수는 없다는 걸 보여줄 필요가 있다고 술라는 생각했다.

사투르니누스가 곡물법을 통과시키려고 계획한 전날 밤, 원로원 젊은이들 50여 명이 새끼 돼지의 집에서 모임을 가졌다. 술라는 편안히 앉아 짐짓 나른하게 즐기는 태도로 그들의 대화에 귀기울이고 있었다. 그때 카이피오 2세가 그에게 대들면서, 자기들이 상황에 어떻게 대처해야 한다고 생각하는지 말해달라고 따졌다.

술라의 외모는 기막히게 멋졌다. 붉은빛 도는 풍성한 금발은 그야말로 보기 좋게 구불거리도록 다듬어져 있었고, 하얀 피부는 티끌 하나 없이 빛났다. 눈썹과 속눈썹은 짙게 두드러져 보였고(그들은 몰랐지만, 술라는 스티비움으로 눈썹과 속눈썹을 살짝 칠한 상태였다. 그러지 않고서는 눈썹이 아예 없는 것처럼 보였으리라) 푸른 두 눈은 고양이의 눈처럼 차갑고 강렬했다. "내 생각엔 자네들 모두 허풍뿐인 것 같군." 술라가 말했다.

새끼 돼지는 술라가 결코 마리우스의 맹목적 추종자가 아니라는 것을 알고 있었다. 여느 로마인과 마찬가지로 그는 누군가가 특정 당파에 속해 있다는 이유로 그 사람을 나쁘게 보지 않았다. 누구든 소속되지 않고 홀로 떨어져 있는 건 불가능하다고 생각했기 때문이다. "아니에요, 우리는 허풍떠는 게 아닙니다." 그는 한 번도 더듬대지 않고 으르렁거렸다. "단지 어떤 전술을 써야 할지 모르는 것뿐입니다."

"폭력을 약간 쓰는 것에 반대하나?" 술라가 물었다.

"로마의 공금 사용 방식을 결정하는 원로원의 고유 권한을 보호하기 위해서라면, 반대하지 않습니다." 카이피오 2세가 대답했다.

"바로 그거야. 인민은 로마 시의 자금을 사용할 권리를 부여받은 적이 없어. 인민이 법을 제정하는 건 그들의 권한이니까 반대할 까닭이 없네. 그러나 인민의 법이 요구하는 자금을 내줄지 결정하는 것은 원로원의 권한이고, 자금 제공을 거부하는 것도 원로원의 권리지. 돈줄을 관리할 권한을 빼앗긴다면 우리에게는 아무런 권한도 남지 않네. 돈이야말로 우리 원로원이 인민이 만든 법안에 동의하지 않을 때 그것을 무력화하는 유일한 방법이야. 가이우스 그라쿠스의 곡물법을 처리할 때도 원로원은 이 방법을 사용했지."

"이번 곡물법이 통과된 후 원로원이 자금 제공을 두고 표결하는 것을 막지는 않을 겁니다." 새끼 똥돼지는 이번에도 더듬지 않고 말했다. 그는 가까운 친구들과 함께 있을 때는 말을 더듬지 않았다.

"당연하지!" 술라가 맞장구쳤다. "그 법안이 통과되는 것을 막지도 않을 거야. 하지만 루키우스 아풀레이우스에게 우리의 힘을 살짝 보여줄 수는 있겠지."

이리하여 다음날, 카이피오 2세는 200여 명의 무리를 이끌고 포룸 로마눔 낮은 구역으로 들어갔다. 군중은 플라미니우스 경기장에 몰려가 있고 회의 참석자들은 더할 나위 없이 질서정연한 가운데, 사투르니누스가 투표자들에게 아풀레이우스 곡물법에 관해 올바른 선택을 하라며 촉구하고 있었다. 몽둥이와 나무막대기로 무장한 사내들은 대부분 우람한 근육질에 배가 처져 있었다. 전직 검투사였으나 지금은 어디든 완력이나 난폭성을 행사해야 하는 일에 돈을 받고 투입되는 사람들임을 알 수 있었다. 그러나 무리의 선두에는 이들이 아니라 전날 밤 새끼 똥돼지의 집에 모였던 50명 전원이 서 있었으며, 카이피오 2세가 우두머리 노릇을 하고 있었다. 술라는 끼어 있지 않았다.

사투르니누스는 어깨를 한번 으쓱하더니 패거리들이 포룸 로마눔을 가로질러오는 모습을 무표정하게 지켜보았다. 잠시 후 그는 다시 민회 쪽으로 돌아서서 모임을 해산시켰다.

"나로 인해 희생자가 생겨선 안 됩니다!" 그가 이렇게 외치자 트리부스 단위로 모여 있던 사람들이 놀라서 흩어지기 시작했다. "오늘은 집으로 돌아가고 내일 다시 오십시오! 그때 우리의 법안을 통과시킵시다!"

다음날 최하층민들은 다시 민회장에 모였다. 원로원 의원들이 고용한 폭력배들은 집회를 방해하러 나타나지 않았다. 곡물법은 통과되었다.

"이 얼간이 같으니." 유피테르 옵티무스 막시무스 신전에서 카이피오 2세와 마주친 사투르니누스가 내뱉었다. 원로원 의원들은 아풀레이우스 곡물법에 대한 자금 지원 문제를 논의하려고 모여 있었다. 플라쿠스는 이 신전이라면 의원들이 군중의 공격으로부터 안전할 것이라고 생각했던 것이다. "나는 오로지 합법적으로 소집된 민회에서 합법적인 법안을 통과시키려 했을 뿐이오. 그 자리에는 군중도 몰리지 않았고,

폭력 없이 평화로운 분위기였으며, 점괘도 흠잡을 데 없었소. 그런데 당신과 당신의 얼간이 친구들이 사람들을 해칠 작정을 하고 나타난 거요!" 이어서 그는 근처에 서 있던 원로원 의원들에게 소리쳤다. "최하층민 2만 명이 모인 와중에 법안을 통과시켰다고 나를 탓하진 마십시오! 다 이 멍청이 탓이니까!"

"그렇지 않아도 내가 멍청했다고 자책하는 중이오. 가장 필요할 때 물리력을 쓰지 않다니!" 카이피오 2세가 소리쳤다. "루키우스 아풀레이우스, 그때 당신을 죽였어야 하는 건데!"

"공명정대한 이 증인들 앞에서 그렇게 말해주니 고맙소." 사투르니누스가 웃으며 말했다. "퀸투스 세르빌리우스 카이피오 2세, 이로써 나는 당신을 경반역죄로 정식 기소하오. 당신은 임무 수행중인 호민관을 저지하려고 시도했으며 신성불가침한 호민관의 신체에 위해를 가하겠다고 위협했소."

"당신은 반쯤 미친 말을 타고서 폭주하고 있소, 루키우스 아풀레이우스. 떨어져 다치기 전에 얼른 내리시오!" 술라가 말했다.

"나는 방금 퀸투스 세르빌리우스를 정식으로 고발했습니다, 원로원 의원 여러분." 사투르니누스는 술라가 전혀 중요하지 않은 사람인 것처럼 그의 말을 싹 무시하고 말했다. "그러나 이 문제는 이제 반역 법정에 맡기면 되겠지요. 오늘 나는 자금 요청을 하러 여기 온 것이니까요."

안전한 장소를 택했음에도 불구하고, 출석한 원로원 의원은 80명도 채 되지 않았으며 주요 고관은 단 한 명도 없었다. 사투르니누스는 업신여기는 눈초리로 그들을 노려보았다. "로마 인민을 위해 곡식을 구입할 자금을 내놓으십시오. 국고에 돈이 없다면 빌려서라도 가져오십시오. 나는 어떻게든 돈을 받아내고 말 테니까!"

결국 사투르니누스는 돈을 얻었다. 수도 담당 재무관 카이피오 2세는 얼굴이 벌게지도록 항의했지만, 더이상 저항하지 말고 옵스 신전에 보관된 비상용 은괴로 특별 화폐를 주조해 곡물 구입비를 지급하라는 명령을 받았다.

"법정에서 봅시다." 회합이 끝난 후 사투르니누스는 카이피오 2세에게 다정한 목소리로 말했다. "내가 직접 당신의 기소를 맡는 즐거움을 누릴 작정이니까."

그러나 여기서 사투르니누스는 도를 넘어버렸다. 기사들로 구성된 배심원단은 사투르니누스를 싫어하게 되었고 카이피오 2세 쪽으로 마음이 기울고 있었다. 때마침 운명의 여신도 카이피오 2세 쪽으로 돌아선 것으로 입증되었다. 변호인이 한창 변론을 펼치고 있는 도중에 카이피오가 운명했다고 알리는 급보가 날아든 것이다. 그는 세상에서 가장 큰 위안을 주는 황금에 둘러싸인 채 스미르나에서 사망했다. 카이피오 2세는 통곡했다. 배심원들은 그 모습에 감동하여 사투르니누스의 기소를 취하했다.

선거일이 코앞에 닥쳤지만 아무도 선거를 치르려 나서지 않았다. 여전히 포룸 로마눔에는 매일같이 군중이 모여들었고 곡물 저장소도 텅 비어 있었기 때문이다. 차석 집정관 플라쿠스는 마리우스가 선거를 집행할 수 없는 상태인지 확인할 때까지는 선거를 미뤄야 한다고 주장했다. 그는 마르스를 모시는 신관이었지만 마르스다운 기질은 전혀 갖추지 못했다. 그러니 지금과 같이 어지러운 분위기 속에서 신변의 위험을 무릅쓰고 선거를 주관할 턱이 없었다.

마르쿠스 안토니우스 오라토르는 킬리키아와 팜필리아 해적들을 상대로 치른 3년간의 전투에서 쾌승을 거두었다. 전쟁을 멋들어지게 끝낼 때까지 그는 국제적인 문화의 도시 아테네에 사령부를 두었는데, 바로 이곳에서 절친한 친구 가이우스 멤미우스가 그와 합류했다. 멤미우스는 마케도니아 총독 임기를 마치고 로마로 귀환하던 중 가이우스 플라비우스 핌브리아와 함께 곡물 사기를 공모한 혐의로 기소되어 글라우키아의 부당취득죄 법정에서 심문을 받았다. 핌브리아는 중형을 선고받았고, 멤미우스도 운 나쁘게 한 표 차로 유죄를 선고받았다. 그는 추방지로 아테네를 선택했다. 친구 안토니우스가 그곳에서 많은 시간을 보내고 있었고, 자신의 유죄판결을 뒤엎기 위해 원로원에 청원을 내려면 친구의 지원이 필요했기 때문이다. 멤미우스가 거액의 청원 비용을 마련할 수 있었던 것은 순전히 운이 따라준 덕분이었다. 마케도니아에서 총독으로 재임할 당시 점령한 스코르디스키족 마을에서 거의 말 그대로 숨겨져 있던 황금 더미 위에 엎어졌던 것이다. 100탈렌툼은 족히 되는 황금이었다. 톨로사에서 카이피오가 그랬던 것처럼, 멤미우스도 다른 사람과 나눠야 할 이유가 없다고 생각해서 혼자 황금을 독차지했다. 다만 아테네에서 안토니우스에게만 일부를 쥐어주었을 뿐이었다. 몇 달 후 멤미우스는 로마로 귀환 통보를 받았고 원로원 의석도 되찾았다.

해적과의 전쟁이 완전히 마무리되었기 때문에, 멤미우스는 아테네에 머물면서 안토니우스가 귀국 준비를 마칠 때까지 기다렸다. 그 사이 둘의 우정은 더욱 돈독해져서 나란히 집정관에 입후보하기로 약속했다.

11월 말경 안토니우스는 자신의 소규모 군대와 함께 마르스 평원의 넓은 공터에 자리를 잡고, 원로원에 개선식을 열어달라고 요청했다. 이 문제를 처리하기 위해 안전한 벨로나 신전에서 모임을 가진 원로원은 그의 요청을 기꺼이 수락했다. 그러나 개선식은 12월 10일 이후에나 치를 수 있다고 했다. 아직 호민관 선거가 열리지 않았고 포룸 로마눔에도 여전히 최하층민이 득실거리기 때문이었다. 원로원에서는 12월 10일에 호민관 선거가 실시되어 신임 호민관단이 취임하기를 바라고 있지만, 현재 분위기로 로마에서 개선 행진을 한다는 것은 어림없는 일이라는 얘기였다.

안토니우스로서는 집정관 선거에 출마하기가 불가능해 보이기 시작했다. 개선식이 거행될 때까지 로마의 신성경계선 밖에 머물러야 하는 처지였기 때문이다. 여전히 임페리움은 보유하고 있었으므로, 로마로 들어가는 것이 금지된 외국의 왕과 똑같은 입장이었다. 그런데 로마로 들어갈 수 없다면 집정관 입후보 선언도 할 수 없을 터였다.

그러나 안토니우스는 해적과의 전쟁에서 승리를 거두면서 곡물 상인과 여타 사업가 들 사이에서 대단한 인기를 얻었다. 그가 해적들을 처리해준 덕에 근 50년 만에 지중해의 해상 교통이 안전하고 편안해졌던 것이다. 집정관 선거에 나갈 수만 있다면 마리우스마저도 누르고 수석 집정관에 당선될 가능성이 충분했다. 멤미우스도 비록 핌브리아의 곡물 사기에 가담한 전적이 있기는 했지만 당선 가능성이 영 없지는 않았다. 누구보다 용감하게 유구르타를 물고 늘어졌을 뿐 아니라, 카이피오가 부당취득죄 재판권한을 원로원에게 돌려주었을 때 격렬히 맞섰던 인물이기 때문이었다. 카툴루스 카이사르가 스카우루스 최고참의원에게 했던 말처럼, 보니파의 입장에서 이 두 사람은 1계급과 2계급 과반수를 구성하는 기사들에게 크게 먹히는 최상의 조합인데다 마리우스에 비하면 훨씬 나은 인물들이었다.

너무나 당연히도, 다들 마리우스가 일곱번째 집정관 직에 나설 만반의 준비를 하고 막판에 로마로 복귀하리라 예상했다. 마리우스가 뇌졸중을 일으켰다는 소문은 사실로 확인되었지만 병으로 인해 그의 능력에 별다른 지장이 생긴 것 같지는 않았다. 쿠마이까지 그를 만나러 갔던 사람들도 그의 정신력은 조금도 손상되지 않았다는 확신을 가지고 돌아왔다. 이번에도 틀림없이 마리우스가 출마 선언을 하리라고 모두가 믿어 의심치 않았다.

나란히 집정관이 되고자 열망하는 후보 한 쌍을 유권자들에게 선보인다는 생각은 정책입안자들에게 대단히 매력적으로 느껴졌다. 안토니우스와 멤미우스가 함께한다면 마리우스가 철통같이 지켜온 수석 집정관 자리도 뺏을 수 있을 것 같았다. 그런데 한 가지 문제가 있었다. 안토니우스가 집정관 직을 위해 개선식을 포기하려 들지 않았던 것이다. 그는 자신의 임페리움을 버리고 신성경계선을 넘어와서 후보로 나설 생각이 없었다.

"집정관 선거는 내년에 나가면 됩니다." 카툴루스 카이사르와 원로원 최고참 의원 스카우루스가 마르스 평원으로 찾아왔을 때 안토니우스는 이렇게 말했다. "나에겐 개선식이 더 중요합니다. 아마도 내 생전에 이토록 성공적인 전투는 두 번 다시 없을 테니까요." 그는 이런 입장에서 한 발짝도 물러서려 들지 않았다.

"좋아." 낙담한 채 안토니우스의 진지에서 나오면서 스카우루스가 카툴루스 카이사르에게 말했다. "선거 규정을 조금 바꾸면 그만이네. 마리우스는 규정 어기기를 예사로 여기는데 지금처럼 중대한 판국에 우리라고 양심적인 입장을 고수할 필요가 있겠나?"

그러나 이 해결책을 원로원에 제안한 사람은 카툴루스 카이사르였다. 정족수를 간신히 넘은 의원들이 플라미니우스 경기장 근처의 또다른 안전한 장소 유피테르 스타토르 신전에 모였을 때, 그는 다음과 같이 발언했다.

"지금은 어려운 때입니다. 평소라면 고관직 후보들은 모두 포룸 로마눔에서 원로원 의원과 인민 앞에 입후보를 선언해야 합니다. 그러나 유감스럽게도 곡물 부족 사태로 끊임없이 시위가 벌어지고 있기 때문에 현재로서는 도저히 포룸 로마눔을 이용할 수 없는 상황입니다. 따라서 저는 원로원 의원 여러분께 금년 한 해만 후보 선언소를 마르스 평원의 가설투표소에 마련된 백인조회의 특별 집회소로 변경할 것을 간곡히 요청하는 바입니다. 우리는 원활한 선거 개최를 위해 뭔가 조치를 취해야 합니다! 그리고 고관직 후보 선언소를 가설투표소로 옮긴다면 선거를 위한 좋은 출발이 될 수 있습니다. 후보 선언 후 선거까지 필요한 시간을 제대로 확보할 수 있으니까요. 이는 또한 진퇴양난에 처해 있는 마르쿠스 안토니우스에게도 공평한 처사가 될 것입니다. 그는 집정관 선거에 출마할 의사가 있지만 개선식을 포기하지 않고는 신성경계선을 넘을 수 없고, 굶주린 로마의 소요 때문에 개선식도 치르지 못하는 상황입니다. 그러나 마르스 평원에서라면 그가 입후보 선언을 할 수 있습니다. 우리 모두는 새로운 호민관들이 선출되어 취임하고 나면 군중이 집으로 돌아갈 것으로 예상하고 있습니다. 그러니 신임 호민관단이 취임하는 즉시 마르쿠스 안토니우스가 개선식을 치를 수 있을 테고, 그후에 고관직 선거를 개최하면 될 것입니다."

"새로운 호민관단이 취임하고 나면 군중이 집으로 돌아갈 거라고 어떻게 그리 확신하는 겁니까, 퀸투스 루타티우스?" 사투르니누스가 물었다.

"당신이야말로 누구보다 그 답을 잘 알고 있을 텐데요, 루키우스 아풀레이우스!" 카툴루스 카이사르가 날카롭게 쏘아붙였다. "그들을 포룸 로마눔으로 끌어들이는 건 당신 아닙니까! 날이면 날마다 연단에 올라가 군중에게 선동 연설을 해대면서 당신이나 우리 원로원이나 지킬 수도 없는 약속을 남발하고 있잖소! 도대체 있지도 않은 곡식을 어떻게 사들인단 말이오?"

"나는 호민관 임기가 끝난 후에도 계속 군중에게 연설할 거요."

"그건 안 될 거요, 루키우스 아풀레이우스. 당신이 호민관이 아닌 일개 시민으로 돌아가는 즉시, 포룸 로마눔의 로스트라 연단이든 다른 어디서든 당신이 연설하는 것을 불법으로 만들 법이나 선례를 찾아낼 테니까. 몇 달이 걸리더라도, 몇백 명을 동원해서라도!"

사투르니누스는 웃음을 터뜨렸다. 큰 소리로 미친듯이 웃어댔다. 그렇지만 그 자리에 있는 사람 중에 사투르니누스가 즐거워서 웃는다고 착각하는 이는 아무도 없었다. "마음대로 실컷 찾아보시오, 퀸투스 루타티우스! 그래봤자 아무것도 달라지지 않겠지만. 나는 호민관 임기가 끝난 후에도 일개 시민으로 돌아가지 않을 거요. 왜냐, 또다시 호민관이 될 것이기 때문이오! 그렇소, 나는 마리우스의 전례를 따를 참이오. 그리고 그렇게 하더라도 당신이 나를 잡아먹겠다고 지껄여댈 수 있을 법적 제약은 없소! 몇 번이나 호민관이 되건, 막을 수 있는 방법은 아무것도 없단 말이지!"

"관습과 전통이라는 게 있소." 스카우루스가 말했다. "그래서 당신과 가이우스 그라쿠스를 제외하고는 아무도 세번째 호민관 직을 욕심내지 않은 거요. 당신도 그라쿠스를 보고 교훈을 얻는 게 좋을 것이오. 그는 고작 노예 하나만 거느린 채 푸리나 숲에서 죽었소."

"내게는 그보다 나은 동반자들이 있소." 사투르니누스가 반박했다. "우리 피케눔 출신들은 굳게 합심하고 있으니까. 안 그런가, 티투스 라비에누스? 안 그런가, 가이우스 사우페이우스? 당신들은 우리를 그리 쉽게 없애지 못할 거요!"

"신을 시험하지 마시오. 신들은 인간이 도전해오는 것을 무척이나 즐기니까, 루키우스 아풀레이우스!"

"나는 신들이 두렵지 않소, 마르쿠스 아이밀리우스! 신들은 내 편이오." 사투르니누스는 이 말을 남기고 집회장을 떠났다.

"나도 그에게 말해주려고 했지요." 술라가 스카우루스와 카툴루스 카이사르의 옆을 지나가면서 한마디 던졌다. "지금 당신은 반쯤 미친 말을 타고서 폭주하고 있는 거라고."

"저자도 마찬가집니다." 카툴루스 카이사르는 술라가 저만치 멀어질 때까지 기다렸다가 스카우루스에게 말했다.

"모르긴 몰라도 원로원의 절반이 그럴 거네." 스카우루스는 이렇게 대꾸하고 오래도록 주변을 둘러보았다. "퀸투스 루타티우스, 이 신전은 정말로 아름답군! 메텔루스 마케도니쿠스에게 영예가 될 만하네. 하지만 메텔루스 누미디쿠스가 없는 오늘 이곳은 참 쓸쓸했어." 곧이어 그는 어깨를 으쓱하며 감상을 떨치고 기운을 냈다. "어서 가세, 우리의 존경하는 차석 집정관께서 다시 토끼굴로 숨어버리기 전에 얼른 잡아두는 게 좋겠네. 그는 유피테르 옵티무스 막시무스는 물론 마르스 신에게 바치는 희생제를 관장할 수 있으니까. 흰색 제물만으로 수오베타우릴리아를 지낸다면, 마르스 평원에서 고관직 후보 선언식을 열기 위한 신들의 허락을 얻어낼 수 있을 걸세!"

"흰 소와 흰 돼지, 흰 양을 마련할 비용은 어디서 구합니까?" 카툴루스 카이사르가 새끼 똥돼지와 카이피오 2세가 나란히 서 있는 쪽을 고갯짓으로 가리키며 물었다. "저 국고 재무관들이 제물로 바쳐질 세 마리 짐승보다 더 크게 비명을 질러댈 텐데요."

"오, 그 돈이라면 흰 토끼 루키우스 발레리우스가 낼 걸세." 스카우루스가 씩 웃으며 덧붙였다. "그는 마르스 신에게 연줄이 있으니까!"

11월의 마지막날, 마리우스로부터 다음날 원로원 의사당에서 회의를 소집한다는 전갈이 당도했다. 포룸 로마눔에서 계속되던 소요사태도 이번만은 원로원 의원들의 참석을 막지 못했다. 다들 마리우스의 상태가 어떤지 몹시 궁금해하던 차였기 때문이다. 12월 칼렌다이에 원로원 의사당은 의원들로 꽉 찼다. 모두들 마리우스에게 본때를 보여주리라 확신하며 날이 채 밝기도 전부터 몰려들었고, 기다리는 동안 온갖 추측을 나누었다.

마리우스는 전체 원로원 의원 중 맨 나중에 들어왔다. 언제나와 마찬가지로 큰 키에 넓은 어깨, 위풍당당한 모습이었다. 걸음걸이에도 전혀 이상이 없었다. 왼손은 평소처럼 자주색 단을 댄 토가의 주름 속에 감겨 있었다. 아, 그러나 문제는 그의 가련한 얼굴에 있다는 사실이 확연히 드러났다. 얼굴의 오른쪽은 예전 그대로였으나 왼쪽은 비참하리만치 우스꽝스럽게 변해 있었다.

스카우루스 원로원 최고참 의원이 양손을 들어 박수치기 시작했다. 첫번째 박수소리가 유서 깊은 의사당의 노출된 서까래 여기저기에 메아리치고 천장과 지붕을 장식한 붉은 테라코타 기와에 부딪히며 울려퍼졌다. 다른 의원들도 하나둘 박수에 동참했다. 그리하여 마리우스가 고관 의자 앞에 도착할 무렵에는 장내의 의원 전원이 그를 향해 우레와 같은 박수를 보내고 있었다. 마리우스는 미소 짓지 않았다. 웃으면 광대 분장을 한 듯 불균형한 얼굴이 더욱 두드러져 보였기 때문이다. 어찌나 심했던지, 마리우스가 웃을 때마다 율리아부터 술라에 이르기까지 그의 얼굴을 본 사람 누구나 눈물을 글썽이곤 했다. 마리우스는 미소 짓는 대신 자신의 상아 대좌 옆에 서서 박수 소리가 잦아들 때까지 위엄 있게 고개를 끄덕이고 허리를 숙여 답례했다.

스카우루스가 만면에 미소를 띠며 자리에서 일어났다. "가이우스 마리우스, 이렇게 다시 보니 참으로 반갑습니다! 지난 몇 달간 원로원은 비 오는 날처럼 암울했습니다. 원로원의 수장으로서 집정관을 다시 맞이하게 되어 기쁘기 그지없습니다."

"원로원 최고참 의원, 모든 의원 여러분, 동료 고관 여러분, 참으로 감사합니다." 마리우스가 말했다. 또렷한 목소리였고 어디 하나 발음이 불분명하지도 않았다. 단단히 결심했음에도 불구하고 그는 슬며시 미소를 띠었다. 오른쪽 입꼬리가 올라갔다. 하지만 왼쪽 입가는 여전히 음울하게 내려앉아 있었다. "여러분이 아무리 기쁘게 저를 반겨주신다 해도, 다시 돌아온 저의 기쁨에 비길 수는 없을 겁니다! 보셔서 아시겠지만 저는 그간 병을 앓았습니다."

마리우스는 모두에게 들릴 정도로 길게 숨을 들이켰다. 그 떨리는 숨소리에 깃든 슬픔 또한 모두가 들을 수 있었다. "나의 병은 지나갔지만 그 상흔은 남았습니다. 본 원로원의 개회를 선언하고 우리의 관심을 절실히 요하는 시급한 사안을 다루기에 앞서 한 가지 드릴 말씀이 있습니다. 저는 이번 집정관 선거에 재출마하지 않겠습니다. 이유는 두 가지입니다. 첫째로 로마가 맞닥뜨렸던 비상사태, 그로 인해 제가 전례 없는 영예를 누리며 수차례 집정관이 될 수 있었던 그 사태가 이제 확실하고도 분명하게 종료되었기 때문입니다. 둘째로 건강상태 때문에 제게 주어진 직무를 제대로 수행할 수 없을 것 같아서입니다. 현재 로마의 혼란상황에 대해 제가 져야 할 책임은 명백합니다. 제가 이곳 로마에 있었더라면 수석 집정관이 있는 것만으로 사태 해결에 도움이 되었을 것입니다. 그것이 수석 집정관이 있는 이유니까요. 지금 저는 루키우스 발레리우스나 마르쿠스 아이밀리우스, 혹은 다른 원로원 의원을 비난하려는 게 아닙니다. 무슨 일이든 수석 집정관이 앞장서서 이끌어야 하는데 저는 그러지 못했습니다. 바로 이 일로 저는 재출마해서는 안 된다는 깨달음을 얻었습니다. 수석 집정관 자리는 건강한 사람에게 넘기는 것이 옳다고 말입니다."

아무도 대꾸하지 않았다. 아무도 움직이지 않았다. 마리우스의 뒤틀린 얼굴이 곧 이런 일이 일어나리라는 것을 암시하기는 했지만, 지금 이 자리의 모두가 느낀 얼떨떨한 충격이야말로 지난 5년간 마리우스가 이들에게 얼마나 큰 영향력을 미쳤는지 보여주는 증거였다. 마리우스가 집정관석에 앉아 있지 않은 원로원이라고? 있을 수 없는 일이다! 스카우루스와 카툴루스 카이사르조차도 충격에 빠졌다.

바로 그때 스카우루스 뒷줄에서 누군가의 목소리가 들려왔다. "자, 자, 잘됐네요!" 새끼 똥돼지 메텔루스였다. "이제 아, 아, 아버지께서 도, 도, 도, 돌아오실 수 있겠군요."

"축하해줘서 고맙군요, 메텔루스 2세." 마리우스가 그를 똑바로 쳐다보며 말했다. "당신 아버지가 로도스 섬으로 추방되어 돌아오지 못하는 것이 오로지 나 때문이라고 말하고 싶은 모양이군요. 허나 사실은 그렇지 않소. 퀸투스 카이킬리우스 메텔루스 누미디쿠스는 국법에 따라 추방된 것이오. 나는 존엄한 원로원의 모든 의원에게 이 사실을 명심하도록 엄중히 말해두겠소! 내가 집정관이 아니라고 해서 기존 원로원 및 평민회 결의나 법률이 뒤집히는 일은 결코 없을 것이오!"

"멍청한 애송이 같으니!" 스카우루스가 카툴루스 카이사르를 향해 낮게 중얼거렸다. "저놈이 저렇게 지껄이지만 않았어도 내년 초쯤 조용히 퀸투스 카이킬리우스를 불러들일 수 있었을 텐데. 이제는 그가 돌아올 길이 없어져버렸네. 아무래도 메텔루스 2세에게 새로운 별칭을 붙여줘야겠군."

"무슨 별칭 말입니까?" 카툴루스 카이사르가 물었다.

"피, 피, 피, 피우스('효성스럽다'는 뜻의 라틴어—옮긴이)!" 스카우루스가 매몰차게 말했다. "효성 지극한 아들 메텔루스 피우스는 아빠를 집에 모셔오려고 참으로 열심이지! 그런데 외려 그 길을 꽈, 꽈, 꽉 막아버렸군!"

마리우스가 집정관 자리로 돌아오니 원로원의 일처리는 놀라울 정도로 빠르게 이루어졌다. 원로원 의원들 사이에 안도감이 느껴진다는 사실 역시도 놀라웠다. 마리우스가 나타나기 전까지 그토록 골치를 썩였던 포룸 로마눔의 군중이 갑자기 대수롭지 않은 일처럼 여겨졌다.

마리우스는 고관직 후보 선언소를 변경한다는 말을 듣고 바로 고개를 끄덕여 동의를 표했다. 그런 다음 사투르니누스에게 평민회를 소집하여 정무관을 선출하라고 짧게 명했다. 호민관 선거를 해치우기 전에는 다른 정무관들이 선출될 수 없다는 말도 덧붙였다.

이어서 마리우스는 바로 뒤 왼편의 수도 담당 법무관 자리에 앉은 글라우키아를 돌아보았다. "가이우스 세르빌리우스, 듣자하니 당신은 빌리우스법 조항이 무효라는 근거를 들어 집정관 선거에 출마할 작정이라던데 그러지 말기 바라오. 빌리우스 정무직 연령법은 법무관 임기를 마치고 2년이 지나야 집정관 직을 맡을 수 있다고 명백히 규정하고 있소."

"지금 누가 누구에게 뭐라 하는 겁니까!" 글라우키아는 지지를 보내주리라 기대했던 단 한 명의 의원에게서 반대하는 말을 듣자 충격에 숨이 막힐 듯했다. "가이우스 마리우스, 어떻게 그리 뻔뻔하게 내가 빌리우스법을 어기려 한다고 비난할 수 있습니까? 정작 당신은 지난 5년간 줄곧 그 법을 어겨놓고요? 당신이 말하는 빌리우스법이 유효하다면, 거기에는 집정관을 지냈던 사람은 10년이 지나야만 집정관 직에 재출마할 수 있다는 규정도 분명히 있습니다!"

"나는 처음 한 번 외에는 스스로 집정관이 되려 하지 않았소, 가이우스 세르빌리우스." 마리우스가 침착하게 말했다. "게르만족 때문에 집정관 직이 내게 부여된 것이오. 그것도 세 번은 부재중 선거로 말이오! 국가에 비상상황이 닥치면 온갖 관습과 심지어 법률까지도 무너져내리는 법이오. 그러나 위험이 사라지면 그간 취해졌던 예외적인 조치는 무엇이 됐든 반드시 중단되어야 하오."

"하, 하, 하!" 뒷줄에서 새끼 똥돼지의 소리가 들려왔다. 그의 언어 장애와 완벽히 합치되는 감탄사였다.

"평화가 도래했습니다, 원로원 의원 여러분." 마리우스는 마치 누구도 입을 연 적이 없다는 듯이 말을 이었다. "그러므로 이제 우리는 정상 업무와 정상 통치체제로 돌아가야 합니다. 가이우스 세르빌리우스, 법에 따라 당신은 집정관 선거에 출마할 수 없습니다. 그리고 나는 해당 선거의 감독관으로서 당신의 입후보를 허용하지 않겠습니다. 부디 이 말을 합당한 경고로 받아들여주시오. 집정관 직에 입후보하겠다는 생각은 당신에게 적절치 않으니 품위를 지키고 그만 포기하시오. 로마에는 당신처럼 훌륭한 재능이 있는 법률 제정가가 필요합니다. 그런데 당신이 법을 어긴다면 법을 제정할 수도 없지 않소."

"그러게 내가 뭐랬나!" 사투르니누스가 소리내어 말했다.

"마리우스는 나를 막을 수 없네. 아니, 누구도 나를 막을 순 없어." 글라우키아는 장내의 모든 의원에게 들릴 만큼 큰 소리로 말했다.

"그는 자네를 막을 거네." 사투르니누스가 말했다.

"루키우스 아풀레이우스 당신에게도 말해두겠소." 마리우스가 이번에는 호민관석을 돌아보며 말했다. "들리는 말에 의하면 당신은 세번째 호민관 선거에 나설 작정이더군요. 그건 법에 어긋나는 일은 아니니 내가 당신을 막을 수는 없소. 그러나 당신에게 그 생각을 포기하라고 요청할 수는 있소. 우리가 이해하는 '선동 정치가'라는 말의 의미에 새로운 해석을 더하지 마시오. 지난 몇 달간 당신이 보인 행동은 로마의 원로원 의원에게 합당한 정치 관행과 거리가 먼 것이오. 우리에게는 통치 체제의 크고 작은 톱니바퀴가 로마에 득이 되는 방향으로 작동하게 할 수 있는 방대한 법체계와 막강한 능력이 있소. 그러니 정치적으로 아둔하고 잘 속는 하층계급을 이용할 필요는 없소. 그들은 타락시켜서는 안 될 무고한 자들이오. 우리가 할 일은 그들을 보살피는 것이지 정치적 목적에 그들을 이용하는 것이 아니오."

"이제 하실 말씀은 다 끝난 겁니까?" 사투르니누스가 물었다.

"끝났소, 루키우스 아풀레이우스." 마리우스가 뱉은 이 말에는 많은 의미가 담겨 있었다.

이렇게 일이 모두 끝났군, 마리우스는 왼쪽 다리의 경미한 마비를 교묘하게 감추기 위해 새로 익힌 걸음걸이로 집을 향하면서 생각했다.

쿠마이에서 지낸 몇 달은 참으로 이상하고 끔찍한 나날이었다. 그동안 마리우스는 외따로 숨어 지내면서 되도록 사람을 만나지 않았다. 그를 본 사람들의 경악하거나 동정하거나 고소해하는 반응을 참을 수 없었기 때문이다. 그중에서도 가장 참기 어려운 것은 루푸스처럼 그를 사랑하는 나머지 크게 슬퍼하는 사람들이었다. 상냥하고 순하던 율리아는 철저한 독재자가 되어 그 누구도, 심지어 루푸스까지도 정치나 공무에 관해 입도 벙긋하지 못하게 막았다. 그 덕에 마리우스는 곡물 위기사태도 몰랐고 사투르니누스가 하층민들을 선동하고 있는 것도 몰랐다. 그의 일상은 엄격한 식이요법과 운동, 독서로만 채워졌다. 그는 튀긴 빵과 먹음직스러운 베이컨 대신 구운 수박을 먹었다. 구운 수박이 신장과 방광, 혈액에서 담석을 없애준다고 율리아가 어딘가에서 들었기 때문이다. 그는 원로원 의사당으로 걸어가는 대신 바이아이와 미세눔으로 도보여행을 했으며, 원로원 의사록과 속주에서 발송한 공문서가 아닌 이소크라테스, 헤로도토스, 투키디데스의 글을 읽었다. 이 고전들을 읽은 후 마리우스는 저자들 중 누구도 믿지 않게 되었는데, 그들은 행동하는 사람이 아니라 책상물림으로 여겨졌기 때문이다.

어쨌든 이 방법은 효과가 있었다. 서서히 병세가 호전된 것이다. 그렇지만 마리우스는 두 번 다시 예전처럼 온전해지지는 못할 것이다. 왼쪽 입가가 올라가지도 않을 것이고, 그가 지쳐 있다는 사실을 숨길 수도 없을 것이다. 몸 안에 자리한 배신자는 온 세상 사람이 볼 수 있도록 그에게 낙인을 찍어놓았다. 이 사실을 깨닫고 마침내 마리우스는 쿠마이에서의 삶에 반기를 들기로 결심했다. 마리우스가 그토록 오랫동안 고분고분하게 지낸 것에 놀라워하고 있던 율리아도 곧바로 그에게 져주었다. 마리우스는 사람을 시켜 루푸스를 불러오게 한 다음, 자신이 수습할 수 있는 일을 처리하기 위해 로마로 돌아왔다.

물론 마리우스는 사투르니누스가 순순히 물러서지 않으리라는 걸 알고 있었지만, 그에게 경고는 해주어야 한다는 의무감을 느꼈다. 글라우키아는 출마가 허용될 리 없을 테니 그리 걱정할 필요가 없었다. 적어도 이제 선거는 치러지게 되었다. 호민관 선거는 노나이 전날에 치러질 예정이고, 재무관 선거는 취임일로 정해진 노나이 날에 실시될 것이다. 이 선거들은 포룸 로마눔의 민회장에서 치러야 하므로 불안한 점이 없지 않았다. 그곳에서는 매일 군중이 떼 지어 몰려다니며 욕설을 퍼붓고, 토가를 입은 이들에게 오물을 던지며 주먹을 휘두르고, 맹목적으로 사투르니누스를 찬양하며 그의 연설을 듣고 있으니.

그렇다고 해서 포룸 로마눔의 군중이 마리우스에게도 야유를 보내거나 오물을 던진 것은 아니었다. 기념할 만한 그날의 회합을 마치고 귀가하는 길에 마리우스는 군중 한가운데를 지나면서 오로지 그들의 따뜻한 애정을 느꼈을 뿐이다. 2계급 이하의 사람들 중에서 마리우스를 못마땅하게 여기는 자는 없을 터였다. 그라쿠스 형제가 그랬듯이 마리우스는 그들에게 영웅이었다. 그의 얼굴을 쳐다보고는 망가진 모습에 슬피 우는 사람들도 있었고, 이전에 그의 실물을 본 적이 없어서 예전부터 얼굴이 그랬나보다고 생각하면서 그를 더더욱 찬양하는 사람들도 있었다. 그러나 어느 누구도 감히 다가와 마리우스에게 손을 대려 하지 않았고, 모두 뒤로 물러나서 그를 위해 길을 터주었다. 마리우스는 당당하지만 겸허한 태도로 그들 사이를 지나가면서 진심을 다해 그들에게 다가가고자 했다. 그것은 침묵의 교감이었다. 로스트라 연단에서 그 모습을 지켜보던 사투르니누스는 몹시도 놀랐다.

"저 군중은 참으로 어마어마한 존재이지 않습니까?" 그날 저녁 루푸스와 율리아와 함께한 저녁식사 자리에서 술라가 마리우스에게 물었다.

"시대를 반영하는 징후지." 루푸스가 대꾸했다.

"우리가 그들을 실망시켰다는 징후겠지." 마리우스가 미간을 찡그리며 말했다. "로마엔 휴식이 필요해. 가이우스 그라쿠스 이래로 로마는 끊임없이 심각한 문제를 안고 있네. 유구르타, 게르만족, 스코르디스키족, 이탈리아의 불평, 노예 반란, 해적, 식량 부족……. 열거하자면 끝이 없을 지경이지. 한숨 돌릴 유예기간이 필요해. 우리 자신이 아닌 로마를 돌볼 시간 말이야. 부디 그런 시간이 생겼으면 좋겠군. 곡물 공급 상황이 개선되고 나면 가능할지도 모르지."

"아우렐리아로부터 들은 얘기가 있습니다." 술라가 말했다.

마리우스, 율리아, 루푸스 모두 의아하다는 표정으로 술라를 돌아보았다.

"자네 그애를 만나나, 루키우스 코르넬리우스?" 루푸스는 경계하듯이 따져물었다.

"걱정 마세요, 푸블리우스 루틸리우스. 걱정할 필요 전혀 없습니다! 그래요, 가끔 아우렐리아를 만납니다. 그 동네 출신만이 그녀의 상황에 진정으로 공감할 수 있어요. 그래서 가는 것뿐입니다. 그녀는 지금 수부라 지구에 혼자 떨어져 살고 있지요. 제가 살던 곳이기도 하고요." 술라는 동요하는 기색 없이 침착하게 말했다. "그곳에는 아직도 제 친구들이 살고 있습니다. 아우렐리아도 그중 하나가 된 거죠."

"오 이런, 아우렐리아도 초대했어야 하는 건데!" 율리아가 자신의 불찰을 후회하며 말했다. "왜 그런지 자꾸만 잊어버리게 돼요."

"이해할 겁니다." 술라가 말했다. "제 말을 오해하진 마세요, 아우렐리아는 자신이 사는 세계를 사랑하니까요. 그렇지만 포룸 로마눔에서 일어나는 최근 동향도 조금은 알고 싶어합니다. 그걸 알려주는 게 제일이고요. 푸블리우스 루틸리우스, 당신은 그녀의 외삼촌이시니 골치 아픈 문제는 알려주고 싶지 않으시겠죠. 반면에 저는 모든 얘기를 해줍니다. 아우렐리아는 놀랍도록 총명하더군요."

"그녀에게 들었다는 말이 뭔가?" 마리우스가 물을 마시면서 물었다.

"실은 아우렐리아와 친하게 지내는 루키우스 데쿠미우스가 한 말이라고 합니다. 그녀의 인술라에 있는 교차로 클럽을 운영하는 자그맣고 이상한 남자죠. 그의 말인즉슨, 포룸 로마눔에 많은 군중이 몰렸다고 생각한다면 그건 약과라는 겁니다. 호민관 선거일에는 그야말로 인산인해를 이룰 거라고 하더군요."

데쿠미우스의 말은 사실이었다. 동틀 무렵 마리우스와 술라는 카피톨리누스 언덕의 아륵스를 올라갔다. 라우투미아이 절벽 꼭대기를 가로막은 낮은 담에 기대어 발밑에 펼쳐진 포룸 로마눔을 바라보았다. 그들의 눈에 들어온 것은 카피톨리누스 언덕길에서 벨리아 고지까지 빽빽이 들어찬 인파였다. 그 모습은 질서정연하고 음울했으며 위협적인 분위기가 가득했다. 보는 것만으로도 숨이 막힐 것 같았다.

"대체 왜 저렇게 몰려온 거지?" 마리우스가 물었다.

"루키우스 데쿠미우스의 말로는, 자기들의 존재를 각인시키기 위해서라고 합니다. 새로운 호민관을 선출하기 위해 민회가 열릴 것이고 사투르니누스가 입후보할 거라는 소식을 들은 거지요. 저들은 사투르니누스가 자신의 굶주린 배를 불려줄 최고의 희망이라고 생각합니다. 가이우스 마리우스, 기근은 이제 막 시작됐고 저들은 기근을 원치 않습니다." 술라의 목소리는 한결같이 차분했다.

"하지만 저들은 백인조회 선거는 물론이고 트리부스별 선거 결과에도 영향을 미칠 수 없지 않나! 저들 대부분은 네 개 수도 트리부스에 속할 테니."

"맞습니다. 서른한 개 지방 트리부스에서도 로마에 사는 이들을 제외하면 투표하러 오는 사람이 많지 않을 겁니다. 오늘은 지방 유권자들이 오고 싶어할 만큼 좋은 분위기가 아닙니다. 그러니 저 아래 군중의 극소수만이 실제로 투표를 하겠죠. 저들도 그 사실을 알고 있습니다. 저들은 이곳에 투표하러 온 것이 아니라 단지 자신의 존재를 우리에게 알리려고 온 겁니다."

"사투르니누스의 계획인가?" 마리우스가 물었다.

"아니오. 사투르니누스가 모은 군중은 원로원 회합이 있던 칼렌다이 날에 보신 무리들입니다. 그날 이후로도 매일같이 몰려왔죠. 그들은 똥오줌을 던져대는 어중이떠중이 하층민들입니다. 교차로 클럽에 들락거리는 자들, 전직 검투사들, 도둑과 불평분자들, 돈이 없어 죽을 지경인 순진한 가게주인들, 예전 주인에게 굽실거리는 데 진력이 난 해방노예들, 그리고 사투르니누스를 계속 호민관으로 세워두면 몇 푼이라도 생길지 모른다고 생각하는 자들이지요."

"아니, 그들은 그 이상의 존재네. 그들은 처음으로 로스트라 연단에서서 자기들을 진지하게 여겨준 이를 충성스럽게 따르는 거야." 마리우스는 마비가 온 왼발로 몸무게를 옮겨 실었다. "그런데 오늘 모인 이 사람들은 사투르니누스에게 속해 있는 자들이 아니네. 저들은 누구에게도 속해 있지 않지. 하아, 베르켈라이에서 보았던 킴브리족도 여기 모인 인파만큼 많지는 않았을 거야! 게다가 나에겐 군대도 없네. 가진 거라곤 자주색 단을 두른 토가뿐이지. 이런 생각을 하니 정신이 번쩍 드는군."

"정말로 그렇습니다." 술라가 말했다.

"하긴……. 어쩌면 이 토가가 내게 필요한 군대의 전부일지도 모르지. 루키우스 코르넬리우스, 지금 나는 불현듯 이전과는 전혀 다른 관점으로 로마를 보게 되는군. 오늘 저들은 우리에게 자기들의 존재를 보여주려고 저렇게 모였네. 하지만 저들은 오늘뿐 아니라 매일같이 로마 안에서 분주히 자기 일을 하며 살아가지. 그러다 언제라도 또다시 저렇게 몰려들 수 있는 거야. 이런데도 과연 우리가 저들을 통치하고 있다고 말할 수 있겠나?"

"물론입니다, 가이우스 마리우스. 저들은 스스로 통제하지 못합니다. 그래서 우리에게 통치를 맡기는 거지요. 그러나 가이우스 그라쿠스는 저들에게 값싼 빵을 주었고 조영관들은 재미난 경기를 보여줍니다. 그리고 기근이 한창인 이때 사투르니누스가 저들 앞에 나타나 값싼 빵을 주겠다고 약속하고 있습니다. 사투르니누스는 그 약속을 지킬 수 없을 테고, 저들도 그렇지 않을까 의심하기 시작했어요. 바로 이 때문에 저들은 호민관 선거를 기해 사투르니누스에게 자기들의 존재를 보여주려고 온 겁니다."

마리우스는 군중을 보면서 나름의 비유를 생각해냈다. "저들은 거대하지만 성질은 온순한 황소라네. 가령 내가 들통을 들고 있어서 저 황소가 내게 다가온다고 할 때, 황소는 들통에 들어 있을 식량에만 관심이 있을 뿐이지. 그러나 들통이 텅 비어 있다는 것을 발견해도 격노하여 나를 들이받으려 하지는 않아. 내가 그 식량을 어딘가 감춰뒀다고 생각하고는 그걸 찾느라 온통 휘젓고 다닐 뿐이지. 내가 자기 발밑에 걸레 조각처럼 밟혀 죽은지도 모른 채 말이야."

"사투르니누스는 빈 들통을 들고 있고요."

"바로 그걸세." 마리우스는 이렇게 말한 뒤 담에 기대고 있던 몸을 돌렸다. "자, 루키우스 코르넬리우스, 황소 뿔을 잡으러 가세."

"그 뿔에 건초가 감겨 있지 않기를 바라야겠군요!" 술라가 싱긋 웃으며 대꾸했다.

거대한 군중 속의 그 누구도 원로원 의원과 늘 민회에서 투표권을 행사하는 시민 유권자들을 가로막지 않았다. 그사이 마리우스는 로스트라 연단에 올라갔고, 술라는 나머지 파트리키 의원들과 함께 원로원 계단에 올라섰다. 이날 평민회 투표자들은 꽤나 조용한 구경꾼들의 바다 속에 자리한 섬과도 같은 형상이었다. 그것도 바다에 뜬 게 아니라 물속에 가라앉은 섬이었다. 그리고 로스트라 연단은 마치 민회장과 군중의 바다 위로 솟은 평평한 바위 같았다. 사투르니누스가 선동한 무리 수천 명이 당연히 올 거라고 예상했던 원로원 의원과 일반 투표자 대부분은 토가 밑에 칼이나 몽둥이를 숨겨왔다. 특히 카이피오 2세가 이끄는 젊은 보수파 의원들의 모임은 단단히 준비를 해왔다. 그러나 이곳에 사투르니누스의 추종자 무리는 없었다. 이곳의 군중은 모두 항의하고 싶어서 나온 로마의 하층민이었다. 갑자기 칼과 몽둥이를 들고 나온 게 실수처럼 느껴졌다.

호민관 선거에 출마한 후보자 스무 명이 한 사람씩 출마 선언을 시작했다. 마리우스는 옆에 서서 그 과정을 지켜보았다. 맨 처음 출마를 선언한 사람은 현직 수석 호민관 사투르니누스였다. 그러자 거대한 군중이 일제히 귀가 멍멍해질 정도로 엄청난 함성을 보내기 시작했다. 이러한 군중의 반응에 사투르니누스 본인도 놀라고 있음을 알 수 있었다.

마리우스는 사투르니누스가 잘 보이는 곳으로 자리를 옮겨 그의 얼굴을 계속 주시했다. 그 얼굴에 무슨 생각을 하고 있는지가 고스란히 드러나 보였다. 한 사람에게 보내는 지지가 이 정도라니! 30만 명에 이르는 로마의 하층민들을 등에 업고 내가 못할 일이 무엇이겠는가? 이 거대한 군중이 열광하며 지지를 보내는데 누가 감히 나를 호민관 직에서 몰아낼 수 있겠는가?

사투르니누스에 이어 후보 선언을 한 사람들에게는 군중의 무관심한 침묵만이 기다리고 있었다. 푸블리우스 푸리우스, 피케눔 폼페이우스 가문의 퀸투스 폼페이우스 루푸스, 삼니움족 출신인 섹스투스 티티우스, 투스쿨룸의 자영농 출신으로 감찰관 카토의 손자이자 켈트족 노예의 증손자이며 빨강머리와 회색 눈에 지극히 귀족적인 용모를 가진 마르쿠스 포르키우스 카토 살로니아누스가 있었다.

마지막으로 나타난 사람은 다름아닌 티베리우스 그라쿠스의 사생아를 자칭하던 자, 메텔루스 누미디쿠스가 감찰관으로 재직하던 당시 기사 명단에서 제외시키려고 했던 루키우스 에퀴티우스였다. 군중은 다시 환호를 보내기 시작했다. 열광적인 환호성이 큰 파도처럼 밀려들었다. 바로 여기, 그토록 사랑받던 티베리우스 그라쿠스의 유물이 서 있는 것이었다. 이 광경을 본 마리우스는 거대하고 온순한 황소라는 자신의 비유가 얼마나 정확했는지 새삼 깨달았다. 군중이 자기들의 힘을 전혀 의식하지 못한 채 바위처럼 솟은 로스트라 연단에 서 있는 에퀴티우스 쪽으로 움직이기 시작했기 때문이다. 거침없이 덤벼드는 거대한 군중의 물결에 밀려, 민회장과 그 주변에 있던 사람들은 점점 다닥다닥 붙어서야 했다. 투표하러 온 유권자들 사이에 슬며시 공포의 물결이 일기 시작했다. 저항할 수 없는 힘의 중심에 서게 되면 누구나 숨막힐 듯한 속수무책의 공포를 느끼기 마련이며, 이 순간 그들도 그것을 느꼈던 것이다.

모든 사람이 마비된 듯 꼼짝없이 서 있는 동안, 정작 실제로 몸이 마비된 마리우스가 재빨리 나섰다. 그는 두 손을 손바닥이 정면을 향하도록 내밀어 멈추라고 명령했다. 군중은 즉각 동작을 멈췄다. 밀려오던 군중의 압력이 조금 줄어들었다. 그러자 이번에는 마리우스를 향한 환호성이 터져나왔다. 로마의 일인자, 로마 제3의 건국자, 게르만족의 정복자를 향한 환호였다.

"서둘러, 이 멍청아!" 마리우스는 사투르니누스에게 날카롭게 쏘아붙였다. 사투르니누스는 목청껏 환호하는 군중의 소리에 도취되어 넋이 빠진 채 서 있었다. "천둥소리를 들었다고 하든지, 무슨 핑계든 대서 회합을 해산시키게! 지금 당장 투표자들을 민회장에서 빼내지 않으면 군중이 저 엄청난 숫자만으로도 그들을 죽이고 말 거네!" 곧이어 마리우스는 포고관들에게 나팔을 불게 했다. 순간적으로 찾아온 고요 속에 그는 다시 양손을 들어올리며 외쳤다. "천둥이 쳤습니다! 투표는 내일 실시하겠습니다! 로마 인민이여, 집으로 돌아가십시오! 속히 귀가하십시오!"

그러자 군중은 집으로 돌아갔다.

다행히 원로원 의원들은 대부분 의사당으로 피신해 있었다. 마리우스는 길이 트이자마자 서둘러 그리로 갔다. 사투르니누스 쪽을 보니 그는 로스트라 연단에서 내려와 겁도 없이 군중의 아가리 속으로 걸어들어가고 있었다. 손을 얹어 기적을 일으킬 수 있다고 믿는 괴상한 피시디아의 신비주의자처럼, 양팔을 앞으로 내민 채 미소를 지으면서. 한편 수도 담당 법무관 글라우키아는 로스트라 연단에 올라가 군중

속에 끼어 있는 사투르니누스를 지켜보고 있었다. 흰 얼굴에 웃음을 가득 머금은 채로.

마리우스가 원로원 의사당으로 들어갔을 때 마주한 얼굴들은 희다기보다 새하얗게 질려 있었고, 미소는커녕 잔뜩 굳어 있었다.

"이게 다 무슨 일이랍니까!" 스카우루스 최고참 의원이 말했다. 평소와 다를 바 없이 당당한 말투였지만 슬쩍 기가 죽은 게 분명했다.

마리우스는 모여 있는 원로원 의원들을 보며 단호하게 말했다. "집으로 돌아가시오! 군중이 해치려 들지는 않겠지만, 혹시 모르니 팔라티누스 언덕으로 가는 분들도 아르길레툼으로 돌아서 빠져나가는 게 좋겠소. 집까지 가려면 오래 걸어야겠지만 그건 지금 문제가 아니잖소. 이제 가시오! 어서들 가시오!"

마리우스는 자리에 남았으면 하는 사람들에게 어깨를 두드려 뜻을 전했다. 술라, 스카우루스, 감찰관 메텔루스 카프라리우스, 최고신관 아헤노바르부스, 고등 조영관인 크라수스 오라토르와 그의 사촌 스카이볼라가 자리에 남았다. 그 와중에 술라가 카이피오 2세와 새끼 똥돼지에게 다가가 무슨 말인가 중얼거리더니, 건물을 나가는 그들의 어깨를 어쩐지 다정하게 토닥여주는 모습이 마리우스의 눈에 들어왔다. 무슨 일인지 알아봐야겠군, 마리우스는 혼잣말을 했다. 하지만 나중에, 시간이 날 때 해야지. 지금 이 난장판으로 보아 과연 그런 시간이 날지 모르겠지만.

"오늘 우리는 단 한 번도 본 적 없던 엄청난 일을 목격했소." 마리우스가 말을 시작했다. "참으로 무시무시한 광경이었소, 안 그렇소?"

"저들이 무슨 해를 끼치려 했던 것 같진 않습니다." 술라가 대답했다.

"내 생각도 그렇다네. 허나 저들이 자신의 힘을 전혀 모르는 거대한 황소라는 건 분명한 사실이야." 마리우스는 손짓으로 서기장을 불렀다. "포룸 로마눔에 다녀올 사람을 찾아보게. 당장 수석 릭토르를 만나야겠네."

"어떻게 하실 생각이오?" 스카우루스가 물었다. "호민관 선거를 연기할 겁니까?"

"아니, 선거를 빨리 해치우는 게 좋겠소." 마리우스가 단호히 말했다. "지금이야 저 군중이라는 황소가 온순하지만, 기근이 악화되면 얼마나 성이 날지 누가 알겠소? 저 황소가 사람을 들이받아서 뿔에 건초가 감길 때까지 기다리지는 맙시다. 멍하니 기다렸다가는 황소 뿔에 받히는 사람이 우리 중 하나가 될 테니 말이오. 내가 수석 릭토르를 불러오게 한 이유는 내일 간단한 울타리를 쳐서 우리의 황소를 눈속임하기 위해서요. 오늘 밤새도록 공공 노예들을 시켜 민회장 주변과 민회장과 원로원 계단 사이 지대에 장벽을 세울 작정이오. 포룸 로마눔에서 추모 검투 경기가 열리는 동안 구경꾼들의 접근을 막기 위해 세워두는 평범한 장벽처럼 말이오. 저들도 그런 장벽은 흔히 보아왔으니 그걸 보고 우리가 두려워하고 있다는 걸 눈치채진 못할 거요. 장벽 안쪽에는 로마에 있는 릭토르 전원을 배치할 생각이오. 모두 토가 없이 진홍색 튜닉만 착용하되 다른 무장 없이 곤봉만 들게 될 거요. 무엇을 하든 저 황소에게 자기가 우리보다 거대하고 강하다는 위험한 생각을 심어주지 않도록 해야 하오. 황소들도 생각은 할 줄 아니까! 게다가 내일은 호민관 선거가 열릴 것이니 말이오. 내일 투표할 사람이 서른다섯 명밖에 안 된다 해도 상관없소. 이 말은 곧 여러분 모두 오늘 댁에 가면서 근처에 사는 원로원 의원들을 찾아가 내일 반드시 투표하러 오라고 이르라는 뜻이오. 그렇게 하면 트리부스당 투표자가 최소 한 명은 확보되는 셈이니까. 표수가 빈약하겠지만 그래도 어쨌든 투표는 투표요. 다들 내 말뜻을 아시겠소?"

"잘 알아들었소." 스카우루스가 대답했다.

"그런데 오늘 퀸투스 루타티우스는 어디 갔습니까?" 술라가 스카우루스에게 물었다.

"아픈 것 같소. 꾀병은 아닐 거요. 용기 없는 사람이 아니니까."

마리우스는 감찰관 메텔루스 카프라리우스를 보며 말했다. "가이우스 카이킬리우스, 당신이 내일 가장 힘든 일을 맡아야겠소. 에퀴티우스가 후보 선언을 하면, 그의 출마를 허락할 것인지 내가 당신에게 질문해야 하니까 말이오. 어떻게 대답할 생각이오?"

카프라리우스는 주저하지 않았다. "나는 안 된다고 대답하겠소, 가이우스 마리우스. 노예였던 사람이 호민관이 되다니, 있을 수 없는 일이오."

"알겠소. 그럼 이상이오, 다들 고맙소." 마리우스가 말했다. "이제 귀가하셔도 좋소. 그리고 집에서 떨고 있을 동료 의원들을 내일 이 자리에 꼭 데려와주시오. 루키우스 코르넬리우스, 자네는 남게. 릭토르단의 책임을 자네에게 맡길 생각이니, 수석 릭토르가 올 때까지 여기서 기다려주게."

군중은 새벽녘에 다시 포룸 로마눔에 모였다. 밤사이 민회장 주변에는 말뚝과 밧줄로 된 간단한 이동식 울타리가 세워져 있었다. 포룸 로마눔에서 누군가의 장례식 행사로 검투 경기가 열릴 때마다 익히 보아온 장벽이었다. 장벽 안쪽으로는 몇 보 간격으로 진홍색 튜닉을 입은 릭토르들이 길고 굵직한 곤봉을 들고 서 있었다. 수상한 낌새는 전혀 없었다. 마리우스가 앞으로 나와서 누구든 떠밀려서 다치는 사고를 막기 위해 장벽을 설치했다고 큰 소리로 설명하자 군중은 전날처럼 커다란 환호를 보냈다. 그러나 군중이 보지 못한 것이 있었으니, 술라가 동트기 훨씬 전부터 원로원 의사당 내부에 배치해둔 인원들이었다. 1계급에 속하는 그 청년들 50여 명은 전원 판갑을 입고 투구를 썼으며 장검과 단검을 허리에 꽂고 방패를 들고 있었다. 하지만 이 임무로 잔뜩 들뜬 카이피오 2세는 이 무리의 부지휘관에 불과했다. 술라가 총지휘를 맡았기 때문이다.

"내가 움직이라고 할 때만 움직인다. 이건 명령이다. 내 지시가 없이 움직이는 자는 살려두지 않을 것이다." 술라가 말했다.

로스트라 연단에서는 다들 투표 준비가 끝나 있었다. 민회장에는 놀랍도록 많은 일반 유권자들이 원로원 전체 의석의 절반쯤 되는 의원들과 함께 모여 있었고, 파트리키 의원들은 언제나처럼 원로원 계단에 서 있었다. 카툴루스 카이사르는 의자에 앉아 있었는데 그만큼 몸이 좋지 않아 보였다. 한편 감찰관 카프라리우스는 평민 신분이라 민회장으로 가야 했지만, 모든 사람에게 보이는 곳에 있고 싶어 계단 위 파트리키 의원들 사이에 끼어 있었다.

사투르니누스가 다시 한번 입후보를 선언하자 군중은 발작적으로 환호성을 질렀다. 전날 군중 사이를 누비면서 행한 안수(按手) 의식이 기적을 일으킨 게 분명했다. 나머지 후보들에 대한 반응은 이전과 같이 침묵으로 일관되었다. 그러다 마지막으로 에퀴티우스가 등장했다.

곧바로 마리우스는 원로원 계단 쪽으로 얼굴을 돌렸다. 움직일 수 있는 오른쪽 눈썹을 치켜올려 카프라리우스에게 무언의 질문을 보냈다. 카프라리우스는 단호하게 고개를 가로저었다. 군중이 에퀴티우스를 향해 전혀 멈출 생각이 없다는 듯 끝없이 환호를 보내는 통에, 소리 내어 질문하기가 불가능했던 것이다.

포고관들이 나팔을 분 데 이어 마리우스가 앞으로 나왔다. 장내가 조용해졌다. "이 사람, 루키우스 에퀴티우스는 호민관으로 선출될 자격이 없습니다!" 마리우스는 최대한 큰 소리로 외쳤다. "그의 신분에는 불명확한 부분이 있습니다. 그러므로 그가 로마 원로원과 인민에 소속된 공직에 출마하려면 먼저 감찰관의 확인을 받아야 합니다!"

그러자 사투르니누스가 마리우스를 스치듯 지나쳐 로스트라 연단 맨 끝에 섰다. "나는 에퀴티우스의 신분에 아무 문제가 없다고 주장합니다!"

"나는 감찰관을 대신하여 문제가 분명히 있다고 선언하는 바입니다." 마리우스가 전혀 흔들림 없이 말했다.

그러자 사투르니누스는 군중을 향해 호소했다. "루키우스 에퀴티우스는 여러분과 다를바 없는 로마 시민입니다!" 그는 날카롭게 소리질렀다. "보십시오, 그의 얼굴을 보십시오! 티베리우스 그라쿠스의 재현이 아니고 무엇입니까!"

그러나 에퀴티우스는 민회장 안쪽을 내려다보고 있었다. 가장 앞줄에 선 군중의 시야에도 잡히지 않는 그곳에서는, 원로원 의원들과 원로원 의원의 아들들이 옷 속에서 칼과 곤봉을 꺼내어 에퀴티우스를 그 속으로 끌어내릴 듯한 자세를 취하고 있었다.

로마 군단에서 용감하게 10년을 복무한 퇴역병사(어쨌든 그 자신의 주장은 그랬다) 에퀴티우스는 잔뜩 겁을 먹고 마리우스에게 다가와 그의 오른팔을 움켜잡았다. "도와주십시오!" 에퀴티우스가 훌쩍이며 말했다.

"발로 걷어차서 도와주고 싶군, 멍청한 골칫덩이 같으니." 마리우스가 낮게 으르렁거렸다. "그러나 오늘은 이 선거를 치르는 게 우선이오. 당신은 출마할 수 없소. 그런데도 계속 연단에 남아 있으면 누군가에게 린치를 당하고 말 거요. 당신의 안전을 지켜주기 위해 내가 할 수 있는 최선은 모든 사람이 귀가할 때까지 당신을 라우투미아이 감옥에 가둬 두는 방법뿐이오."

로스트라 연단에는 릭토르 스물네 명이 서 있었다. 그중 열두 명은 집정관 수하에 있었으므로 파스케스를 들고 있었다. 마리우스는 릭토르들에게 에퀴티우스를 포위하여 라우투미아이 감옥으로 데려가도록 명령을 내렸다. 에퀴티우스가 군중 사이로 들어가자, 진홍색 띠가 감긴 막대기 다발의 권위에 반응하여 군중의 바다가 갈라지는 모습이 연출되었다.

믿을 수가 없군, 군중의 바다가 갈라지는 방향을 눈으로 좇으며 마리우스는 생각했다. 환호하는 소리만 들어보면 저들은 그 어느 신보다도 에퀴티우스를 숭배한다. 지금 저들의 눈에는 내가 저 인간을 체포하는 것처럼 보일 것이다. 그런데 지금 저들은 어쩌고 있는가? 어깨에 파스케스를 메고 행진하는 릭토르들과 그 뒤로 자주색 단을 댄 토가를 걸치고 점잔빼며 걷는 고관들을 볼 때마다 저들이 늘 하는 행동을 되풀이하고 있잖은가. 저들은 지금 로마의 통치 권력에게 길을 비켜주고 있다. 제아무리 에퀴티우스라 할지라도, 군중은 그를 위해 파스케스와 자주색 단이 달린 토가의 위엄을 훼손하려 들진 않는 것이다. 이것이 바로 로마다. 결국 까놓고 보면 에퀴티우스 따위가 뭔가? 저들이 사랑해 마지않던 티베리우스 그라쿠스의 한심한 복제품에 불과하지 않은가. 군중은 에퀴티우스에게 환호를 보내는 게 아니다! 자기들 기억 속의 티베리우스 그라쿠스에게 환호하는 것이다.

릭토르단의 등지느러미가 로마의 하층민들로 이루어진 거대한 바다를 가르고 지나가는 광경을 바라보며 마리우스의 마음속에는 이전과는 또다른 자부심이 가득 차올랐다. 654년간 이어져 내려온 관습에 대한 자부심, 어깨에 멘 막대기 다발 몇 개만으로도 게르만족의 침입보다도 더 큰 역전을 이룰 만큼 여전히 강력한 옛 전통에 대한 자부심이었다. 그리고 나는, 자주색 단을 두른 토가를 입고 여기 서 있다. 이 옷을 입은 것만으로 무엇도 두렵지 않으며, 일찍이 세계에 등장했던 그 어느 왕보다도 내가 더 위대하다는 것을 알고 있다. 내게는 군대도 없고, 도시 안에서 도끼머리를 끼운 막대기를 들거나 장검을 찬 호위병을 데리고 다니지도 않는다. 그런데도 저들은 내 권위의 상징물만을 보고도 길을 비켜주는 것이다. 고작 막대기 몇 개와, 언제든 길거리에서 볼 수 있는 난잡한 남창의 옷보다도 자줏빛이 적게 들어간 형태도 없는 천조각에 말이다. 그래, 나는 세계의 왕보다 로마의 집정관이 되는 편을 택할 것이다.

라우투미아이 감옥에 갔던 릭토르들이 돌아왔다. 얼마 지나지 않아 에퀴티우스도 돌아왔다. 군중이 큰 소란을 피우지 않고 조심스레 그를 감방에서 꺼내어 다시 로스트라 연단에 올려다놓은 것이다. 마리우스의 눈에 그들의 행동은 마치 미안해하는 것처럼 조심스러웠다. 연단에 선 에퀴티우스는 제발 그 자리만 벗어날 수 있기를 바라면서 신경쇠약 환자처럼 부들부들 떨고 있었다. 군중이 말하고자 하는 바는 분명해 보였다. 우리 들통을 채워줘, 우리는 배가 고프다, 우리의 식량을 감추지 마라.

그사이 사투르니누스는 최대한 신속하게 선거를 진행시키고 있었다. 뜻밖의 불미스런 사태라도 발생하기 전에 자신의 호민관 재선을 확실히 해두려고 안달이 났던 것이다. 그의 머릿속은 온통 눈부신 미래를 향한 꿈과 강력하고 장엄한 군중의 힘, 군중이 보여준 자신을 향한 숭배로 가득했다. 저들은 티베리우스 그라쿠스와 닮았다는 이유만으로 에퀴티우스에게 환호를 보냈는가? 이젠 다 망가진 늙은 천치 마리우스에게는 그가 야만인들로부터 로마를 구했다는 이유로 환호를 보냈는가? 아, 그러나 내가 받은 환호는 에퀴티우스나 마리우스가 받은 환호와는 차원이 다르다! 게다가 저들은 어떤 사람들인가? 오늘의 이 군중은 수부라 지구의 매음굴에서 온 어중이떠중이들이 아니다! 비록 뱃속은 비었어도 소신만은 온전히 지키고 있는 훌륭한 시민들이다.

후보자들이 한 사람씩 앞으로 나왔고 각 트리부스는 투표를 실시했다. 동시에 계표원들은 부지런히 표수를 기입했으며 마리우스와 사투르니누스는 진행상황을 지켜보았다. 마침내 맨 마지막으로 에퀴티우스의 차례가 돌아왔다. 마리우스는 사투르니누스를 쳐다보았고 사투르니누스도 마리우스를 마주보았다. 마리우스는 다시 건너편의 원로원 계단을 쳐다보았다.

"이번에는 어떤 의견을 주시겠습니까, 감찰관 가이우스 카이킬리우스 메텔루스 카프라리우스?" 마리우스가 큰 소리로 말했다. "계속 이 사람의 출마권을 거부하시겠습니까, 아니면 반대 의사를 철회하시겠습니까?"

카프라리우스는 난감한 얼굴로 스카우루스를 쳐다봤고, 스카우루스는 안색이 잿빛으로 변한 카툴루스 카이사르를 쳐다봤다. 카툴루스 카이사르는 최고신관 아헤노바르부스를 쳐다봤고, 아헤노바르부스는 아무도 쳐다보지 않았다. 긴 정적이 흘렀다. 군중은 무슨 일인지 영문도 모른 채 조용히 넋을 빼고 지켜보았다.

“입후보를 허락합니다!” 카프라리우스가 외쳤다.

“입후보를 허락합니다.” 마리우스가 사투르니누스에게 말했다.

그리하여 투표결과가 집계되었다. 사투르니누스가 가장 많은 표를 얻어 세번째로 호민관에 당선되었다. 카토 살로니아누스, 퀸투스 폼페이우스 루푸스, 푸블리우스 푸리우스, 섹스투스 티티우스도 당선되었다. 그리고 사투르니누스와 단 서너 표 차이로 해방노예 에퀴티우스가 호민관에 당선되었다.

“올해는 노예 일당이 호민관석을 차지하게 생겼군!” 카툴루스 카이사르가 비웃으며 말했다. “카토 살로니아누스로도 모자라 아예 해방노예까지 선출되다니!”

“로마 공화정은 이제 끝났소.” 카프라리우스에게 혐오스러운 시선을 던지면서 최고신관 아헤노바르부스가 말했다.

“달리 내가 어쩔 수 있었겠소?” 카프라리우스가 푸념했다.

다른 원로원 의원들도 차츰 모여들었다. 술라의 무장 대원들은 갑옷과 무기를 벗고 원로원 의사당 밖으로 나왔다. 그들의 영웅이 선출되는 것을 확인한 군중은 하나둘씩 집으로 돌아가고 있었다. 그렇지만 어쨌든 원로원 계단이 가장 안전한 장소로 여겨졌다.

카이피오 2세는 군중이 있는 방향으로 침을 뱉었다. “오늘은 안녕이다, 폭도들아!” 그는 얼굴을 잔뜩 찌푸리며 소리쳤다. “저들을 보십시오! 도둑놈에, 살인자에, 자기 딸까지 강간하는 놈들입니다!”

“저들은 폭도가 아니오, 퀸투스 세르빌리우스.” 마리우스가 근엄하게 말했다. “저들은 엄연한 로마인이고 가난한 자들이지, 도둑이나 살인자가 아니오. 그리고 수수와 순무만 먹는 데 신물이 날 대로 나 있는 상태요. 그러니 에퀴티우스 그 친구가 저들을 선동하지 않기를 바라는 게 좋을 거요. 엉망진창인 이번 선거중에는 저들이 얌전히 처신했지만, 수수와 순무 값이 점점 더 오른다면 어떻게 돌변할지 모를 일이오."

"아, 그 점은 걱정할 필요가 없습니다!" 멤미우스가 쾌활한 목소리로 끼어들었다. 호민관 선거가 제때 치러져서, 마르쿠스 안토니우스 오라토르와 나란히 집정관 직에 입후보할 전망이 크게 밝아진 듯하여 기분이 좋아졌던 것이다. "며칠 내로 상황이 좋아질 겁니다. 마르쿠스 안토니우스에게 듣기로 아시아 속주에 있는 우리 측 대행인들이 흑해 이북에서 대량의 밀을 사들이는 데 성공했다더군요. 그 곡물을 실은 첫번째 선단이 조만간 푸테올리 항에 도착할 겁니다."

모든 사람이 입을 떡 벌린 채 그를 빤히 쳐다보았다.

"흐음." 마리우스가 입을 열었다. 그는 얼굴에 부드러운 조소를 띠려고 했지만, 이제 더이상 그런 표정을 지을 수 없다는 사실을 잊고 있었다. 그런 탓에 그의 얼굴은 무서운 우거지상이 되어버렸다. "당신에게 곡물 수급 상황을 예견하는 재주가 있다는 건 우리 모두 잘 알고 있소. 하지만 수석 집정관인 나나 여기 계신 원로원 최고참 의원이자 곡물 담당관인 마르쿠스 아이밀리우스도 모르고 있던 정보를 당신이 어떻게 입수한 것이오?"

사십 개에 이르는 눈들이 모두 멤미우스의 얼굴에 고정되었다. 멤미우스는 침을 꿀꺽 삼켰다. "이건 공공연한 사실입니다, 가이우스 마리우스. 마르쿠스 안토니우스가 페르가몬에서 마지막 임무를 마치고 돌아왔을 때 저와 아테네에서 대화를 나누다가 나온 얘깁니다. 거기서 로마의 곡물 대행인을 몇 명 만났는데 그들이 그리 말해주더랍니다."

"그러면 마르쿠스 안토니우스는 왜 곡물 담당관인 나에게 알리지 않은 거요?" 스카우루스가 싸늘하게 물었다.

"제가 그랬듯이 그도 당신이 알고 있으리라고 생각했던 것 같습니다. 대행인들이 서신을 보냈다던데요, 왜 모르고 계신지 모르겠군요."

"서신이 오지 않았소." 마리우스가 스카우루스에게 눈짓을 하며 말했다. "멤미우스, 이처럼 멋진 소식을 전해줘서 참으로 감사하오."

"동감이오." 스카우루스는 화가 눈 녹듯 사라졌다.

"우리 모두를 위해서도, 태풍이 불어 곡식을 지중해 바닥으로 가라앉히는 일이 없기를 바랍시다." 마리우스가 말했다. 이제 군중도 꽤 흩어졌을 테니 집으로 돌아가도 될 것 같았다. 가다가 남은 군중 몇 명과 마주치는 정도는 개의치 않았다. "원로원 의원 여러분, 내일 재무관 선거가 있으니 이 자리에서 다시 만납시다. 그리고 모레는 마르스 평원에서 집정관과 법무관 입후보 선언이 있을 예정이오. 그럼 다들 안녕히 돌아가시오."

"당신은 천치요, 멤미우스." 의자에 앉은 카툴루스 카이사르가 날카롭게 쏘아붙였다.

멤미우스는 고관 귀족과 공연히 말다툼을 벌일 필요가 없다는 생각에 그대로 마리우스를 뒤따라나섰다. 가는 길에 마르스 평원의 임대 빌라에서 지내고 있는 안토니우스에게 들러 오늘 있었던 일을 알려줘야겠다는 생각이었다. 기분좋게 길을 걸어가는 동안 멤미우스는 자신과 안토니우스가 유권자들에게 더 점수를 딸 방법을 떠올렸다. 모레 고관직 후보자들의 입후보 선언이 있을 때 그 자리에 참석한 백인조들 사이에 사람을 심어야겠다고 생각한 것이다. 그들이 바람잡이가 되어 조만간 도착할 곡물 선단 얘기를 하면서 그것이 마치 자신과 안토니우스의 공이라는 듯이 소문을 퍼뜨릴 수 있을 터였다. 어쩌면 1계급과 2계급 사람들이 낮은 곡물값에 대해 불만을 터뜨릴지도 모른다. 하지만 포룸 로마눔에 모인 군중의 규모를 봤으니, 로마 하층민들의 굶주린 배가 싼 곡물로 구운 빵으로 채워진다는 생각에 크게 고마워할지도 모른다고 멤미우스는 생각했다.

가설투표소에서 후보들의 출마 선언식이 있던 날 새벽, 멤미우스는 피호민들과 친구들을 데리고 팔라티누스 언덕에서 마르스 평원으로 걸어갔다. 그들은 모두 멤미우스와 안토니우스가 당선되리라는 확신에 마냥 신이 나 있었다. 모두가 쾌활하게 웃으면서 포룸 로마눔을 힘찬 걸음으로 가로질러갔다. 화창한 늦가을 아침이었고 바람은 제법 쌀쌀했다. 폰티날리스 성문의 짙은 그늘을 지날 때는 차가운 공기에 몸이 조금 떨렸지만, 아륵스 아래 펼쳐진 양지바른 평원에는 승리가 기다리고 있으리라는 확신이 들었다. 가이우스 멤미우스가 집정관이 되는 것이다.

다른 사람들 역시 두셋씩 또는 우르르 무리지어 가설투표소로 걸어가고 있었다. 혼자 가는 사람은 거의 없었다. 고관직 선거에 투표를 할 정도로 중요한 계급인 사람들은 공공장소에서 누군가와 함께 다니는 걸 선호했다. 그렇게 하면 자신의 존엄이 더해지기 때문이었다.

퀴리날리스 언덕에서 내려오는 도로가 라타 가도와 만나는 곳에서, 멤미우스 일행은 다른 누구도 아닌 글라우키아를 호위하는 50여 명의 사내들과 마주쳤다.

멤미우스는 크게 놀라 가던 길을 멈췄다. "대체 그 차림을 하고 어디를 가는 거요?" 그는 글라우키아가 입고 있는 토가 칸디다를 쳐다보며 물었다. 수일 동안 햇빛에 특별히 표백시킨 뒤 곱게 간 백악가루를 몇 겹씩 발라 눈부실 만큼 순백색으로 만드는 토가로, 공직선거에 출마하는 사람만 입을 수 있는 특별한 복장이었다.

"집정관 직에 입후보하러 가는 길이오." 글라우키아가 대답했다.

"당신은 출마할 수 없잖소."

"출마하고 말고요!"

"가이우스 마리우스는 당신이 출마할 수 없다고 했소."

"가이우스 마리우스는 내가 출마할 수 없다고 했소." 글라우키아가 계집애 같은 목소리로 멤미우스의 말을 흉내냈다. 그러고는 여봐란듯이 멤미우스에게 등을 돌리고서 동성애에 대한 암시가 뚝뚝 묻어나는 말을 큰 소리로 자기 무리에게 외치기 시작했다. "가이우스 마리우스는 내가 출마할 수 없다고 했다는군! 글쎄, 진정한 사내는 안 되고 계집애 같이 곱상한 녀석은 된다니, 이건 좀 말이 안 되지 않나?!"

말싸움이 오가는 사이 구경꾼들이 모여들었다. 때가 때이니만큼 특별한 일은 아니었다. 선거기간에 흔히 생기는 재미 중 하나가 경쟁 후보들 간의 싸움이었기 때문이다. 이 싸움이 투표장에 도착하기도 전에 시작되었다는 사실은 구경꾼들에게는 별 차이가 없었다. 시내에서 라타 가도로 들어오는 사람들이 점점 많아지면서 구경꾼 수도 늘어만 갔다.

모여드는 구경꾼들을 의식하면서 멤미우스는 괴로움에 온몸을 비틀었다. 평생 동안 그는 지나치게 미끈한 외모 때문에 놀림당하고 고통을 겪었다. 너무 곱상하다, 믿을 수 없게 생겼다, 사내아이들을 좋아한다, 사람이 가볍다 등등 온갖 편견과 조롱에 시달려온 것이다. 그런데 지금 글라우키아는 이 모든 유권자들이 보는 앞에서 자신을 조롱하고 있었다. 하필이면 오늘 같은 날에, 예전부터 그를 따라다닌 동성애자 꼬리표를 사람들에게 상기시켜서는 안 되는 거였다!

멤미우스가 분노를 터뜨린 것도 당연했다. 그는 주변 사람들이 미처 눈치채기도 전에 앞으로 나왔다. 글라우키아의 왼쪽 어깨에 손을 올리더니 그 새하얀 토가를 순식간에 찢어버렸다. 글라우키아가 자신을 공격한 사람이 누군지 보려고 몸을 홱 돌리자, 멤미우스는 그의 왼쪽 귀를 향해 마구잡이로 주먹을 날려 그대로 명중시켰다. 바닥에 쓰러진 글라우키아 위에 멤미우스가 올라탔고, 두 사람의 새하얀 토가는 지저분하게 흙투성이가 되어버렸다. 그때 글라우키아 무리가 몸에 감추고 있던 몽둥이와 곤봉을 꺼내어 휘두르며 앞으로 나섰다. 그들은 넋 나간 꼴로 서 있는 멤미우스 일행 사이를 헤집고 지나면서 몽둥이를 마구 휘둘러댔다. 멤미우스 일행은 순식간에 와해되었다. 피호민과 친구 들은 살려달라고 외치면서 사방으로 달아났다.

무심한 구경꾼들이 으레 그렇듯이, 싸움을 구경하던 사람들은 누구 하나 도와주러 나서지 않고 그저 흥미진진하게 지켜보기만 했다. 그래도 구경꾼들을 위해 변명하자면, 그중 누구도 이 상황이 두 후보 간의 흔한 싸움 이상이 되리라고는 상상도 못했다. 글라우키아 무리가 무기를 꺼냈을 때는 놀란 게 사실이지만, 후보의 지지자들이 무기를 지니고 다니는 경우는 이전에도 있었다.

덩치 큰 두 사내가 멤미우스를 번쩍 들어올리더니 세차게 몸부림치는 그를 양쪽에서 붙잡았다. 글라우키아는 엉망이 된 자신의 토가 자락을 걷어차며 일어섰다. 그는 한마디도 하지 않았다. 말없이 곁에 서 있던 사람에게서 몽둥이를 빼어들고 멤미우스를 한동안 쳐다보았다. 그러다 갑자기, 그가 나무망치마냥 양손으로 잡고 있던 몽둥이가 위로 올라가더니 멤미우스의 빼어나게 잘생긴 머리로 툭 떨어져내렸다. 글라우키아가 쓰러진 멤미우스를 따라 몸을 굽히고 계속 그의 머리를 내리치는 동안에도 아무도 이를 말리려 하지 않았다. 멤미우스의 머리는 더 이상 아름답지 않았다. 머리가 다 으깨져 뇌가 흐르고 피범벅이 된 뒤에야 글라우키아는 내리치던 손을 멈추었다.

다음 순간, 그 자신도 믿을 수 없다는 듯 격렬한 절망감이 글라우키아의 얼굴에 번져갔다. 그는 피 묻은 몽둥이를 내던지고, 사색이 되어 지켜보고 있던 친구 가이우스 클라우디우스를 쳐다보았다.

"내가 도망칠 수 있을 때까지 숨겨주겠나?"

클라우디우스는 말문이 막힌 채 고개만 끄덕였다.

구경꾼들이 웅성거리면서 글라우키아 무리에게 다가오기 시작했다. 가설투표소 쪽에서도 사람들이 뛰어오고 있었다. 글라우키아는 재빨리 돌아서서 퀴리날리스 언덕 쪽으로 달아났다. 동행들도 그 뒤를 따랐다.

사투르니누스가 이 사건에 대해 전해 들은 것은 글라우키아의 불법적 출마에 대한 지지를 구하러 가설투표소를 이리저리 뛰어다니던 중이었다. 은밀하지만 성난 사람들의 눈초리만 봐도, 멤미우스의 살해 소식을 들은 이들 대부분이 어떤 생각을 하는지 짐작할 수 있었다. 거기다 사투르니누스는 글라우키아의 둘도 없는 친구로 알려져 있었다. 원로원의 젊은층과 원로원 의원의 아들들 사이에서는 분노의 웅성거림이 시작되었다. 영향력 있는 기사의 아들들 일부도 원로원의 동년배 의원들과 함께 모였다. 그리고 수수께끼 같은 사나이 술라가 그 한복판에 있었다.

"어서 여기를 뜨는 게 좋겠네." 바로 전날 수도 담당 재무관으로 선출된 가이우스 사우페이우스가 말했다.

"맞네, 그러는 게 좋겠어." 사투르니누스는 주변에서 온통 느껴지는 분노에 점점 더 불안해지고 있었다.

사투르니누스는 같은 피케눔 출신으로 자신을 따르는 티투스 라비에누스, 가이우스 사우페이우스와 함께 서둘러 가설투표소를 떠났다. 그는 글라우키아가 퀴리날리스 언덕에 있는 클라우디우스의 집으로 갔으리라고 정확히 추측했다. 그러나 사투르니누스 일행이 당도했을 때 그 집의 문에는 굳게 빗장이 걸려 있었다. 한참 동안 소리를 지르고 나서야 클라우디우스가 문을 열고 그들을 안으로 들였다.

"글라우키아는 어딨나?" 사투르니누스가 따지듯 물었다.

"내 서재에 있네." 흐느끼던 클라우디우스가 대답했다.

"티투스 라비에누스, 나가서 루키우스 에퀴티우스를 찾아봐주게. 우리에겐 그가 필요해. 군중이 그를 좋게 보니까." 사투르니누스가 말했다.

"어쩔 작정인가?"

"루키우스 에퀴티우스를 데려오면 그때 말해주겠네."

글라우키아는 얼굴이 잿빛이 된 채 클라우디우스의 서재에 앉아 있었다. 사투르니누스가 들어가자 그는 고개를 들어 쳐다봤지만 아무 말도 하지 않았다.

"왜 그랬나, 가이우스 세르빌리우스? 대체 왜?"

글라우키아는 몸을 떨었다. "그럴 생각은 없었네. 그냥…… 화가 나서 정신이 나갔었네."

"우리가 로마에서 누릴 수 있는 기회도 다 잃었네."

"나는 정신이 나갔었어." 글라우키아가 다시 한번 말했다.

글라우키아는 고관직 후보 선언식의 바로 전날 밤에도 이 집에서 묵었다. 클라우디우스가 그를 위해 축하연을 열어주었기 때문이다. 글라우키아와 동등하다기보다 그의 추종자에 가까웠던 클라우디우스는 빌리우스법에 이의를 제기한 그의 대담한 태도를 감탄하며 우러러보았다. 그래서 자신의 마음을 보여줄 가장 좋은 방법으로, 돈을 좀 써서 선거에 나서는 글라우키아에게 잊지 못할 축하연을 베풀어주려고 생각했던 것이다. 다음날 가설투표소로 가는 글라우키아와 동행했던 50명도 모두 그 연회에 초대되었지만 여자는 한 사람도 포함되지 않았다. 그 결과 연회는 속이 뒤집힐 때까지 술만 퍼마시는 희극의 한 장면이 되었다. 동이 텄을 때 상태가 좋은 사람은 한 명도 없었지만 어쨌든 글라우키아를 지원하기 위해 가설투표소로 가야 했다. 그들은 몽둥이와 곤봉을 가져가는 게 좋겠다 싶었다. 마찬가지로 몸 상태가 영 좋지 않았던 글라우키아는 구토제를 먹고 목욕을 한 뒤 표백한 토가를 몸에 두르고 길을 나섰다. 작은 망치 수천 개가 두들겨대는 듯 머리가 지끈거려 눈도 제대로 뜰 수 없었다.

이런 상황에서 글라우키아는 멤미우스와 마주쳤다. 흠잡을 데 없이 깔끔한 차림새로 만면에 웃음을 흘리며, 벌써 승자라도 된 양 잘생긴 머리를 높이 쳐든 멤미우스의 모습은 이미 신경이 바짝 곤두서 있던 그로서는 참아내기 어려운 것이었다. 그래서 멤미우스가 자신의 입후보에 이의를 제기하자 잔인한 조롱으로 응수했고, 멤미우스가 자신의 토가를 찢었을 때는 급기야 자제력을 완전히 잃어버렸다. 이미 일은 저질러졌고 되돌릴 수 없었다. 멤미우스의 으깨진 머리 주위로 모든 것이 무너져내렸다.

서재에 들어와 아무 말도 하지 않는 사투르니누스의 존재는 또다른 충격으로 다가왔다. 글라우키아는 그제야 자신이 얼마나 엄청난 일을 저질렀는지, 그 행동이 어떤 파장을 일으켰는지 깨닫기 시작했다. 자신의 정치적 장래는 물론, 아마 둘도 없는 친구의 장래까지 망쳐버린 것이다. 이 사실을 그는 견딜 수 없었다.

"무슨 말이든 해보게, 루키우스 아풀레이우스!" 글라우키아는 울부짖었다.

최면에 걸린 듯 생각에 잠겨 있던 사투르니누스가 눈을 깜박이며 몽상에서 깨어났다. "우리에게 남은 방법은 한 가지뿐인 것 같네." 그는 침착한 목소리로 말했다. "군중을 우리 편으로 만들어야 하네. 그들을 이용해서 원로원으로부터 우리가 원하는 걸 얻어내야 해. 공직 보장과 자네에 대한 정상참작 판결, 우리 중 누구도 기소하지 않겠다는 약속 말일세. 일단 에퀴티우스를 데려오라고 라비에누스를 보내두었네. 그를 데려가면 군중을 흔들어놓기가 더 쉬우니까." 그는 한숨을 내쉬고 손에 힘을 잔뜩 주었다. "라비에누스가 돌아오는 대로 포룸 로마눔으로 갈 걸세. 한시라도 시간을 허비할 순 없어."

"나도 가야 하나?" 글라우키아가 물었다.

"아니, 자네는 일행과 같이 여기 남아 있게. 그리고 클라우디우스에게 노예들을 무장시키라고 일러주게. 나, 라비에누스, 사우페이우스 외에는 아무한테도 문을 열어줘선 안 되네." 사투르니누스가 자리에서 일어났다. "해질 때까지 로마를 내 수중에 넣어야 해. 그러지 않으면 나 역시 끝장이야."

"나를 버리게!" 글라우키아가 불쑥 말했다. "루키우스 아풀레이우스, 이럴 필요가 없네! 내가 한 행동에 자네도 충격으로 망연자실하다고 말하고, 나에게 유죄판결을 내리라고 외치는 무리의 선두에 서게! 그것만이 유일한 방법이야. 로마는 새로운 형태의 정권을 받아들일 준비가 되어 있지 않네! 저 군중이 굶주린 건 분명하네. 무능한 정권에 신물이 나 있고 어떤 식으로든 정의를 원하는 것도 사실이야. 그렇지만 머리를 박살내고 목을 분지르려 할 만큼은 아니네. 그들이 목이 쉬도록 자네를 환호할지는 몰라도 자네를 위해 사람을 죽이지는 않을 거야."

"자네 생각은 틀렸네." 사투르니누스는 마치 양털 위를 걷는 듯했다. 가볍고 자유롭고 무적의 존재가 된 듯한 기분이었다. "가이우스 세르빌리우스, 포룸 로마눔을 가득 채운 군중은 수적으로나 힘에 있어서나 군대보다도 막강하네! 정책입안자들이 찍소리 못하고 굴복하는 것을 보지 못했나? 메텔루스 카프라리우스가 에퀴티우스 문제에서 두 손 들고 물러서는 걸 못 보았나? 유혈사태도 없었는데 말일세! 포룸 로마눔에서는 백 명만 모여서 싸움을 벌여도 훨씬 심각한 일이 벌어졌네. 그런데 이 군중은 백 명이 아니라 무려 수십만이네! 누구도 이렇게 거대한 군중에 맞서지 못할 거야. 하지만 저들을 무장시키거나 머리를 박살내고 목을 분지르라고 선동할 필요도 전혀 없네. 저들의 힘은 그 거대한 규모에서 나오기 때문이지! 나는 저 거대한 군중을 마음대로 움직일 수 있네, 가이우스 세르빌리우스! 그저 웅변을 통해 저들이 바라는 바를 위해 전력을 쏟겠다는 의지만 확실히 보여주면 되네. 거기다 에퀴티우스가 한두 번 손만 흔들어주면 되는 걸세. 거대한 포위 장치라도 조종하듯이 저 거대한 군중을 조종하는 사람에게 감히 누가 저항할 수 있겠나? 원로원의 허수아비 의원들이 그럴 수 있겠나?"

"가이우스 마리우스가 있지 않나."

"아니, 가이우스 마리우스라도 그러지는 못하네! 게다가 어쨌든 그는 우리 편이야!"

"그는 우리 편이 아니네."

"그 자신은 그렇게 생각할 수도 있네, 가이우스 세르빌리우스. 그러나 군중이 나와 에퀴티우스에게 환호하듯이 그에게도 똑같이 환호를 보낸다는 사실 때문에, 원로원의 정책입안자들과 그 밖의 모든 의원들이 우리를 보는 것 같은 시각으로 가이우스 마리우스를 보게 되어 있어! 그와 권력을 나눠 가진다 해도 나는 상관없네. 그래봤자 잠시뿐일 테니까. 그는 나이를 먹었고 이미 뇌졸중으로 한 번 쓰러졌네. 두번째 발작으로 죽는다 해도 전혀 이상할 게 없지 않은가?" 사투르니누스가 열띤 표정으로 말했다.

글라우키아는 기분이 조금 나아졌다. 그는 의자에 똑바로 앉아 의심과 희망이 뒤섞인 얼굴로 사투르니누스를 바라보았다. "그렇게 될 수 있을까, 루키우스 아풀레이우스? 정말로 그게 가능할 거라고 생각하나?"

사투르니누스는 자신감에 넘쳐 천장을 향해 두 팔을 쭉 뻗었다. 그의 얼굴에는 사납고도 기쁨에 찬 미소가 떠올라 있었다. "잘될 걸세, 가이우스 세르빌리우스. 전부 내게 맡겨두게."

그리하여 사투르니누스는 클라우디우스의 집을 나와 포룸 로마눔의 로스트라 연단으로 갔다. 라비에누스, 사우페이우스, 에퀴티우스를 비롯하여 가까운 지지자들 십여 명이 그를 따랐다. 그는 신전과 신들로 가득한 높은 곳에서 인간세상으로 내려오는 반신반인처럼 자신도 위쪽에서 무대에 입장해야겠다고 생각하면서 아륵스를 가로질러갔다. 이렇게 하면 포룸 로마눔에서는 게모니아이 계단 꼭대기에 선 그의 모습이 가장 먼저 보일 터였다. 거기서부터는 왕처럼 위엄 있게 걸어내려갈 작정이었다. 사투르니누스는 그 순간 충격에 걸음을 멈췄다. 군중! 군중이 어디로 갔지? 그들은 전날의 재무관 선거가 끝난 뒤 집으로 돌아간 것이었다. 이후 포룸 로마눔에서 예정된 행사도 없었으므로 굳이 돌아올 필요를 느끼지 못했다. 그 일대에는 원로원 의원도 전혀 눈에 띄지 않았다. 이날 행사는 모두 가설투표소의 녹색 평원에서 진행되기 때문이었다.

그렇다고 포룸 로마눔이 텅 빈 것은 아니었다. 2~3천 명쯤 되는 사투르니누스의 어중이떠중이 군중이 이리저리 몰려다니고 있었다. 고함을 지르고 주먹을 흔들며 허공에 대고 무료 곡식을 달라고 요구하고 있었다. 몹시 실망한 사투르니누스는 왈칵 눈물을 쏟을 뻔했다. 그러나 곧 마음을 다잡고 포룸 로마눔 낮은 구역을 휘젓고 있는 거칠고 만만찮은 군중을 결연히 바라보다가 마음의 결정을 내렸다. 저들이면 될 것이다. 저들로 되어야만 한다. 저들을 선봉대로 활용하자. 저들을 이용해 거대한 군중을 다시 포룸 로마눔으로 불러들이자. 나는 그러지 못하지만, 저들은 그 거대한 군중과 섞여 지내고 있으니까.

포고관이 없어서 나팔 소리로 자신의 도착을 알릴 수 없는 것을 아쉬워하며, 사투르니누스는 게모니아이 계단을 내려가 로스트라 연단까지 성큼성큼 걸어갔다. 몇 안 되는 그의 일행은 어중이떠중이 군중을 향해 어서 모여서 루키우스 아풀레이우스의 연설을 들으라고 외쳤다.

"퀴리테스 여러분!" 사투르니누스는 엄청난 환호가 이는 가운데 양팔을 들어 조용히 하라는 동작을 취했다. "퀴리테스 여러분, 로마 원로원이 우리의 사형집행 영장에 서명하려 하고 있습니다! 원로원은 루키우스 에퀴티우스와 가이우스 세르빌리우스 글라우키아, 그리고 나 루키우스 아풀레이우스 사투르니누스를 어느 귀족계급의 앞잡이를 살해한 혐의로 기소하려 하고 있습니다! 그 계집애 같은 꼭두각시가 집정관 선거에 출마하려 한 목적은 오로지 로마 인민 여러분이 계속 굶주리게 하려는 것이었는데 말입니다!"

로스트라 연단 주위로 빽빽하게 몰려온 사람들은 아무런 말도, 미동도 없이 듣고만 있었다. 사투르니누스는 그렇듯 귀기울이는 청중으로부터 자신감과 기운을 얻어 하던 얘기를 더욱 강하게 밀어붙였다. "여러분에게 매우 싼값에 곡식을 제공한다는 저의 법안이 벌써 통과되었는데도, 여러분은 아직도 곡식을 받지 못했습니다. 그 이유가 뭐라고 생각하십니까? 우리의 위대한 도시 로마의 1계급과 2계급이 곡식을 적게 사서 비싸게 팔고 싶어하기 때문입니다! 우리 도시의 1계급과 2계급은 여러분의 굶주린 입이 자기네 쪽으로 오는 것을 원치 않기 때문입니다! 그들은 여러분을 자신의 둥지에 쳐들어온 뻐꾸기처럼 여기고 있습니다. 로마에 필요 없는 존재라고 여기는 것입니다! 그들에게 여러분은 그저 무산자 최하층민이고, 이제 로마가 모든 전쟁에서 승리하여 그 노획물이 국고에 안치되어 있는 마당에 여러분은 더이상 중요한 존재가 아닙니다! 로마 원로원은 묻습니다. 왜 노획물을 고작 여러분의 배를 채우는 데 써야 하느냐고. 그러면서 여러분의 배를 채울 곡식을 살 자금을 내놓으려 하지 않습니다! 왜인지 아십니까? 로마의 소위 '쓸모없는' 최하층민 수십만 명이 굶주리다못해 굶어죽는다면 그것이야말로 로마 원로원과 1계급, 2계급에게는 훨씬 더 득이 되기 때문입니다! 생각해보십시오. 수많은 입을 먹이는 데 들어갈 돈이 고스란히 절약되고 악취와 복닥거리는 사람들로 들끓던 인술라도 다들 텅 빌 테니, 로마는 푸르고 널찍한 공원처럼 변하지 않겠습니까! 그들은 지갑에 돈을 짤랑거리며 배를 두둑이 채우고서, 여러분이 비좁게 다닥다닥 붙어살던 곳을 유원지처럼 여유롭게 산책할 겁니다! 그들은 여러분에 대해 조금도 신경쓰지 않습니다. 여러분은 없어지면 좋을 성가신 존재일 뿐입니다! 그러니 고의로 기근을 유발하는 것보다 좋은 방법이 어디 있겠습니까?"

당연히 그는 군중을 사로잡았다. 사람들은 성난 개처럼 낮게 으르렁거렸다. 그 소리에 주변 대기는 위협적인 분위기로 가득찼고 사투르니누스의 가슴은 승리감으로 차올랐다.

"하지만 나, 루키우스 아풀레이우스 사투르니누스는 여러분의 배를 채워주기 위해 너무나 오랫동안, 너무나 치열하게 싸워왔습니다. 그 결과 지금 저는 저지르지도 않은 살인 혐의로 제거될 위기에 처했습니다!" 절묘한 한 수였다. 그 자신이 살인을 저지르지 않은 건 사실이었으니, 사투르니누스는 진실을 말하면서 한 마디 한 마디를 확실한 진실로 만들 수 있었던 것이다. "저와 함께 친구들도 모두 죽음을 맞게 되었습니다. 그들은 여러분의 친구이기도 합니다. 여기 있는 루키우스 에퀴티우스, 티베리우스 그라쿠스의 이름과 뜻을 이어받은 이 사람도 사라질 것입니다! 원로원을 좌지우지하는 귀족들조차 도저히 손댈 수 없을 만큼 제 법의 초안을 훌륭하게 작성하는 가이우스 세르빌리우스 글라우키아도 사라질 것입니다!" 사투르니누스는 잠시 말을 멈추고 한숨을 내쉬었다. 그러고는 감정을 주제할 수 없다는 듯 두 팔을 들어올렸다. "퀴리테스 여러분, 우리가 죽고 나면 누가 여러분을 돌보려 하겠습니까? 누가 남아 힘껏 싸우겠습니까? 누가 여러분의 굶주린 배를 채워주기 위해 특권계급과 맞서 싸우겠습니까? 아무도 없습니다!"

군중의 낮은 으르렁거림은 이제 커다란 포효로 바뀌었고, 언제든 폭력을 휘두를 분위기로 가득찼다. 이제 그들은 사투르니누스가 원하는 대로 움직일 수 있는 상태가 되었다. "퀴리테스 여러분, 모든 것은 여러분에게 달려 있습니다! 여러분을 사랑하고 소중히 여기는 우리가 무고

하게 살해당하는 동안 여러분은 방관자로 남기를 원하십니까? 아니면 지금 집으로 돌아가 무기를 꺼내들고 이웃집을 찾아다니며 사람들을 모아오시겠습니까?"

군중이 하나둘씩 움직이기 시작했다. 그러나 사투르니누스는 소리를 질러 그들을 멈춰세웠다. "수천수만 명이 되어 내가 있는 이곳으로 돌아오십시오! 내게로 돌아와서 나의 사람이 되어주십시오! 밤이 되기 전에 내가 로마를 장악할 테니, 로마는 여러분의 차지가 될 것입니다! 그때가 되면 누가 배부른 자들인지 알 수 있겠지요! 우리는 국고를 부수고 곡식을 사들일 것입니다! 자, 이제 어서 가서 로마 시 전체를 내게 데려오십시오. 바로 이곳, 로마의 심장부인 이곳으로 데려오십시오. 원로원과 1계급, 2계급 사람들에게 이 도시와 이 제국의 진정한 주인이 누구인지 똑똑히 보여줍시다!"

군중은 알아들을 수 없는 소리를 왁자지껄 떠들어대며 금세 사방으로 흩어졌다. 작은 공이 가득 담긴 통 가장자리를 망치로 내리치면 공들이 와르르 흩어지듯이. 사투르니누스는 뒤돌아 자신의 심복들을 쳐다보았다.

"오, 훌륭했네!" 사우페이우스가 가슴이 벅차오르는 듯 외쳤다.

"우리는 승리할 걸세, 루키우스 아풀레이우스. 반드시 승리할 거야!" 라비에누스가 외쳤다.

사투르니누스는 기쁨에 도취되어 자신의 등을 두드리는 사람들에 둘러싸였다. 그는 위풍당당하게 서서 자신의 엄청난 미래를 그려보았다.

그 순간 에퀴티우스가 와락 울음을 터뜨렸다. "하지만 어쩌려고 그럽니까?" 그는 토가 자락으로 눈물을 훔치며 울음 섞인 목소리로 물었다.

"어쩌느냐고? 내가 한 말을 듣고도 모르겠나, 이 멍청한 작자야! 당연히 로마를 점령하는 거지!"

"저 군중으로 말이오?"

"누가 감히 저들에게 대항할 수 있겠나? 더군다나 저들은 거대한 군중을 몰고 올 걸세. 기다려보게, 루키우스 에퀴티우스! 아무도 우리를 막을 수 없을 테니!"

"하지만 마르스 평원에 해군이 주둔해 있소. 두 개 군단이나!" 에퀴티우스가 소리쳤다. 그는 아직도 훌쩍거리며 몸을 떨고 있었다.

"지금껏 로마 군대는 개선식을 거행할 때 외에 시내로 들어온 적이 단 한 번도 없네. 로마군에게 시내로 진입하라고 명령을 내리는 자는 목숨을 부지할 수 없어." 사투르니누스는 필요에 의해 어쩔 수 없이 데려온 이 하찮은 인간이 경멸스러웠다. 로마를 확실히 수중에 넣고 나면 즉시 이자를 제거해버리리라. 티베리우스 그라쿠스와 닮았건 아니건 간에.

"가이우스 마리우스라면 그렇게 할 겁니다." 에퀴티우스는 흐느껴 울었다.

"멍청하긴, 가이우스 마리우스는 우리 편에 설 거야!" 사투르니누스가 비웃으며 말했다.

"예감이 좋지 않아요, 루키우스 아풀레이우스!"

"자네 예감이 좋아야 할 필요는 없네. 계속 내 편에 있을 작정이거든 그 징징거리는 소리를 당장 그치게. 그러나 나와 반대편에 설 작정이라면 내가 직접 그 입을 닫아주지!" 사투르니누스는 손가락으로 목을 긋는 시늉을 해 보였다.

멤미우스의 친구들이 도와달라고 달려왔을 때 가장 먼저 응한 사람들 중에는 마리우스도 끼어 있었다. 마리우스는 글라우키아와 그의 패거리들이 퀴리날리스 언덕으로 달아난 지 얼마 지나지 않아 현장에 도착했다. 토가 차림을 한 백인조 구성원 100명이 멤미우스의 시체 주위에 모여 있다가 수석 집정관이 도착하자 길을 비켜주었다. 마리우스가 시체 곁에 섰고 술라는 바로 뒤에서 어깨 너머로 지켜보았다. 마리우스는 으깨져 곤죽이 된 머리의 잔해를 가만히 내려다보다가, 머리털과 근육과 두피와 두개골 조각이 더덕더덕 붙은 채 버려져 있는 피투성이 몽둥이로 시선을 옮겼다.

"누구 짓이오?" 술라가 물었다.

십여 명이 동시에 대답했다. "가이우스 세르빌리우스 글라우키아입니다."

술라는 콧숨을 내쉬었다. "그가 직접 이랬소?"

모두가 고개를 끄덕였다.

"누구 그가 어디로 갔는지 아는 사람 없소?"

이번에는 대답들이 서로 엇갈렸다. 그렇지만 술라는 결국 글라우키아와 그의 패거리가 퀴리날리스 언덕의 상쿠스 성문 쪽으로 달아났다는 사실을 알아냈다. 가이우스 클라우디우스도 그 패거리에 끼어 있었으므로 알타 세미타에 있는 그의 집으로 갔을 가능성이 컸다.

마리우스는 꼼짝도 하지 않았다. 고개도 들지 않고 그저 말없이 멤미우스를 내려다보고만 있었다. 술라가 가만히 그의 팔에 손을 얹었다. 그제야 정신이 든 마리우스는 토가의 주름으로 눈물을 닦았다. 손수건을 찾으려다가 왼팔이 마비로 인해 부자유스럽다는 걸 들킬까봐서였다.

"전쟁터였다면 이런 일도 당연하게 받아들일 수 있소. 그러나 로마의 성벽 아래 군신 마르스의 평원에서 이런 짓을 벌이다니, 천인공노할 일이오!" 마리우스는 주위에 모여선 사람들을 돌아보며 큰 소리로 외쳤다.

원로원의 다른 고위급 의원들도 속속 도착했다. 그중에는 스카우루스 최고참 의원도 있었다. 스카우루스는 눈물로 얼룩진 마리우스의 얼굴을 휙 쳐다본 다음 땅바닥의 시체로 눈을 돌렸다. 그는 숨이 턱 막히는 듯했다.

"멤미우스! 이게 가이우스 멤미우스요?" 믿을 수 없다는 듯이 그가 물었다.

"네, 가이우스 멤미우스입니다." 술라가 대답했다. "글라우키아가 직접 살해했다고 모든 목격자들이 말했습니다."

마리우스는 다시 눈물을 흘리고 있었다. 이번에는 눈물을 숨기려고도 하지 않고 스카우루스를 쳐다보았다. "최고참 의원, 지금 즉시 벨로나 신전에서 원로원 회의를 소집하려고 합니다. 내 뜻에 동의하시오?"

"동의합니다." 스카우루스가 대답했다.

릭토르 몇 명이 뿔뿔이 현장에 도착했다. 그들이 수행하는 수석 집정관은 발작을 일으킨 몸인데도 불구하고 그들보다 몇백 보나 앞서왔던 것이다.

"루키우스 코르넬리우스, 내 릭토르들을 데리고 가게. 포고관을 찾아서 고관직 입후보 선언식을 취소시키게. 마르스 대제관을 베누스 리비티나 신전으로 보내 신성한 파스케스를 벨로나 신전으로 가져오게 하고, 원로원을 소집하게. 나는 마르쿠스 아이밀리우스와 먼저 벨로나 신전에 가 있을 테니." 마리우스가 말했다.

"금년은 그야말로 끔찍한 해군요." 스카우루스가 말했다. "근래 몇 년간 온갖 일이 다 있었지만, 가이우스 그라쿠스가 죽은 이후로 이처럼 끔찍한 해는 없었던 것 같소."

마리우스의 눈물은 그사이 말라 있었다. "이런 일들이 닥칠 시기가 되었던 게 아닌가 싶소."

"최소한 멤미우스의 살해보다 더 심각한 폭력은 자행되지 않기만을 바랍시다."

그러나 일견 합당해 보였던 스카우루스의 바람은 헛된 희망이었던 것으로 드러났다. 원로원은 벨로나 신전에서 모임을 열고 멤미우스 살인사건을 논의했다. 원로원 의원 상당수가 사건을 직접 목격한 터라 글라우키아의 유죄는 명백했다.

"그러나 가이우스 세르빌리우스는 재판을 받아야 합니다. 로마 시민이라면 누구도 재판 없이 유죄판결을 받을 수는 없습니다. 로마에 선전포고를 하지 않은 이상 말입니다. 그리고 이 점은 오늘 논의사항이 아닙니다."

"제 생각에는 논의가 필요한 사항 같습니다, 가이우스 마리우스." 술라가 급히 들어오며 말했다.

모두가 술라를 쳐다보았다. 그러나 아무도 입을 열지는 않았다.

"루키우스 아풀레이우스와 재무관 가이우스 사우페이우스를 포함한 일당이 포룸 로마눔을 장악했습니다." 술라가 선포하듯 말했다. "그들은 루키우스 에퀴티우스를 군중 앞에 내세웠고, 루키우스 아풀레이우스는 원로원과 1계급 및 2계급을 밀어내고 자신의 관장하에 인민 통치 체제를 세우겠다고 선언했습니다. 아직까지는 군중이 그를 로마의 왕으로 연호하지 않았지만, 벌써 여기서부터 포룸 로마눔까지 이르는 거리와 장터 곳곳에서 사람들이 이 얘기를 수군거리고 있습니다. 이는 곧 로마 전역에 소문이 퍼졌다는 뜻입니다."

"제가 발언해도 되겠습니까, 가이우스 마리우스?" 원로원 최고참 의원이 요청했다.

"말씀하십시오."

"로마는 지금 위기에 처했습니다." 스카우루스의 목소리는 낮지만 또렷했다. "가이우스 그라쿠스가 죽기 직전과 마찬가지로 비상시국입니다. 당시 마르쿠스 풀비우스와 가이우스 그라쿠스는 그들의 극단적인 목적을 달성할 유일한 수단으로 폭력을 선택했습니다. 그리하여 원로원에서 회의가 열렸고, 이처럼 긴급하면서도 단기적인 위기에 대처하기 위해 독재관이 필요한지 논쟁이 벌어졌습니다. 그다음은 다들 알고 계신대로입니다. 그때 원로원은 독재관 임명안을 부결하는 대신, 자체적인 최종 결의에 해당한다고 할 수 있는 '공화국 수호를 위한 원로원 결의'를 가결했습니다. 이 결의를 통해 원로원은 집정관과 이하 정무관들에게 필요하다고 판단되면 수단과 방법을 가리지 않고 국가 주권을 수호할 권한을 부여했습니다. 더불어 그들이 이와 관련된 기소나 호민관의 거부권 행사로부터 자유롭다고 사전에 규정했습니다."

스카우루스는 잠시 말을 멈추고 한없이 진지한 표정으로 주위를 둘러보았다. "원로원 의원 여러분, 이에 저는 현재 우리에게 닥친 위기상황을 이와 동일한 방법으로, 즉 공화국 수호를 위한 원로원 결의를 발동하여 타개하자고 제안하는 바입니다."

"표결을 하겠습니다." 마리우스가 말했다. "이 의견에 찬성하는 분은 제가 있는 자리의 왼쪽으로, 반대하는 분은 오른쪽으로 서십시오." 그런 뒤 자신부터 먼저 왼쪽으로 가서 섰다.

오른쪽으로 간 사람은 아무도 없었다. 원로원은 만장일치로 역사상 두번째의 공화국 수호를 위한 원로원 결의를 통과시켰다.

"가이우스 마리우스," 스카우루스가 말했다. "나는 본 원로원의 전 구성원이 위임한 권한에 의거하여 로마의 수석 집정관인 당신에게 적절하거나 필요하다고 판단되는 모든 방법을 동원하여 국가의 주권을 수호할 것을 지시합니다. 뿐만 아니라 본 원로원을 대신하여 당신은 호민관의 거부권에 영향을 받지 않으며 행하거나 명령한 그 어떤 일에 대해서도 차후 법정에 서지 않을 것임을 선언하는 바입니다. 당신의 지시대로 행동한다는 전제하에 이러한 권한과 면책특권은 차석 집정관 루키우스 발레리우스 플라쿠스와 법무관 전원에게도 확대 적용됩니다. 그러나 당신에게는 집정관이나 법무관이 아닌 본 원로원의 구성원 중에서 부관을 선택할 권한도 있으며, 그러한 부관들 역시 당신의 지시대로 행동한다는 전제하에 이러한 권한과 면책특권을 부여받게 됩니다." 스카우루스는 마리우스를 짓궂게 노려보았다. 만약 메텔루스 누미디쿠스가 이 자리에 있어서, 다름아닌 스카우루스에 의해 마리우스가 사실상 독재관이 된 것을 보았다면 과연 어떤 표정을 지었을지 생각했던 것이다. 그래도 얼굴에 떠오르려던 악의 어린 미소는 어떻게든 숨길 수 있었다. 스카우루스는 숨을 잔뜩 들이쉰 다음 우렁차게 외쳤다. "로마 만세!"

"어이쿠, 이런 놀라울 데가!" 루푸스가 한마디 거들었다.

그러나 마리우스에게는 원로원의 재담가들을 상대해줄 시간도 인내심도 없었다. 저치들은 바로 옆에서 로마가 불에 타고 있어도 말장난이나 할 거야, 그는 생각했다. 곧이어 마리우스는 분명하면서도 침착한 목소리로 술라를 자신의 부관으로 임명하고, 벨로나 신전 지하실에 있는 무기고를 열어 개인 무기와 갑옷이 없는 사람들에게 지급하라고 명령했다. 그리고 개인 무기와 갑옷이 있는 사람들에게는 아직 자유로운 통행이 가능한 지금 빨리 집으로 가서 가져오라고 말했다.

술라는 자신을 따르는 젊은 보수파 의원들을 모아놓고 임무를 주어 사방으로 뛰게 했다. 카이피오 2세와 새끼 똥돼지는 그중에도 가장 열심이었다. 단순히 화가 나는 정도를 넘어선 격분의 감정이 상대에 대한 불신을 밀어내고 마음 한가운데를 차지한 것이다. 로마 원로원 의원이라는 자가 군중의 힘을 이용해 스스로 왕이 되려 하다니, 절대로 용납할 수 없는 일이었다. 정치적 견해차는 잊었고 단순한 파벌관계도 사라졌다. 극보수파들이 마리우스파 중에서도 가장 진보적인 축과 어깨를 맞대고 힘을 모았다. 모두의 얼굴에는 포룸 로마눔의 거대 무리에게 맞서려는 완강한 고집이 어려 있었다.

술라는 자신의 작은 군대를 조직하는 동안에도, 집에서 무기와 갑옷이 오기를 기다리는 이들이 욕을 쏟아내며 여기저기서 부산을 떨고 있는 와중에도 한 여자에 대해 잊지 않고 신경을 쓰고 있었다. 달마티카가 아니라 아우렐리아였다. 그는 릭토르 네 명을 급히 아우렐리아의 인술라로 보내어 절대 밖으로 나가지 말고 집안에 있으라는 전갈을 보냈다. 또한 데쿠미우스에게는 그나 그의 선술집에 드나드는 무리들이나 앞으로 며칠 동안 포룸 로마눔에 얼씬도 하지 말라고 알렸다. 데쿠미우스가 어떤 자인지 감안해보면 굳이 말하지 않아도 그들이 포룸 로마눔에 갈 일은 없을 터였다. 로마의 다른 어중이떠중이들이 포룸 로마눔을 휘젓고 다니며 소란을 피우고 무고한 행인들을 두들겨패는 동안 평소 그들이 활개치던 구역은 한두 번 싹쓸이하기 좋도록 텅텅 빌 것이다. 데쿠미우스는 포룸 로마눔보다 그쪽을 택할 것이 뻔했다. 그렇기는 해도 전갈을 보내놓는 게 해가 될 리는 없었다. 그리고 술라는 무엇보다 아우렐리아의 안전이 염려되었다.

두 시간쯤 지나자 모든 인원이 준비를 완료했다. 벨로나 신전 바깥쪽에는 오래전부터 '적의 영역'이라 불려온 커다란 공터가 있었고, 신전 계단을 반쯤 내려가면 높이 1미터가 조금 넘는 네모난 돌기둥이 있었다. 외국의 적을 상대로 공정하고 적법한 정식 선전포고를 할 경우(하긴 그렇지 않은 전쟁은 없었지만) 페티알레스 신관단의 특별 신관이 신전 계단에 서서 창을 던지는 관례가 있었다. 창이 그 오래된 돌기둥의 위쪽 가운데 지점을 정확히 넘겨 적의 영역 안에 꽂혀야 했다. 어떻게 이런 의식이 시작되었는지 아는 사람은 없었지만 어쨌든 이는 전통의 일부가 되어 여태껏 지켜졌다. 그러나 오늘은 선전포고를 할 외국의 적이 없었다. 그저 따라야 할 원로원 결의가 있을 뿐이었다. 그래서 페티알레스 신관이 창을 던지는 의식은 없었고, 적의 영역은 1계급과 2계급 로마인들로 가득찼다.

대략 1천 명에 이르는 전체 인원은 전투를 치를 채비를 갖추고 있었다. 가슴과 등은 판갑으로 감쌌고, 몇몇은 무릎 아래 정강이받이를 착용한 게 눈에 띄었으며 대다수는 킬트 치마와 소매처럼 팔락이는 프테루게스가 장식된 가죽옷도 입고 있었다. 모두가 깃장식이 달린 투구를 쓰고 있었다. 창을 든 사람은 아무도 없었다. 대신 모두가 훌륭한 로마산 중검과 단도로 무장하고, 마리우스가 개혁하기 이전에 쓰였던 1.5미터 길이의 타원형 구식 방패를 들고 있었다.

마리우스가 벨로나 신전 기단의 앞쪽에 서서 이 작은 군대를 향해 연설을 시작했다. "우리가 로마인이며 지금 로마 시로 진군한다는 사실을 잊지 마십시오." 그는 엄숙하게 말했다. "우리는 신성경계선을 넘어가야 합니다. 그런 까닭에 나는 마르쿠스 안토니우스의 해병들을 소집하지 않을 것입니다. 우리만으로도 이 문제를 해결할 수 있으니 직업군인 부대를 끌어들일 필요가 없습니다. 나는 필요 이상의 폭력에는 단호히 반대합니다. 따라서 여러분 모두에게, 특히 젊은층에게 엄중히 경고하는 바입니다. 절대로 칼을 들지 않은 자를 향해 칼날을 휘두르지 마십시오. 몽둥이와 막대기로 공격을 받으면 방패로 막고, 검을 쓸 때는 평평한 부분만 사용하십시오. 가능하면 군중에게서 나무막대기를 빼앗아 칼은 칼집에 넣고 막대기를 사용하십시오. 로마 한복판에 시체와 죽어가는 사람이 쌓이는 일은 없어야 합니다! 그런 일이 생긴다면 공화국의 행운이 끝날 것이고, 공화국은 더이상 존재하지 않게 됩니다. 오늘 우리가 할 일은 폭력을 막는 것이지 폭력을 일으키는 것이 아닙니다."

마리우스는 엄중하게 말을 이었다. "오늘 여러분은 나의 병사입니다. 그러나 여러분 중 이전에 내 휘하 부대에서 복무해본 사람은 거의 없습니다. 그러므로 이 말을 새겨들으십시오. 경고는 이번 한 번뿐입니다. 내 명령이나 내 보좌관들의 명령에 불복하는 자는 그 즉시 죽일 것입니다. 지금은 파벌싸움을 할 때가 아닙니다. 오늘은 서로 다른 부류의 로마인은 없습니다. 모두가 로마인일 뿐입니다. 여러분 중에는 최하층민을 비롯한 빈민에 대해 전혀 애정이 없는 사람도 많을 겁니다. 그러나 잘 들어두십시오! 분명히 말해두건대 최하층민도 엄연한 로마인입니다. 그들의 목숨도 내 목숨이나 여러분의 목숨과 마찬가지로 법으로 존중되고 보호받습니다. 살육은 절대 있어서는 안 됩니다! 만약 살육의 기미가 조금이라도 보인다면 검을 든 자들에게 내가 직접 검을 치켜들 것입니다. 원로원 결의의 규정에 의해, 내가 여러분을 죽인다

해도 여러분의 상속자는 내게 그 어떤 보복도 가할 수 없습니다! 여러분은 오로지 나와 여기 있는 루키우스 코르넬리우스 술라의 명령만 따라야 합니다. 이 결의로 권한을 위임받은 다른 어떤 고관의 명령도 안 됩니다. 나나 루키우스 코르넬리우스가 명하지 않는 한 공격은 없어야 합니다. 우리는 최대한 조심스럽게 이번 일을 처리할 것입니다. 알겠습니까?"

카툴루스 카이사르가 짐짓 비굴한 태도를 가장하며 머리를 조아렸다. "잘 듣고 따르겠습니다, 가이우스 마리우스. 나는 전에 당신 밑에서 복무한 적이 있으니, 당신이 한다면 하는 분인 것을 잘 알고 있습니다."

"좋소!" 마리우스는 그의 빈정거림을 무시하고 진지하게 답했다. 그리고 차석 집정관을 보며 말했다. "루키우스 발레리우스, 50명을 데리고 퀴리날리스 언덕으로 가시오. 글라우키아가 클라우디우스의 집에 있으면 그를 체포하시오. 그가 집 밖으로 나오려 하지 않으면 억지로 들어가지 말고 밖에서 감시만 하시오. 내게 계속 상황을 보고해주시오."

마리우스가 자신의 작은 군대를 이끌고 적의 영역에서 나와 카르멘타 성문을 통해 로마 시내로 들어간 때는 이른 오후였다. 그의 군대는 벨라브룸 쪽에서 들어와 카스토르 신전과 셈프로니우스 회당 사이로 이어지는 골목길을 통해 등장하여, 포룸 로마눔 낮은 구역에 있던 군중을 불시에 덮쳤다. 사투르니누스의 무리는 곤봉, 몽둥이, 막대기, 칼, 도끼, 곡괭이, 쇠스랑 등 손에 잡히는 무기를 되는대로 들고 모여 있었다. 그사이 그들의 수는 4천 명 정도로 불어난 듯했다. 그러나 빈틈없는 대열을 갖추고 포룸 로마눔으로 행군해 들어와 셈프로니우스 회당 앞에 정렬한 1천 명의 유능한 군대에 비하면 그들은 보잘것없는 오합지졸에 불과했다. 새로 나타난 군대의 흉갑과 투구, 검을 슬쩍 본 것만으로도 절반 가까운 사람들이 아르길레툼과 포룸 로마눔 동쪽으로 부리나케 달아났다. 그러고는 자신의 정체를 숨길 수 있는 에스퀼리누스 언덕의 안전한 본거지로 사라졌다.

"루키우스 아풀레이우스, 항복하라!" 마리우스가 군대의 선두에서 큰 소리로 호통쳤다. 옆에는 술라가 있었다.

사우페이우스, 라비에누스, 에퀴티우스를 비롯한 추종자 십여 명과 함께 로스트라 연단 위에 서 있던 사투르니누스는 입을 딱 벌리고 마리우스를 빤히 쳐다보았다. 그러더니 갑자기 고개를 뒤로 젖히고 웃기 시작했다. 자신만만하고 도전적으로 보이려고 했겠지만 막상 나온 웃음소리는 공허하게만 들렸다.

"명령을 내리시겠습니까, 가이우스 마리우스?" 술라가 물었다.

"돌격해서 저들을 잡는다. 빠르게, 전력을 다해서. 검은 뽑지 않고 방패로 앞쪽을 막기만 한다. 루키우스 코르넬리우스, 이 정도로 오합지졸 무리일 줄은 몰랐네! 저들은 아주 쉽게 무너질 거야."

술라와 마리우스는 그들의 작은 군대를 이리저리 돌며 출격 준비를 시켰다. 전군은 방패를 앞으로 내세우고 열마다 200명씩 5열종대로 대열을 정돈했다.

곧이어 마리우스가 소리쳤다. "공격 개시!"

작전은 바로 효과를 발휘했다. 한달음에 밀어붙인 견고한 방패 벽이 거대한 파도처럼 군중을 강타했다. 사람들과 임시변통 무기들이 사방으로 날아갔고, 단 한 차례 반격도 하지 못했다. 사투르니누스의 군중이 전열을 수습해보기도 전에 방패 벽은 다시 그들을 들이받고 또 들이받았다.

사투르니누스와 동료들이 로스트라 연단에서 내려와 검을 휘두르며 싸움에 합세했다. 그러나 아무 소용이 없었다. 마리우스의 군대는 처음 싸움에 나설 때는 진짜 피를 갈망했지만 이제는 이렇게 벽을 만들어 적을 때리고 무너뜨리는 색다른 방식을 즐기고 있었다. 그들은 일정한 리듬을 타면서 지리멸렬한 군중에 부딪쳤다. 마치 돌을 던져 돌무더기에 쌓듯이 사람들을 밀어올렸고, 그런 다음에는 다시 뒤로 물러나 벽을 형성하여 거세게 부딪치기를 반복했다. 군중 일부는 발밑에 밟히기도 했지만 실제 전투 같은 상황으로 번지지는 않았다. 그저 일방적으로 무너질 뿐이었다.

시간이 얼마 지나지도 않아 사투르니누스의 군중은 모조리 현장에서 달아나버렸다. 포룸 로마눔의 대점령은 거의 피도 흘리지 않고 그렇게 끝이 났다. 사투르니누스, 라비에누스, 사우페이우스, 에퀴티우스와 로마인 십여 명, 무장한 노예 서른 명 정도가 카피톨리누스 언덕길을 뛰어올라가 유피테르 옵티무스 막시무스 신전에 들어가 방어벽을 쳤다. 안에서 그들은 구원을 내려 저 거대한 군중을 다시 포룸 로마눔으로 보내달라고 위대한 유피테르 신에게 간청했다.

"이제 피를 볼 수밖에 없소!" 사투르니누스는 카피톨리누스 언덕 꼭대기의 유피테르 신전 기단에서 고함쳤다. 그의 말은 마리우스와 그의 군대에도 똑똑히 들렸다. "내 죽기 전에 반드시 당신 손으로 로마인을 죽이게 만들겠소, 가이우스 마리우스! 이 신전이 로마인의 피로 더럽혀지는 것을 보고야 말 것이오!"

"저자의 말이 맞을지도 모르겠군." 스카우루스 원로원 최고참 의원이 말했다. 이 새로운 걱정거리에도 불구하고 그는 대단히 흡족하고 기분좋아 보였다.

그 말에 마리우스는 호쾌하게 웃었다. "아니, 천만에! 저자는 눈만 사납게 뜬 무방비 상태의 작은 짐승처럼 센 척하는 것뿐이오, 마르쿠스 아이밀리우스. 이 포위작전에는 간단한 답이 있소, 내 장담하지요. 우리는 로마인의 피를 단 한 방울도 흘리지 않고 저들을 밖으로 나오게 할 것이오." 이어서 그는 술라를 돌아보며 말했다. "루키우스 코르넬리우스, 도시 수도회사의 기술자들을 찾아서 카피톨리누스 언덕으로 연결되는 모든 물줄기를 즉시 차단하도록 하게."

원로원 최고참 의원은 크게 감탄하며 고개를 절레절레 저었다. "참으로 간단하군요! 그러면서도 너무나 뻔한 방법이라, 나로서는 생각지도 못했을 거요. 사투르니누스가 투항할 때까지 얼마나 걸릴 것 같소?"

"오래는 아닐 거요. 보시다시피 저들은 지금 목이 타들어갈 수밖에 없는 상황이잖소. 내 짐작으로는 내일이면 될 듯싶소. 나는 충분한 수의 병사를 보내 신전 주변을 포위하게 할 것이오. 저기 있는 도망자들에게 물이 끊긴 사실을 말하며 무자비하게 조롱하도록 명령할 생각이오."

"사투르니누스라는 인물도 참 될 대로 되라는 식이군." 스카우루스가 말했다.

이 평가에 있어서 마리우스는 생각이 달랐다. 그는 반론을 표했다. "사투르니누스는 정치가이지 군인이 아니오, 마르쿠스 아이밀리우스. 그는 권력의 속성은 알지만 무력에 대해서는 모르오. 그러니 실행 가능한 전략을 스스로 세울 수 없지요." 마리우스의 뒤틀린 쪽 얼굴이 섬뜩한 모습으로 스카우루스에게 향했다. 축 늘어진 눈은 얄궂은 분위기를 풍겼고, 멀쩡한 오른쪽 얼굴을 당겨올린 미소는 이쪽 편에선 보기에도 흉측했다. "마르쿠스 아이밀리우스, 만약 내가 사투르니누스 입장이었다면 당신에겐 걱정거리가 되었을 거요! 지금쯤이면 나는 스스로 로마의 왕이라 칭하고 당신들을 다 죽였을 테니까."

스카우루스 최고참 의원은 본능적으로 한발 뒤로 물러섰다. "나도 알고 있소, 가이우스 마리우스. 나도 알아요!"

"어쨌든," 마리우스는 끔찍한 왼쪽 얼굴을 스카우루스의 시선에서 치우며 유쾌하게 말했다. "다행스럽게도 나는 타르퀴니우스 왕이 아니오. 내 어머니의 가문이 타르퀴니아 출신이기는 하지만! 위대한 유피테르 신과 같은 방에서 하룻밤을 보내고 나면 사투르니누스도 제정신이 될 거요."

포룸 로마눔에서 군중이 와해되어 달아날 때 붙잡힌 자들은 다 같이 라우투미아이 감옥으로 끌려가 엄중한 감시를 받았다. 감찰관 서기 여러 명이 종종걸음으로 그들 사이를 오가면서 로마 시민과 비로마인으로 분류했다. 로마인이 아닌 자들은 즉각 처형될 예정이었고, 로마인들은 다음날 즉결 재판을 받은 뒤 곧바로 카피톨리누스 언덕의 타르페이아 바위에서 내던져질 터였다.

마리우스와 스카우루스가 포룸 로마눔 낮은 구역에서 걸어나가는 참에 술라가 돌아왔다.

"퀴리날리스 언덕에 있는 루키우스 발레리우스로부터 전갈이 왔습니다." 이날의 사건으로 술라는 평소보다 훨씬 더 생기가 넘쳐 보였다. "글라우키아가 클라우디우스의 집에 있는 것은 확실한데 대문에 빗장을 질러놓고 나오려 하지 않는답니다."

마리우스가 스카우루스를 쳐다보며 말했다. "원로원 최고참 의원, 이 상황을 어떻게 처리할까요?"

"유피테르 옵티무스 막시무스와 함께 있는 저 무리처럼 하룻밤 놔둬 보는 게 어떻겠소? 루키우스 발레리우스는 집을 계속 감시하고요. 사투르니누스가 항복하면 그 소식을 큰 소리로 클라우디우스네 담장 너머로 알리고 저들이 어떻게 나오나 지켜볼 수 있지 않겠소."

"좋은 방안이오, 마르쿠스 아이밀리우스."

그러자 스카우루스는 크게 웃기 시작했다. "가이우스 마리우스, 내가 이처럼 당신과 원만하게 의견일치를 보는 걸 보수파 동지들은 좋게 생각하지 않을 거요!" 스카우루스는 빠르게 내뱉은 뒤 마리우스의 팔을 붙잡았다. "그렇다 해도 난 오늘 이곳에 당신이 있다는 것이 대단히 기쁘군요. 당신 생각은 어떻소, 푸블리우스 루틸리우스?"

"내 생각은, 그보다 더 옳은 소리도 없을 거라는 거요."

사투르니누스가 유피테르 옵티무스 막시무스 신전에 있던 사람들 중에서 가장 먼저 항복했다. 사우페이우스는 가장 나중이었다. 그들 중에 열다섯 명쯤 되는 로마인들은 누구나 볼 수 있도록 로스트라 연단 위에 억류되었다. 군중이 집에서 나오지 않았기 때문에 구경 온 사람이 많지는 않았다. 구경꾼들이 지켜보는 앞에서, 폭도 중 로마 시민인 자들은 특별 소집된 반역 재판에 회부되어 타르페이아 바위에서 떨어지는 사형선고를 받았다. 노예 반란이 아니었으므로 그들은 거의 다 로마 시민이었다.

타르페이아 바위는 카피톨리누스 언덕 남서쪽에 툭 튀어나와 있었다. 높이 25미터밖에 되지 않는 벼랑 위에 돌출된 현무암 덩어리였다. 고작 그 높이로도 사람이 죽는 이유는 바로 아래에 바늘처럼 뾰족한 바위들이 솟아 있기 때문이었다.

반역자들은 카피톨리누스 언덕길을 올랐다. 유피테르 옵티무스 막시무스 신전 계단을 지나 옵스 신전 앞에 있는 세르비우스 성벽 위의 한 지점까지 호송되었다. 타르페이아 바위는 세르비우스 성벽 밖으로 돌출되어 있었으므로 포룸 로마눔 낮은 구역에서도 그 옆모습을 똑똑히 볼 수 있었다. 갑자기 포룸 로마눔에는 사투르니누스 일당이 떨어져 죽는 모습을 보려는 군중이 몰려들기 시작했다. 그들은 배가 고팠으나 이날은 불만을 표할 생각이 없었다. 타르페이아 바위에서 처형이 실시되는 것이 아주 오랜만이었기 때문에 그 장면을 구경하고 싶을 뿐이었다. 게다가 소문으로는 그날 거기서 처형될 사람 수가 거의 100명이라고 했다. 몰려온 군중 속에 사투르니누스나 에퀴티우스를 애정이나 연민의 눈길로 바라보는 사람은 아무도 없었다. 어느 모로 보나 그들은 호민관 선거중에 두 사람에게 열광적인 환호를 보냈던 바로 그 군중이었는데도 말이다. 그들이 들은 소문에는 아시아에서 곡물을 실은 선단이 오고 있으며 그것이 마리우스 덕분이라는 얘기도 있었다. 그래서 그들이 띄엄띄엄하게나마 환호를 보낸 대상은 마리우스였다. 로마인에게는 일종의 축제와도 같은 날이니만큼, 군중이 정말로 보고 싶어한 것은 타르페이아 바위에서 떨어져 죽은 시체였다. 적당히 멀찍이서 보이는 죽음이란 곡예사의 묘기, 색다른 구경거리니까.

"분위기가 좀 가라앉을 때까지 사투르니누스와 에퀴티우스의 재판을 연기해야겠소." 스카우루스 원로원 최고참 의원이 마리우스와 술라에게 말했다. 세 사람이 원로원 계단에 서 있는 동안, 저멀리에서는 조그맣게 보이는 사람들이 사지를 휘저으며 줄줄이 타르페이아 바위 끝에서 허공으로 떨어지고 있었다.

마리우스도 술라도 그 말뜻을 곡해하지 않았다. 스카우루스가 우려한 것은 포룸 로마눔의 군중이 아니었다. 사투르니누스와 같은 상류층 중에서 상대적으로 더 충동적이고 분개한 이들이, 이제 최악의 상황이 일단락되자 전보다 더 사납게 으르렁거리고 있었다. 사투르니누스의 폭도에 대한 그들의 깊은 적의는 어느덧 사투르니누스 개인에게 향해 있었다. 그리고 에퀴티우스에 대해서도 별도의 악의가 남아 있었다. 젊은 원로원 의원들과 아직 나이가 차지 않아 원로원에 입성하지 못한 상류층 청년들은 카이피오 2세와 새끼 똥돼지를 앞세우고 민회장 끄트머리에 우르르 모여 있었다. 로스트라 연단에 선 사투르니누스 무리를 잡아먹을 듯이 쳐다보면서.

"글라우키아가 항복해서 저 무리와 합류하면 상황이 더 악화될 거요." 마리우스가 신중하게 말했다.

"참으로 너절한 놈들이오!" 스카우루스가 경멸을 담아 말했다. "적어도 그중 몇 명은 제대로 된 길을 택해 자결할 줄 알았소! 하다못해 겁쟁이 내 아들도 그렇게 했거늘!"

"맞는 말이오." 마리우스가 대꾸했다. "그렇지만 지금 여기엔 반역 재판에 회부될 사람이 열다섯 명이나 있고, 글라우키아까지 나오면 열여섯 명이오. 그런데 저기에는 사슴떼를 노리는 늑대 무리마냥 분노에 가득찬 자들이 모여 있소."

"적어도 며칠간은 저들을 어딘가에 숨겨둬야 하겠소. 그런데 장소가 문제군요. 로마를 위해서도 저들이 린치를 당하게 둘 수는 없소."

"왜 안 됩니까?" 술라가 두 사람의 대화에 처음으로 끼어들며 물었다.

"말썽이 일어나기 때문이지, 루키우스 코르넬리우스. 포룸 로마눔에서의 유혈사태는 피할 수 있었네. 그러나 군중은 로스트라 연단에 있는 저 무리가 반역 재판에 회부되는 걸 보려고 또다시 대거 몰려올 걸세. 오늘 그들은 핵심 인물이 아닌 시시한 사람들이 처형당하는 모습을 즐겁게 구경했지. 하지만 가령 루키우스 에퀴티우스를 재판하는 것을 보고 저들이 격분하지 않으리라고 장담할 수 있겠나?" 마리우스는 침착하게 질문을 던졌다. "이건 대단히 까다로운 상황이라네."

"저들은 왜 자결하지 않았는지!" 스카우루스는 초조한 듯 짜증을 냈다. "그랬다면 우리 일이 얼마나 수월해졌겠소! 자결을 하면 자기네 죄를 인정하는 것이니 재판도, 툴리아눔 감옥에서의 교살형도 없어도 되는데. 저들을 타르페이아 바위에서 떠밀어 죽일 엄두는 낼 수 없으니 말이오!"

술라는 가만히 서서 듣고만 있었다. 귀로는 두 사람의 말을 들으면서도 시선은 생각에 잠긴 채 카이피오 2세와 새끼 똥돼지에게 머물러 있었다. 그러나 한마디도 입을 떼진 않았다.

"어쨌든 재판은 그때 가서 걱정하기로 합시다. 그전에 저들을 가둬 둘 안전한 장소를 찾는 게 우선이오." 마리우스가 말했다.

"라우투미아이는 논외로 해야 하오." 스카우루스가 바로 말을 받았다. "어떤 이유에서든, 혹은 누군가 선동하여 대규모 군중이 저들을 구하려고 작정한다면, 모든 릭토르를 보내 경계를 세운다 해도 라우투미아이 감옥은 견뎌내지 못할 것이오. 내가 걱정하는 것은 사투르니누스가 아니라 저 기분 나쁜 에퀴티우스 놈이오. 어느 멍청한 여자 하나가 티베리우스 그라쿠스의 아들이 죽게 됐다며 울고불고 난리를 치기만 해도 골치 아픈 상황이 터지게 될 테니까요." 스카우루스는 끙 앓는 소리를 냈다. "게다가 이것만으로는 부족하다는 양 저기서 군침을 삼키며 서 있는 우리 청년들을 좀 보시오. 저들은 조금도 주저 없이 사투르니누스에게 린치를 가하려 들 거요."

"그렇다면 사투르니누스 일당을 원로원 의사당에 가둬두는 게 어떻겠소." 마리우스가 유쾌하게 말했다.

스카우루스 최고참 의원은 기절할 듯 놀랐다. "그럴 순 없소, 가이우스 마리우스!"

"왜 안 됩니까?"

"원로원 의사당에 반역자들을 가두다니! 그건…… 그건…… 마치 우리의 오랜 신들에게 똥덩어리를 제물로 바치는 격이잖소!"

"저들이 이미 유피테르 옵티무스 막시무스 신전을 더럽혔으니 어차피 국가 종교와 관련된 일체를 정화해야 하오. 원로원 의사당에는 창문도 전혀 없고 로마에서 가장 튼튼한 출입문이 있소. 의사당이 싫다면, 우리 중 몇몇이 자진해서 자기네 집에 가둬두는 길밖에 없소. 당신이 사투르니누스를 데려가시겠소? 나는 에퀴티우스를 맡지요. 퀸투스 루타티우스는 글라우키아를 맡으면 되겠군요." 마리우스가 씩 웃으며 말했다.

"원로원 의사당이 아주 좋은 생각인 것 같군요." 술라가 말했다. 그는 여전히 카이피오 2세와 새끼 똥돼지를 생각에 잠긴 눈길로 바라보고 있었다.

"으으, 거참!" 스카우루스가 짜증 섞인 탄성을 내뱉었다. 마리우스나 술라를 향한 것이 아니라 어쩔 수 없는 상황에 대한 짜증이었다. 결국 그는 결심을 굳힌 듯 고개를 끄덕였다. "당신 말이 맞소, 가이우스 마리우스. 원로원 의사당밖에 없겠소."

"좋소!" 마리우스는 이렇게 외친 뒤 술라에게 가보라는 신호로 어깨를 가볍게 쳤다. 그러고는 스카우루스에게 한쪽 입가가 무섭게 처진 미소를 지어 보이며 덧붙였다. "마르쿠스 아이밀리우스, 내가 세부사항을 처리하는 동안 당신은 동료 보수파 의원들에게 왜 우리가 신성한 원로원 의사당을 감옥으로 사용해야 하는지 설명해주셨으면 하오."

"이런, 고마워 죽겠군요!"

"별것 아니오."

중요 인물들의 귀에서 멀어지고 나자 마리우스는 술라에게 호기심 어린 눈길로 물었다. "자네 무슨 일을 벌이려는 건가?"

"말씀드려야 할지 잘 모르겠습니다." 술라가 대답했다.

"부디 조심하게. 자네가 반역 법정에 서는 건 원치 않으니."

"조심하겠습니다, 가이우스 마리우스."

사투르니누스와 공모자들은 12월 8일에 항복했다. 이어진 9일에 마리우스는 백인조회를 재소집하여 고관직 입후보자들의 후보 선언식을 치렀다.

술라는 굳이 가설투표소에 가지 않았다. 그는 다른 일들로 바빴는데, 그중 하나는 카이피오 2세와 새끼 똥돼지와 긴 대화를 나눈 것이었다. 또한 몹시 바쁜 와중에도 짬을 내어 아우렐리아를 방문했다. 물론 그녀에게 별일이 없으며 데쿠미우스도 선술집에 드나드는 놈들을 포룸 로마눔에 못 가게 단속했다는 소식은 루푸스에게 이미 들어 알고 있었다.

이달 10일은 새로운 호민관들이 취임하는 날이었다. 하지만 신임 호민관 중에 사투르니누스와 에퀴티우스 두 사람은 원로원 의사당에 갇혀 있었다. 모두들 군중이 다시 몰려들까봐 불안해했다. 군중은 다른 무엇보다도 호민관들의 행동에 가장 관심이 있는 것 같았기 때문이다.

마리우스는 사흘 전에 자신이 이끌었던 군대가 갑옷을 입거나 검을 차고 포룸 로마눔에 들어오도록 허락할 생각은 없었다. 하지만 포르키우스 회당에 평소 드나드는 상인과 은행가 들의 출입을 차단하고 오로지 무기와 갑옷만 보관해두게 했다. 원로원 의사당 1층의 제일 끄트머리에는 호민관단 집무실이 있었다. 여기서 사투르니누스 사건에 연루되지 않은 호민관 여덟 명이 새벽에 모일 예정이었다. 이 모임 후에는 평민회의 첫 총회를, 불참한 두 호민관에 대해서는 언급하지 않고 최대한 신속하게 치를 예정이었다.

그러나 아직 새벽이 오지 않아 포룸 로마눔이 텅 비어 있던 시각, 카이피오 2세와 새끼 돼지가 습격대를 이끌고 아르길레툼을 내려와 원로원 의사당으로 향했다. 그들은 경비병의 눈을 피하기 위해 일부러 먼길을 돌아서 왔다. 그러나 넓게 흩어져 원로원 의사당 주변을 살펴보니 그곳은 온전히 무방비 상태였다.

그들은 긴 사다리를 가져와 건물 양옆에 세워놓았다. 사다리는 오래되어 이끼로 뒤덮이고 쉽게 부스러질 것 같은 부채꼴 기와로 된 처마 위까지 이르렀다.

"명심해라." 카이피오 2세가 대원들에게 말했다. "절대 검을 사용해서는 안 된다고 루키우스 코르넬리우스가 말했다. 우리는 가이우스 마리우스의 명령을 엄격히 준수해야 한다."

그들은 한 사람씩 차례로 사다리를 타고 올라갔다. 마침내 50명 전원이 지붕 가장자리를 따라 웅크리고 앉았다. 지붕은 경사가 완만하여 앉아 있기에 불편하지 않았다. 그들은 그 상태로 어둠속에서 기다렸다. 동쪽 하늘의 푸르스름한 빛이 잿빛 보라색에서 밝은 황금색으로 변하고, 태양의 첫번째 빛살이 에스퀼리누스 언덕에서 슬그머니 내려와 원로원 의사당 지붕을 휩쌀 때까지. 저 아래에 사람들이 하나둘 도착하고 있었지만, 이미 사다리를 지붕 위로 끌어올려둔 뒤였다. 게다가 아무도 위를 올려다보려 하지 않았으므로 별다른 기미를 눈치챈 사람도 없었다.

"행동 개시!" 카이피오 2세가 소리쳤다.

시간이 얼마 없을 거라고 술라가 말해뒀기 때문에, 습격대는 쫓기듯이 서둘렀다. 거대하고 육중한 삼나무 들보 사이의 떡갈나무 틀에서 기왓장을 뜯어내기 시작했다. 그와 동시에 의사당 안으로 빛이 쏟아져 아래에 있는 열다섯 명의 하얀 얼굴을 비추었다. 위를 올려다보는 그 얼굴들은 겁을 먹었다기보다는 깜짝 놀란 표정이었다. 각자 옆에 기왓장이 어느 정도 쌓이자, 지붕 위의 습격 대원들은 일제히 그들이 만든 틈새로 아래 있는 얼굴들을 향해 힘껏 기왓장을 던지기 시작했다. 사투르니누스는 단방에 쓰러졌다. 에퀴티우스도 마찬가지였다. 갇혀 있던 자들 몇몇은 가장 먼 구석에서 몸을 피하려고 애썼지만, 지붕 위의 젊은이들은 어느새 원하는 방향 어디로든 정확히 기왓장을 던지는 데 능숙해졌다. 원로원 의사당 안에 가구라고는 일절 없었다. 이곳을 사용하는 사람들은 매번 자기가 앉을 의자를 가져왔으며 서기들도 바로 옆 아르길레툼의 원로원 집무실에서 탁자 한두 개를 가져오곤 했다. 따라서 아래에 있던 포로들이 위에서 마구 쏟아지는 기왓장을 피할 길은 전혀 없었다. 기왓장 공격은 술라가 예상했던 것보다도 더 효과적이었다. 기왓장 하나하나는 면도날처럼 예리하게 내리꽂혔고 무게도 4킬로그램이 넘었다.

마리우스가 술라를 비롯한 보좌관들과 함께 원로원 의사당에 도착했을 때는 모든 일이 끝난 뒤였다. 습격대는 사다리를 타고 내려와 그 자리에 말없이 서 있었다. 아무도 도망치려 하지 않았다.

“저들을 체포할까요?” 술라가 마리우스에게 물었다.

마리우스는 골똘히 생각에 잠겨 있다가, 갑작스럽게 날아든 질문에 몸을 움찔했다. “아니! 도망갈 태세도 아니잖나.” 그는 술라를 흘깃 쳐다보며 은밀한 곁눈질로 말없이 질문을 던졌다. 그리고 보일 듯 말 듯한 눈짓으로 대답을 들었다.

“문을 열어라.” 마리우스가 릭토르들에게 명령했다.

의사당 안에는 천천히 내려앉고 있는 짙은 먼지 사이로 이른 아침햇살이 뚫고 들어왔다. 사방에 널브러진 이끼 낀 잿빛 기왓장 더미가 환히 비춰졌다. 기왓장의 가장자리 파편과 좀더 형태가 남은 아랫면은 짙은 적갈색으로 거의 피 색깔처럼 보였다. 몸을 최대한 조그맣게 웅크리거나 팔이 구부러지고 다리가 꼬인 채 드러누운 열다섯 명의 시체가 산산조각 난 기왓장에 반쯤 묻혀 있었다.

“원로원 최고참 의원, 당신과 나 둘만 들어가봅시다.” 마리우스가 말했다.

두 사람은 함께 의사당으로 들어갔다. 조심스레 시체 사이로 발걸음을 떼며 살아 있는 자가 없는지 확인했다. 사투르니누스는 워낙 순식간에 직통으로 맞는 바람에 몸을 구부려 방어하려는 시도조차 못한 것 같았다. 그의 얼굴은 거북 등딱지 같은 기와 조각에 가려져 있었다. 눈은 초점 없이 하늘을 향했고 검은 속눈썹에는 기와와 회반죽 먼지가 두텁게 엉겨 있었다. 스카우루스는 몸을 굽혀 그 눈을 감기려 하다가 움찔 뒤로 물러났다. 말라붙고 있는 안구에 너무 많은 먼지가 쌓여 눈꺼풀이 감기지 않았던 것이다. 에퀴티우스의 시신은 더 끔찍했다. 온몸에 기왓장을 맞아서 멍들거나 찢기거나 퉁퉁 붓지 않은 곳을 찾기 힘들 정도였다. 마리우스와 스카우루스가 그를 뒤덮은 기와 더미를 걷어내는 데만도 한참이 걸렸다. 공격 당시 구석으로 도망쳤던 사우페이우스는 기와 파편을 맞고 죽어 있었다. 파편은 바닥에 튕겨올라와 마치 거대하고 두툼한 창끝처럼 옆 목에 박힌 것으로 보였다. 그 충격으로 그의 머리는 거의 두 동강 나 있었다. 라비에누스는 깨지지 않은 통기왓장의 긴 모서리에 허리의 잘록한 뒷부분을 맞고 척추가 크게 부러져서 아무것도 느끼지 못하고 쓰러져 죽었다.

마리우스와 스카우루스는 곧바로 상의에 들어갔다.

"밖에 있는 저 멍청이들을 어떻게 처리하는 게 좋겠소?" 마리우스가 물었다.

"당신이 쓸 수 있는 방법은 뭐가 있소?"

마리우스의 오른쪽 윗입술이 치켜올라갔다. "뭡니까, 원로원 최고참의원! 당신의 말라빠진 늙은 등짝에도 짐을 나눠 얹어보시오! 장담하건대 당신은 이 일에서 절대 빠져나갈 수 없소. 그러니 어서 나를 도와주든가, 아니면 싸울 준비나 하시오. 그랬다간 오늘 여기서 일어난 모든 일이 여자들의 보나 데아 축제처럼 보이게 될 테니까!"

"알았소, 알았소!" 스카우루스가 짜증스럽게 대꾸했다. "당신을 돕지 않겠다는 뜻이 아니었소, 이 융통성이라곤 없는 촌사람 같으니! 말 그대로 당신이 쓸 수 있는 방법이 뭐가 있는지 궁금해서 물은 거요."

"원로원 결의로 부여된 권한에 따라 나는 무엇이든 원하는 대로 할 수 있소. 밖에 있는 저 용감한 무리를 한 사람도 빠짐없이 체포할 수도 있고, 꾸짖지도 않고 그대로 집에 보내줄 수도 있소. 어느 쪽이 더 편리하다고 생각하시오?"

"편리한 것으로 치자면 모두 집으로 보내는 쪽이지요. 합당한 처사는 체포해서 로마인 동족 살인죄로 기소하는 것일 테고요. 여기 갇혀 있던 자들은 재판을 받기 전이었으니, 죽을 당시 신분은 여전히 로마 시민이지 않았소."

마리우스는 움직일 수 있는 한쪽 눈썹을 치켜올렸다. "그러면 내가 어느 쪽을 택해야겠소, 원로원 최고참 의원? 편리한 방법이오, 아니면 합당한 방법이오?"

스카우루스는 어깨를 으쓱하며 대답했다. "편리한 방법이지요, 가이우스 마리우스. 나 못지않게 당신도 잘 알고 있을 텐데요. 합당한 방법을 취한다면 로마라는 나무에 너무 깊숙이 쐐기를 박는 꼴이오. 온 세계가 함께 무너져버릴지도 모르오."

두 사람은 함께 밖으로 걸어나왔다. 원로원 계단 꼭대기에 나란히 서서 주변에 모인 사람들의 얼굴을 내려다보았다. 몇백 명도 안 되는 그들을 제외하면 포룸 로마눔은 깨끗이 비어 있었고, 아침햇살을 받아 꿈속 같은 분위기를 풍겼다.

"전원 사면을 선포하겠습니다!" 마리우스가 목청껏 외쳤다. "젊은이들, 집으로 돌아가시오." 그는 습격대를 향해 말했다. "여러분은 다른 모든 사람과 함께 면죄되었소." 그는 사람들이 주로 모인 쪽을 돌아보며 말을 이었다. "호민관들은 어디 있습니까? 여기 있는 분들입니까? 좋습니다! 군중이 없으니 회합을 소집하십시오. 오늘 가장 먼저 처리할 일은 호민관 두 명을 새로 선출하는 것입니다. 루키우스 아풀레이우스 사투르니누스와 루키우스 에퀴티우스가 죽었습니다. 수석 릭토르, 릭토르 몇 명과 공공 노예들을 불러와서 원로원 의사당 안을 치우시오. 시체는 제대로 매장할 수 있도록 가족에게 돌려보내시오. 그들은 재판을 받지 않았으니 아직 명예로운 로마 시민이오."

지시를 마친 마리우스는 계단을 내려가 로스트라 연단을 가로질러

갔다. 수석 집정관으로서 신규 호민관 취임식을 주관해야 했기 때문이다. 그가 파트리키 귀족이었다면 차석 집정관이 이 일을 맡았을 것이다. 바로 이 직무 때문에, 두 집정관 중 적어도 한 명은 평민회에 참석할 수 있는 평민 출신이어야 했다.

바로 그때 일이 벌어졌다. 소문이라는 놈이 여느 때처럼 순조롭게 작동하여 햇살만큼이나 빠르게 사람들 사이를 훑고 지나간 모양이었다. 포룸 로마눔에 군중이 모이기 시작했다. 수천수만 명에 이르는 사람들이 에스퀼리누스 언덕, 카일리우스 언덕, 비미날리스 언덕, 퀴리날리스 언덕, 수부라 지구, 팔라티누스 언덕, 아벤티누스 언덕, 오피우스 언덕으로부터 앞다퉈 몰려들었다. 호민관 선거 당시 포룸 로마눔을 가득 채웠던 바로 그 군중이라는 것을 마리우스는 단번에 알아챘다.

이제 골치 아픈 문제가 대부분 해결되어 마리우스의 마음속에는 평화가 찾아왔다. 그는 인산인해를 이룬 사람들의 얼굴을 바라보다가 사투르니누스가 보았던 바로 그것을 보았다. 그것은 아직 누구의 손도 닿지 않은 힘의 원천이었다. 경험과 교육에서 비롯된 음흉한 속임수에 물들지 않았으며, 사리를 꾀하는 열정적이고 유창한 선동 정치가의 카리스마를 믿고 기꺼이 다른 주인 밑으로 들어갈 준비가 된 군중의 힘. 나에겐 맞지 않아, 마리우스는 생각했다. 아둔한 군중의 변덕스러운 힘으로 로마의 일인자가 되는 것은 진정한 승리라 할 수 없다. 나는 옛날 방식으로, 온갖 편견과 거대한 난관을 뚫고 힘겹게 관직의 사다리를 밟아 로마의 일인자라는 이 자리까지 왔다.

이런 생각 끝에 재미있는 발상이 떠올라 마리우스는 신이 났다. 마지막으로 스카우루스 원로원 최고참 의원, 카툴루스 카이사르, 아헤노바르부스 최고신관을 비롯한 보니들에게 보여줘야겠다. 만약 내가 사투르니누스와 같은 길을 택했다면 지금쯤 그들은 원로원 의사당에서 기와를 뒤집어쓰고 죽었을 것이며 나 혼자 로마를 이끌고 있으리라는 것을. 나와 사투르니누스는 유피테르와 큐피드만큼이나 천지 차이라는 것을.

마리우스는 민회장 대신 포룸 로마눔 낮은 구역과 면한 로스트라 연단 가장자리로 걸어갔다. 그러고는 마치 아버지가 자식들에게 가까이 오라고 할 때처럼 양팔을 앞으로 내밀었다. 군중을 껴안아 그의 품으로 끌어당기려는 듯이. "로마 인민이여, 집으로 돌아가십시오!" 그는 우레 같은 소리로 외쳤다. "위기는 지나갔습니다. 이제 로마는 안전합니다. 그리고 나, 가이우스 마리우스는 곡물 선단이 어제 오스티아 항에 도착했다는 소식을 기쁜 마음으로 여러분에게 알립니다. 곡식을 실은 바지선이 오늘 내내 상류로 이동할 것이고, 내일이면 아벤티누스 언덕의 국영 곡물 저장소에서 1모디우스당 1세스테르티우스에 곡식을 팔 겁니다. 루키우스 아풀레이우스 사투르니누스의 곡물법에서 정한 것과 동일한 가격입니다. 그러나 그가 죽었으므로 그의 법은 더이상 유효하지 않습니다. 따라서 여러분에게 곡식을 제공하는 사람은 로마의 집정관인 나, 가이우스 마리우스입니다! 내가 집정관 자리에서 물러나는 19일 후까지 계속 이 특별가로 곡물을 제공하겠습니다. 그후에 곡물값이 어떻게 정해질지는 새로 취임할 정무관들에게 달려 있습니다. 1세스테르티우스의 곡물값은 퀴리테스 여러분에게 드리는 나의 이별 선물입니다! 나는 여러분을 사랑하고, 여러분을 위해 싸웠으며, 여러분을 위해 승리했습니다. 절대로, 절대로 잊지 마십시오! 로마—만—세!"

마리우스는 환호성의 물결에 둘러싸인 채 두 손을 머리 위로 올리며 로스트라 연단에서 내려왔다. 그의 험악하게 일그러진 미소는 좋은 쪽과 나쁜 쪽을 동시에 가지고 있어 작별인사로 잘 어울렸다.

카툴루스 카이사르는 자리에 못 박힌 듯 서 있었다. "저 소리 들었습니까?" 그는 씩씩대며 스카우루스에게 말했다. "저자가 방금 19일간 곡물을 거저 내주었습니다, 그것도 자기 이름으로요! 수천 탈렌툼에 이르는 비용을 국고로 지불하겠다니요! 어찌 감히 저럴 수 있습니까!"

"로스트라 연단에 올라가서 마리우스의 말에 반박이라도 할 겁니까, 퀸투스 루타티우스?" 술라가 씩 웃으며 물었다. "저기 서 있는 당신네 열렬한 보수파 청년들이 처벌을 면했는데도요?"

"빌어먹을!" 카툴루스 카이사르는 거의 울 것 같은 표정이었다.

갑자기 스카우루스가 폭소를 터뜨렸다. "마리우스가 또다시 우리를 물 먹였네, 퀸투스 루타티우스!" 그는 웃느라 말도 제대로 잇지 못했다. "오, 정말로 대단한 사람이 아닌가! 우리에게 부담을 다 떠넘기고 곡물 비용을 지불하게 만들다니. 나는 저자가 아주 싫어. 하지만 모든 신에게 맹세컨대, 저자가 참으로 마음에 들기도 해!" 말을 마친 그는 또다시 발작하듯 웃음을 터뜨렸다.

"마르쿠스 아이밀리우스, 가끔은 당신을 도저히 이해할 수가 없어요!" 카툴루스 카이사르는 이렇게 말하고서 예의 낙타같이 거만한 자세로 성큼성큼 걸어갔다. "하지만 저는 당신 말이 너무나 잘 이해되는군요, 마르쿠스 아이밀리우스." 술라는 이렇게 말하고 스카우루스보다도 더 격렬하게 웃었다.

클라우키아가 검으로 자결하고, 마리우스가 클라우디우스를 비롯한 그의 추종자들에게 사면을 베풀고 나자 로마는 한층 안도의 숨을 내쉬었다. 그렇게 포룸 로마눔의 갈등은 마무리되는 듯했다. 하지만 그것으로 끝이 아니었다. 어린 루쿨루스 형제가 조점관 세르빌리우스를 반역 법정에 고발함에 따라 충돌이 새롭게 불거진 것이다. 이 사건으로 보수파가 양분되어 원로원 내에 격렬한 갈등이 일었다. 카툴루스 카이사르와 스카우루스 최고참 의원을 필두로 한 세력은 확고하게 루쿨루스 형제 편에 선 반면, 아헤노바르부스 최고신관과 크라수스 오라토르는 조점관 세르빌리우스와 피호관계나 우정으로 맺어져 있었기에 그의 편에 섰다.

사투르니누스 문제로 말썽이 있을 때 포룸 로마눔을 가득 채웠던 이례적인 대규모 군중은 이제 보이지 않았다. 대신 예전에 이곳을 드나들던 사람들이 루쿨루스 형제의 나이와 연민을 자아내는 사연에 이끌려 재판을 보기 위해 대거 몰려왔다. 형제는 군중의 이러한 심리를 잘 알고 있었고 최대한 활용할 생각이었다. 동생인 바로는 재판이 시작되기 불과 며칠 전에 성인용 토가를 입었다. 18세가 된 형 루키우스도 아직 면도도 안 할 만큼 앳되었다. 형제가 군중 틈에 교묘히 심어둔 정보원들은, 이 불쌍한 청년들이 추방된 아버지의 임종 소식을 바로 얼마 전에 들었으며 이제 유서 깊은 귀족 리키니우스 루쿨루스 가문의 명예와 존엄을 지킬 사람은 그들밖에 남지 않았다는 말을 은밀히 퍼뜨리고 다녔다.

기사들로 구성된 배심원단은, 보호자인 아헤노바르부스 최고신관의 지원에 의해 원로원 의원직까지 오른 기사 출신 조점관 세르빌리우스 편을 들기로 일찌감치 결정해둔 상태였다. 배심원단이 선정되는 과정에서도 폭력이 개입되었다. 조점관 세르빌리우스가 고용한 전직 검투사들이 재판 진행을 막으려고 시도한 것이다. 그러나 필요할 때마다 잘도 나서는 카이피오 2세와 새끼 똥돼지의 젊은 귀족단이 폭력배들을 몰아냈다. 그 과정에서 한 사람이 죽기도 했다. 배심원들은 이 소동으로 상대편의 뜻을 알아채고 어쩔 수 없이 한발 물러났다. 애초에 작정했던 것보다 좀더 우호적인 태도로 루쿨루스 형제의 말을 들어보기로 한 것이다.

"조점관이 유죄판결을 받을 거야." 멀찍이 한구석에서 주의깊게 재판을 경청하던 마리우스가 옆에 있던 술라에게 말했다.

"분명 그럴 겁니다." 술라가 대답했다. 그는 두 형제 중 루키우스 루쿨루스에게 매료되어 있었다. "아주 총명해!" 루키우스의 연설이 끝나자 술라는 감탄사를 쏟아냈다. "저애가 정말 마음에 들어요, 가이우스 마리우스!"

그러나 마리우스는 아무 감흥이 없었다. "거만하고 뻣뻣한 게 자기 아버지를 빼박았군."

"집정관님은 조점관을 지지한다는 말이 있더군요." 술라가 냉랭하게 대꾸했다.

그러나 이 공격은 크게 빗나갔다. 마리우스가 싱긋 웃으며 이렇게 대답한 것이다. "이 자리에 없는 똥돼지와 그 주변의 보수파들을 골치 아프게 해준다면 나는 팅기타나 원숭이라도 지지할 거라네, 루키우스 코르넬리우스."

"조점관 세르빌리우스는 그야말로 팅기타나 원숭이 같은 자예요."

"나도 그렇게 생각하네. 하지만 조점관은 질 거야."

마리우스의 예상이 맞아떨어졌다. 카이피오 2세가 이끄는 젊은 귀족단을 힐끔거리던 배심원들은, 크라수스 오라토르와 무키우스 스카이볼라의 열정적인 변론에 눈물을 흘릴 정도로 감동을 받았으면서도 결국 만장일치로 담노(유죄) 판결을 내렸다.

재판 끝자락에 몸싸움이 벌어진 것도 놀라운 일은 아니었다. 마리우스와 술라는 적당히 먼 거리에서 그 광경을 지켜보았다. 그러다 최고신관 아헤노바르부스가 지나치게 기뻐하는 카툴루스 카이사르를 보고 배알이 꼴려 그의 입에 주먹을 날린 순간부터는 무척이나 즐거워했다.

"폴룩스와 링케우스로군!" 두 사람이 급기야 심한 주먹다짐을 벌이는 것을 보고 마리우스는 기뻐하며 말했다. "오, 힘내라, 퀸투스 루타티우스 폴룩스!" 그는 소리를 질렀다.

"아헤노바르부스 집안사람들은 폴룩스 신이 그들의 검은 수염을 붉게 물들였다고 입을 모아 주장하죠. 그 점을 감안하면 썩 훌륭한 비유로군요." 아헤노바르부스의 얼굴이 카툴루스 카이사르의 주먹에 제대로 맞아 피범벅이 된 것을 보고 술라가 말했다.

아헤노바르부스의 패배로 싸움이 끝나자 마리우스는 바로 시선을 거두며 말했다. "아무쪼록 저 싸움으로 올해 포룸 로마눔의 온갖 끔찍한 소란이 끝났으면 좋겠군."

"그건 모를 일이지요, 가이우스 마리우스. 아직 집정관 선거가 남아 있으니까요."

"다행히도 그 선거는 포룸 로마눔에서 치르는 게 아니잖나."

이틀이 지난 후 마르쿠스 안토니우스의 개선식이 있었다. 또 이틀이 지난 후 안토니우스는 다음해 수석 집정관으로 선출되었다. 차석 집정관 당선자는 다름아닌 아울루스 포스투미우스 알비누스로, 10년 전 누미디아를 침공하여 유구르타와의 전쟁을 촉발시킨 주인공이었다.

"유권자들은 그야말로 멍청이야!" 마리우스는 다소 격앙된 어조로 술라에게 말했다. "야심만 있고 재능이라곤 없는 대표적인 인물을 차석 집정관으로 뽑아놨네! 제기랄, 저들의 기억력은 자기가 싼 똥덩어리만큼도 못 가는군!"

"변비가 있으면 사람이 아둔해진다고들 하더군요." 술라는 새로운 두려움이 피어나는 와중에도 씩 웃으며 대꾸했다. 그는 내년 법무관 선거 출마를 희망하고 있었다. 그런데 오늘 백인조회 유권자들에게서 향후 마리우스파 후보자들에게 흉조가 될 분위기를 감지했던 것이다. 지금껏 나에게 너무나도 잘해준 이 사람과 어떻게 관계를 끊을 수 있을까? 술라는 울적한 기분으로 자문해보았다.

"다행히 금년은 머리 쓸 일 없는 따분한 해가 될 것 같네. 그러니 알비누스가 일을 망쳐놓을 기회도 없겠지." 마리우스는 술라가 무슨 생각을 하는지 전혀 눈치채지 못한 채 말을 이었다. "참으로 오랜만에, 딱히 로마에 적이 없는 때가 찾아왔어. 이제 우리도 좀 쉴 수 있겠네. 로마도 쉴 수 있을 테지."

술라는 얻기 힘들 게 뻔한 법무관 직에 대한 생각을 애써 떨쳐냈다. "예언은 어떻게 되는 겁니까?" 그는 불쑥 물었다. "마르타는 분명 일곱 차례 로마의 집정관이 되실 거라고 했잖습니까."

"나는 일곱 번 집정관이 될 걸세, 루키우스 코르넬리우스."

"그 예언을 믿으시는군요."

"그래."

술라는 한숨을 내쉬었다. "저는 법무관만 되어도 좋겠습니다."

안면 반쪽이 마비되면 조롱 섞인 소리가 더없이 멋지게 나오는 효과가 있었다. 지금 마리우스의 목소리가 그랬다. "헛소리 말게!" 그는 힘주어 말했다. "자네는 집정관 감이야, 루키우스 코르넬리우스. 그뿐만 아니라 언젠가는 로마의 일인자가 될 걸세."

“믿어주시니 감사합니다, 가이우스 마리우스.” 술라는 최근에 마리우스가 짓는 미소만큼이나 비뚤어진 미소를 그에게 던졌다. “우리 둘의 나이 차를 감안하건대 우리가 집정관 자리를 놓고 다툴 일은 없겠군요.”

그 말에 마리우스는 큰 소리로 웃었다. “그야말로 거인들의 싸움이겠군! 하지만 그럴 위험은 없을 거네.” 그의 목소리는 확신에 차 있었다.

“이제 고관 의자에서 물러나셨고 원로원에 참석할 계획도 없으시니 더이상 로마의 일인자가 아니군요, 가이우스 마리우스.”

“그래, 맞는 말이야. 하지만 루키우스 코르넬리우스, 나는 지금까지 줄곧 운이 좋았네! 그리고 이 몹쓸 병이 낫는 대로 다시 돌아올 걸세.”

“그사이에는 누가 로마의 일인자가 될까요? 스카우루스? 카툴루스?”

“아무도 안 돼!” 마리우스는 우렁차게 소리치더니 너털웃음을 터뜨렸다. “아무도 없네! 그거 정말 웃기는 농담이군! 그들 중 내 자리를 채울 인물은 아무도 없어!”

술라도 마리우스를 따라 웃었다. 그는 토가를 입은 마리우스의 등에 오른팔을 두르고 순수한 애정을 담아 그를 껴안았다. 두 사람은 나란히 가설투표소로부터 집을 향해 걸어갔다. 그들 앞에는 카피톨리누스 언덕이 우뚝 솟아 있었다. 싸늘한 태양의 굵은 손가락이 유피테르 옵티무스 막시무스 신전의 박공지붕 꼭대기, 금박을 입힌 승리의 여신의 사두전차에 내려앉았다. 로마 시는 눈부신 황금빛으로 반짝였다.

“눈이 너무 부시군!” 술라는 괴로워하며 소리쳤다. 그러나 그 빛으로부터 눈길을 돌릴 수는 없었다.

〈『로마의 일인자』 끝, 제2부 『풀잎관』으로 이어짐〉

작가의 말

이 책은 기본적으로 나의 단독 작품이다. 자료 조사도 직접 했고, 지도와 삽화도 그렸고, 용어해설집(별권 『마스터스 오브 로마 가이드북』)도 내가 작성했다. 따라서 이 책에 허물이나 오류가 있다면 이는 전적으로 내 책임이다. 하지만 반드시 따로 이름을 거명하여 깊이 감사드리고 싶은 두 분이 있다. 한 분은 호주 시드니 매쿼리 대학의 얼래나 노브스 박사로, 이 책의 고대 그리스·로마사 관련 감수를 맡아주었다. 다른 한 분은 실라 히든 씨다. 전 세계를 누비며 원 자료와 서적을 구하고, 이 분야의 권위자 다수와 면담하고, 이 책에 실린 초상화의 모델이 된 조각상들의 소재를 확인하고, 그 밖의 여러 가지 일에 갖은 수고를 아끼지 않았다. 지면이 한정되어 일일이 이름을 적을 수는 없지만, 두 분 못지않게 소중한 도움을 준 많은 분들께도 역시 따뜻하고 진실한 감사의 인사를 전하고 싶다. 남편, 출판 에이전트 프레드 메이슨, 편집자 캐럴린 레이디, 진 이소프, 조 노브스, 그 밖에도 작업에 도움을 준 모든 분들께 감사드린다.

이 책에서 세운 가설에 대해서는 긴 학술논문을 덧붙이는 대신에, 설명을 최소로 압축한 용어해설집을 실었다. 처음 몇 년 동안 마리우스와 술라의 관계가 어떠했는지, 술라의 첫번째 아내가 누구인지, 가이우스 율리우스 카이사르 네포스의 슬하에 딸이 몇 있었는지에 대한 설정이 기존의 지식과 상충된다고 느끼는 독자는 용어해설집의 '율릴라' 항목을 읽어보길 바란다. 이들 주제에 대한 내 생각을 확인할 수 있을 것이다. 가이우스 마리우스가 만난 시리아의 점술가 마르타에 대한 내용은 '마르타' 항목에서 볼 수 있다. 고대에도 정말 빈티지 포도주가 있었는지 의심이 드는 독자는 '포도주' 항목을 확인하기 바란다. 포룸 피스키눔과 포룸 프루멘타리움의 위치에 대한 논의 역시 해당 항목에서 확인할 수 있다. 다른 내용도 용어해설집을 참조하기 바란다. 지면이 허락하는 한도 내에서 최대한 정확하게 모든 내용을 담기 위해 노력했다.

이 책에는 참고도서 목록이 없다. 일단 소설책에 참고도서 목록을 싣는 것이 일반적이지 않기 때문이다. 하지만 사실 더 중요한 이유는, 참고도서 목록을 실으면 책이 지나치게 두꺼워질 것을 우려했기 때문이다. 내가 소장한 『로브 클래시컬 라이브러리』 180권은 아주 작은 시작에 불과할 정도다. 난시 가능할 때마다 고대의 원 자료들을 참고했으며, 파울리 · 비소바, 브로턴, 사임, 몸젠, 뮌처, 스컬러드, 그 밖에도 여러 훌륭한 현대 사학자들의 저작을 보물처럼 소중히 여겨왔음을 밝힌다. 이 분야에 대한 나의 학식은 참고도서 목록 없이도 식견 있는 분들께 명백하게 보일 것이다. 그럼에도 불구하고 참고도서 목록에 관심 있는 독자가 있다면 출판사를 통해 편지를 보내길 바란다.

이 지면을 빌려 라틴어에 정통한 독자에게 양해를 구한다. 라틴어에 익숙한 독자라면 사실 호격이나 여격 또는 다른 격을 쓰는 것이 올바른 경우에 주격을 사용한 라틴어 단어가 종종 눈에 띌 것이다. 또한 가문명의 복수형을 영어식으로 단수형과 같이 처리한 경우도 발견할 것이다. 이는 라틴어에 익숙하지 않은 대다수 독자를 너무 혼란스럽게 하지 않으려는 의도에서였음을 밝힌다.

삽화에 대해 한마디 남기고 싶다. 클레오파트라 하면 으레 엘리자베스 테일러를, 마르쿠스 안토니우스 하면 으레 리처드 버튼을 떠올리는 사람들에게 지쳐서 독자들에게 진짜 공화정 로마 시대 사람들의 얼굴을 보여주리라 마음먹었다. 책에 실린 초상화는 해당 인물의 초상 자료가 존재하는 경우 그것을 본떠 그렸고, 자료가 존재하지 않는 경우에는 역사 속 해당 인물의 나이와 유형에 잘 맞아떨어지는 무명의 공화정 시대 인물상을 골랐다. 이 책에는 총 아홉 명의 초상화가 실려 있다. 단 두 사람, 가이우스 마리우스와 루키우스 코르넬리우스 술라의 두상만이 지금까지 실제로 전해진다. 나머지 일곱 인물 중 카툴루스 카이사르의 초상화는 독재관 카이사르의 흉상 중에서 다른 것들과 다소 다른 분위기를 띠는 조각상에 기초해 그렸고, 가이우스 율리우스 카이사르의 초상화는 마르쿠스 아이밀리우스 레피두스의 흉상 중 역시 유독 다른 인상을 주는 조각상을 기초로 그렸다. 아우렐리아 초상화는 정확히 로마 공화정 시대에 제작된 것으로 확인된 어느 노파의 전신상에 기초해 그렸다. 조각상이 비바람에 많이 상했지만, 노파의 광대뼈 윤곽이 독재관 카이사르와 굉장히 많이 닮았다는 것이 선택 이유였다. 메텔루스 누미디쿠스, 마르쿠스 아이밀리우스 스카우루스, 푸블리우스 루틸리우스 루푸스, 퀸투스 세르토리우스의 초상화는 공화정 시대의 이름 없는 흉상을 기초하여 그렸다. 여자 초상화가 한 장밖에 없는 것은 공화정 시대에 제작된 여자 조각상을 좀처럼 찾아보기 힘들기 때문이다. 거의 없다시피 한 여자 인물상 중에 실제 얼굴이 확인된 남자 인물과 닮은 점이 보이는 인물상만을 택하고, 또 다음에 나올 책들까지 고려해 분배하다보니 그 수는 더욱더 줄어들 수밖에 없었다. 어쨌거나 앞으로 시리즈가 더 출간될 테니까!

후속작의 제목은 잠정적으로 『풀잎관』으로 정했다.

역자 후기

재작년 가을에 이 책『로마의 일인자』를 처음 만났다. 굉장히 중요하다는 책은 또 굉장히 두꺼웠다. 번역자를 넷이나 모은 이유가 짐작되었다. 하지만 지난 2년 가까운 시간을 돌아보면 네 사람의 지혜가 필요했던 건 단지 분량 때문만은 아니었다.

현대 서양문명의 기틀이 된 고대 로마는 그 중요성만큼이나 수많은 관련 연구가 쏟아져 나왔다. 2천 년도 더 된 먼 역사이기에 해석과 설명도 그만큼 다양하다. 매컬로는 그 방대한 역사에 관한 치열한 고증의 흔적을 책 곳곳에 빼곡히 담아놓았다. 처음 읽었을 때 낯선 로마의 세계가 생생하게 다가오는 재미에 흠뻑 빠진 것도 잠시, 막상 그 세계를 우리말로 옮기는 작업을 시작하고부터 우리는 작가의 지식을 허겁지겁 따라가느라 숨이 가빴다. 고대 로마에서 사용한 언어인 라틴어, 현대 로마에서 사용하는 언어인 이탈리아어, 작가의 언어인 영어, 우리의 언어인 한국어……. 하나의 개념을 겹겹이 둘러싼 여러 표현 속에서 우리는 자주 길을 잃은 듯 막막했다. 거기다 일부 단어는 당시 해당 문명권에 맞춰 라틴어나 고대 그리스어를 거꾸로 추적해야 했는데, 이 과정에서 고대어에서 유래한 영어 단어를 라틴어나 그리스어로 착각하는 웃지 못할 일도 있었다. 라틴어든 그리스어든 고대어의 음차 법칙은 딱히 이렇다 할 만한 표준이 없어 자체 기준을 정하기까지도 오랜 시간이 걸렸다.

매컬로의 글은 세세한 역사적 사실을 살리면서도 이음매 없이 매끄럽고 탄탄하다. 용어에 오류가 없어야 하지만 정확성만 따지다가 서사를 방해해선 안 되었다. 번역어를 정할 때 우리가 가장 중시한 기준은 소설의 내용과 분위기를 얼마나 잘 살리느냐였다. 물론 개성 강한 네 번역자가 제각각의 퍼즐을 모아 하나의 그림을 완성해가는 과정이 쉽지는 않았다. 우리는 각자 맡은 부분을 번역하고 조사하면서 얻은 불완전한 지식을 들고 수시로 회의를 열었고, 때로는 단어 하나를 두고 몇 시간 혹은 며칠씩 갑론을박이 이어졌다. 같은 단어라도 사용된 맥락에 따라 의미가 조금씩 달랐기 때문이다. 하지만 네 명이 머리를 맞대고 궁리하다보면 어느새 단어가 지닌 다양한 결을 모아줄 하나의 결론이 모습을 드러냈다. 그렇게 우리는 작가의 뜻에 조금씩 다가갔다. 애초에 매컬로가 구축한 세계 자체가 치밀했기에 해답은 대개 책 안에 있었다.

하지만 가끔은 그렇지 않은 경우도 있었다. 일례로 독자 모니터분들이 지적한 참모군관(military tribune)과 군무관(tribune of the soldiers)이 그랬다. 공화정 시기의 라틴어 직명 '트리부누스 밀리툼(tribunus militum)'에서 파생된 듯한, 사실상 같은 뜻으로 통용되는 영어표현 두 가지를 작가는 서로 다른 직명으로 분리해서 사용했고, 이는 로마사에 익숙한 독자들에게 자주 오해를 불러일으켰다. 이런 경우 번역자들이 상대적으로 둔감했던 건 어쩌면 작가가 창조한 세계에 간혹 지나치게 익숙해져 있던 탓이기도 했다. 이 점에서 특히 주요 용어 선정에 도움을 주신 김경현 교수님께 감사의 인사를 드린다. 완성 전 원고를 꼼꼼히 읽고 날카로운 피드백을 보내주신 독자 모니터분들께도 감사의 인사를 전한다. 자칫 놓치고 지나칠 뻔했던 몇 가지 오류를 이분들 덕분에 바로잡을 수 있었다.

진지한 조사와 공부를 요하는 만만찮은 작업임에도 번역자들이 끝까지 지치지 않고 마무리할 수 있었던 건 무엇보다 매컬로의 빼어난 글솜씨 덕분이었다. 충실히 재현된 사료에 감탄한 것은 나중 일이었고, 초반만 해도 로마사에 문외한이나 다름없던 우리에겐 이따금 얼굴이 화끈거릴 정도로 통속적이고 재미난 이야기가 시원한 휴식처가 되어 주었다. 번역자들은 만나면 어김없이 소설 속 인물들에 대한 애정 어린 수다를 쏟아냈다. 저마다 애착을 느끼는 인물도 달랐는데, 이는 그만큼 작가가 다양한 인물의 매력을 잘 살렸다는 방증이리라. 분명 주인공인 마리우스와 술라를 중심으로 한 영웅담이지만 그들과 대립하는 세력도 결코 평면적으로 그리지 않았다. 여성과 하층민까지 세심하게 조명하려 한 흔적도 여실히 느껴졌다. 이런 요소들이 모여 고대를 배경으로 하면서도 무척이나 현대적인 작품이 되었다. 섬세한 감정선의 변화와 인물들의 성격을 제대로 살린 재치 넘치는 대사도 매력적이다. 그렇게 재미가 재미를 불러 한 장 한 장 넘기다보면 어느덧 작가의 상상력에 탄복하게 되고 고대 도시 로마가 더욱더 궁금해졌다. 이런 재미가 부디 독자들에게도 온전히 전달되었으면 좋겠다. 이 책의 세계를 만끽할 수 있도록 우리가 내어놓은 길이 너무 험하지는 않기를 간절히 바란다.

2015년 6월

로마의 일인자 3

마스터스 오브 로마 1

1판 1쇄 2015년 7월 20일
1판 12쇄 2020년 9월 17일

지은이 콜린 매컬로 | 옮긴이 강선재 신봉아 이은주 홍정인 | 펴낸이 신정민

편집 신정민 신소희 | 디자인 고은이 이주영
마케팅 정민호 김경환 | 홍보 김희숙 김상만 지문희 김현지
저작권 한문숙 김지영 이영은 | 모니터링 서승일 이희연 전혜진
제작 강신은 김동욱 임현식 | 제작처 한영문화사

펴낸곳 (주)교유당
출판등록 2019년 5월 24일 제406-2019-000052호

주소 10881 경기도 파주시 회동길 210
문의전화 031) 955-8891(마케팅), 031) 955-3583(편집)
팩스 031) 955-8855
전자우편 gyoyudang@munhak.com

ISBN 978-89-546-3690-2 04840
978-89-546-3687-2 (세트)

* 이 도서의 국립중앙도서관 출판예정도서목록(CIP)은 서지정보유통지원시스템 홈페이지(http://seoji.nl.go.kr)와 국가자료공동목록시스템(http://www.nl.go.kr/kolisnet)에서 이용하실 수 있습니다. (CIP제어번호: CIP2015017746)